Yilin Classics

# CHARLOTTE BRONTE

经/典/译/林

## Jane Eyre

# 简·爱

[英国] 夏洛蒂·勃朗特 著

黄源深 译

译林出版社

**图书在版编目(CIP)数据**

简·爱 / (英)夏洛蒂·勃朗特著;黄源深译. —
南京:译林出版社,2018.10 (2019.12重印)
(经典译林)
ISBN 978-7-5447-7466-6

Ⅰ.①简… Ⅱ.①夏… ②黄… Ⅲ.①长篇小说-英
国-近代 Ⅳ.①I561.44

中国版本图书馆 CIP 数据核字(2018)第 171572 号

| | | |
|---|---|---|
| 书 名 | 简·爱 | |
| 作 者 | [英国]夏洛蒂·勃朗特 | |
| 译 者 | 黄源深 | |
| 责任编辑 | 李浩瑜 | |
| 责任印制 | 颜 亮 | |
| 原文出版 | Oxford University Press, 1989 | |
| 出版发行 | 译林出版社 | |
| 地 址 | 南京市湖南路 1 号 A 楼 | |
| 邮 箱 | yilin@yilin.com | |
| 网 址 | www.yilin.com | |
| 印 刷 | 南京爱德印刷有限公司 | |
| 开 本 | 880 毫米×1230 毫米 1/32 | |
| 印 张 | 15.125 | |
| 插 页 | 4 | |
| 字 数 | 430 千 | |
| 版 次 | 2018 年 10 月第 1 版 2019 年 12 月第 8 次印刷 | |
| 书 号 | ISBN 978-7-5447-7466-6 | |
| 定 价 | 39.00 元 | |

译林版图书若有印装错误可向出版社调换
市场热线:025-86633278 质量热线:025-83658316

# 译　序

　　《简·爱》自一八四七年问世,至今已有一百五十多年了。时间的尘埃丝毫遮没不了这部小说耀眼的光芒。今天,它依然不失为一部伟大的作品,在浊浪排空的经济大潮中,为数以百万计的中国读者所珍爱。

　　任何一部文学作品都是作者生活体验的结晶,从中多少瞧得见作者自己的影子。《简·爱》也一样,其大量细节可以在作者夏洛蒂·勃朗特的生活经历中得到印证。但《简·爱》绝不是自传,也不是自传体小说。作者把自己丰富的生活经历融进了一部精心构建、充满想象力的作品。

　　夏洛蒂·勃朗特出生于一八一六年英国约克郡索恩托镇的牧师家庭,排行第三,前面有两个姐姐,后面有两个妹妹和一个弟弟,姐弟妹一共六个。四岁时举家迁移到一个名叫哈渥斯的小镇,四周是起伏的丘陵、阴湿的沼泽和杂草丛生的荒地。在这个被工业革命遗忘的角落,人们过着朝不虑夕的生活。夏洛蒂·勃朗特也在这里度过了她短暂一生中漫长的三十五个年头。

　　一八二一年夏洛蒂五岁时母亲去世,留下一大群幼小的孩子。父亲因为经济与精力俱感不足,不得不在一八二四年把夏洛蒂和她的两个姐姐及弟弟送进由慈善机构创办的寄宿学校。那里的环境和生活条件很差,加之创办人深信童心向恶,需要苛刻的管束和严厉的惩罚来调教,于是人为的冻饿和体罚便成了孩子们惯常的生活。不久,肺病不可遏制地流行起来,夺去了夏洛蒂两个姐姐的生命,父亲赶紧让夏洛蒂和弟弟逃离死亡的魔窟,返回家中。

　　一八三一年夏洛蒂进了近家的罗赫德寄宿学校。这里的情况截然不同,教师都非常和气,又懂得循循善诱的教学方法,夏洛蒂不但学业上很有长进,而且日子也过得十分愉快。虽然她只在这里呆了一年零四个月,但那段温馨的生活给她留下了难忘的印象。

一八三五年夏洛蒂返回罗赫德任教,两个妹妹艾米莉和安妮跟随读书,抵去部分酬金,三年后离去。一八三八至一八四二年,夏洛蒂与妹妹们辗转各地,以当家庭教师为生。但因为这一职业地位低下,薪金微薄,又使姐妹们天各一方,难以相聚,她们便毅然放弃,决心自己创办学校。

一八四二年夏洛蒂为了获得办学资格,在向来与她们共同生活的姨妈的资助下,赴布鲁塞尔一所学校短期进修德语和法语,同时执教英语,并住进了教师埃热夫妇的家里。埃热的教学才能和正直的为人吸引着她,使她对这位长自己七岁的男子产生了热烈的感情,后为埃热夫人所觉察。夏洛蒂于是终止学业,返回故乡。此后,她还给埃热写过不少表露心迹的信。

夏洛蒂和妹妹们虽然热衷于办学,并做了种种准备,但最后依然没有成功。与此同时,父亲的健康每况愈下,颇有才气却缺乏自律的弟弟染上了酗酒和吸毒的恶习,沦为废人,而家庭经济的重压又丝毫没有减轻。就在这种极度困难的情况下,夏洛蒂和妹妹们开始了写作。

夏洛蒂和妹妹艾米莉及安妮的创作才能,尽管同她们各自的天分不无关系,但主要应归功于在父亲指导下的自学。她们的父亲帕特里克·勃朗特原本是个农民,靠刻苦的自学踏进了剑桥大学的殿堂,并成为那里的优等生,毕业后任过教师和牧师。他知识渊博,好读书,喜写作,出过一部诗集。在他的鼓励和督促下,夏洛蒂、艾米莉和安妮常常聚在一起,如饥似渴地读书、绘画和写作。书本启开了她们的心扉,提高了她们的学养;多难的生活使她们早熟,善于洞察世情;独特的阅历为创作提供了充足的源泉;锲而不舍的文字操练又使写作技艺日趋精湛。于是当她们的创作热情喷薄而出的时候,世界文学史上便奇迹似的在同一年同一个家庭诞生了三部传世之作:夏洛蒂的《简·爱》(一八四七)、艾米莉的《呼啸山庄》(一八四七)和安妮的《阿格尼斯·格雷》(一八四七)。

除《简·爱》外,夏洛蒂还创作了《雪莉》(一八四九),书中写到一无所有、靠出卖劳动力为生的十九世纪工人,把自己的怨恨转向机器,展开了破坏运动;《维莱特》(一八五三),一部被某些评论家认为更为成熟的作品,取材于作者在布鲁塞尔的经历,叙述了一个动人的爱情故事;《教师》(一八五七),描写一个以教书为业的少女,经历种种挫折,备尝生活的辛苦。

上帝似乎毫不吝啬地塑造了这个天才之家,又似乎急不可耐地向他们伸出了毁灭之手。他们的才情刚为世人所认识,便一个个流星也似的消失了。先是一八四八年九月多才多艺的弟弟夭折。随之,撰写不朽之作《呼啸山庄》的艾米莉于同年十二月亡故。接着,次年五月另一个妹妹安妮离世。五年后的一八五四年,硕果仅存的夏洛蒂与时任副牧师的尼古拉斯成婚,却在几个月后散步时遇雨得病,于一八五五年三月三十一日故去,年仅三十九岁。这些才华横溢的儿女,都无一例外地先于父亲在人生的黄金时代离开了世间。惜乎,勃朗特姐妹!

《简·爱》的作者夏洛蒂·勃朗特成长在一个经济困顿、多灾多难的家庭,居住在一个远离尘嚣的穷乡僻壤,生活在英国工业革命势头正健、国家由农业国向工业国过渡、新兴资产阶级日益壮大的时代。这些都给她的小说创作打上了可见的烙印。

《简·爱》主要通过简·爱与罗切斯特之间一波三折的爱情故事,塑造了一个出身低微、生活道路曲折,却始终坚持维护独立人格、追求个性自由、主张人人平等、不向命运低头的坚强女性形象。

命运把简·爱抛掷到了一个父母双亡、寄人篱下的生存环境。姨妈的嫌弃、表姐的蔑视、表兄的侮辱与毒打,以及势利的用人们的为虎作伥,这些都没有使她屈服。相反,她以弱小的身躯,做了令对手们胆战心惊的抗争,直至被逐出无她容身之地的盖茨黑德。

她随后在罗沃德寄宿学校的生活,是以肉体上的受罚和心灵上的被摧残开始的。学校的施主罗克赫斯特不但当着全校师生的面诋毁她,而且把她置于耻辱台上示众。但她从同样受辱的海伦那里获得了一种内在力量,变得格外刚强。她没有在屈辱中沉沦,而是不断奋发进取,结果不但学习上飞速进步,而且也取得了师生们的理解。她像一棵顶风冒雪的小树,不屈不挠地成长起来。

她一踏进桑菲尔德便卷入了爱情的漩涡。在爱情问题上她同样不卑不亢,始终保持着个人的尊严。尽管英格拉姆小姐是大家闺秀,态度又很傲慢,说话咄咄逼人,但简·爱总是从容面对,不失尊严。她同罗切斯特地位更为悬殊,一个是有钱的雇主和老爷,一个是并不比仆人好多少的家庭教师,但她从来认为他们是平等的,所以敢于对着罗切斯特说:"难道就因为我一贫如洗、默默无闻、长相平庸、个子瘦小,就没有灵魂,没有心肠了?……我的心灵跟你一样充实!……我不是根据习俗、常规,甚至也不是以血肉之躯同你说话,而是我的灵魂同你的灵魂在对话,就仿佛我们两人穿过坟墓,站在上帝脚下,彼此平等——本来就如此!"当罗切斯特问她还需要什么时,她立刻回答说:"你的尊重。而我也报之以我的尊重,这样这笔债就两清了。"的确,简·爱身上有一种不可战胜的内在人格力量,她正直、高尚、纯洁,心灵没有受到世俗社会的污染。在罗切斯特面前,她显得分外高大,以至于在精神上两者的位置正好颠倒了过来,也使罗切斯特自惭形秽,同时对她肃然起敬,并深深地爱上了她。正因为罗切斯特无视世俗的藩篱,越过阶级的鸿沟,真心地爱着她,她才接受了他的爱,并同意与他结婚。但一旦发现罗切斯特已婚,而且家有结发妻子,她出于自尊自重,不顾罗切斯特再三挽留和恳求,毫不犹豫地离她的心上人而去。她的爱情观不掺和杂质,她不做金钱的奴隶,不做他人的附庸,她永远是独立的。在她看来,羁绊是爱的坟墓。

正因为她始终渴望自由,所以尽管圣·约翰是她离开桑菲尔德后危难中的救命恩人,品行端正,很有抱负,又拼命追求她,但由于"仅以这样的身份依附他,我常常会感到痛苦,我的肉体将会置于紧紧的枷锁之中……""……做他的妻子……永远受到束缚……这简直难以忍受",她终于毅然拒绝了圣·约翰的求婚,她觉得自由高于一切。

最后，当她得知罗切斯特在大火中为拯救发疯的妻子而不幸双目失明，躯体严重残疾，丧失独立生活能力，同时又妻亡财毁，她便以全身心的爱投入了曾被她断然拒绝的罗切斯特的怀抱。这是一种无私的爱，只想着付出，不要求回报。

简·爱身上所表现出的追求自由、平等和维护人的尊严的信念和举动，其实反映了工业革命后新兴的资产阶级的要求。当时，贵族阶级凭借出身和世袭的财产而居于社会阶梯的顶端。虽然随着工业的迅速发展，整个英国正由农业国向工业国过渡，贵族阶级的地位已岌岌可危，但贵族们仍借用等级观念的法宝来维护自己的社会地位。经济上日渐强大的资产阶级，要确立其相应的政治地位，就必须冲破旧有的等级观念，证明"上帝面前人人平等"。将自由、平等视若生命的简·爱，完全不同于柔顺、端庄、贤慧而多半依附于男性的传统女性形象，她最鲜明的个性是反叛，她的抗争和叛逆，是对传统观念所发起的挑战。作者的思想倾向也非常明确，对旧价值观念的攻击十分犀利。她通过揭示罗沃德寄宿学校的种种不慈善行为，以及声称把自己无私奉献给上帝的圣·约翰内心深处所隐藏着的极端自私，撕碎了宗教和教会的假面具。此外，她还以刻意安排的桑菲尔德的一次贵族聚会，集中暴露了贵族们狭隘、无知、装腔作势、自以为是的通病，使其与平民出身的简·爱的大方、宽容、聪颖、谦逊、好学构成了鲜明的对比。甚至连对诞生于贵族世家的男主人公，作者也没有吝啬手中的鞭子。罗切斯特道德上和精神上的沉沦和腐朽，通过一次次的自责和忏悔，受到了沉重的鞭挞。最后，他只有从与简·爱的交往中获得新生。可以这样说，《简·爱》以一个曲折的爱情故事为载体，塑造了一个体现新兴阶级的某些要求的女性形象，刻画出了工业革命时期的时代精神。

《简·爱》的结构是一种《神曲》式的艺术构架。简·爱经历了地狱（盖茨黑德和罗沃德）的烤炙，炼狱（桑菲尔德和沼泽地）的净化，最后到达了大彻大悟的天国这一理想境界（与罗切斯特结合并诞生了象征新生的下一代）。在《神曲》中，但丁由古罗马诗人维吉尔引领着游历地狱和炼狱，而简·爱则是受命运的驱遣,被动地走完了这艰难的历程。

作者运用渲染气氛、噩梦、幻觉、预感来营造地狱的氛围,构筑寓言式的环境。在盖茨黑德,简·爱从书中读到了"死白色的地域"、"孤寂的墓地"、"鬼怪"、"魔鬼"、"头上长角的黑色怪物",从生活中感觉到了"阴森森的祭奠气氛",看到时隐时现的"幽灵",而压抑可怖、令人毛骨悚然的"红房子"则几乎成了地狱的化身。在罗沃德,"死亡成了这里的常客","围墙之内笼罩着阴郁和恐怖",散发着"死亡的恶臭";对简·爱来说,无疑是刚跳出火坑,又被投进了一个更为可怕的地狱。在桑菲尔德,疯女人像鬼魂一样频频出现,暴风骤雨不断袭击桑宅,不可思议的事一桩接一桩发生。简·爱一会儿听到鬼哭狼嚎般的吼叫,一会儿看到莫名其妙燃起的熊熊大火,一会儿做着与亲人生离死别的噩梦,一会儿产生了可怖的幻觉和种种不祥的预感;地狱般的神秘阴森的气氛始终笼罩着桑菲尔德。

在作者所营造的"地狱"里,主人公简·爱受到了狱火的煎熬。在盖茨黑德府,她遭到表兄里德的毒打和周围人的白眼,被幽禁在红房子里,心灵受到极大的折磨;在疫病蔓延的罗沃德,她受冻挨饿,时时面临着死亡的威胁,又被当众斥为邪恶的化身,肉体和心灵同时受到磨炼。经历了这番人生的考验后,简·爱渐渐地走向成熟,性格变得更为坚强,这就为她在桑菲尔德经受狱火的考验做好了准备,使她在英格拉姆小姐的挑战、罗切斯特的拷问、疯女人的威胁面前,能始终立于不败之地。这样,主人公简·爱便走完了人生的地狱和炼狱的历程。

小说的最后部分,简·爱像莎士比亚戏剧中的李尔王一样,经受了暴风雨的洗礼,而罗切斯特则在一场象征着脱胎换骨、尽除旧恶的大火中获得了新生,两人同在上帝的召唤之下,走到一起,抵达真理和至善的境界,也就是理想中的天国。

为了赋予一部普通的爱情题材小说以经典意义和神话的内涵,作者反复引用圣经、神话、史诗、古典名著、历史典故、莎士比亚的著作。其中《圣经》多达四十多处,遍布全书各个部分;莎士比亚戏剧有十多处,涉及《哈姆莱特》《仲夏夜之梦》《无事生非》《暴风雨》《李尔王》《麦克白》《奥赛罗》《亨利四世》等八个剧。此外还援引了弥尔顿、司各特、蒲伯、托马斯·穆尔的诗歌,鲍芒和弗莱契撰写的剧本《傲慢的贵妇人》,哥尔斯密的《世界史》,神话传奇故事《一千零一夜》等。这些典籍的引用,一方面有助于塑造人物的形象,如读者可以从罗切斯特对莎士比亚的反复引述中,看出这个人物并不像小说问世时某些评论家所指责的那样,是个粗鄙的“恶棍”,而是一个误入歧途却有良好教养和情操的贵族(不然他最后的改邪归正也就显得勉强了),另一方面也大大增加了小说的文化厚度,丰富了意蕴,使其更具经典的价值。

这部小说的一大特点是富有激情和诗意。撰写《夏洛蒂·勃朗特传》的盖斯凯尔夫人曾不无感慨地赞叹作者“有着什么样的热情,什么样的烈火啊!”小说中的男主人公罗切斯特是个热情奔放、敢作敢为、敢爱敢恨的人,不顾一切地追求着简·爱,而女主人公简·爱虽然柔弱矮小,却性格独立,自有主见,对谁都敢于说不。于是两人不免发生思想和情感的冲撞,从而迸发出强烈的激情,这种激情反过来又使爱情的火焰燃烧得更旺。男女双方都用诗的话语来表达各自的激情,他们不少抒发心迹的对话其实就是诗,显得那么热烈,那么浪漫,那么打动人心,那么富有魅力,这也许就是一百五十多年来《简·爱》始终吸引着千千万万的读者,尤其是年轻读者,令他们为主人公的厄运唏嘘,也为她的幸福畅笑的一个重要原因。

当然,《简·爱》也有不足之处。书中过多的巧合不但有媚俗之嫌,而且也易导致小说失真。男女主人公之间情感的表达过于夸张,不免显得有些矫情。但《简·爱》毕竟还是读者所喜爱的《简·爱》。

# 序

《简·爱》的第一版没有必要写序,所以我没有写。第二版需要说几句感谢的话,谈一点拉杂的感想。

我应当对三方面表示感谢。

感谢读者的厚爱,他们倾听了一个朴实平凡的故事。

感谢报界真诚的赞许,他们以此为一个默默无闻的求索者开辟了一个广阔的领域。

感谢出版商的协助,他们以自己的机智、干练、求实精神和坦率公正的态度,向一个无人推荐的无名作者伸出了援手。

对我来说,报界和读者不过是模糊的指称,因此我只能泛泛地表示感谢了。但出版商却是确有所指的,某些宽厚的评论家也是如此。他们那么鼓励我,只有宽宏大度、品格高尚的人才懂得这样鼓励一个苦苦奋斗中的陌生人。对他们,也就是我的出版商们和杰出的评论家们,我要诚挚地说一声:先生们,我打心底里感谢你们。

在感谢了那些帮助过我、赞许过我的人以后,我要转向另一类人了。据我所知,他们为数不多,但不能因此而忽视。我是指少数谨小慎微、吹毛求疵的人,他们怀疑《简·爱》这类作品的倾向性。在他们看来,凡是与众不同的东西都是错误的;在他们听来,凡是对偏执——罪恶之源——的违抗,都包含着对虔诚——上帝在世间的摄政王——的污辱。我要向这些持怀疑态度的人指出某些明显的区别,向他们提醒某些简单的真理。

习俗并不等于道德,独善其身并不就是宗教。抨击前者并不就是对后者的非难,摘下法利赛人①的假面具也不等于亵渎荆冠②。

上述两类事情和行为正好截然相反:它们之间泾渭分明,犹如善与恶之别。人们往往把它们混淆起来,其实是不应该混淆的,表象不应误作真相。狭隘的世俗说教,只能使少数人得意非凡,备受称赞,但决不能代替基督救世的信条。我再重复一遍,它们之间是有区别的,使两者界线分明是好事而不是坏事。

世人也许不喜欢看到区分这些概念,因为他们已经惯于把它们混淆起来,觉得把表面的华丽充做内在的实价,以雪白的墙壁证实神殿的圣洁,较为省事。世人也许会憎恨那位敢于深究和揭露、敢于刮去表面的镀金暴露底下的劣质金属、敢于闯入古墓揭示内中尸骨的人。不过,憎恨归憎恨,人们还是受惠于他的。

亚哈不喜欢米该雅,因为米该雅为他所做的预言,没有吉语,只有凶兆③。他也许更赏识基拿拿好阿谀奉承的儿子。然而,要是亚哈不信谗言而听忠告,也许能逃脱那场致命的血光之灾④。

在我们这个时代,有这样一个人,他说话不是为了讨好那些爱听好话的人。但我认为,他胜过社会上的大人物,犹如音拉的儿子胜过犹太和以色列诸王。他说出来的真理与音拉的一样深刻、一样具有先知先觉、掷地有声的力量,他与音拉一样富有大胆无畏的风度。撰写《名利场》的这位讽刺家⑤,

---

① 法利赛人:古代犹太教一个教派的成员,标榜信守传统教义,自认为圣洁,基督教《圣经》中称其为言行不一的伪善者。

② 荆冠:耶稣被钉上十字架之前,有人戏弄他,"用荆棘编做冠冕,戴在他头上"。(见《新约·马太福音》第二十七章第二十九节)

③ 《旧约·列王纪上》第二十二章第八节,以色列王亚哈说:"只是我恨他,因为他指着我所说的预言,不说吉语,单说凶言。"

④ 《旧约·列王纪上》第二十二章,以色列王亚哈欲攻打基列的拉末,召集先知以问吉凶。米该雅说进攻必遭败绩,结果被打入狱中。但另一位先知基拿拿的儿子西底家却故意迎合亚哈,预言必胜。亚哈深信不疑,率兵出征,结果兵败中箭阵亡。

⑤ 即英国作家萨克雷(一八一一——一八六三),其代表作《名利场》以讽刺的笔法深刻勾画出英国社会的世态百相。

在上层社会中受到了赞赏吗？我说不上来。但我认为，那些被他投掷了讽刺的火药、照射了谴责的电光的人中，要是有几位能及时接受他的警告——他们或他们的子孙们，也许能逃脱基列的拉末的灭顶之灾。

为什么我要提及这个人呢？读者诸君，我之所以提及他，是因为在他身上我看到了一位比同时代人迄今已承认的更为深刻、更不可多得的智者；是因为我把他视为当今第一位社会改革家——视为一群纠正扭曲的世象的志士仁人之当然首领；是因为我认为他作品的评论家至今没有找到适合于他的比照，没有找到如实反映他才智的措辞。他们说他像菲尔丁①，还谈起了他的机智、幽默和诙谐的力量。他像菲尔丁，犹如雄鹰之于秃鹫。但菲尔丁会扑向腐尸，而萨克雷却从不如此。他的机智是欢快的，他的幽默是迷人的，但两者与他严肃的才华的关系，就像嬉耍于夏云边缘的阵阵闪电与潜藏于云层足以致死的电火花之间的关系。最后，我提及萨克雷先生，是因为我要把《简·爱》的第二版献给他②——如果他愿意接受一个素不相识的人的奉献的话。

柯勒·贝尔③

一八四七年十二月二十一日

----

① 菲尔丁(一七〇七——一七五四)：被誉为英国小说之父，代表作为长篇小说《汤姆·琼斯》。

② 作者在写这篇序言时并不知道萨克雷的妻子精神失常，从不知道他的身世酷似罗切斯特的遭遇，因而不幸使关于《简·爱》系萨克雷家的家庭女教师所作的谣言不胫而走。

③ 柯勒·贝尔：夏洛蒂·勃朗特发表《简·爱》时所用的笔名。

# 第三版附言

借《简·爱》第三版付梓之机，我要再次向读者说几句话，说明我之称为小说家仅靠这一部作品。为此，如果把其他小说归在我的名下，那就把荣誉授予了不该得的人，从而剥夺了该得的人的权利。

这一说明将有助于纠正或许已经造成的错误①，并将防止再出现类似的错误。

柯勒·贝尔

一八四八年四月十三日

---

① 一八四七年勃朗特三姐妹各自推出了一部小说，并均用了笔名。夏洛蒂·勃朗特出版《简·爱》时的笔名为柯勒·贝尔；她的大妹艾米莉·勃朗特发表《呼啸山庄》时的笔名为埃利斯·贝尔；小妹安妮·勃朗特出版《阿格尼斯·格雷》时的笔名为阿克顿·贝尔。出版商在推出后两部作品时，在广告中写道："从柯勒·贝尔和埃利斯·贝尔的风格相近这点来看，我们倾向于相信，两者系同一人。"

谨 以 此 书
献　　给
威·梅·萨克雷先生

作 者

卷 一

　　那天，出去散步是不可能了。其实，早上我们还在光秃秃的灌木林中溜达了一个小时，但从午饭时起（无客造访时，里德太太很早就用午饭）便刮起了冬日凛冽的寒风，随后阴云密布，大雨滂沱，室外的活动也就只能作罢了。

　　我倒是求之不得。我向来不喜欢远距离散步，尤其在冷飕飕的下午。试想，阴冷的薄暮时分回得家来，手脚都冻僵了，还要受到保姆贝茜的数落，又自觉体格不如伊丽莎、约翰和乔治亚娜，心里既难过又惭愧，那情形委实可怕。

　　此时此刻，刚才提到的伊丽莎、约翰和乔治亚娜都在客厅里，簇拥着他们的妈妈。她则斜倚在炉边的沙发上，身旁坐着自己的小宝贝们（眼下既未争吵也未哭叫），看上去幸福无比。而我呢，她恩准我不必同他们坐在一起了，说是她很遗憾，不得不让我独个儿在一旁呆着。要是没有亲耳从贝茜那儿听到，并且亲眼看到，我确实在尽力养成一种比较单纯随和的习性，活泼可爱的举止，也就是更开朗、更率直、更自然些，那她当真不让我享受那些只配给予快乐知足的孩子们的特权了。

　　"贝茜说我干了什么啦？"我问。

　　"简，我不喜欢吹毛求疵或者刨根究底的人，更何况小孩子家这样跟大人顶嘴实在让人讨厌。找个地方去坐着，不会和气说话就别张嘴。"

　　客厅的隔壁是一间小小的餐室，我溜了进去。里面有一个书架。不一会儿，我从上面拿下一本书来，特意挑插图多的，爬上窗台，缩起双脚，像土耳其人那样盘腿坐下,将红色的波纹窗帘几乎完全拉拢,把自己加倍隐蔽了起来。

在我右侧,绯红色窗幔的皱褶挡住了我的视线;左侧,明亮的玻璃窗庇护着我,使我既免受十一月阴沉天气的侵害,又不与外面的世界隔绝。在翻书的间隙,我抬头细看冬日下午的景色,只见远方白茫茫一片云雾,近处湿漉漉一块草地和受风雨袭击的灌木。一阵持久而凄厉的狂风,驱赶着如注的暴雨,横空扫过。

我重又低头看书,那是本比尤伊克的《英国鸟类史》。文字部分我一般不感兴趣,但有几页导言,虽说我是孩子,却不愿当做空页随手翻过。内中写到了海鸟生息之地,写到了只有海鸟栖居的"孤零零的岩石和海岬",写到了自南端林纳角或纳斯至北角都遍布小岛的挪威海岸:

> 那里,北冰洋掀起的巨大漩涡,
> 咆哮在极地光秃凄凉的小岛四周。
> 而大西洋的汹涌波涛,
> 泻入了狂暴的赫布里底群岛。

还有些地方我也不能看都不看,一翻而过,那就是书中提到的拉普兰、西伯利亚、斯匹次卑尔根群岛、新地岛、冰岛和格陵兰荒凉的海岸。"广袤无垠的北极地带和那些阴凄凄的不毛之地,宛若冰雪的储存库。千万个寒冬所积聚成的坚冰,像阿尔卑斯山的层层高峰,光滑晶莹,包围着地极,把与日俱增的严寒汇集于一处。"我对这些死白色的地域,已有一定之见,但一时难以捉摸,仿佛孩子们某些似懂非懂的念头,朦朦胧胧浮现在脑际,却出奇地生动。导言中的这几页文字,与后面的插图相配,使兀立于大海波涛中的孤岩、搁浅在荒凉海岸上的破船,以及透过云带俯视着沉船的幽幽月光,更加含义隽永了。

我说不清一种什么样的情调弥漫在孤寂的墓地:刻有铭文的墓碑、一扇大门、两棵树、低低的地平线、破败的围墙。一弯初升的新月,表明时候正是黄昏。

两艘轮船停泊在水波不兴的海面上,我以为它们是海上的鬼怪。

魔鬼从身后按住窃贼的背包,那模样实在可怕,我赶紧翻了过去。

同样可怕的是,那个头上长角的黑色怪物,独踞于岩石之上,远眺着一大群人围着绞架。

每幅画都是一个故事,由于我理解力不足,欣赏水平有限,它们往往显得神秘莫测,但无不趣味盎然,就像某些冬夜,贝茜碰巧心情不错时讲述的故事一样。遇到这种时候,贝茜会把烫衣桌搬到保育室的壁炉旁边,让我们围着它坐好。她一面熨里德太太的网眼饰边,把睡帽的边沿烫出褶裥来,一面让我们迫不及待地倾听她讲述一段段爱情和冒险故事,这些片段取自古老的神话传说和更古老的歌谣,或者如我后来所发现,来自《帕美拉》①和《莫兰伯爵亨利》②。

当时,我膝头摊着比尤伊克的书,心里乐滋滋的,至少是自得其乐,就怕别人来打扰。但打扰来得很快,餐室的门开了。

"嘘!苦恼小姐!"约翰·里德叫唤着,随后又打住了,显然发觉房间里空无一人。

"见鬼,她上哪儿去了呀?"他接着说,"丽茜③!乔琪④!"(喊着他的姐妹)"琼⑤不在这儿呐,告诉妈妈她窜到雨地里去了,这个坏畜牲!"

"幸亏我拉好了窗帘。"我想。我真希望他发现不了我的藏身之地。约翰·里德自己是发现不了的,他眼睛不尖,头脑不灵。可惜伊丽莎从门外一探进头来,就说:

"她在窗台上,准没错,杰克⑥。"

我立即走了出来,因为一想到要被这个杰克硬拖出去,身子便直打哆嗦。

"什么事呀?"我问,既尴尬又胆怯。

---

① 《帕美拉》:英国作家塞缪尔·理查逊(一六八九——一七六一)一七四〇年所著的家庭伦理小说。

② 《莫兰伯爵亨利》:约翰·韦斯利根据亨利·布鲁克所著《显赫的傻瓜》删节的节本,出版于一七八一年。

③ 丽茜:伊丽莎的昵称。

④ 乔琪:乔治亚娜的昵称。

⑤ 琼:简的别称。

⑥ 杰克:约翰的昵称。

"该说'什么事呀,里德少爷?'"便是我得到的回答。"我要你到这里来。"他在扶手椅里坐下,打了个手势,示意我走过去站到他面前。

约翰·里德是个十四岁的小学生,比我大四岁,因为我才十岁。论年龄,他长得又大又胖,但肤色灰暗,一副病容。脸盘阔,五官粗,四肢肥,手脚大。还喜欢暴饮暴食,落得个肝火很旺,目光迟钝,两颊松弛。这阵子,他本该呆在学校里,可是他妈把他领回来住上一两个月,说是因为"身体虚弱"。但他老师迈尔斯先生却断言,要是家里少送些糕点糖果去,他会什么都很好的。做母亲的心里却讨厌这么刻薄的话,而倾向于一种更随和的想法,认为约翰是过于用功,或许还因为想家,才弄得那么面色蜡黄的。

约翰对母亲和姐妹们没有多少感情,而对我则很厌恶。他欺侮我,虐待我,不是一周三两次,也不是一天一两回,而是经常如此,弄得我每根神经都怕他。他一走近,我身子骨上的每块肌肉都会收缩起来。有时我会被他吓得手足无措,因为面对他的恐吓和欺侮,我无处哭诉。用人们不愿站在我一边去得罪他们的少爷,而里德太太则装聋作哑,儿子打我骂我,她熟视无睹,尽管他动不动当着她的面这样做,而背着她的时候不用说就更多了。

我对约翰已惯于逆来顺受,因此便走到他椅子跟前。他费了大约三分钟,拼命向我伸出舌头,就差没有绷断舌根。我明白他会马上下手,一面担心挨打,一面凝视着这个就要动手的人那副令人厌恶的丑态。我不知道他看出了我的心思没有,反正他二话没说,猛然间狠命揍我。我一个趔趄,从他椅子前倒退了一两步才站稳身子。

"这是对你的教训,谁叫你刚才那么无礼跟妈妈顶嘴,"他说,"谁叫你鬼鬼祟祟躲到窗帘后面,谁叫你两分钟之前眼光里露出那副鬼样子,你这耗子!"

我已经习惯于约翰·里德的谩骂,从来不愿去理睬,一心只想着如何去忍受辱骂以后必然随之而来的殴打。

"你躲在窗帘后面干什么?"他问。

"看书。"

"把书拿来。"

我回到窗前把书取来。

"你没有资格动我们的书。妈妈说的,你靠别人养活你,你没有钱,你爸爸什么也没留给你,你应当去讨饭,而不该同像我们这样体面人家的孩子一起过日子,不该同我们吃一样的饭,穿妈妈掏钱给买的衣服。现在我要教训你,让你知道翻我书架的好处。这些书都是我的,连整座房子都是,要不,过几年就归我了。滚,站到门边去,离镜子和窗子远点。"

我照他的话做了,起初并不知道他的用意。但是当他把书举起,拿稳当了,立起身来摆出要扔过来的架势时,我一声惊叫,本能地往旁边一闪。可是迟了,那本书已经扔过来,正好打中了我,我应声倒下,脑袋撞在门上,开了个口子,淌出血来,疼痛难忍。我的恐惧心理已经越过了极限,被其他情感所代替。

"你是个恶毒残暴的孩子!"我说,"你像个杀人犯——像个奴隶监工——你像罗马皇帝!"

我读过哥尔斯密①的《罗马史》,对尼禄②、卡利古拉③等人物已有自己的看法,并暗暗做过类比,但决没有想到会如此大声地说出口来。

"什么! 什么!"他大叫大嚷,"那是她说的吗? 伊丽莎、乔治亚娜,你们可听见她说了? 我会不去告诉妈妈吗? 不过我得先——"

他向我直冲过来,我只觉得他抓住了我的头发和肩膀,他跟一个拼老命的家伙扭打在一起了。我发现他真是个暴君,是个杀人犯。我觉得一两滴血从头上顺着脖子淌下来,感到一阵热辣辣的剧痛。这些感觉一时占了上风,我不再畏惧,便发疯似的同他对打起来。我不太清楚自己的双手到底干了什么,只听得他骂我"耗子! 耗子!",一面杀猪似的嚎叫着。他的帮手近在咫尺,伊丽莎和乔治亚娜早已跑出去向里德太太讨救兵。里德太太原在楼上,这时来到现场,后面跟随着贝茜和女佣艾博特。她们把我们拉开了,我只听见她们说:

"哎呀! 哎呀! 这么大的气出在约翰少爷身上!"

"谁见过那么火冒三丈的!"

随后,里德太太补充说:

---

① 哥尔斯密(一七三〇—一七七四):英国小说家、剧作家、诗人,著有小说《威克菲牧师传》、喜剧《委曲求全》、长诗《荒村》、散文《世界公民》等。

② 尼禄(三七—六八):古罗马皇帝,以残暴闻名。

③ 卡利古拉(十二—四一):古罗马暴君。

"带她到红房子里去,关起来。"于是马上就有两双手按住了我,把我推上楼去。

　　我一路反抗,在我,这还是破天荒第一次。于是这大大加深了贝茜和艾博特小姐对我的恶感。我确实有点儿难以自制,或者如法国人所说,失常了。我意识到,因为一时的反抗,会不得不遭受古怪离奇的惩罚。于是,像其他造反的奴隶一样,我横下一条心,决计不顾一切了。

　　"抓住她的胳膊,艾博特小姐,她像一只发了疯的猫。"

　　"真丢脸!真丢脸!"这位女主人的侍女叫道,"多可怕的举动,爱小姐,居然打起小少爷来了,他是你恩人的儿子!你的小主人!"

　　"主人!他怎么会是我主人?难道我是仆人不成?"

　　"不,你连仆人都不如。你不干事,吃白食。喂,坐下来,好好想一想你有多坏。"

　　这时候她们已把我拖进了里德太太所指的房间,推搡到一条矮凳上,我不由自主地像弹簧一样跳起来,但立刻被两双手按住了。

　　"要是你不安安稳稳坐着,我们可得绑住你了,"贝茜说,"艾博特小姐,把你的袜带借给我,我那副会被她一下子绷断的。"

　　艾博特小姐转而从她粗壮的腿上解下那条必不可少的带子。捆绑前的准备及其意味着的额外耻辱,略微消解了我的激动情绪。

　　"别解啦,"我叫道,"我不动就是了。"

　　作为保证,我让双手紧挨着凳子。

　　"记住别动。"贝茜说,她知道我确实已经平静下去,便松了手。随后她和艾博特小姐抱臂而立,沉着脸,满腹狐疑地瞪着我,不相信我的神经还是

正常的。

"她以前从来没有这样过。"末了,贝茜转身对那位艾比盖尔①说。

"不过她生性如此,"对方回答,"我经常跟太太说起我对这孩子的看法,太太也同意。这小东西真狡猾,从来没见过像她这样年纪的小姑娘有那么多鬼心眼的。"

贝茜没有搭腔,但不一会便对我说:

"小姐,你该明白,你受了里德太太的恩惠,是她养着你的。要是她把你赶走,你就得进贫民院了。"

对她们这番话,我无话可说,因为听起来并不新鲜。我生活的最早记忆中就包含着类似的暗示。这些责备我依赖别人过活的话,已成了意义含糊的老调,在耳边回响,叫人痛苦,让人难受,而我又似懂非懂。艾博特小姐答话了:

"你不能因为太太好心将你同里德小姐和少爷一块抚养大,就以为自己与他们平等了。他们将来会有很多很多钱,而你却一个子儿也不会有。你得学谦恭些,尽量顺着他们,这才是你的本分。"

"我们同你说的全是为了你好,"贝茜补充道,口气倒并不严厉,"你做事要巴结些,学得乖一点,那样也许可以把这儿当个家一直住下去。要是你意气用事,粗暴无礼,我敢肯定,太太会把你撵走。"

"另外,"艾博特小姐说,"上帝会惩罚她,也许会在她耍脾气时,把她处死,死后她能上哪儿呢? 来,贝茜,咱们走吧,随她去。反正我是无论如何打动不了她啦。爱小姐,你独个儿呆着的时候,祈祷吧。要是你不忏悔,说不定有个坏家伙会从烟囱进来,把你带走。"

她们走了,关了门,随手上了锁。

红房子是间空余的卧房,难得有人在里面过夜。其实也许可以说,从来没有。只有当盖茨黑德府上偶尔拥进一大群客人时,才有必要动用全部房间。但府里的卧室,数它最宽敞、最堂皇了。一张床醒目地立于房间正中,粗大的红木床柱上,罩着深红色锦缎帐幔,活像一顶帐篷。两扇终日窗帘紧闭的大窗,半掩在类似织物制成的彩饰和流苏之中。地毯是红的,床脚边的

---

① 艾比盖尔:英国戏剧家鲍芒和弗莱彻所著《傲慢的贵妇人》中一个贵族使女。

桌子上铺着深红色的台布,墙呈柔和的黄褐色,略带粉红。大橱、梳妆台和椅子都是乌黑发亮的老红木做的。床上高高地叠着褥垫和枕头,铺着雪白的马赛布床罩,在周围深色调陈设的映衬下,白得炫目。几乎同样显眼的是床头边一张铺着坐垫的大安乐椅,一样的白色,前面还放着一只脚凳;在我看来,它像一个苍白的宝座。

房子里难得生火,所以很冷;因为远离保育室和厨房,所以很静;又因为谁都知道很少有人进去,所以显得庄严肃穆。只有女佣每逢星期六上这里来,把一周内静悄悄落在镜子上和家具上的灰尘抹去。还有里德太太本人,隔好久才来一次,查看大橱里某个秘密抽屉里的东西。这里存放着各类羊皮文件、她的首饰盒,以及她已故丈夫的微型画像。上面提到的最后几句话,给红房子带来了一种神秘感、一种魔力,因而它虽然富丽堂皇,却显得分外凄清。

里德先生死去已经九年了,他就是在这间房子里咽气的,他的遗体在这里让人瞻仰,他的棺材由殡葬工人从这里抬走。从此以后,这里便始终弥漫着一种阴森森的祭奠氛围,所以不常有人闯进来。

贝茜和刻薄的艾博特小姐让我一动不动坐着的,是一条软垫矮凳,摆在靠近大理石壁炉的地方。我面前是高大的床,右面是黑魆魆的大橱,橱上柔和、斑驳的反光,使镶板的光泽摇曳变幻;左面是裹得严严实实的窗子,两扇窗子中间有一面大镜子,映照出床和房间的空旷和肃穆。我吃不准他们锁了门没有,等到敢走动时,便起来看个究竟。哎呀,不错,比牢房锁得还紧呐。返回原地时,我必须经过大镜子跟前。我的目光被吸引住了,禁不住探究起镜中的世界来。在虚幻的映像中,一切都显得比现实中更冷落、更阴沉。那个陌生的小家伙瞅着我,白白的脸上和胳膊上都蒙上了斑驳的阴影,在一切都凝滞时,唯有那双明亮恐惧的眼睛在闪动,看上去真像是一个幽灵。我觉得她像那种半仙半魔的小精灵,恰如贝茜在夜晚的故事中所描绘的那样,从沼泽地带山蕨丛生的荒谷中冒出来,现身于迟归的旅行者眼前。我回到了我的矮凳上。

那时,我产生了一种莫名的恐惧,但没有彻底给吓懵。我依然热血沸腾,内心那种奴隶的反叛情绪,激起了一股狠劲,支撑着我。我向阴暗的现实退缩之前,得压下迅速涌上心头的往事。

约翰·里德的专横霸道,他姐妹的高傲冷漠,他母亲的厌恶,仆人们的偏心,像一口混沌的水井中黑色的沉淀物,一古脑儿泛起在我烦恼不安的心头。为什么我总是受苦,总是遭人白眼,总是让人告状,永远受到责备呢?为什么我永远不能讨人喜欢?为什么我尽力博取欢心,却依然无济于事呢?伊丽莎自私任性,却受到尊敬;乔治亚娜好使性子,心肠又毒,而且强词夺理,目空一切,偏偏得到所有人的纵容。她的美貌、红润的面颊、金色的鬈发,使得她人见人爱,一俊便可遮百丑。至于约翰,没有人同他顶撞,更不用说教训他了,虽然他什么坏事都干:拧断鸽子的头颈,弄死小孔雀,放狗去咬羊,采摘温室中的葡萄,掐断暖房里上等花木的嫩芽。有时他还叫他的母亲"老姑娘",又因为她皮肤黝黑像他自己而破口大骂。尽管他蛮横地与母亲作对,经常撕毁她的丝绸服装,却依然是"她的宝贝蛋"。而我不敢有丝毫闪失,该做的事都努力做好,人家还是骂我淘气鬼、讨厌坏,骂我阴丝丝、贼溜溜,从早上骂到中午,从中午骂到晚上。

我因为挨了打、跌了跤,头依然疼痛,依然流着血。约翰肆无忌惮地打我,却不受责备,而我不过为了免遭进一步无理殴打,反抗了一下,便成了众矢之的。

"不公呵,不公!"我的理智呼喊着。在痛苦的刺激下,我的理智化作了一种早熟而短暂的力量;决心也同样鼓动起来,激发我去采取某种奇怪的手段,来摆脱难以忍受的压迫,譬如逃跑,要是不能奏效,那就不吃不喝,活活饿死。

那个阴沉的下午,我心里多么惶恐不安!我的整个脑袋如一团乱麻,我的整颗心在反抗!然而那场内心斗争又显得多么茫然,多么无知啊!我无法回答心底那永无休止的问题——为什么我要如此受苦。此刻,在相隔——我不说多少年以后,我看清楚了。

我在盖茨黑德府上格格不入。在那里我跟谁都不像。同里德太太、她的孩子、她看中的家仆,都不融洽。他们不爱我,说实在的我也一样不爱他们。他们没有必要热情对待一个与自己合不来的家伙,一个无论是个性、身份还是嗜好都同他们泾渭分明的异己;一个既不能为他们效劳,也不能给他们增添欢乐的废物;一个对自己的境遇心存不满而又蔑视他们想法的讨厌家伙。我明白,如果我是一个聪明开朗、无忧无虑、漂亮顽皮、不好伺候的孩子,即使同样是寄人篱下,同样是无亲无故,里德太太也会对我的处境更加宽容忍让;她的孩子们也会对我亲切热情些;用人们也不会一再把我当做保育室的替罪羊了。

红房子里白昼将尽。时候已是四点过后,暗沉沉的下午正转为凄凉的黄昏。我听见雨点仍不停地敲打着楼梯的窗户,狂风在门厅后面的树丛中怒号。我渐渐地冷得像块石头,勇气也烟消云散。往常那种屈辱感,那种缺乏自信、孤独沮丧的情绪,浇灭了我将消未消的怒火。谁都说我坏,也许我确实如此吧。我不是一心谋划着让自己饿死吗?这当然是一种罪过。那我该不该死呢?或者,盖茨黑德教堂圣坛底下的墓穴是个令人向往的归宿吗?听说里德先生就长眠在这样的墓穴里。这一念头重又勾起了我对他的回忆,而越往下细想,就越害怕起来。我已经不记得他了,只知道他是我舅父——我母亲的哥哥。他收养了我这个襁褓中的孤儿,而且在弥留之际,要里德太太答应,把我当做她自己的孩子来抚养。里德太太也许认为自己是信守诺言的。而我想就她本性而论,也的确是实践了当初的许诺。可是她怎么能真心喜欢一个不属于她家的且在丈夫死后同她已了却一切干系的外姓人呢?她发现自己受这勉为其难的保证的约束,充当一个自己无法喜爱的陌生孩子的母亲,眼睁睁看着一位不相投合的外人永远硬夹在自己的家人中间。对她来说,这想必是件最恼人的事情了。

我忽然闪过一个古怪的念头。我不怀疑——也从来没有怀疑过——里德先生要是在世,一定会待我很好。此刻,我坐着,一面打量着白白的床和影影绰绰的墙,不时还用经不住诱惑的目光瞟一眼泛着微光的镜子,不由得忆起了关于死人的种种传闻。据说由于人们违背了他们临终的嘱托,他们在坟墓里非常不安,于是便重访人间,严惩发假誓的人,并为受压者报仇。我思忖,里德先生的幽灵为外甥女的冤屈所动,会走出居所,不管那是教堂的墓穴,还是无人知晓的死者世界,来到这间房子,站在我面前。我抹去眼泪,忍住哭泣,担心嚎啕大哭会惊动什么不可知的声音来抚慰我,或者在昏暗中召来某个带光环的面孔,露出奇异怜悯的神色,俯身对着我。这念头听起来很令人欣慰,不过要是真的做起来,想必会非常可怕。我使劲不去想它,努力坚强些,抖掉遮住眼睛的头发,抬起头来,大着胆子环顾了一下暗洞洞的房间。就在这时,墙上闪过一道亮光。我问自己:会不会是一缕月光,透过百叶窗的缝隙照了进来？不，月光是静止的，而这道光却是流动的。定睛看时，这光线滑到了天花板上，在我头顶上抖动起来。现在我会很自然地联想到，那很可能是有人提着灯笼穿过草地时射进来的光。但那会儿，我脑子里尽往恐怖处去想，我的神经也由于激动而非常紧张，我以为那道飞快掠过的光，是某个幽灵从另一个世界到来的先兆。我的心怦怦乱跳，头脑又热又涨，耳朵里嗡嗡作响，我以为那是翅膀拍击声，好像什么东西已经逼近我了。我感到压抑，感到窒息，我的忍耐力崩溃了，禁不住发疯似的大叫了一声，冲向大门，拼命摇着门锁。外面门廊上响起了飞跑而来的脚步声，钥匙转动了，贝茜和艾博特走进房间。

"爱小姐，你病了吗？"贝茜问。

"多吓人的吵嚷声！简直要穿透我的心肺了！"艾博特嚷嚷道。

"放我出去！让我到保育室去！"我叫道。

"为什么呢？你伤着了吗？是不是看到了什么东西？"贝茜又问道。

"啊！我看到了一道光，想必是鬼来了。"这时，我拉住了贝茜的手，而她并没有抽回去。

"她是故意乱叫乱嚷的，"艾博特厌烦地当着我的面说，"而且叫得那么凶！要是真痛得厉害，倒还可以原谅，可她只不过要把我们都骗到这里来，我知道她的诡计。"

"到底是怎么回事？"另一个咄咄逼人的声音问道。随后，里德太太从走廊里走过来，帽子飘忽着被风鼓得大大的，睡袍窸窸窣窣响个不停。"艾博特，贝茜，我想我吩咐过，让简·爱呆在红房子里，由我亲自来过问。"

"简小姐叫得那么响，夫人。"贝茜恳求着。

"放开她。"这是唯一的回答。"松开贝茜的手，孩子。你尽可放心，靠这些办法，是出不去的。我讨厌耍花招，尤其是小孩子，我有责任让你知道，鬼把戏不管用。现在你要在这里多呆一个小时，而且只有服服帖帖，一动不动，才放你出来。"

"啊，舅妈，可怜可怜我吧！饶恕我吧！我实在受不了啦，用别的办法惩罚我吧！我会憋死的，要是——"

"住嘴！这么闹闹嚷嚷讨厌透了。"她无疑就是这么感觉的。在她眼里我是个早熟的演员，她打心底里认为，我是个本性恶毒、灵魂卑劣、为人阴险的货色。

　　贝茜和艾博特退了出去。里德太太对我疯也似的痛苦嚎叫很不耐烦，无意再往下谈了,蓦地把我往后一推,锁上了门。随后我便听见她神气活现地走了。她走后不久,我猜想我便一阵痉挛,昏了过去,结束了这场吵闹。

　　我随后记得,醒过来时仿佛做了一场可怕的噩梦,看到眼前闪烁着骇人的红光,被一根根又粗又黑的条子所隔断。我还听到了沉闷的说话声,仿佛被一阵风声或水声盖住了似的。激动不安、难以捉摸以及压倒一切的恐怖感,使我神智模糊了。不久,我明白有人在摆弄我,把我扶起来,让我靠着他坐着。我觉得以前从来没有被人这么轻手轻脚地抱起过或扶起过,我把头倚在一个枕头上或是一条胳膊上,感到很舒服。

　　五分钟后,心头的疑云消散了。我完全明白我在自己的床上,那红光是保育室的炉火。时候是夜间,桌上燃着蜡烛。贝茜端着脸盆站在床脚边,一位绅士坐在我枕边的椅子上,俯身向着我。

　　我知道房间里有一个生人,一个不属于盖茨黑德府,也不与里德太太沾亲带故的人。这时,我感到了一种难以言表的宽慰,一种确信受到庇护而觉得安全的欣慰之情。我的目光离开贝茜(尽管她在身边远没有艾博特那么讨厌),细细端详这位先生的面容。我认识他,他是劳埃德先生,是个药剂师,有时里德太太请他来给用人们看病。但她自己和孩子们不舒服时,请的是位内科医生。

　　"瞧,我是谁?"他问。

　　我说出了他的名字,同时把手伸给他,他握住了我的手,微微一笑说:"慢慢会好起来的。"随后他扶我躺下,并吩咐贝茜千万小心,夜里别让我受到打扰。他又叮嘱了一番,说了声第二天再来后,便走了。我非常难过。有他坐在我枕边的椅子上,我感到既温暖又亲切,而他一走,门一关上,整个房间便暗了下来,我的心再次沉重起来,一种无可名状的哀伤压迫着我。

"你觉得该睡了吗,小姐?"贝茜问,口气相当温存。

我几乎不敢回答她,害怕接着的话粗鲁不中听。"我试试。"

"你想喝什么,或者能吃点什么吗?"

"不用,谢谢,贝茜。"

"那我去睡了,已经过了十二点。不过要是夜里需要什么,你尽管叫我。"

多么彬彬有礼啊!于是我大着胆子问了个问题。

"贝茜,我怎么啦?病了吗?"

"你是病了,猜想是在红房子里哭出病来的,肯定很快就会好的。"

贝茜走进了附近用人的卧房。我听见她说:

"萨拉,过来同我一起睡在保育室吧,今儿晚上,就是要我命,我也不敢同那个可怜孩子单独过夜了。她说不定会死的。真奇怪她竟会昏过去。不知道她看见了什么没有。里德太太也太狠心了。"

萨拉跟着她回来了,两人都上了床,嘁嘁喳喳讲了半个小时才睡着。我只听到了只言片语,但我可以清楚地推断出她们讨论的主题。

"有个东西从她身边经过,一身素装,转眼就不见了"——"一条大黑狗跟在后面"——"在房门上砰砰砰敲了三下"——"墓地里一道白光正好掠过他的坟墓"等等等等。

最后,两人都睡着了,炉火和烛光也都熄灭。她们长夜的守护,我是可怕地醒着挨过的,害怕得耳朵、眼睛和头脑都紧张起来,这种恐惧是只有儿童才能感受到的。

红房子事件并没有给我身体留下严重或慢性的后遗症,它不过使我的神经受了惊吓,对此我至今还心有余悸。是的,里德太太,你让我蒙受了可怕的精神创伤,但我应当原谅你,因为你并不明白自己干了些什么,明明是在割断我的心弦,却自以为不过是要根除我的恶习。

第二天中午,我起来穿好衣服,裹了块浴巾,坐在保育室壁炉旁边。我身体虚弱,几乎要垮下来。但最大的痛楚却是内心难以言传的苦恼,弄得我不断地暗暗落泪。才从脸颊上抹去一滴带咸味的泪水,另一滴又滚落下来。不过,我想我应当高兴,因为里德一家人都不在,他们都坐了车随妈妈出去了。艾博特也在另一间屋里做针线活。而贝茜呢，来回忙碌着，一面把玩具收拾起来，将抽屉整理好，一面还不时地同我说两句少有的体贴话。对我来说，过惯了那种成天挨骂、辛辛苦苦吃力不讨好的日子后，这光景就好比是平静的乐园。然而，我的神经已被折磨得痛苦不堪，终于连平静也抚慰不了我，欢乐也难以使我兴奋了。

贝茜下楼去了一趟厨房，端上来一个小烘饼，放在一个图案鲜艳的瓷盘里，图案上画的是一只极乐鸟，偎依在一圈旋花和玫瑰花苞上。这幅画曾激起我热切的羡慕之情。我常常恳求让我端一端这只盘子，好仔细看个究竟，但总是被认为不配享受这样的特权。此刻，这只珍贵的器皿就搁在我膝头上，我还受到热诚邀请，品尝器皿里一小圈精美的糕点。徒有虚名的垂爱啊！跟其他久拖不予而又始终期待着的宠爱一样，来得太晚了！我已无意品尝这烘饼，而且那鸟的羽毛和花卉的色泽也奇怪地黯然无光了。我把盘子和烘饼挪开。贝茜问我是否想要一本书。"书"字产生了瞬间的刺激，我求她去图书室取来一本《格列佛游记》。我曾兴致勃勃地反复细读过这本书，认为书中叙述的都实有其事，因而觉得比童话中写的有趣。至于那些小精灵，我在毛地黄叶子与花冠之间，在蘑菇底下和爬满老墙角落的长春藤下遍寻不着之后，终于承认这悲哀的事实：他们都已逃离英国到某个原始的国家去了，那儿树林更荒凉茂密，人口更为稀少。而我虔信，小人国和大人国都是地球表面实实在在的一部分。我毫不怀疑有朝一日我会去远航，亲眼看一看一个王国里小小的田野、小小的房子、小小的树木；看一看那里的小人、小牛、小羊和小鸟；看一看另一个王国里如森林一般高耸的小麦地、硕大的猛犬、巨大无比的猫，以及高塔一般的男男女女。然而，此刻这本我所珍爱的书放到了我手上，我一页页翻过去，试图从精妙的插图中寻觅以前总能感受到的魅力，但找到的只是怪异和凄凉。巨人成了憔悴的妖怪，矮子沦为恶毒可怖的小鬼，而格列佛，则已是陷身于令人畏惧的险境的孤独流浪者了。我不敢往下看了，合上书，把它放在桌上一口未尝的小烘饼旁边。

这时贝茜已收拾和打扫好了房间，洗了手，打开了一个小抽屉，里面尽是五光十色的丝缎布料碎片。她一边开始为乔治亚娜的玩偶缝制一顶新的帽子，一边唱了起来，那歌词是这样的：

在很久很久以前的日子里,
我们像吉卜赛人一样流浪。①

　　我以前常听这首歌,而且总觉得它欢快悦耳,因为贝茜的嗓子很甜,至少我认为如此。而此刻,虽然她甜蜜的嗓子依旧,但歌里透出了一种难以言喻的悲哀。有时,她干活出了神,把迭句唱得很低沉,拖得很长。一句"很久很久以前"唱出来,如同挽歌中最哀伤的调子。她接着又唱起一首民谣来,这回可是真的哀怨凄恻了。

我的双脚酸痛啊四肢乏力,
前路漫漫啊大山荒芜。
没有月光啊天色阴凄,
暮霭沉沉啊笼罩着可怜孤儿的旅途。

为什么要让我孤苦伶仃远走他乡,
流落在荒野连绵巉岩重叠的异地?
人心狠毒啊,唯有天使善良,
关注着可怜孤儿的足迹。

从远处吹来了柔和的夜风,
晴空中繁星闪烁着温煦的光芒。
仁慈的上帝啊,你赐福于万众,
可怜的孤儿得到了保护、安慰和希望。

哪怕我走过断桥失足坠落,
或是在迷茫恍惚中误入泥淖。
天父啊,你带着祝福与许诺,
把可怜的孤儿搂入你怀抱。

———————————

① 这首歌系埃德温·兰斯福德(一八〇五——一八七六)所作,写于一八三七年。

哪怕我无家可归无亲无故，

一个给人力量的信念在我心头。

天堂啊，永远是归宿和安息之所，

上帝是可怜孤儿的朋友。

"来吧，简小姐，别哭了。"贝茜唱完了说。其实，她无异于对火说"你别燃烧了"。不过，她怎么能揣度出我被极度的痛苦所折磨？早上劳埃德先生又来了。

"怎么，已经起来了！"他一进保育室就说，"嗨，保姆，她怎么样了？"

贝茜回答说我情况很好。

"那她应当更高兴些才是。过来，简小姐，你的名字叫简，是不是？"

"是，先生，叫简·爱。"

"瞧，你一直在哭，简·爱小姐，你能告诉我为什么吗？哪儿疼吗？"

"不疼，先生。"

"啊！我想是因为不能跟小姐们一起坐马车出去才哭的。"贝茜插嘴说。

"当然不是！她那么大了，不会为这点小事闹别扭的。"

这恰恰也是我的想法。而她这么冤枉我伤了我的自尊，所以我当即回答："我长这么大从来没有为这种事哭过，而且我讨厌乘马车出去。我是因为心里难受才哭的。"

"嘿，去去，小姐！"贝茜说。

好心的药剂师似乎有些莫名其妙。我站在他面前，他目不转睛地看着我。他灰色的小眼睛并不明亮，但想来也许应当说是非常锐利的。他的面相既严厉而又温厚，他从容地打量了我一番后说：

"昨天你怎么得病的呢？"

"她跌了一跤。"贝茜又插嘴了。

"跌跤！又要娃娃脾气了！她这样年纪还不会走路？八九岁总有了吧。"

"我是被人给打倒的。"我脱口而出。由于自尊心再次受到伤害，引起了一阵痛楚,我冒昧地做了这样的辩解。"但光那样也不会生病。"我趁劳埃德先生取了一撮鼻烟吸起来时说。

他把烟盒放入背心口袋。这时,铃声大作,叫用人们去吃饭。他明白是怎么回事。"那是叫你的,保姆,"他说,"你可以下去啦,我来开导开导简小姐,等着你回来。"

贝茜本想留着,但又不得不走,准时吃饭是盖茨黑德府的一条成规。

"你不是因为跌了跤才生病吧?那么因为什么呢?"贝茜一走,劳埃德先生便追问道。

"他们把我关在一间闹鬼的房子里,直到天黑。"

我看到劳埃德先生微微一笑,同时又皱起眉头来。"鬼?瞧,你毕竟还是个娃娃!你怕鬼吗?"

"里德先生的鬼魂我是怕的,他就死在那间房子里,灵柩还在那里停过。无论贝茜,还是别人,只要可以不进去,是从来不在夜里进那房间的。多狠心呀,把我一个人关在里面,连支蜡烛也不点。心肠那么狠,我一辈子都忘不了。"

"瞎说!就因为这个使你心里难受?现在大白天你还怕吗?"

"现在不怕,不过马上又要到夜里了。另外,我不愉快,很不愉快,为的是其他事情。"

"其他什么事?能说些给我听听吗?"

我多么希望能原原本本地回答这个问题!要做出回答又是何其困难!孩子们能够感觉,但无法分析自己的情感,即使部分分析能够意会,分析的结果也难以言传。但是我又担心失去这第一次也是唯一一次吐苦水的机会。所以,我局促不安地停了一停之后,便琢磨出一个虽不详尽却相当真实的回答。

"一方面是因为我没有父母,没有兄弟姐妹的缘故。"

"可是你有一位和蔼可亲的舅母,还有表兄妹们。"

我又顿了顿,随后便笨嘴笨舌地说:

"可是约翰·里德把我打倒了,而舅妈又把我关在红房子里。"

劳埃德先生再次掏出了鼻烟盒。

"你不觉得盖茨黑德府是座漂亮的房子吗?"他问,"让你住那么好一个

21

地方,你难道不感激?"

"这又不是我的房子,先生。艾博特还说我比这儿的用人还不该呆着呢。"

"去!你总不至于傻得想离开这个好地方吧。"

"要是我有地方去,我是乐意走的。可是不等到长大成人,我休想摆脱盖茨黑德。"

"也许可以——谁知道?除了里德太太,你还有别的亲戚吗?"

"我想没有了,先生。"

"你父亲那头也没有了吗?"

"我不知道,有一回我问过里德舅妈,她说可能有些姓爱的亲戚,人又穷,地位又低,她对他们的情况一点都不知道。"

"要是有这样的亲戚,你愿意去吗?"

我陷入了沉思。在成年人看来,贫困显得冷酷无情,对孩子来说则尤其如此。至于勤劳刻苦、令人钦敬的贫困,孩子们不甚了了。在他们心目中,这个字眼始终与衣衫褴褛、食品匮乏、壁炉无火、行为粗鲁以及低贱的恶习联系在一起。对我来说,贫困就是堕落的别名。

"不,我不愿与穷人为伍。"这就是我的回答。

"即使他们待你很好也不愿意?"

我摇了摇头,不明白穷人怎么会有条件对人仁慈,更不用说我还得学他们的言谈举止,同他们一样没有文化,长大了像有时见到的那种贫苦女人一样,坐在盖茨黑德庄茅屋门口,奶孩子或者搓洗衣服。不,我可没有那种英雄气概,宁愿抛却身份来换取自由。

"但是你的亲戚难道就那么穷,都是靠干活过日子的吗?"

"我说不上来。里德舅妈说,要是我有亲戚,也准是一群要饭的,我可不愿去要饭。"

"你想上学吗?"

我再次沉思起来。我几乎不知道学校是什么样子。光听贝茜有时说起过,在那个地方,年轻女子坐的时候得上了足枷,并绑着脊骨矫正板,还非得要十分文雅和规矩才行。约翰·里德对学校恨之入骨,还大骂教师。不过他的感受不足为凭。如果贝茜关于校纪的说法(她来盖茨黑德之前,从她主人家一些年轻小姐那儿收集来的)有些骇人听闻,那么她细说的关于那些小姐所学得的才艺,我想也同样令人神往。她绘声绘色地谈起了她们制作的风景画和花卉画;谈起了她们能唱的歌,能弹的曲,能编织的钱包,能翻译的法文书,一直谈得我听着听着就为之心动,跃跃欲试。更何况上学也是彻底变换环境,意味着一次远行,意味着同盖茨黑德完全决裂,意味着踏上新的生活旅程。

"我真的愿意去上学。"这是我三思之后轻声说出的结论。

"唉,唉,谁知道会发生什么呢?"劳埃德先生立起身来说。

"这孩子应当换换空气,换换地方,"他自言自语地补充说,"神经不很好。"

这时,贝茜回来了,同时听得见砂石路上响起了滚滚而来的马车声。

"是你们太太吗,保姆?"劳埃德先生问道,"走之前我得跟她谈一谈。"

贝茜请他进早餐室,并且领了路。从以后发生的情况推测,药剂师在随后与里德太太的会见中,大胆建议送我进学校。无疑,这个建议被欣然采纳了,因为一天夜里,艾博特和贝茜坐在保育室里,做着针线活儿,谈起了这件事。那时,我已经上床,她们以为我睡着了。艾博特说:"我想太太一定巴不得摆脱这样一个既讨厌,品质又不好的孩子,她那个样子就好像眼睛老盯着每个人,暗地里在搞什么阴谋似的。"我想艾博特准相信我是幼年的盖伊·福克斯式人物了①。

就是这一回,我从艾博特与贝茜的交谈中第一次获悉,我父亲生前是个穷牧师,我母亲违背了朋友们的意愿嫁给了他,他们认为这桩婚事有失她的身份。我的外祖父里德,因为我母亲不听话而勃然大怒,一气之下同她断绝了关系,没留给她一个子儿。我父母结婚才一年,父亲染上了斑疹伤寒,因为他奔走于助理牧师供职地区一个大工业城镇的穷人中间,而当时该地流行着斑疹伤寒。我母亲从父亲那儿染上了同一疾病,结果父母双双故去,前后相距不到一个月。

---

① 盖伊·福克斯(一五七〇——一六〇六):英国天主教徒,曾参加西班牙军队,为英国火药阴谋(一六〇五)的同谋者,在通往国会大厦的地下室埋置二十多桶炸药,阴谋炸死英王詹姆斯一世,事发后被处决。

贝茜听了这番话便长叹一声说:"可怜的简小姐也是值得同情呐,艾博特。"

"是呀,"艾博特回答,"她若是漂亮可爱,人家倒也会可怜她那么孤苦伶仃的,可是像她那样的小东西,实在不讨人喜欢。"

"确实不大讨人喜欢,"贝茜表示同意,"至少在同样处境下,乔治亚娜这样的美人儿会更惹人喜爱。"

"是呀,我就是喜欢乔治亚娜小姐!"狂热的艾博特嚷道,"真是个小宝贝——长长的鬈发,蓝蓝的眼睛,还有那么可爱的肤色,简直像画出来一般! —— 贝茜,晚餐我真想吃威尔士干酪。"

"我也一样——外加烤洋葱。来吧,我们下楼去。"她们走了。

我同劳埃德先生的一番交谈,以及上回所述贝茜和艾博特之间的议论,使我信心倍增,动力十足,盼着自己快些好起来。看来,某种变动已近在眼前,我默默地期待着。然而,它迟迟未来。一天天、一周周过去了,我已体健如旧,但我盘算的那件事,却并没有重新提起。里德太太有时严厉地打量我,但很少理睬我。自我生病以来,她已把我同她的孩子截然分开,指定我独自睡一个小房间,罚我单独用餐,整天呆在保育室里,而我的表兄妹们却经常在客厅玩耍。她没有丝毫暗示要送我上学,但我有一种很有把握的直觉,她不会长期容忍我与她同在一个屋檐下生活。因为她把目光投向我时,眼神里越来越表露出一种无法摆脱、根深蒂固的厌恶。

伊丽莎和乔治亚娜分明是按吩咐行事,尽量少同我搭讪。而约翰一见我就装鬼脸,有一回竟还想对我动武。像上次一样,我怒不可遏,忍无可忍,激起了一种犯罪的本能,顿时扑了上去。他一想还是住手的好,便逃离了我,一边破口大骂,声言我撕裂了他的鼻子。我的拳头确实瞄准了那个隆起的器官,用足力气狠狠一击。当我看到这一招或是我的目光使他吓破了胆时,我真想乘胜追击,达到目的,可是他已经逃到他妈妈那里了。我听他哭哭啼啼,开始讲述"那个讨厌的简·爱"如何像疯猫一样扑向他的故事。但他的哭诉立即被厉声喝住了。

"别跟我提起她了,约翰。我同你说过不要与她接近,她不值得理睬。我不愿意你或你妹妹同她来往。"

这时,我扑出栏杆,突然不假思索地大叫了一声:

"他们还不配同我交往呢。"

尽管里德太太的体态有些臃肿,但一听见我这不可思议的大胆宣告,便利索地噔噔噔跑上楼梯,一阵风似的把我拖进保育室,按倒在小床的床沿上,气势汹汹地说,谅我那天再也不敢从那里爬起来,或是再吭一声了。

"要是里德舅舅还活着,他会同你说什么?"我几乎无意中问了这个问题。我说几乎无意,是因为我的舌头仿佛不由自主地吐出了这句话,完全是随意倾泻,不受控制。

"什么?"里德太太咕哝着说。她平日冷漠平静的灰色眸子显得惶惶不安,露出了近乎恐惧的神色。她从我的胳膊中抽回手,死死盯着我,仿佛真的弄不明白我究竟是个孩童还是魔鬼。这时,我骑虎难下了。

"里德舅舅在天堂里,你做的和想的,他都看得清清楚楚。我爸爸妈妈也看得清清楚楚。他们知道你把我关了一整天,还巴不得我死掉。"

里德太太很快便振作起来,狠命推搡我,扇我耳光,随后二话没说扔下我就走。在留下的间隙,贝茜喋喋不休进行了长达一个小时的说教,证实我无疑是家里养大的最坏、最放任的孩子,弄得我也有些半信半疑。因为我确实觉得,在我胸膛里翻腾的只有恶感。

十一月、十二月和一月的上半月转眼已逝去。在盖茨黑德,圣诞节和元旦照例喜气洋洋地庆祝一番,相互交换礼物,举行圣诞晚餐和晚会。当然,这些享受一概与我无缘,我的那份乐趣是每天眼睁睁瞧着伊丽莎和乔治亚娜的装束,看她们着薄纱上衣,系大红腰带,披着精心制作的鬈发下楼到客厅去。随后倾听楼下弹奏钢琴和竖琴的声音,管家和仆人来来往往的脚步声,上点心时杯盘磕碰的丁冬声,随着客厅门启闭时断时续传来的谈话声。听腻了,我会离开楼梯口,走进孤寂的保育室。那里尽管也有些许悲哀,但心里并不难受。说实话,我绝对无意去凑热闹,因为就是去了,也很少有人理我。要是贝茜肯好好陪我,我觉得与她相守,安静地度过夜晚倒也是一种享受,强似在满屋少爷小姐、太太先生中间,里德太太令人生畏的目光下,挨过那些时刻。但是,贝茜往往把小姐们一打扮停当,便抽身上厨房、女管家室等热闹场所去了,还总把蜡烛也带走。随后,我把玩偶放在膝头枯坐着,直至炉火渐渐暗淡,还不时东张西望,弄清楚除了我没有更可怕的东西光顾这昏暗的房间。待到余烬退为暗红色,我便急急忙忙,拿出吃奶的劲来,宽衣解带,钻进小床,躲避寒冷与黑暗。我常把玩偶随身带到床上。人总得爱点什么,在缺乏更值得爱的东西的时候,我便设想以珍爱一个退了色的布偶来获得快慰,尽管这个玩偶已经破烂不堪,活像个小小的稻草人。此刻忆起这件往事,也令我迷惑不解。当时,我是带着何等荒谬的虔诚来溺爱这小玩具的呀!我还多少相信它有血有肉有感觉。只有把它裹进了睡袍我才能入睡,一旦它暖融融安然无恙地躺在那里,我便觉得愉快多了,而且相信这玩偶也有同感。

我似乎要等很久很久客人们才散去,才候着贝茜上楼的脚步声。有时她会在中间上楼来,找顶针或剪刀,或者端上一个小面包、奶酪饼什么的当做我的晚餐。她便会坐在床上看我吃。我一吃完,她便会替我把被子塞好,亲我两下,说:"晚安,简小姐。"贝茜和颜悦色的时候,我就觉得她是人世间最好、最漂亮、最善良的人,我热切希望她会总是那么讨人喜欢,那么和蔼可亲,不要老是支使我,骂我,无理责备我。我现在想来,贝茜·李一定是位很有天赋的姑娘,因为她干什么都在行,还有善讲故事的惊人诀窍,至少保育室故事留给我的印象,让我可以做出这样的判断。如果我对她的脸蛋和身材没有记错,那她还长得很漂亮。在我的记忆中,她是个身材苗条的少妇,有着墨色的头发,乌黑的眸子,端正的五官和光洁的皮肤。但她任性急躁,缺乏原则性和正义感。尽管如此,在盖茨黑德府的人中,我最喜欢她。

那是一月十五日早上九点。贝茜已下楼去用早餐,我的表兄妹们还没有被叫唤到他们妈妈身边。伊丽莎正戴上宽边帽,穿上暖和的园艺服,出去喂她的家禽。这活儿她百做不厌,并不逊于把鸡蛋卖给女管家,把所得的钱藏匿起来。她有做买卖的才干,有突出的聚财癖,不仅表现在兜售鸡蛋和鸡方面,而且也在跟园艺工就花茎、花籽和插枝拼命讨价还价上显露出来。里德太太曾吩咐园艺工,凡是伊丽莎想卖掉的花圃产品,他都得统统买下。而要是能赚大钱,伊丽莎连出售自己的头发也心甘情愿。至于所得的钱,起初她用破布或陈旧的卷发纸包好,藏在偏僻的角落里。但后来其中一些秘藏物被女用所发现,她深怕有一天丢失她值钱的宝藏,便同意由她母亲托管,收取近乎高利贷的利息——百分之五十或六十,一个季度索讨一次。她还把账记在一个小本子上,算得分毫不差。

乔治亚娜坐在一条高脚凳上,对镜梳理着自己的头发。她把一朵朵人造花和一根根退色的羽毛插到鬈发上,这些东西是她在阁楼上的一个抽屉里找到的。我正在铺床,因为根据贝茜的严格指令,我得在她回来之前把一切都收拾停当(贝茜现在常常把我当做保育室女用下手来使唤,吩咐我整理房间,擦掉椅子上的灰尘等等)。我摊开被子,叠好睡衣后,便走向窗台,正想把散乱的图画书和玩偶家具放好,却突然传来了乔治亚娜指手画脚的吆喝,不许我动她的玩具(因为这些小椅子、小镜子、小盘子和小杯子都是她的财产),于是只好歇手。一时无所事事,便开始往凝结在窗上的霜花哈气,在玻璃上化开了一小块地方,透过它可以眺望外面的院落,那里的一切在严霜的威力之下,都凝固了似的寂然不动。

从这扇窗子看得清门房和马车道。我在蒙着一簇簇银白色霜花的窗玻璃上,正哈出一块可以往外窥视的地方时,只见大门开了,一辆马车驶了进来。我毫不在意地看着它爬上小道,因为尽管马车经常光临盖茨黑德府,却从未送来一位我所感兴趣的客人。这辆车在房子前面停下,门铃大作,来客被请进了门。既然这种事情与我无关,百无聊赖之中,我便被一种更有生气的景象所吸引了。那是一只小小的、饿坏了的知更鸟,从什么地方飞来,落在紧贴靠窗的墙上一棵光秃秃的樱桃树枝头,叽叽喳喳叫个不停。这时,桌上放着我早饭吃剩的牛奶和面包,我把一小块面包弄碎,正推窗把它放到窗沿上时,贝茜奔上楼梯,走进了保育室。

"简小姐,把围嘴脱掉。你在那儿干什么呀?今天早上抹了脸,洗了手吗?"我先没有回答,顾自又推了一下窗子,因为我要让这鸟儿万无一失地吃到面包。窗子终于松动了,我撒出了面包屑,有的落在石头窗沿上,有的落在樱桃树枝上。随后我关好窗,一面回答说:

"没有呢,贝茜,我才掸好灰尘。"

"你这个粗心大意的淘气鬼!这会儿在干什么呀?你的脸通红通红,好像干了什么坏事似的。你开窗干啥?"

贝茜似乎很匆忙,已等不及听我解释,省却了我回答的麻烦。她将我一把拖到洗脸架前,不由分说往我脸上、手上擦了肥皂,抹上水,用一块粗糙的毛巾一揩,虽然重手重脚,倒也干脆爽快。她又用一把粗毛刷子,把我的头发梳理了一番,然后脱下我的围嘴,急急忙忙把我带到楼梯口,嘱我径直下楼去,说是早餐室有人找我。

我本想问她是谁在找我,打听一下里德太太是不是在那里。可是贝茜已经走了,还在我身后关上了保育室的门。我慢吞吞地走下楼梯。近三个月来,我从未被叫到里德太太跟前。由于在保育室里禁锢了那么久,早餐室、餐室和客厅都成了令我心寒的地方,一跨进去便惶惶不安。

此刻,我站在空空荡荡的大厅里,面前就是餐室的门。我停住了脚步,吓得直打哆嗦。可怜的胆小鬼,那时候不公的惩罚竟使我怕成了这副样子!我既不敢退后返回保育室,又怕往前走向客厅。我焦虑不安、犹犹豫豫地站了十来分钟,直到早餐室一阵喧闹的铃声使我横下了心来:**我非进去不可了。**

"谁会找我呢?"我心里有些纳闷,一面用两只手去转动僵硬的门把手,足有一两秒钟,那把手纹丝不动。"除了里德舅妈之外,我还会在客厅里见到谁呢?——男人还是女人?"把手转动了一下,门开了。我进去行了一个低低的屈膝礼,抬起头来竟看见了一根黑色的柱子!至少猛一看来是这样。那笔直、狭小、裹着貂皮的东西直挺挺地立在地毯上,那张凶神恶煞般的脸,像是雕刻成的假面,置于柱子顶端当做柱顶似的。

里德太太坐在壁炉旁往常所坐的位置上,她示意我走近她。我照着做了。她用这样的话把我介绍给那个毫无表情的陌生人:"这就是我跟你谈起过的小女孩。"

他——因为是个男人——缓缓地把头转向我站立的地方,用他那双浓眉下闪着好奇目光的灰色眼睛审视着我,随后响起了他严肃的男低音:"她个子很小,几岁了?"

"十岁。"

"这么大了?"他满腹狐疑地问道,随后又细细打量了我几分钟,马上跟我说起话来。

"你叫什么名字,小姑娘?"

"简·爱,先生。"

说完,我抬起头来,我觉得他是位身材高大的绅士,不过,那时我自己是个小不点。他的五官粗大,每个部位以及骨架上的每根线条,都是同样的粗糙和刻板。

"瞧,简·爱,你是个好孩子吗?"

我不可能给予肯定的回答,我那个小天地里的人都持有相反的意见,于是我沉默不语。里德太太使劲摇了一下头,等于替我做了回答,并立即补充说:"这个话题也许还是少谈为妙,布罗克赫斯特先生。"

"很遗憾听你这么说!我必须同她谈一谈。"他俯下原本垂直的身子,一屁股坐进里德太太对面的扶手椅里。"过来。"他说。

我走过地毯。他让我面对面笔直站在他面前。这时他的脸与我的几乎处在同一个水平面上,那是一张多怪的脸呀!多大的鼻子!多难看的嘴巴!还有那一口的大龅牙!

"一个淘气孩子的模样最让人痛心,"他开始说,"尤其是不听话的小姑娘。你知道坏人死后到哪里去吗?"

"他们下地狱。"我的回答既现成又正统。

"地狱是什么地方?能告诉我吗?"

"是个火坑。"

"你愿意落到那个火坑里,永远被火烤吗?"

"不,先生。"

"那你必须怎样才能避免呢?"

我细细思忖了一会,终于做出了令人讨厌的回答:"我得保持健康,不要死掉。"

"你怎么可能保持健康呢?比你年纪小的孩子,每天都有死掉的。一两天前我埋葬过一个只有五岁的孩子。一个好孩子,现在他的灵魂已经上了天,要是你被召唤去的话,恐怕很难说能同他一样了。"

我无法消除他的疑虑,便只好低下头去看他那双站立在地毯上的大脚,还叹了一口气,巴不得自己离得远一些。

"但愿你的叹息是发自内心的,但愿你已后悔不该给你的大恩人带来烦恼。"

"恩人!恩人!"我心里嘀咕着,"他们都说里德太太是我的恩人,要真是这样,那么恩人倒是个讨厌的家伙。"

"你早晚都祷告吗?"我的询问者继续说。

"是的,先生。"

"你读《圣经》吗?"

"有时候读。"

"高兴读吗？喜欢不喜欢？"

"我喜欢《启示录》、《但以理书》、《创世记》和《撒母耳记》、《出埃及记》的一小部分、《列王纪》和《历代志》的几个部分，还有《约伯记》和《约拿书》。"

"还有《诗篇》呢？我希望你也喜欢。"

"不喜欢，先生。"

"不喜欢？哎呀，真让人吃惊！有个小男孩，比你年纪还小，却能背六首赞美诗。你要是问他，愿意吃姜味圆饼呢，还是背一首赞美诗，他会说：'啊，背赞美诗！因为天使也唱。'还说：'我真希望当一个人间的小天使。'随后他得到了两块圆饼，作为他小小年纪就那么虔诚的报偿。"

"赞美诗很乏味。"我说。

"这说明你心很坏，你应当祈求上帝给你换一颗新的纯洁的心，把那颗石头般的心取走，赐给你一颗血肉之心。"

我正要问他换心的手术怎样做时，里德太太插嘴了，吩咐我坐下来，随后她接着话题谈了下去。

"布罗克赫斯特先生，我相信三个星期以前我给你的信中曾经提到，这个小姑娘缺乏我所期望的人品与气质。如果你准许她进罗沃德学校，我乐意恭请校长和教师们对她严加看管，尤其要提防她身上最大的毛病，一种爱说谎的习性。我当着你的面说这件事，简，目的是让你不好再瞒骗布罗克赫斯特先生。"

我蛮有理由害怕里德太太，讨厌她，因为她生性就爱刻毒地伤害我，在她面前我从来不会愉快。不管我怎样陪着小心顺从她，千方百计讨她欢心，我的努力仍然受到鄙夷，并被报之以上述这类话。她当着陌生人的面，竟如此指控我，实在伤透了我的心。我依稀感到，她抹去了我对新生活所怀的希望，这种生活是她特意为我安排的。尽管我不能表露自己的感情，但我感到，她在我通向未来的道路上播下了反感和无情的种子。我看到自己在布罗克赫斯特先生的眼里已变成了一个工于心计、令人讨厌的孩子，我还能有什么办法来弥合这种伤痕呢？

"说实在的，我不会。"我思忖道，一面竭力忍住哭泣，急忙擦掉几滴泪水,我无可奈何的痛苦的见证。

"在孩子身上,欺骗实在是一种可悲的缺点,"布罗克赫斯特先生说,"它近乎于说谎,而所有的说谎者,都有份儿落到燃烧着硫磺烈火的湖里。不过,我们会对她严加看管的,我要告诉坦普尔小姐和教师们。"

"我希望根据她的前程来培育她,"我的恩人继续说,"使她成为有用之材,永远保持谦卑。至于假期嘛,要是你许可,就让她一直在罗沃德过吧。"

"你的决断无比英明,太太,"布罗克赫斯特先生回答,"谦恭是基督教徒的美德,对罗沃德的学生尤其适用。为此我下了指令,要特别注重在学生中培养这种品质。我已经探究过如何最有效地抑制她们世俗的自尊。前不久,我还得到了可喜的依据,证明我获得了成功。我的第二个女儿奥古斯塔随同她妈妈访问了学校,一回来她就嚷嚷着说:'啊,亲爱的爸爸,罗沃德学校的姑娘都显得好文静,好朴实呀!头发都梳到了耳后,都戴着长长的围裙,上衣外面都有一个用亚麻细布做的小口袋,她们几乎就同穷人家的孩子一样!还有,'她说,'她们都瞧着我和妈妈的装束,好像从来没有看到过一件丝裙似的。'"

"这种状况我十分赞赏,"里德太太回答道,"就是找遍整个英国,也很难找到一个更适合像简·爱这样的孩子呆的机构了。韧性,我亲爱的布罗克赫斯特先生,我主张干什么都要有韧性。"

"夫人,韧性是基督徒的首要职责。它贯串于罗沃德学校的一切安排之中:吃得简单,穿得朴实,住得随便,养成吃苦耐劳、做事巴结的习惯。在学校里,在寄宿者中间,这一切都已蔚然成风。"

"说得很对,先生。那我可以相信这孩子已被罗沃德学校收为学生,并根据她的地位和前途加以训导了,是吗?"

"太太,你可以这么说。她将被放在培植精选花草的苗圃里,我相信她会因为无比荣幸地被选中而感激涕零的。"

"既然这样,我会尽快送她来的,布罗克赫斯特先生,因为说实在的,我急于卸掉这副令人厌烦的担子呢。"

"的确,的确是这样,太太。现在我就向你告辞了。一两周之后我才回到布罗克赫斯特府去,我的好朋友一位副主教不让我早走。我会通知坦普尔小姐,一位新来的姑娘要到。这样,接待她也不会有什么困难了。再见。"

"再见,布罗克赫斯特先生。请向布罗克赫斯特太太和小姐,向奥古斯塔、西奥多和布劳顿·布罗克赫斯特少爷问好。"

"一定,太太。小姑娘,这里有本书,题目叫《儿童指南》,祷告后再读,尤其要注意那个部分,说的是'一个满口谎言、欺骗成性的淘气鬼,玛莎·格××暴死的经过'"。

说完,布罗克赫斯特先生把一本装有封皮的薄薄小册子塞进我手里,打铃让人备好马车,便离去了。

房间里只剩下了里德太太和我,在沉默中过了几分钟。她在做针线活,我打量着她。当时里德太太也许才三十六七岁光景,是个体魄强健的女人,肩膀宽阔,四肢结实,个子不高,身体粗壮但并不肥胖。她的下颚很发达也很壮实,所以她的脸也就有些大了。她的眉毛很低,下巴又大又突出,嘴巴和鼻子倒是十分匀称的。在她浅色的眉毛下,闪动着一双没有同情心的眼睛。她的皮肤黝黑而灰暗,头发近乎亚麻色。她的体格很好,疾病从不染身。她是一位精明干练的总管,家庭和租赁的产业都由她一手控制。只有她的孩子间或蔑视她的权威,嗤之以鼻。她穿着讲究,她的风度和举止刻意衬托出她漂亮的服饰。

我坐在一条矮凳上,离她的扶手椅有几码远,打量着她的身材,仔细端详着她的五官。我手里拿着那本记述说谎者暴死经过的小册子,他们曾把这个故事作为一种恰当的警告引起我注意。刚才发生的一幕,里德太太跟布罗克赫斯特先生所说的关于我的话,他们谈话的内容,仍在耳边回响,刺痛着我的心扉。每句话都听得明明白白,每句话都那么刺耳。此刻,我正燃起一腔不满之情。

里德太太放下手头的活儿,抬起头来,眼神与我的目光相遇,她的手指也同时停止了飞针走线的活动。

"出去,回到保育室去。"她命令道。我的神情或者别的什么想必使她感到讨厌,因为她说话时尽管克制着,却仍然极其恼怒。我立起身来,走到门边,却又返回,穿过房间到了窗前,一直走到她面前。

我非讲不可,我被践踏得够了,我必须反抗。可是怎么反抗呢? 我有什么力量来回击对手呢? 我振作精神,直截了当地发动了进攻:

"我不骗人,要是我骗,我会说我爱你,但我声明,我不爱你,除了约翰·

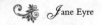 

里德,你是世上我最不喜欢的人,这本写说谎者的书,你尽可以送给你的女儿乔治亚娜,因为说谎的是她,不是我。"

里德太太的手仍一动不动地放在她的活儿上,冷冰冰的目光,继续阴丝丝地凝视着我。

"你还有什么要说?"她问,那种口气仿佛是对着一个成年对手在讲话,对付孩子通常是不会使用的。

她的眸子和嗓音,激起了我极大的反感。我激动得难以抑制,全身直打哆嗦,继续说了下去:

"我很庆幸你不是我亲戚,今生今世我再也不会叫你舅妈了。长大了我也永远不会来看你,要是有人问起我喜欢不喜欢你,你怎样待我,我会说,一想起你就使我讨厌,我会说,你对我冷酷得到了卑鄙的地步。"

"你怎么敢说这话,简·爱?"

"我怎么敢,里德太太?我怎么敢?因为这是事实。你以为我没有情感,以为我不需要一点抚爱或亲情就可以打发日子,可是我不能这么生活。还有,你没有怜悯之心,我会记住你怎么推搡我,粗暴地把我弄进红房子,锁在里面,我到死都不会忘记。尽管我很痛苦,尽管我一面泣不成声,一面叫喊:'可怜可怜吧!可怜可怜我吧,里德舅妈!'而你强加于我的这种惩罚,完全是因为你那可恶的孩子打了我,无缘无故把我打倒在地。我要把事情的经过原原本本告诉每个问我的人。人们满以为你是个好女人,其实你很坏,你心肠很狠。**你自己才骗人呢!**"

我还没有回答完,内心便已开始感到舒畅和喜悦了,那是一种前所未有的奇怪的自由感和胜利感。无形的束缚似乎已被冲破,我争得了始料未及的自由。这种情感不是无故泛起的,因为里德太太看来慌了神,活儿从她的膝头滑落,她举起双手,身子前后摇晃着,甚至连脸也扭曲了,她仿佛要哭出来了。

"简,你搞错了,你怎么啦?怎么抖得那么厉害?想喝水吗?"

"不,里德太太。"

"你想要什么别的吗,简?说实在的,我希望成为你的朋友。"

"你才不会呢。你对布罗克赫斯特先生说我品质恶劣,欺骗成性,那我就要让罗沃德的每个人都知道你的为人和你干的好事。"

"简，这些事儿你不理解，孩子们的缺点应当得到纠正。"

"欺骗不是我的缺点！"我夹着嗓子凶狠地大叫一声。

"但是你好意气用事，简，这你必须承认。现在回到保育室去吧，乖乖，躺一会儿。"

"我不是你乖乖，我不能躺下，快些送我到学校去吧，里德太太，因为我讨厌住在这儿。"

"我真的要快些送她上学了。"里德太太轻声嘀咕着，收拾好针线活，蓦地走出了房间。

我孤零零地站在那里，成了战场上的胜利者。这是我所经历的最艰辛的一场战斗，也是我第一次获得胜利。我在布罗克赫斯特先生站过的地毯上站了一会，沉湎于征服者的孤独。我先是暗自发笑，感到十分得意。但是这种狂喜犹如一时加快的脉搏会迅速递减一样，很快就消退了。一个孩子像我这样跟长辈斗嘴，像我这样毫无顾忌地发泄自己的怒气，事后必定要感到悔恨和寒心。我在控诉和恐吓里德太太时，内心恰如一片点燃了的荒野，火光闪烁，来势凶猛，但经过半小时的沉默和反思，深感自己行为的疯狂和自己恨人又被人嫉恨的处境的悲凉时，我内心的这片荒地，便已灰飞烟灭，留下的只有黑色的焦土了。

我第一次尝到了复仇的滋味，犹如芬芳的美酒，喝下时觉得温暖醇厚，但回味起来却苦涩难受，给人中了毒的感觉。此刻，我很乐意去求得里德太太的宽恕，但经验和直觉告诉我，那只会使她以加倍的蔑视讨厌我，因而会重又激起我天性中不安分的冲动。

我愿意发挥比说话刻薄更高明的才能，也愿意培养不像郁愤那么恶劣的情感。我取了一本阿拉伯故事书，坐下来很想看看，却全然不知所云，我的思绪飘忽在我自己与平日感到引人入胜的书页之间。我打开早餐室的玻璃门，只见灌木丛中一片沉寂，虽然风和日丽，严霜却依然覆盖着大地。我撩起衣裙裹住脑袋和胳膊，走出门去，漫步在一片僻静的树林里。但是沉寂的树木、掉下的杉果，以及那凝固了的秋天的遗物，被风吹成一堆如今又冻结了的黄褐色树叶，都没有给我带来愉快。我倚在一扇大门上，凝望着空空的田野，那里没有觅食的羊群，只有冻坏了的苍白的浅草。这是一个灰蒙蒙的日子，降雪前的天空一片混沌，间或飘下一些雪片，落在坚硬的小径上，落在灰白的草地上，没有融化。我站立着，一副可怜巴巴的样子，一遍又一遍悄悄对自己说："我怎么办呢？我怎么办呢？"

突然我听见一个清晰的嗓音在叫唤："简小姐！你在哪儿？快来吃中饭！"

是贝茜在叫，我心里很明白。不过我没有动弹。她步履轻盈地沿小径走来。

"你这个小淘气！"她说，"叫你为什么不来？"

比之刚才萦回脑际的念头，贝茜的到来似乎是令人愉快的，尽管她照例又有些生气。其实，同里德太太发生冲突，并占了上风之后，我并不太在乎保姆一时的火气，倒是希望分享她那充满活力、轻松愉快的心情。我便用胳膊抱住了她，说："得啦，贝茜！别骂我了。"

这个动作比我往常所纵情的任何举动都要直率大胆，不知怎地，倒使贝茜高兴了。

"你是个怪孩子，简小姐，"她说，低头看着我，"一个喜欢独来独往的小东西。你要去上学了，我想是不是？"

我点了点头。

"离开可怜的贝茜你不难过吗？"

"贝茜在乎我什么呢？她老是骂我。"

"谁叫你是那么个古怪、胆小、怕难为情的小东西，你应该胆大一点。"

"什么！好多挨几顿打？"

"瞎说！不过你常受欺侮，那倒是事实。上星期我母亲来看我的时候说，她希望自己哪一个小家伙也不要像你一样。好吧，进去吧，我有个好消息告诉你。"

"我想你没有，贝茜。"

"孩子！你这是什么意思？你那双眼睛盯着我，多么忧郁！瞧！太太、小姐和约翰少爷今天下午都出去用茶点了，你可以跟我一起吃茶点。我会叫厨师给你烘一个小饼，随后你要帮我检查一下你的抽屉，因为我马上就要为你整理箱子了。太太想让你一两天内离开盖茨黑德，你可以拣你喜欢的玩具随身带走。"

"贝茜，你得答应我在走之前不再骂我了。"

"好吧,我答应你,不过别忘了做个好孩子,而且也别怕我。要是我偶然说话尖刻了些,你别吓一大跳,因为那很使人恼火。"

"我想我再也不怕你了,贝茜,因为我已经习惯了,很快我又有另外一批人要怕了。"

"如果你怕他们,他们会不喜欢你的。"

"像你一样吗,贝茜?"

"我并不是不喜欢你,小姐,我相信,我比其他人都要喜欢你。"

"你没有表现出来。"

"你这狡猾的小东西!你说话的口气不一样了,怎么会变得那么大胆和鲁莽呢?"

"呵,我不久就要离开你了,再说——"我正想谈谈我与里德太太之间发生的事,但转念一想,还是不说为好。

"那么你是乐意离开我了?"

"没有那回事,贝茜,说真的,现在我心里有些难过。"

"'现在'!'有些'!我的小姐说得多冷静!我想要是我现在要求吻你一下,你是不会答应的,你会说,还是不要吧。"

"我来吻你,而且我很乐意,把你的头低下来。"贝茜弯下了腰,我们相互拥抱着,我跟着她进了屋子,得到了莫大安慰。下午在和谐平静中过去了。晚上,贝茜给我讲了一些最动人的故事,给我唱了几支她最动听的歌。即便是对我这样的人来说,生活中也毕竟还有几缕阳光呢。

第五章

一月十九日早晨,还没到五点钟贝茜就端了蜡烛来到我房间,看见我已经起身,差不多梳理完毕。她进来之前半小时,我就已起床。一轮半月正在下沉,月光从床边狭窄的窗户泻进房间,我借着月光洗了脸,穿好了衣服。那天我就要离开盖茨黑德,乘坐早晨六点钟经过门房门口的马车。只有贝茜已经起来了。她在保育室里生了火,这会儿正动手给我做早饭。孩子们想到出门而兴奋不已,是很少能吃得下饭的,我也是如此。贝茜硬劝我吃几口为我准备的热牛奶和面包,但白费工夫,只得用纸包了些饼干,塞进了我兜里。随后她帮我穿上长外衣,戴上宽边帽,又用披巾把她自己包裹好,两人便离开了保育室。经过里德太太卧房时,她说:"想进去同太太说声再见吗?"

"算啦,贝茜。昨天晚上你下楼去吃晚饭的时候,她走到我床边,说是早晨我不必去搅她或表妹们了,她让我记住,她永远是我最好的朋友,让我以后这么谈起她,对她感激万分。"

"你怎么回答她的呢,小姐?"

"我什么也没说,只是用床单蒙住脸,转过身去对着墙壁。"

"那就是你的不是了,简小姐。"

"我做得很对,贝茜。你的太太向来不是我的朋友,她是我的敌人。"

"简小姐!别这样说!"

"再见了盖茨黑德!"我路过大厅走出前门时说。

月亮已经下沉,天空一片漆黑。贝茜打着灯,灯光闪烁在刚刚解冻而湿漉漉的台阶和砂石路上。冬天的清晨阴湿寒冷。我匆匆沿着车道走去,牙齿直打哆嗦。门房的卧室亮着灯光。到了那里,只见他妻子正在生火。前一天晚上我的箱子就已经拿下楼,用绳子捆好放在门边。这时离六点还差几分。不一会钟响了,远处传来辚辚的车声,宣告马车已经到来。我走到门边,凝望着车灯迅速冲破黑暗,渐渐靠近。

"她一个人走吗?"门房的妻子问。

"是呀。"

"离这儿多远?"

"五十英里。"

"多远啊!真奇怪,里德太太竟让她一个人走得那么远,却一点也不担心。"

马车停了下来,就在大门口,由四匹马拖着,车顶上坐满了乘客。车夫和护车的大声催促我快些上车,我的箱子给递了上去,我自己则从贝茜的脖子上被拖下来带走,因为我正贴着她脖子亲吻呢。

"千万好好照应她呀。"护车人把我提起来放进车里时,贝茜叫道。

"行啊,行啊!"那人回答。车门关上了。"好啦。"一声大叫,我们便上路了。就这样我告别了贝茜和盖茨黑德,一阵风似的被卷往陌生的,当时看来遥远和神秘的地方。

一路行程,我已记得不多。只知道那天长得出奇,而且似乎赶了几百里路。我们经过几个城镇,在其中很大的一个停了下来。车夫卸了马,让乘客们下车吃饭。我被带进一家客栈,护车人要我吃些中饭,我却没有胃口,他便扔下我走了,让我留在一个巨大无比的房间里。房间的两头都有一个火炉,天花板上悬挂着一盏枝形吊灯,高高的墙上有一个小小的红色陈列窗,里面放满了乐器。我在房间里来回走了很久,心里很不自在,害怕有人会进来把我拐走。我相信确有拐子,她们所干的勾当常常出现在贝茜火炉旁所讲的故事中。护车人终于回来了,我再次被塞进马车,我的保护人登上座位,吹起了闷声闷气的号角,车子一阵丁当,驶过了 L 镇①的"石子街"。

下午,天气潮湿,雾气迷蒙。白昼融入黄昏时,我开始感到离开盖茨黑

---

① 此处作者很可能指的是里兹。

德真的很远了。我们再也没有路过城镇,乡村的景色也起了变化,一座座灰色的大山耸立在地平线上。暮色渐浓,车子往下走驶进一个山谷,那里长着黑乎乎一片森林。夜幕遮盖了一切景物之后很久,我听见狂风在林中呼啸。

那声音仿佛催眠曲,我终于倒头睡着了。没过多久,车子突然停了下来,我被惊醒了。马车的门开着,一个仆人模样的人站在门边。借着灯光,我看得清她的面容和衣装。

"这里有个叫简·爱的小姑娘吗?"她问。我回答了一声"有"之后便被抱了出去,箱子也卸了下来,随后马车立即驶走了。

因为久坐,我身子都发僵了,马车的喧声和震动弄得我迷迷糊糊。我定下神来,环顾左右。只见雨在下,风在刮,周围一片黑暗。不过我隐约看到面前有一堵墙,墙上有一扇门。新来的向导领我进去,把门关上,随手上了锁。这时看得见一间,也许是几间房子,因为那建筑物铺展得很开,上面有很多窗子,其中几扇里亮着灯。我们踏上了一条水沫飞溅的宽阔石子路,后来又进了一扇门。接着仆人带我穿过一条过道,进了一个生着火的房间,撇下我走了。

我站着,在火上烘着冻僵了的手指。我举目四顾,房间里没有蜡烛,壁炉中摇曳的火光,间或照出了糊过壁纸的墙、地毯、窗帘、闪光的红木家具。这是一间客厅,虽不及盖茨黑德客厅宽敞堂皇,却十分舒服。我正迷惑不解地猜测着墙上一幅画的画意时,门开了,进来了一个人,手里提着一盏灯,后面紧跟着另一个人。

先进门的是个高个子女人,黑头发,黑眼睛,白皙宽大的额头。她半个身子裹在披巾里,神情严肃,体态挺直。

"这孩子年纪这么小,真不该让她独个儿来。"她说着,把蜡烛放在桌子上,细细端详了我一两分钟,随后补充道。

"还是快点送她上床吧,她看来累了,你累吗?"她把手放在我肩上问道。

"有点累,太太。"

"肯定也饿了。米勒小姐,让她睡前吃些晚饭。你是第一次离开父母来上学吗,我的小姑娘?"

我向她解释说我没有父母。她问我他们去世多久了,还问我几岁了,叫什么名字,会不会一点读、写和缝纫,随后用食指轻轻碰了碰我脸颊说,但愿我是一个好孩子,说完便打发我与米勒小姐走了。

那位刚离开的小姐约摸二十九岁,跟我一起走的那位比她略小几岁。前者的腔调、目光和神态给我印象很深,而米勒小姐长得比较一般,面容显得憔悴,但肤色却还红润。她的步态和动作十分匆忙,仿佛手头总有忙不完的事情。说真的她看上去像个助理教师,后来我发现果真如此。我被她领着在一个形状不规则的大楼里,走过一个又一个房间,穿过一条又一条过道,这些地方都是那么悄无声息,甚至还有几分凄切。后来我们突然听到嗡嗡的嘈杂的人声,顷刻之间便走进了一个又阔又长的房间,两头各摆着两张大木板桌。每张桌子上点着两支蜡烛,一群年龄在九岁、十岁到二十岁之间的姑娘,围着桌子坐在长凳上。在昏暗的烛光下,我感到她们似乎多得难以计数,尽管实际上不会超过八十人。她们清一色地穿着式样古怪的毛料上衣,系着长长的亚麻细布围裙。那正是学习时间,她们正忙于默记第二天的功课,我所听到的嗡嗡之声,正是集体小声地反复诵读所发出来的。

米勒小姐示意我坐在门边的长凳上,随后走到这个长房间的头上,大声嚷道:

"班长们,收好书本,放到一边去!"

四位个子很高的姑娘从各张桌子旁站起来,兜了一圈,把书收起来放好。米勒小姐再次发布命令:

"班长们,去端晚饭盘子!"

高个子姑娘们走了出去,很快又回来了,每人端了个大盘子,盘子里放着一份份不知什么东西,中间是一大罐水和一只大杯子。那一份份东西都分发了出去,高兴喝水的人还喝了口水,那大杯子是公用的。轮到我的时候,因为口渴,我喝了点水,但没有去碰食品,激动和疲倦已使我胃口全无。不过我倒是看清楚了,那是一个薄薄的燕麦饼,平均分成了几小块。

吃完饭,米勒小姐念了祷告,各班鱼贯而出,成双成对走上楼梯。这时我已经疲惫不堪,几乎没有注意到寝室的模样,只看清了它像教室一样很长。今晚我同米勒小姐同睡一张床。她帮我脱掉衣服,并让我躺下。这时我瞥了一眼一长排一长排的床,每张床很快睡好了两个人。十分钟后那仅有的灯光也熄灭了,在寂静无声与一片漆黑中,我沉沉睡去。

夜很快逝去了。我累得连梦也没有做，只醒来过一次，听见狂风阵阵，大雨倾盆，还知道米勒小姐睡在我身边。我再次睁开眼睛时，只听见铃声喧嚷，姑娘们已穿衣起身。天色未明，房间里燃着一两支灯心草蜡烛。我也无可奈何地起床了。天气冷得刺骨，我颤抖着尽力把衣服穿好，等脸盆没人用时洗了脸。但我并没有马上等到，因为六个姑娘才合用一个脸盆，摆在房间正中的架子上。铃声再次响起，大家排好队，成双成对地走下楼梯，进了冷飕飕暗洞洞的教室。米勒小姐读了祷告，随后便大喝一声：

"按班级集合！"

接着引起了一阵几分钟的大骚动，米勒小姐反复叫喊着："不要做声！""遵守秩序！"喧闹声平息下来之后，我看到她们排成了四个半圆形，站在四把椅子前面，这四把椅子分别放在四张桌子旁边。每人手里都拿着书，是一本《圣经》模样的大书，搁在空椅子跟前的每张桌子上。几秒钟之后，响起了低沉而含糊的默念数字的嗡嗡声，米勒小姐从一个班兜到另一个班，把这种模糊的喧声压下去。

远处传来了丁冬的铃声，立刻有三位小姐进了房间，分别走向一张桌子，并在椅子上就座。米勒小姐坐了靠门最近的第四把空椅子，椅子周围是一群年龄最小的孩子，我被叫到了这个低级班，安排在末位。

这时，功课开始了。先是反复念诵那天的短祷告，接着读了几篇经文，最后是长时间朗读《圣经》的章节，用了一个小时。这项议程结束时，天色已经大亮，不知疲倦的钟声第四次响起，各个班级整好队伍，大步走进另一个房间去吃早饭。想到马上有东西可以果腹，我是何等高兴啊！由于前一天吃得太少，这时我简直饿坏了。

饭厅是个又低又暗的大房间，两张长桌上放着几大盆热气腾腾的东西。但令人失望的是，散发出来的气味却并不诱人，它一钻进那些非吃不可的人的鼻孔，我便发现她们都露出不满的表情。站在排头第一班的高个子姑娘们开始窃窃私语。

"真讨厌，粥又烧焦了！"

"安静！"一个嗓音叫道。说这话的不是米勒小姐，却是一个高级教师。她小个子，黑皮肤，打扮入时，脸色有些阴沉。她站在桌子上首，另一位更为丰满的女人主持着另一张桌子。我想找第一天晚上见到过的那个女人，但没有找着,连她影子也没有见到。米勒小姐在我坐着的那张桌子占了个下首位置。而一位看上去很怪,颇像外国人的年长妇女——后来才发现她是法语教师——在另外一张餐桌的相对位置就座。大家做了一个长长的感恩祷告,还唱了一首圣歌,随后一个仆人给教师们送来了茶点,早餐就这样开始了。

我饿慌了,这会儿已经头昏眼花,便把自己那份粥吞下了一两调羹,也顾不上是什么滋味。但最初的饥饿感一消失,我便发觉手里拿着的东西令人作呕,烧焦的粥同烂马铃薯一样糟糕,连饥饿本身也很快厌恶起它来。勺匙在各人手里缓慢地移动着,我看见每个姑娘尝了尝自己的食物,竭力想把它吞下去,但大多立刻放弃了努力。早餐结束了,可是谁也没有吃。我们做了感恩祷告,对并未得到的东西表示感谢,同时还唱了第二首赞美诗,接着便离开餐厅到教室去。我是最后一批走的,经过餐桌时,看见一位教师舀了一碗粥,尝了一尝,又看了看其他人,她们脸上都露出了不快的神色,其中一个胖胖的教师说:

"讨厌的东西! 真丢脸。"

一刻钟以后才又开始上课。这一刻钟,教室里沸沸扬扬,乱成了一团。在这段时间里,似乎允许自由自在地大声说话,大家便利用了这种特殊待遇。整个谈话的内容都围绕着早餐,个个都狠狠骂了一通。可怜的人儿啊!这就是她们仅有的安慰。此刻米勒小姐是教室里唯一的一位教师,一群大姑娘围着她,悻悻然做着手势同她在说话。我听见有人提到了布罗克赫斯特先生的名字,米勒小姐一听便不以为然地摇了摇头,但她无意去遏制这种普遍的愤怒,无疑她也有同感。

教室里的钟敲了九点,米勒小姐离开了她的圈子,站到房间正中叫道:"安静下来,回到你们自己的位置上去!"

纪律起了作用。五分钟工夫,混乱的人群便秩序井然了。相对的安静镇住了嘈杂的人声。高级教师们都准时就位,不过似乎所有的人都仍在等待着。八十个姑娘坐在屋子两边的长凳上,身子笔直,一动不动。她们像是一群聚集在一起的怪人,头发都平平淡淡地从脸上梳到后头,看不见一缕鬓发。穿的是褐色衣服,领子很高,脖子上围着一个窄窄的拆卸领,罩衣前胸都系着一个亚麻布做的口袋,形状如同苏格兰高地人的钱包,用做工作口

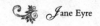

袋。所有的人都穿着羊毛长袜和乡下做的鞋子,鞋上装着铜扣。二十多位这身打扮的人已完全是大姑娘了,或者颇像少女。这套装束与她们极不相称,因此即使是最漂亮的样子也很怪。

我仍旧打量着她们,间或也仔细审视了一下教师——确切地说没有一个使人赏心悦目。胖胖的一位有些粗俗;黑黑的那个很凶;那位外国人苛刻而怪僻;而米勒小姐呢,真可怜,脸色发紫,一副饱经风霜、劳累过度的样子。我的目光正从一张张脸上飘过时,全校学生仿佛被同一个弹簧带动起来似的,都同时起立了。

这是怎么回事?并没有听到谁下过命令,真把人搞糊涂了。我还没有定下神来,各个班级又再次坐下。不过所有的眼睛都转向了一点,我的目光也跟踪大伙所注意的方向,看到了前一天晚上接待我的人。她站在长房子顶端的壁炉边上,房子的两头都生了火。她一声不吭、神情严肃地审视着两排姑娘。米勒小姐走近她,好像问了个问题,得到了回答后,又回到原来的地方,大声说道:

"第一班班长,去把地球仪拿来!"

这个指示正在执行的时候,那位被请示过的小姐慢慢地从房间的一头走过来。我猜想自己专司敬重的器官特别发达,因为我至今仍保持着一种敬畏之情,当时带着这种心情我的目光尾随着她的脚步。这会儿大白天,她看上去高挑个子,皮肤白皙,身材匀称。棕色的眸子透出慈祥的目光,精工细描的长睫毛,衬托出她又白又大的前额,两鬓的头发呈暗棕色,按照流行式样,束成圆圆的鬈发。当时光滑的发辫和长长的鬈发并没有成为时尚。她的服装也很时髦,紫颜色布料,用一种黑丝绒西班牙饰边加以烘托。一只金表(当时的表不像如今这么普通)在她腰带上闪光。要使这幅画像更加完整,读者们还尽可补充:她面容清秀,肤色苍白却明澈,仪态端庄。这样至少在文字所能清楚表达的范围内,可以得出坦普尔小姐外貌的正确印象了。也就是玛丽亚·坦普尔,这个名字,后来我是在让我送到教堂去的祈祷书上看到的。

这位罗沃德学校的校长(这就是这个女士的职务)在放在一张桌上的两个地球仪前面坐了下来,把第一班的人叫到她周围,开始上起地理课来。低班学生被其他教师叫走,反复上历史呀,语法呀等课程,上了一个小时。

接着是写作和数学,坦普尔小姐还给大一点的姑娘教了音乐。每堂课是以钟点来计算的,那钟终于敲了十二下,校长站了起来。

"我有话要跟学生们讲。"她说。

课一结束,骚动便随之而来,但她的话音刚落,全校又复归平静。她继续说:

"今天早晨的早饭,你们都吃不下去,大家一定饿坏了,我已经吩咐给大家准备了面包和乳酪当点心。"

教师们带着某种惊异的目光看着她。

"这事由我负责。"她带着解释的口气向她们补充道。随后马上走了出去。

面包和乳酪立刻端了进来,分发给大家,全校都欢欣鼓舞,精神振奋。这时来了命令:"到花园里去!"每个人都戴上一顶粗糙的草帽,帽子上拴着用染色白布做成的带子,同时还披上了灰粗绒料子的斗篷。我也是一副同样的装束,跟着人流,迈步走向户外。

这花园是一大片圈起来的场地,四周围墙高耸,看不到外面的景色。一边有一条带顶的回廊,还有些宽阔的走道,与中间的一块地相接,这块地被分割成许多小小的苗圃,算是花园,分配给学生们培植花草,每个苗圃都有一个主人。鲜花怒放时节,这些苗圃一定十分好看,但眼下一月将尽,一片冬日枯黄凋零的景象。我站在那里,环顾四周,不觉打了个寒噤。这天的户外活动,天气恶劣,其实并没有下雨,但淅淅沥沥的黄色雾霭,使天色变得灰暗;脚下因为昨天的雨水依然湿漉漉的。身体比较健壮的几位姑娘窜来奔去,异常活跃;但所有苍白瘦弱的姑娘都挤在走廊上求得蔽护和温暖。浓雾渗透进了她们颤抖着的躯体,我不时听见一声声空咳。

我没有同人说过话,也似乎没有人注意到我。我孤零零地站着,但已经习惯于那种孤独感,并不觉得十分压抑。我倚在游廊的柱子上,将灰色的斗篷拉得紧紧地裹着自己,竭力忘却身外刺骨的严寒,忘却肚子里折磨着我的饥馑,全身心去观察和思考。我的思索含含糊糊,零零碎碎,不值得落笔。我几乎不知道自己身居何处。盖茨黑德和往昔的生活似乎已经流逝,与现时现地已有天壤之隔。现实既模糊又离奇,而未来又不是我所能想象。我朝四周看了看修道院一般的花园,又抬头看了看房子。这是幢大楼,一半似

乎灰暗古旧,另一半却很新。新的一半是教室和寝室,靠直棂格子窗透光,外观颇像教堂。门上有一块石头牌子,上面刻着这样的文字:

"罗沃德学校——这部分由本郡布罗克赫斯特府的内奥米·布罗克赫斯特重建于公元×××年。""你们的光也当这样照在人前,叫他们看见你们的好行为,便将荣耀归给你们在天上的父。"——《马太福音》第五章第十六节。

我一遍遍读着这些字,觉得它们应该有自己的解释,却无法充分理解其内涵。我正在思索"学校"一词的含义,竭力要找出开首几个字与经文之间的联系,却听得身后一声咳嗽,便回过头去,看到一位姑娘坐在近处的石凳上,正低头聚精会神地细读着一本书。从我站着的地方可以看到,这本书的书名是《拉塞拉斯》①。这名字听来有些陌生,因而也就吸引了我。她翻书的时候,碰巧抬起头来,于是我直截了当地说:

"你这本书有趣吗?"我已经起了某一天向她借书的念头。

"我喜欢。"她顿了一两秒钟,打量了我一下后回答。

"书里说些什么?"我继续问。我自己也不知道哪里来的胆子,居然同一个陌生人说起话来。这同我的性格与习惯相悖,不过她的专注兴许打动了我,因为我也喜欢读书,尽管是浅薄幼稚的一类。那些主题严肃、内容充实的书,我是无法消化或理解的。

"你可以看一下。"这姑娘回答说,一面把书递给我。

我看了看。粗粗一翻,我便确信书的内容不像书名那么吸引人。以我那种琐细的口味来说,《拉塞拉斯》显得很枯燥。我看不到仙女,也看不到妖怪。密密麻麻印着字的书页中,没有鲜艳夺目、丰富多彩的东西。我把书递还给她,她默默地收下了,二话没说又要回到刚才刻苦用功的心境中去,我却再次冒昧打扰了她:

"能告诉我门上那块石匾上的字是什么意思吗? 罗沃德学校是什么?"

"就是你来住宿的这所房子。"

"他们为什么叫它'学校'呢? 与别的学校有什么不同吗?"

"这是个半慈善性质的学校,你我以及所有其他人都是受施舍的孩子。

---

① 《拉塞拉斯》:英国文学家约翰逊(一七〇九——七八四)的小说,作于一七五九年。

我猜想你也是个孤儿,你父亲或者母亲去世了吗?"

"我能记事之前就都去世了。"

"是呀,这里的姑娘们不是失去了爹或妈,便是父母都没有了,这儿叫做教育孤儿的学校。"

"我们不付钱吗? 他们免费护养我们吗?"

"我们自己,或者我们的朋友付十五英镑一年。"

"那他们为什么管我们叫受施舍的孩子?"

"因为十五英镑不够付住宿费和学费,缺额由捐款来补足。"

"谁捐呢?"

"这里附近或者伦敦各类心肠慈善的太太们和绅士们。"

"内奥米·布罗克赫斯特是谁?"

"就像匾上写着的那样,是建造大楼新区部分的太太,她的儿子监管这里的一切。"

"为什么?"

"因为他是这个学校的司库和管事。"

"那这幢大楼不属于那位戴着手表、告诉我们可以吃面包和乳酪的高个子女士了?"

"属于坦普尔小姐? 啊,不是! 但愿是属于她的。她所做的一切要对布罗克赫斯特先生负责,我们吃的和穿的都是布罗克赫斯特先生买的。"

"他住在这儿吗?"

"不——住在两英里路外,一个大庄园里。"

"他是个好人吗?"

"他是个牧师,据说做了很多好事。"

"你说那位高个子女士叫坦普尔小姐?"

"不错。"

"其他教师的名字叫什么?"

"脸颊红红的那个叫史密斯小姐。她管劳作,负责裁剪——因为我们自己做衣服,罩衣、外衣,什么都做。那个头发黑黑的小个子叫斯卡查德小姐,她教历史、语法,听第二班的朗诵。那位戴披巾用黄缎带把一块手帕拴在腰上的人叫皮埃罗夫人,她来自法国里尔,教法语。"

"你喜欢这些教师吗?"

"够喜欢的。"

"你喜欢那个黑乎乎的小个子和××太太吗?——我没法把她的名字读成像你读的那样。"

"斯卡查德小姐性子很急,你可得小心,别惹她生气;皮埃罗夫人倒是不坏的。"

"不过坦普尔小姐最好,是不是?"

"坦普尔小姐很好,很聪明,她在其余的人之上,因为她懂得比她们多得多。"

"你来这儿很久了吗?"

"两年了。"

"你是孤儿吗?"

"我母亲死了。"

"你在这儿愉快吗?"

"你问得太多了。我给你的回答已经足够,现在我可要看书了。"

但这时候吃饭铃响了,大家再次进屋去。弥漫在餐厅里的气味并不比早餐时扑鼻而来的更诱人。午餐盛放在两个大白铁桶里,热腾腾冒出一股臭肥肉的气味。我发现这乱糟糟的东西,是很差的土豆和几小块不可思议的臭肉搅在一起煮成的,每个学生都分到了相当满的一盘。我尽力吃,心里暗自纳闷,是否每天的饭食都是这副样子。

吃罢午饭,我们立刻去教室,又开始上课,一直到五点钟。

下午只有一件事引人注目。我看到了在游廊上跟我交谈过的姑娘丢了脸,被斯卡查德小姐逐出历史课,责令站在那个大教室当中。在我看来,这种惩罚实在是奇耻大辱,特别是对像她这样一个大姑娘来说——她看上去有十三岁了,或许还更大。我猜想她会露出伤心和害臊的表情。但使我诧异的是,她既没哭泣,也没脸红。她在众目睽睽之下,站在那里,虽然神情严肃,却非常镇静。"她怎么能那么默默地而又坚定地忍受呢?"我暗自思忖,"要是我,巴不得大地会裂开,把我吞下去。而她看上去仿佛在想惩罚之外的什么事,与她处境无关的事情,某种既不在她周围也不在她眼前的东西。我听说过白日梦,难道她在做白日梦?她的眼睛盯着地板,但可以肯定她视而不见,她的目光似乎是向内的,直视自己的心扉。我想她注视着记忆中的东西,而不是眼前确实存在的事物,我不明白她属于哪一类姑娘,好姑娘,还是淘气鬼。"

五点钟刚过,我们又吃了另一顿饭,吃的是一小杯咖啡和半片黑面包。我狼吞虎咽地吃了面包,喝了咖啡,吃得津津有味。不过要是能再来一份,我会非常高兴,因为我仍然很饿。吃完饭后是半小时的娱乐活动,然后是学习,再后是一杯水,一个燕麦饼,祷告,上床。这就是我在罗沃德第一天的生活。

## 第六章

　　第二天开始了,同以前一样,穿衣起身还是借着灯草芯蜡烛的微光,不过今天早晨不得不放弃洗脸仪式了,因为罐里的水都结了冰。头一天夜里,天气变了,刺骨的东北风,透过寝室窗门的缝隙,彻夜呼呼吹着,弄得我们在床上直打哆嗦,罐子里的水也结起了冰。

　　长达一个半小时的祷告和《圣经》诵读还没结束,我已觉得快要冻死了。早餐时间终于到来,而且今天的粥没有烧焦,能够下咽,可惜量少。我的那份看上去多么少呀!我真希望能增加一倍。

　　那天我被编入第四班,给布置了正规任务和作业。在此之前,我在罗沃德不过是静观一切进程的旁观者,而现在已成了其中的一名演员。起先,由于我不习惯背诵,觉得课文似乎又长又难,功课一门门不断变换,弄得我头昏脑涨。下午三点光景,史密斯小姐把一根两码长的平纹细布滚边塞到我手里,连同针和顶针之类的东西,让我坐在教室僻静的角落,根据指令依样画葫芦缝上滚边,我一时喜出望外。在那时刻,其他人也大多一样在缝,只有一个班仍围着斯卡查德小姐的椅子,站着读书。四周鸦雀无声,所以听得见她们功课的内容,也听得见每个姑娘读得怎样,听得见斯卡查德小姐对她们表现的责备和赞扬。这是一堂英国历史课,我注意到在读书的人中,有一位是我在游廊上相识的。开始上课时,她位于全班首位,可是由于某些发音错误及对句号的忽视,她突然被降到末尾去了。即使在这种不起眼的位置上,斯卡查德小姐也继续使她成为始终引人注目的对象,不断用这样的措词同她说话:

"彭斯,(这似乎就是她的名字,这儿的女孩像其他地方的男孩一样,都按姓来叫的)彭斯,你鞋子踩偏了,快把脚趾伸直。""彭斯,你伸着下巴,多难看,收进去。""彭斯,我要你抬起头来,我不允许你在我面前做出这副样子来。"等等。

一章书从头到尾读了两遍,课本便合了起来,姑娘们受到了考问。这堂课讲的是查理一世王朝的一个时期,问的问题形形色色,船舶吨位税呀,按镑收税呀,造船税呀,大多数人似乎都无法回答,但是一到彭斯那里,每一道小小难题都迎刃而解。她像已经把整堂课的内容都记在脑子里了,任何问题都能应对自如。我一直以为斯卡查德小姐要称赞她专心致志了,谁知她突然大叫起来:

"你这讨厌的邋遢姑娘!你早上根本没有洗过指甲?"

彭斯没有回答,我对她的沉默感到纳闷。

"为什么,"我想,"她不解释一下,水结冰了,脸和指甲都没法洗?"

此刻,史密斯小姐转移了我的注意力,她让我替她撑住一束线,一面绕,一面不时跟我说话,问我以前是否进过学校,能否绣花、缝纫、编织等。直到她打发我走,我才有可能进一步观察斯卡查德小姐的行动。我回到自己的位子上时,那女人正在发布一道命令,命令的内容我没有听清楚。但是彭斯立刻离开了班级,走进里面一个放书的小间,过了半分钟又返回来,手里拿着一束一头扎好的木条。她毕恭毕敬地行了个屈膝礼,把这个不祥的刑具递交给了斯卡查德小姐。随后,她不用吩咐,便默默地解开了罩衣。这位教师立刻用这束木条狠狠地在她脖子上揍了十几下。彭斯没有掉一滴眼泪。见了这种情景,我心头涌起了一种徒劳无奈的愤怒,气得手指都颤抖起来,而不得不停下手头的针线活。她那忧郁的面容毫不改色,依然保持着平日的表情。

"顽固不化的姑娘!"斯卡查德小姐嚷道,"什么都改不掉你邋遢的习性,把木条拿走。"

彭斯听从吩咐。她从藏书室里出来时,我细细打量了她,她正把手帕放回自己的口袋,瘦瘦的脸颊闪着泪痕。

晚间的玩耍时光,我想是罗沃德一天中最愉快的一丁点儿时间。五点钟吞下的一小块面包和几口咖啡,虽然没有消除饥饿感,却恢复了活力。一整天的清规戒律放松了;教室里比早上要暖和;炉火允许燃得比平时旺,多少代替了尚未点燃的蜡烛。红彤彤的火光、放肆的喧闹、嘈杂的人声,给人以一种值得欢迎的自由感。

在我看见斯卡查德小姐鞭打她的学生彭斯的那天晚上,我照例在长凳、桌子和笑声不绝的人群中间穿来穿去,虽然无人做伴,倒也并不寂寞。经过窗户时,我不时拉起百叶窗,向外眺望。雪下得很紧,下端的窗玻璃上已经积起了一层,我把耳朵贴在窗上,分辨得出里面轻快的喧哗和外面寒风凄厉的呻吟。

如果我刚离开了一个温暖的家和慈祥的双亲,这一时刻也许会非常后悔当初的离别;那风会使我伤心不已;这种模糊的混沌会打破我的平静。但实际上两者激起了我一种莫名的兴奋,在不安和狂热之中,我盼望风会咆哮得更猛烈;天色会更加昏暗变得一团漆黑;嗡嗡的人声会进而成为喧嚣。

我跨过凳子,钻过桌子,寻路来到一个壁炉跟前,跪在高高的铁丝防护板旁边。我发现彭斯有一本书做伴,全神贯注,沉默不语,忘掉了周围的一切,借着余火灰暗的闪光读着书。

"还是那本《拉塞拉斯》吗?"我来到她背后说。

"是的,"她说,"我刚读完它。"

过了五分钟她掩上了书。这正合我心意。

"现在,"我想,"我也许能使她开口了吧。"我一屁股坐在她旁边的地板上。

"除了彭斯,你还叫什么?"

"海伦。"

"你从很远的地方来吗?"

"我来自更靠北的一个地方,靠近苏格兰边界了。"

"你还回去吗?"

"我希望能这样,可是对未来谁也没有把握。"

"你想必很希望离开罗沃德,是吗?"

"不,干嘛要这样呢?送我到罗沃德来是接受教育的,没有达到这个目的就走才没有意思呢。"

"可是那位教师,就是斯卡查德小姐,对你那么凶狠。"

"凶狠？一点也没有！她很严格。她不喜欢我的缺点。"

"如果我是你，我会讨厌她的，我会抵制。要是她用那束木条打我，我会从她手里夺过来，当着她的面把它折断。"

"兴许你根本不会干那类事。但要是你干了，布罗克赫斯特先生会把你撵出学校的，那会使你的亲戚感到很难过。耐心忍受只有自己感到的痛苦，远比草率行动，产生连累亲朋的恶果要好，更何况《圣经》上嘱咐我们要以德报怨。"

"可是挨鞭子，罚站在满屋子是人的房间当中，毕竟是丢脸的呀！而且你已经是那么个大姑娘了。我比你小得多还受不了呢。"

"不过，要是你无法避免，那你的职责就是忍受。如果你命里注定需要忍受，那么说自己**不能忍受**就是软弱，就是犯傻。"

我听了不胜惊讶。我不能理解这"忍受"信条，更无法明白或同情她对惩罚者所表现出的宽容。不过我仍觉得海伦·彭斯是根据一种我所看不见的眼光来考虑事情的。我怀疑可能她对，我不对。但是我对这事不想再去深究，像费利克斯①一样，我将它推迟到以后方便的时候去考虑。

"你说你有缺陷，海伦，什么缺陷？我看你很好嘛。"

"那你就听我说吧，别以貌取人。像斯卡查德小姐说的那样，我很邋遢。我难得把东西整理好，永远那么乱糟糟。我很粗心，总把规则忘掉，应当学习功课时却看闲书。我做事没有条理。有时像你一样会说，我受不了那种井井有条的管束。这一桩桩都使斯卡查德小姐很恼火，她天生讲究整洁，遵守时刻，一丝不苟。"

"而且脾气急躁，强横霸道。"我补充说，但海伦并没有附和，却依然沉默不语。

"坦普尔小姐跟斯卡查德小姐对你一样严厉吗？"

一提到坦普尔小姐的名字，她阴沉的脸上便掠过一丝温柔的微笑。

"坦普尔小姐非常善良，不忍心对任何人严厉，即使是学校里最差的学生。她看到我的错误，便和颜悦色地向我指出。要是我做了值得称赞的事情，她就慷慨地赞扬我。我的本性有严重缺陷，一个有力的证据是，尽管她

---

① 《新约·使徒行传》第二十四章中的拖延不断案的法官。

的规劝那么温和,那么合情合理,却依旧治不了我那些毛病。甚至她的赞扬,虽然我非常看重,却无法激励我始终小心谨慎、高瞻远瞩。"

"那倒是奇怪的,"我说,"要做到小心还不容易?"

"对你说来无疑是这样。早上我仔细观察了你上课时的情形,发现你非常专心。米勒小姐讲解功课,问你问题时,你思想从不开小差。而我的思绪却总是飘忽不定,当我应该听斯卡查德小姐讲课,应该用心把她讲的记住时,我常常连她说话的声音都听不见了。我进入了一种梦境,有时我以为自己到了诺森伯兰郡①,以为周围的耳语声,是我家附近流过深谷那条小溪潺潺的水声,于是轮到我回答时,我得从梦境中被唤醒。而因为倾听着想象中的溪流声,现实中便什么也没有听到,我也就回答不上来了。"

"可是你今天下午回答得多好!"

"那只是碰巧,因为我对我们读的内容很感兴趣,今天下午我没有梦游深谷,我在纳闷,一个像查理一世那样希望做好事的人,怎么有时会干出那么不义的蠢事来,我想这多可惜,那么正直真诚的人竟看不到皇权以外的东西。要是他能看得远些,看清了所谓时代精神的走向该多好!虽然这样,我还是喜欢查理一世,我尊敬他,我怜惜他,这位可怜的被谋杀的皇帝。不错,他的仇敌最坏,他们让自己没有权利伤害的人流了血,竟敢杀害了他!"

此刻海伦在自言自语了,她忘了我无法很好地理解她的话,忘了我对她谈论的话题一无所知,或者差不多如此。我把她拉回到我的水准上来。

"那么坦普尔小姐上课的时候,你也走神吗?"

"当然不是,不常这样,因为坦普尔小姐总是有比我的想法更富有新意的东西要说。她的语言也特别让我喜欢,她所传授的知识常常是我所希望获得的。"

"这么看来,你在坦普尔小姐面前表现很好啰。"

"是的,出于被动。我没有费力气,只是随心所欲而已,这种表现好没有什么了不起。"

"很了不起,别人待你好,你待别人也好。我就一直希望这样做。要是你对那些强横霸道的人,总是客客气气,说啥听啥,那坏人就会为所欲为,就

---

① 英国英格兰郡名。

会天不怕地不怕,非但永远不会改,而且会愈变愈坏。要是无缘无故挨打,那我们就要狠狠地回击,肯定得这样,狠到可以教训那个打我们的人再也不这样干了。"

"我想,等你长大了你的想法会改变的,现在你不过是个没有受过教育的小姑娘。"

"可我是这么感觉的,海伦,那些不管我怎样讨他们欢心,硬是讨厌我的人,我必定会厌恶。我必须反抗那些无理惩罚我的人。同样自然的是,我会爱那些爱抚我的人,或者当我认为自己该受罚的时候,我会心甘情愿去承受。"

"那是异教徒和野蛮宗族的信条,基督教徒和开化的民族不信这一套。"

"怎么会呢? 我不懂。"

"暴力不是消除仇恨的最好办法——同样,报复也绝对医治不了伤害。"

"那么是什么呢?"

"读一读《新约全书》,注意一下基督的言行,把他的话当做你的准绳,把他的行为当你的榜样吧。"

"他怎么说?"

"你们的仇敌要爱他,咒诅你们的要为他祝福,恨你们、凌辱你们的要待他好。①"

"那我应当爱里德太太了,这我可做不到;我应当祝福她儿子约翰了,但那根本不可能。"

这回轮到海伦·彭斯要求我解释明白了。我便以自己特有的方式,一五一十地向她诉说了自己的痛苦和愤懑。心里一激动,说话便尖酸刻薄,但我怎么感觉就怎么说,毫不保留,语气也不婉转。

海伦耐心地听完了我的话,我以为她会发表点感想,但她什么也没说。

---

① 见《新约·路加福音》第六章第二十七至三十节:"你们的仇敌要爱他,恨你们的要待他好,咒诅你们的要为他祝福,凌辱你们的要为他祷告。有人打你这边的脸,连那边的脸也由他打。"

"好吧,"我耐不住终于问,"难道里德太太不是一个冷酷无情的坏女人吗?"

　　"毫无疑问,她对你不客气。因为你瞧,她不喜欢你的性格,就像斯卡查德小姐不喜欢我的脾性一样,可是她的言行你却那么耿耿于怀!她的不公好像已经在你心坎里留下了特别深刻的印象!无论什么虐待都不会在我的情感上烙下这样的印记。要是你忘掉她对你的严厉,忘掉由此而引起的愤慨,你不就会更愉快吗?对我来说,生命似乎太短暂了,不应用来结仇和记恨。人生在世,谁都会有一身罪过,而且必定如此。但我相信,很快就会有这么一天,我们在摆脱腐朽躯体的同时,也会摆脱这些罪过。到那时,堕落与罪过将会随同累赘的肉体离开我们,只留下精神的火花——生命和思想无法触摸的本源,它像当初离开上帝使万物具有生命时那么纯洁。它从哪里来就回到哪里去,也许又会被传递给比人类更高级的东西——也许会经过各个荣耀的阶段,从照亮人类的苍白灵魂,到最高级的六翼天使。相反它决不会允许从人类堕落到魔鬼,是吧?是的,我不相信会这样。我持有另一种信条,这种信条没有人教过我,我也很少提起,但我为此感到愉快,我对它坚信不渝,因为它给所有的人都带来了希望。它使永恒成为一种安息,一个宏大的家,而非恐惧和深渊。此外,有了这个信条,我能够清楚地分辨罪犯和他的罪孽,我可以真诚地宽恕前者,而对后者无比憎恶;有了这个信条,复仇永不会使我烦心,堕落不会让我感到过分深恶痛绝,不公不会把我完全压倒,我平静地生活,期待着末日。"

　　海伦向来耷拉着脑袋,而讲完这句话时她把头垂得更低了。从她的神态上我知道她不想跟我再谈下去了,而情愿同自己的思想交流。她也没有很多时间可以沉思默想了,马上就来了一位班长,一个又大又粗的姑娘,带着很重的昆布兰口音叫道:

　　"海伦·彭斯,要是这会儿你不去整理抽屉,收拾你的针线活儿,我要告诉斯卡查德小姐,请她来看看了。"

　　海伦的幻想烟消云散,她长叹一声,站了起来,没有回答,也没有耽搁,便服从了这位班长。

在罗沃德度过的一个季度,仿佛是一个时代,而且还不是黄金时代。我得经历一场恼人的搏斗,来克服困难,适应新的规矩和不常见的工作。我担心这方面出错。为此所受的折磨,甚于我命里注定肉体上要承受的艰苦,虽说艰苦也并不是小事。

在一月、二月和三月的部分日子里,由于厚厚的积雪,以及化雪后道路几乎不通,我们的活动除了去教堂,便被困在花园的围墙之内了。但就在这个牢笼内,每天仍得在户外度过一小时。我们的衣服不足以御寒。大家没有靴子,雪灌进了鞋子,并在里面融化。我们没有手套,手都冻僵了,像脚上一样,长满了冻疮。每晚我的双脚红肿,早上又得把肿胀、疼痛和僵硬的脚趾伸进鞋子,一时痛痒难熬,至今记忆犹新。食品供应不足也令人沮丧,这些孩子都正是长身体的年纪,胃口很好,而吃的东西却难以养活一个虚弱的病人。营养缺乏带来了不良习气,这可苦了年纪较小的学生。饥肠辘辘的大龄女生一有机会,便连哄带吓,从幼小学生的份里弄到点吃的。有很多回,我在吃茶点时把那一口宝贵的黑面包分给两位讨食者,而把半杯咖啡给了第三位,自己便狼吞虎咽地把剩下的吃掉,一面因为饿得发慌而暗暗落泪。

冬季的星期日沉闷乏味。我们得走上两英里路,到保护人所主持的布罗克布里奇教堂去。出发的时候很冷,到达的时刻更冷,而早祷时我们几乎都已冻僵了。这儿离校太远,不能回去用饭,两次祷告之间便吃一份冷肉和面包,分量也跟平时的饭食一样,少得可怜。

下午的祷告结束以后，我们沿着一条无遮无拦的山路回校。刺骨的冬日寒风，吹过大雪覆盖的山峰，刮向北边，几乎要从我们的脸上刮去一层皮。

我至今仍然记得，坦普尔小姐轻快地走在我们萎靡不振的队伍旁边，寒风呼呼地吹得她的花呢斗篷紧贴在身上。她一面训导，一面以身作则，鼓励我们振作精神，照她所说的，"像不屈不挠的战士"那样奋勇前进。可怜的其他教师，大都自己也十分颓丧，更不想为别人鼓劲了。

回校以后，我们多么渴望熊熊炉火发出的光和热！但至少对年幼学生来说，并没有这福分。教室里的每个壁炉立刻被两排大姑娘围住，小一点的孩子只好成群蹲在她们身后，用围裙裹着冻僵了的胳膊。

吃茶点时，我们才得到些许安慰，发给了双份面包——一整片而不是半片——附加薄薄一层可口的黄油，这是一周一次的享受，一个安息日复一个安息日，大家都翘首企盼着。通常我只能把这美餐的一部分留给自己，其余的便总是不得不分给别人。

星期天晚上我们要背诵教堂的教义问答和《马太福音》的第五、六、七章，还要听米勒小姐冗长的讲道，她禁不住哈欠连天，证明她也倦了。在这些表演中间，经常有一个插曲，六七个小姑娘总要扮演犹推古①的角色，她们因为困倦不堪，虽然不是从三楼上而是从第四排长凳上摔下来，扶起来时也已经半死了。补救办法是把她们硬塞到教室的中间，迫使她们一直站着，直至讲道结束。有时她们的双脚不听使唤，瘫下来缩作一团，于是便不得不用班长的高凳把她们支撑起来。

我还没有提到布罗克赫斯特先生的造访，其实这位先生在我抵达后第一个月的大部分日子里，都不在家，也许他在朋友副主教那里多逗留了些时间。他不在倒使我松了口气，不必说我自有怕他来的理由，但他终究还是来了。

一天下午（那时我到罗沃德已经三星期了），我手里拿了块写字板坐着，正为长除法中的一个总数发窘，眼睛呆呆地望着窗外，看到有一个人影

---

① 见《新约·使徒行传》第二十章第八至十节："我们聚会的那座楼上，有好些灯烛。有一个少年人，名叫犹推古，坐在窗台上，困倦沉睡，保罗讲了多时，少年人睡熟了，就从三层楼上掉下去，扶起来时，已经死了。"（后来保罗在特罗亚使他复活）

闪过。我几乎本能地认出了这瘦瘦的轮廓。因此两分钟后,整个学校的人,包括教师在内都全体起立时,我没有必要抬起头来看个究竟,便知道他们在迎接谁进屋了。这人大步流星走进教室。眨眼之间,在早已起立的坦普尔小姐身边,便竖起了同一根黑色大柱,就是这根柱子曾在盖茨黑德的壁炉地毯上不祥地对我皱过眉。这时我侧目瞟了一眼这个建筑物。对,我没有看错,就是那个布罗克赫斯特先生,穿着紧身长外衣,扣紧了纽扣,看上去越发修长、狭窄和刻板了。

见到这个幽灵,我有理由感到丧气。我记得清清楚楚,里德太太曾恶意地暗示过我的品行等等,布罗克赫斯特先生曾答应把我的恶劣本性告诉坦普尔小姐和教师们。我一直害怕这一诺言会得到实现——每天都提防着这个"行将到来的人"。他的谈话和对我往事的透露,会使我一辈子落下个坏孩子的恶名,而现在他终于来了。他站在坦普尔小姐身旁,跟她在小声耳语。毫无疑问他在说我坏话,我急切而痛苦地注视着她的目光,无时无刻不期待着她乌黑的眸子转向我,投来厌恶与蔑视的一瞥。我也细听着,因为碰巧坐在最靠房子头上的地方,所以他说的话,一大半都听得见。谈话的内容消除了我眼前的忧虑。

"坦普尔小姐,我想在洛顿买的线是管用的,质地正适合做白布衬衣用,我还挑选了同它相配的针。请你告诉史密斯小姐,我忘掉了买织补针的事。不过下星期我会派人送些钱来,给每个学生的针一次不得超过一根,给多了,她们容易粗枝大叶,把它们弄丢了。啊,小姐!但愿你们的羊毛袜子能照看得好些!上次我来这里的时候到莱园子里转了一下,仔细瞧了瞧晾在绳子上的衣服,看见有不少黑色长袜都该补了,从破洞的大小来看,肯定一次次都没有好好修补。"

他顿了一下。

"你的指示一定执行,先生。"坦普尔小姐说。

"还有,小姐,"他继续说下去,"洗衣女工告诉我,有些姑娘一周用两块清洁的领布。这太多了,按规定,限制在一块。"

"我想这件事我可以解释一下,先生。上星期四,艾格妮丝和凯瑟琳·约翰斯通应朋友邀请,上洛顿去用茶点,我允许她们在这种场合戴上干净的领布。"

布罗克赫斯特先生点了点头。

"好吧,这一次就算了,但是请不要让这种情况经常发生。还有另一件事也叫我吃惊,我跟管家结账,发现上两个星期,两次给姑娘们供应了点心,吃了面包奶酪。这是怎么回事?我查了一下规定,没有发现里面提到过点心之类的饭食。是谁搞的改革?又得到了谁的批准?"

"我必须对这一情况负责,先生,"坦普尔小姐回答说,"早饭烧得很糟糕,学生们都咽不下去。我不敢让她们一直饿着肚子到吃中饭。"

"小姐,请允许我说上片刻——你该清楚,我培养这些姑娘,不是打算让她们养成骄奢纵欲的习惯,而是使她们刻苦耐劳,善于忍耐,严于克己。要是偶尔有不合胃口的小事发生,譬如一顿饭烧坏了,一个菜佐料加少了或者加多了,不应当用更可口的东西代替失去的享乐,来加以补救。那样只会娇纵肉体,偏离这所学校的办学目的。这件事应当用来在精神上开导学生,鼓励她们在暂时的困难情况下,发扬坚忍不拔的精神。在这种场合,该不失时宜地发表一个简短的讲话。一位有见识的导师会抓住机会,说一下早期基督徒所受的苦难;说一下殉道者经受的折磨;说一下我们神圣的基督本人的规劝,召唤使徒们背起十字架跟他走;说一下他给予的警告:人活着不是单靠食物,乃是靠上帝口里所说出的一切话①;说一下他神圣的安慰'饥渴慕义的人有福了②'。啊,小姐,当你不是把烧焦的粥,而是把面包和奶酪放进孩子们嘴里的时候,你也许是在喂她们邪恶的肉体,而你却没有想到,你在使她们不朽的灵魂挨饿!"

布罗克赫斯特先生又顿了一下,也许是感情太冲动的缘故。他开始讲话时,坦普尔小姐一直低着头,但这会儿眼睛却直视前方。她生来白得像大理石的脸,似乎透出了大理石所特有的冷漠与坚定,尤其是她的嘴巴紧闭着,仿佛只有用雕刻家的凿子才能把它打开,眉宇间渐渐地蒙上了一种凝固了似的严厉神色。

与此同时,布罗克赫斯特先生倒背着双手站在炉子跟前,威风凛凛地审

_____

① 见《新约·马太福音》第四章第四节:"人活着,不是单靠食物,乃是靠上帝口里所出的一切话。"

② 见《新约·马太福音》第五章第六节:"饥渴慕义的人有福了,因为他们必得饱足。"

视着全校。突然他眼睛眨了一下,好像碰上了什么耀眼刺目的东西,他转过身来,用比刚才更急促的语调说:

"坦普尔小姐,坦普尔小姐,那个,那个鬈发姑娘是怎么回事? 红头发,小姐,怎么卷过了,满头都是鬈发?"他用鞭子指着那可怕的东西,他的手抖动着。

"那是朱莉娅·塞弗恩。"坦普尔小姐平静地回答。

"朱莉娅·塞弗恩,小姐! 为什么她,或是别人,烫起鬈发来了? 她竟然在我们这个福音派慈善机构里,无视学校的训戒和原则,公开媚俗,烫了一头鬈发,这是为什么?"

"朱莉娅的头发天生就是鬈的。"坦普尔小姐更加平静地回答。

"天生! 不错,但我们不能迁就天性。我希望这些姑娘是受上帝恩惠的孩子,再说何必要留那么多头发? 我一再表示我希望头发要剪短,要朴实,要简单。坦普尔小姐,那个姑娘的头发必须统统剪掉,明天我会派个理发匠来。我看见其他人头上的那个累赘物也太多了——那个高个子姑娘,叫她转过身来。叫第一班全体起立,转过脸去朝墙站着。"

坦普尔小姐用手帕揩了一下嘴唇,仿佛要抹去嘴角上情不自禁的笑容。不过她还是下了命令。第一班学生弄明白对她们的要求之后,也都服从了。我坐在长凳上,身子微微后仰,可以看得见大家挤眉弄眼,做出各种表情,对这种调遣表示了不满。可惜布罗克赫斯特先生没有能看到,要不然他也许会感受到,他纵然可以摆布杯盘的外表,但其内部,却远非他所想的那样可以随意干涉了。

他把这些活奖章的背面细细打量了大约五分钟,随后宣布了判决,他的话如丧钟般响了起来:

"头上的顶髻都得剪掉。"

坦普尔小姐似乎在抗辩。

"小姐,"他进而说,"我要为主效劳,他的王国并不是这个世界。我的使命是节制这些姑娘的肉欲,教导她们衣着要谦卑克制,不梳辫子,不穿贵重衣服。而我们面前的每个年轻人,出于虚荣都把一束束头发编成了辫子。我再说一遍,这些头发必须剪掉,想一想为此而浪费的时间,想……"

布罗克赫斯特先生说到这儿被打断了。另外三位来访者,都是女的,此刻进了房间。她们来得再早一点就好了，赶得上聆听他关于服饰的高论。她们穿着华丽，一身丝绒、绸缎和毛皮。三位中的两位年轻的(十六七岁的漂亮姑娘)戴着当时十分时髦的灰色水獭皮帽，上面插着鸵鸟毛，在雅致的头饰边沿下，是一团浓密的鬈发，烫得十分精致。那位年长一些的女人，裹着一条装饰着貂皮的贵重丝绒披巾，额前披着法国式的假鬈发。

这几位太太小姐，一位是布罗克赫斯特太太，还有两位是布罗克赫斯特小姐。她们受到了坦普尔小姐恭敬的接待，被领到了房间一头的上座。她们看来是与担任圣职的亲属乘同一辆马车到达的，在他与管家办理公务、询问洗衣女、教训校长时，她们已经在楼上的房间仔细看个究竟。这时她们对负责照管衣被、检查寝室的史密斯小姐，提出了种种看法和责难。不过我没有工夫去听她们说些什么，其他事情来打岔，吸引了我的注意力。

到现在为止，我一面领会着布罗克赫斯特先生和坦普尔小姐的讲话，一面并没有放松戒备，确保自己的安全，而只要不被看到，安全是没有问题的。为了达到这个目的，我坐在长凳上，身子往后靠，看上去似乎在忙于计算，把写字板端得刚好遮住了脸。我本可以逃避别人的注意，却不料我那块捣蛋的写字板，不知怎地恰巧从我手里滑落，砰的一声贸然落地。顷刻之间人人都朝我投来了目光。我知道这下全完了，我弯下腰捡起了碎为两半的写字板，鼓足勇气准备面对最坏的结局，它终于来了。

"好粗心的姑娘!"布罗克赫斯特先生说，随后立刻又说，"是个新来的学生，我看出来了。"我还没喘过气来，他又说下去:"我可别忘了，有句关于她的话要说。"随后他大着嗓门说:"让那个打破写字板的孩子到前面来!"在我听来，那声音有多响啊! 我自己已经无法动弹了，我瘫了下来。可是坐在我两边的两个大姑娘，扶我站了起来，把我推向那位可怖的法官。随后坦普尔小姐轻轻地搀着我来到他的脚跟前，我听见她小声地劝导我:

"别怕，简，我知道这是个意外，你不会因此而受罚。"

这善意的耳语像匕首一样直刺我心扉。

"再过一分钟，她就会把我当做伪君子而瞧不起我了。"我想。一想到这点，心中便激起了一腔怒火，冲着里德和布罗克赫斯特一伙。我可不是海伦·彭斯。

"把那条凳子拿来。"布罗克赫斯特先生指着一条很高的凳子说，一位班长刚从那儿站起来。凳子给端来了。

"把这孩子放上去。"

我被抱到了凳子上,是谁抱的,我并不知道,我已经不可能去注意细枝末节了。我只知道他们把我摆到了跟布罗克赫斯特先生鼻子一般高的地方;知道他离我只有一码远;知道在我下面,一片橘黄色和紫色的闪缎饰皮外衣和浓雾般银色的羽毛在扩展,在飘拂。

布罗克赫斯特先生清了清嗓子。

"女士们,"他说着转向他的家人,"坦普尔小姐,教师们和孩子们,你们都看到了这个女孩子了吧?"

她们当然是看到了。我感觉到她们的眼睛像凸透镜那样对准了我烧灼的皮肤。

"你们瞧,她还很小。你们看到了,她的外貌与一般孩子没有什么两样,上帝仁慈地把赐与我们大家的外形,一样赐给了她,没有什么明显的残疾表明她是个特殊人物。谁能想到魔鬼已经在她身上找到了一个奴仆和代理人呢?而我痛心地说,这就是事实。"

他又停顿了一下。在这间隙,我开始让自己紧张的神经稳定下来,并觉得鲁比孔河①已经渡过,既然审判已无法回避,那就只得硬着头去忍受了。

"我的可爱的孩子们,"这位黑大理石般的牧师悲切地继续说下去,"这是一个悲哀而令人忧伤的场合,因为我有责任告诫大家,这个本可以成为上帝自己的羔羊的女孩子,是个小小的被遗弃者,不属于真正的羊群中的一员,而显然是一个闯入者,一个异己。你们必须提防她,不要学她的样子。必要的话避免与她做伴,不要同她一起游戏,不要与她交谈。教师们,你们必须看住她,注意她的行踪,掂量她的话语,监视她的行动,惩罚她的肉体以拯救她的灵魂,如果有可能挽救的话,因为(我实在说不出口),这个姑娘,

---

① 鲁比孔河:又译卢比孔河,位于今意大利中部。公元前四十九年罗马将军恺撒率兵渡过此河,与罗马执政者庞贝决战。后来"渡过鲁比孔河"成为英语中的一句成语,意为:下重大决心,破釜沉舟。

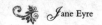

这个孩子,基督国土上的本地子民,比很多向梵天①祈祷,向讫里什那②神像跪拜的小异教徒还坏,这个女孩子是一个——说谎者!"

这时开始了十分钟的停顿。而此时我已经镇定自若,看到布罗克赫斯特家的三个女人都拿出了手帕,揩了揩眼镜,年长的一位身子前后摇晃着,年轻的两位耳语着说:"多可怕!"

布罗克赫斯特先生继续说:

"我是从她的恩人,一位虔诚慈善的太太那儿知道的。她成了孤儿的时候,是这位太太收养了她,把她作为亲生女儿来养育。这位不幸的姑娘竟以忘恩负义来报答她的善良和慷慨。这种行为那么恶劣,那么可怕,那位出色的恩主终于不得不把她同自己幼小的孩子们分开,生怕她的坏样子会玷污他们的纯洁。她被送到这里来治疗,就像古时的犹太人把病人送往毕士大③搅动着的池水中一样。教师们,校长们,我请求你们不要让她周围成为一潭死水。"

说了如此庄严的结语以后,布罗克赫斯特先生整了一下长大衣最上头的一颗纽扣,同他的家属嘀咕了几句,后者站起来,向坦普尔小姐鞠了一躬。随后所有的大人物都堂而皇之地走出了房间。在门边拐弯时,我的这位法官说:

"让她在那条凳子上再站半个小时,在今天的其余时间里,不要同她说话。"

于是我就这么高高地站着。而我曾说过,我不能忍受双脚站立于房间正中的耻辱,但此刻我却站在耻辱台上示众。我的感触非语言所能形容。但是正当全体起立,使我呼吸困难,喉头紧缩的时候,一位姑娘走上前来,从我身边经过。她在走过时抬起了眼睛。那双眼睛闪着多么奇怪的光芒!那道光芒使我浑身充满了一种多么异乎寻常的感觉!这种新感觉给予我多大的支持!仿佛一位殉道者、一个英雄走过一个奴隶或者牺牲者的身边,刹那

---

① 梵天:印度教主神之一,为创造之神,亦指众生之本。

② 讫里什那:印度教主神之一 Vishnu 的化身,相传每年例节用巨车载其神像游行时,善男信女甘愿投身死于轮下。在英语中也作"偶像崇拜"解。

③ 见《新约·约翰福音》第五章第二节:在耶路撒冷靠近羊门的地方,有一个池子叫毕士大,在天使搅动池水时下水,可治愈百病。

之间把力量也传给了他。我控制住了正待发作的歇斯底里,抬起头来,坚定地站在凳子上。海伦·彭斯问了史密斯小姐某个关于她作业的小问题,因为问题琐碎而被训斥了一通。她回到自己的位置上去时,再次走过我,对我微微一笑。多好的微笑!我至今还记得,而且知道,这是睿智和真正的勇气的流露,它像天使脸上的反光一样,照亮了她富有特征的面容、瘦削的脸庞和深陷的灰眼睛。然而就在那一刻,海伦·彭斯的胳膊上还佩戴着"不整洁标记";不到一小时之前我还听见斯卡查德小姐罚她明天中饭只吃面包和清水,就因为她在抄写习题时弄脏了练习簿。人的天性就是这样的不完美!即使是最明亮的行星也有这类黑斑,而斯卡查德小姐这样的眼睛只能看到细微的缺陷,却对星球的万丈光芒视而不见。

## 第八章

　　半个小时不到,钟就敲响了五点。散课了,大家都进饭厅去吃茶点,我这才大着胆走下凳子。这时暮色正浓,我躲进一个角落,在地板上坐了下来。一直支撑着我的魔力消失了,被心理错乱所取代。很快我伤心不已,脸朝下扑倒在地,嚎啕大哭起来。海伦·彭斯不在,没有东西支撑我。孤身独处,我难以自制,眼泪洒到了地板上。我曾打算在罗沃德表现那么出色,做那么多事情,交那么多朋友,博得别人的尊敬,赢得大家的爱护,而且已经取得了明显的进步。就在那天早上,我在班上已经名列前茅,米勒小姐热情夸奖我,坦普尔小姐微笑着表示赞许,还答应教我绘画,让我学法文,只要我在两个月之内继续取得同样的进步。此外,我也深受同学们的欢迎,同年龄的人也对我平等相待,我已不再受人欺侮。然而此刻,我又被打倒在地,遭人践踏,我还有翻身之日吗?

　　"永远没有了。"我想,满心希望自己死掉。正当我泣不成声地吐出这个心愿时,有人走近了我。我惊跳起来,又是海伦·彭斯靠近了我,渐暗的炉火恰好照亮她走过空空荡荡的长房间。她给我端来了咖啡和面包。

　　"来,吃点东西。"她说,可是我把咖啡和面包都从我面前推开了,只觉得仿佛眼下一滴咖啡或一口面包就会把我噎住似的。海伦凝视着我,也许很惊奇。这时我虽已竭尽全力,却仍无法抑制内心的激动,仍然一个劲儿嚎啕着。她在我身旁的地上坐下,胳膊抱着双膝,把头靠在膝头上。她就那么坐着,不言不语,像一个印度人。倒是我第一个开了腔:

"海伦,你怎么会跟一个人人都相信她会说谎的人呆在一起呢?"

"是人人吗,简?瞧,只有八十个人听见叫你撒谎者,而世界上有千千万万的人呢。"

"可是我跟那千千万万的人有什么关系呢?我认识的八十个人瞧不起我。"

"简,你错啦,也许学校里没有一个人会瞧得起你,或者讨厌你,但我敢肯定,很多人都那么同情你。"

"布罗克赫斯特先生说了话以后,她们怎么可能同情我呢?"

"布罗克赫斯特先生不是神,也不是一个值得钦佩的伟人。这里的人不喜欢他。他也不想法让人喜欢他。要是他把你看成他的宠儿,你倒会处处树敌,公开的,或者暗地里的都会有。而现在这样,大多数胆子大一点的人是会同情你的。一两天之内,师生们或许会冷眼相待,但内心深处却怀着友情。而要是你继续努力,好好表现,这些感情正因为暂时的压抑,不久就会更加明显地表露出来。此外,简……"她刹住了话头。

"怎么,海伦?"我说着把自己的手塞到了她手里,她轻轻地揉着我的手指,使它们暖和过来,随后又说下去:

"即使整个世界恨你,并且相信你很坏,只要你自己问心无愧,知道你是清白的,你就不会没有朋友。"

"不,我明白我觉得自己不错,但这还不够,要是别人不爱我,那么与其活着还不如死去——我受不了孤独和别人的厌恶,海伦。瞧,为了从你那儿,或者坦普尔小姐,或是任何一个我确实爱的人那儿得到真正的爱,我会心甘情愿忍受胳膊骨被折断,或者愿让一头公牛把我悬空抛起,或者站在一匹蹶腿的马后面,任马蹄踢踢向我胸膛——"

"嘘,简!你太看重人的爱了,你的感情太冲动,你的情绪太激烈了。一只至高无上的手创造了你的躯体,又往里面注入了生命,这只手除了造就了你脆弱的自身,或者同你一样脆弱的创造物之外,还给你提供了别的财富。在地球和人类之外,还有一个看不见的世界,一个精灵王国。这个世界包围着我们,无所不在。那些精灵注视着我们,奉命守护我们。要是我们在痛苦和耻辱中死去,要是来自四面八方的鄙视刺伤了我们,要是仇恨压垮了我们,天使们会看到我们遭受折磨,会承认我们清白无辜(如果我们确实清白无辜,我知道你受到了布罗克赫斯特先生的指控,但这种指控软弱无力,夸大其词,不过是从里德太太那儿转手得来的,因为我从你热情的眼睛里,从你明净的前额上,看到了诚实的本性),上帝只不过等待灵魂与肉体分离,以赐予我们充分的酬报。当生命很快结束,死亡必定成为幸福与荣耀的入口时,我们为什么还要因为忧伤而沉沦呢?"

我默不作声。海伦已经使我平静下来了,但在她所传递的宁静里,混杂着一种难以言传的悲哀。她说话时我感受到了这种悲哀,但不知道它从何而来。话一讲完,她开始有点气急,短短地咳了几声,我立刻忘掉了自己的苦恼,隐隐约约地为她担起心来。

我把头靠在海伦的肩上,双手抱住了她的腰,她紧紧搂住我,两人默默地偎依着。我们没坐多久,另外一个人进来了。这时,一阵刚起的风,吹开了沉重的云块,露出了月亮,月光泻进近旁的窗户,清晰地照亮了我们两人和那个走近的身影,我们立刻认出来,那是坦普尔小姐。

"我是特地来找你的,简·爱,"她说,"我要你到我房间里去,既然海伦·彭斯也在,那她也一起来吧。"

我们去了。在这位校长的带领下,我们穿过了一条条复杂的过道,登上一座楼梯,才到她的寓所。房间里炉火正旺,显得很惬意。坦普尔小姐叫海伦·彭斯坐在火炉一边的低靠手椅里,她自己在另一把靠手椅上坐下,把我叫到她身边。

"全都过去了吗?"她俯身瞧着我的脸问,"把伤心都哭光了?"

"恐怕我永远做不到。"

"为什么?"

"因为我被冤枉了,小姐,你,还有所有其他人,都会认为我很坏。"

"孩子,我们会根据你的表现来看待你的。继续做个好姑娘,你会使我满意的。"

"我会吗,坦普尔小姐?"

"你会的,"她说着用胳膊搂住我,"现在你告诉我,被布罗克赫斯特称为你的恩人的那位太太是谁?"

"里德太太,我舅舅的妻子。我舅舅去世了,他把我交给她照顾。"

"那她不是自己主动要抚养你的了?"

"不是,小姐。她感到很遗憾,不得不抚养我。但我常听仆人们说,我舅舅临终前要她答应永远抚养我。"

"好吧,简,你知道,或者至少我要让你知道,罪犯在被起诉时,往往允许为自己辩护。你被指责为说谎,那你就在我面前尽力为自己辩护吧,凡是你记得的事实你都说,可别加油添醋,夸大其词。"

我暗下决心,要把话说得恰如其分,准确无误。我思考了几分钟,把该说的话理出了个头绪,便一五一十地向她诉说了我悲苦的童年。我已激动得筋疲力尽,所以谈到这个伤心的话题时,说话比平时要克制。我还记住了海伦的告诫,不一味沉溺于怨恨,叙述时所掺杂的刻薄与恼恨比往日少得多,而且态度收敛,内容简明,听来更加可信。我觉得,我往下说时,坦普尔小姐完全相信我的话。

我在叙述自己的经历时,还提到了劳埃德先生,说他在我昏厥后来看过我。我永远忘不了可怕的红房子事件,在详细诉说时,我的情绪无疑有点失控,因为当里德太太断然拒绝我发疯似的求饶,把我第二次关进黑洞洞闹鬼的房子时,那种阵阵揪心的痛苦,在记忆中是什么也抚慰不了的。

我讲完了。坦普尔小姐默默地看了我几分钟,随后说:

"劳埃德先生我有些认识,我会写信给他的。要是他的答复同你说的相符,我们会公开澄清对你的诋毁。对我来说,简,现在你已经清白了。"

她吻了吻我,仍旧让我呆在她身边(我很乐意站在那里,因为我端详着她的面容、她的装束、她的一两件饰品、她那白皙的额头、她那一团团闪光的鬈发和乌黑发亮的眼睛时,得到了一种孩子的喜悦)。她开始同海伦·彭斯说话了。

"今晚你感觉怎么样,海伦? 今天咳得厉害吗?"

"我想不太厉害,小姐。"

"胸部的疼痛呢?"

"好一点了。"

坦普尔小姐站起来,拉过她的手,按了按脉搏,随后回到了自己的座位上。坐定以后,我听她轻声叹了口气。她沉思了一会,随后回过神来,高兴地说:

"不过今晚你们俩是我的客人,我必须按客人相待。"她按了下铃。

"巴巴拉，"她对应召而来的用人说，"我还没有用茶呢，你把盘子端来，给两位小姐也放上杯子。"

盘子很快就端来了。在我的目光中，这些放在火炉旁小圆桌上的瓷杯和亮晃晃的茶壶多么漂亮！那饮料的热气和烤面包的味儿多香！但使我失望的是（因为我已开始觉得饿了），我发现那份儿很小，坦普尔小姐也同样注意到了。

"巴巴拉，"她说，"不能再拿点面包和黄油来吗？这不够三个人吃呀。"

巴巴拉走了出去，但很快又回来了。

"小姐，哈登太太说已经按平时的分量送来了。"

得说明一下，哈登太太是个管家，这个女人很合布罗克赫斯特先生的心意，两人一样都是鲸须①和生铁做成的。

"啊，好吧，"坦普尔小姐回答，"我想我们只好将就了，巴巴拉。"等这位姑娘一走，她便笑着补充说："幸好我自己还能够弥补这次的欠缺。"

她邀海伦与我凑近桌子，在我们俩面前各放了一杯茶和一小片可口却很薄的烤面包，随后打开抽屉，从里面抽出一个纸包，我们眼前立刻出现了一个大果子饼。

"我本想让你们各自带一点儿回去，"她说，"但是因为烤面包这么少，你们现在就得吃掉了。"她很大方地把饼切成了厚片。

那天夜晚，我们享受了神仙的饮料和食品，享受了一次盛宴。当她慷慨提供的美食满足了我们的辘辘饥肠时，我们的女主人面带满意的微笑，望着我们，但那笑容并没有对这样的招待露出丝毫的愉快。吃完茶点，端走了托盘后，她又招呼我们到火炉边去。我们两人一边一个坐在她身旁。这时，她与海伦开始了谈话，而我能被允许旁听，实在也是有幸。

坦普尔小姐向来神态安详，风度庄重，谈吐文雅得体，这使她不至于陷入狂热、激奋和浮躁，同样也使看着她和倾听她的人，出于一种克制的敬畏心情，不会露出过分的喜悦，这就是我此刻的情感。但海伦的情况却使我十分吃惊。

因为茶点振奋了精神，炉火在熊熊燃烧，因为亲爱的导师在场并待她很

---

① 鲸须系角质高强度物质，旧时用来做饰品。

好,也许不止这一切,而是她独一无二的头脑中的某种东西,激发了她内在的种种力量。这些力量被唤醒了,被点燃了,起初闪烁在一向苍白而没有血色现在却容光焕发的脸上,随后显露在她水灵灵、炯炯有神的眼睛里,这双眼睛突然之间获得了一种比坦普尔小姐的眼睛更为独特的美,它没有好看的色彩,没有长长的睫毛,没有用眉笔描过的眉毛,却那么意味深长,那么流动不息,那么光芒四射。随后她似乎心口交融,说话流畅。这些话从什么源头流出来,我无从判断。一个十四岁的女孩有这样活跃、这样宽大的胸怀,装得下这纯洁、充盈、炽热的雄辩之泉吗?这就是那个使我难以忘怀的夜晚海伦谈话的特色。她的心灵仿佛急于要在短暂的片刻中,过得与众多长期苟活的人一样充实。

她们谈论着我从未听说过的事情,谈到了逝去的民族和时代,谈到了遥远的国度;谈到了被发现或臆测到的自然界的奥秘,还谈到了书籍。她们看过的书真多啊!她们掌握的知识真丰富!随后她们似乎对法国人名和法国作者了如指掌。但最使我惊讶的是,这时坦普尔小姐问海伦是不是抽空在复习她爸爸教她的拉丁文,还从书架上取了一本书,吩咐她朗读和解释维吉尔①的一页著作,海伦照着做了。我每听一行朗朗的诗句,对她也就愈加肃然起敬。她几乎还没有读完,上床铃就响了,已不允许任何拖延。坦普尔小姐拥抱了我们俩,她把我们搂到怀里时说:

"上帝保佑你们,我的孩子们!"

她拥抱海伦比拥抱我要长些,更不情愿放她走。她一直目送海伦到门边,因为海伦,她再次伤心地叹了口气;因为海伦,她从脸上抹去了一滴眼泪。

到了寝室,我们听见了斯卡查德小姐的嗓音,她正在检查抽屉,而且刚好已把海伦的抽屉拉出来。我们一走进房间,海伦便当头挨了一顿痛骂。她告诉海伦,明天要把五六件叠得乱七八糟的东西别在她的肩上。

"我的东西乱糟糟的真丢脸,"海伦喃喃地对我说,"我是想把它们放整齐的,可总是忘了。"

第二天早上,斯卡查德小姐在一块纸牌上写下了十分醒目的两个字

___

① 维吉尔(公元前七十一—前十九):古罗马诗人,此处指其作品。

"邋遢",像经文护符匣①一样,把它系在海伦那宽大、温顺、聪颖、一副善相的额头上。她那么耐心而毫无怨言地佩戴着它,视之为应得的惩罚,一直戴到晚上。下午放学以后,斯卡查德小姐一走,我便跑到海伦那儿,一把撕下这块牌子,把它扔进火里。她所不会有的火气,整天在我心中燃烧着,大滴大滴热泪,一直烧灼着我的脸颊,她那副悲哀的、听天由命的样子,使我心里痛苦得难以忍受。

上述事件发生后大约一周,坦普尔小姐写给劳埃德先生的信有了回音。他在信中所说的,进一步证实了我的自述。坦普尔小姐把全校师生召集起来,当众宣布,对简·爱所受的指责已经做了调查,而且很高兴地声明对简·爱的诋毁已彻底澄清。教师们随后同我握了手,吻了我,一阵欢悦的低语,回荡在我同伴的队伍之中。

这样我便卸下了一个沉重的包袱。我打算从头努力,决心排除万难披荆斩棘地前进。我拼命苦干,付出几分努力,便获得几分成功。我的记忆力虽然不是生来很强,但经过实干有了改进,我的头脑通过操练更为机敏。几周之后,我被升到了高班,不到两个月我被允许学习法文和绘画。我学了动词 Etre 的最基本的两个时态;同一天我作了第一幅茅屋素描(顺便说一句,屋子墙壁的倾斜度胜过比萨斜塔)。那天夜里上床时,我忘了在遐想中准备有热的烤土豆或白面包与新鲜牛奶的巴米赛德②晚餐了,往常我是以此来解馋。而现在,我在黑暗中所见到的理想画面成了我的盛宴。所有的画作都是出自我的手笔,潇洒自如的房屋、树木铅笔画,别致的岩石和废墟,克伊普③式的牛群,以及各种可爱的画:有蝴蝶在含苞的玫瑰上翩翩起舞;有鸟儿啄着成熟的樱桃;有藏着珍珠般鸟蛋的鹪鹩巢穴,四周还绕着一圈嫩绿的长春藤。我还在脑子里掂量了一下,有没有可能把那天皮埃罗太太给我看的薄薄的法文故事书流利地翻译出来。这个问题还没有满意解决,我便

---

① 经文护符匣,是两个成对、内装书写经文的羊皮纸条小匣,由犹太男子佩戴,一在左臂,一在额前,以提醒佩戴者遵守律法。

② 巴米赛德:《一千零一夜》中一位波斯王子,假装请一个乞丐赴宴,却不给食物,仅以想象中的画饼充饥。

③ 克伊普(一六二〇——一六九一):荷兰风景画家,擅长画乡村宁静的风景,主要作品有《笛手与牛群》、《林荫道》等。

甜甜地睡着了。

所罗门说得好:"吃素菜,彼此相爱,强如吃肥牛,彼此相恨。"①

现在,我决不会拿贫困的罗沃德去换取终日奢华的盖茨黑德。

---

① 见《旧约·箴言》第十五章第十七节。所罗门系古以色列王国国王,智慧过人。

# 第九章

    不过，罗沃德的贫困，或者不如说艰辛，有所好转。春天即将来临，实际上已经到来，冬季的严寒过去了。积雪已融化，刺骨的寒风不再那般肆虐，在四月和风的吹拂下，我那双曾被一月的寒气剥去了一层皮、红肿得一拐一拐的可怜的脚，已开始消肿和痊愈。夜晚和清晨不再出现加拿大式的低气温，险些把我们血管里的血冻住。现在我们已受得了花园中度过的游戏时刻。有时逢上晴日，天气甚至变得温暖舒适。枯黄的苗圃长出了一片新绿，一天比一天鲜嫩，使人仿佛觉得希望之神曾在夜间走过，每天清晨留下她愈来愈明亮的足迹。花朵从树叶丛中探出头来，有雪花莲呀、藏红花呀、紫色的报春花和金眼三色紫罗兰。每逢星期四下午（半假日），我们都出去散步，看到不少更加可爱的花朵盛开在路边的篱笆下。

    我还发现，就在顶端用尖铁防范着的花园高墙之外，有着一种莫大的愉快和享受，它广阔无垠，直达天际。那种愉快来自宏伟的山峰环抱着的一个树木葱茏、绿荫盖地的大山谷；也来自满是黑色石子和闪光漩涡的明净溪流。这景色与我在冬日铁灰色的苍穹下，冰霜封冻、积雪覆盖时看到的情景多么不同呀！那时候，死一般冷的雾气被东风驱赶着，飘过紫色的山峰，滚下草地与河滩，直至与溪流上凝结的水气融为一体。那时，这条小溪是一股混浊不堪、势不可挡的急流，它冲决了树林，在空中发出咆哮，那声音在夹杂着暴雨和旋转的冻雨时，听来常常更加沉闷。至于两岸的树木，都已成了一排排死人的骨骼。

    四月已逝，五月来临。这是一个明媚宁静的五月，日复一日，都是蔚蓝的天空、和煦的阳光、轻柔的西风和南风。现在,草木欣欣向荣。罗沃德抖散了它的秀发,处处吐绿,遍地开花。榆树、梣树和橡树光秃秃的高大树干,恢复了生气勃勃的雄姿,林间植物在幽深处茂密生长,无数种类的苔藓填补了林中的空谷。众多的野樱草花,就像奇妙地从地上升起的阳光。我在林阴深处曾见过它们淡淡的金色光芒,犹如点点散开的可爱光斑。这一切我常常尽情享受着,无拘无束,无人看管,而且几乎总是独自一人。这种自由与乐趣所以这么不同寻常,是有其原因的,而说清楚这个原委,就成了我现在的任务。

我在说这个地方掩映在山林之中,坐落在溪流之畔时,不是把它描绘成一个舒适的住处吗?的确,舒适倒是够舒适的,但有益于健康与否,却是另一回事了。

罗沃德所在的林间山谷,是大雾的摇篮,是雾气诱发的病疫的滋生地。时疫随着春天急速的步伐,加速潜入孤儿院,把斑疹伤寒传进了它拥挤的教室和寝室,五月未到,就已把整所学校变成了医院。

学生们素来半饥半饱,得了感冒也无人过问,所以大多容易受到感染。八十个女生中四十五人一下子病倒了。班级停课,规章放宽。少数没有得病的,几乎已完全放任自流,因为医生认为她们必须经常参加活动,保持身体健康。就是不这样,也无人顾得上去看管她们了。坦普尔小姐的全部注意力已被病人所吸引,她住在病房里,除了夜间抓紧几小时休息外,寸步不离病人。教师们全都忙乎着,为那些幸而有亲戚朋友,能够并愿意把她们从传染地带走的人打铺盖和做好动身前的必要准备。很多已经染病的回家去等死;有些人死在学校里,悄悄地草草埋掉算数,这种病的特性决定了容不得半点拖延。

就这样,疾病在罗沃德安了家,死亡成了这里的常客;围墙之内笼罩着阴郁和恐怖;房间里和过道上散发着医院的气味,药物和香锭徒劳地挣扎着要镇住死亡的恶臭。与此同时,五月的明媚阳光从万里无云的天空,洒向户外陡峭的小山和美丽的林地。罗沃德的花园里花儿盛开,灿烂夺目。一丈红拔地而起,高大如林,百合花已开,郁金香和玫瑰争妍斗艳,粉红色的海石竹和深红的双瓣雏菊,把小小花坛的边缘装扮得十分鲜艳。香甜的欧石南,在清晨和夜间散发着香料和苹果的气味。但这些香气扑鼻的宝贝,除了时

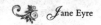 

时提供一捧香草和鲜花放进棺材里,对罗沃德的人来说已毫无用处。

不过我与其余仍然健康的人,充分享受着这景色和季节的美。他们让我们像吉卜赛人一样,从早到晚在林中游荡,爱干什么就干什么,爱上哪里就上哪里。我们的生活也有所改善。布罗克赫斯特先生和他的家人现在已从不靠近罗沃德,家常事也无人来查问,脾气急躁的管家已逃之夭夭,生怕受到传染。她的后任原本是洛顿诊所的护士长,并未习惯于新地方的规矩,因此给得比较大方。此外,用饭的人少了,病人又吃得不多,于是我们早饭碗里的东西也就多了一些。新管家常常没有时间准备正餐,干脆就给我们一个大冷饼,或者一厚片面包和乳酪。我们把这些东西随身带到树林里,各人找个喜欢的地方,来享受一顿盛宴。

我最喜欢坐在一块光滑的大石头上。这块石头兀立在小溪正中,又白又干燥,要蹚水过河才到得那里,我每每赤了脚来完成这一壮举。这块石头正好够舒舒服服地坐上两个人,我和另一位姑娘。她是我当时选中的伙伴,名叫玛丽·安·威尔逊,这个人聪明伶俐,目光敏锐。我喜欢同她相处,一半是因为她机灵而有头脑,一半是因为她的神态使人感到无拘无束。她比我大几岁,更了解世情,能告诉我很多我乐意听的东西,满足我的好奇心。对我的缺陷她也能宽容姑息,从不对我说的什么加以干涉。她擅长叙述,我善于分析;她喜欢讲,我喜欢问,我们两个处得很融洽,就算得不到很大长进,也有不少乐趣。

与此同时,海伦·彭斯哪儿去了呢?为什么我没有同她共度这些自由自在的舒心日子?是我把她忘了,还是我本人不足取,居然对她纯洁的交往感到了厌倦?当然我所提的玛丽·安·威尔逊要逊于我的第一位相识。她只不过能给我讲些有趣的故事,回敬一些我所津津乐道的辛辣活泼的闲聊。而海伦呢,要是我没有说错,她足以使有幸听她谈话的人品味到高级得多的东西。

确实如此,读者,我明白,并感觉到了这一点。尽管我是一个很有缺陷的人,毛病很多,长处很少,但我决不会嫌弃海伦,也不会不珍惜对她的亲情。这种亲情同激发我心灵的任何感情一样强烈,一样温柔,一样令人珍重。不论何时何地,海伦都向我证实了一种平静而忠实的友情,闹别扭或者发脾气都不会带来丝毫损害。可是海伦现在病倒了。她从我面前消失,搬到楼上的某一间房子,已经有好几周了。听说她不在学校的医院部同发烧病人在一起,因为她患的是肺病,不是斑疹伤寒。在我幼稚无知的心灵中,认为肺病比较和缓,假以时日并悉心照料,肯定是可以好转的。

我的想法得到了证实,因为她偶尔在风和日丽的下午下楼来,由坦普尔小姐带着步入花园。但在这种场合,她们不允许我上去同她说话。我只不过从教室的窗户中看到了她,而且又看不清楚,因为她裹得严严实实,远远地坐在回廊上。

六月初的一个晚上,我与玛丽·安在林子里逗留得很晚。像往常一样,我们又与别人分道扬镳,闲逛到了很远的地方,远得终于使我们迷了路,而不得不去一间孤零零的茅舍问路。那里住着一男一女,养了一群以林间山毛榉为食的半野的猪。回校时,已经是明月高挂。一匹我们知道是外科医生骑的小马,呆在花园门口。玛丽·安说她猜想一定是有人病得很重,所以才在晚间这个时候请贝茨先生来。她先进了屋,我在外面呆了几分钟,把才从森林里挖来的一把树根栽在花园里,怕留到第二天早晨会枯死。栽好以后,我又多耽搁了一会儿,沾上露水的花异香扑鼻。这是一个可爱的夜晚,那么宁静,又那么温煦。西边的天际依旧一片红光,预示着明天又是个好天。月亮从黯淡的东方庄严地升起。我注意着这一切,尽一个孩子所能欣赏着。这时我脑子里出现了一个从未有过的想法:

"这会儿躺在病床上,面临着死亡的威胁是多么悲哀呀!这个世界是美好的,把人从这里唤走,到一个谁都不知道的地方去,会是一件十分悲伤的事。"

随后我的脑袋第一次潜心来理解已被灌输进去的天堂和地狱的内涵,而且也第一次退缩了,迷惑不解了,也是第一次左右前后扫视着。在自己的周围看到了无底的深渊,感到除了现在这一立足点之外,其余一切都是无形的浮云和空虚的深渊。想到自己摇摇晃晃要落入一片混乱之中,便不禁颤抖起来。我正细细咀嚼着这个新想法,却听得前门开了,贝茨先生走了出来,由一个护士陪着。她目送贝茨先生上马离去后,正要关门,我一个箭步到了她跟前。

"海伦·彭斯怎么样了?"

"很不好。"护士回答说。

"贝茨先生是去看她的吗?"

"是的。"

"对她的病,他说了些什么呀?"

"他说她不会在这儿呆很久了。"

这句话要是昨天让我听到,它所表达的含义只能是,她将要搬到诺森伯兰郡自己家去了,我不会去怀疑内中包含着"她要死了"的意思。但此刻我立即明白了。在我理解起来,这句话一清二楚,海伦在世的日子已屈指可数,她将被带往精灵的地域,要是这样的地域确实存在的话。我感到一阵恐怖,一种令人震颤的悲哀,随后是一种愿望,一种要见她的需要。我问她躺在哪一个房间。

"她在坦普尔小姐的屋里。"护士说。

"我可以上去同她说话吗?"

"啊,孩子! 那不行。现在你该进来了,要是降了露水还呆在外面,你也会得热病的。"

护士关了前门,我从通往教室的边门溜了进去。我恰好准时,九点刚敲,米勒小姐正吩咐学生上床。

也许过了两小时,可能是将近十一点了,我难以入睡,而且从宿舍里一片沉寂推断,我的同伴们都已蒙头大睡。于是我便轻手轻脚地爬起来,在睡衣外面穿了件外衣,赤着脚从屋里溜了出来,去寻找坦普尔小姐的房间。它远靠房子的另外一头,不过我认得路。夏夜的皎洁月光,零零落落地洒进过道的窗户,使我毫不费力地找到了她的房间。一股樟脑味和烧焦的醋味,提醒我已走近了热病病房。我快步走过门前,生怕通宵值班的护士会听到我。我担心被人发现赶回房去。我必须看到海伦——必须在她死去之前拥抱她一下,我必须最后亲吻她一下,同她交换最后一句话。

我下了楼梯,走过了楼底下的一段路,终于毫无声响地开了和关了两道门,到了另一排楼梯,拾级而上,正对面便是坦普尔小姐的房间。一星灯光从锁孔里和门底下透出来,四周万籁俱寂。我走近一看,只见门虚掩着,也许是要让闷人的病室进去一点新鲜空气。我生性讨厌犹犹豫豫,而且当时急不可耐,十分冲动——全身心都因极度痛苦而震颤起来。我推开门,探进头去,目光搜索着海伦,担心遇见死亡。

紧靠坦普尔小姐的床铺，被白色的帷幔遮去了一半的是一张小床。我看到了被子底下身子的轮廓，但脸部被帷幔遮住了。那位在花园里同我讲过话的护士，坐在一把安乐椅上，睡着了。一支灯芯未剪的蜡烛幽幽地在桌子上燃着，却不见坦普尔小姐。我后来知道，她已被叫到热病病室，看望一个昏迷不醒的病人。我往前走去，随后在小床旁边停了下来，我的手伸向帷幔，但我宁愿在拉动之前开口说一下，我仍然畏缩不前，唯恐看到一具尸体。

"海伦！"我轻声耳语道，"你醒着吗？"

她动弹了一下，自己拉开帷幔，我看到了她的脸，苍白、憔悴，却十分镇静。她看上去没有什么变化，于是我的恐惧心理顿时消失了。

"真是你吗，简？"她以独特的柔和语调问。

"啊！"我想，"她不会死，他们搞错了，要是她活不了啦，她的言语和神色不会那么镇定自若。"

我上了她的小床，吻了她一下。她的额头冰冷，脸颊也冰冷，而且还很消瘦，她的手和手腕也都冰冷，只有她那微笑依旧。

"你为什么到这儿来，简？已经过了十一点啦，几分钟前我听见敲的。"

"我来看你，海伦。我听说你病得很重，我不同你说句话就睡不着。"

"那你是来同我告别的了，也许你来得正是时候。"

"你上那儿去吗，海伦？你要回家是不是？"

"是的，回到我永久的——我最后的家。"

"不，不，海伦。"我顿住了，心里很难过。我竭力咽下眼泪，这时海伦一阵咳嗽，不过没有吵醒护士。咳完以后，她筋疲力尽地躺了几分钟，随后轻声说：

"简，你还光着你的小脚呢，躺下来吧，盖上我的被子。"

我照她的话做了。她用胳膊搂住我，我紧偎着她，在沉默了很久之后，她继续低声耳语着说：

"我很愉快，简，你听到我已经死了的时候，你可千万别悲伤。没有什么可以感到悲伤的。总有一天我们大家都得死去。现在疾病正夺去我生命，这种病并不痛苦，既温和又缓慢，我心里很安宁。我不会让谁感到太悲痛，我只有一个父亲，他新近刚结婚，不会思念我。我那么年纪轻轻就死去，可以逃脱大苦大难。我没有会使自己在世上发迹的气质和才能。要是我活

着,我会一直错下去的。"

"可是你到哪儿去呢,海伦? 你能看得见吗? 你知道吗?"

"我相信,我有信仰,我去上帝那儿。"

"上帝在哪儿? 上帝是什么?"

"我的创造者,也是你的。他决不会毁坏他所创造的东西。我毫无保留地依赖他的力量,完全信任他的仁慈,我数着钟点,直至那个重要时刻到来,那时我又被送还给他,他又再次显现在我面前。"

"海伦,那你肯定认为有天堂这个地方,而且我们死后灵魂都到那儿去吗?"

"我敢肯定有一个未来的国度。我相信上帝是慈悲的。我可以放心地把我不朽的部分托付给他,上帝是我的父亲,上帝是我的朋友,我爱他,我相信他也爱我。"

"海伦,我死掉后,还能再见到你吗?"

"你会来到同一个幸福的地域,被同一个伟大的、普天下共有的父亲所接纳,毫无疑问,亲爱的简。"

我又再次发问,不过这回只是想想而已。"这个地域在哪儿? 它存在不存在?"我用胳膊把海伦搂得更紧了。她对我似乎比以往任何时候都要宝贵了。我仿佛觉得我不能让她走,我躺着把脸埋在她的颈窝里。她立刻用最甜蜜的嗓音说:

"我多么舒服啊! 刚才那一阵子咳嗽弄得我有点儿累了,我好像是能睡着了,可是别离开我,简,我喜欢你在我身边。"

"我会同你呆在一起的,亲爱的海伦。谁也不能把我撵走。"

"你暖和吗,亲爱的?"

"是的。"

"晚安,简。"

"晚安,海伦。"

她吻了我,我吻了她,两人很快就睡熟了。

我醒来的时候已经是白天,一阵异样的抖动把我弄醒了。我抬起头来,发现自己正躺在别人的怀抱里,那位护士抱着我,正穿过过道把我送回宿舍。我没有因为离开床位而受到责备,人们还有别的事儿要考虑。我提出的很多问题也没有得到解释。但一两天后我知道,坦普尔小姐在拂晓回房时,发现我躺在小床上,我的脸蛋紧贴着海伦·彭斯的肩膀,我的胳膊搂着她的脖子。我睡着了,而海伦——死了。

她的坟墓在布罗克布里奇墓地,她去世后十五年中,墓上仅有一个杂草丛生的土墩,但现在一块灰色的大理石墓碑标出了这个地点,上面刻着她的名字及"Resurgam①"这个字。

---

① 拉丁文:复活。

## 第十章

　　到目前为止，我已详细记述了自己微不足道的身世。我一生的最初十年，我差不多花了十章来描写。但这不是一部正规的自传。我不过是要勾起自知会使读者感兴趣的记忆，因此我现在要几乎只字不提跳过八年的生活，只需用几行笔墨来保持连贯性。

　　斑疹伤寒热在罗沃德完成了它摧毁性的使命以后，便渐渐地从那里销声匿迹了。但是其病毒和牺牲者的数字，引起了公众对学校的注意，于是人们对这场灾祸的根源做了调查，而逐步披露的事实大大激怒了公众。学校的地点不利于健康，孩子们的伙食量少质差，做饭用的水臭得使人恶心，学生们的衣着和居住条件很糟，一切都暴露无遗；曝光的结果使布罗克赫斯特大失脸面，使学校大为受益。

　　郡里的一些富家善人慷慨解囊，在一个更好的地点建造了一座更合适的大楼。校规重新制订，伙食和衣着有所改善。学校的经费委托给一个委员会管理。布罗克赫斯特先生，有钱又有势，自然不能忽视，所以仍担任司库一职，但在履行职务时得到了更为慷慨和富有同情心的绅士们的协助。他作为督导的职能，也由他人一起来承担，他们知道该怎样把理智与严格、舒适与经济、怜悯与正直结合起来。学校因此大有改进，成了一个真正有用的高尚学府。学校获得新生之后，我在它的围墙之内生活了八年，当了六年的学生，两年的教师，在双重身份上成了它的价值和重要性的见证人。

　　在这八年中，我的生活十分单一，但并无不快，因为日子没有成为一潭死水。这里具备接受良好教育的条件。我喜爱某些课程;我希望超过所有人;我很乐意使教师尤其是我所爱的教师高兴,这一切都激励我奋进。我充分利用所提供的有利条件,终于一跃而成为第一班的第一名,后来又被授予教师职务,满腔热情地干了两年,但两年之后我改变了主意。

坦普尔小姐历经种种变迁,一直担任着校长的职务。我所取得的最好成绩归功于她的教诲。同她的友谊和交往始终是对我的慰藉。她担当了我的母亲和家庭教师的角色,后来成了我的伙伴。这时候,她结了婚,随她的丈夫(一位牧师、一个出色的男人,几乎与这样一位妻子相般配)迁往一个遥远的郡,结果同我失去了联系。

打从她离开的那天起,我就同以前不一样了。她一走,那种已经确立了的使罗沃德有几分像家的感情和联系,都随之消失。我从她那儿吸收了某些个性和很多习惯。更为和谐的思想,更为克制的感情,已经在我的头脑里生根。我决意忠于职守,服从命令。我很文静,相信自己十分满足。在别人的眼中,甚至在我自己看来,我似乎是一位懂规矩守本分的人。

但是命运化作牧师史密斯,把我和坦普尔小姐分开了。我见她身着行装,在婚礼后不久跨进一辆驿站马车。我凝视着马车爬上小山,消失在陡坡后面。随后我回到了自己的房间,在孤寂中度过了为庆祝这一时刻而放的半假日的绝大部分时间。

大部分时候我在房间里踯躅。我本以为自己只对损失感到遗憾,并考虑如何加以补救。但当我结束了思考,抬头看到下午已经逝去,夜色正浓时,蓦地我有了新的发现。那就是在这一间隙,我经历了一个变化的过程,我的心灵丢弃了我从坦普尔小姐那儿学来的东西,或者不如说她带走了我在她身边所感受到的宁静气息,现在我又恢复了自己的天性,感到原有的情绪开始萌动了。似乎不是抽掉了支柱,而是失去了动机;并不是无力保持平静,而是需要保持平静的理由已不复存在。几年来,我的世界就在罗沃德,我的经历就是学校的规章制度。而现在我记起来了,真正的世界无限广阔,一个充满希望与忧烦、刺激与兴奋的天地等待着那些有胆识的人,去冒各种风险,追求人生的真谛。

我走向窗子,把它打开,往外眺望。我看见了大楼的两翼,看见了花园,看见了罗沃德的边缘,看见了山峦起伏的地平线。我的目光越过了其他东西，落在那些最遥远的蓝色山峰上。正是那些山峰，我渴望去攀登。荒凉不堪岩石嶙峋的边界之内，仿佛是囚禁地，是放逐的极限。我跟踪那条白色的路蜿蜒着绕过一座山的山脚，消失在两山之间的峡谷之中。我多么希望继续跟着它往前走啊！我忆起了我乘着马车沿着那条路走的日子，我记得在薄暮中驶下了山。自从我被第一次带到罗沃德时起，仿佛一个世纪已经过去，但我从来没有离开过这里。假期都是在学校里度过的，里德太太从来没有把我接到盖茨黑德去过，不管是她本人，还是家里的其他人，从未来看过我。我与外部世界既没有书信往来，也不通消息。学校的规定、任务、习惯、观念、音容、语言、服饰、好恶，就是我所知道的生活内容。而如今我觉得这很不够。一个下午之间，我对八年的常规生活突然感到厌倦了，我憧憬自由，我渴望自由，我为自由做了一个祷告。这祈祷似乎被驱散，融入了微风之中。我放弃了祈祷，设想了一个更谦卑的祈求，祈求变化，祈求刺激。而这恳求似乎也被吹进了浩茫的宇宙。"那么，"我近乎绝望地叫道，"至少赐予我一种新的苦役吧！"

这时，晚饭铃响了，把我召唤到了楼下。

直到睡觉的时候，我才有空继续那被打断了的沉思。即便在那时，同房间的一位教师还絮絮叨叨闲聊了好久，使我没法回到我所渴望的问题上。我多么希望瞌睡会使她闭上嘴巴！仿佛只要我重新思考伫立窗前时闪过脑际的念头，某个独特的想法便会自己冒出来，使我得以解脱似的。

格丽丝小姐终于打鼾了。她是一位笨重的威尔士女人，在此之前我对她惯常的鼻音曲除了认为讨厌，没有别的看法。而今晚我满意地迎来了它最初的深沉曲调。我免除了打扰，心中那抹去了一半的想法又立刻复活了。

"一种新的苦役！这有一定道理，"我自言自语（要知道，只是心里想想，没有说出口来），"我知道是有道理，因为它并不十分动听，不像自由、兴奋、享受这些词，它们的声音确实很悦耳，但对我来说无非只是声音而已，空洞而转瞬即逝，倾听它不过是徒然浪费时间。但是这苦役却全然不同！它毕竟是实实在在的，任何个人都可以服苦役。我在这儿已经服了八年，现在我所期求的不过是到别处去服役。难道我连这点愿望也达不到？难道这事不可行？是呀，是呀，要达到目的并非难事，只要我肯动脑筋，找到达到目的之手段。"

我从床上坐起来,以便开动脑筋。这是一个寒冷的夜晚,我在肩上围了块披巾,随后便全力以赴地进一步**思考**起来。

"我需要什么呢?在新的环境、新的面孔、新的房子中一份新的工作。我只要这个,因为好高骛远是徒劳无益的。人们怎样才能找到一份新工作呢?我猜想他们求助于朋友。但我没有朋友。很多没有朋友的人只好自己动手去找工作,自己救自己,他们采用什么办法呢?"

我说不上来,找不到答案。随后我责令自己的头脑找到一个回答,而且要快。我动着脑筋,越动越快。我感到我的脑袋和太阳穴在搏动着。但将近一个小时,我的脑子乱七八糟,一切努力毫无结果。我因为徒劳无功而心乱如麻,便立起身来,在房间里转了转,拉开窗帘,望见一两颗星星,在寒夜中颤抖,我再次爬到床上。

准是有一位善良的仙女,趁我不在时把我需要的主意放到了我枕头上,因为我躺下时,这主意悄悄地、自然而然地闪入我脑际。"凡是谋职的人都登广告,你必须在《××郡先驱报》上登广告。"

"怎么登呢?我对广告一无所知。"

回答来得自然而又及时:

"你必须把广告和广告费放在同一个信封里,寄给《先驱报》的编辑,你必须立即抓住第一个机会把信投到洛顿邮局,回信务必寄往那里邮局的J.E.①。信寄出后一个星期,你可以去查询。要是来了回音,那就随之行动。"

我把这个计划琢磨了两三回,接着便消化在脑子里,我非常清晰地把它具体化了,我很满意,不久便酣然入睡。

第二天我一大早就起来了,没等起床铃把全校吵醒就写好了广告,塞入信封封好,写了地址。信上说:

"现有一位年轻女士,熟悉教学,(我不是做了两年的教师吗?)愿谋一家庭教师职位,儿童年龄须幼于十四岁(我想自己才十八岁,要指导一个跟我年龄相仿的人是断然不行的)。该女士能胜任良好的英国教育所含的普通课程,以及法文、绘画和音乐的教学(读者呀,这个课程目录现在看来是有些狭窄,但在那个时代还算是比较广博的)。回信请寄××郡洛顿邮局,J.

---

① 简·爱姓名的第一个字母。

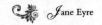

E. 收。"

　　这份文件在我抽屉里整整锁了一天。用完茶点以后，我向新来的校长请假去洛顿，为自己和一两位共事的老师办些小事。她欣然允诺，于是我便去了。一共有两英里步行路程，傍晚还下着雨，好在白昼依然很长。我逛了一两家商店，把信塞进邮局，冒着大雨回来，外衣都淌着水，但心里如释重负。

　　接下来的那个星期似乎很长，然而，它像世间的万物一样，终于到了尽头。一个秋高气爽的傍晚，我再次踏上了去洛顿的路途。顺便提一句，小路风景如画，沿着小溪向前延伸，穿过弯弯曲曲、秀色诱人的山谷。不过那天我想得更多的是那封可能在，可能不在我去的小城等着的信，而不是草地和溪水的魅力。

　　这时我冠冕堂皇的差使是度量脚码做一双鞋。所以我先去干这件事。了却以后，从鞋匠那儿出来，穿过洁净安宁的小街，来到邮局。管理员是位老妇人，鼻梁上架着角质眼镜，手上戴着黑色露指手套。

　　"有写给J. E.的信吗？"我问。

　　她从眼镜上方盯着我，随后打开一个抽屉，在里面放着的东西中间翻了好久好久。时间那么长，我简直开始有些泄气了。末了她把一份文件放到眼镜前面将近五分钟，才隔着柜台，递给我，同时投过来好奇和怀疑的目光——这封信是写给J. E.的。

　　"就只有这么一封？"我问。

　　"没有了。"她说，我把信放进口袋，回头就往家走。当时我不能拆开，按照规定我得八点前返回，而这时已经七点半了。

　　一到家便有种种事务等着我去做。姑娘们做功课时我得陪坐着，随后是轮到我读祷告，照应她们上床。在此之后，我与其他教师吃了晚饭。甚至最后到了夜间安寝时，那位始终少不了的格丽丝小姐仍与我做伴。烛台上只剩下一短截蜡烛了，我担心她会喋喋不休，直至烛灭。幸好那一顿饱饭产生了催眠的效果。我还没有脱好衣服，她已鼾声大作。蜡烛还剩下一英寸，我取出了信，封口上署着缩写F.，我拆开信封，发现内容十分简单。

　　"如上周四在郡《先驱报》上登了广告的J. E.具备她所提及的修养，如她能为自己的品格与能力提供满意的证明，即可获得一份工作，仅需教一名

学生,一个不满十岁的小女孩,年薪为三十英镑。务请将证明及本人姓名、地址和详情寄往下列姓名和地址:

　　××郡,米尔科特附近,桑菲尔德,费尔法克斯太太收。"

　　我把文件细看了很久。字体很老式,笔迹不大稳,像是一位老年妇女写的。这一情况倒是让人满意的。我曾暗自担心,我自作主张,独自行动,会有陷入某种困境的危险。尤其是我希望自己努力得来的成果是体面的、正当的、en règle①。我现在觉得手头的这件事涉及一位老年妇女倒是好事。费尔法克斯太太!我想象她穿着黑色的长袍,戴着寡妇帽,也许索然无味,但并不粗鲁,不失为一位典型的英国老派体面人物。桑菲尔德!毫无疑问,那是她住宅的名称,肯定是个整洁而井井有条的地方,尽管我无力设想这幢房子的确切结构。××郡的米尔科特,我重温了记忆中的英国地图。不错,郡和镇都看到了。××郡比我现在居住的偏远的郡,离伦敦要近七十英里。这对我来说是十分可取的。我向往活跃热闹的地方。米尔科特是个大工业城市,坐落在埃×河岸上,无疑是够热闹的。这样岂不更好,至少也是个彻底的改变。倒不是我的想象被那些高高的烟囱和团团烟雾所吸引,"不过,"我争辩着,"或许桑菲尔德离镇很远呢。"

　　这时残烛落入了烛台孔中,烛芯熄灭了。

　　第二天我得采取一些新的措施,这个计划不能再闷在自己心里了。为了获得成功我必须说出口。下午娱乐活动时间,我去拜见校长,告诉她我有可能找到一个新的职位,薪金是我目前所得的两倍(在罗沃德我的年薪为十五镑),请她替我把这事透露给布罗克赫斯特先生或委员会里的某些人,并问明白他们是否允许我把他们作为证明人提出来。她一口答应充当这件事情的协调人。第二天,她向布罗克赫斯特先生提出了这件事,而他说必须写信通知里德太太,因为她是我的当然监护人。结果便向那位太太发了封简函。她回信说,一切悉听尊便,她已久不干预我的事务了。这封信函在委员会里传阅,并经过了在我看来是极其令人厌烦的拖延后,我终于得到了正式许可,在可能的情况下改善自己的处境。附带还保证,由于我在罗沃德当教师和当学生时,一向表现很好,为此即将为我提供一份由学校督导签字的

————————
①　法语:规矩的。

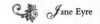 

品格和能力证明书。

　　大约一周以后，我收到了这份证明，抄寄了一份给费尔法克斯太太，并得到了那位太太的回复，说是对我感到满意，并定于两周后我去那位太太家担任家庭教师。

　　现在我忙于做准备了，两周时间一晃而过。我的衣装不多，只是够穿罢了。最后一天也完全够我整理箱子——还是八年前从盖茨黑德带来的那一只。

　　箱子已用绳子捆好，贴上了标签。半小时之后有脚夫来把它取走，送往洛顿，我自己则第二天一早要赶到那里去等公共马车。我刷好了我的黑呢旅行装，备好帽子、手套和皮手筒，把所有的抽屉翻了一遍，免得丢下什么东西。此刻，我已无事可做，便想坐下来休息一下。但我做不到，尽管我已奔忙了一整天，却一刻也无法休息，我太兴奋了。我生活的一个阶段今晚就要结束，明天将开始一个新的阶段。在两者的间隙，我无法入睡，我必须满腔热情地观看这变化的完成。

　　“小姐，”一个在门厅碰到我的仆人说，这会儿我正像一个不安的幽灵似的在那里徘徊，“楼下有个人要见你。”

　　“准是脚夫，”我想，问也没问一声就奔下了楼去。我正经过半开着的后客厅，也就是教师休息室，向厨房走去，有人却从里面跑了出来。

　　“准是她！——在哪儿我都认得出她来！”那人拦住我，一把抓过我的手叫道。

　　我定睛一看，见是一个少妇，穿戴得像一个衣着讲究的仆人，一副已婚妇女模样，却不失年轻漂亮，头发和眸子乌黑，脸色红润。

　　“瞧，是谁来了？”她问话的嗓音和笑容我似曾相识，“我想你没有把我完全忘记吧，简小姐？”

　　顷刻之间我便喜不自禁地拥抱她，吻她了。“贝茜！贝茜！贝茜！”我光这么叫着，而她听了又是笑又是哭，两人都进了后客厅。壁炉旁边站着一个三岁左右的小家伙，穿着花格呢外衣和裤子。

　　“那是我的儿子。”贝茜立刻说。

　　“这么说，你结婚了，贝茜？”

　　“是呀，已经快五年了，嫁给了马车夫罗伯特·利文，除了站在那儿的鲍比,我还有一个小女孩,我把她的教名取作简。"

"你不住在盖茨黑德了?"

"我住在门房里,原来那个看门的走了。"

"噢,他们都过得怎么样?把他们的事情统统告诉我,贝茜。不过先坐下来,还有鲍比,过来坐在我的膝头上好吗?"但鲍比还是喜欢侧着身子挨近他妈妈。

"你长得不太高,简小姐,也并不很结实,"利文太太继续说,"我猜想学校里没有把你照看得太好吧,里德小姐要比你高得多呢。而乔治亚娜小姐有你两个人那么阔。"

"乔治亚娜想来很漂亮吧,贝茜?"

"很漂亮。去年冬天她同妈妈上了伦敦,在那儿人见人爱,一个年轻勋爵爱上了她,但勋爵的亲戚反对这门亲事,而——你猜怎么样?——他和乔治亚娜小姐决定私奔,可是让人发现了,受到了阻止。发现他们的正是里德小姐,我想她是出于妒忌,如今她们姐妹俩像猫和狗一样不合,老是吵架。"

"那么,约翰·里德怎么样了?"

"啊,他辜负了他妈妈的希望,表现并不好。他上了大学,而考试不及格,我想他们是这么说的。后来他的叔叔们要他将来当律师,去学习法律,但他是个年轻浪荡子,我想他们甭想使他有出息。"

"他长成什么模样了?"

"他很高,有人叫他俊小伙子,不过他的嘴唇很厚。"

"里德太太怎么样?"

"太太显得有些发胖,外表看看倒不错,但我想她心里很不安。约翰先生的行为使她不高兴——约翰用掉了很多钱。"

"是她派你到这里来的吗,贝茜?"

"说真的,不是。我倒早就想见你了。我听说你写了信来,说是要去远地方,我想还是趁你还没有远走高飞的时候,动身来见你一面。"

"恐怕你对我失望了吧,贝茜。"说完我笑了起来。我发觉贝茜的目光虽然流露出关切,却丝毫没有赞赏之意。

"不,简小姐,不完全这样。你够文雅的了,你看上去像个贵妇人。当然你还是我所预料的那样,还是孩子的时候你就长得不漂亮。"

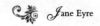

我对贝茜坦率的回答报以微笑。我想她说得对,不过我承认,我对这话的含义并没有无动于衷。在十八岁的年纪上,大多数人都希望能讨人喜欢,而深信自己并不具备支撑这种愿望的外表时,心里是绝不会高兴的。

"不过我想你很聪明,"贝茜继续说,以表示安慰,"你会什么?能弹钢琴吗?"

"会一点儿。"

房内有一架钢琴。贝茜走过去把它打开,随后要我坐下来给她弹个曲子。我弹了一两曲华尔兹,她听得着了迷。

"两位里德小姐弹不了这么好!"她欣喜地说,"我总是说你在学问上一定会超过她们的,你能画吗?"

"壁炉架上的那幅画就是我画的。"这是一幅水彩风景画,我把它作为礼物送给了校长,以感谢她代表我在委员会中所做的善意斡旋。她给这幅画配了个玻璃镜框。

"嗬,好漂亮,简小姐!它同里德小姐的绘画老师作的画一样好,更不要说年轻小姐她们自己了,她们同你天差地远。你学法语了吗?"

"学了,贝茜,我能读还能讲。"

"你会做细布和粗布上的绣花活吗?"

"我会。"

"啊,你是个大家闺秀啦,简小姐!我早知道你会的。不管你的亲戚理不理你,照样会有长进。我有件事儿要问你,你父亲的亲属,有没有写过信给你,就是那些姓爱的人?"

"这辈子还没有。"

"啊,你知道太太常说,他们又穷又让人瞧不起。穷倒是可能的,但我相信他们像里德家的人一样有绅士派头。因为大约七年前的一天,一位爱先生来到盖茨黑德,而且要见见你。太太说你在五十英里外的学校里,他好像很失望,因为他不能多呆。他要乘船到外国去,一两天后从伦敦开航。他看上去完全像个绅士,我想他是你父亲的兄弟。"

"他上国外哪个国家,贝茜?"

"几千英里外的一个岛,那儿出产酒——管家告诉我的。"

"马德拉岛?①"我提醒了一下。

"对,就是这地方——就是这几个字。"

"那他走了?"

"是的,他在屋里没有呆上几分钟。太太对他很傲慢,后来她把他叫做一个'狡猾的生意人',我家罗伯特估计他是个酒商。"

"很可能,"我回答,"或者酒商的职员或代理人。"

贝茜和我又谈了一个钟头的往事,后来,她不得不告辞了。第二天早晨在洛顿候车时又见了她几分钟。最后我们在布洛克赫斯特纹章旅店的门边分手,各自上路,她动身去罗沃德山冈搭车回盖茨黑德;而我登上了车子,让它把我带往米尔科特那个陌生的环境,从事新的使命,开始新的生活。

---

① 马德拉群岛位于北大西洋东部,一四二〇年起被葡萄牙占领,后被改为葡萄牙的一个辖区。该岛以盛产白葡萄酒出名。

## 第十一章

　　一部小说中新的一章，有些像一出戏中新的一场。这回我拉开幕布的时候，读者，你一定会想象，你看到的是米尔科特乔治旅店中的一个房间。这里同其他旅店的陈设相同，一样的大图案墙纸，一样的地毯，一样的家具，一样的壁炉摆设，一样的图片，其中一幅是乔治三世①的肖像，另一幅是威尔士亲王的肖像，还有一幅画的是沃尔夫之死②。借着悬挂在天花板上的油灯和壁炉的熊熊火光，你可以看见这一切。我把皮手筒和伞放在桌上，披着斗篷戴着帽子坐在火炉旁，让自己在十月阴冷的天气里暴露了十六个小时、冻得发僵的身子暖和过来。我下午四点③离开洛顿，而这时米尔科特镇的时钟正敲响八点。

　　读者，我虽然看来安顿得舒舒服服，但内心却并不平静，我以为车子一停就会有人来接我。从脚夫为我方便而搭的木板上走下来时，我焦急地四顾，盼着听到有人叫我的名字，希望看到有辆马车等候着把我送往桑菲尔德。然而却不见这类动静。我问一位侍者是否有人来探问过一个爱小姐，得到的回答是没有。我无可奈何地请他们把我领到一间僻静的房间，一面等待着，一面疑窦丛生，愁肠百结，心里十分不安。

---

　　① 乔治三世(一七三八——一八二〇)：英国国王，一七六〇——一八二〇年在位。
　　② 沃尔夫：即詹姆士·沃尔夫(一七二七——一七五九)，英国将领，曾远征在法国统治下的加拿大魁北克，任英军司令官(一七五九)，大败法军，攻克魁北克，其本人身负重伤而死。
　　③ 此处系作者笔误，应为"上午四点"。

对一位涉世未深的年轻人来说,一种奇怪的感受是体会到自己在世上孑然一身:一切联系已被割断,能否抵达目的港又无把握,要返回出发点则障碍重重。冒险的魅力使这种感受愉快甜蜜,自豪的激情使它温暖,但随后的恐惧又使之不安。半小时过去,我依然孤单一人时,恐惧心理压倒了一切。我决定去按铃。

"这里附近有没有个叫'桑菲尔德'的地方?"我问应召而来的侍者。

"桑菲尔德?我不知道,小姐。让我到酒吧去打听一下吧。"他走了,但立刻又回来了。

"你的名字叫爱吗,小姐?"

"是的。"

"这儿有人在等你。"

我跳了起来,拿了皮手筒和伞急忙踏进旅店过道。敞开着的门边,一个男人在等候着,在点着路灯的街上,我依稀看到了一辆单匹马拉的车子。

"我想这就是你的行李了?"这人见了我,指着过道上我的箱子唐突地说。

"是的。"他把箱子举起来放到了车上,那是一辆马车。随后我坐了进去,不等他关门就问到桑菲尔德有多远。

"六英里左右。"

"我们要多久才到得了那里?"

"大概一个半小时。"

他关了车门,爬到车外自己的位置上,我们便上路了。马车款款向前,使我有充裕的时间来思考。我很高兴终于接近了旅程的终点,身子靠在虽不精致却很舒适的马车上,一时浮想联翩。

"我估计,"我想道,"从朴实的仆人和马车来判断,费尔法克斯太太不是一个衣着华丽的女人,这样倒更好,我跟上等人只生活过一回,同他们相处真是受罪。不知道除了那位姑娘之外,她是不是一个人过日子。如果是这样,而且她还算得上有点和气,我肯定能同她好好相处,我会尽力而为。可惜竭尽全力并不总能得到好报。其实在罗沃德,我打定了主意,并坚持不懈地去实行,而且也赢得了别人的好感,但与里德太太相处,我记得我的好心总遭到鄙弃。我祈求上帝,但愿费尔法克斯太太不要到头来成了第二个

里德太太。可要是她果真如此,我也并不是非与她相处下去不可,就是出现最坏情况,我还可以再登广告。不知道我们现在已走了多远了。"

我放下窗子,往外眺望。米尔科特已落在我们身后。从灯光的数量来看,这似乎是一个相当大的城市,比洛顿要大得多。依我看,我们此刻像是在一块公地上,不过屋宇遍布整个地区。我觉得我们所在的地区与罗沃德不同。人口更为稠密,却并不那么景色如画;更加熙熙攘攘,却不那么浪漫。

道路难行,夜雾沉沉。我的向导让马一路溜达,我确信这一个半小时延长到了两个小时,最后他在车座上转过头来说:

"现在你离桑菲尔德不远了。"

我再次往外眺望。我们正经过一座教堂,我看见低矮、宽阔的塔直指天空,教堂的钟声正敲响一刻;我还看到山边一长条耀眼的灯光,标明那是一个乡村,或者没有教堂的庄子。大约十分钟后,马车夫跳了下来,打开两扇大门,我们穿了过去,门在我们身后砰地关上了。这会儿我们慢悠悠地登上了一条小道,来到一幢房子宽阔的正门前。一扇遮着窗帘的圆肚窗,闪烁着烛光,其余一片漆黑。马车停在前门,一个女用开了门,我下车走进门去。

"请从这边走,小姐。"这姑娘说。我跟着她穿过一个四周全是高大的门的方形大厅,她领我进了一个房间,里面明亮的炉火与烛光,同我已经习惯了两小时的黑暗恰成对比,起初弄得我眼花缭乱。然而等我定下神来,眼前便出现了一个惬意和谐的画面。

这是一个舒适的小房间,温暖的炉火旁摆着一张圆桌,一把老式高背安乐椅上,坐着一位整洁不过的矮小老妇人,头戴寡妇帽,身穿黑色丝绸长袍,还围着雪白的平纹细布围裙,跟我想象中的费尔法克斯太太一模一样,只是不那么威严,却显得更加和蔼罢了。她正忙着编织。一只硕大的猫娴静地蹲在她脚边。作为一幅理想的家庭闲适图,它真是完美无缺了。对一个新到的家庭女教师来说,也很难设想有比这更让人放心的初次见面的情景了。没有那种咄咄逼人的豪华,也没有令人难堪的庄严。我一进门,那老妇人便站了起来,立刻客客气气地上前来迎接我。

"你好,亲爱的!恐怕一路坐车很乏味吧。约翰驾车又那么慢,你一定怪冷的,到火炉边来吧。"

"我想你就是费尔法克斯太太了?"我说。

"是呀,你说得对,请坐吧。"

她把我领到她自己的椅子上坐下,随后动手取下我的披巾,解开我的帽带,我请她不用如此麻烦了。

"啊,一点也不麻烦。你的手恐怕差点儿冻僵了吧。莉娅,调点儿尼格斯酒,切一两片三明治。储藏室的钥匙在这儿。"

她从口袋里掏出一串当家人才有的钥匙,把它递给了仆人。

"好啦,靠近火炉些吧,"她继续说,"你已经把行李带来了,是吗,亲爱的?"

"是的,夫人。"

"我来叫人搬到你房间去。"她说着,急急忙忙走了出去。

"她把我当客人看待了,"我想,"我没有料到会受到这样的接待,因为本来所期待的只是冷漠与生硬。这不像我耳闻的家庭女教师的待遇。但我也别高兴得太早。"

她回来了,亲自动手从桌上把她的编织工具和一两本书挪开,为莉娅端来的托盘腾出了地方。接着她亲自把点心递给我。我颇有些受宠若惊,我从来没有受到过这样的关心,况且这种关心来自我的雇主和上司。可是她似乎并不认为自己的行动有什么出格,所以我想还是对她的礼仪采取默认态度好。

"今晚我能见见费尔法克斯小姐吗?"我吃完了她递给我的点心后问。

"你说什么呀,亲爱的?我耳朵有些背。"这位好心的夫人问道,一边把耳朵凑近我的嘴巴。

我把这个问题更清楚地重复了一遍。

"费尔法克斯小姐?噢,你的意思是瓦伦小姐!瓦伦是你要教的学生的名字。"

"真的,那她不是你女儿?"

"不是,我没有家庭。"

我本想接着第一个问题继续往下问,问她瓦伦小姐同她是什么关系,但转念一想,觉得问那么多问题不太礼貌,更何况到时候我肯定会有所闻的。

"我很高兴——"她在我对面坐下,把那只猫放到膝头,继续说,"我很高兴你来了。现在有人做伴,住在这儿是很愉快的。当然,什么时候都很愉快。桑菲尔德是一个很好的老庄园，也许近几年有些疏于管理，但它还是个体面的地方。不过你知道，在冬天，独个儿即使住在最好的房子里你也会觉得冷清的。我说独个儿——莉娅当然是位可爱的姑娘，约翰夫妇是正派人。但你知道他们不过是下人，总不能同他们平等交谈吧，你得同他们保持适当的距离，免得担心失去威信。确实去年冬天（如果你还记得的话，那是个很冷的冬天，不是下雪就是刮风下雨），从十一月到今年二月，除了卖肉的和送信的，没有人到庄园来过。一夜一夜地独自坐着，我真感到沉闷。有时我让莉娅进来读些东西给我听听，不过我想这可怜的姑娘并不喜欢这差使。她觉得这挺束缚人。春夏两季情况好些，阳光和长长的白天使得一切大不相同。随后，秋季刚刚开始，小阿德拉·瓦伦和她的保姆就来了，一个孩子立刻使一幢房子热闹了起来，而现在你也来了，我会非常愉快。"

听着听着，我对这位可敬的老妇人产生了好感，我把椅子往她身边挪了挪，并表达了我真诚的希望，愿她发现我是一位如她所企盼的融洽伙伴。

"不过今晚我可不想留你太晚，"她说，"现在钟敲十二点了，你奔波了一整天，一定已经很累，要是你的脚已经暖和过来了，我就带你上卧室去，我已让人拾掇好了我隔壁的房间，这不过是个小间，但比起一间宽阔的前房来，我想你会更喜欢的。虽然那些大房间确实有精致的家具，但孤独冷清，连我自己也从来不睡在里面的。"

我感谢她周到的选择，但长途旅行之后，我确实已疲惫不堪，便表示准备歇息。她端着蜡烛，让我跟着她走出房间，先是去看大厅的门上了锁没有。她从锁上取下钥匙，领我上了楼梯。楼梯和扶手都是橡木做的，楼梯上的窗子都是高高的花格窗，这类窗子和直通一间间卧室的长长过道，看上去不像住家，而像教堂。楼梯和过道上弥漫着一种墓穴似的阴森气氛，给人一种空旷和孤寂的凄凉感。因此当我最后被领进自己的房间，发现它面积不大，有着普通现代风格的陈设时，心里便十分高兴了。

费尔法克斯太太客气地跟我道了晚安。我闩上了门，目光从容四顾，不觉感到那宽阔的大厅、漆黑宽敞的楼梯和阴冷的长廊所造成的恐怖怪异的印象，已被这小房间的蓬勃生气抹去了几分。这时我忽然想到，经历了身心交瘁的一天之后，此刻我终于到达了一个安全避风港，感激之情油然而生。我跪在床边开始祈祷，表示了理所应当的感恩。在站起来之前，并未忘记祈求在前路上赐予帮助与力量,使我配得上还没有付出努力就坦率地授予我的那份厚意。那天晚上,我的床榻上没有荆棘,我那孤寂的房间里没有恐惧。立刻,倦意与满足俱来,我很快便沉沉睡去,醒来的时候,天色已经大亮了。

阳光从蓝色鲜艳的印花布窗帘缝隙中射进来,照出了糊着墙纸的四壁和铺着地毯的地板,与罗沃德光秃秃的楼板和迹痕斑驳的灰泥全然不同。相形之下,这房间显得小巧而明亮,眼前的情景使我精神为之一振。外在的东西对年轻人往往有很大影响,我于是想到自己生涯中更为光明的时代开始了,这个时代将会有花朵和欢愉,也会有荆棘和艰辛。由于这改变了的环境,这充满希望的新天地,我的各种官能都复活了,全都活跃起来。但它们究竟期望着什么,我一时也说不清楚,反正是某种令人愉快的东西,也许那东西不是降临在这一天,或是这个月,而是在不确定的未来。

我起身了,小心穿戴了一番,无奈只能简朴——因为我没有一件服饰不是缝制得极其朴实的,但渴求整洁依然是我的天性。习惯上我并不无视外表,不注意自己留下的印象。相反,我一向希望自己的外观尽可能标致些,并希望在我平庸的外貌所允许的情况下,得到别人的好感。有时候,我为自己没有长得漂亮些而感到遗憾,有时巴不得自己有红润的双颊、挺直的鼻梁和樱桃般的小口。我希望自己修长、端庄、身材匀称。我觉得很不幸,长得这么小,这么苍白,五官那么不端正而又那么显眼。为什么我有这些心愿却又有这些遗憾? 这很难说清楚,当时我自己虽然说不上来,但我有一个理由,一个合乎逻辑的、自然的理由。然而,当我把头发梳得溜光,穿上那件黑色的外衣——虽然看上去确实像贵格会教派的人,但至少非常合身,换上了干净洁白的领布时,我想我可以够体面地去见费尔法克斯太太了,我的新学生至少不会因为厌恶而从我面前退缩。我打开了房间的窗户,并注意到已把梳妆台上的东西收拾得整整齐齐,便大着胆子走出门去了。

我走过铺着地席的长廊,走下打滑的橡树楼梯,来到了大厅。我站了一会儿,看着墙上的几幅画(记得其中一幅画的是一个穿着护胸铁甲十分威严的男子,另一幅是一个头发上搽了粉戴着珍珠项链的贵妇),看着从天花板上垂下来的青铜灯;看着一个大钟,钟壳是由雕刻得稀奇古怪的橡木做的,因为年深日久和不断地擦拭,变得乌黑发亮了。对我来说一切都显得那样庄严肃穆、富丽堂皇。那时我不大习惯于这种豪华。那扇一半镶着玻璃的大厅门敞开着,我越过了门槛。这是一个晴朗的秋天早晨,朝阳宁静地照耀着透出黄褐色的树丛和依然绿油油的田野。我往前来到了草坪上,抬头细看这大厦的正面。这是幢三层楼屋宇,虽然有相当规模,但面积不很大,是一座绅士的住宅,而不是贵族的府第。围绕着顶端的城垛,使整座建筑显得很别致。灰色的正面正好被后面一个白嘴鸦的巢穴映衬着,显得很凸出,它的住户正呱呱叫着展翅飞翔,飞越草坪和庭院,落到一块大草地上。一道矮篱把草地和庭院分开。草地上长着一排排巨大的老荆棘树丛,强劲多节,大如橡树,一下子点明了屋宇名称字源意义的由来①。更远的地方是小山。不像岁沃德四周的山那么高耸,那么峻峭,也不像它们那样是一道与世隔绝的屏障。但这些山幽静孤寂,拥抱着桑菲尔德,给它带来了一种我不曾料到在闹闹嚷嚷的米尔科特地区会有的清静。一个小村庄零零落落地分布在一座小山的一侧,屋顶与树木融为一体。地区教堂坐落在桑菲尔德附近,它古老的钟楼俯视着房子与大门之间的土墩。

我欣赏着这番宁静的景象和诱人的新鲜空气,愉快地倾听着白嘴鸦的呱呱叫声,细细打量着这所庄园宽阔灰白的正面,心里琢磨着,偌大一个地方,居然只住着像费尔法克斯太太这样一位孤单矮小的贵妇人。就在这时,这位妇人出现在门边了。

"怎么,已经上外面来了?"她说,"我看你是个喜欢早起的人。"我向她走去,她慈祥地吻了吻我,并同我握了下手。

"你认为桑菲尔德怎么样?"她问。我告诉她很喜欢。

"是呀,"她说,"是个漂亮的地方。但我担心慢慢地会败落,除非罗切斯特先生想着要来,并永久居住在这儿,或者至少常来看看,大住宅和好庭院需要主人经常光顾才是。"

"罗切斯特先生!"我嚷道,"他是谁?"

"桑菲尔德的主人,"她平静地回答,"你不知道他叫罗切斯特吗?"

我当然不知道,我以前从来没有听说过他。但这位老妇人似乎把他的存在看做尽人皆知的事实,人人都是只凭直感就清楚的。

---

① 桑菲尔德的原文 Thornfield,意为"荆棘地"。

"我还以为,"我继续说,"桑菲尔德是你的呢。"

"我的? 哎哟,我的孩子! 多古怪的想法! 我的? 我不过是个管家——管理人。确实,从母亲分上说,我是罗切斯特家的远亲,或者至少我丈夫是这样。他是个牧师,是海村的——那边山上的那个小村,靠近大门的那个教堂是他管的。现在这位罗切斯特的母亲是费尔法克斯家的人,她和我丈夫是远房堂表亲。但我从来不利用这层关系,其实这与我无关。我把自己看做一个普普通通的管家,我的雇主总是客客气气的,而别的我都不指望了。"

"那么,那位小姑娘呢——我的学生?"

"她是罗切斯特先生的受监护人。他委托我替她找个家庭教师。我想他有意将她在××郡养育大。瞧她来了,同她称做'bonne①'的保姆一起来了。"谜被揭开了,这个和蔼善良的矮小寡妇不是位大贵妇,而是像我一样的寄生者。但我并没有因此而不喜欢她,相反,我感到了从未有过的愉快。她与我之间的平等是实实在在的,不是她屈尊俯就的结果。这样倒更好,我的处境就更自由了。

我还在沉思着这个新发现时,一个小女孩由伺候她的人陪着,向草坪这边奔跑过来了。我瞧了一眼我的学生,她开始并没有注意到我。她十足是个孩子,大约七八岁,个头瘦小,脸色苍白,五官很小,一头累赘的鬈发直披到腰上。

"早上好,阿德拉小姐,"费尔法克斯太太说,"过来同这位小姐说说话,她会教你读书,让你有一天成为聪明的女人。"她走近了。

"C'est la ma gouvernante?"②她指着我对她的保姆说,保姆回答:

"Mais oui,certainement."③

"她们都是外国人吗?"我听到她们讲法语,便吃惊地问道。

"保姆是个外国人,而阿德拉却是生在大陆上的,而且我相信除了六个月前的一次,她从来没有离开过大陆。她初到这儿的时候,一句英语也不会说,现在勉强讲一点了。她把英语和法语混着讲,我听不懂。我想你会把她

---

① 法语:保姆。
② 法语:这是我的家庭教师吗?
③ 法语:当然是。

的意思搞得很清楚的。"

　　幸好我得益于曾拜一个法国太太为师,学过法语。那时我下了决心抓紧一切机会同皮埃罗夫人交谈。此外,过去七年来还坚持每天背诵一段法语,在语调上狠下功夫,逼真地模仿我老师的发音,因而我的法语已经相当流利和准确,不至于听不懂阿德拉小姐说的话。她听说我是她的家庭教师,便走过来同我握手。我领她进去吃早饭,又用她自己的语言说了几句,起初她回答得很简短,但等我们在桌旁坐定,她用淡褐色的大眼睛审视了我十来分钟之后,突然嘁嘁喳喳地说开了。

　　"啊!"她用法语叫道,"你说我的话同罗切斯特先生说的一样好。我可以同你谈了,像我可以跟他谈一样。索菲娅也可以同你谈了,她会很开心的,这里没有人懂她的话,而费尔法克斯太太又满口英语。索菲娅是我的保姆,同我一起乘了条大船穿过海洋,船上有个烟囱冒着烟,多浓的烟呀!我想呕吐,索菲娅也一样,还有罗切斯特先生也想吐。罗切斯特先生躺在沙发上,在一间叫沙龙的漂亮房间里,索菲娅和我睡在另一个地方的小床上。它像个架子,我差点跌了下来。小姐,你叫什么名字?"

　　"爱——简·爱。"

　　"埃尔?啊,我说不上来。是呀,我们的船在早晨停了下来,天还没有大亮,船在一个大城市靠了岸,一个很大的城市,房子都很黑,全都冒着烟。一点也不像我原来地方漂亮干净的城镇。罗切斯特先生抱着我走过一块板,来到陆地上。索菲娅跟在后面,我们坐进了一辆马车,它把我们带到了一座美丽的大房子,比这座还要大,还要好,叫做旅馆。我们在那里呆了差不多一个星期,我和索菲娅每天去逛一个老大的地方,种满了树,碧绿碧绿的,他们管它叫公园。除了我,那里还有很多孩子,还有一个池塘,池塘里有很多漂亮的鸟,我用面包屑喂它们。"

　　"她讲得那么快,你能听懂吗?"费尔法克斯太太问。

　　我完全懂她的话,因为过去早已听惯了皮埃罗夫人流利的语言。

　　"我希望,"这位善良的夫人继续说,"你问她一两个关于她父母的问题,看她还记不记得他们。"

"阿黛勒①，"我问，"在你说的那个既漂亮又干净的镇上，你跟谁一起过日子的?"

"很久以前我跟妈妈住在一起，可是她到圣母玛丽亚那儿去了。妈妈过去常教我跳舞、唱歌、朗诵诗歌。很多很多先生和太太来看妈妈，我老是跳舞给他们看，或者坐在他们膝头上，唱歌给他们听。我喜欢这样，让我现在唱给你听好吗?"

她已吃了早饭，所以我允许她露一手。她从椅子上下来，走到我面前，坐上我膝头。接着，她一本正经地抱着双臂，把鬈发往身后一甩，抬眼望着天花板，开始唱起了某出歌剧中的一支曲子。说的是一个被遗弃的女人，对情人的绝情痛苦了一番之后，求助于自己的自尊，要她的侍者用最耀眼的首饰和最华丽的礼服，把她打扮起来，决定在当晚的一个舞会上同那个负心汉见面，以自己欢快的举止向他证明，她并没有因为被遗弃而受什么影响。

给一位儿童歌手选择这样的题材，似乎有些离奇。不过我猜想，要她表演的目的在于听听爱情和嫉妒的曲调用咿咿呀呀的童声唱出来。但那目的本身就是低级趣味的，至少我这样想。

阿黛勒把这支短曲唱得悦耳动听，而且还带着她那种年纪会有的童真。唱完以后，她从我膝头跳下说:"小姐，现在我来给你朗诵些诗吧。"

她摆好姿势，先报了题目:"La ligue des Rats, fable de La Fontaine."②随后她朗诵了这首短诗，十分讲究抑扬顿挫，声调婉转，动作得体，在她这个年纪，实在是很不寻常了，说明她受过悉心的训练。

"这首诗是你妈妈教你的吗?"我问。

"是的，她总是这么说:'Qu'avez vous donc? Lui dit un de ces rats; parlez!'③她要我把手举起来，这样，提醒我提问题的时候要提高嗓门儿。现在我来跳舞给你看好吗?"

"不，行啦。你说你妈妈到圣母玛丽亚那儿去了，那后来你跟谁一块儿住呢?"

---

① 阿德拉的法文名。
② 法语:拉封丹的寓言《老鼠同盟》。拉封丹(一六二一——一六九五)，法国寓言诗人，代表作为《寓言诗》十二卷，对后来欧洲寓言作家产生了很大的影响。
③ 法语:"你怎么啦?"一只老鼠问，"说呀!"

"同弗雷德里克太太和她的丈夫。她照顾我,不过她跟我没有亲戚关系。我想她很穷,因为她不像妈妈那样有好房子。我在那里没呆多久。罗切斯特先生问我,是否愿意同他一起住到英国去。我说好的,因为我认得弗雷德里克太太之前就认得罗切斯特先生了。他总是待我很好,送我漂亮的衣服和玩具,可是你瞧他说话不算数,把我带到了英国,自己倒又回去了,我从来没有见过他。"

吃了早饭,阿黛勒和我进了图书室。罗切斯特先生好像曾吩咐把这用做教室。大部分书籍都锁在玻璃门内,但有一个书架却是敞开的,上面摆着基础教育所需要的各类书籍和几部轻松的文学作品、诗歌、传记、游记和一些传奇故事等。我猜想这些就是他认为家庭女教师自个儿想看的书。的确,有这些书眼下我已经心满意足。同罗沃德书苑偶尔的少量采摘相比,这里所奉献的却是知识和娱乐的大丰收了。在房子里还有一架小巧的钢琴,成色很新,音调优美。此外,还有一个画架和一对地球仪。

我发觉我的学生相当听话,虽然不大肯用功。对任何正儿八经的事她都不习惯。我觉得一开始就给她过多限制是不明智的。我已给她讲了很多,也使她学了点东西。因此早晨过去,渐近中午时,我便允许她回到保姆那儿去了。随后我打算在午饭前画些小小的素描,供她学习用。

我正上楼去取画夹和铅笔,费尔法克斯太太叫住了我。"我想你上午的课结束了吧。"她说。她正在一个房间里,房间的折门开着。她招呼我时我便走了进去。这是个气派不凡的大房间,紫色的椅子,紫色的窗帘,土耳其地毯,墙上是胡桃木做的镶板,一扇巨大无比的窗,装配了色彩丰富的染色玻璃,天花板很高,浇铸得宏伟壮丽。费尔法克斯太太正给餐具柜上几个精致的紫晶石花瓶拂去灰尘。

"多漂亮的房间!"我朝四周看了看,不觉惊叫起来,我从未见过什么房间有一半这么气派的。

"是呀,这是餐室,我刚开了窗,让它进来一点新鲜空气和阳光,这些房间难得有人住,所以什么都是潮乎乎的,那边的客厅简直像墓穴。"

她指了指跟那窗子相对应的一扇又宽又大的拱门,一样也挂着紫红色的帘子,此刻往上卷着。我跨过两步宽阔的台阶,登上拱门,往里面瞅着。我以为自己看见了一个仙境,那景象使我这个眼界初开的人顿时眼目清亮。

但它不过是一个漂亮的客厅和里面成套的一间闺房。两间房子都铺着白色的地毯,地毯上仿佛摆着鲜艳夺目的花环。天花板上都浇塑着雪白的葡萄和葡萄叶子。与它恰成对比的是,天花板下闪烁着绯红的睡椅和床榻,灰白色的帕罗斯岛大理石壁炉架上,摆着波希米亚闪光玻璃装饰物,像红宝石一般火红。窗户之间的大镜子,也映照出总体红白相间的色调。

"这些房间收拾得多整齐呀,费尔法克斯太太!"我说,"没有帆布罩子,却能做到一尘不染,要不是空气冷飕飕的,人家准以为天天住着人呢。"

"唉,爱小姐,尽管罗切斯特先生很少上这儿来,但要来就往往很突然,料也料不到。我发现他最讨厌看到什么都裹得严严实实的,他到了才开始手忙脚乱地张罗,所以我想还是把房间准备停当好。"

"罗切斯特先生是那种爱挑剔、难讨好的人吗?"

"不完全是这样。不过他具有上等人的趣味与习惯,希望按这种趣味和习惯办事。"

"你喜欢他吗?大家都喜欢他吗?"

"啊,是的。这个家族在这儿一向受人尊敬。很久很久以前,凡是你望得见的附近的土地,几乎都属于罗切斯特家的。"

"哦,不过撇开他的土地不谈,你喜欢他吗?别人喜欢他本人吗?"

"**我**没有理由不喜欢他。我相信他的佃户们都认为他是个公正大方的乡绅,不过他从来没有在他们中间生活得很久。"

"但他没有跟别人不一样的地方吗?他的性格究竟怎样?"

"啊,我想他的性格是无可指摘的,也许他有些特别。我想他到过很多地方,见过很多世面。他一定很聪明,不过我没有同他说过很多话。"

"他在哪方面跟别人不一样呢?"

"我不知道——不容易说清楚,不很突出,但他同你说话时,你感觉得出来。你总是吃不准他在说笑还是当真,他是高兴,还是恰恰相反。总之,你没法彻底了解他——至少我不行。但这无关紧要,他是一个很好的主人。"

这就是我从费尔法克斯太太那儿听来,关于我们两人的雇主的全部情况。有些人似乎不知道如何刻画一个人,不知道观察和描绘人和事的特点,这位善良的太太显然就属于这类人。我的问话使她大惑不解,却并没有套出她的话来。在她眼里,罗切斯特先生就是罗切斯特先生,一个绅士,一位

有地产的人——别无其他。她不作进一步询问和探求,显然对我希望进一步确切了解他的个性感到难以理解。

我们离开餐厅时,她提议带我去看看房子其余的地方。我跟着她上楼下楼,一路走一路羡慕不已。一切都安排得那么妥帖,一切都那么漂亮。我想宽敞的前房特别豪华。还有三楼的某些房间,虽然又暗又低,但从古色古香的气派看来,还是别有情趣的。一度归层次更低房间使用的家具,因为时尚的变更,逐渐搬到了这里。从狭窄的窗扉投射进来的斑驳光影,映照出了有上百年历史的床架;映照出了橡木或胡桃木做的柜子,上面奇怪地雕刻着棕榈树枝和小天使的头,看上去很像各种希伯莱约柜①;映照出了一排排历史悠久、窄小高背的椅子;映照出了更加古老的凳子,坐垫上明显留着磨损了一半的刺绣,当年做绣活的手指化为尘土已经有两代之久了。这一切陈迹使桑菲尔德府三楼成了往昔的家园,回忆的圣地。白天我喜欢这些去处的静谧、幽暗和古怪。不过晚上我决不羡慕在那些笨重的大床上睡觉。有些床装着橡木门,可以关闭;有的挂着古老的英国绣花帐幔,上面满布各类绣花,有奇怪的花、更奇怪的鸟和最奇怪的人。总之是些在苍白的月光下会显得十分古怪的东西。

“仆人们睡在这些房间里吗?”我问。

“不,他们睡在后面一排小房间里,这里从来没有人睡。你几乎可以说,要是桑菲尔德府闹鬼,这里会是鬼魂游荡的地方。”

“我也有同样想法。那你们这儿没有鬼了?”

“反正我从没听说过。”费尔法克斯太太笑着说。

“鬼的传说也没有? 没有传奇或者鬼故事?”

“我相信没有。不过据说,罗切斯特家人在世时性格暴烈,而不是文文静静的,也许那正是他们如今平静地安息在坟墓中的原因吧。”

“是呀,‘经过了一场人生的热病,他们现在睡得好好的。’②”我喃喃地说,“你现在上哪儿去呀,费尔法克斯太太?”因为她正要走开。

① 约柜:古犹太人放置两块刻有十诫的石板的木柜,藏于古犹太圣殿内的至圣所。木柜以其构造之奇特著称,见《旧约·出埃及记》第三十六至三十七章。

② 这是莎士比亚戏剧《麦克白》第三幕第二场中麦克白说到被他杀害的邓肯的一句话。

"上铅皮屋顶去走走,你高兴一起去那儿眺望一下景致吗?"

我默默地跟随着她上了一道狭窄的楼梯,来到顶楼,在那里爬上一架扶梯,穿过活动天窗,到了桑菲尔德府的房顶。这时我与白嘴鸦的领地已处于同一高度,可以窥见它们的巢穴。我倚在城垛上,往下眺望,只见地面恰似一幅地图般展开,鲜嫩的天鹅绒草坪,紧紧围绕着大厦灰色的宅基;与公园差不多大的田野上,古老的树木星罗棋布;深褐色枯萎的树林被一条小径明显分割开来,小径长满了青苔,看上去比带叶子的树木还绿;门口的教堂、道路和寂静的小山都安卧在秋阳里;地平线上祥和的天空,蔚蓝中夹杂着大理石般的珠白色。这番景色并无出奇之处,但一切都显得赏心悦目。当我转过身,再次经过活动天窗时,我几乎看不清下扶梯的路了。同我刚才抬头观望的蓝色苍穹相比,同我兴致勃勃地俯瞰过,以桑菲尔德府为核心展开的阳光照耀下的树林、牧场和绿色小山的景致相比,这阁楼便犹如墓穴一般黑了。

费尔法克斯太太比我晚走一会儿,闩上活动天窗。我摸索着找到了顶楼的出口,并爬下狭窄顶楼的扶梯。我在楼梯口长长的过道上踯躅,这条过道把三楼的前房与后房隔开,又窄、又低、又暗,仅在远远的尽头有一扇小窗,两排黑色的小门全都关着,活像蓝胡子①城堡里的一条走廊。

我正轻轻地缓步往前时,万万没有料到在这个静悄悄的地方,竟然听见了一阵笑声。这笑声很古怪,清晰、拘谨、悲哀。我停下步来,这声音也停止了。刹那间,笑声重又响起,声音更大,不像才起来时虽然清晰却很低沉。这笑声震耳欲聋般地响了一阵以后便停止了,其声音之大足以在每间孤寂的房子里引起回声,尽管这声音不过来自一个房间,而且我完全能指出是从哪扇门传出来的。

"费尔法克斯太太?"我大声叫道,因为这时正听见她走下顶楼的楼梯,"你听见响亮的笑声了吗?那是谁呀?"

"很可能是些仆人,"她回答说,"也许是格雷斯·普尔。"

"你听到了吗?"我又问。

---

① 法国民间故事中杀害了六个妻子的恶汉,他的第七个妻子在城堡中发现了被害者的尸骨。

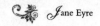 

"听到了,很清楚。我常常听到她,她在这儿的一间房子里做针线活,有时莉娅也在,这两个人在一块总是闹闹嚷嚷的。"

笑声又响起来了,低沉而很有节奏,然后以古怪的嘟哝声告以结束。

"格雷斯!"费尔法克斯太太嚷道。

我其实并不盼望那位格雷斯来回答,因为这笑声是我所听到过的最悲惨、最不可思议的笑声。要不是正值中午,要不是鬼魂的出现从来不与奇怪的狂笑相伴,要不是当时的情景和季节并不会激发恐怖情绪,我准会相信迷信,害怕起来呢。然而,这件事表明我真傻,居然还为笑声感到吃惊。

最靠近我的一扇门开了,一个仆人走了出来,一个年龄在三十到四十之间的女人,虎背熊腰,一头红发,一张冷酷而长相平庸的脸。实在难以想象还有什么幽灵比她更缺少传奇色彩,更不像鬼魂了。

"太闹了,格雷斯,"费尔法克斯太太说,"记住对你的吩咐!"格雷斯默默地行了个屈膝礼,走了进去。

"她是我们雇来做针钱活,帮助莉娅干家务活儿的,"寡妇继续说,"在某些方面她并不是无可非议的,不过她干得挺好。顺便问一下,早上你跟你的学生相处得怎么样?"

于是我们的谈话转到了阿黛勒身上,一直谈到我们来到下面敞亮而欢快的地方。阿黛勒在大厅里迎着我们跑过来,一面还嚷嚷道:

"Mesdames, vous êtes servies!"①又补充了一句:"J'ai bien faim, moi!"②

我们看到午餐已经准备就绪,摆在费尔法克斯太太房间里等候着我们。

---

① 法语:女士们,午饭已经摆好!
② 法语:我呀,可饿坏了!

第十二章

　　我初到桑菲尔德府的时候，一切都显得平静，似乎预示着我未来的经历会一帆风顺。我进一步熟悉了这个地方及其居住者以后，发现这预期没有落空。费尔法克斯太太果然与她当初给人的印象相符，性格温和，心地善良，受过足够的教育，具有中等的智力。我的学生非常活泼，但由于过分溺爱已被宠坏，有时显得倔强任性。好在她完全由我照管，任何方面都没有进行不明智的干预，破坏我的培养计划，她也很快改掉了任性的举动，变得驯服可教了。她没有非凡的才能，没有个性特色，没有那种稍稍使她超出一般儿童水平的特殊情趣，不过也没有使她居于常人之下的缺陷和恶习。她取得了差强人意的进步，对我怀有一种也许并不很深却十分热烈的感情。她的单纯、她愉快的喁语、她想讨人喜欢的努力，反过来也多少激起了我对她的爱恋，使我们两人之间维系着一种彼此都感到满意的关系。

　　这些话，Par parenthèse①，会被某些人视为过于冷淡，他们持有庄严的信条，认为孩子有天使般的本性，承担其教育责任者，应当对孩子怀有偶像崇拜般的虔诚。不过这样写并不是迎合父母的利己主义，不是附和时髦的高论，不是支持骗人的空谈。我说的只是真话。我觉得我真诚地关心阿黛勒的幸福和进步，默默地喜欢这个小家伙，就像我对费尔法克斯太太的好心怀着感激之情，就像因为她对我的默默尊重以及她本人温和的心灵与性情，而

---

　　① 法语：顺便说一句。

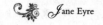 

觉得同她相处是一种乐趣。

我想再说几句,谁要是高兴都可以责备我,因为当我独个儿在庭院里散步时,当我走到大门口往大路望去时,或者当阿黛勒同保姆做着游戏,费尔法克斯太太在储藏室制作果子冻时,我爬上三道楼梯,推开顶楼的活动天窗,来到铅皮屋顶,极目远望与世隔绝的田野和小山,以及暗淡的地平线。随后,我渴望自己具有超越那极限的视力,以便使我的目光抵达繁华的世界,抵达那些我曾有所闻,却从未目睹过的生气勃勃的城镇和地区。随后我渴望掌握比现在更多的实际经验,接触比现在范围内更多的与我意气相投的人,熟悉更多类型的个性。我珍重费尔法克斯太太身上的德行,也珍重阿黛勒身上的德行,但我相信还存在着其他更显著的德行,而凡我所信奉的,我都希望看一看。

谁责备我呢?无疑会有很多人,而且我会被说成贪心不知足。我没有办法,我的个性中有一种骚动不安的东西,有时它搅得我很痛苦。而我唯一的解脱办法是,在三层楼过道上来回踱步。这里悄无声息,孤寂冷落,十分安全,可以任心灵的目光观察浮现在眼前的任何光明的景象——当然这些景象很多,而且都光辉灿烂;可以让心脏随着欢快的跳动而起伏,这种跳动在烦恼中使心脏膨胀,同时又以生命来使它扩展。最理想的是,敞开我心灵的耳朵,来倾听一个永远不会结束的故事。这个故事由我的想象所创造,并被继续不断地讲下去。这个故事还由于那些我一心向往,却在我实际生活中没有的事件、生活、激情和感受,而显得更加生动。

“人应当满足于平静的生活”,说这话是毫无意义的。他们应当有行动,要是无法找到,那就自己来创造。成千上万的人命里注定要承受比我更沉寂的灭亡;而成千上万的人在默默地反抗他们的命运。没有人知道除了政治反抗之外,有多少反抗在人世间芸芸众生中酝酿着。一般都认为女人应当平平静静,但女人跟男人一样有感觉。她们需要发挥自己的才能,而且也像兄弟们一样需要有用武之地。她们对严厉的束缚、绝对的停滞,都跟男人一样感到痛苦。比她们更享有特权的同类们,只有心胸狭窄者才会说,女人们应当只做做布丁,织织长袜,弹弹钢琴,绣绣布包。要是她们希望超越世俗认定的女性所应守的规范,做更多的事情,学更多的东西,那么为此去谴责或讥笑她们未免是轻率的。

我这么独自一人时,常常听到格雷斯·普尔的笑声,同样的一阵大笑,同样的低沉、迟缓的哈哈声,初次听来,令人毛骨悚然。我也曾听到过她怪异的低语声,比她的笑声还古怪。有些日子她十分安静,但另一些日子她会发出令人费解的声音。有时我看到了她。她会从房间里出来,手里拿着一个脸盆,或者一个盘子,或者一个托盘,下楼到厨房去,并很快就返回,一般说来(唉,浪漫的读者,请恕我直言!)拿着一罐黑啤酒。她的外表常常会抵消她古怪的声音所引起的好奇。她一脸凶相,表情严肃,没有一点使人感兴趣的地方。我几次想使她开口,但她似乎是个少言寡语的人,回答往往只有一两个字,终于使我意兴全无了。

庄园的其他成员,如约翰夫妇、女用莉娅和法国保姆索菲娅都是正派人,但绝非杰出之辈。我同索菲娅常说法语,有时也问她些关于她祖国的问题,但她没有描绘或叙述的才能,一般所作的回答既乏味又混乱,仿佛有意阻止而不是鼓励我继续发问。

十月、十一月和十二月过去了。第二年一月的某个下午,因为阿黛勒得了感冒,费尔法克斯太太为她来向我告假。阿黛勒表示热烈附和,这使我想起自己的童年时代,偶尔的假日显得有多可贵。于是我便同意了,还认为自己在这点上做得很有灵活性。这是一个十分寒冷却很宁静的好天。我讨厌静坐书房,消磨整个长长的早晨。费尔法克斯太太刚写好了一封信,等着去邮寄。于是我戴好帽子,披了斗篷,自告奋勇把信送到海镇去。冬日下午步行两英里路,不失为一件快事。我看到阿黛勒舒舒服服地坐在费尔法克斯太太的客厅炉火边的小椅子上,给了她最好的蜡制娃娃(平时我用锡纸包好放在抽屉里)玩,还给了一本故事书换换口味。听她说了"Revenez bientôt ma bonne amie, ma chère Mdlle. Jeannette"①后,我吻了她一下,算是对她的回答,随后便出发了。

地面坚硬,空气沉静,路途寂寞。我走得很快,直到浑身暖和起来才放慢脚步,欣赏和品味此时此景蕴蓄着的种种欢乐。时候是三点,我经过钟楼时,教堂的钟正好敲响。这一时刻的魅力,在于天色渐暗,落日低垂,阳光惨淡。我走在离桑菲尔德一英里的一条小路上。夏天,这里野玫瑰盛开;秋

---

① 法语:希望你早点回来,我的好朋友,亲爱的简小姐。

天,坚果与黑草莓累累,就是现在,也还留着珊瑚色珍宝般的蔷薇果和山楂果。但冬日最大的愉悦,却在于极度的幽静和光秃秃的树木所透出的安宁。微风吹来,在这里听不见声息,因为没有一枝冬青,没有一棵常绿树,可以发出婆娑之声。片叶无存的山楂和榛灌木,像小径中间磨损了的白石那样寂静无声。小路两旁,远近只有田野,却不见吃草的牛群。偶尔拨弄着树篱的黄褐色小鸟,看上去像是忘记掉落的零星枯叶。

这条小径沿着山坡一路往上直至海镇。走到半路,我在通向田野的台阶上坐了下来。我用斗篷把自己紧紧裹住,把手捂在皮手筒里,所以尽管天寒地冻,却并不觉得很冷。几天前已经融化泛滥的小河,现在又冻结起来,堤坝上结了一层薄冰,这是寒冷的明证。从我落座的地方可以俯视桑菲尔德府。建有城堞的灰色府第是低处溪谷中的主要景物。树林和白嘴鸦黑魆魆的巢穴映衬着西边的天际。我闲荡着,直到太阳落入树丛,树后一片亮丽的火红,才往东走去。

在我头顶的山尖上,悬挂着初升的月亮,先是像云朵般苍白,但立刻便明亮起来,俯瞰着海村。海村掩映在树丛之中,不多的烟囱里升起了袅袅蓝烟。这里与海村相距一英里,因为万籁俱寂,我可以清晰地听到村落轻微的动静。我的耳朵也感受到了水流声,但来自哪个溪谷和深渊,却无法判断。海村那边有很多小山,无疑会有许多山溪流过隘口。黄昏的宁静,也同样反衬出近处溪流的丁冬声和最遥远处的飒飒风声。

一个粗重的声音,冲破了细微的潺潺水声和沙沙的风声,既遥远而又清晰:一种确确实实的脚步声,刺耳的喀嗒喀嗒声,盖过了柔和的波涛起伏似的声响,犹如在一幅画中浓墨渲染的前景——一大块巉岩或者一棵大橡树的粗壮树干,盖过了缥缈的远景中融为一体的青翠的山峦、明亮的天际和斑驳的云彩。

这声音是从小路上传来的,一匹马过来了,被弯曲的小路遮挡着,这时已渐渐靠近。我正要离开台阶,但因为小路很窄,便端坐不动,让它过去。在那段岁月里,我还年轻,脑海里有着种种光明和黑暗的幻想,记忆中的育儿室故事和别的无稽之谈交织在一起。这一切在脑际重现时,正在成熟的青春给它们增添了一种童年时所没有的活力和真实感。当这匹马越来越近,而我凝眸等待它在薄暮中出现时,我蓦地记起了贝茜讲的故事中一个英格兰北部的精灵,名叫"盖特拉西",形状像马,也像骡子,或是像一条大狗,出没在偏僻的道路上,有时会扑向迟归的旅人,就像此刻这匹马向我驰来一样。

这匹马已经很近了,但还看不见。除了嘚嘚的蹄声,我还听见了树篱下一阵骚动,紧靠地面的榛子树枝下,悄悄地溜出一条大狗,黑白相间的毛色衬着树木,使它成了一个清晰的目标。这正是贝茜故事中"盖特拉西"的面孔,一个狮子一般的怪物,有着长长的头发和硕大无比的头颅。它从我身旁经过,却同我相安无事,并没有像我有几分担心的那样,停下来用比狗更具智慧的奇特目光,抬头看我的面孔。那匹马跟在后面,是匹高头大马,马背上坐着一位骑手。那男人,也就是人本身,立刻驱散了魔气。"盖特拉西"总是独来独往,从来没有被当做坐骑的。而据我所知,尽管妖怪们会寄生在哑巴动物的躯壳之内,却不大可能看中一般人的躯体,把它作为藏身之地。这可不是盖特拉西,而不过是位旅行者,抄近路到米尔科特去。他从我身边走过,我依旧继续赶路。还没走几步,我便回过头来。一阵什么东西滑落的声音,一声"怎么办,活见鬼"的叫喊和咔啦啦啦翻滚落地的声响,引起了我的注意。人和马都已倒地,是在路当中光滑的薄冰层上滑倒的。那条狗蹿了回来,看见主人处境困难,听见马在呻吟,便狂吠着,暮霭中的群山响起了回声,那吠声十分深沉,与它巨大的身躯很相称。它先在倒地的两位周围闻闻,随后跑到了我面前。也只能如此,因为附近没有别人可以求助。我顺了那条狗,走到了这位旅行者身边,这时他已挣扎着脱离了自己的马。他的动作十分有力,因而我认为他可能伤得不重,但我还是问道。

"你伤着了吗,先生?"

我现在想来他当时在骂骂咧咧,不过我没有把握。然而他口中念念有词,所以无法马上回答我。

"我能帮忙吗?"我又问。

"你得站到一边来。"他边回答边站起来,先是成跪姿,然后站立起来。我照他的话做了。于是出现了一个人喘马嘶、脚步杂踏和马蹄冲击的场面,伴之以狗的狂吠,结果把我撺到了几码远之外,但还不至于远到看不见这件事情的结局。最后总算万幸,这匹马重新站立起来了,那条狗也在他叫了一声"躺下,派洛特!"后便乖乖地不吱声了。此刻这位赶路人弯下身子摸了摸自己的脚和腿,仿佛试验一下是否安然无恙。显然他什么部位有些疼痛,因为他蹒跚地踱向我刚才起身离开的台阶,一屁股坐了下来。

我心里很想帮忙,或者我想至少是爱管闲事,这时我再次走近了他。

"要是你伤着了,需要帮忙,先生,我可以去叫人,到桑菲尔德,或者海村。"

"谢谢你,我能行,骨头没有跌断,只不过扭坏了脚。"他再次站起来,试了试脚,可是结果却不由自主地叫了声"唉"。

白昼的余光迟迟没有离去,月亮越来越大,也越来越亮。这时我能将他看清楚了。他身上裹着骑手披风,戴着皮毛领,系着钢扣子。他的细部看不大清楚,但我捉摸得出,他大体中等身材,胸膛很宽。他的脸庞黝黑,面容严厉,眉毛浓密;他的眼睛和紧锁的双眉看上去刚才遭到了挫折,并且愤怒过。他青春已逝,但未届中年,大约三十五岁。我觉得自己并不怕他,但有点儿腼腆。要是他是位漂亮英俊的年轻绅士,我也许不会如此大胆地站着,违背他心愿提出问题,而且不等他开口就表示愿意帮忙。我几乎没有看到过一位漂亮的青年,平生也从未同一位漂亮青年说过话。我在理论上尊崇美丽、高雅、勇敢和魅力,但如果我见到这些品质体现在男性的躯体中,那我会本能地明白,这些东西没有,也不可能与我的品质共鸣,而我也会像人们躲避火灾、闪电,或者别的虽然明亮却令人厌恶的东西一样,对它们避之唯恐不及。

如果这位陌生人在我同他说话时微笑一下,并且对我和和气气;如果他愉快地谢绝我的帮助,并表示感谢,我准会继续赶路,不会感到有任何职责去重新向他发问。但是这位赶路人的皱眉和粗犷却使我坦然自若,因此当他挥手叫我走的时候,我仍然坚守阵地,并且宣布:

"先生,没有看到你能够骑上马,我是不能让你留在这条偏僻小路上的,天已经这么晚了。"

我说这话的时候,他看着我,而在这之前,他几乎没有朝我的方向看过。

"我觉得你自己该回家了,"他说,"要是你的家在附近的话。你是从哪儿来的?"

"就是下面那个地方。只要有月光,在外面呆晚了我也一点都不害怕。我很乐意为你去跑一趟海村,要是你想的话。说真的,我正要上那儿去寄封信。"

"你说就住在下面,是不是指有城垛的那幢房子?"他指着桑菲尔德府。这时月亮给桑菲尔德府洒下了灰白色的光,清晰地勾勒出了它以树林为背景的苍白轮廓。而那树林,在西边的天际衬托之下,似乎成了一大片阴影。

"是的,先生。"

"那是谁的房子?"

"罗切斯特先生的。"

"你认识罗切斯特先生吗?"

"不认识,从来没有见过他。"

"他不常住在那里吗?"

"是的。"

"能告诉我他在哪里吗?"

"我不知道。"

"当然你不是府上的用人了? 你是——"他打住了,目光掠过我照例十分朴实的衣服,我披着黑色美利奴羊毛斗篷,戴着顶黑水獭皮帽,这两件东西远远没有太太的用人衣服那么讲究。他似乎难以判断我的身份,我帮了他。

"我是家庭教师。"

"啊,家庭教师!"他重复了一下,"见鬼,我竟把这也忘了! 家庭教师!"我的服饰再次成了他审视的对象。过了两分钟,他从台阶上站起来,刚一挪动,脸上就露出了痛苦的表情。

"我不能托你找人帮忙,"他说,"不过要是你愿意,你本人倒可以帮我一点忙。"

"好的,先生。"

"你有没有伞,可以让我当拐杖用?"

"没有。"

"想办法抓住马笼头,把马牵到我这里来,你不害怕吗?"

我要是只一个人是准不敢去碰一匹马的,但既然他吩咐我去干,我也就乐意服从了。我把皮手筒放在台阶上,向那匹高高的骏马走去。我竭力想抓住马笼头,但这匹马性子很烈,不让我靠近它头部。我试了又试,却都劳

而无功。我还很怕被它的前蹄踩着。这位赶路人等待并观察了片刻,最后终于笑了起来。

"我明白,"他说,"山是永远搬不到穆罕默德这边来的,因此你所能做到的,是帮助穆罕默德走到山那边去①,我得请你到这儿来。"

我走了过去——"对不起,"他继续说,"出于需要,我不得不请你帮忙了。"他把一只沉重的手搭在我肩上,吃力地倚着我,一瘸一拐地朝他的马走去。他一抓住笼头,就立刻使马服服帖帖,随后跳上马鞍,因为搓了一下扭伤的部位,一用力便露出了痛苦的表情。

"好啦,"他说,放松了紧咬着的下唇,"把马鞭递给我就行啦,在树篱下面。"

我找了一下,把马鞭找到了。

"谢谢你,现在你快去海村寄信吧,快去快回。"

他把带马刺的后跟一叩,那马先是一惊,后腿跃起,随后便疾驰而去,那条狗蹿上去紧追不舍,刹那之间,三者便无影无踪了。

> 像荒野中的石南
> 被一阵狂风卷走②

我拾起皮手筒继续赶路。对我来说,这件事已经发生,并已成为过去。在某种程度上说,它既不重要,也不浪漫,又不有趣。但它却标志着单调乏味的生活有了一个小时的变化。人家需要我的帮助,而且求了我,而我给予了帮助。我很高兴总算干了点什么。这件事尽管微不足道、稍纵即逝,但毕竟是积极的,而我对被动的生活方式已感到厌倦。这张新面孔犹如一幅新画,被送进了记忆的画廊,它同已经张贴着的画全然不同。第一,因为这是位男性;第二,他又黑又强壮,又严厉。我进了海村把信投入邮局的时候,这幅画仍浮现在我眼前。我迅步下山一路赶回家时,也依然看到它。我路过

---

① 传说伊斯兰教创始人穆罕默德,为说服阿拉伯人,命令萨法山到他跟前来,而山未动,他说真主不让山过来是因为怕把众人压死,为此他要亲自到山那边感谢真主。
② 引自爱尔兰诗人托马斯·穆尔(一七七九——一八五二)所著《神圣的歌》。

台阶时驻足片刻,举目四顾,并静听着,心想马蹄声会再次在小路上回响,一位身披斗篷的骑手,一条盖特拉西似的纽芬兰狗会重新出现在眼前。但我只看到树篱和面前一棵没有枝梢的柳树,静静地兀立着,迎接月亮的清辉;我只听到一阵微风,在一英里开外绕着桑菲尔德府的树林里,时起时落;当我朝轻风拂拂的方向俯视时,我的目光扫过府楼正面,看到了一个窗户里亮着灯光,提醒我时候已经不早。我匆匆往前走去。

我不情愿再次跨进桑菲尔德府。踏进门槛就意味着回到了一潭死水之中,穿过寂静的大厅,登上暗洞洞的楼梯,寻找我那孤寂的小房间,然后去见心如古井的费尔法克斯太太,同她,只同她度过漫长的冬夜,这一切将彻底浇灭我这回步行所激起的一丝兴奋,重又用一成不变的静止生活的无形镣铐锁住我自己的感官。这种生活的稳定安逸的长处,我已难以欣赏。那时候要是我被抛掷到朝不虑夕、苦苦挣扎的生活风暴中去,要是艰难痛苦的经历能启发我去向往我现在所深感不满的宁静生活,对我会有多大的教益呀!是呀,它的好处大可以与远距离散步对在"超等安乐椅"①上坐累了的人的好处相媲美。在我现在这种情况下,希望走动走动,跟他在那种情况下希望走动一样,是很自然的事。

我在门口徘徊,我在草坪上徘徊,我在人行道上来回踱步。玻璃门上的百叶窗已经关上,我看不见窗子里面的东西。我的目光与心灵似乎已从那幢阴暗的房子,从在我看来是满布暗室的灰色洞穴中,退缩出来,到达了展现在我面前的天空——一片云影全无的蓝色海洋。月亮庄严地大步迈向天空,离开原先躲藏的山顶背后,将山峦远远地抛在下面,仿佛还在翘首仰望,一心要到达黑如子夜、深远莫测的天顶。那些闪烁的繁星尾随其后,我望着它们不觉心儿打颤,热血沸腾。一些小事往往又把我们拉回人间。大厅里的钟已经敲响,这就够了。我从月亮和星星那儿掉过头来,打开边门,走了进去。

大厅还没有暗下来,厅里独一无二、高悬着的铜灯也没有点亮。暖融融的火光,映照着大厅和橡树楼梯最低几级踏阶。这红光是从大餐厅里射出来的,那里的两扇门开着。只见温暖宜人的炉火映出了大理石炉板和铜制

---

① 出自英国诗人蒲柏(一六八八——一七四四)的《群愚史诗》中的诗句。

的炉具,并把紫色的帷幔和上了光的家具照得辉煌悦目。炉火也映出了壁炉边的一群人,但因为关着门,我几乎没能看清楚他们,也没听清楚欢乐而嘈杂的人声,不过阿黛勒的口音似乎还能分辨得出来。

我赶到了费尔法克斯太太的房间,那儿也生着火,却没有点蜡烛,也不见费尔法克斯太太。我却看到了一条长着黑白相间的长毛、酷似小路上的"盖特拉西"的大狗,孤孤单单、端端正正坐在地毯上,神情严肃地凝视着火焰。它同那"盖特拉西"如此形神毕肖,我禁不住走上前说了声——

"派洛特。"那家伙一跃而起,走过来嗅嗅我。我抚摩着它,它摇着硕大的尾巴。不过独个儿与它在一起时,这东西却显得有些怪异可怖。我无法判断它是从什么地方来的。我拉了一下铃,想要一支蜡烛,同时也想了解一下这位来客。莉娅走进门来。

"这条狗是怎么回事?"

"它跟老爷来的。"

"跟谁?"

"跟老爷,罗切斯特先生,他刚到。"

"真的! 费尔法克斯太太跟他在一起吗?"

"是的,还有阿黛勒小姐。他们都在餐室,约翰已去叫医生了。老爷出了一个事故,他的马倒下了,他扭伤了脚踝。"

"那匹马是在去海村路上倒下的吗?"

"是呀,下山的时候,在冰上滑了一下。"

"啊! 给我一支蜡烛好吗,莉娅?"

莉娅把蜡烛送来了,进门时后面跟着费尔法克斯太太。她把刚才的新闻重复了一遍,还说外科医生卡特已经来了,这会儿同罗切斯特先生在一起,说完便匆匆走出去吩咐上茶点,而我则上楼去脱外出时的衣装。

## 第十三章

　　遵照医嘱,罗切斯特先生那晚似乎上床很早,第二天早晨也没有马上起身。他就是下楼来也是处理事务的,他的代理人和一些佃户到了,等着要跟他说话。

　　阿黛勒和我现在得腾出书房,用做每日来访者的接待室。楼上的一个房间生起了火,我把书搬到那里,把它辟为未来的读书室。早上我觉察到桑菲尔德变了样,不再像教堂那么沉寂,每隔一两个小时便回响起敲门声或拉铃声,常有脚步声越过大厅,不同声调的陌生话音也在楼下响起,一条潺潺溪流从外面世界流进了府里,因为府上有了个主人。就我来说,倒更喜欢这样。

　　那天阿黛勒不大好教。她静不下心来,不住往门边跑,从栏杆上往下张望,看看能不能瞧一眼罗切斯特先生,随后编造出一些借口来,要到楼下去。我一下就猜到她是为了到书房去走走,我知道那儿并不需要她。随后,见我有点儿生气了,并让她好好儿坐着,她就不断唠叨起她的"Ami, Monsieur Edouard Fairfax de Rochester"①,她就这么称呼他(而我以前从未听到过他的教名),还想象着他给她带来了什么礼物,因为他似乎在前一天晚上提起过,他的行李从米尔科特运到后,内中会有一个小匣子,匣子里的东西她很感兴趣。

　　"Et cela doit signifier," 她说,"qu'il y aura là dedans un cadeau pour moi,

---

① 法语:朋友,爱德华·费尔法克斯·德·罗切斯特先生。

et peutêtre pour vous aussi Mademoiselle. Monsieur a parlé de vous; il m'a demandé le nom de ma gouvernante, et si elle n'était pas une petite personne, assez mince et un peu pâle. J'ai dit qu'oui; car c'est vrai, n'est-ce pas, Mademoiselle?"①

　　我和我的学生照例又在费尔法克斯太太的客厅里用餐。下午风雪交加，我们呆在读书室里。天黑时我允许阿黛勒放下书和作业，奔到楼下去，因为下面已比较安静，门铃声也已消停，想必罗切斯特先生此刻有空了。房间里只剩下了我一个人，我便走到窗子跟前，但那儿什么也看不见。暮色和雪片使空气混混沌沌，连草坪上的灌木也看不清楚了。我放下窗帘，回到了火炉边。

　　在明亮的余烬中，我勾画着一种景象，颇似我记得曾见过的莱茵河上海德堡②城堡的风景画。这时费尔法克斯太太闯了进来，打碎了我还在拼凑的火红镶嵌画，也驱散了我孤寂中开始凝聚起来的沉闷而不受欢迎的念头。

　　"罗切斯特先生请你和你的学生今晚一起同他在休息室里用茶点，"她说，"他忙了一天，没能早点见你。"

　　"他什么时候用茶点?"我问。

　　"呃，六点钟。在乡下他总是早起早睡，现在你最好把外衣换掉，我陪你去，帮你扣上扣子。拿着这支蜡烛。"

　　"有必要换外衣吗?"

　　"是的，最好还是换一下。罗切斯特先生在这里的时候，我总是穿上晚礼服的。"

　　这额外的礼节似乎有些庄重，不过我还是上自己的房间去了。在费尔法克斯太太的帮助下，把黑色呢衣换成了一件黑丝绸衣服，这是除了一套淡灰色衣服外，我最好的，也是唯一一套额外的衣装。以我的罗沃德服饰观念而言，我想除了头等重要的场合，这套服装是过于讲究而不宜穿的。

　　"你缺一枚饰针。"费尔法克斯太太说。我只有一件珍珠小饰品，是坦

---

　　① 法语:这就是说,里面有一件给我的礼物,也许还有一件给你的呢,小姐。先生说起过你,问起我的家庭教师的名字,问起她是不是长得很矮小,相当瘦,有点儿苍白。我说是的,因为这是真的,是不是,小姐?

　　② 海德堡不在莱茵河上,而在内卡河上,此处系作者笔误。

普尔小姐作为临别礼物送给我的,我把它戴上了。随后我们下了楼梯。我由于怕生,觉得这么一本正经地被罗切斯特先生召见,实在是活受罪。去餐室时,我让费尔法克斯太太走在我前面,自己躲在她的暗影里,穿过房间,路过此刻放下了窗帘的拱门,进了另一头高雅精致的内室。

两支蜡烛点在桌上,两支点在壁炉台上。派洛特躺着,沐浴在熊熊炉火的光和热之中,阿黛勒跪在它旁边。罗切斯特先生半倚在睡榻上,脚下垫着坐垫。他正端详着阿黛勒和狗,炉火映出了他的脸。我知道我见过的这位赶路人有着浓密的宽眉、方正的额头,上面横梳着的一片黑发,使额头显得更加方正。我认得他那坚毅的鼻子,不是因为英俊,而是因为富有个性而引人注目。他那丰满的鼻孔,我想,表明他容易发怒;他那严厉的嘴巴、下颏和颏骨,是的,三者都很严厉,绝对不会错。我发现,他此刻脱去斗篷以后的身材同他容貌的方正很相配。我想从运动员的角度看,他胸宽腰细,身材很好,尽管既不高大,也不优美。

罗切斯特先生准已知道,费尔法克斯太太和我进了门,但他似乎没有兴致来注意我们,我们走近时,他连头都没有抬。

"爱小姐来了,先生。"费尔法克斯太太斯斯文文地说。他点了下头,目光依旧没有离开狗和孩子。

"让爱小姐坐下吧。"他说。他僵硬勉强的点头样子,不耐烦而又一本正经的说话语气,另有一番意思,似乎进一步表示:"活见鬼,爱小姐在不在同我有什么关系?现在我不想同她打招呼。"

我坐了下来,一点也不窘。礼仪十足地接待我,反会使我手足无措,因为在我来说,无法报之以温良恭谦。而粗鲁任性可以使我不必拘礼,相反,行为古怪又合乎礼仪的沉默,却给我带来了方便。此外,这古怪的接待程序也是够有意思的,我倒有兴趣看看他究竟如何继续下去。

他继续像一尊塑像般呆着,既不说话,也不动弹。费尔法克斯太太好像认为总需要有人随和些,于是便先开始说起话来,照例和和气气,也照例很陈腐。对他整天紧张处理事务表示同情;对扭伤的痛苦所带来的烦恼表示慰问;随后赞扬了他承受这一切的耐心与毅力。

"太太,我想喝茶。"这是她所得到的唯一的回答。她赶紧去打铃,托盘端上来时,又去张罗杯子、茶匙等,显得巴结而麻利。我和阿黛勒走近桌子,

而这位主人并没离开他的睡榻。

"请你把罗切斯特先生的杯子端过去,"费尔法克斯太太对我说,"阿黛勒也许会泼洒出去的。"

我按她的要求做了。他从我手里接过杯子时,阿黛勒也许认为乘机可以为我提出个请求来,她叫道:

"N'est-ce pas, Monsieur, qu'il y a un cadeau pour Mademoiselle Eyre, dans votre petit coffre?"①

"谁说起过 cadeaux②?"他生硬地说,"你盼望一份礼物吗,爱小姐? 你喜欢礼物吗?"他用一双在我看来阴沉恼怒而富有穿透力的眼睛,搜索着我的面容。

"我说不上来,先生,我对这些东西没有什么体验,一般认为是讨人喜欢的。"

"一般认为! 可是**你**认为呢?"

"我得需要一点时间,先生,才能做出值得你接受的回答。一件礼物可以从多方面去看它,是不是? 而人们需要全面考虑,才能发表关于礼物性质的意见。"

"爱小姐,你不像阿黛勒那么单纯,她一见到我就嚷着要 cadeau,而你却转弯抹角。"

"因为我对自己是否配得礼物不像阿黛勒那么有信心,她可以凭老关系、老习惯提出要求,因为她说你一贯送她玩具,但如果要我发表看法的话,我就不知道该怎么说了。因为我是个陌生人,没有做过什么值得感谢的事情。"

"啊,别以过分谦虚来搪塞! 我已经检查过阿黛勒的功课,发现你为她花了很大力气,她并不聪明,也没有什么天分,但在短期内取得了很大进步。"

"先生,你已经给了我 cadeau,我很感谢你,赞扬学生的进步,是教师们最向往的酬劳。"

---

① 法语:先生,你的小箱子里有给爱小姐的一份礼物,是吗?
② 法语:礼物,复数。

"哼!"罗切斯特先生哼了一声,默默地喝起茶来。

"坐到火炉边来。"这位主人说。这时托盘已经端走,费尔法克斯太太躲进角落忙着编织,阿黛勒拉住我的手在房间里打转,把她放在架子和柜子上的漂亮的书籍和饰品拿给我看。我们义不容辞地服从了。阿黛勒想坐在我膝头上,却被吩咐去逗派洛特玩了。

"你在我这里住了三个月了吧?"

"是的,先生。"

"你来自——?"

"××郡的罗沃德学校。"

"噢!一个慈善机构。你在那里呆了几年?"

"八年。"

"八年!你的生命力一定是够顽强的。我认为在那种地方就是呆上一半时间,也会把身体搞垮!怪不得你那种样子像是从另外一个世界来的。我觉得很奇怪,你从哪儿得来了那种面孔。昨晚我在去海村路上碰到你的时候,不由得想到了童话故事,而且真有点想问问你,是不是你迷住了我的马。不过我现在仍不敢肯定。你父母是谁?"

"我没有父母。"

"从来没有过,我猜想。你还记得他们吗?"

"不记得。"

"我想也记不得了。所以你坐在台阶上等你自己的人来?"

"等谁,先生?"

"等绿衣仙人呗,晚上月光皎洁,正是他们出没的好时光。是不是我冲破了你们的圈子,你就在路面上撒下了那该死的冰?"

我摇了摇头。"绿衣仙人一百年前就离开了英格兰,"我也像他一样一本正经地说,"就是在去海村路上或者附近的田野,你也见不到他们的一丝踪迹。我想夏天、秋夜或者冬季的月亮再也不会照耀他们的狂欢了。"

费尔法克斯太太放下手中的织物,竖起眉毛,似乎对这类谈话感到惊异。

"好吧,"罗切斯特先生继续说,"要是你没有父母,你总应该有些亲人,譬如叔伯姑嫂等?"

"没有,就我所知,一个也没有。"

"那么你家在哪儿?"

"我没有家。"

"你兄弟姐妹住在哪儿?"

"我没有兄弟姐妹。"

"谁推荐你到这里来的呢?"

"我自己登广告,费尔法克斯太太答复了我。"

"是的,"这位好心的太太说,此刻她才弄明白我们谈话的立足点,"我每天感谢主引导我做出了这个选择。爱小姐对我是个不可多得的伙伴,对阿黛勒是位和气细心的教师。"

"别忙着给她做鉴定了,"罗切斯特先生回答说,"歌功颂德并不能使我偏听偏信,我会自己做出判断。她是以把我的马弄倒在地开始给我产生印象的。"

"先生?"费尔法克斯太太说。

"我得感谢她使我扭伤了脚。"

这位寡妇一时莫名其妙。

"爱小姐,你在城里住过吗?"

"没有,先生。"

"见过很多社交场合吗?"

"除了罗沃德的学生和教师,什么也没有。如今还有桑菲尔德府里的人。"

"你读过很多书吗?"

"碰到什么就读什么,数量不多,也不高深。"

"你过的是修女的生活,毫无疑问,在宗教礼仪方面你是训练有素的。布罗克赫斯特,我知道是他管辖着罗沃德,他是位牧师,是吗?"

"是的,先生。"

"你们姑娘们也许都很崇拜他,就像住满修女的修道院,崇拜她们的院长一样。"

"啊,没有。"

"你倒很冷静!不!什么?一位见习修女不崇拜她的牧师?那听起来

有些亵渎神灵。"

"我不喜欢布罗克赫斯特先生,有这种感觉的不只我一个。他是个很严酷的人,既自负而又爱管闲事。他剪去了我们的头发,而为节省,给我们买了很差的针线,大家差点都没法儿缝。"

"那是种很虚假的节省。"费尔法克斯太太议论道,此刻她又听明白了我们交谈的含义。

"而这就是他最大的罪状?①"罗切斯特先生问。

"他还让我们挨饿,那时他单独掌管供应部,而委员会还没有成立。他弄得我们很厌烦,一周一次做长篇大论的讲道,每晚要我们读他自己编的书,写的是关于暴死呀,报应呀,吓得我们都不敢去睡觉。"

"你去罗沃德的时候几岁?"

"十岁左右。"

"你在那里待了八年,那你现在是十八岁啰?"

我表示同意。

"你看,数学还是有用的。没有它的帮助,我很难猜出你的年纪。像你这样五官与表情相差那么大,要确定你的年纪可不容易。好吧,你在罗沃德学了些什么? 会弹钢琴吗?"

"会一点。"

"当然,都会这么回答的,到书房去——我的意思是请你到书房去(请原谅我命令的口气,我已说惯了'你做这事',于是他就去做了②。我无法为一个新来庄园的人改变我的老习惯),那么,到书房去,带着你的蜡烛,让门开着,坐在钢琴面前,弹一首曲子。"

我听从他的吩咐走开了。

"行啦!"几分钟后他叫道,"你会**一点儿**,我知道了,像随便哪一个英国女学生一样,也许比有些人强些,但并不好。"

我关了钢琴,走了回来。罗切斯特先生继续说:

"今天早上阿黛勒把一些速写给我看了,她说是你画的,我不知道是不

---

①　见莎士比亚戏剧《奥赛罗》第一幕第三场,奥赛罗说:"我最大的罪状……"
②　见《新约·马太福音》第八章第九节。

是完全由你一个人画的,也许某个画师帮助了你?"

"没有,说真的!"我冲口叫了起来。

"噢,那伤了你的自尊。好吧,把你的画夹拿来,要是你能担保里面的画是自己创作的。不过你没有把握就别吭声,我认得出拼拼凑凑的东西。"

"那我什么也不说,你尽可以自己去判断,先生。"

我从书房取来了画夹。

"把桌子移过来。"他说,我把桌子推向他的睡榻,阿黛勒和费尔法克斯太太也都凑近来看画。

"别挤上来,"罗切斯特先生说,"等我看好了,可以从我手里把画拿走,但不要把脸都凑上来。"

他审慎地细看了每幅速写和画作,把其中三幅放在一旁,其余的看完以后便推开了。

"把它们放到别的桌子上去,费尔法克斯太太,"他说,"同阿黛勒一起看看这些画。你呢,"(目光扫视了我一下)"仍旧坐在你位置上,回答我的问题。我看出来这些画出自一人之手,那是你的手吗?"

"是的。"

"你什么时候抽时间来画的? 这些画很费时间,也得动些脑筋。"

"我是在罗沃德度过的最后两个假期里画的,那时我没别的事情。"

"你从什么地方弄来的摹本?"

"从我脑袋里。"

"就是现在我看到的你肩膀上的脑袋吗?"

"是的,先生。"

"那里面还有类似的东西吗?"

"我想也许有。我希望——更好。"

他把这些画摊在他面前,再次一张张细看着。

趁他看画的时候,读者,我要告诉你,那是些什么画。首先我得事先声明,它们并非杰作。画的题材倒确实活脱脱地浮现在我脑海里。我还没有想用画来表现时,它们就已在我心灵的目光下栩栩如生。然而在落笔时,我的手却不听我想象的使唤,每次都只能给想象中的东西勾勒出一个苍白无力的图像来。

这些都是水彩画。第一张画的是,低垂的铅色云块,在波涛汹涌的海面上翻滚,远处的一切黯然无光,画面的前景也是如此,或者不如说,靠得最近的波涛是这样,因为画中没有陆地。一束微光把半沉的桅杆映照得轮廓分明,桅杆上栖息着一只又黑又大的鸬鹚,翅膀上沾着斑驳的泡沫,嘴里衔着一只镶嵌了宝石的金手镯。我给手镯抹上了调色板所能调出的最明亮的色泽,以及我的铅笔所能勾画出的闪闪金光。在鸟和桅杆下面的碧波里,隐约可见一具沉溺的尸体,它身上唯一看得清清楚楚的肢体是一条美丽的胳膊,那手镯就是从这里被水冲走或是给鸟儿啄下来的。

第二张画的前景只有一座朦胧的山峰,青草和树叶似乎被微风吹歪了。在远处和上方铺开了一片薄暮时分深蓝色的浩瀚天空。一个女人的半身形体高耸天际,色调被我尽力点染得柔和而暗淡。模糊的额头上点缀着一颗星星,下面的脸部仿佛透现在雾气蒸腾之中。双目乌黑狂野,炯炯有神。头发如阴影一般飘洒,仿佛是被风暴和闪电撕下的暗淡无光的云块。脖子上有一抹宛若月色的淡淡反光,一片片薄云也有着同样浅色的光泽,云端里升起了低着头的金星的幻象。

第三幅画的是一座冰山的尖顶,刺破了北极冬季的天空,一束束北极光举起了它们毫无光泽、密布在地平线上的长矛。在画的前景上,一个头颅赫然入目,冰山退隐到了远处,一个巨大无比的头,侧向冰山,枕在上面。额头底下伸出一双瘦瘦的手,托着它,拉起了一块黑色的面纱,罩住下半部面孔。额头毫无血色,苍白如骨。深陷的眼睛凝视着,除了露出绝望的木然神色,别无其他表情。在两鬓之上,黑色缠头布的皱褶中,射出了一圈如云雾般变幻莫测的白炽火焰,镶嵌着红艳艳的火星。这苍白的新月是"王冠的写真①",为"无形之形②"加冕。

"你创作这些画时愉快吗?"罗切斯特先生立刻问。

"我全神贯注,先生。是的,我很愉快。总之,画这些画无异于享受我从来没有过的最大乐趣。"

"那并不说明什么问题,据你自己所说,你的乐趣本来就不多。但我猜想,你在调拌并着上这些奇怪的颜色时,肯定生活在一种艺术家的梦境之

①② 均引自英国诗人弥尔顿的长诗《失乐园》。

125

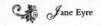 

中,你每天费很长时间坐着作这些画吗?"

"在假期里我没有别的事情可做,我坐着从早上画到中午,从中午画到晚上。仲夏白昼很长,有利于我专心致志。"

"你对自己饱含热情的劳动成果表示满意吗?"

"很不满意。我为自己的思想和手艺之间存在的差距而感到烦恼。每次我都想象了一些东西,但却无力加以表达。"

"不完全如此。你已经捕捉到了你思想的影子,但也许仅此而已。你缺乏足够的艺术技巧和专门知识,淋漓尽致地把它表达出来。不过对一个女学生来说,这些画已经非同一般了。至于那些思想,倒是有些妖气。金星中的眼睛你一定是在梦中看见的。你怎么能够使它既那么明亮,而又不耀眼呢?因为眼睛上端的行星淹没了它们的光。而那庄严的眼窝又包含着什么意思?是谁教你画风的?天空中和山顶上都刮着大风。你在什么地方见到拉特莫斯山①的?——因为那确实是拉特莫斯山。嗨,把这些画拿走!"

我还没有把画夹上的绳子扎好,他就看了看表,唐突地说:

"已经九点了,爱小姐,你在磨蹭些啥呀,让阿黛勒这么老呆着?带她去睡觉吧。"

阿黛勒走出房间之前过去吻了吻他,他忍受了这种亲热,但似乎并没比派洛特更欣赏它,甚至还不如派洛特。

"现在,我祝你们大家晚安。"他说,朝门方向做了个手势,表示他对我们的陪伴已经感到厌烦,希望打发我们走。费尔法克斯太太收起了织物,我拿了画夹,都向他行了屈膝礼。他生硬地点了点头,算是回答,这样我们就退了出去。

"你说过罗切斯特先生并不特别古怪,费尔法克斯太太。"安顿好阿黛勒上床后,我再次到了费尔法克斯太太的房间里时说。

"嗯,他是这样吗?"

"我想是这样,他变幻无常,粗暴无礼。"

"不错。毫无疑问,在一个陌生人看来,他似乎就是这样。但我已非常习惯于他的言谈举止,因此从来不去想它。更何况要是他真的脾气古怪的

---

① 拉特莫斯山:小亚细亚爱琴海附近的一座山。

话,那也是应当宽容的。"

"为什么?"

"一半是因为他生性如此——而我们都对自己的天性无能为力;一半是因为肯定有痛苦的念头在折磨着他,使他的心里不平衡。"

"什么事情?"

"一方面是家庭纠葛。"

"可是他压根儿没有家庭。"

"不是说现在,但曾有过——至少是亲戚。几年前他失去了哥哥。"

"他的哥哥?"

"是的,现在这位罗切斯特先生拥有这份财产的时间并不长,只有九年左右。"

"九年时间也不算短了,他那么爱他的哥哥,直到现在还为他的去世而悲伤不已吗?"

"唉,不——也许不是。我想他们之间有些隔阂。罗兰特·罗切斯特先生对爱德华先生不很公平,也许就是他弄得他父亲对爱德华先生怀有偏见。这位老先生爱钱,急于使家产合在一起,不希望因为分割而缩小,同时又很想让爱德华先生有自己的一份财产,以保持这名字的荣耀。他成年后不久,他们采取了一些不十分合理的办法,造成了很大麻烦。为了使爱德华先生获得那份财产,老罗切斯特先生和罗兰特先生一起,使爱德华先生陷入了他自认为痛苦的境地,这种境遇的确切性质,我从来都不十分清楚,但在精神上他无法忍受不得不忍受的一切。他不愿忍让,便与家庭决裂。多年来,他一直过着一种漂泊不定的生活。我想自从他哥哥没有留下遗嘱就去世,他自己成了房产的主人后,他从来没有在桑菲尔德一连住上过两周。说实在的,也难怪他要躲避这个老地方。"

"他干嘛要躲避呢?"

"也许他认为这地方太沉闷。"

她的回答闪烁其词。我本想了解得更透彻些,但费尔法克斯太太兴许不能够,抑或不愿意,向我进一步提供关于罗切斯特先生痛苦的始末和性质。她一口咬定,对她本人来说也是个谜,她所知道的多半是她自己的猜测。说真的,她显然希望我搁下这个话题,于是我也就不再多问了。

## 第十四章

后来的几天我很少见到罗切斯特先生。早上他似乎忙于事务,下午接待从米尔科特或附近来造访的绅士,有时他们留下来与他共进晚餐。他的伤势好转到可以骑马时,便经常骑马外出,也许是回访,往往到深夜才回来。

在这期间,连阿黛勒也很少给叫到他跟前。我同他的接触,只限于在大厅里、楼梯上,或走廊上偶然相遇。他有时高傲冷漠地从我身边走过,远远地点一下头或冷冷地瞥一眼,承认了我的存在,而有时却很有绅士风度,和蔼可亲地鞠躬和微笑。他情绪的反复并没有使我生气,因为我明白这种变化与我无关,他情绪的起伏完全是由于同我不相干的原因。

一天有客人来吃饭,他派人来取我的画夹,无疑是要向人家展示里面的画。绅士们走得很早,费尔法克斯太太告诉我,他们要到米尔科特去参加一个公众大会。但那天晚上有雨,天气恶劣,罗切斯特先生没有去作陪。他们走后不久,他便打铃,传话来让我和阿黛勒下楼去。我梳理了阿黛勒的头发,把她打扮得整整齐齐,我自己穿上了平时的贵格会服装,知道确实已经没有再修饰的余地了——一切都那么贴身而又朴实,包括编了辫子的头发在内,丝毫不见凌乱的痕迹——我们便下楼去了。阿黛勒正疑惑着,不知她的 petit coffre① 终于到了没有。因为某些差错,它直到现在还迟迟未至。我们走进餐室,只见桌上放着一个小箱子。阿黛勒非常高兴,她似乎凭直觉就

---

① 法语:小箱子。

知道了。

"Ma bôite! Ma bôite!①"她大嚷着朝它奔过去。

"是的,你的 bôite② 终于到了,把它拿到一个角落去,你这位道地的巴黎女儿,你就去掏你盒子里的东西玩儿吧。"罗切斯特先生用深沉而颇有些讥讽的口吻说,那声音是从火炉旁巨大的安乐椅深处发出来的。"记住,"他继续说,"别用解剖过程的细枝末节问题,或者内脏情况的通报来打搅我,你就静静地去动手术吧——tiens-toi tranquille, enfant; comprends-tu?③"

阿黛勒似乎并不需要提醒,她已经带着她的宝贝退到了一张沙发上,这会儿正忙着解开系住盖子的绳子。她清除了这个障碍,揭起银色包装薄纸,光一个劲儿地大嚷着。

"Oh! Ciel! Que c'est beau!"④随后便沉浸在兴奋的沉思中了。

"爱小姐在吗?"此刻这位主人发问了。他从位子上欠起身,回过头来看看门口,我仍站在门旁。

"啊! 好吧,到前面来,坐在这儿吧。"他把一张椅子拉到自己椅子的旁边。"我不大喜欢听孩子咿咿呀呀,"他继续说,"因为像我这样的老单身汉,他们的喃喃细语,不会让我生起愉快的联想。同一个娃娃面对面消磨整个晚上,让我实在受不了。别把椅子拉得那么开,爱小姐。就在我摆着的地方坐下来——当然,要是你乐意。让那些礼节见鬼去吧! 我老是把它们忘掉。我也不特别喜爱头脑简单的老妇人。话得说回来,我得想着点我的那位,她可是怠慢不得。她是费尔法克斯家族的,或是嫁给了家族中的一位。据说血浓于水。"

他打铃派人去请费尔法克斯太太,很快她就到了,手里提着编织篮。

"晚上好,夫人,我请你来做件好事。我已不允许阿黛勒跟我谈礼品的事,她肚子里有好多话要说,你做做好事听她讲讲,并跟她谈谈,那你就功德无量了。"

说真的,阿黛勒一见到费尔法克斯太太,便把她叫到沙发旁,很快在她

---

① 法语:我的盒子! 我的盒子!
② 法语:盒子。
③ 法语:安静些,孩子,懂吗?
④ 法语:天哪! 多漂亮呀!

的膝头摆满了她 bôite 中的瓷器、象牙和蜡制品,同时用她所能掌握的蹩脚英语,不住地加以解释,告诉她自己有多开心。

"哈,我已扮演了一个好主人的角色,"罗切斯特先生继续说,"使我的客人们各得其所,彼此都有乐趣。我应当有权关心一下自己的乐趣了。爱小姐,把你的椅子再往前拉一点,你坐得太靠后了,我在这把舒舒服服的椅子上,不改变一下位置就看不见你,而我又不想动。"

我照他的吩咐做了,尽管我宁愿仍旧呆在阴影里。但罗切斯特先生却是那么直来直去地下命令,似乎立刻服从他是理所当然的。

我已做了交代,我们在餐室里。为晚餐而点上的枝形吊灯,使整个房间如节日般大放光明,熊熊炉火通红透亮,高大的窗子和更高大的拱门前悬挂着华贵而宽敞的紫色帷幔。除了阿黛勒压着嗓门的交谈(她不敢高声说话),以及谈话停顿间隙响起了敲窗的冷雨,一切都寂静无声。

罗切斯特先生坐在锦缎面椅子上,显得同我以前看到的大不相同,不那么严厉,更不那么阴沉。他嘴上浮着笑容,眼睛闪闪发光,是不是因为喝了酒的缘故,我不敢肯定,不过很可能如此。总之,他正在饭后的兴头上,更加健谈,更加亲切,比之早上冷淡僵硬的脾性,显得更为放纵。不过他看上去依然十分严厉。他那硕大的脑袋靠在椅子隆起的靠背上,炉火的光照在他犹如花岗岩镌刻出来的面容上,照进他又大又黑的眸子里——因为他有着一双乌黑的大眼睛,而且很漂亮,有时在眼睛深处也并非没有某种变化,如果那不是柔情,至少也会使你想起这种感情来。

他凝视着炉火已经有两分钟了,而我用同样的时间在打量着他。突然他回过头来,瞧见我正盯着他的脸看着。

"你在仔细看我,爱小姐,"他说,"你认为我长得漂亮吗?"

要是我仔细考虑的话,我本应当对这个问题做出习惯上含糊、礼貌的回答,但不知怎的我还没意识到就已经冲口而出:

"不,先生。"

"啊!我敢打赌,你这人有点儿特别,"他说,"你的神态像个小 nonnette①,怪僻、文静、严肃、单纯。你坐着的时候把手放在面前,眼睛总是低垂

---

① 法语:小修女。

着看地毯(顺便说一句,除了穿心透肺似的扫向我脸庞的时候,譬如像刚才那样),别人问你一个问题,或者发表一番你必须回答的看法时,你会突然直言不讳地回答,不是生硬,就是唐突。你的话是什么意思?"

"先生,怪我太直率了,请你原谅。我本应当说,像容貌这样的问题,不是轻易可以当场回答的;应当说人的审美趣味各有不同;应当说漂亮并不重要,或者诸如此类的话。"

"你本来就不应当这样来回答。漂亮并不重要,确实如此! 原来你是假装要缓和一下刚才的无礼态度,抚慰我使我心平气和,而实际上你是在我耳朵下面狡猾地捅了一刀。讲下去,请问你发现我有什么缺点? 我想我像别人一样有鼻子有眼睛的。"

"罗切斯特先生,请允许我收回我第一个回答。我并无恶语伤人的意思,只不过是失言而已。"

"就是这么回事,我想是这样。而你要对此负责。你就挑我的毛病吧,我的前额使你不愉快吗?"

他抓起了横贴在额前的波浪似的黑发,露出一大块坚实的智力器官,但是却缺乏那种本该有的仁慈敦厚的迹象。

"好吧,小姐,我是个傻瓜吗?"

"绝对不是这样,先生。要是我反过来问你是不是一个慈善家,你也会认为我粗暴无礼吗?"

"你又来了! 又捅了我一刀,一面还假装拍拍我的头。那是因为我曾说我不喜欢同孩子和老人在一起(轻声点儿!)。不,年轻小姐,我不是一个一般意义上的慈善家,不过我有一颗良心。"于是他指了指据说是表示良心的突出的地方。幸亏对他来说,那地方很显眼,使他脑袋的上半部有着引人注目的宽度。"此外,我曾有过一种原始的柔情。在我同你一样年纪的时候,我是一个富有同情心的人,偏爱羽毛未丰、无人养育和不幸的人,但是命运却一直打击我,甚至用指关节搋面似的揉我,现在我庆幸自己像一个印度皮球那样坚韧了,不过通过一两处空隙还能渗透到里面,在这一块东西的中心,还有一个敏感点。是的,那使我还能有希望吗?"

"希望什么,先生?"

"希望我最终从印度皮球再次转变为血肉之躯吗?"

"他肯定是酒喝多了。"我想。我不知道该如何来回答这个奇怪的问题。我怎么知道他是不是可能被转变过来呢？

"你看来大惑不解，爱小姐，而你虽然并不漂亮，就像我并不英俊一样，但那种迷惑的神情却同你十分相称。此外，这样倒也好，可以把你那种搜寻的目光，从我的脸上转移到别处去，忙着去看毛毯上的花朵。那你就迷惑下去吧。年轻小姐，今儿晚上我爱凑热闹，也很健谈。"

宣布完毕，他便从椅子上站起来。他伫立着，胳膊倚在大理石壁炉架上。这种姿势使他的体形像面容一样可以看得一清二楚。他的胸部出奇地宽阔，同他四肢的长度不成比例。我敢肯定，大多数人都认为他是个丑陋的男人，但是他举止中却无意识地流露出那么明显的傲慢，在行为方面又那么从容自如，对自己的外表显得那么毫不在乎，又是那么高傲地依赖其他内在或外来的特质的力量，来弥补自身魅力的缺乏。因此，你一瞧着他，就会不由自主地被他的漠然态度所感染，甚至盲目片面地对他的自信表示信服。

"今天晚上我爱凑热闹，也很健谈，"他重复了这句话，"这就是我要请你来的原因。炉火和吊灯还不足以陪伴我，派洛特也不行，因为它们都不会说话。阿黛勒稍微好一些，但还是远远低于标准。费尔法克斯太太同样如此。而你，我相信是合我意的，要是你愿意。第一天晚上我邀请你下楼到这里来的时候，你就使我迷惑不解。从那时候起，我已几乎把你忘了。脑子里尽想着其他事情，顾不上你。不过今天晚上我决定安闲自在些，忘掉纠缠不休的念头，回忆回忆愉快的事儿。现在我乐于把你的情况掏出来，进一步了解你，所以你就说吧——"

我没有说话，却代之以微笑，既不特别得意，也不顺从。

"说吧。"他催促着。

"说什么呢，先生。"

"爱说什么就说什么，说的内容和方式，全由你自己选择吧。"

结果我还是端坐着，什么也没有说。"要是他希望我为说而说，炫耀一番，那他会发觉他找错了人啦。"我想。

"你一声不吭，爱小姐。"

我依然一声不吭。他向我微微低下头来，匆匆地投过来一瞥，似乎要探究我的眼睛。

"固执?"他说,"而且生气了。噢,这是一致的。我提出要求的方式,荒谬而近乎蛮横。爱小姐,请你原谅。实际上,我永远不想把你当做下人看待。那就是(纠正我自己),我有比你强的地方,但那只不过是年龄上大二十岁,经历上相差一个世纪的必然结果。这是合理的,就像阿黛勒会说的那样,et j'y tiens①,而凭借这种优势,也仅仅如此而已,我想请你跟我谈一会儿,转移一下我的注意力,因为我的思想苦苦纠缠在一点上,像一根生锈的钉子那样正在腐蚀着。"

他已降格做了解释,近乎道歉。我对他的屈尊俯就并没有无动于衷,也不想显得如此。

"先生,只要我能够,我是乐意为你解闷的,十分乐意。不过我不能随便谈个话题,因为我怎么知道你对什么感兴趣呢?你提问吧,我尽力回答。"

"那么首先一个问题是:你同不同意,基于我所陈述的理由,我有权在某些时候稍微专横、唐突或者严厉些呢?我的理由是,按我的年纪,我可以做你的父亲,而且有着曲折的人生阅历,同很多国家的很多人打过交道,漂泊了半个地球,而你却是太太平平地跟同一类人生活在同一幢房子里。"

"你爱怎样就怎样吧,先生。"

"你并没有回答我的问题。或是说,你的回答很气人,因为含糊其辞——回答得明确些。"

"先生,我并不认为你有权支使我,仅仅因为你年纪比我大些,或者比我阅历丰富——你所说的优越感取决于你对时间和经历的利用。"

"哼!答得倒快。但我不承认,我认为与我的情况绝不相符,因为对两者的有利条件,我毫无兴趣,更不必说没有充分利用了。那么我们暂且不谈这优越性问题吧,但你必须偶尔听候我吩咐,而不因为命令的口吻而生气或伤心,好吗?"

我微微一笑。我暗自思忖道:"罗切斯特先生也真奇怪——他好像忘了,付我三十镑年薪是让我听他吩咐的。"

"笑得好,"他立即抓住我转瞬即逝的表情说,"不过还得开口说话。"

"先生,我在想,很少有主人会费心去问他们雇用的下属,会不会因为被

---

① 法语:我坚持这一点。

吩咐而生气和伤心。"

"雇用的下属！什么,你是我雇用的下属是不是? 哦,是的,我把薪俸的事儿给忘了? 好吧,那么出于雇用观点,你肯让我要点儿威风吗?"

"不,先生,不是出于那个理由。但出于你忘掉了雇用观点,却关心你的下属处于从属地位心情是否愉快,我是完全肯的。"

"你会同意我省去很多陈规旧矩,而不认为这出自于蛮横吗?"

"我肯定同意,先生。我决不会把不拘礼节错当蛮横无理。一个是我比较喜欢的,而另一个是任何一位自由人都不会屈从的,即使是为了赚取薪金。"

"胡扯! 为了薪金,大多数自由人对什么都会屈服。因此,只说你自己吧,不要妄谈普遍现象,你对此一无所知。尽管你的回答并不确切,但因为你回答了我,我在心里同你握手言好,同样还因为你回答的内容和回答的态度。这种态度坦率诚恳,并不常见。不,恰恰相反,矫揉造作或者冷漠无情,或者对你的意思愚蠢而粗俗地加以误解,常常是坦率正直所得到的报答。三千个初出校门的女学生式家庭教师中,像你刚才那么回答我的不到三个。不过我无意恭维你,要说你是从跟大多数人不同的模子里浇制出来的,这不是你的功劳,而是造化的圣绩。再说我的结论毕竟下得过于匆忙。就我所知,你也未必胜过其他人。也许有难以容忍的缺点,抵消你不多的长处。"

"可能你也一样。"我想。这想法掠过脑际时,他的目光与我的相遇了。他似乎已揣度出我眼神的含意,便做了回答,仿佛那含意不仅存在于想象之中,而且已经说出口了。

"对,对,你说得对,"他说,"我自己也有很多过失,我知道。我向你担保,我不想掩饰。上帝知道,我不必对别人太苛刻。我要反省往昔的经历、一连串行为和一种生活方式,因此会招来邻居的讥讽和责备。我开始,或者不如说(因为像其他有过失的人一样,我总爱把一半的罪责推给厄运和逆境)在我二十一岁时被抛入歧途,而且从此之后,再也没有回到正道上来。要不然我也许会大不相同,也许会像你一样好——更聪明些,几乎一样洁白无瑕。我羡慕你平静的心境、清白的良心、纯洁的记忆。小姑娘,没有污点、未经感染的记忆必定是一大珍宝,是身心愉快的永不枯竭的源泉,是不是?"

"你十八岁时的记忆怎么样,先生?"

"那时很好，无忧无虑，十分健康。没有滚滚污水把它变成臭水潭。十八岁时我同你不相上下——完全如此。总的说来，大自然有意让我做个好人，爱小姐，较好的一类人中的一个，而你看到了，现在我却变了样。你会说，你并没有看到。至少我自以为从你的眼睛里看到了这层意思（顺便提一句，你要注意那个器官流露出来的感情，我可是很善于察言观色的），那么相信我的话——我不是一个恶棍。你不要那么猜想——不要把这些恶名加给我。不过我确实相信，由于环境而不是天性的缘故，我成了一个普普通通的罪人，表现在种种可怜的小小放荡上，富裕而无用的人都想以这种放荡来点缀人生。我向你袒露自己的心迹，你觉得奇怪吗？你要知道，在你未来的人生道路上，你常常会发现不由自主地被当做知己，去倾听你熟人的隐秘。人们像我那样凭直觉就能感到，你的高明之处不在于谈论你自己，而在于倾听别人谈论他们自己。他们也会感到，你听的时候，并没有因为别人行为不端而露出不怀好意的蔑视，而是怀着一种发自内心的同情。这种同情给人以抚慰和鼓舞，因为它是不动声色地流露出来的。"

"你怎么知道的？这种种情况，你怎么猜到的呢，先生？"

"我知道得清清楚楚，因此我谈起来无拘无束，几乎就像把我的思想写在日记中一样。你会说，我本应当战胜环境，确实应当这样——确实应当这样。不过你看到了，我没有战胜环境。当命运亏待了我时，我没有明智地保持冷静，我开始绝望，随后堕落了。现在要是一个可恶的傻瓜用卑俗的下流话激起我的厌恶，我并不以为我的表现会比他好些。我不得不承认我与他彼此彼此而已。我真希望当初自己能不为所动——上帝知道我是这么希望的。爱小姐，当你受到诱惑要做错事的时候，你要视悔恨为畏途，悔恨是生活的毒药。"

"据说忏悔是治疗的良药，先生。"

"忏悔治不了它，悔改也许可以疗救。而我能悔改——我有力量这么做，如果——不过既然我已经负荷沉重、步履艰难该受诅咒了，现在想这管什么用呢？既然我已被无可挽回地剥夺了幸福，那我就有权利从生活中获得快乐。我一定要得到它，不管代价多大。"

"那你会进一步沉沦的，先生。"

"可能如此。不过要是我能获得新鲜甜蜜的欢乐，为什么我必定要沉沦

呢？也许我所得到的,同蜜蜂在沼泽地上酿成的野蜂蜜一样甜蜜,一样新鲜。"

"它会螫人的——而且有苦味,先生。"

"你怎么知道?——你从来没有试过。多严肃!——你看上去多一本正经呀,而你对这种事情一无所知,跟这个浮雕头像一模一样(从壁炉上取了一个)!你无权对我说教,你这位新教士,你还没有步入生活之门,对内中的奥秘毫不知情。"

"我不过是提醒一下你自己的话,先生。你说错误带来悔恨,而你又说悔恨是生活的毒药。"

"现在谁说起错误啦?我并不以为,刚才闪过我脑际的想法是个错误。我相信这是一种灵感,而不是一种诱惑。它非常亲切,非常令人欣慰——这我清楚。瞧,它又现形了。我敢肯定,它不是魔鬼,或者要真是的话,它披着光明天使的外衣。我认为这样一位美丽的宾客要求进入我心扉的时候,我应当允许她进来。"

"别相信它,先生。它不是一个真正的天使。"

"再说一遍,你怎么知道的呢?你凭什么直觉,就装做能区别一位坠入深渊的天使和一个来自永恒王座的使者——区别一位向导和一个勾引者?"

"我是根据你说产生这种联想的时候你脸上不安的表情来判断的。我敢肯定,要是你听信了它,那它一定会给你造成更大的不幸。"

"绝对不会——它带着世上最好的信息,至于别的,你又不是我良心的监护人,因此别感到不安。来吧,进来吧,美丽的流浪者!"

他仿佛对着一个除了他自己别人什么也看不见的幻影在说话,随后他把伸出了一半的胳膊,收起来放在胸部,似乎要把看不见的人搂在怀里。

"现在,"他继续说,再次转向了我,"我已经接待了这位流浪者——乔装打扮的神,我完全相信。它已经为我做了好事。我的心原本是一个停骸所,现在会成为一个神龛。"

"说实话,先生,我一点也听不懂你的话。我无法跟你谈下去了,因为已经超越了我的理解力。我只知道一点,你曾说你并不像自己所希望的那样好,你对自己的缺陷感到遗憾——有一件事我是理解的,那就是你说的,玷污了的记忆是一个永久的祸根。我似乎觉得,只要你全力以赴,到时候你会发现有可能成为自己所向往的人,而要是你现在就下决心开始纠正你的思想和行动,不出几年,你就可以建立一个一尘不染的新记忆仓库,你也许会很乐意地去回味。"

"想得合理,说得也对,爱小姐,而这会儿我是使劲在给地狱铺路。①"

"先生?"

"我正在用良好的意图铺路,我相信它像燧石一般耐磨。当然,今后我所交往的人和追求的东西与以往的不同了。"

"比以往更好?"

"是更好——就像纯粹的矿石比污秽的渣滓要好得多一样。你似乎对我表示怀疑,我倒不怀疑自己。我明白自己的目的是什么,动机是什么。此刻我要通过一项目的和动机都是正确的法律,它像玛代人和波斯人②的法律那样不可更改。"

"先生,它们需要一个新的法规将它合法化,否则就不能成立。"

"爱小姐,尽管完全需要一个新法规,但它们能成立:没有先例的复杂状况需要没有先例的法则。"

"这听起来是个危险的格言,先生,因为一眼就可以看出来,容易造成滥用。"

"善用格言的圣人! 就是这么回事。但我以家神的名义发誓,决不滥用。"

"你是凡人,所以难免出错。"

"我是凡人,你也一样——那又怎么样?"

"凡人难免出错,不应当冒用放心地托付给神明和完人的权力。"

"什么权力?"

"对奇怪而未经准许的行动就说:'算它对吧。'"

"'算它对吧'——就是这几个字,你已经说出来了。"

---

① 原出英谚"The road to hell is paved with good intentions",中译:去地狱的路是由良好的意图铺成的。意为好心得不到好报。

② 见《旧约·以斯帖记》第一章第十九节:"……王若以为美,就降旨写在波斯和玛代人的例中,永不更改。"

"那就说'愿它对吧'。"我说着站起来,觉得已没有必要再继续这番自己感到糊里糊涂的谈话。此外,我也意识到,对方的性格是无法摸透的,至少目前是这样。我还感到没有把握,有一种朦胧的不安全感,同时还确信自己很无知。

"你上哪儿去?"

"让阿黛勒睡觉去,已经过了她上床的时间了。"

"你害怕我,因为我交谈起来像斯芬克斯①。"

"你的语言不可捉摸,先生。不过尽管我迷惑不解,但我根本不怕。"

"你是害怕的——你的自爱心理使你害怕出大错。"

"要是那样说,我的确有些担忧——我不想胡说八道。"

"你即使胡说八道,也会是一副板着面孔、不动声色的神态,我还会误以为说得很在理呢。你从来没有笑过吗,爱小姐?你不必费心来回答了——我知道你难得一笑。可是你可以笑得很欢。请相信我,你不是生来严肃的,就像我不是生来可恶的。罗沃德的束缚,至今仍在你身上留下某些印迹,控制着你的神态,压抑着你的嗓音,捆绑着你的手脚,所以你害怕在一个男人、一位兄长——或者父亲,或者主人,随你怎么说——面前开怀大笑,害怕说话太随便,害怕动作太迅速。不过到时候,我想你会学着同我自然一些的,就像觉得要我按照陋习来对待你是不可能的。到那时,你的神态和动作会比现在所敢于流露的更富有生气,更多姿多彩。我透过木条紧固的鸟笼,不时看到一只颇为新奇的鸟的眼神。笼子里是一个活跃、不安、不屈不挠的囚徒,一旦获得自由,它一定会高飞云端。你还是执意要走?"

"已经过了九点,先生。"

"没有关系——等一会儿吧,阿黛勒还没有准备好上床呢。爱小姐,我背靠炉火,面对房间,有利于观察。跟你说话的时候,我也不时注意着她(我有自己的理由把她当做奇特的研究对象,这理由我某一天可以,不,我会讲给你听的)。大约十分钟之前,她从箱子里取出一件粉红色丝绸小上衣,打开的时候脸上充满了喜悦,媚俗之气流动在她的血液里,融化在她的脑髓

---

① 斯芬克斯,又译狮身人面像。希腊神话中带翅膀的狮身女怪,传说常给过路人猜谜,猜不中就将他们杀害。

里,沉淀在她的骨髓里。'Il faut que je l'essaie!'①她嚷道,'et à l'instant même!'②于是她冲出了房间。现在她跟索菲娅在一起,正忙着试装呢。不要几分钟,她会再次进来,我知道我会看到什么——塞莉纳·瓦伦的缩影,当年帷幕开启,她出现在舞台上时的模样。不过,不去管它啦。然而,我的最温柔的感情将为之震动,这就是我的预感,呆着别走,看看是不是会兑现。"

不久,我就听见阿黛勒的小脚轻快地走过客厅。她进来了,正如她的保护人所预见的那样,已判若两人。一套玫瑰色缎子衣服代替了原先的棕色上衣,这衣服很短,裙摆大得不能再大。她的额头上戴着一个玫瑰花蕾的花环,脚上穿着丝袜和白缎子小凉鞋。

"Est-ce ma robe va bien?"③她蹦蹦跳跳地跑到前面叫道,"et mes souliers? et mes bas? Tenez, je crois que je vais danser!"④

她展开裙子,用快滑步舞姿穿过房间,到了罗切斯特先生的跟前,踮着脚在他面前轻盈地转了一圈,随后一个膝头着地,蹲在他脚边,嚷着:

"Monsieur, je vous remercie mille fois de votre bonté."⑤随后她立起来补充了一句:"C'est comme cela que maman faisait, n'est-ce pas, Monsieur?"⑥

"确——实——像,"他答道,"而且'comme cela'⑦,她把我迷住了,从我英国裤袋里骗走了我英国的钱。我也很稚嫩,爱小姐——唉,青草一般稚嫩,一度使我生气勃勃的青春色彩并不淡于如今你的。不过我的春天已经逝去,但它在我手中留下了一小朵法国小花,心情不好时,我真想把它摆脱。我并不珍重生出它来的根,还发现它需要用金土来培植,于是我不太喜欢这朵花了,特别是像现在这样它看上去多么矫揉造作。我收留它,养育它,多半是按照罗马天主教教义,用做一件好事来赎无数大大小小的罪孽。改天再给你解释这一切,晚安。"

① 法语:我该试一试。
② 法语:马上就试。
③ 法语:我这条裙子合适吗?
④ 法语:我的鞋合适吗? 我的袜子呢? 行了,我该去跳舞了。
⑤ 法语:先生,多谢你的好意。
⑥ 法语:妈妈过去也是这样做的,对吗,先生?
⑦ 法语:就像那样。

## 第十五章

在日后某个场合,罗切斯特先生的确对这件事情做了解释。

一天下午,他在庭院里偶然碰到了我和阿黛勒。趁阿黛勒正逗着派洛特、玩着板羽球的时候,他请我去一条长长的布满山毛榉的小路上散步,从那儿看得见阿黛勒。

他随之告诉我阿黛勒是法国歌剧演员塞莉纳·瓦伦的女儿,他对这位歌剧演员,一度怀着他所说的 qrande passion①。而对这种恋情,塞莉纳宣称将以更加火热的激情来回报。尽管他长得丑,他却认为自己是她的偶像。他相信,如他所说,比之贝尔维德尔的阿波罗②的优美,她更喜欢他的 taille d'athlète③。

"爱小姐,这位法国美女竟钟情于一个英国侏儒,我简直受宠若惊了,于是我把她安顿在城里的一间房子里,配备了一整套的仆役和马车,送给她山羊绒、钻石和花边等等。总之,我像任何一个痴情汉一样,开始按世俗的方式毁灭自己了。我似乎缺乏独创,不会踏出一条通向耻辱和毁灭的新路,而是傻乎乎地严格循着旧道,不离别人的足迹半步。我遭到了——我活该如此——所有别的痴情汉一样的命运。一天晚上,我去拜访塞莉纳。她不知道我要去,所以我到时她不在家。这是一个暖和的夜晚,我因为步行穿过巴

---

① 法语:强烈的爱情。
② 指阿波罗神大理石雕像,发现于一四九五年,后陈列于梵蒂冈贝尔维德尔美术馆。
③ 法语:体育家的身材。

黎城,已很有倦意,便在她的闺房坐了下来,愉快地呼吸着新近由于她的到来而神圣化了的空气。不——我言过其实了,我从来不认为她身上有什么神圣的德性。这不过是她所留下的一种香锭的香气,与其说是神圣的香气,还不如说是一种麝香和琥珀的气味。我正开始沉醉在暖房花朵的气息和弥漫着的幽幽清香里时,蓦地想起去打开窗门,走到阳台上去。这时月色朗照,汽灯闪亮,十分静谧。阳台上摆着一两把椅子,我坐了下来,取出一枝雪茄——请原谅,现在我要抽一根。"

说到这里他停顿了一下,同时拿出一根雪茄点燃了。他把雪茄放到嘴里,把一缕哈瓦那烟云雾喷进寒冷而阴沉的空气里,他继续说:

"在那些日子里我还喜欢夹心糖,爱小姐。而当时我一会儿 croquant①(也顾不得野蛮了)巧克力糖果,一会儿吸烟,同时凝视着经过时髦的街道向邻近歌剧院驶去的马车。这时来了一辆精制的轿式马车,由一对漂亮的英国马拉着,在灯火辉煌的城市夜景中,看得清清楚楚。我认出来正是我赠送给塞莉纳的 voiture②。是她回来了。当然,我那颗倚在铁栏杆上的心急不可耐地跳动着。不出我所料,马车在房门口停了下来。我的情人(这两个字恰好用来形容一个唱歌剧的情人)从车上走下,尽管罩着斗篷——顺便说一句,那么暖和的六月夜晚,这完全是多此一举。她从马车踏步上跳下来时,我从那双露在裙子下的小脚,立刻认出了她来。我从阳台上探出身子,正要喃喃地叫一声 Mon Ange③——当然,用的声气仅能让情人听见,这时,一个身影在她后面跳下了马车,也披着斗篷。但一只带马刺的脚跟,在人行道上响了起来,一个戴礼帽的头正从房子拱形的 porte cochère④ 经过。

你从来没有嫉妒过是不是,爱小姐? 当然没有。我不必问你了,因为你从来没有恋爱过,还没有体会过这两种感情。你的灵魂正在沉睡,只有使它震惊才能将它唤醒。你认为一切生活,就像你的青春悄悄逝去一样,也都是静静地流走的。你闭着眼睛,塞住了耳朵,随波逐流,既没有看到不远的地方涨了潮的河床上礁石林立,也没有听到浪涛在礁石底部翻腾。但我告诉

---

① 法语:嚼。
② 法语:马车。
③ 法语:我的天使。
④ 法语:供车子出入的门。

你——你仔细听着,某一天你会来到河道中岩石嶙峋的关隘,这里,你整个生命的河流会被撞得粉碎,成了漩涡和骚动,泡沫和喧哗,你不是在岩石尖上冲得粉身碎骨,就是被某些大浪掀起来,汇入更平静的河流——就像我现在一样。

我喜欢今天这样的日子,喜欢铁灰色的天空,喜欢严寒中庄严肃穆的世界,喜欢桑菲尔德,喜欢它的古色古香,它的旷远幽静,它乌鸦栖息的老树和荆棘,它灰色的正面,它映出灰色苍穹的一排排黛色窗户。可是在漫长的岁月里,我一想到它就觉得厌恶,像躲避瘟疫滋生地一样避之唯恐不及!就是现在我依然多么讨厌——"

他咬着牙,默默无语。他收住了脚步,用靴子踢着坚硬的地面。某种厌恶感抓住了他,把他攫得紧紧的,使他止足不前。

他这么突然止住话头时,我们正踏上小路,桑菲尔德府展现在我们面前。他抬眼去看城垛,眼睛瞪得大大的。这种神色,我以前和以后从未见过。痛苦、羞愧、狂怒——焦躁、讨厌、憎恶——似乎在他乌黑的眉毛下胀大的瞳孔里,暂时进行着一场使他为之颤栗的搏斗。这番至关重要的交战空前激烈。不过另一种感情在他心中升起,并占了上风,这种感情冷酷而玩世不恭,任性而坚定不移,消融了他的激情,使他脸上现出了木然的神色。他继续说:

"我刚才沉默的那一刻,爱小姐,我正跟自己的命运交涉着一件事情。她站在那儿,山毛榉树干旁边——一个女巫,就像福累斯荒原上出现在麦克白面前的几个女巫中的一个。① '你喜欢桑菲尔德吗?'她竖起她的手指说,随后在空中写了一条警语,那文字奇形怪状,十分可怖,覆盖了上下两排窗户之间的正壁:'只要能够,你就喜欢它!只要你敢,你就喜欢它!'

"'我一定喜欢它,'我说,'我敢于喜欢它。'(他郁郁不欢地补充了一句)我会信守诺言,排除艰难险阻去追求幸福,追求良善——对,良善。我希望做个比以往,比现在更好的人——就像约伯的海中怪兽②那样,折断矛戟

---

① 莎士比亚悲剧《麦克白》中,麦克白将军凯旋,在福累斯荒原上遇见了三个女巫,她们预言他要成为苏格兰王。后来麦克白为了实现预言果真杀了苏格兰王。

② 《旧约·约伯记》第四十一章第二十六至二十八节中记载的水中巨兽,威力无比,"若用刀、用枪、用标枪、用尖枪扎他,都是无用。他以铁为干草,以铜为烂木"。

和标枪,刺破盔甲,扫除一切障碍,别人以为这些障碍坚如铜铁,而我却视之为干草、烂木。"

这时阿黛勒拿着板羽球跑到了他跟前。"走开!"他厉声喝道,"离得远一点,孩子,要不,到里面索菲娅那儿去。"随后他继续默默地走路,我冒昧地提醒他刚才突然岔开去的话题。

"瓦伦小姐进屋的时候你离开了阳台吗,先生?"我问。

我几乎预料他会拒绝回答这个不合时宜的问题,可是恰恰相反,他从一脸愁容、惘然若失之中醒悟过来,把目光转向我,眉宇间的阴云也似乎消散了。

"哦,我已经把塞莉纳给忘了! 好吧,我接着讲。当我看见那个把我弄得神魂颠倒的女人,由一个好献殷勤的男人陪着进来时,我似乎听到了一阵嘶嘶声,绿色的嫉妒之蛇,从月光照耀下的阳台上呼地蹿了出来,盘成了高低起伏的圈圈,钻进了我的背心,两分钟后一直咬啮到了我的内心深处。真奇怪!"他惊叫了一声,突然又离开了话题,"真奇怪我竟会选中你来听这番知心话,年轻小姐,更奇怪的是你居然静静地听着,仿佛这是人世间再正常不过的事情,由一个像我这样的男人,把自己当歌女的情人的故事,讲给一个像你这样古怪而不谙世事的姑娘听。不过正像我曾说过的那样,后一个特点说明了前者:你稳重、体贴、细心,生来就是听别人吐露隐秘的。此外,我知道我选择的是怎样的一类头脑,来与自己的头脑沟通。我知道这是一个不易受感染的头脑,十分特别,独一无二。幸而我并不想败坏它,就是我想这么做,它也不会受影响。你与我谈得越多越好,因为我不可能腐蚀你,而你却可以使我重新振作起来。"讲了这番离题的话后,他又往下说:

"我仍旧呆在阳台上。'他们肯定会到她闺房里来,'我想,'让我来一个伏击。'于是我把手缩回开着的窗子,将窗帘拉拢,只剩下一条便于观察的开口,随后我关上窗子,只留下一条缝,刚好可以让'情人们的喃喃耳语和山盟海誓'透出来。接着我偷偷地回到了椅子上。刚落座,这一对进来了。我的目光很快射向缝隙。塞莉纳的侍女走进房间,点上灯,把它留在桌子上,退了出去。于是这一对便清清楚楚地暴露在我面前了。两人都脱去了斗篷,这位'名人瓦伦'一身绸缎、珠光宝气——当然是我的馈赠;她的陪伴却一身戎装,我知道他是一个 vicomet①,一个年轻的 roué②——一个没有头脑的恶少,有时在社交场中见过面,我却从来没有想到去憎恨他,因为我绝对地鄙视他。一认出他来,那蛇的毒牙——嫉妒,立即被折断了,因为与此同时,我对塞莉纳的爱火也被灭火器浇灭了。一个女人为了这样一个情敌而背弃我,是不值得一争的,她只配让人蔑视,然而我更该如此,因为我已经被她所愚弄。

他们开始交谈。两人的谈话使我完全安心了,轻浮浅薄、唯利是图、冷酷无情、毫无意义,叫人听了厌烦,而不是愤怒。桌上放着我的一张名片,他们一看见便谈论起我来了。两人都没有能力和智慧狠狠痛斥我,而是耍尽小手段,粗鲁地侮辱我,尤其是塞莉纳,甚至夸大其词得意地对我进行人身攻击,把我的缺陷说成残疾,而以前她却惯于热情赞美她所说我的 beauté mâle③。在这一点上,你与她全然不同,我们第二次见面时,你直截了当地告诉我,你认为我长得不好看。当时两者的反差给我留下了深刻印象,而且……”

这时阿黛勒又奔到了他跟前。

“先生,约翰刚才过来说,你的代理人来了,希望见你。”

“噢!那样我就只好从简了。我打开落地窗,朝他们走去,解除了对塞莉纳的保护,通知她腾出房子,给了她一笔钱以备眼前急用,不去理睬她的大哭小叫、歇斯底里、恳求、抗议和痉挛,跟那位子爵约定在布洛尼树林决斗的时间。第二天早晨,我有幸与他相遇,在他一条如同瘟鸡翅膀那么弱不禁风的可怜的胳膊上,留下了一颗子弹,随后自认为我已了结同这伙人的关系。不幸的是,这位瓦伦在六个月之前给我留下了这个 fillette④ 阿黛勒,并咬定她是我女儿。也许她是,尽管我从她脸上看不到父女之间的必然联系。派洛特还比她更像我呢。我同瓦伦决裂后几年,瓦伦遗弃了孩子,同一个音乐家或是歌唱家私奔到了意大利。当时我并没有承认自己有抚养阿黛勒的义务,就是现在也不承认,因为我不是她的父亲。不过一听到她穷愁潦倒,

---

① 法语:子爵。
② 法语:浪荡子。
③ 法语:男性美。
④ 法语:小姑娘。

我便把这个可怜虫带出了巴黎的泥坑,转移到这里,让她在英国乡间花园健康的土壤中,干干净净地成长。费尔法克斯太太找到了你来培养她。而现在,你知道她是一位法国歌剧女郎的私生女了,你也许对自己的职位和保护人身份改变了想法。说不定哪一天你会来见我,通知我已经找到了别的工作,让我另请一位新的家庭教师等等呢!"

"不,阿黛勒不应对她母亲和你的过失负责,我很关心她。现在我知道她在某种意义上说没有父母——被她的母亲所抛弃,而又不被你所承认,先生——我会比以前更疼爱她。我怎么可能喜欢富贵人家一个讨厌家庭教师的娇惯的宠儿,而不喜欢像朋友一样对待我的孤苦无依的小孤儿呢?"

"啊,你是从这个角度来看待这件事了,好吧,我得进去了,你也一样,天黑下来了。"

但我同阿黛勒和派洛特在外面又呆了几分钟,同她一起赛跑,还打了场板羽球。我们进屋以后,我脱下了她的帽子和外衣,把她放在自己的膝头上,坐了一个小时,允许她随心所欲地唠叨个不停,即使有点放肆和轻浮,也不加指责。别人一多去注意她,她就容易犯这个毛病,暴露出她性格上的浅薄。这种浅薄同普通英国头脑几乎格格不入,很可能是从她母亲那儿遗传来的。不过她有她的长处,我有意尽力赏识她身上的一切优点,还从她的面容和五官上寻找同罗切斯特先生的相似之处,但踪影全无。没有任何性格特色,没有任何谈吐上的特点,表明相互之间的关系。真可惜,要是能证实她确实像他就好了,他准会更想着她呢。

我回到自己的房间过夜,才从容地回味罗切斯特先生告诉我的故事。如他所说,从叙述的内容来看,也许丝毫没有特别的地方,无非是一个有钱的英国男人对一个法国舞女的恋情,以及她对他的背离。这类事在上流社会中无疑是司空见惯的。但是,他在谈起自己目前心满意足,并对古老的府楼和周围的环境恢复了一种新的兴趣时,突然变得情绪冲动,这实在有些蹊跷。我带着疑问思索着这个细节,但渐渐地便作罢了,因为眼下我觉得它不可思议。我转而考虑起我主人对我的态度来。他认为可以同我无话不谈,这似乎是对我处事审慎的赞美。因此我也就如此来看待和接受了。几周来他在我面前的举动已不像当初那样变化无常。他似乎从不认为我碍手碍脚,也没有动不动露出冷冰冰的傲慢态度来。有时他同我不期而遇,对这样的碰面，他似乎也很欢迎，总是有一两句话要说，有时还对我笑笑。我被正式邀请去见他时，很荣幸地受到了热情接待，因而觉得自己确实具有为他解闷的能力。晚上的会见既是为了我，也是为了他的愉快。

说实在的，相比之下我的话不多。不过我津津有味地听他说。他生性爱说话，喜欢向一个未见世面的人披露一点世事人情（我不是指腐败的风尚和恶劣的习气，而是指那些因为广泛盛行、新奇独特而显得有趣的世事），我非常乐意接受他所提供的新观念，想象出他所描绘的新画面，在脑海中跟随着他越过所揭示的新领域，从来不因为提到某些有害的世象而大惊小怪，或者烦恼不已。

他举手投足不拘无束，使我不再痛苦地感到窘迫。他对我友好坦诚，既得体又热情，使我更加靠近他。有时我觉得他不是我的主人，而是我的亲戚；不过有时却依然盛气凌人，但我并不在乎，我明白他生就了这副性子。由于生活中平添了这一乐趣，我感到非常愉快，非常满意，不再渴望有自己的亲人，我那瘦如新月的命运也似乎壮大了，生活中的空白已被填补，我的健康有所好转，我长了肉，也长了力。

在我的眼睛里，罗切斯特先生现在还很丑吗？不，读者。感激之情以及很多愉快亲切的联想，使我终于最爱看他的面容了。房间里有他在，比生了最旺的火还更令人高兴。不过我并没有忘记他的缺陷。说实话，要忘也忘不了，因为在我面前不断地暴露出来。对于各类低于他的人，他高傲刻薄，喜欢挖苦。我心里暗自明白，他对我的和颜悦色，同对很多其他人的不当的严厉相对等。他还郁郁不欢，简直到了难以理解的程度。我被叫去读书给他听时，曾不止一次地发现他独自一人坐在图书室里，脑袋伏在抱着的双臂上。他抬头时，露出闷闷不乐近乎恶意的怒容，脸色铁青。不过我相信他的郁闷、他的严厉和他以前道德上的过错（我说"**以前**"，因为现在他似乎已经纠正了）都来源于他命运中某些艰苦的磨难。我相信，比起那些受环境所熏陶、教育所灌输或者命运所鼓励的人来，他生来就有更好的脾性、更高的准则和更纯的旨趣。我想他的素质很好，只是目前给糟蹋了，乱纷纷地搅成了一团。我无法否认，不管是什么样的哀伤，我为他的哀伤而哀伤，并且愿意付出很大代价去减轻它。

虽然我已经灭了蜡烛，躺在床上，但一想起他在林荫道上停下脚步时的神色,我便无法入睡。那时他说命运之神已出现在他面前,并且问他敢不敢在桑菲尔德获得幸福。

"为什么不敢呢?"我问自己,"是什么使他与府楼疏远了呢? 他会马上再次离开吗? 费尔法克斯太太说,他一次所呆的时间,难得超过两周,而现在他已经住了八周了。要是他真的走了,所引起的变化会令人悲哀。设想他春、夏、秋三季都不在,那风和日丽的好日子会显得多没劲!"

我几乎不知道这番沉思之后是否睡着过。总之我一听到含糊的喃喃声之后,便完全惊醒过来了。那声音古怪而悲哀,我想就是从我房间的楼上传出来的。要是我仍旧点着蜡烛该多好。夜黑得可怕,而我情绪低沉。我于是爬起来坐在床上,静听着。那声音又消失了。

我竭力想再睡,但我的心却焦急不安地怦怦乱跳,我内心的平静给打破了。远在楼底下的大厅里,时钟敲响了两点。就在那时,我的房门似乎被碰了一下,仿佛有人摸黑走过外面的走廊时,手指擦过嵌板一样。我问:"谁在那里?"没有回答。我吓得浑身冰凉。

我蓦地想起这可能是派洛特,厨房门偶尔开着的时候,它常常会设法来到罗切斯特先生卧室的门口,我自己就在早上看到过它躺在那里。这么一想,心里也便镇静了些。我躺了下来,沉寂安抚了我的神经。待到整所房子复又被一片宁静所笼罩时,我感到睡意再次袭来。但是那天晚上我是注定无法睡觉了。梦仙几乎还没接近我的耳朵,便被足以使人吓得冷入骨髓的事件唬跑了。

那是一阵恶魔般的笑声——压抑而低沉,仿佛就在我房门的锁孔外响起来的。我的床头靠门,所以我起初以为那笑着的魔鬼站在我床边,或是蹲在枕旁。但是我起身环顾左右,却什么也没有看到。而当我还在凝神细看时,那怪异的声音再次响起,而且我知道来自嵌板的背后。我的第一个反应是爬起来去闩好门,接着我又叫了一声:"谁在那里?"

什么东西发出了咯咯声和呻吟声。不久那脚步又退回走廊,上了三楼的楼梯。最近那里装了一扇门,关闭了楼梯。我听见门被打开又被关上,一切复归平静。

"那是格雷斯·普尔吗? 难道她妖魔附身了?"我想。我独个儿再也待不住了,我得去找费尔法克斯太太。我匆匆穿上外衣,披上披肩,用抖动着的手拔了门闩,开了门。就在门外,燃着一支蜡烛,留在走廊的垫子上。见此情景,我心里一惊,但更使我吃惊的是,我发觉空气十分浑浊,仿佛充满了烟雾。正当我左顾右盼,寻找蓝色烟圈的出处时,我进一步闻到了一股强烈的焦臭味。

什么东西咯吱一声。那是一扇半掩的门,罗切斯特先生的房门,团团烟雾从里面冒出来。我不再去想费尔法克斯太太,也不再去想格雷斯·普尔,或者那笑声。一瞬间,我到了他房间里。火舌从床的四周蹿出,帐幔已经起火。在火光与烟雾的包围中,罗切斯特先生伸长了身子,一动不动地躺着,睡得很熟。

"快醒醒! 快醒醒!"我一面推他,一面大叫,可是他只是咕哝了一下,翻了一个身,他已被烟雾熏得麻木了。一刻也不能耽搁了,因为连床单也已经起火。我冲向他的脸盆和水罐。幸好一个很大,另一个很深,都灌满了水。我举起脸盆和水罐,用水冲了床和睡在床上的人,随之飞跑回我自己的房间,取了我的水罐,重新把床榻弄湿。由于上帝的帮助,我终于扑灭了正要吞没床榻的火焰。

被浇灭的火焰发出的咝咝声,我倒完水随手扔掉的水罐的破裂声,尤其是我慷慨赐予的淋浴的哗啦声,最后终于把罗切斯特先生惊醒了。尽管此刻漆黑一片,但我知道他醒了,因为我听见他一发现自己躺在水潭之中,便发出了奇怪的咒骂声。

"发大水了吗?"他叫道。

"没有,先生,"我回答,"不过发生了一场火灾,起来吧,一定得起来,现在你湿透了,我去给你拿支蜡烛来。"

"基督世界所有精灵在上,那是简·爱吗?"他问,"你怎么摆弄我啦,女巫,妖婆? 除了你,房间里还有谁? 你要了阴谋要把我淹死吗?"

"我去给你拿支蜡烛,先生。皇天在上,快起来吧。有人捣鬼。你不可能马上弄清楚是谁干的,究竟怎么回事。"

"瞧——现在我起来了。不过你冒一下险去取一支蜡烛来。等我两分钟,让我穿上件干外衣,要是还有什么干衣服的话——不错,这是我的晨衣,现在你快跑!"

我确实跑了,取来了仍然留在走廊上的蜡烛。他从我手里把蜡烛拿走,举得高高的,仔细察看着床铺,只见一片焦黑,床单湿透了,周围的地毯浸在水中。

"怎么回事? 谁干的?"他问。

我简要地向他叙述了一下事情的经过。我在走廊上听到的奇怪笑声;登上三楼去的脚步;还有那烟雾——那火烧味如何把我引到了他的房间;那里的一切处在什么样的情况下;我又怎样把凡是我所能搞到的水泼在他身上。

他十分严肃地倾听着。我继续谈下去,他脸上露出的表情中,关切甚于惊讶。我讲完后他没有马上开口。

"要我去叫费尔法克斯太太吗?"我问。

"费尔法克斯太太? 不要了,你究竟要叫她干什么? 她能干什么呢? 让她安安稳稳地睡吧。"

"那我就叫莉娅,并把约翰夫妇唤醒。"

"绝对不要。保持安静就行了。你已披上了披肩,要是嫌不够暖和,可以把那边我的斗篷拿来,把你自己裹起来,坐在安乐椅里。行啦——我替你披上。现在把脚放在小凳子上,免得弄湿了。我要离开你几分钟。我要把蜡烛拿走,呆在那儿别动,直到我回来,你要像耗子一样安静。我得到三楼去看看。记住别动,也别去叫人。"

他走了。我注视着灯光隐去。他轻手轻脚地越过走廊,开了楼梯的门,尽可能不发出一点声音来,随手把门关上,于是最后的光消失了。我完全陷入了黑暗。我搜索着某种声音,但什么也没听到。很长一段时间过去了,我开始不耐烦起来。尽管披着斗篷,但依然很冷。随后我觉得呆在这儿也没有用处,反正我又不打算把整屋子的人吵醒。我正要不顾罗切斯特先生的不快,违背他的命令时,灯光重又在走廊的墙上黯淡地闪烁,我听到他没穿鞋的脚走过垫子。"但愿是他,"我想,"而不是更坏的东西。"

他再次进屋时脸色苍白,十分忧郁。"我全搞清楚了,"他把蜡烛放在洗衣架上,"跟我想的一样。"

"怎么一回事,先生?"

他没有回答,只是抱臂而立,看着地板。几分钟后,他带着奇怪的声调问道:

"我忘了你是不是说打开房门的时候看到了什么东西。"

"没有,先生,只有烛台在地板上。"

"可你听到了古怪的笑声?我想你以前听到过那笑声,或者类似的那种声音。"

"是的,先生,这儿有一个干针线活的女人,叫格雷斯·普尔——她就是那么笑的,她是个怪女人。"

"就是这么回事,格雷斯·普尔,你猜对了。像你说的一样,她是古怪,很古怪。好吧,这件事我再细细想想。同时我很高兴,因为你是除我之外唯一了解今晚的事儿确切细节的人。你不是一个爱嚼舌头的傻瓜,关于这件事,什么也别说。这副样子(指着床),我会解释的。现在回到你房间去,我在图书室沙发上躺到天亮挺不错,已快四点了,再过两个小时仆人们就会上楼来。"

"那么晚安,先生。"我说着就要离去。

他似乎很吃惊——完全是前后不一,因为他刚打发我走。

"什么!"他大叫道,"你已经要离开了,就那么走了?"

"你说我可以走了,先生。"

"可不能不告而别,不能连一两句表示感谢和善意的话都没有,总之不能那么简简单单、干干巴巴。嗨,你救了我的命呀!把我从可怕和痛苦的死亡中拯救出来!而你就这么从我面前走过,仿佛我们彼此都是陌路人!至少也得握握手吧。"

他伸出手来,我也向他伸出手去。他先是用一只手,随后用双手把我的手握住。

"你救了我的命。我很高兴,欠了你那么大一笔人情债。我无法再说别的话了。要是别的债主,我欠了那么大情,我准会难以容忍。可是你却不同。我并不觉得欠你的恩情是一种负担,简。"

他停顿了一下,眼睛盯着我。话儿乎已到了颤动着的嘴边,但他控制住了自己的嗓音。

"再次祝你晚安,先生。那件事没有负债,没有恩情,没有负担,也没有义务。"

"我早就知道,"他继续说,"你会在某一时候,以某种方式为我做好事的——我初次见你的时候,就从你眼睛里看到了这一点。那表情,那笑容不会(他再次打住),不会(他匆忙地继续说)无缘无故地在我心底里激起愉悦之情。人们爱谈天生的同情心,我曾听说过好的神怪——在那个荒诞的寓言里包含着一丝真理。我所珍重的救命恩人,晚安!"

在他的嗓音里有一种奇特的活力,在他的目光里有一种奇怪的火光。

"我很高兴,刚巧醒着。"说完,我就走了。

"什么,你要走了?"

"我觉得冷,先生。"

"冷?是的——而且站在水潭中呢!那么走吧,简!"不过他仍然握着我的手,我难以摆脱,于是想出了一个权宜之计。

"我想我听见了费尔法克斯太太的走动声了,先生。"我说。

"好吧,你走吧。"他放开手,我便走了。

我又上了床,但睡意全无。我被抛掷到了欢快而不平静的海面上,烦恼的波涛在喜悦的巨浪下翻滚,如此一直到了天明。有时我想,越过汹涌澎湃的水面,我看到了像比乌拉①山那么甜蜜的海岸,时而有一阵被希望唤起的清风,将我的灵魂得意洋洋地载向目的地,但即使在幻想之中,我也难以抵达那里——陆地上吹来了逆风,不断地把我刮回去。理智会抵制昏聩,判断能警策热情。我兴奋得无法安睡,于是天一亮便起床了。

---

① 比乌拉:安静和平之国,源出于十七世纪英国作家约翰·班扬的作品《天路历程》。

卷 二

## 第一章

　　那个不眠之夜后的第二天,我既希望见到罗切斯特先生,而又害怕见到他。我很想再次倾听他的声音,而又害怕与他的目光相遇。上午的前半晌,我时刻盼他来。他不常进读书室,但有时却进来呆几分钟。我有这样的预感,那天他一定会来。

　　但是,早上像往常那样过去了。没有发生什么事情来打断阿黛勒宁静的学习课程。只是早饭后不久,我听到罗切斯特先生卧室附近一阵喧闹,有费尔法克斯太太的嗓音,还有莉娅的和厨师的——也就是约翰妻子的嗓音,甚至还有约翰本人粗哑的调门。有人大惊小怪地叫着:"真幸运呀,老爷没有给烧死在床上!""点蜡烛过夜总归是危险的。""真是上帝保佑,他还能那么清醒,想起了水罐!""真奇怪,他谁都没有吵醒!""但愿他睡在图书室沙发上不会着凉!"等等。

　　这一番闲聊之后,响起了擦擦洗洗、收拾整理的声音。我下楼吃饭经过这间房子,从开着的门看进去,只见一切都又恢复得井井有条,只是床上的帐幔都拆除。莉娅站在窗台上,擦着被烟熏黑的玻璃。我希望知道这件事是怎么解释的,正要同她讲话,但往前一看,只见房里还有第二个人——一个女人,坐在床边的椅子上,缝着新窗帘的挂环。那女人正是格雷斯·普尔。

　　她坐在那里,还是往常那副沉默寡言的样子,穿着褐色料子服,系着格子围裙,揣着白手帕,戴着帽子。她专心致志地忙着手头的活儿,似乎全身心都扑上去了。她冷漠的额头和普普通通的五官,既不显得苍白,也不见绝望的表情,那种人们期望在一个蓄谋杀人的女人脸上看到的表情特征,而且那位受害者昨晚跟踪到了她的藏身之处,并(如我所相信)指控她蓄意犯罪。我十分惊讶,甚至感到惶惑。我继续盯着她看时,她抬起了头来,没有惊慌之态,没有变脸色,而因此泄露她的情绪和负罪感,以及害怕被发现的恐惧心理。她以平时那种冷淡和简慢的态度说了声"早安,小姐",又拿起一个挂环和一圈线带,继续缝了起来。

"我倒要试试她看,"我想,"那么丝毫不露声色是令人难以理解的。""早安,格雷斯,"我说,"这儿发生了什么事吗?我想刚才我听到仆人们都议论纷纷呢。"

"不过是昨晚老爷躺在床上看书,亮着蜡烛就睡着了,床幔起了火,幸亏床单或木板还没着火他就醒了,想法用罐子里的水浇灭了火焰。"

"怪事!"我低声说,随后目光紧盯着她,"罗切斯特先生没有弄醒谁吗?你没有听到他走动?"

她再次抬眼看我,这回她的眸子里露出了一种若有所悟的表情。她似乎先警惕地审视我,然后才回答道:

"仆人们睡的地方离得很远,你知道的,小姐,她们不可能听到。费尔法克斯太太的房间和你的离老爷的卧室最近,但费尔法克斯太太说她没有听到什么。人老了,总是睡得很死。"她顿了一顿,随后用一种表面装作无动于衷,而实际上既明显又意味深长的语调补充说:"不过你很年轻,小姐,而且应当说睡得不熟,也许你听到了什么声音了。"

"我是听到了。"我压低了声音说。这样,仍在擦窗的莉娅就不会听到我了。"起初,我以为是派洛特,可是派洛特不会笑,而我敢肯定,我听到了笑声,古怪的笑声。"

她又拿了一根线,仔细地上了蜡,她的手沉稳地把线穿进针眼,随后非常镇静地说:

"我想老爷处在危险之中是不大可能笑的,小姐,你一定是在做梦了。"

"我没有做梦。"我带着几分恼火说,因为她那种厚颜无耻的镇定把我激怒了。她又带着同样探究和警惕的目光看着我。

"你告诉老爷了没有,你听到笑声了?"她问道。

"早上我还没有机会同他说呢。"

"你没有想到开门往走廊里瞧一瞧?"她往下问。

她似乎在盘问我,想在不知不觉中把我的话套出来。我忽然想到,她要是发觉我知道或是怀疑她的罪行,就会恶意作弄我,我想还是警惕为妙。

"恰恰相反,"我说,"我把门闩上了。"

"那你每天睡觉之前没有闩门的习惯?"

"这恶魔!她想知道我的习惯,好以此来算计我!"愤怒再次压倒谨慎,我尖刻地回答:"到目前为止我还是常常忽略了闩门,我认为没有这必要。我以前没有意识到在桑菲尔德还要担心什么危险或者烦恼。不过将来(我特别强调了这几个字),我要小心谨慎,做到万无一失了才敢躺下睡觉。"

"这样做才聪明呢,"她回答,"这一带跟我知道的任何地方都一样安静,打从府宅建成以来,我还没有听说过有强盗上门呢。尽管谁都知道,盘子柜里有价值几百英镑的盘子。而且你知道,老爷不在这里长住,就是来住,因为是单身汉也不大要人服侍,所以这么大的房子,只有很少几个仆人。不过我总认为过分注意安全总比不注意安全好。门一下子就能闩上,还是闩上门,把自己和可能发生的祸害隔开为好。小姐,很多人把一切都托付给上帝,但要我说呀,上帝不会排斥采取措施,尽管他只常常祝福那些谨慎采取的措施。"说到这里她结束了长篇演说。这番话对她来说是够长的了,而且口气里带着贵格会女教徒的假正经。

我依旧站在那里,正被她出奇的镇定和难以理解的虚伪弄得目瞪口呆时,厨师进门来了。

"普尔太太,"她对格雷斯说,"用人的午饭马上就好了,你下楼去吗?"

"不啦,你就把我那一品脱葡萄酒和一小块布丁放在托盘里吧,我会端到楼上去。"

"你还要些肉吗?"

"就来一小份吧,再来一点奶酪,就这些。"

"还有西米呢?"

"现在就不用啦,用茶点之前我会下来的,我自己来做。"

这时厨师转向我,说费尔法克斯太太在等着我,于是我就离开了。

吃午饭的时候,费尔法克斯太太谈起帐幔失火的事。我几乎没有听见,因为我绞尽脑汁,思索着格雷斯·普尔这个神秘人物,尤其是考虑她在桑菲尔德的地位问题。对为什么那天早晨她没有被拘留,或者至少被老爷解雇,我感到纳闷。昨天晚上,他几乎等于宣布确信她犯了罪。是什么神秘的原因却使他不去指控她呢?为什么他也嘱咐我严守秘密呢?真奇怪,一位大胆自负、复仇心切的绅士,不知怎的似乎受制于一个最卑微的下属,而且被她控制得如此之紧,甚至当她动手要谋害他时,竟不敢公开指控她的图谋,更不必说惩罚她了。

要是格雷斯年轻漂亮,我会不由得认为,那种比谨慎或忧虑更为温存的情感左右了罗切斯特先生,使他偏袒了她。可是她面貌丑陋,又是一副管家婆样子,这种想法也就站不住脚了。"不过,"我思忖道,"她曾有过青春年华,那时主人也跟她一样年轻。费尔法克斯太太曾告诉我,她在这里已住了很多年。我认为她从来就没有姿色,但是也许她性格的力量和独特之处弥补了外貌上的不足。罗切斯特先生喜欢果断和古怪的人,格雷斯至少很古怪。要是从前一时的荒唐(像他那种刚愎自用、反复无常的个性,完全有可能干出轻率的事来)使他落入了她的掌中,行为上的不检点酿成了恶果,使他如今对格雷斯所施加给自己的秘密影响既无法摆脱,又不能漠视,那又有什么奇怪呢?但是一想到这里,普尔太太宽阔、结实、扁平的身材和丑陋干瘪甚至粗糙的面容,便清晰地浮现在我眼前,于是我想:"不,不可能!我的猜想不可能是对的。不过,"一个在我心里悄悄说话的声音建议道,"你自己也并不漂亮,而罗切斯特先生却赞赏你,至少你总是觉得好像他是这样,而且昨天晚上——别忘了他的话,别忘了他的神态,别忘了他的嗓音!"

这一切我都记得清清楚楚:那语言,那眼神,那声调,此刻似乎活生生地再现了。这时我呆在读书室里,阿黛勒在画画,我弯着身子指导她使用画笔,她抬起头,颇有些吃惊。

"Q'avez-vous, Mademoiselle?"她说,"Vos doigts tremblent comme la feuille,et vos joues sont rouges:mais,rouges comme des cerises!"①

"我很热,阿黛勒,这么躬着身子!"她继续画她的速写,我继续我的思考。

我急于要把对格雷斯·普尔的讨厌想法从脑海中驱走,因为它使我感

---

① 法语:怎么啦,小姐?你的手指抖得像树叶,你的脸红得像樱桃!

到厌恶。我把她与自己做了比较，发现彼此并不相同。贝茜·利文曾说我很有小姐派头。她说的是事实，我是一位小姐。而如今，我看上去已比当初贝茜见我时好多了。我脸色已更加红润，人已更加丰满，更富有生命力，更加朝气蓬勃，因为有了更光明的前景和更大的欢乐。

"黄昏快到了，"我朝窗子看了看，自言自语地说，"今天我还没有在房间里听到过罗切斯特先生的声音和脚步声呢。不过天黑之前我肯定会见到他。早上我害怕见面，而现在却渴望见面了。我的期望久久落空，真有点让人不耐烦了。"

当暮色真的四合，阿黛勒离开我到保育室同索菲娅一起去玩时，我急盼着同他见面。我等待着听到楼下响起铃声，等待着听到莉娅带着口讯上楼的声音。有时还在恍惚中听到罗切斯特先生自己的脚步声，便赶紧把脸转向门口，期待着门一开，他走了进来。但门依然紧闭着，唯有夜色透进了窗户。不过现在还不算太晚，他常常到七八点钟才派人来叫我，而此刻才六点。当然今晚我不应该完全失望，因为我有那么多的话要同他说！我要再次提起格雷斯·普尔这个话题，听听他会怎么回答。我要爽爽气气地问他，是否真的相信是她昨夜动了恶念。要是相信，那他为什么要替她的恶行保守秘密。我的好奇心会不会激怒他关系不大，反正我知道一会儿惹他生气，一会儿抚慰他的乐趣，这是一件我很乐意干的事，一种很有把握的直觉常常使我不至于做过头。我从来没有冒险越出使他动怒的界线，但我很喜欢在边缘上一试身手。我可以既保持细微的自尊，保持我的身份所需的一应礼节，而又可以无忧无虑、无拘无束地同他争论，这样对我们两人都合适。

楼梯上终于响起了咯吱的脚步声，莉娅来了，但她不过是来通知茶点已在费尔法克斯太太房间里摆好。我朝那里走去，心里很是高兴，至少可以到楼下去了。我想这么一来离罗切斯特先生更近了。

"你一定想用茶点了，"到了她那里后，这位善良的太太说，"午饭你吃得那么少，"她往下说，"我担心你今天不大舒服。你看上去脸色绯红，像是发了烧。"

"啊！很好呀！我觉得再好没有了。"

"那你得用好胃口来证实一下，你把茶壶灌满让我织完这一针好吗？"这活儿一了结，她便站起来把一直开着的百叶窗放下。我猜想没有关窗是

为了充分利用日光,尽管这时已经暮霭沉沉,天色一片朦胧了。

"今晚天气晴朗,"她透过窗玻璃往外看时说,"虽然没有星光。罗切斯特先生出门总算遇上了好天气。"

"出门?罗切斯特先生到哪里去了吗?我不知道他出去了。"

"噢,他吃好早饭就出去了!他去了里斯,埃希顿先生那儿,在米尔科特的另一边,离这儿十英里。我想那儿聚集了一大批人,英格拉姆勋爵、乔治·林恩爵士、登特上校等都在。"

"你盼他今晚回来吗?"

"不——明天也不会回来。我想他很可能呆上一个礼拜,或者更长一点。这些杰出的上流社会的人物相聚,气氛欢快,格调高雅,娱乐款待,应有尽有,所以他们不急于散伙。而在这样的场合,尤其需要有教养有身份的人。罗切斯特先生既有才能,在社交场中又很活跃,我想他一定受到大家的欢迎。女士们都很喜欢他,尽管你会认为,在她们眼里他的外貌并没有特别值得赞许的地方。不过我猜想,他的学识、能力,也许还有他的财富和门第,弥补了他外貌上的小小缺陷。"

"里斯地方有贵妇、小姐吗?"

"有埃希顿太太和她的三个女儿——真还都是举止文雅的年轻小姐。还有可尊敬的布兰奇和玛丽·英格拉姆,我想都是非常漂亮的女人。说实在的我是六七年前见到布兰奇的,当时她才十八岁。她来这里参加罗切斯特先生举办的圣诞舞会和聚会。你真该看一看那一天的餐室——布置得那么豪华,又那么灯火辉煌!我想有五十位女士和先生在场——都是出身于郡里的上等人家。英格拉姆小姐是那天晚上公认的美女。"

"你说你见到了她,费尔法克斯太太。她长得怎么个模样?"

"是呀,我看到她了,餐室的门敞开着,而且因为圣诞期间,允许用人们聚在大厅里,听一些女士们演唱和弹奏。罗切斯特先生要我进去,我就在一个安静的角落里坐下来看她们。我从来没有见过这么光彩夺目的景象。女士们穿戴得富丽堂皇,大多数——至少是大多数年轻女子,长得很标致,而英格拉姆小姐当然是女皇了。"

"她什么模样?"

"高高的个子,漂亮的胸部,斜肩膀,典雅颀长的脖子,黝黑而洁净的橄榄色皮肤,高贵的五官,有些像罗切斯特先生那样的眼睛,又大又黑,像她的珠宝那样大放光彩。同时她还有一头很好的头发,乌黑乌黑,而又梳理得非常妥帖,脑后盘着粗粗的发辫,额前是我所见到过的最长最富有光泽的鬈发。她一身素白,一块琥珀色的围巾绕过肩膀,越过胸前,在腰上扎了一下,一直垂到膝盖之下,下端悬着长长的流苏。头发上还戴着一朵琥珀色的花,与她一团乌黑的鬈发形成了对比。"

"当然她很受别人倾慕了?"

"是呀,一点也不错,不仅是因为她的漂亮,还因为她的才艺。她是那天演唱的女士之一,一位先生用钢琴替她伴奏。她和罗切斯特先生还表演了二重唱。"

"罗切斯特先生!我不知道他还能唱歌。"

"呵!他是一个漂亮的男低音,对音乐有很强的鉴赏力。"

"那么英格拉姆小姐呢,她属于哪类嗓子?"

"非常圆润而有力,她唱得很动听。听她唱歌是一种享受——随后她又演奏。我不会欣赏音乐,但罗切斯特先生行。我听他说她的演技很出色。"

"这位才貌双全的小姐还没有结婚吗?"

"好像还没有,我想她与她妹妹的财产都不多。老英格拉姆勋爵的产业大体上限定了继承人,而他的大儿子几乎继承了一切。"

"不过我觉得很奇怪,为什么没有富裕的贵族或绅士看中她,譬如罗切斯特先生,他很有钱,不是吗?"

"唉!是呀,不过你瞧,年龄差别很大。罗切斯特先生已快四十,而她只有二十五岁。"

"那有什么关系?比这更不般配的婚姻每天都有呢。"

"那是事实,但我不会认为罗切斯特先生会抱有那种想法——可是你什么也没吃。从开始吃茶点到现在,你几乎没有尝过一口。"

"不,我太渴了,吃不下去。让我再喝一杯行吗?"

我正要重新将话题扯到罗切斯特先生和漂亮的布兰奇小姐有没有结合的可能性上,阿黛勒进来了,谈话也就转到了别的方面。

当我复又独处时,我细想了听到的情况,窥视了我的心灵,审察了我的思想和情感,努力用一双严厉的手,把那些在无边无际、无路可循的想象荒

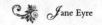

野上徘徊的念头,纳入常识的可靠规范之中。

我在自己的法庭上受到了传讯。记忆出来作证,陈述了从昨夜以来我所怀的希望、意愿和情感,陈述了过去近两周我所迷恋的总体想法。理智走了出来,不慌不忙地讲了一个不加修饰的故事,揭示了我如何拒绝了现实,狂热地吞下了空想。我宣布了大致这样的判决:

世上还不曾有过比简·爱更大的傻瓜,还没有一个更异想天开的白痴,那么轻信甜蜜的谎言,把毒药当做美酒吞下。

"你,"我说,"得宠于罗切斯特先生吗?你有讨他欢心的天赋吗?你有哪一点对他来说举足轻重呢?滚开!你的愚蠢让我厌烦。而你却因为人家偶尔表示了喜欢便乐滋滋的,殊不知这是一个出身名门的绅士,一个精于世故的人对一个下属、一个初出茅庐的人所做的暧昧表示。你好大的胆子,愚蠢得可怜的受骗者——难道想到自身的利益都不能让你聪明些吗?今天早上你反复叨念着昨夜的短暂情景啦?——蒙起你的脸,感到羞愧吧!他说了几句称赞你眼睛的话,是吗?盲目的自命不凡者,睁开那双模糊的眼睛,瞧瞧你自己该死的糊涂劲儿吧!受到无意与她结婚的上司的恭维,对随便哪个女人来说都没有好处。爱情之火悄悄地在内心点燃,得不到回报,不为对方所知,必定会吞没煽起爱的生命;要是被发现了,得到了回报,必定犹如鬼火,将爱引入泥泞的荒地而不能自拔。对所有的女人来说,那简直是发疯。

那么,简·爱,听着对你的判决:明天,把镜子放在你面前,用粉笔绘出你自己的画像,要照实画,不要淡化你的缺陷,不要省略粗糙的线条,不要抹去令人讨厌的不匀称的地方,并在画像下面书上'孤苦无依、相貌平庸的家庭女教师肖像'。

然后,拿出一块光滑的象牙来——你在画盒子里有一块备着:拿出你的调色板,把你最新鲜、最漂亮、最明洁的色彩调起来,选择你最精细的骆驼毛画笔,仔细地画出你所能想象的最漂亮的脸蛋,根据费尔法克斯太太对布兰奇·英格拉姆的描绘,用最柔和的浓淡差别、最甜蜜的色彩来画。记住乌黑的头发、东方式的眸子——什么!你把罗切斯特先生作为模特儿!镇静!别哭鼻子!——不要感情用事!——不要反悔!我只能忍受理智和决心。回忆一下那庄重而和谐的面部特征,希腊式的脖子和胸部,露出圆圆的光彩照人的胳膊和纤细的手。不要省掉钻石耳环和金手镯。一丝不差地画下衣服、悬垂的花边、闪光的缎子、雅致的围巾和金色的玫瑰,把这幅肖像画题作'多才多艺的名门闺秀布兰奇'。

将来你要是偶尔想入非非,以为罗切斯特先生对你印象很好,那就取出这两幅画来比较一下,并且说:'罗切斯特先生要是愿意努力,很可能会赢得那位贵族小姐的爱。难道他会在这个贫穷而微不足道的平民女子身上认真花费心思吗?'"

"我会这么干的。"我打定了主意。决心一下,人也就平静下来了,于是便沉沉睡去。

我说到做到,一两个小时便用蜡笔画成了自己的肖像。而用了近两周的工夫完成了一幅想象中的布兰奇·英格拉姆象牙微型画。这张脸看上去是够可爱的,同用蜡笔根据真人画成的头像相比,其对比之强烈已到了自制力所能承受的极限。我很得益于这一做法。它使我的脑袋和双手都不闲着,也使我希望在心里烙下的不可磨灭的新印象更强烈,更不可动摇。

不久我有理由庆幸自己,在迫使我的情感服从有益的纪律方面有所长进。多亏了它,我才能够大大方方、平平静静地对付后来发生的事情,要是我毫无准备,那恐怕是连表面的镇静都无法保持的。

一个星期过去了，却不见罗切斯特先生的消息。十天过去了，他仍旧没有来。费尔法克斯太太说，要是他直接从里斯去伦敦，并从那儿转道去欧洲大陆，一年内不再在桑菲尔德露面，她也不会感到惊奇，因为他常常出乎意料地说走就走。听她这么一说，我心里冷飕飕沉甸甸的。实际上我在任凭自己陷入一种令人厌恶的失落感。不过我恢复了理智，强调了原则，立刻使自己的感觉恢复了正常。说来也让人惊奇，我终于纠正了一时的过错，清除了认为有理由为罗切斯特先生的行动操心的错误想法。我并没有低声下气，怀着奴性十足的自卑感。相反，我只说：

"你同桑菲尔德的主人无关，无非是拿了他给的工资，去教他的被监护人而已，你感激他体面友好的款待，而你尽了职，得到这样的款待是理所应当的。无疑这是你与他之间他唯一严肃承认的关系。所以不要把你的柔情、你的狂喜、你的痛苦等等系在他身上。他不是你的同类。记住你自己的社会地位吧，要充分自尊，免得把全身心的爱徒然浪费在不需要甚至瞧不起这份礼物的地方。"

我平静地干着一天的工作。不过脑海中时时隐约闪过我要离开桑菲尔德的理由，我不由自主地设计起广告，预测起新的工作来。这些想法，我认为没有必要去制止，它们也许会生根发芽，还可能结出果子来。

罗切斯特先生离家已经两周多了，这时候邮差送来了一封给费尔法克斯太太的信。

"是老爷写来的，"她看了看姓名地址说，"我想现在可以知道能不能盼他回来了。"

她在拆开封口仔细看信时,我继续喝我的咖啡(我们在吃早饭)。咖啡很热,我把脸上突然泛起的红晕看做是它的缘故。不过,我的手为什么抖个不停,为什么我不由自主地把半杯咖啡溢到了碟子上,我就不想去考虑了。

"嗨,有时候我总认为太冷清,现在可有机会够我们忙了,至少得忙一会儿。"费尔法克斯太太说,仍然把信纸举着放在眼镜前面。

我没有立即提出要求解释,而是系好了阿黛勒碰巧松开的围嘴,哄她又吃了个小面包,把她的杯子再倒满牛奶,随后淡然问道:

"我猜想罗切斯特先生不会马上回来吧?"

"说真的,他要回来了——他说三天以后到,也就是下星期四,而且不光是他一个人。我不知道在里斯的贵人们有多少位同他一起来。他吩咐准备好最好的卧室,图书室与客厅都要清扫干净。我还要从米尔科特的乔治旅店和能弄到人的随便什么地方,再叫些厨工来。而且女士们都带女仆,男士们都带随从。这样我们满屋子都是人了。"费尔法克斯太太匆匆咽下早饭,急急忙忙去准备了。

果然被她说中了,这三天确实够忙的。我本以为桑菲尔德的所有房子都纤尘不染,收拾得很好。但看来我错了。他们雇了三个女人来帮忙。擦呀,刷呀,冲洗漆具呀,敲打地毯呀,把画拿下又挂上呀,擦拭镜子和枝形吊灯呀,在卧室生火呀,把床单和羽绒褥垫晾在炉边呀,这种情景无论是从前还是以后,我都没有见过。在一片忙乱之中,阿黛勒发了疯。准备接客,盼着他们到来,似乎使她欣喜若狂。她会让索菲娅把她称之为外衣的所有 toilettes① 都查看一下,把那些 passess② 都翻新,把新的晾一晾放好。她自己呢,什么也不干,只不过在前房跳来奔去,在床架上蹿上蹿下,在呼呼直蹿烟囱的熊熊炉火前,躺到床垫上和叠起的枕垫、枕头上。她的功课已全给免掉,因为费尔法克斯太太拉我做了帮手。我整天呆在储藏室,给她和厨师帮忙(或者说增添麻烦),学做牛奶蛋糊、乳酪饼和法国糕点,捆扎野味,装饰甜点心。

---

① 法语:衣服。

② 法语:旧的。

　　这批客人预计星期四下午到达,赶上六点钟吃晚饭。在等待期间我没有工夫去胡思乱想了。我想我跟其他人一样忙碌,一样高兴——阿黛勒除外。不过我时时会感到扫兴,情不自禁地回想起那些疑惑、凶兆和不祥的猜测。那就是当我偶尔看到三楼楼梯的门慢悠悠地打开(近来常常锁着),格雷斯·普尔戴着整洁的帽子,系着围裙,揣着手帕,从那里经过时。我瞧着她溜过走廊,穿着布拖鞋,脚步声减低到很轻很轻。我看见她往闹哄哄乱糟糟的卧房里瞧了一瞧,只不过说一两句话,也许是给打杂女工们交代恰当的清扫方法:如何擦炉栅,如何清理大理石壁炉架,要不就是如何从糊了墙纸的墙上把缎子取下。说完便又往前走了。她一天下楼到厨房里走一次,来吃饭,在炉边有节制地吸一斗烟,随后就返回,带上一罐黑啤酒,在楼上阴暗的巢穴里独自消遣。一天二十四小时中,她只有一小时同楼下别的用人呆在一起,其余时间是在三层楼上某个橡木卧室低矮的天花板下度过的。她坐在那里做着针线活——也许还兀自凄楚地大笑起来,像监狱里的犯人一样无人做伴。

　　最奇怪的是,除了我,房子里没有人注意到她的习惯,或者似乎为此感到诧异。没有人谈论过她的地位或工作,没有人可怜她的孤独冷清。说真的我一次偶尔听到了莉娅和一个打杂女工之间关于格雷斯的一段对话,莉娅先是说了什么话,我没听清楚,而打杂女工回答道:

　　"估计她的薪金很高。"

　　"是呀,"莉娅说,"但愿我的薪金也这么高。并不是说我的值得抱怨——在桑菲尔德谈不上吝啬,不过我拿的薪金还不到普尔太太的五分之一。她还在存钱呢,一季度要去一次米尔科特的银行。我一点不怀疑她要是想走的话,积下的钱够她自立了。不过我想她在这儿已经呆惯了,更何况她还不到四十岁,身强力壮,干什么都还行,放弃差事是太早些了。"

　　"我猜想她是个干活的好手。"打杂女工说。

　　"呵——她明白自己该干什么,没有人比得过她,"莉娅意味深长地回答说,"不是谁都干得了她的活的,就是给了同她一样多的钱也干不了。"

　　"的确干不了!"对方回答,"不知道老爷——"

　　打杂女工还想往下说,但这时莉娅回过头来,看到了我,便立即用肘子顶了顶她的伙伴。

"她知道了吗?"我听见那女人悄悄说。

莉娅摇了摇头,于是谈话就中止了。我从这里所能猜测到的就是这么回事:在桑菲尔德有一个秘密,而我被故意排除在这个秘密之外了。

星期四到了,一切准备工作都已在前一个晚上完成。地毯铺开了,床幔挂上了彩条,白得炫目的床罩铺好了,梳妆台已经安排停当,家具都擦拭得干干净净,花瓶里插满了鲜花。卧室和客厅都已尽人工所能,拾掇得焕然一新;大厅也已经擦洗过,巨大的木雕钟、楼梯的台阶和栏杆都已擦得像玻璃一般闪闪发光。在餐室里,餐具柜里的盘子光亮夺目;在客厅和起居室内,一瓶瓶异国鲜花,在四周灿然开放。

到了下午,费尔法克斯太太穿上了她最好的黑缎袍子,戴了手套和金表,因为要由她来接待客人——把女士们领到各自的房间里去等等。阿黛勒也要打扮一番,尽管至少在那天,我想不大会有机会让她见客。但为了使她高兴,我让索菲娅给她穿上了一件宽松的麻纱短上衣。至于我自己,是没有必要换装的,不会把我从作为我私室的读书室里叫出去,这私室现在已经属于我,成了"患难时愉快的避难所"①。

这是个温煦宁静的春日,三月末四月初的那种日子,阳光普照预示着夏天就要到来。这时已近日暮,但黄昏时更加暖和,我坐在读书室里工作,敞开着窗子。

"时候不早了,"费尔法克斯太太浑身叮当作响,进了房间说,"幸亏我订的饭菜比罗切斯特先生说的时间晚一个小时,现在已经过了六点了。我已派约翰到大门口去,看看路上有没有动静。从那儿往米尔科特的方向望去,可以看得很远。"她朝窗子走去。"他来了!"她说,"嗨,约翰,(探出身子)有消息吗?"

"他们来了,夫人,"对方回答道,"十分钟后就到。"

阿黛勒朝窗子飞奔过去。我跟在后面,小心地靠一边站立,让窗帘遮掩着,使我可以看得清清楚楚,却不被人看见。

约翰所说的那十分钟似乎很长。不过终于听到了车轮声。四位骑手策马驰上了小道,两辆敞开的马车尾随其后。车内面纱飘飘,羽毛起伏。两位

---

① 见《旧约·诗篇》第四十六篇第一节。

年轻骑手,精神抖擞,一副绅士派头;第三位是罗切斯特先生,骑着他的黑马梅斯罗,派洛特跳跃着跑在他前面。与他并驾齐驱的是一位女士,这批人中,他们俩一马当先。她那紫色的骑装差不多已扫到了地面,她的面纱长长地在微风中飘动,她那乌黑浓密的鬈发,同它透明的褶裥绕在一起,透过面纱闪动着光芒。

"英格拉姆小姐!"费尔法克斯太太大叫一声,急冲冲下楼去履行她的职责了。

这队人马顺着车道的弯势很快转过屋角,在我视线中消失了。这时阿黛勒要求下楼。我把她搂在膝头上,让她明白无论是此刻,还是以后什么时候,除非明确要她去,绝不可以随意闯到女士们跟前去,要不罗切斯特先生会生气的等等。听了这番话,"她淌下了自然的眼泪"①,不过见我神情严肃,她也终于同意把眼泪抹掉了。

这时大厅里人声鼎沸,笑语纷纭。男士们深沉的语调,女士们银铃似的嗓音交融在一起。其中最清晰可辨的是桑菲尔德主人那浑厚而声音不大的嗓门,欢迎男女宾客来到府上。随后,这些人脚步轻盈地上了楼梯,轻快地穿过走廊。于是响起了柔和欢快的笑声和开门关门声。一会儿后,便寂然无声了。

"Elles changent de toilettes."②阿黛勒说。她细听着,跟踪着每一个动静,并叹息着。

"Chez maman,"她说,"quand il y avait du monde, je les suivais partout, au salon et à leurs chambres; souvent je regardais les femmes de chambre coiffer et habiller les dames, et c'était si amusant; comme cela on apprend."③

"你觉得饿了吗,阿黛勒?"

"Mais oui, mademoiselle: voilà cinq ou six heures que nous n'avons pas mangé."④

---

① 这是英国诗人弥尔顿《失乐园》中描绘亚当和夏娃离开伊甸园的情景。
② 法语:她们在换衣服了。
③ 法语:跟妈妈在一起的时候,来了客人我总是到处跟着,到客厅,到她们的房间里,常常看使女给太太们梳头、穿衣。真有趣,瞧瞧还真长见识。
④ 法语:不错,小姐。我们有五六个钟头没吃东西了。

"好吧,趁女士们都呆在房间里的时候,我冒个险,下去给你弄点吃的来。"

我小心翼翼地从自己的避难所出来,拣了一条直通厨房的后楼梯下去。那里火光熊熊,一片混乱,汤和鱼都已到了最后制作阶段,厨子弯腰曲背对着锅炉,仿佛全身心都要自动燃烧起来。在用人屋里,两个马车夫和三个绅士的仆从或站或坐,围着火炉;女们想必在楼上同小姐们在一起。从米尔科特新雇来的用人东奔西跑,非常忙碌。我穿过一片混乱,好不容易到了食品室,拿了一份冷鸡、一卷面包、一些馅饼、一两个盘子和一副刀叉。我带了这份战利品急忙撤退,重新登上走廊,正要随手关上后门时,一阵越来越响的嗡嗡声提醒我,女士们要从房间里走出来了。要上读书室我非得经过几间房门口不可,非得要冒端着一大堆食品被她们撞见的危险。于是我一动不动地站在这一头。这里没有窗子,光线很暗。此刻天色已黑,因为太阳已经下山,暮色越来越浓了。

一会儿工夫,房间里的女房客们一个接一个出来了,个个心情欢快,步履轻盈,身上的衣装在昏黄的暮色中闪闪发光。她们聚集在走廊的另一头,站了片刻,用压低了的轻快动听的语调交谈着。随后走下楼梯,几乎没有声响,仿佛一团明亮的雾从山上滚落下来。她们的外表总体上给我留下了这样的印象:这些人具有一种我前所未见的名门望族的典雅。

我看见阿黛勒扶着半掩的读书室门,往外偷看着。"多漂亮的小姐!"她用英语叫道,"哎呀我真想上她们那儿去!你认为晚饭后过一会儿罗切斯特先生会派人来叫我们去吗?"

"不,说实在的,我不这样想。罗切斯特先生有别的事情要考虑。今天晚上就别去想那些小姐了,也许明天你会见到她们的。这是你的晚饭。"

她真的饿坏了,因此鸡和馅饼可以暂时分散一下她的注意力。幸亏我弄到了这份食品,不然她和我,还有同我们分享这顿晚餐的索菲娅,都很可能根本吃不上晚饭,楼下的人谁都快忙得顾不上我们了。九点以后才上甜食。到了十点钟,男仆们还端着托盘和咖啡杯子,来回奔波。我允许阿黛勒呆得比往常晚得多才上床,因为她说楼下的门不断地开呀关呀,人来人往,忙忙碌碌,弄得她没法睡觉。此外,她还说也许她解衣时,罗切斯特先生会

让人捎来口信:"et alors quel dommage!"①

我给她讲故事,她愿意听多久就讲多久。随后我带她到走廊上解解闷。这时大厅的灯已经点上,阿黛勒觉得从栏杆上往下看,瞧着仆人们来往穿梭,十分有趣。夜深了,客厅里传来音乐之声,一架钢琴已经搬到了那里。阿黛勒和我坐在楼梯的顶端台阶上倾听着。刹那之间响起了一个声音,与钢琴低沉的调子相交融。那是一位小姐在唱,歌喉十分动听。独唱过后,二重唱跟上,随后是三重唱,歌唱间歇响起了一阵嗡嗡的欢快谈话声。我久久地听着,突然发现自己的耳朵聚精会神地分析那嘈杂的声音,竭力要从混沌交融的人声中,分辨出罗切斯特先生的口音。我很快将它捕捉住以后,便进而从由于距离太远而变得模糊不清的语调中猜想出来。

时钟敲了十一点。我瞧了一眼阿黛勒,她的头已倚在我肩上,眼皮已越来越沉重。我便把她抱在怀里,送她去睡觉。将近一点钟,男女宾客们才各自回房去。

第二天跟第一天一样,是个晴朗的日子,客人们乘机到临近的某个地方去远足。他们上午很早就出发了,有的骑马,有的坐马车。我亲眼看着他们出发,看着他们归来。像以前一样,英格拉姆小姐是唯一一位女骑手。罗切斯特先生同她并驾齐驱。他们两人骑着马同其余的客人拉开了一段距离。费尔法克斯太太正与我一起站在窗前,我向她指出了这一点:

"你说他们不可能想到结婚,"我说,"可是你瞧,比起其他女人来,罗切斯特先生明显更喜欢她。"

"是呀,我猜想他毫无疑问爱慕她。"

"而且她也爱慕他,"我补充说,"瞧她的头凑近他,仿佛在说什么知心话呢!但愿能见到她的脸,我还从来没见过一眼呢!"

"今天晚上你会见到她的,"费尔法克斯太太回答说,"我偶然向罗切斯特先生提起,阿黛勒多么希望能见一见小姐们。他说:'呵,那就让她饭后上客厅里来吧,请爱小姐陪她来。'"

"噢,他不过是出于礼貌才那么说的,我不必去了,肯定的。"我回答。

"瞧,我对他说,你不习惯交往,所以我想你不会喜欢在一批轻松愉快而

---

① 法语:那么多么可惜!

又都不相识的宾客前露面,他还是那么急躁地回答说:'胡说八道!要是她不愿来,就告诉她这是我个人的意愿。如果她拒绝,你就说,她这么倔强,我要亲自来叫了。'"

"我不愿给他添那么多麻烦,"我回答,"要是没有更好的办法了,我就去。不过我并不喜欢。你去吗,费尔法克斯太太?"

"不,我请求免了,他同意了。一本正经入场是最不好受的,我来告诉你怎样避免这种尴尬。你得在女士们离开餐桌之前、客厅里还没有人的时候就进去,找个僻静的角落坐下。男客们进来之后,你不必呆得很久,除非你高兴这么做。你不过是让罗切斯特先生看到你在那里,随后你就溜走——没有人会注意到你。"

"你认为这批客人会呆得很久吗?"

"也许两三个星期,肯定不会再久了。过了复活节假期,乔治·林恩爵士由于新近当上了米尔科特市议员,得去城里就职。我猜想罗切斯特先生会同他一起去。我觉得很奇怪,这回他在桑菲尔德呆了那么长时间。"

眼看我带着照管的孩子进客厅的时刻就要到来,我心里惴惴不安。阿黛勒听说晚上要去见女士们,便整天处于极度兴奋状态,直到索菲娅开始给她打扮,才安静下来。随后更衣的重要过程很快稳定了她的情绪。待到她鬈发梳得溜光,一束束垂着,待到她穿上了粉红色的缎子罩衣,系好长长的腰带,戴上了网眼无指手套,她看上去已是像任何一位法官那么严肃了。这时已没有必要提醒她别弄乱自己的服装,她穿戴停当后,便安静地坐在小椅子上,急忙小心地把缎子裙提起来,唯恐弄皱了。还向我保证,她会一动不动坐在那里,直到我准备好为止。我很快就穿戴好了。我立即穿上了自己最好的衣服(银灰色的那一件,专为参加坦普尔小姐的婚礼购置的,后来一直没有穿过),把头发梳得平平伏伏,并戴上了我仅有的饰品,那枚珍珠胸针。随后我们下了楼。

幸亏还有另外一扇门通客厅,不必经过他们都坐着吃饭的餐厅。我们看到房间里空无一人,大理石砌成的壁炉中,火静静地烧得很旺;桌上装饰着精致的花朵,烛光在花朵中间孤寂地闪亮,平添了几分欢快。拱门前悬挂着大红门帘,虽然我们与毗连的餐室中的客人之间仅一层之隔,但他们话说得那么轻,除了柔和的嗡嗡声,彼此之间的交谈一点都听不清楚。

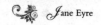 

阿黛勒似乎仍受着严肃气氛的震慑,一声不吭地坐在我指给她的小凳上。我退缩在一个靠窗的位置上,随手从临近的台子上取了本书,竭力读下去。阿黛勒把她的小凳子搬到我脚边,不久便碰了碰我膝头。

"怎么啦,阿黛勒?"

"Est-ce que je ne puis pas prendre une seule de ces fleurs magnifiques, Mademoiselle? Seulement pour compléter ma toilette."①

"你对自己的 toilette② 想得太多啦,阿黛勒,不过你可以戴一朵花。"于是我从花瓶里掐下一朵花来,系在她的彩带上,她舒了口气,显出一种不可言喻的满足,仿佛她的幸福之杯此刻已经斟满了。我转过脸去,掩饰自己抑制不住的微笑。在这位巴黎小女孩天生对服饰的热烈追求中,既有几分可笑,又有几分可悲。

这时响起了轻轻的起立声,帷幕被撩到了拱门背后,露出了餐室,只见长长的桌上摆满了盛甜点心的豪华餐具,烛光倾泻在银制的和玻璃的器皿上。一群女士站在门口。随后她们走了进来,门帘在身后落下。

她们不过八位,可不知怎地,成群结队进来的时候,给人的印象远不止这个数目。有些个子很高,有些一身着白。她们的服装都往外伸展得很阔,仿佛雾气放大了月亮一样,这些服装也把她们的人放大了。我站起来向她们行了屈膝礼,有一两位点头回礼,而其余的不过盯着我看而已。

她们在房间里散开,动作轻盈飘拂,令我想起了一群白色羽毛的鸟。有些人一下子坐下来,斜倚在沙发和卧榻上;有的俯身向着桌子,细细揣摩起花和书来,其余的人则团团围着火炉。大家都用低沉而清晰的调子交谈着,似乎这已成了她们的习惯。后来我知道了她们的大名,现在不妨来提一下。

首先是埃希顿太太和她的两个女儿。她显然曾是位漂亮的女人,而且保养得很好。她的大女儿艾米个头比较小,有些天真,脸部和举止都透出了孩子气,外表也显得很调皮。她那白色的薄纱礼服和蓝色的腰带很合身。二女儿路易莎的个子要高些,身材也更加优美,脸长得很不错,属于法国人

---

① 法语:小姐,我可以从这些美丽的花中拿一朵么? 好让我打扮得漂亮些。
② 法语:打扮。

所说的 minois chiffonné① 那一类,姐妹俩都像百合花那么白净。

林恩夫人四十岁上下,长得又大又胖,腰背笔直,一脸傲气,穿着华丽的闪缎衣服。乌黑的头发在一根天蓝色羽毛和一圈宝石的映衬下闪闪发光。

登特上校太太不像别人那么招摇,不过我认为更具贵妇风度。她身材苗条,面容白皙温和,头发金黄。她的黑色缎子服、华丽的外国花边围巾以及珍珠首饰,远比那位有爵位的贵妇闪光的艳服更赏心悦目。

但三位最令人瞩目的——也许部分是由于她们在这一群人中个子最高——是富媚英格拉姆夫人和她的女儿布兰奇和玛丽。她们是三位个子最高的女人。这位太太年龄可能在四十与五十之间,但身材依然很好,头发依然乌黑(至少在烛光下),牙齿也明显地依然完整无缺。多数人都会把她看成是那个年纪中的美人。以形体而言,她无疑就是这样。不过她的举止和表情显出一种令人难以容忍的傲慢。她生就一副罗马人的脸相。双下巴连着脖子,像一根柱子。在我看来,这样的五官不仅因为傲慢而显得夸张和阴沉,而且还起了皱纹。她的下巴由于同样的原因总是直挺挺的,简直不可思议。同时,她的目光凶狠冷酷,使我想起了里德太太的眼睛。她说话装腔作势,嗓音深沉,声调夸张,语气专横——总之,让人难以忍受。一件深红丝绒袍、一项用印度金丝织物做的披肩式软帽赋予她(我估计她这样想)一种真正的皇家气派。

布兰奇和玛丽都是同样身材——像杨树一样高大挺拔,以高度而论,玛丽显得过分苗条了些,而布兰奇活脱脱像个月亮女神。当然我是怀着特殊的兴趣来注意她的。第一我希望知道,她的外貌是不是同费尔法克斯太太的描绘相符;第二想看看她是不是像我凭想象画成的微型肖像画;第三——这终将暴露——是否像我所设想的那样,会适合罗切斯特先生的口味。

就外貌而言,她处处都与我的画和费尔法克斯太太的描绘相吻合。高高的胸部、倾斜的肩膀、美丽的颈项、乌黑的眸子和黑油油的鬈发,一应俱全——但她的脸呢? 活像她母亲的,只是年轻而没有皱纹。一样低低的额角,一样高傲的五官,一样盛气凌人。不过她的傲慢并不那么阴沉。她常常笑声不绝,而且笑里含着嘲弄,这也是她那弯弯的傲气十足的嘴唇所常有的

---

① 法语:不够端正但显得娇媚的面孔。

表情。

据说天才总有很强的自我意识。我无法判断英格拉姆小姐是不是位天才,但是她有自我意识——说实在的相当强。她同温文尔雅的登特太太谈起了植物。而登特太太似乎没有研究过那门学问,尽管她说喜爱花卉,"尤其是野花"。英格拉姆小姐却是研究过的,而且还神气活现地卖弄植物学字眼,我立刻觉察到她在**追猎**(用行话来表达)登特太太,也就是说,在戏弄她的无知。她的**追猎**也许很讥诮,但决非厚道。她弹了钢琴,琴技很高超;她唱了歌,嗓子很优美;她单独同她妈妈讲法语,说得很出色,非常流利,语调也正确。

与布兰奇相比,玛丽的面容显得更温顺坦率,五官更为柔和,皮肤也要白皙几分(英格拉姆小姐像西班牙人一样黑)——但玛丽缺乏活力,面部少有表情,眼目不见光泽。她无话可说,一坐下来,便像壁龛里的雕像那样,一动不动。姐妹俩都穿着一尘不染的素装。

那么,我现在是不是认为,英格拉姆小姐有可能成为罗切斯特先生的意中人呢?我说不上来——我不了解他在女性美方面的好恶。要是他喜欢端庄,她正是端庄的典型,而且她多才多艺,充满活力。我想多数有身份的人都会倾慕她,而他确实倾慕她,我似乎已有依据。要消除最后的一丝怀疑,就只要看他们呆在一起时的情景就行了。

读者啊,你别以为阿黛勒始终在我脚边的小凳子上端坐不动,她可不是。女士们一进来,她便站起来,迎了上去,端端正正鞠了一躬,并且一本正经地说:

"Bon jour, mesdames."①

英格拉姆小姐带着嘲弄的神情低头看她,并嚷道:"哈,一个多小的玩偶!"

林恩太太说道:"我猜想她是罗切斯特先生监护的孩子——他常挂在嘴边的法国小姑娘。"

登特太太和蔼地握住她的手,给了她一个吻。艾米和路易莎·埃希顿不约而同地叫道:

---

① 法语:太太小姐们好。

"多可爱的孩子!"

随后她们把她叫到一张沙发跟前。此刻她就坐在沙发上,夹在她们中间,用法语和蹩脚的英语交替聊天,不但引起了年轻小姐们的注意,而且也惊动了埃希顿太太和林恩太太。阿黛勒心满意足地受着大伙的宠爱。

最后端上了咖啡,男宾们都被请了进来。要是这个灯火辉煌的房间还有什么幽暗所在的话,那我就坐在暗处,被窗帘半掩着。拱门的帷幔再次撩起,他们进来了。男士们一起登场时的情景,同女宾们一样气派非凡。他们齐刷刷的都着黑色服装,多数身材高大,有的十分年轻。亨利·林恩和弗雷德里克·林恩确实精神抖擞,生气勃勃;登特上校一身英武之气;地方法官埃希顿先生一副绅士派头,头发相当白,眉毛和络腮胡子却依然乌黑,使他有几分像 pére noble de theâtre①。英格拉姆勋爵同他的姐妹们一样高挑个子,同她们一样漂亮,但有着玛丽那种冷漠、倦怠的神色。他似乎四肢瘦长有余,血气或脑力不足。

那么,罗切斯特先生在哪儿呢?

他最后一个进来,虽然我没有朝拱门张望,但看到他进来了。我竭力要把注意力集中在钩针上,集中在编织出来的手提包网眼上——真希望自己只想手头的活计,只看见膝上的银珠和丝线;而我却清清楚楚地看到了他的身影,禁不住忆起了上次见到这身影时的情景。那是在他所说的帮了他大忙以后——他拉住我的手,低首看着我的脸,细细端详着我,目光中露出一种千言万语急于一吐为快的神情,而我也有同感。在那一瞬间我同他靠得多近!自那以后,什么事情刻意使他和我的地位起了变化呢?而现在,我们之间的关系变得多么疏远,多么陌生呀!我们已那么隔膜,因此我并不指望他过来同我说话。我也并不感到诧异,他居然连看都不看我一眼就在房间另一头坐下,开始同一些女士交谈起来。

我一见他心思全在她们身上,而我可以瞪着他而不被觉察,我的目光便不由自主地被吸引到了他的脸上。我无法控制我的眼皮,它们硬要张开,眼珠硬要盯着他。我瞧着,这给了我一种极度的欢乐——一种宝贵而辛辣的欢乐;是纯金,却又夹杂着痛苦的钢尖。像一个渴得快死的人所体会到的欢

①　法语:舞台上高贵的长者。

乐，明知道自己爬近的泉水已经下了毒，却偏要俯身去喝那圣水。

　　"情人眼里出美人。"说得千真万确。我主人那没有血色的橄榄色脸、方方的大额角、宽阔乌黑的眉毛、深沉的眼睛、粗线条的五官、显得坚毅而严厉的嘴巴——一切都透出活力、决断和意志——按常理并不漂亮，但对我来说远胜于漂亮。它们充溢着一种情趣，一种影响力，足以左右我，使我的感情脱离我的控制，而受制于他。我本无意去爱他。读者知道，我努力从自己内心深处剪除露头的爱的萌芽，而此刻，一旦与他重新谋面，那萌芽又自动复活了，变得碧绿粗壮！他连看都不用看我就使我爱上了他。

　　我拿他和他的客人们做了比较。他的外表焕发着天生的精力和真正的力量，相比之下，林恩兄弟的风流倜傥、英格拉姆勋爵的恬淡文雅——甚至登特上校的英武出众，又算得了什么呢？我对他们的外貌与表情不以为然。但我能想象得出多数旁观者都会称他们英俊迷人、气度不凡，而毫不犹豫地说罗切斯特先生五官粗糙、神态忧郁。我瞧见他们微笑和大笑——都显得微不足道。烛光中所潜藏的生气并不亚于他们的微笑，铃声中所包含的意义也并不逊于他们的大笑。我看见罗切斯特先生微微一笑——他严厉的五官变得柔和了；他的眼神转为明亮而温存，目光犀利而又甜蜜。这会儿，他同路易莎和艾米·埃希顿交谈着，我不解地看着她们从容接受他那对于我似乎透入心肺的目光。我本以为在这种目光下，她们会垂下眼来，脸上会泛起红晕。但我见她们都无动于衷时，心里倒很高兴。"他之于她们并不同于他之于我，"我想，"他不属于她们那类人。我相信他与我同声相应——我确信如此，我觉得同他意气相投——他的表情和动作中的含义，我都明白。虽然地位和财富把我们截然分开，但我的头脑里和心里，我的血液里和神经中，有着某种使我与他彼此心灵沟通的东西。难道几天前我不是说过，除了从他手里领取薪金，我同他没有关系吗？难道我除了把他看做雇主外，不是不允许自己对他有别的想法吗？这真是亵渎天性！我的每种善良、真实、生气勃勃的情感，都冲动地朝他涌去了。我知道我必须掩饰自己的感情，抑制自己的愿望，牢记住他不会太在乎我。我说我属于他那类人，并不是说我有他那种影响力，那种迷人的魅力，而不过是说我与他有某些共同的志趣与情感罢了。而我必须不断提醒自己，我们之间永远横亘着一条鸿沟——不过只要我一息尚存，我就必须爱他。"

咖啡端来了。男宾们一进屋,女士们便像百灵鸟般活跃起来。谈话转为轻松欢快。登特上校和埃希顿先生在政治问题上争论了起来,他们的太太们侧耳静听着。林恩太太和英格拉姆太太两位高傲的寡妇在促膝谈心。还有乔治爵士,顺便说一句,我忘记描述他了。他是一位个子高大、精神十足的乡绅。这会儿手里端着咖啡杯,站在沙发跟前,偶尔插上一句话。弗雷德里克·林恩先生坐在玛丽·英格拉姆旁边,给她看着一本装帧豪华的书籍里的插画。她看着,不时微笑着,但显然说话不多。高大冷漠的英格拉姆勋爵,抱着双臂,斜倚在小巧活泼的艾米·埃希顿的椅背上。她抬头看着他,像鹡鸰似的叽叽喳喳。在罗切斯特先生与这位勋爵之间,她更喜欢勋爵。亨利·林恩在路易莎的脚边占了一条脚凳,与阿黛勒合用着。他努力同她说法语,一说错,路易莎就笑他。布兰奇·英格拉姆会跟谁结伴呢?她孤零零地站在桌边,很有风度地俯身看着一本簿册。她似乎在等人来邀请,不过她不愿久等,便自己选了个伴。

罗切斯特先生离开了两位埃希顿小姐后,一如英格拉姆小姐孤单地站在桌旁一样,孑然独立在火炉跟前。她在壁炉架的另一边站定,面对着他。

"罗切斯特先生,我想你并不喜欢孩子?"

"我是不喜欢。"

"那你怎么会想到去抚养这样一个小娃娃呢(指了指阿黛勒)?你在哪儿把她捡来的?"

"我并没有去捡,是别人托付给我的。"

"你早该送她进学校了。"

"我付不起,学费那么贵。"

"哈,我想你为她请了个家庭教师,刚才我还看到有个人同她在一起呢——她走了吗?啊,没有!她还在那边窗帘的后面。当然你付她工钱。我想这样很贵——更贵,因为你得额外养两个人。"

我担心——或者我是否该说,我希望?——因为提到了我,罗切斯特先生会朝我这边张望,所以我不由自主地更往阴影里躲进去,可是他根本没有把目光转移到这边来。

"我没有考虑过这个问题。"他冷冷地说,眼睛直愣愣地望着前面。

"是呀——你们男人从来不考虑经济和常识问题,在雇用家庭教师的事儿上,你该听听我妈妈。我想,玛丽和我小时候跟过至少一打家庭教师,一半让人讨厌,其余的十分可笑,而个个都是妖魔——是不是,妈妈?"

"你说什么来着,我的宝贝蛋?"

这位被那个遗孀称为特殊财产的小姐,重新说了一遍她的问题,并做了解释。

"我的宝贝,别提那些家庭教师了,这个字眼本身就使我不安。她们反复无常,毫不称职,让我吃尽了苦头。谢天谢地,现在我总算摆脱同她们的关系了。"

登特太太向这位虔诚的太太俯下身子,向她耳语了一阵。我从对方做出的回答中推测,那是提醒她,她们所诅咒的那类人中的一位,就在现场。

"Tant pis!"①这位太太说,"我希望这对她有好处!"随后她压低了嗓门,不过还是响得让我能听见。"我注意到了她,我善观面相,在她身上我看到了她那类人的通病。"

"表现在哪些方面,夫人?"罗切斯特先生大声问道。

"我会私下告诉你的。"她答道,把头巾甩了三下,暗示情况不妙。

"不过我的好奇心会吊胃口:现在它急于要吃东西。"

"问问布兰奇吧,她比我更靠近你。"

"哎呀,可别把他交给我,妈妈!对于她们那号人,我只有一句话要说:她们真讨厌。并不是说我吃过她们很多苦头,我倒是刻意要把局面扭转过来。西奥多和我过去是怎样作弄威尔逊小姐、格雷太太和朱伯特夫人的呀!玛丽常常困得厉害,提不起精神来参与我们的阴谋。戏弄朱伯特夫人最有趣。威尔逊小姐是个病弱的可怜虫,情绪低沉,好伤心落泪。总之,不值得费那番劲去征服她。格雷太太又粗俗又麻木,对什么打击都不在乎。但是可怜的朱伯特夫人就不一样啦!我们把她逼得急了,我见她会大发雷霆——我们把茶泼掉,把涂了黄油的面包弄碎,把书扔到天花板上,捣弄着尺、书桌、火炉围栏和用具,闹得震天响。西奥多,你还记得那些欢乐的日子吗?"

"是——呀,当然记得,"英格拉姆勋爵慢吞吞地说,"这可怜的老木瓜

---

① 法语:算了。

还常常大叫:'哎呀,你们这帮坏孩子!'——随后我们教训了她一顿,其实是她自己那么无知,竟还想来教我们这些聪明的公子小姐。"

"我们确实这么做了,特多①,你知道我帮你告发(或者是迫害)你的家庭教师,面无血色的维宁先生,我们管他叫病态教师。他和威尔逊小姐胆大妄为,竟谈情说爱起来——至少特多和我是这么想的。我们当场看到他们温存地眉目传情,哀声叹气,并把这些理解为 la belle passion② 的表现,我敢担保,大家很快就得益于我们的发现,我们将它作为杠杆,把压在身上的两个沉重包袱撬出门去。亲爱的妈妈一听说这事儿,便发觉是伤风败俗。你不就是这么看的吗,我的母亲大人?"

"当然,我的宝贝。而且我很对。毫无疑问,在任何一个管教出色的家庭里,有千万条理由,一刻都不能容忍家庭男女教师之间的私通。第一——"

"哎呀,妈妈,别给我们一一列举啦! Au reste③,我们都知道。坏样子会危害儿童的纯真;热恋者相依相伴,神不守舍,会导致失责;而狂妄自恃——傲慢无礼伴之而生——会造成冲突和对抗的总爆发。我说得对吗,英格拉姆花园的英格拉姆男爵夫人?"

"我的百合花,你说得很对,你一向很对。"

"那就不必再说了,换个话题吧。"

艾米·埃希顿不知是没有听见,还是没有注意到这一声明,操着软软的、奶声奶气的调子搭讪了:"路易莎和我,以往也常常戏弄我们的家庭教师,不过她是那么个好人,什么都能忍耐,随你怎么整她都不会生气。她从来没有对我们发过火,是不是这样,路易莎?"

"不错,从来不发火。我们爱怎么干就可以怎么干。搜她的书桌和针线盒,把她的抽屉翻得底朝天。而她的脾气却那么好,我们要什么她就给什么。"

"现在我猜想,"英格拉姆小姐讥嘲地噘起嘴唇说,"我们要为现存的家

---

① 特多为西奥多的昵称。
② 法语:恋爱。
③ 法语:再说。

庭女教师编一个传记摘要了。为了避免这场灾难,我再次提议换一个新话题,罗切斯特先生,你赞成我的提议吗?"

"小姐,无论是这件事还是别的事情,我都支持你。"

"那得由我把这件事提出来了,Signior Eduardo①,今晚你的嗓子行吗?"

"Donna Bianca②,只要你下令,我就唱。"

"那么 Signior,我传旨清一清你的肺和其他发音器官,来为皇上效力。"

"谁不甘愿做如此神圣的玛丽的里丘③呢?"

"里丘算得了什么!"她叫道,把满头鬈发一甩,朝钢琴走去,"我认为提琴手戴维④准是个枯燥乏味的家伙。我更喜欢黑乎乎的博斯威尔⑤,依我之见,一个人没有一丝恶念便一文不值。不管历史怎样对詹姆斯·赫伯恩说长道短,我自认为,他正是那种我愿意下嫁的狂野、凶狠的草寇英雄。"

"先生们,你们听着! 你们中谁最像博斯威尔?"罗切斯特先生嚷道。

"应当说你最够格。"登特上校立即呼应。

"我敢发誓,我对你感激之至。"他回答道。

英格拉姆小姐此刻坐在钢琴前面,矜持而仪态万方,雪白的长袍堂皇地铺开。她开始弹起了灿烂的前奏曲,一面还交谈着。今晚她似乎趾高气扬。她的言辞和派头似乎不仅为了博得听众的赞叹,而且要使他们感到惊讶。显然她一心要给人留下深刻的印象,觉得她潇洒而大胆。

"啊,我真讨厌今天的年轻人!"她丁丁冬冬弹奏起这乐器来,一面嚷嚷道,"这些弱小的可怜虫,不敢越出爸爸的公园门一步,没有妈妈的准许和保护,连那点距离都不敢! 这些家伙醉心于漂亮的面孔、白皙的双手和一双小脚,仿佛男人与美有关似的! 仿佛可爱不是女性的特权——她合法的属性与遗传物! 我同意一个丑陋的**女人**是造物白净脸上的一个污点。至于**男人**

---

① 意大利语:爱德华多先生。

② 意大利语:比央卡小姐。

③ 里丘(一五三三? ——五六六),意大利乐师,苏格兰女王玛丽·斯图尔特的秘书,心腹顾问,因女王丈夫怀疑女王与他有染,令人将其刺死。

④ 即戴维·里丘。

⑤ 博斯威尔(一五三六? ——五七八),苏格兰女王玛丽的第三个丈夫,涉嫌谋杀玛丽的前夫。

们,让他们只关心拥有力量和勇气吧,让他们把打猎、射击和争斗作为座右铭。其余的则一钱不值。要是我是个男人,这应当成为我的座右铭。"

"不论何时结婚,"她停顿了一下,没有人插话,于是又继续说,"我决定,我的丈夫不应当是个劲敌,而是个陪衬,我不允许皇位的近旁有竞争存在;我需要绝对忠心。不允许他既忠于我,又忠于他镜中看到的影子。罗切斯特先生,现在唱吧,我替你伴奏。"

"我唯命是从。"便是得到的回答。

"这里有一首海盗歌。你知道我喜欢海盗们①,因此你要唱得 con spiri-to②。"

"英格拉姆小姐的圣旨一下,连一杯掺水的牛奶也会产生灵性。"

"那么,小心点儿,要是你不能使我满意,我会教你应当怎么做,而让你丢脸。"

"那是对无能的一种奖赏,现在我要努力让自己失败。"

"Gardez – vous en bien!③ 要是你故意出错,我要做出相应的惩罚。"

"英格拉姆小姐应当手下留情,因为她能够做出使凡人无法承受的惩罚。"

"哈哈!你解释一下!"小姐命令道。

"请原谅,小姐。不需要解释了。你敏锐的直觉一定会告诉你,你一皱眉头就抵得上死刑。"

"唱吧。"她说,又碰了碰钢琴,开始了她风格活泼的伴奏。

"现在我该溜了。"我思忖道。但是那富有穿透力的声调吸引了我。费尔法克斯太太曾说过,罗切斯特先生的嗓子很好。确实他有一种圆润、洪亮的男低音。唱的时候他倾注了自己的感情,自己的力量。那歌声透过耳朵,灌进了心田,神奇地唤醒了知觉。我等待着,直至深沉雄浑的颤音消失——嗡嗡的谈话声停顿了片刻后再次响起。随后我离开我躲藏的角落,幸亏边门很近,便从那里走了出去。这里有一条狭窄的走廊通向大厅。我穿过时,

---

① 一八一四年拜伦出版的作品《海盗》十分脍炙人口,不久即成为流行的客厅话题。

② 意大利语:情绪饱满。

③ 法语:你小心些!

发觉鞋带松了，便停下来把它系上，跪在楼梯脚下的垫子上。

我听见餐室的门开了，一位男士走了出来。我急忙直起身子，正好同那人打了个照面，原来是罗切斯特先生。

"你好吗?"他问。

"我很好，先生。"

"你为什么不进房间来同我谈谈呢?"

我想我本可以反问这个问题，但我不愿那么放肆，只是回答说:

"我不想打搅你，因为你好像正忙着呢，先生。"

"我外出期间你一直在干些什么呢?"

"没有什么特别的事儿，照例教阿黛勒。"

"而且比以前苍白了，这我一眼就看出来了，你怎么啦?"

"没事儿，先生。"

"你差点淹死我的那天夜里你着了凉吗?"

"绝对没有。"

"回到客厅里去吧，你走得太早了。"

"我累了，先生。"

他瞧了我一会儿。

"而且心情有些不快，"他说，"为什么事儿? 告诉我吧。"

"没有——实在没有，先生。我的心情没有不快。"

"可是我可以肯定你心里不高兴，而且已经到了这个地步，只要再说几句你就要掉泪了——其实此刻你的泪花已在闪动，一颗泪珠已从眼睫毛上滚下，落在石板地上了。要是我有时间，要不是我怕撞见一本正经爱饶舌的仆人，我准会弄明白内中的缘由。好吧，今晚我就原谅你了。不过你得知道，只要客人们还在这里呆着，我希望你每天晚上都在客厅露面。这是我的愿望，不要置之不理。现在你走吧，叫索菲娅来把阿黛勒带走。晚安，我的——"他刹住了，咬着嘴唇，蓦地离开了我。

　　那些是桑菲尔德府欢乐的日子,也是忙碌的日子。同最初三个月我在这儿度过的平静、单调和孤寂的日子相比,真是天差地别!如今一切哀伤情调已经烟消云散,一切阴郁的联想已忘得一干二净,到处热热闹闹,整天人来客往。过去静悄悄的门廊、空无住客的前房,现在一走进去就会撞见漂亮的侍女,或者衣饰华丽的男仆。

　　无论是厨房,还是管家的食品室、仆役室和门厅,都一样热闹非凡。只有在和煦的春日里,蔚蓝的天空和明媚的阳光,把人们吸引到庭院里去的时候,几间大客厅才显得空荡沉寂。即使天气转坏,几日里阴雨连绵,也似乎不曾使他们扫兴,室外的娱乐一停止,室内的倒更加活泼多样了。

　　第一个晚上有人建议改变一下娱乐方式的时候,我心里纳闷他们会干什么。他们说起要玩"字谜游戏",但我一无所知,一时不明白这个名称。仆人们被叫了进来,餐桌给搬走了,灯光已另作处理,椅子正对着拱门排成了半圆形。罗切斯特先生和其他男宾指挥着做些变动时,女士们在楼梯上跑上跑下,按铃使唤仆人。费尔法克斯太太被召进房,报告各类披肩、服装和帷幔等家藏物资情况。三楼的有些大橱也来个兜底翻寻,里面的一应物件,如带裙环的织锦裙子、缎子宽身女裙、黑色丝织品、花边垂带等,都由使女们成抱捧下楼来,经过挑选,又把选中的东西送进客厅内的小厅里。

　　与此同时,罗切斯特先生把女士们再次叫到他周围,选中了几位加入他一组。"当然英格拉姆小姐是属于我的。"他说,随后他又点了两位埃希顿小姐和登特夫人的名。他瞧了瞧我,我恰巧在他身边,替登特太太把松开的

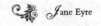 

手镯扣好。

"你来玩吗?"他问。我摇了摇头。他没有坚持,我真怕他会呢。他允许我安静地回到平时的座位上去。

他和搭档们退到了帷幔后头,而由登特上校领头的另一组人,在排成半圆形的椅子上坐了下来。其中一位叫埃希顿先生的男士注意到了我,好像提议应当邀请我加入他们,但英格拉姆夫人立即否决了他的建议。

"不行,"我听见她说,"她看上去一副蠢相,玩不来这类游戏。"

没过多久,铃声响了,幕拉开了。在拱门内,出现了乔治·林恩爵士用白布裹着的巨大身影,他也是由罗切斯特先生选中的。他前面的一张桌子上,放着一本大书,他一侧站着艾米·埃希顿,身上披着罗切斯特先生的斗篷,手里拿着一本书。有人在看不见的地方摇响了欢快的铃声。随后阿黛勒(她坚持参加监护人的一组)跳跳蹦蹦来到前面,把挽在胳膊上的一篮子花朝她周围撒去。接着雍容华贵的英格拉姆小姐露面了,一身素装,头披长纱,额上戴着圈玫瑰花。她身边走着罗切斯特先生,两人一起踱向桌子。他们跪了下来,与此同时,一样浑身着白的登特太太和路易莎·埃希顿,在他们身后站定。接着一个用哑剧来表现的仪式开始了,不难看出,这是场哑剧婚礼。结束时登特上校和他的一伙人悄悄地商量了两分钟,随后上校嚷道:

"新娘!"罗切斯特先生行了鞠躬礼,随后幕落。

过了好一会儿,帷幕才再次拉开。第二幕表演比第一幕显得更加精心准备。如我以前所观察的那样,客厅已垫得比餐室高出两个台阶,在客厅内靠后一两码的顶端台阶上,放置着一个硕大的大理石盆,我认出来那是温室里的一个装饰品——平时里面养着金鱼,周围布满了异国花草——它体积大,分量重,搬到这儿来一定是费了一番周折的。

在这个大盆子旁边的地毯上,坐着罗切斯特先生,身裹披肩,额缠头巾。他乌黑的眼睛、黝黑的皮肤和穆斯林式的五官,与这身打扮十分般配。他看上去活像一个东方的酋长,一个绞死人和被人绞死的角色。不久,英格拉姆小姐登场了。她也是一身东方式装束。一条大红围巾像腰带似的缠在腰间;一块绣花手帕围住额头;她那形态美丽的双臂赤裸着,其中的一条高高举起,托着优美地顶在头上的一个坛子。她的体态和容貌、她的肤色和神韵,使人想起了宗法时代的以色列公主,无疑那正是她想要扮演的角色。

她走近大盆子,俯身似乎要把水坛灌满,随后再次把坛子举起来放在头上。那个在井边的人好像在同她打招呼,提出了某种要求;她"就急忙拿下瓶来,托在手上给他喝"①。随后他从胸口的长袍里,取出一个盒子,打了开来,露出金灿灿的镯子和耳环;她做出惊叹的表情,跪了下来。他把珠宝搁在她脚边,她的神态和动作中流露出疑惑与喜悦,陌生人替她戴好了手镯,挂好了耳环。这就是以利以泽和利百加了,只不过没有骆驼。

猜谜的一方再次交头接耳起来,显然他们对这场戏所表现的字或只言片语无法取得一致意见。他们的发言人登特上校要求表现"完整的场面",于是帷幕又一次落下。

第三幕里客厅只露出了部分,其余部分由一块悬垂的粗糙黑色布幔遮挡着。大理石盆子已被搬走,代之以一张松木桌和一把厨房椅子,借着一盏号角形灯笼的幽暗灯光,这些物品隐约可见,因为蜡烛全都灭了。

在这暗淡的场景中,坐着一个人,双手攥紧放在膝头,双目紧盯着地上。我知道这是罗切斯特先生,尽管污秽的脸、散乱的服饰(在一条胳膊上他的外衣垂挂着,好像在一场搏斗中几乎是从背上撕了下来似的)、绝望阴沉的面容、粗糙直竖的头发,完全可以叫人无法辨认。他走动时,铁链叮当作响,他的手腕上戴着手铐。

"监狱!"登特上校冲口叫道,字谜也就被猜中了。

随后是一段充分的休息时间,让表演者恢复原来的服装,他们再次走进餐室。罗切斯特先生领着英格拉姆小姐,她正夸奖着他的演技。

"你可知道,"她说,"在你饰演的三个人物中,我最喜欢最后一个。啊,要是你早生几年,你很可能会成为一个英勇高贵的拦路强盗!"

"我脸上的煤烟都洗干净了吗?"他向她转过脸问道。

"哎呀呀!全洗掉了,洗得越干净就越可惜!那个歹徒的紫红脸色同你的肤色再般配不过了。"

"那你喜欢剪径的强盗了?"

---

① 见《旧约·创世记》第二十四章第十八节:老迈的以色列人亚伯拉罕,遣其仆人以利以泽为儿子以撒娶妻,仆人带了骆驼和财物抵达目的地拿鹤的城,静候一井旁,见女子利百加来取水。仆人向她讨水,她欣然允诺。仆人赠予金环金镯,并随其回家,征求家人同意,让利百加嫁给以撒。

"就我喜好而言,一个英国的强盗仅次于一个意大利的土匪,而意大利的土匪稍逊于地中海的海盗。"

"好吧,不管我是谁,记住你是我的妻子,一小时之前我们已结婚,当着所有的目击者。"她哧哧一笑,脸上泛起了红晕。

"嗨,登特,"罗切斯特先生继续说道,"该轮到你们了。"另一组人退下去后,他和他的伙伴们在腾出来的位置上坐了下来。英格拉姆小姐坐在她首领的右侧,其余的猜谜人坐在他们两旁的椅子上。这时我不去观看演员了,不再兴趣十足地等候幕启,我的注意力已被观众所吸引。我的目光刚才还盯着拱门,此时已不可抗拒地转向了排成半圆形的椅子。登特上校和他的搭档们玩的是什么字谜游戏,选择了什么字,如何圆满地完成自己扮演的角色,我已无从记得,但每场演出后互相商量的情景,却历历如在目前。我看到罗切斯特先生转向英格拉姆小姐,英格拉姆小姐又转向罗切斯特先生,我看见她向他侧过头去,直到她乌油油的鬈发几乎触到了他的肩膀,拂着了他的脸颊。我听到了他们相互间的耳语,我回想起他们彼此交换的眼色,甚至这一情景在我心里所激起的某种情感,此刻也在我记忆中复活了。

我曾告诉过你,读者,我意识到自己爱上了罗切斯特先生。如今我不可能不爱他,仅仅因为发现他不再注意我了——仅仅因为我虽在他面前度过几小时,他却朝我瞟都不瞟一眼——仅仅因为我看到他的全部注意力被一位贵妇人所吸引,而这位贵妇路过我身边时连长袍的边都不屑碰我一下,阴沉专横的目光碰巧落在我身上时,会立即转移,仿佛我太卑微而不值一顾。我不可能不爱他,仅仅因为断定他很快会娶这位小姐——仅仅因为我每天觉察到,她高傲地觉得自己在他心目中的地位已经非常稳固;仅仅因为我时刻看着他的求婚方式尽管漫不经心,且又表现出宁愿被人追求而不追求别人,却由于随意而显得富有魅力,由于傲慢而愈是不可抗拒。

这种情况虽然很可能造成灰心失望,但丝毫不会使爱情冷却或消失。读者呀,要是处于我这样地位的女人,敢于嫉妒像英格拉姆小姐这样地位的女人的话,你会认为这件事很可以引起妒忌,但我并没有嫉妒,或者很少为之——我所经受的痛苦是无法用那两个字来解释的。英格拉姆小姐不值得嫉妒;她太低下了,激不起我那种感情。请原谅这表面的悖论,但我说的是真话。她好卖弄,但并不真诚。她风度很好,而又多才多艺,但头脑浮浅,心灵天生贫瘠;在那片土地上没有花朵会自动开放,没有哪种不需外力而自然结出的果实会喜欢这种新土。她缺乏教养,没有独创性,而惯于重复书本中的大话,从不提出,也从来没有自己的见解。她鼓吹高尚的情操,但并不知道同情和怜悯,身上丝毫没有温柔和真诚。她对小阿黛勒的心怀恶意,并无端发泄,常常使她在这点上暴露无遗,要是小阿黛勒恰巧走近她,她会用恶言毒语把她撵走,有时命令她离开房间,常常冷淡刻毒地对待她。除了我,还有别人也注视着这些个性的流露——密切急迫而敏锐地注视着。是的,就是罗切斯特先生这位准新郎自己,也无时无刻不在监视着他的意中人。正是这种洞察力——他所存的戒心,这种对自己的美人的缺陷清醒全面的认识,正是他在感情上对她明显缺乏热情这一点,引起了我无休止的痛苦。

我看到他要娶她是出于门第观念,也许还有政治上的原因,因为她的地位与家庭关系同他很相配。我觉得他并没有把自己的爱给她,她也没有资格从他那儿得到这个宝物。这就是问题的症结——就是触及痛处的地方,就是我的热情有增无减的原因:**因为她不可能把他迷住。**

要是她立即获胜,他也让了步,虔诚地拜倒在她脚下,我倒会捂住脸,转向墙壁,在他们面前死去(比喻意义上说)。要是英格拉姆小姐是一位高尚出色的女人,富有力量、热情、善心和见识,我倒会与两头猛虎——嫉妒与绝望,作誓死的搏斗。纵然我的心被掏出来吞噬掉,我也会钦佩她——承认她的出众,默默地度过余生。她愈是优越绝伦,我会愈加钦慕——我的沉默也会愈加深沉。但实际情况并非如此,目睹英格拉姆小姐想方设法迷住罗切斯特先生,看着她连遭败绩——她自己却并没有意识到,反而徒劳地幻想,每一支射出的箭都击中了目标,昏头昏脑地为自己的成功而洋洋得意,而她的傲气与自负却越来越把她希望诱捕的目的物拒之于门外——看着**这一切**使我同时陷入了无尽的激动和无情的自制之中。

她失败时,我知道她本可以取胜。我知道,那些不断擦过罗切斯特先生的胸膛,没有射中落在脚下的箭,要是由一个更为稳健的射手来射,满可以在他高傲的心坎上剧烈颤动——会在他严厉的目光中注入爱,在嘲弄的面部表情中注入柔情,或者更好,不需要武器便可无声地把他征服。

"为什么她有幸如此接近他,却无法给予他更大的影响呢?"我问自己,"当然她不可能真正喜欢他,或者真心实意爱他! 要是真的爱他,她就不必那么慷慨卖笑,频送秋波,不必如此装腔作势,卖弄风情了。我似乎觉得,她只要安安静静地坐在他身边,不必张口抬眼,就可以贴近他的心坎。我曾见到过他一种全然不同的表情,不像她此刻轻佻地同他搭讪时露出的冷漠态度。但那时这种表情是自然产生的,不是靠低俗的计谋和利己的手腕来索讨的。你只要接受它就是——他发问时你回答,不用弄虚作假;需要时同他说话,不必挤眉弄眼——而这种表情会越来越浓,越来越温和,越来越亲切,像滋养人的阳光那样使你感到温暖。他们结合以后,她怎样来使他高兴呢?我想她不会去想办法。不过该是可以做到使他高兴的。我真的相信,他的妻子会成为阳光下最快乐的女人。"

对罗切斯特先生从个人利益和亲属关系考虑的婚姻计划,我至今没有任何微词。我初次发觉他的这一打算时,很有些诧异。我曾认为像他这样的人,在择偶时不会为这么陈腐的动机所左右。但是我对男女双方的地位、教养等等考虑得越久,就越感到自己没有理由因为罗切斯特先生和英格拉姆小姐按无疑在童年时就灌输进去的思想和原则行事而责备他们。他们整个阶级的人都奉行这样的原则,我猜想他们也有我无法揣测的理由去恪守这些原则。我似乎觉得,如果我是一个像他这样的绅士,我也只会把自己所爱的妻子搂入怀中。然而这种打算显然对丈夫自身的幸福有利,所以未被普遍采纳,内中必定有我全然不知的争议,否则整个世界肯定会像我所想的那样去做了。

但是在其他方面,如同在这方面一样,我对我主人渐渐地变得很宽容了。我正在忘却他所有的缺点,而过去我是紧盯不放的。以前我研究他性格的各个方面,好坏都看,权衡两者,以做出公正的评价。现在我看不到坏的方面了。曾经令人厌恶的嘲弄、一度使我吃惊的严厉,已不过像是一盘佳肴中浓重的调料,有了它,热辣辣好吃,没有它,便淡而无味。至于那种令人难以捉摸的东西——那种表情是阴险还是忧伤,是工于心计还是颓唐沮丧?一个细心的旁观者会看到这种表情不时从他目光中流露出来,但是没等你探测暴露部分的神秘深渊,它又再次掩盖起来了。那种神态过去曾使我畏惧和退缩,仿佛徘徊在火山似的群山之中,突然感到大地颤抖,看到地面裂开了。间或我还能见到这样的表情,我依旧怦然心动,却并未神经麻木。我不想躲避,只渴望迎头而上,去探知它的底细。我认为英格拉姆小姐很幸福,因为有一天她可以在闲暇时窥探这个深渊,考察它的秘密,分析这些秘密的性质。

与此同时,在我只考虑我的主人和他未来的新娘时——眼睛只看见他们,耳朵只听见他们的谈话,心里只想着他们举足轻重的动作,其他宾客都沉浸于各自的兴趣与欢乐。林恩太太和英格拉姆太太依旧相伴,在严肃交谈。她们戴了头巾帽,彼此点着头,根据谈及的话题,各自举起双手,做着表示惊愕、迷惑或恐惧的手势,活像一对放大了的木偶。温存的登特太太同敦厚的埃希顿夫人在聊天,两位太太有时还同我说句把客套话,或者朝我笑笑。乔治·林恩爵士、登特上校和埃希顿先生在谈论政治、郡里的事或司法事务。英格拉姆勋爵和艾米·埃希顿在调情。路易莎弹琴唱歌给一位林恩先生听,也跟他一起弹唱。玛丽·英格拉姆懒洋洋地听着另一位林恩先生献殷勤的话。有时候,所有的人都不约而同地停止了自己的插曲,来观看和倾听主角们的表演,因为罗切斯特先生和——由于与他密切有关——英格拉姆小姐,毕竟是全场人的生命和灵魂。要是他离开房间一个小时,一种可以觉察到的沉闷情绪便悄悄地漫上客人们的心头,而他再一次进屋必定会给活跃的谈话注入新的激情。

一天,他有事上米尔科特去了,要很晚才能回来,大家便特别感觉到缺少了他生气勃勃的感染力。那天下午下了雨,结果原来计划好的徒步去看新近扎在海镇公地上的吉卜赛人营帐的事也就推迟了。一些男士去了马厩,年轻一点的与小姐们一起在台球房里打台球。遗孀英格拉姆和林恩安静地玩纸牌解闷。登特太太和埃希顿太太拉布兰奇·英格拉姆小姐一起聊天,她爱理不理地拒绝了,自己先是伴着钢琴哼了一些感伤的曲调,随后从图书室里拿了本小说,傲气十足却无精打采地往沙发上一坐,准备用小说的魅力来消磨几个钟头无人做伴的乏味时光。除了不时传来楼上玩台球人的欢叫,整个房间和整所房子都寂静无声。

时候已近黄昏,当当的钟声提醒人们已到了换装用饭的时刻。这当儿,在客厅里跪在我身边窗台上的阿黛勒突然大叫起来。

"Voilà Monsieur Rochester, qui revient!"[1]

_____

[1] 法语:瞧,罗切斯特先生回来了。

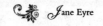

我转过身，英格拉姆小姐从沙发上一跃而起，其余的人也停下自己的活动抬起头来。与此同时，车轮的吱嘎声和马蹄涉水的泼剌声，在湿漉漉的沙土路上隐约传来，一辆驿站马车驶近了。

"他中了什么邪啦，这等模样回家来？"英格拉姆小姐说道，"他出门时骑的是梅斯罗（那匹黑马），不是吗？而派洛特也跟着他的，他把这两头动物怎么啦？"

她说这话时，高高的身子和宽大的衣服紧挨着窗子，弄得我不得不往后仰，差一点绷断了脊骨。焦急之中，她起初没有看见我，但一见我便噘起嘴，走到另外一扇窗去了。马车停了下来，驾车人按了按门铃，一位穿着旅行装的绅士跳下车来。不过不是罗切斯特先生，是位看上去很时髦的大个子男人，一个陌生人。

"真恼人！"英格拉姆小姐嚷道，"你这个讨厌的猴子！（称呼阿黛勒）谁将你弄上窗子谎报消息的？"她悻悻地瞥了我一眼，仿佛这是我的过错。

大厅里隐隐约约响起了交谈声，来人很快便进了屋。他向英格拉姆太太行了个礼，认为她是在场的人中最年长的妇人。

"看来我来得不是时候，夫人，"他说，"正巧我的朋友罗切斯特先生出门去了。可是我远道而来，我想可以作为关系密切的老相识，冒昧在这儿呆一下，等到他回来。"

他的举止很客气，但说话的腔调听来有些异样——不是十足的外国腔，但也不完全是英国调。他的年龄与罗切斯特先生相仿——在三十与四十之间。他的肤色特别灰黄，要不然他倒是个英俊的男人，乍看之下尤其如此。仔细一打量，你会发现他脸上有种不讨人喜欢，或是无法让人喜欢的东西。他的五官很标准，但太松弛。他的眼睛大而俊秀，但缺少活力，没有神采——至少我是这样想的。

通知换装的铃声驱散了宾客。直到晚饭后我才再次见到他。那时他似乎已十分自在。但是我对他的面相却比初见面时更不喜欢了。我觉得它既不安稳又毫无生气。他的目光游移不定，漫无目的。这使他露出一副我从未见过的怪相。这样一个漂亮而且看来也并非不和蔼的男人，却使我极为讨厌。在那光滑的鹅蛋形脸蛋上没有魄力；在那个鹰钩鼻和那张樱桃小嘴上缺少坚毅；在那低平的额头上没有思想；在那空洞的褐色眼睛里没有控制力。

我坐在往常的角落里，打量着他，借着壁炉上把他浑身照得透亮的枝形烛架上的光——因为他坐在靠近炉的一把安乐椅上，还不住地挨近炉火，仿佛怕冷似的——我把他同罗切斯特先生做了比较。我想（但愿我这么说并无不敬）一只光滑的雄鹅和一只凶猛的猎鹰，一头驯服的绵羊和看守着它的毛粗眼尖的猎狗之间的反差，也不见得比他们两者之间大。

他说罗切斯特先生是他的故友，那必定是种奇怪的友谊，是古训"相反相成"的一个极好说明。

两三位男士坐在他旁边，我听到了他们在房间另一头谈话的片断。起初我听不大懂，因为路易莎·埃希顿和玛丽·英格拉姆离我更近，她们的谈话使断断续续到我耳边的片言只语模糊不清。路易莎和玛丽两人在谈论着陌生人，都称他为"美男子"。路易莎说他是位"可爱的家伙"而且"喜欢他"，玛丽列举了"他的小嘴巴和漂亮鼻子"，认为是她心目中理想的魅力所在。

"塑造得多好的额角！"路易莎叫道，"那么光滑——没有那种我讨厌透了的皱眉蹙额的怪样子，而且眼神和笑容多么恬静！"

随后，我总算松了口气，因为亨利·林恩先生把她们叫到房间的另一头，去解决关于推迟去海镇公地远足的某个问题了。

此刻我可以把注意力集中到火炉边的一群人上了。我很快就明白来人叫梅森先生。接着我知道他刚到英国，来自某个气候炎热的国家，无疑那就是为什么他脸色那么灰黄、坐得那么靠近火炉、在室内穿着紧身长外衣的原因了。不久，诸如牙买加、金斯敦、西班牙城一类字眼，表明了他在西印度群岛居住过。没过一会儿，我颇为吃惊地了解到，他在那儿初次见到并结交了罗切斯特先生。他谈起他朋友不喜欢那个地区烤人的炎热，不喜欢飓风和雨季。我知道罗切斯特先生曾是位旅行家，费尔法克斯太太这么说过他。不过我想他游荡的足迹只限于欧洲大陆，在这之前我从未听人提起他到过更遥远的海岸。

我正在细想这些事儿的时候，一件事情，一件颇为意外的事情，打断了我的思路。有人碰巧把门打开时，梅森先生哆嗦着要求在炉子上再加些煤，因为尽管大块煤渣依然通红发亮，但火焰已经燃尽。送煤进来的仆人，走出

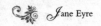 

去时凑近埃希顿先生低声对他说了什么,我只听清了"老太婆"——"挺讨厌"几个字。

"要是她不走就把她铐起来。"法官回答说。

"不——慢着!"登特上校打断了他,"别把她打发走,埃希顿。我们也许可以利用这件事,还是同女士们商量一下吧。"随后他大着嗓门继续说道:"女士们,你们不是说起要去海镇公地看一下吉卜赛人营地吗?这会儿萨姆说,现在有位本奇妈妈①在仆人的饭厅里,硬要让人带到'有身份'的人面前,替他们算算命。你们愿意见她吗?"

"上校,"英格拉姆太太叫道,"当然你是不会怂恿这样一个低级骗子的吧?立即把她撵走!一定要撵走!"

"不过我没法说服她走,夫人,"仆人说,"别的用人也不行,现在费尔法克斯太太求她快走,可是她索性在烟囱角落坐了下来,说是不准许她进来她就不走。"

"她要干什么?"埃希顿夫人问。

"她说是'给老爷们算命',夫人,她发誓一定得给算一算,说到做到。"

"她长相怎么样?"两位埃希顿小姐异口同声地问道。

"一个丑得吓人的老东西,小姐,差不多跟煤烟一般黑。"

"嗨,她是个道地的女巫了!"弗雷德里克·林恩嚷道,"当然,我们得让她进来。"

"那还用说,"他兄弟回答说,"丢掉这样一个有趣的机会实在太可惜了。"

"亲爱的孩子们,你们认为怎么样?"林恩太太嚷嚷道。

"我可不能支持这种前后矛盾的做法。"英格拉姆夫人插话了。

"说真的,妈妈,可是你能支持——你会的。"响起了布兰奇傲气十足的嗓音,这时她从琴凳上转过身来。刚才她还默默地坐着,显然在仔细翻阅各种乐谱。"我倒有兴趣听听人家算我的命,所以萨姆,把那个丑老太婆给叫进来。"

---

① 本奇妈妈:十六世纪伦敦一个有名的酒店老板娘,传说爱讲故事,后人常用"本奇妈妈"泛指算命女人。

"布兰奇我的宝贝！再想一想——"

"我是想了——你建议的，我都细想过了，我得按我的意愿办——快点，萨姆！"

"好——好——好！"年轻人都齐声叫了起来，小姐们和先生们都不例外，"让她进来吧——这会是一场绝妙的游戏！"

仆人依然犹豫不前。"她样子那么粗野。"他说。

"去！"英格拉姆小姐喝道。于是，这仆人便走了。

众人立即激动起来。萨姆返回时，相互正戏谑嘲弄，玩笑开得火热。

"她现在不来了，"他说，"她说了她的使命不是到'一群庸人'（她的话）面前来的。我得带她独个儿进一个房间，然后，想要请教她的人得一个一个去。"

"现在你明白了吧，我的布兰奇女王，"英格拉姆夫人开腔了，"她得寸进尺了。听话，我的天使姑娘——还有——"

"带她进图书室，当然，""天使姑娘"把话打断了，"在一群庸人面前听她说话也不是我的使命。我要让她单独跟我谈。图书室里生火了吗？"

"生了，小姐——可她完全像个吉卜赛人。"

"别多嘴了，笨蛋！照我吩咐的办。"

萨姆再次消失，神秘、激动、期待的心情再次在人们心头翻腾。

"她现在准备好了，"仆人再次进来说，"她想知道谁先去见她。"

"我想女士们进去之前还是让我先去瞧一瞧她吧，"登特上校说，"告诉她，萨姆，一位绅士来了。"

萨姆去了又回来了。

"她说，先生，她不见男士，他们不必费心去接近她了，还有，"他好不容易忍住不笑出声来，补充道，"除了年轻单身的，别的女士们也不必见了。"

"天哪！她倒还挺有眼力呢！"亨利·林恩嚷道。

英格拉姆小姐一本正经地站了起来。"我先去。"她说，那口气好像她是一位带领部下突围的敢死队队长。

"啊，我的好人儿！啊，我最亲爱的！等一等——三思而行！"她妈妈喊道。但是她堂而皇之、一声不吭地从她身边走过，进了登特上校为她开着的门，我们听见她进了图书室。

接着是一阵相对的沉寂。英格拉姆太太认为该是搓手的 le cas① 了,于是便搓起手来,玛丽小姐宣布,她觉得换了她是不敢冒险的。艾米和路易莎·埃希顿在低声窃笑,面有惧色。

分分秒秒过得很慢,图书室的门再次打开时,才数到十五分钟。英格拉姆小姐走过拱门回到了我们这里。

她会嗤之以鼻吗? 她会一笑了之? ——众人都带着急切好奇的目光迎着她,她报之以冷漠拒绝的眼神,看上去既不慌张也不愉快,板着面孔走向自己的座位,默默地坐了下来。

"嗨,布兰奇?"英格拉姆勋爵叫道。

"她说了什么啦,姐姐?"玛丽问。

"你认为怎样? 感觉如何? 她是个地道算命的吗?"埃希顿姐妹问。

"好了,好了,你们这些好人,"英格拉姆小姐回答道,"别硬逼我了,你们的那些主管惊讶和轻信的器官,也实在太容易给激发起来了。你们大家——也包括我的好妈妈——都那么重视这件事,似乎绝对相信这屋子里真有一个与恶魔勾结的巫婆。我刚见了一个吉卜赛流浪者,她用陈腐的方法操弄着手相术,对我说了些这类人常说的话。我已经过了瘾,现在我想埃希顿先生会像他威胁过的那样,行个好,明天一早把这个丑老婆子铐起来。"

英格拉姆小姐拿了本书,身子往椅背上一靠,不愿再和别人交谈了。我观察了她近半个小时,这半个小时内她没有翻过一页书。她的脸色一瞬间变得更阴沉、更不满,更加愠怒地流露出失望的心情来。显而易见她没有听到对她有利的话,她那么久久地郁郁不欢、沉默无语,倒似乎使我觉得,尽管她表白自己不在乎,其实对女巫所昭示的过分重视了。

同时,玛丽·英格拉姆、艾米和路易莎·埃希顿表示不敢单独前往,却又都希望去试试。通过萨姆这位使者的斡旋,她们开始了一场谈判。萨姆多次往返奔波,小腿想必也累疼了。经过一番波折,终于从这位寸步不让的女巫嘴里讨得许可,让她们三人一起去见她。

她们的拜访可不像英格拉姆小姐的那么安静。我们听见图书室里传来歇斯底里的嘻笑声和轻轻的尖叫声。大约二十分钟后,她们砰地推开了门,

---

① 法语:场合。

194

奔跑着穿过大厅,仿佛吓得没命儿似的。

"我敢肯定她有些不对头!"她们一齐叫喊起来,"她竟然同我们说这些话! 我们的事儿她全知道!"她们各自气喘吁吁地往男士们急着端过来的椅子上砰地坐了下来。

众人缠住她们,要求细说。她们便说,这算命的讲了些她们小时候说过的话,做过的事;描绘了她们家中闺房里所拥有的书和装饰品,不同亲戚赠给她们的纪念品。她们断定她甚至摸透了她们的想法,在每个人的耳边悄声说出她最喜欢的人的名字,告诉她们各人的夙愿。

说到这里,男客们插嘴了,急急乎请求她们对最后谈到的两点进一步透露一下。然而面对这些人的纠缠,她们颤栗着的脸涨得通红,又是叫呀又是笑。同时太太们递上了香嗅瓶,摇起扇来,还因为没有及时接受她们的劝告而一再露出不安的表情。年长的男士们大笑不止,年轻的赶紧去给美丽的女士压惊。

在这一片混乱之中,我的耳目被眼前的情景所吸引。这时我听见身旁有人清了清嗓子,回头一看,见是萨姆。

"对不起,小姐,吉卜赛人说,房子里还有一位未婚年轻女士没有去见她,她发誓不见到所有的人就不走。想必这就是你,没有其他人了。我怎么去回话呢?"

"啊,我一定去。"我回答。我很高兴能有这个意外的机会满足我被大大激起了的好奇心。我溜出房间,谁也没有看到我——因为众人聚在一起,围着刚回来依然哆嗦着的三个人——随手轻轻地关上门。

"对不起,小姐,"萨姆说,"我在厅里等你,要是她吓着你了,你就叫一下,我会进来的。"

"不用了,萨姆,你回到厨房去吧,我一点也不怕。"我倒真是不怕的,不过我很感兴趣,也很激动。

## 第四章

　　我进门的时候,图书室显得很安静,那女巫——如果她确实是的话,舒适地坐在烟囱角落的安乐椅上。她身披红色斗篷,头戴一顶黑色女帽,或者不如说宽边吉卜赛帽,用一块条子手帕系着在下巴上打个结。桌子上立着一支熄灭了的蜡烛。她俯身向着火炉,借着火光,似乎在看一本祈祷书般的黑色小书,一面看,一面像大多数老妇人那样,口中念念有词。我进门时她并没有立即放下书来,似乎想把一段读完。

　　我站在地毯上,暖了暖手,我的手很冷,因为在客厅时我坐得离火炉较远。这时我像往常那么平静,说实在的吉卜赛人的外表没有什么会使我感到不安。她合上书,慢慢抬起头来,帽檐遮住了脸的一部分。但是她扬起头来时,我仍能看清楚她的面容很古怪,看上去全是褐色和黑色。乱发从绕过下巴的白色带子下钻了出来,漫过半个脸颊,或者不如说下颚。她的目光立即与我的相遇,大胆地直视着我。

　　"噢,你想要算命吗?"她说,那口气像她的目光那样坚定,像她的五官那样严厉。

　　"我并不在乎,大妈,随你便吧,不过我得提醒你,我并不相信。"

　　"说话这么无礼倒是你的脾性,我料定你会这样,你跨过门槛的时候,我从你的脚步声里就听出来了。"

　　"是吗?你的耳朵真尖。"

　　"不错,而且眼睛亮,脑子快。"

　　"干你这一行倒是都需要的。"

"我是需要的,尤其是对付像你这样的顾客的时候。你干嘛不发抖?"

"我并不冷。"

"你为什么脸不发白?"

"我没有什么不舒服。"

"你为什么不来请教我的技艺?"

"我不傻。"

这老太婆在帽子和带子底下爆发出了一阵笑声,随后取出一个短短的烟筒,点上烟,开始抽了起来。她在这份镇静剂里沉迷了一会儿后,便直起了弯着的腰,从嘴里取下烟筒,一面呆呆地盯着炉火,一面不慌不忙地说:

"你很冷;你不舒服;你很傻。"

"拿出证据来。"我回答。

"一定,三言两语就行。你很冷,因为你孤身一人,没有交往,激发不了内心的火花。你不舒服,因为给予人的最好、最高尚、最甜蜜的感情,与你无缘。你很傻,因为尽管你很痛苦,你却既不会主动去召唤这种感情靠近你,也不会跨出一步,到它等候你的地方去迎接它。"

她再次把那杆黑色的短烟筒放进嘴里,使劲吸了起来。

"凡是你所知道的寄居在大房子里的孤独者,你几乎都可以说这样的话。"

"是几乎对谁都可以这么说,但几乎对谁都适用吗?"

"适合处于我这种情况的人。"

"是的,一点也不错,适合你的情况。不过你倒给我找个处境跟你一模一样的人看看。"

"找成千上万都不难。"

"你几乎一个也找不到。要是你知道就好了,你的处境很特殊,幸福离你很近,是的,伸手可得。物质条件也都具备,只需动一动把它们连结在一起即可,机缘使它们分开了一些,一旦让它们聚合,就会带来幸福。"

"我不懂谜语,这辈子没有猜中一个谜。"

"如果你要我讲得更明白些,那你就伸出手掌来给我看看。"

"我猜还得在上面放上银币吧?"

"当然。"

　　我给了她一个先令。她从口袋里掏出一只旧长袜,把钱币放进去,用袜子系好,放回原处。她让我伸出手去,我照办了。她把脸贴近我手掌,细细看了起来,但没有触碰它。

　　"太细嫩了,"她说,"这样的手我什么也看不出来,几乎没有皱纹。况且,手掌里会有什么呢? 命运又不刻在那儿。"

　　"我相信你。"我说。

　　"不,"她继续说,"它刻在脸上,在额头,在眼睛周围,在眸子里面,在嘴巴的线条上。跪下来,抬起你的头来。"

　　"哦! 你现在可回到现实中来了,"我一面按她的话做,一面说,"我马上开始有些相信你了。"

　　我跪在离她半码远的地方。她拨着炉火,在翻动过的煤块中,射出了一轮光圈。因为她坐着,那光焰只是使她的脸蒙上更深的阴影,而我的面容却被照亮了。

　　"我不知道你是带着什么样的心情上我这儿来的,"她仔细打量了我一会儿后说,"你在那边房间里,几小时几小时地坐着,面对一群贵人,像幻灯中的影子那么晃动着,这时你心里会有什么想法呢? 这些人与你没有什么情感的交流,好像他们不过是外表似人的影子,而不是实实在在的人。"

　　"我常觉得疲倦,有时很困,但很少悲伤。"

　　"那你有某种秘密的愿望支撑着你,耳语着预告你的将来,使你感到高兴。"

　　"我才不这样呢。我的最大愿望,是积攒下足够的钱,将来自己租一间小小的房子,办起学校来。"

　　"养料不足,精神无法依存,况且坐在窗台上(你瞧,我知道你的习惯)——"

　　"你是从仆人那儿打听来的。"

　　"啊,你自以为灵敏。好吧——也许我是这样。跟你说实话,我同其中一位——普尔太太——相识。"

　　一听到这个名字,我立刻惊跳起来。

　　"你认识她——是吗?"我思忖道,"那么,这里头看来是有魔法了。"

　　"别惊慌,"这个怪人继续说,"普尔太太很可靠,嘴巴紧,话不多。谁都可以信赖她。不过像我说的,坐在窗台上,你就光想将来办学校,别的什么也不想? 那些坐在你面前沙发上和椅子上的人,眼下你对谁都不感兴趣吗? 你一张面孔都没有仔细端详过吗? 至少出于好奇,你连一个人的举动都没有去注意过?"

"我喜欢观察所有的脸和所有的人。"

"可是你没有撇开其余,光盯住一个人——或者,也许两个?"

"我经常这么做,那是在两个人的手势和神色似乎在叙述一个故事的时候,注视他们对我来说是一种乐趣。"

"你最喜欢听什么故事?"

"啊,我没有多大选择的余地! 它们一般奏的都是同一主题——求婚,而且都预示着同一灾难性的结局——结婚。"

"你喜欢这单调的主题吗?"

"我一点也不在乎,这与我无关。"

"与你无关? 有这样一位小姐,她既年轻活泼健康,又美丽动人,而且财富和地位与生俱来,坐在一位绅士的面前,笑容可掬,而你——"

"我怎么样?"

"你认识——而且也许还有好感。"

"我并不了解这儿的先生们。我几乎同谁都没有说过一句话。至于对他们有好感,我认为有几位高雅庄重,已到中年;其余几位年轻、潇洒、漂亮、活跃。当然他们有充分自由,爱接受谁的笑就接受谁的笑,我不必把感情介入进去,考虑这件事对我是否至关重要。"

"你不了解这儿的先生们吗? 你没有同谁说过一句话? 你对屋里的主人也这么说吗?"

"他不在家。"

"讲得多玄妙! 多么高明的诡辩! 今天早上他上米尔科特去了,要到夜里或者明天早上才回来,难道因为这临时的情况,你就把他排除在熟人之外——仿佛完全抹煞他的存在?"

"不,但我几乎不明白罗切斯特先生与你提出的主题有什么关系。"

"我刚才谈到女士们在先生们眼前笑容满面,最近那么多笑容注进了罗切斯特先生的眼里,他的双眼就像两只满得快要溢出来的杯子,你对此从

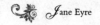

来没有想法吗?"

"罗切斯特先生有权享受同宾客们交往的乐趣。"

"毫无问题他有这权利,可是你没有觉察到吗,这里所议论到的婚姻传闻中,罗切斯特先生有幸被人谈得最起劲,而且人们一直兴趣不减吗?"

"听的人越焦急,说的人越起劲。"我与其说是讲给吉卜赛人听,还不如说在自言自语。这时吉卜赛人奇怪的谈话、嗓音和举动已使我进入了一种梦境。意外的话从她嘴里一句接一句吐出来,直至我陷进了一张神秘的网络,怀疑有什么看不见的精灵,几周来一直守在我心坎里,观察着心的运转,记录下了每次搏动。

"听的人越焦急?"她重复了一遍,"不错,此刻罗切斯特先生是坐在那儿,侧耳倾听着那迷人的嘴巴在兴高采烈地交谈。罗切斯特先生十分愿意接受,并且看来十分感激提供给他的消遣,你注意到这点了吗?"

"感激! 我并不记得在他脸上察觉到过感激之情。"

"察觉! 你还分析过呢。如果不是感激之情,那你察觉到了什么?"

我没有吱声。

"你看到了爱,不是吗? 而且往前一看,你看到他们结了婚,看到了他的新娘快乐了。"

"哼! 不完全如此。有时候你的巫术也会出差错。"

"那么你到底看到了什么?"

"你别管了,我是来询问,不是来表白的,不是谁都知道罗切斯特先生要结婚了吗?"

"是的,同漂亮的英格拉姆小姐。"

"马上?"

"种种迹象将证实这一结论,毫无疑问(虽然你真该挨揍,竟敢大胆提出疑问),他们会是无比快乐的一对。他一定会喜爱这样一位美丽、高贵、风趣、多才多艺的小姐,而很可能她也爱他,要不如果不是爱他本人,至少爱他的钱包。我知道她认为罗切斯特家的财产是十分合意的(上帝宽恕我),虽然一小时之前我在这事儿上给她透了点风,她听了便沉下了脸,嘴角挂下了半英寸。我会劝她的黑脸求婚者小心为是,要是又来个求婚的人,房租地租的收入更丰——那他就完蛋——"

"可是,大妈,我不是来听你替罗切斯特先生算命的,我来听你算我的命,你却一点也没有谈过呢。"

"你的命运还很难确定。我看了你的脸相,各个特征都相互矛盾。命运赐给了你一份幸福,这我知道,是我今晚来这里之前晓得的。她已经小心翼翼地替你把幸福放在一边,我看见她这么干的。现在就看你自己伸手去把它捡起来了,不过你是否愿意这么做,是我要琢磨的问题。你再跪到地毯上吧。"

"别让我跪得太久,火炉热得灼人。"

我跪了下来。她没有向我俯下身来,只是紧紧盯着我,随后又靠回到椅子上。她开始咕哝起来:

"火焰在眼睛里闪烁,眼睛像露水一样闪光;看上去温柔而充满感情,笑对着我的闲聊,显得非常敏感。清晰的眼球上掠过一个又一个印象,笑容一旦消失,神色便转为忧伤。倦意不知不觉落在眼睑上,露出孤独带来的忧郁。那双眼睛避开了我,受不了细细端详,而且投来讥讽的一瞥,似乎要否认我已经发现的事实——既不承认说它敏感,也不承认说它懊丧,它的自尊与矜持只能证实我的看法,这双眼睛是讨人喜欢的。

"至于那嘴巴,有时喜欢笑,希望袒露头脑中的一切想法,但我猜想对不少内心的体验却绝口不提。它口齿伶俐,决不想紧闭双唇,永远安于孤寂沉默。这张嘴爱说爱笑,爱交谈,通人情,这一部分也很吉利。

"除了额头,我看不到有碍幸福结局的地方,那个额头表白道:'我可以孤单地生活,要是自尊心和客观环境需要我这样做的话。我不必出卖灵魂来购得幸福。我有一个天生的内在珍宝,在外界的欢乐都被剥夺,或者欢乐的代价高于我的偿付能力时,它能使我活下去。'额头大声说道:'理智稳坐不动,紧握缰绳,不让情感挣脱,将自己带入荒芜的深渊。激情会像道地的异教徒那样狂怒地倾泻,欲望会耽于虚无缥缈的幻想,但是判断在每次争执中仍持有决定权,在每一决策中掌握着生死攸关的一票。狂风、地震和火灾虽然都会降临,但我将听从那依然细微的声音的指引,因为是它解释了良心的命令。'

"说得好,前额,你的宣言将得到尊重。我已经订好了计划——我认为是正确的计划,内中我照应到良心的要求、理智的忠告。我明白在端上来的

<br>

幸福之杯中,只要发现一块耻辱的沉渣、一丝悔恨之情,青春就会很快逝去,花朵就会立即凋零。而我不要牺牲、悲伤和死亡——这些不合我的口味。我希望培植,不希望摧残;希望赢得感激,而不是拧出血泪来——不,不是泪水;我的收获必须是微笑、抚慰和甜蜜——这样才行。我想我是在美梦中呓语,我真想把眼前这一刻 ad infinitum① 延长,但我不敢。到现在为止,我自控得很好,像心里暗暗发誓的那样行动,但是再演下去也许要经受一场非我力所能及的考验。起来,爱小姐,离开我吧,'戏已经演完了'②。"

我在哪儿呢?是醒着还是睡着了?我一直在做梦吗?此刻还在做?这老太婆已换了嗓门。她的口音、她的手势、她的一切,就像镜中我自己的面孔,也像我口中说的话,我都非常熟悉。我立起身来,但并没有走,我瞧了瞧,拨了拨火,再瞧了她一下,但是她把帽子和绷带拉得紧贴在脸上,而且再次摆手让我走。火焰照亮了她伸出的手。这时我已清醒,一心想发现什么,立即注意到了这只手。跟我的手一样,这不是只老年人干枯的手。它丰满柔软,手指光滑而匀称,一枚粗大的戒指在小手指上闪闪发光。我弯腰凑过去细瞧了一下,看到了一块我以前见过上百次的宝石。我再次打量了那张脸,这回它可没有避开我——相反,帽子脱了,绷带也扯了,脑袋伸向了我。

"嗨,简,你认识我吗?"那熟悉的口音问。

"你只要脱下红色的斗篷,先生,那就——"

"可是这绳子打了结——帮我一下。"

"扯断它,先生。"

"好吧,那么——脱下来,你们这些身外之物!③"罗切斯特先生脱去了伪装。

"哦,先生,这是个多奇怪的主意!"

"不过贯彻得很好,嗯?你不这样想吗?"

"对付女士们,你也许应付得很好。"

"但对你不行?"

---

① 拉丁文:无限。
② 这句话最早见于莎士比亚戏剧《亨利四世》,后来英国作家萨克雷(一八一一——一八六三)在小说《名利场》的结尾用了它。
③ 见莎士比亚戏剧《李尔王》第三幕第四场。

"你并没对我扮演吉卜赛人的角色。"

"我演了什么角色啦？我自己吗？"

"不,某个无法理解的人物。总之,我相信你一直要把我的话套出来——或者把我也扯进去。你一直在胡说八道,为的是让我也这样,这很难说是公平的,先生。"

"你宽恕我吗,简?"

"我要仔细想想后才能回答。如果经过考虑我觉得自己并没有干出荒唐的事来,那我会努力宽恕你的,不过这样做不对。"

"呵,你刚才一直做得很对——非常谨慎,非常明智。"

我沉思了一下,大体认为自己是这样。那是一种愉快。不过说实在的——与他见面我便已存戒心,怀疑是一种假面游戏。我知道吉卜赛人和算命的人的谈吐,不像那个假老太婆。此外,我还注意到了她的假嗓子,注意到了她要遮掩自己面容的焦急心情。可是我脑子里一直想着格雷斯·普尔——那个活着的谜,谜中之谜,因此压根儿没有想到罗切斯特先生。

"好吧,"他说,"你呆呆地在想什么呀?那严肃的笑容是什么意思?"

"惊讶和庆幸,先生。我想,现在你可以允许我离开了吧?"

"不,再呆一会儿。告诉我那边会客室里的人在干什么?"

"我想是在议论那个吉卜赛人。"

"坐下,坐下!——讲给我听听他们说我什么啦。"

"我还是不要久待好,先生。准已快十一点了。啊!你可知道,罗切斯特先生,你早晨走后,有位陌生人到了?"

"陌生人!——不,会是谁呢?我并没有预期有谁来,他走了吗?"

"没有呢,他说他与你相识很久,可以冒昧地住下等到你回来。"

"见鬼!他可说了姓名?"

"他的名字叫梅森,先生,他是从西印度群岛来的,我想是牙买加的西班牙城。"

罗切斯特先生正站在我身旁。他拉住了我的手,仿佛要领我坐到一张椅子上。我一说出口,他便一阵痉挛,紧紧抓住我的手,嘴上的笑容冻结了,显然一阵抽搐使他透不过气来。

"梅森!——西印度群岛!"他说,那口气使人想起一架自动说话机,吐着单个词汇。"梅森！——西印度群岛！"他念念有词，把那几个字重复了三遍，说话的间隙，脸色白如死灰，几乎不知道自己在干什么。

"你不舒服，先生？"我问。

"简，我受了打击——我受了打击，简！"

他身子摇摇晃晃。

"啊！——靠在我身上，先生。"

"简，你的肩膀曾支撑过我，现在再支撑一回吧。"

"好的，先生，好的，还有我的胳膊。"

他坐了下来，让我坐在他旁边，用双手握住我的手，搓了起来，同时黯然神伤地凝视着我。

"我的小朋友？"他说，"我真希望呆在一个平静的小岛上，只有你我在一起，烦恼、危险、讨厌的往事都离我们远远的。"

"我能帮助你吗，先生？——我愿献出生命，为你效劳。"

"简，要是我需要援手，我会找你帮忙，我答应你。"

"谢谢你，先生。告诉我该干什么——至少让我试试。"

"简，替我从餐室里拿杯酒来，他们会都在那里吃晚饭，告诉我梅森是不是同他们在一起，他在干什么。"

我去了。如罗切斯特先生所说，众人都在餐室用晚饭。他们没有围桌而坐，晚餐摆在餐具柜上，各人取了自己爱吃的东西，零零落落地成群站着，手里端了盘子和杯子。大家似乎都兴致勃勃，谈笑风生，气氛十分活跃。梅森先生站在火炉旁，同登特上校和登特太太在交谈，显得和其余的人一样愉快。我斟满酒（我看见英格拉姆小姐皱眉蹙额地看着我，我猜想她认为我太放肆了），回到了图书室。

罗切斯特先生极度苍白的脸已经恢复神色，再次显得镇定自若了。他从我手里接过酒杯。

"祝你健康，助人的精灵！"他说着，一口气喝下了酒，把杯子还给我。"他们在干什么呀，简？"

"谈天说笑，先生。"

"他们看上去不像是听到过什么奇闻那般显得严肃和神秘吗？"

"一点也没有——大家都开开玩笑，快快乐乐。"

"梅森呢?"

"也在一起说笑。"

"要是这些人抱成一团唾弃我,你会怎么办呢?"

"把他们赶出去,先生,要是我能够。"

他欲笑又止。"如果我上他们那儿去,他们只是冷冷地看着我,彼此还讥嘲地窃窃私语,随后便一个个离去,那怎么办呢? 你会同他们一起走吗?"

"我想我不会走,先生。同你在一起我会更愉快。"

"为了安慰我?"

"是的,先生,尽我的力量安慰你。"

"要是他们禁止你跟着我呢?"

"很可能我对他们的禁令一无所知,就是知道我也根本不在乎。"

"那你为了我就不顾别人责难了?"

"任何一位朋友,如值得我相守,我会全然不顾责难。我深信你就是这样一位朋友。"

"回到客厅去吧,轻轻走到梅森身边,悄悄地告诉他罗切斯特先生已经到了,希望见他。把他领到这里来,随后你就走。"

"好的,先生。"

我按他的吩咐办了。宾客们都瞪着眼睛看我从他们中间直穿而过。我找到了梅森先生,传递了信息,走在他前面离开了房间。领他进了图书室后,我便上楼去了。

深夜时分,我上床后过了好些时候,我听见客人们才各自回房,也听得出罗切斯特先生的嗓音,只听见他说:"这儿走,梅森,这是你的房间。"

他高兴地说着话,那欢快的调门儿使我放下心来,我很快就睡着了。

平常我是拉好帐幔睡觉的,而那回却忘了,也忘了把百叶窗放下来。结果,一轮皎洁的满月(因为那天夜色很好),沿着自己的轨道,来到我窗户对面的天空,透过一无遮拦的窗玻璃窥视着我,用她那清丽的目光把我唤醒。夜深人静,我张开眼睛,看到了月亮澄净的银白色圆脸。它美丽却过于肃穆。我半欠着身子,伸手去拉帐幔。

天哪!多可怕的叫声!

夜晚的宁静和安逸,被响彻桑菲尔德府的一声狂野、刺耳的尖叫声打破了。

我的脉搏停止了,我的心脏不再跳动,我伸出的胳膊僵住了。叫声消失,没有再起。说实在的,无论谁发出这样的喊声,都无法立即重复一遍那可怕的尖叫,就是安第斯山上长着巨翅的秃鹰,也难以在白云缭绕的高处,这样连叫两声。那发出叫声的东西得缓过气来才有力气再次喊叫。

这叫声来自三楼,因为正是从我头顶上响起来的。在我的头顶——不错,就在我天花板上头的房间里。此刻我听到了一阵挣扎,从响声看似乎是一场你死我活的搏斗,一个几乎透不过气来的声音喊道:

“救命呀!救命呀!救命呀!”连叫了三声。

“怎么没有人来呀?”这声音喊道。随后,是一阵发疯似的踉跄和踩脚,透过木板和灰泥我听得出来:

“罗切斯特!罗切斯特!看在上帝面上,快来呀!”

一扇房门开了。有人跑过,或者说冲过了走廊。另一个人的脚步踩在头顶的地板上,什么东西跌倒了,随之便是一片沉寂。

尽管我吓得四肢发抖,但还是穿上了几件衣服,走出房间。所有熟睡的人都被惊醒了,每个房间都响起了喊叫声和恐惧的喃喃声。门一扇扇打开了,人一个个探出头来。走廊上站满了人。男宾和女客们都从床上爬起来。"啊,怎么回事?"——"谁伤着了?"——"出了什么事呀?"——"掌灯呀!"——"起火了吗?"——"是不是有盗贼?"——"我们得往哪儿逃呀?"四面八方响起了七嘴八舌的询问。要不是那月光,众人眼前会一片漆黑。他们来回乱跑,挤成一堆。有人哭泣,有人跌跤,顿时乱作一团。

"见鬼,罗切斯特在哪儿?"登特上校叫道,"他床上没有人。"

"在这儿! 在这儿!"一个声音喊着回答,"大家镇静些,我来了。"

走廊尽头的门开了,罗切斯特先生拿着蜡烛走过来。他刚从楼上下来,一位女士便径直朝他奔去,一把抓住他胳膊。那是英格拉姆小姐。

"出了什么可怕的事了?"她说,"说啊! 快让我们知道最坏的情况!"

"可别把我拉倒或者勒死呀。"他回答,因为此刻两位埃希顿小姐紧紧抓住他不放,两位遗孀穿着宽大的白色晨衣,像鼓足了风帆的船,向他直冲过来。

"什么事儿也没有! ——什么事儿也没有!"他喊道,"不过是《无事生非》①的一场彩排。女士们,让开,不然我要凶相毕露了。"

而他确实目露凶光,乌黑的眼睛直冒火星。他竭力使自己镇定下来,补充道:

"一个仆人做了一场噩梦,就是这么回事。她好激动,神经质,无疑她把梦里见到的当成了鬼魂之类的东西,而且吓得昏了过去。好吧,现在我得关照大家回自己房间里去。因为只有整座房子安静下来了,我们才好照应她。先生们,请你们给女士们做个榜样。英格拉姆小姐,我敢肯定,你会证实自己不会被无端的恐惧所压倒。艾米和路易莎,就像一对真正的鸽子那样回到自己的窝里去。夫人们(向着两位遗孀),要是你们在冷飕飕的走廊上再呆下去,那肯定要得感冒。"

他就这样连哄带叫,好不容易让所有的人再次进了各自的房间,关上了

---

① 莎士比亚的一个喜剧。

门。我没有等他命令我回到自己房间,便像来的时候一样悄悄地走了。

不过我没有上床,反倒小心地穿好了衣服。那声尖叫以后传来的响动和大声喊出来的话,很可能只有我听到,因为是从我头顶的房间传来的。但我很有把握,闹得整所房子惊惶失措的,不是仆人的噩梦。罗切斯特先生的解释不过是一时的编造,用来稳住客人的情绪而已。于是我穿上衣服以防不测。穿戴停当后,我久久地坐在窗边,眺望着静谧的庭院和银色的田野,连自己也不知道在等待着什么。我似乎感到,在奇怪的喊叫、搏斗和呼救之后,必定要发生什么事情。

但没有。一切又复归平静。每个细微的响动都渐渐停止,一小时后整座桑菲尔德府便像沙漠一般沉寂了。暗夜与沉睡似乎又恢复了自己的王国。与此同时,月亮下沉,快要隐去。我不喜欢那么冷飕飕、黑咕隆咚地坐着,心想虽然穿好了衣服,倒还是躺在床上的好。我离开了窗子,轻手轻脚地穿过地毯,正想弯腰去脱鞋,一只谨慎的手轻轻地敲响了我的门。

“要我帮忙吗?”我问。

“你没有睡?”我意料中的那个声音问道,那是我主人的嗓音。

“是的,先生。”

“而且穿了衣服?”

“不错。”

“那就出来吧,轻一点。”

我照他说的做了。罗切斯特先生端着灯,站在走廊上。

“我需要你帮忙,”他说,“这边走,慢一点,别出声。”

我穿的是一双很薄的拖鞋,走在铺了席子的地板上,轻得像只猫。他溜过走廊,上了楼梯,在多事的三楼幽暗低矮的走廊上停住了脚步。我尾随着,站在他旁边。

“你房间里有没有海绵?”他低声耳语道。

“有,先生。”

“有没有盐——嗅盐?”

“有的。”

“回去把这两样都拿来。”

我回到房间,从脸盆架上找到了海绵,从抽屉里找到了食盐,并顺原路返回。他依旧等待着，手里拿了把钥匙。他走近其中一扇黑色的小门，把钥匙插进锁孔，却又停下来同我说起话来。

"见到血你不会恶心吧？"

"我想不会吧，我从来没有经历过。"

我回答时不觉毛骨悚然，不过没有打寒颤，也没有头晕。

"把手伸给我，"他说，"可不能冒让你昏倒的危险。"

我把手指放在他手里。"温暖而沉着"便是他的评价。他转动了一下钥匙，开了门。

我看见了一个似曾见过的房间，记得就在费尔法克斯太太带我浏览整幢房子的那一天。房间里悬着挂毯，但此刻一部分已经卷了起来，露出了一扇门，以前是遮蔽着的。门敞开着，里面的灯光射向门外。我从那里听到了一阵断断续续的咆哮声，同狗叫差不多。罗切斯特先生放下蜡烛，对我说了声"等一下"，便往前向内间走去。他一进去便响起了一阵笑声，先是闹闹嚷嚷，后来以格雷斯·普尔妖怪般的哈哈声而告终。她当时就在那儿。他一声不吭地做了安排，不过我还听到有人低声地同他说了话。他走了出来，随手关了门。

"这儿来，简！"他说，我绕到了一张大床的另外一头，这张帷幔紧闭的床占去了大半个房间。床头边有把安乐椅，椅子上坐了个人，除了外套什么都穿上了。他一动不动，脑袋往后靠着，双眼紧闭。罗切斯特先生把蜡烛端过他头顶。从苍白没有血色的脸上，我认出了那个陌生人梅森。我还看到，他内衣的一边和一只胳膊几乎都浸透了血。

"拿着蜡烛。"罗切斯特先生说。我取过蜡烛，而他从脸盆架上端来了一盆水。"端着它。"他说。我听从了。他拿了海绵，在脸盆里浸了一下，润了润死尸般的脸。他向我要了嗅盐瓶，把它放在梅森的鼻子底下。不久梅森先生张开眼睛，呻吟起来。罗切斯特先生解开了伤者的衬衫，那人的胳膊和肩膀都包扎了绷带。他把很快滴下来的血用海绵吸去。

"马上有生命危险吗？"梅森先生喃喃地说。

"去去！没有——不过划破了一点皮。别那么消沉，伙计。鼓起劲儿来！现在我亲自给你去请医生，希望到了早上就可以把你送走。简——"他继续说。

"什么,先生?"

"我得撇下你在这间房子里,同这位先生呆上一小时,也许两小时。要是血又流出来,你就像我那样用海绵把它吸掉。要是他感到头昏,你就把架子上的那杯水端到他嘴边,把盐放在他鼻子底下。无论如何不要同他说话——而——理查德——如果你同她说话,你就会有生命危险,譬如说张开嘴——让自己激动起来,那我就概不负责了。"

这个可怜的男人哼了起来。他看上去好像不敢轻举妄动,怕死,或者害怕别的什么东西,似乎差不多使他瘫痪了。罗切斯特先生把这时已浸染了血的海绵放进我手里,我就照他那样使用起来。他看了我一会儿,随后说:"记住!——别说话。"接着他便离开了房间。钥匙在锁孔里喀嚓响起,他远去的脚步声听不到时,我体会到了一种奇怪的感觉。

结果我就在这里三层楼上了,锁进了一个神秘的小房间。我的周围是暗夜,我的眼皮底下和手下,是白煞煞、血淋淋的景象;一个女谋杀犯与我几乎只有一门之隔。是的——那令人胆战心惊,其余的倒还可以忍受。但是我一想到格雷斯·普尔会向我扑来,便浑身直打哆嗦了。

然而我得坚守岗位。我得看着这鬼一样的面孔,看着这色如死灰、一动不动、不许张开的嘴唇,看着这双时闭时开,时而在房间里转来转去,时而盯着我,吓得总是呆滞无光的眼睛。我得把手一次次浸入那盆血水里,擦去淌下的鲜血。我得在忙碌中眼看着没有剪过烛芯的烛光渐渐暗淡下去,阴影落到了我周围精致古老的挂毯上,在陈旧的大床的帷幔下变得越来越浓重,而且在对面一个大柜的门上奇异地抖动起来——柜子的正面分成十二块嵌板,嵌板上画着十二使徒的头,面目狰狞,每个头单独占一块嵌板,就像在一个框框之中。在这些头颅的上端高悬着一个乌木十字架和殉难的基督。

游移的暗影和闪烁的光芒在四处浮动和跳跃,我一会儿看到了胡子医生路加垂着头;一会儿看到了圣约翰飘动的长发;不久又看到了犹大魔鬼似的面孔,在嵌板上突现出来,似乎渐渐地有了生命,眼看就要以最大的背叛者撒旦的化身出现。

在这种情形下,我既得细听又得静观,细听有没有野兽或者那边巢穴中魔鬼的动静。可是自从罗切斯特先生来过之后,它似乎已被镇住了。整整一夜我只听见过三声响动,三次之间的间隔很长——一次吱咯的脚步声,一次重又响起的短暂的狗叫似的声音,一次人的深沉的呻吟声。

此外,我自己也心烦意乱。究竟是一种什么罪行,以人的化身出现,蛰居在这座与世隔绝的大厦里,房主人既无法驱赶也难以制服?究竟是什么不可思议的东西,在夜深人静之时冲出来,弄得一会儿起火,一会儿流血?究竟是什么畜生,以普通女人的面貌和体态伪装自己,发出的声音一会儿像假冒的魔鬼,一会儿像觅腐尸而食的猛禽?

我俯身面对着的这个人——这个普普通通言语不多的陌生人——他是怎么陷入这个恐怖之网的呢?为什么复仇之神要扑向他呢?是什么原因使他在应当卧床安睡的时刻,不合时宜地找到房子的这边厢来呢?我曾听罗切斯特先生在楼下指定了一个房间给他——是什么东西把他带到这儿来的呢?为什么别人对他施暴或者背弃,他此刻却那么俯首帖耳?为什么罗切斯特先生强迫他遮遮掩掩,他竟默默地顺从?为什么罗切斯特先生要强迫他遮遮掩掩呢?这回,罗切斯特先生的一位宾客受到了伤害,上次他自己的性命遭到了恶毒的暗算,而这两件事他竟都秘密掩盖,故意忘却!最后,我看到梅森先生对罗切斯特先生服服帖帖,罗切斯特先生的火暴性子左右着梅森先生半死不活的个性。听了他们之间寥寥几句对话,我便对这个看法很有把握。显然在他们以往的交谈中,一位的消极脾性惯于受另一位的主动精神所支配,既然如此,那么罗切斯特先生一听梅森先生到了,怎么会顿生失望之情呢?为什么仅仅这个不速之客的名字——罗切斯特先生的话足以使他像孩子一样乖乖的——几小时之前在罗切斯特先生听来犹如雷电击中了一棵橡树?

啊!当他向我低声耳语"简,我遭到了打击——我遭到了打击,简"时,我决不会忘记他的表情和苍白的脸色,我也不会忘记他的胳膊靠在我肩上时,是怎样地颤抖。使费尔法克斯·罗切斯特坚毅的精神屈服,使他强健的体魄哆嗦的,决不是一件小事。

"他什么时候来呢?他什么时候来呢?"我内心呼喊着,夜迟迟不去——我这位流着血的病人精神萎顿,又是呻吟,又想呕吐,而白昼和支援都没有来临。我已经一次次把水端到梅森苍白的嘴边,一次次把刺激性的嗅盐递给他。我的努力似乎并没有奏效,肉体的痛苦,抑或精神的痛楚,抑或失血,抑或三者兼而有之,使他的精力衰竭了。他如此呜咽着,看上去那么衰弱、狂乱和绝望,我担心他要死了,而我也许甚至同他连话都没有说过。

蜡烛终于耗尽,熄灭了。灯灭之后,我看到窗帘边缘一缕缕灰色的微光,黎明正渐渐到来。不久我听到派洛特在底下院子里远远的狗窝外吠叫着。希望重又燃起,而且不是没有根据。五分钟后,钥匙喀嚓一响,锁一开动便预示着我的守护工作解除了。前后没有超过两小时,但似乎比几个星期还长。

罗切斯特先生进来了,同来的还有他去请的外科医生。

"嗨,卡特,千万当心,"他对来人说,"我只给你半小时,包扎伤口,捆绑绷带,把病人送到楼下,全都在内。"

"可是他能走动吗,先生?"

"毫无疑问。伤势并不严重,就是神经紧张,得使他打起精神来。来,动手吧。"

罗切斯特先生拉开厚厚的窗幔,掀起亚麻布窗帘,尽量让光线射进屋来。看到黎明即将来临,我既惊讶又愉快。多漂亮的玫瑰色光束正开始照亮东方的天际! 随后,罗切斯特先生走近梅森,这时外科医生已经在给他治疗了。

"喂,我的好家伙,怎么样?"他问道。

"我怕她已要了我的命了。"那是对方微弱的回答。

"哪里会呢! ——拿出勇气来! 再过两周你会什么事儿也没有,只不过出了点血。卡特,让他放心,不会有危险的。"

"我会尽心去做,"卡特说,这会儿他已经打开了绷带,"要是早点赶到这儿该多好。他就不会流那么多血了——这是怎么回事? 怎么肩膀上的肉撕掉了,而且还割开了? 这不是刀伤,是牙齿咬的。"

"她咬了我,"他咕哝着,"罗切斯特从她手里把刀夺下来以后,她就像一头雌老虎那样撕咬着我。"

"你不该退让,应当立即抓住她。"罗切斯特先生说。

"可是在那种情况下,你还能怎么样呢?"梅森回答道。"啊,太可怕了!"他颤抖着补充道,"而我没有料到,起初她看上去那么平静。"

"我警告过你,"他的朋友回答,"我说——你走近她时要当心。此外,你满可以等到明天,让我同你一起去。今天晚上就想去见她,而且单独去,实在是够傻的。”

“我想我可以做些好事。”

“你想！你想！不错，听你这么说真让我感到不耐烦。不过你毕竟还是吃了苦头，不听我劝告你会吃够苦头，所以我以后不说了。卡特，快点！快点！太阳马上要出来了，我得把他弄走。”

“马上好，先生。肩膀刚包扎好。我得治疗一下胳膊上的另一个伤口。我想她的牙齿在这里也咬了一下。”

“她吸了血，她说要把我的心都吸干。”梅森说。

我看见罗切斯特先生打了个哆嗦，那种极其明显的厌恶、恐惧和痛恨的表情，使他的脸扭曲得变了形。不过他只说：

“来吧，不要作声，理查德，别在乎她的废话。不要唠叨了。”

“但愿我能忘掉它。”对方回答。

“你一出这个国家就会忘掉。等你回到了西班牙城你就当她已经死了，给埋了——或者你压根儿就不必去想她了。”

“怎么也忘不了今天晚上！”

“不会忘不了，老兄，振作起来吧。两小时之前你还说你像条死鱼那样没命了，而你却仍旧活得好好的，现在还在说话。行啦！——卡特已经包扎好啦，或者差不多了。一会儿我就让你打扮得整整齐齐。简（他再次进门后还是第一回同我说话），把这把钥匙拿着，下楼到我的卧室去，一直走进梳妆室，打开衣柜顶端的抽屉，取件干净的衬衫和一条围巾，拿到这里来，动作利索些。”

我去了，找到了他说的衣柜，翻出了他要的东西，带回来了。

“行啦，”他说，“我要替他梳妆打扮了，你到床那边去，不过别离开房间，也许还需要你。”

我按他的吩咐退避了。

“你下楼的时候别人有动静吗，简？”罗切斯特先生立刻问。

“没有，先生，一点声息也没有。”

“我们会小心地让你走掉，迪克。这对你自己，对那边的可怜虫都比较好。我一直竭力避免曝光，也不想到头来泄露出去。来，卡特，帮他穿上背心。你的毛皮斗篷放在哪儿了？我知道，在这种见鬼的冷天气里，没有斗

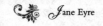

篷,连一英里都走不了。在你房间里吗?——简,跑下楼到梅森先生的房间去——在我的隔壁,把你看到的斗篷拿来。"

我又跑下去,跑回来,捧回一件皮夹里皮镶边大斗篷。

"现在我还要差你做另一件事,"我那不知疲倦的主人说,"你得再去我房间一趟。幸亏你穿的是丝绒鞋,简!——在这种时候,粗手笨脚的听差绝对不行。你得打开我梳妆台的中间抽屉,把你看到的一个小瓶子和一个小杯拿来——快!"

我飞也似的去了又来,揣着他要的瓶子。

"干得好!行啦,医生,我要擅自用药了,我自己负责。这瓶兴奋剂,我是从罗马一位意大利庸医那儿搞来的——这家伙,你准会踹他一脚,卡特。这东西不能包治百病,但有时还灵,譬如说现在。简,拿点水来。"

他递过那小玻璃杯,我从脸盆架上的水瓶里倒了半杯水。

"够了——现在用水把瓶口抹一下。"

我这么做了。他滴了十二滴深红色液体,把它递给梅森。

"喝吧,理查德,它会把你所缺乏的勇气鼓起来,保持一小时左右。"

"可是对身体有害吗?——有没有刺激性?"

"喝呀!喝呀!喝呀!"

梅森先生服从了,显然抗拒也无济于事。这时他已穿戴停当,看上去仍很苍白,但已不再血淋淋、脏兮兮。罗切斯特先生让他在喝了那液体后,又坐了三分钟,随后握住他的胳膊。

"现在,你肯定站得起来了,"他说,"试试看。"

病人站了起来。

"卡特,扶住他另一个肩膀。理查德,振作起来,往前跨——对啦!"

"我确实感觉好多了。"梅森先生说。

"我相信你是这样。嗨,简,你先走,跑在我们前头,到后楼梯去把边门的门闩拉开,告诉在院子里能看到的驿车车夫——也许车子就在院子外头,因为我告诉他别在人行道上驾车,弄得轮子扎扎响——让他准备好。我们就来了。还有,简,要是附近有人,你就走到楼梯下哼一声。"

这时已是五点半,太阳就要升起。不过我发觉厨房里依然黑洞洞静悄悄的。边门上了闩,我把它打开,尽量不发出声来。院子里一片沉寂,但院

214

门敞开着,有辆驿车停在外面,马匹都套了马具,车夫坐在车座上。我走上前去,告诉他先生们就要来了。他点了点头。随后我小心四顾,凝神静听。清晨一切都在沉睡,处处一片宁静。仆人房间里的门窗都还遮着窗帘,小鸟在白花满枝的果树上啁啾,树枝像白色的花环那样低垂着,从院子一边的围墙探出头来。在紧闭的马厩里,拉车用的马不时蹬几下蹄子,此外便一切都静谧无声了。

这时先生们到了。梅森由罗切斯特先生和医生扶着,步态似乎还算自如,他们搀着他上了车,卡特也跟着上去了。

"照料他一下,"罗切斯特先生对卡特说,"让他呆在你家里,一直到好为止。过一两天我会骑马过来探望他的。理查德,你怎么样了?"

"新鲜空气使我恢复了精神,费尔法克斯。"

"让他那边的窗子开着,卡特,反正没风——再见,迪克。"

"费尔法克斯——"

"噢,什么事?"

"照顾照顾她吧,待她尽量温柔些,让她——"他说不下去了,哭了起来。

"尽我的力量。我已经这么做了,将来也会这么做的。"他答道,关上了驿车的门,车子开走了。

"上帝保佑,统统都了结了!"罗切斯特先生一面说,一面把沉重的院门关上,并闩好。之后,他步履迟缓、心不在焉地踱向同果园接界的墙门。我想他已经用不着我了,准备回房去,却又听见他叫了声:"简!"他已经开了门,站在门旁等我。

"来,这里空气新鲜,呆一会儿吧,"他说,"这所房子不过是座监狱,你不这样觉得吗?"

"我觉得是座豪华的大厦,先生。"

"天真烂漫所造成的魔力,蒙住了你的眼睛,"他回答说,"你是用着了魔的眼光来看它的,你看不出镀的金是粘土,丝绸帷幔是蛛网,大理石是污秽的石板,上光的木器不过是废木屑和烂树皮。而这里(他指着我们踏进的树叶繁茂的院落)一切都那么纯真香甜。"

他沿着一条小径信步走去,小径一边种着黄杨木、苹果树、梨树和樱桃树;另一边是花坛,长满了各类老式花:有紫罗兰、美洲石竹、报春花、三色堇,混杂着老人蒿、多花蔷薇和各色香草。四月里持续不断晴雨交替的天气,以及紧随的春光明媚的早晨,使这些花草鲜艳无比。太阳正进入光影斑驳的东方,阳光照耀着花满枝头露水晶莹的果树,照亮了树底下幽静的小径。

"简,给你一朵花好吗?"

他采摘了枝头上第一朵半开的玫瑰,把它给了我。

"谢谢,先生。"

"你喜欢日出吗,简?喜欢天空,以及天气一暖和就消失的高高的轻云吗?——喜欢这宁静而温馨的气氛吗?"

"喜欢,很喜欢。"

"你度过了一个奇怪的夜晚,简。"

"是呀,先生。"

"弄得你脸无神色了——让你一个人与梅森呆着,你怕吗?"

"我怕有人会从内间走出来。"

"可是我闩了门——钥匙在我口袋里。要是我把一只羊羔——我心爱的小羊——毫无保护地留在狼窝边,那我岂不是一个粗心大意的牧羊人了?你很安全。"

"格雷斯·普尔还会住在这儿吗,先生?"

"啊,是的,别为她去烦神了——忘掉这事儿吧。"

"我总觉得只要她在,你就不得安宁。"

"别怕——我会照顾好自己的。"

"你昨晚担心的危险现在没有了吗,先生?"

"梅森不离开英格兰,我就无法担保。甚至他走了也不行。活着对我来说,简,好像是站在火山表面,哪一天地壳都可能裂开,喷出火来。"

"可是梅森先生好像是容易摆布的,你的影响,先生,对他明显起着作用,他决不会同你作对,或者有意伤害你。"

"啊,不错!梅森是不会跟我作对,也不会明明知道而来伤害我——不过,无意之中他可能因为一时失言,即使不会使我送命,也会断送我一生的幸福。"

　　"告诉他小心从事,先生,让他知道你的忧虑,指点他怎样来避开危险。"

　　他嘲弄地哈哈大笑起来,一下子抓住我的手,一下子又把它甩掉了。

　　"要是我能那样做,傻瓜,那还有什么危险可言? 顷刻之间就可排除。自我认得梅森以来,我只要对他说'干那个',他就去干了。不过在这件事情上我可不能对他发号施令,不能同他说,'当心伤着我,理查德',因为我必须将他蒙在鼓里,使他不知道可能会伤着我。现在你似乎大惑不解,我还会让你更莫名其妙呢。你是我的小朋友,对吗?"

　　"我愿意为你效劳,先生,只要是对的,我都服从你。"

　　"确实如此,我看你是这么做的。你帮助我,使我愉快——为我忙碌,也与我一起忙碌,干你惯于说的'只要是对的'事情时,我从你的步履和神采、你的目光和表情上,看到了一种真诚的满足。因为要是我吩咐你去干你心目中的错事,那就不会有步态轻盈的奔忙、干脆利落的敏捷,没有活泼的眼神、兴奋的脸色了。我的朋友会神态恬静、面容苍白地转向我说:'不,先生,那不可能,我不能干,因为那不对。'你会像一颗定了位的星星那样不可改变。噢,你也能左右我,还可以伤害我,不过我不敢把我的弱点告诉你,因为尽管你既忠实又友好,你会立刻弄得我目瞪口呆的。"

　　"要是梅森也像我一样没有什么使你害怕的话,你就安全了。"

　　"上帝保佑,但愿如此! 来,简,这里有个凉棚,坐下吧。"

　　这凉棚是搭在墙上的一个拱顶,爬满了藤蔓。棚下有一张粗木椅子,罗切斯特先生坐了下来,还给我留出了地方。不过我站在他跟前。

　　"坐下吧,"他说,"这条长凳够两个人坐的,你不会是为坐在我身旁而犹豫不决吧? 难道那错了吗,简?"

　　我坐了下来,等于是对他的回答。我觉得谢绝是不明智的。

　　"好吧,我的小朋友,当太阳吸吮着雨露——当老园子里的花统统苏醒并开放,鸟儿从桑菲尔德荆棘丛为雏鸟送来早餐,早起的蜜蜂开始了它们第一阵劳作时——我要把这件事诉说给你听,你务必努力把它设想成自己的。不过先看着我,告诉我你很平静,并不担心我把你留着是错的,或者你呆着是不对的。"

　　"不,先生,我很情愿。"

"那么好吧,简,发挥你的想象力吧——设想你不再是受过精心培养和教导的姑娘,而是从幼年时代起就是一个放纵任性的男孩。想象你身处遥远的异国,假设你在那里铸成了大错,不管其性质如何,出于什么动机,它的后果殃及你一生,玷污你的生活。注意,我没有说'犯罪',不是说流血或是其他犯罪行为,那样的话肇事者会被绳之以法,我用的字是'错误'。你行为的恶果,到头来使你绝对无法忍受。你采取措施以求获得解脱,非正常的措施,但既不是非法,也并非有罪。而你仍然感到不幸,因为希望在生活的边缘离你而去,你的太阳遇上日蚀,在正午就开始暗淡,你觉得不到日落不会有所改变。痛苦和卑贱的联想,成了你记忆的唯一食品。你到处游荡,在放逐中寻求安逸,在享乐中寻觅幸福——我的意思是沉湎于无情的肉欲,它销蚀才智,摧残情感。在几年的自愿放逐以后,你心力交瘁地回到了家里,结识了一位新知——何时结识,如何结识,都无关紧要。在这位陌生人身上,你看到了很多出类拔萃的品质,为它们你已经寻寻觅觅二十来年,却终不可得。这些品质新鲜健康,没有污渍,没有斑点,这种交往使人复活,催人新生。你觉得好日子又回来了——志更高,情更真。你渴望重新开始生活,以一种更配得上不朽的灵魂的方式度过余生。为了达到这个目的,你是不是有理由越过习俗的藩篱——那种既没有得到你良心的认可,也不为你的识见所赞同的、纯粹因袭的障碍?"

他停了一下等我回答,而我该说什么呢?啊!但愿有一位善良的精灵能给我提示一个明智而满意的答复!空想而已!西风在我周围的藤蔓中耳语,可就是没有一位温存的埃里厄尔①借助风声作说话的媒介。鸟儿在树梢歌唱,它们的歌声虽然甜蜜,却无法让人理解。

罗切斯特先生再次提出了他的问题:

"这个一度浪迹天涯罪孽深重,现在思安悔过的人,是不是有理由无视世俗的看法,使这位和蔼可亲、通情达理的陌生人与他永远相依,以获得内心的宁静和生命的复苏?"

"先生,"我回答,"一个流浪者要安顿下来,或者一个罪人要悔改,不应当依赖他的同类。男人和女人都难免一死;哲学家们会在智慧面前踟蹰,基

---

①　莎士比亚戏剧《暴风雨》中的精灵。

督教徒会在德行面前犹豫。要是你认识的人曾经吃过苦头，犯过错误，就让他从高于他的同类那儿，企求改过自新的力量，获得治疗创伤的抚慰。"

"可是途径呢——途径！实施者上帝指定途径。我自己——直截了当地告诉你吧——曾经是个老于世故、放荡不羁、焦躁不安的汉子，现在我相信自己找到了救治的途径，它在于——"

他打住了。鸟儿唱个不停，树叶飒飒有声。我几乎惊异于它们不停住歌声和耳语，倾听他继续吐露心迹。不过它们得等上好几分钟——这沉默延续了好久。我终于抬头去看这位吞吞吐吐的说话人，他也急切地看着我。

"小朋友，"他说，完全改了口气——脸色也变了，失去了一切温柔和庄重，变得苛刻和嘲弄，"你注意到了我对英格拉姆小姐的柔情吧，要是我娶了她，你不认为她会使我彻底新生吗？"

他猛地站了起来，几乎走到了小径的另一头，走回来时嘴里哼着小调。

"简，简，"他说着在我跟前站住了，"你守了一夜，脸色都发白了，你不骂我打扰了你的休息？"

"骂你？哪会呢，先生。"

"握手为证。多冷的手指！昨晚在那间神秘的房间门外相碰时，比现在要暖和得多。简，什么时候你再同我一起守夜呢？"

"凡是用得着我的时候，先生。"

"比方说，我结婚的前一夜。我相信我会睡不着。你答应陪我一起熬夜吗？对你，我可以谈我心爱的人，因为现在你已经见过她，认识她了。"

"是的，先生。"

"她是一个不可多得的人，是不是，简？"

"是的，先生。"

"一个体魄强壮的女人——十足的强壮女人，简。高高的个子，褐色的皮肤，丰满的胸部，迦太基女人大概会有的头发。天哪！登特和林恩在那边的马厩里了！穿过灌木，从小门进去。"

我走了一条路，他走了另一条。只听见他在院子里愉快地说：

"今天早晨梅森比谁都起得早。太阳还没有出来他就走了，我四点起来送他的。"

## 🌿 第六章

　　预感真是个怪物！还有感应，还有征兆，都无不如此。三者合一构成了人类至今无法索解的秘密。我平生从未讥笑过预感，因为我自己也有过这种奇怪的经历。我相信心灵感应是存在的（例如在关系甚远、久不往来、完全生疏的亲戚之间，尽管彼此疏远，但都断言出自同一血缘）。心灵感应究竟如何产生，却不是人类所能理解的。至于征兆，也许不过是自然与人的感应。

　　我还只是一个六岁的小女孩时，一天夜里听见贝茜·利文对马撒·艾博特说，她梦见了一个小孩，而梦见孩子无论对自己还是对亲人，肯定是不祥之兆。要不是紧接着发生的一件事给我留下了难以磨灭的印象，这种说法也许早就淡忘了。第二天贝茜被叫回家去看她咽气的小妹妹。

　　近来，我常常忆起这种说法和这件事情。因为上个星期，我几乎每晚都在床榻上梦见一个婴孩。有时抱在怀里哄他安静下来；有时放在膝头摆弄；有时看着他在草地上摸弄雏菊，或者伸手在流水中戏水。一晚是个哭着的孩子，另一晚是个笑着的孩子；一会儿他紧偎着我，一会又逃得远远的。但是不管这幽灵心情怎样，长相如何，一连七夜我一进入梦乡，他便来迎接我。

　　我不喜欢同一念头翻来覆去——不喜欢同一形象奇怪地一再出现。临要上床和幻象就要出现的时刻，我便局促不安起来。由于同这位梦中的婴孩形影不离，那个月夜，我听到了一声啼哭后便惊醒过来。第二天下午我被叫下楼去，捎来口信说有人要见我，等候在费尔法克斯太太房间里。我赶到那里，只见一个绅士男仆模样的人在等我，他身穿丧服，手中拿着的帽子围着一圈黑纱。

"恐怕你记不得我了吧,小姐,"我一进屋他便站了起来说,"不过我的名字叫利文,八九年前你在盖茨黑德的时候,我住在那里,替里德太太当车夫。现在我还是住在那儿。"

"哦,罗伯特!你好吗?我可记得清楚呐,有时候你还让我骑一骑乔治亚娜小姐的栗色小马呢。贝茜怎么样?你同她结婚了?"

"是的,小姐,我的太太很健康,谢谢。两个月之前她又给我生了个小家伙——现在我们有三个了——大人和孩子都好。"

"盖茨黑德府全家都好吗,罗伯特?"

"很抱歉,我没法儿给你带来好消息,小姐。眼下他们都很糟——糟糕得很哪。"

"但愿没有人去世了,"我瞥了一下他黑色的丧服说。他也低头瞧了一下围在帽上的黑纱,并回答道:

"约翰先生在伦敦住所去世了,到昨天正好一周。"

"约翰先生?"

"不错。"

"他母亲怎么受得了呢?"

"哎呀你瞧,爱小姐,这不是一桩平平常常的不幸,他的生活非常放荡,最近三年他放纵得出奇,死得也吓人。"

"我从贝茜那儿听到他日子不好过。"

"不好过!不能再坏了,他在一批最坏的男女中厮混,糟蹋了身体,荡光了家产,负了债,坐了牢。他母亲两次把他弄出来,但他一出来便又找到了老相识,恢复了旧习气。他的脑子不大健全,那些同他相处的无赖,不择手段地欺骗他。三个礼拜之前,他来到盖茨黑德府,要夫人把什么都给他,被夫人拒绝了,因为她的财产早已被他挥霍掉很多,所以又只好返回去,随后的消息便是他死掉了。天知道他是怎么死的!——他们说他自杀了。"

我默默无语,这消息着实可怕。罗伯特·利文又往下说:

"夫人自己身体也不大好,这已经有好长一段时间了。身体发胖,但并不强壮。她损失了钱,又怕变成穷光蛋,所以便垮了下来。约翰先生的死讯和这种死法来得太突然,害得她中风了。一连三天没有说话。不过上星期二似乎好些了,好像想说什么,不住地招呼我妻子,嘴里还叽里咕噜。直到昨天早上贝茜才弄明白,她叨念着你的名字。最后贝茜把她的话搞清楚了:'把简叫来——去把简·爱叫来,我有话要同她说。'贝茜不敢肯定她的神志是否清醒,这些话是否当真。不过她告诉了里德小姐和乔治亚娜小姐,向她们建议去把你叫来。起初两位年轻小姐拖拖拉拉,但她们的母亲越来越焦躁不安,而且'简,简'地叫个不停,最后她们总算同意了。昨天我从盖茨黑德府动身。小姐,要是来得及准备,我想明天一早带你同我一起回去。"

"是的,罗伯特,我会准备好的,我似乎应当去。"

"我也是这么想的,小姐。贝茜说她可以肯定,你不会拒绝。不过我想,你动身之前得请个假。"

"是呀,我现在就去请假。"我把他领到了仆人室,将他交给约翰的妻子照应,并由约翰亲自过问后,便进去寻找罗切斯特先生了。

他不在底下几层的房间里,也不在院子里、马厩里或者庭院里。我问费尔法克斯太太有没有见到过他——不错,她想他跟英格拉姆小姐在玩台球。我急忙赶到台球房,那里回响着台球的咔嗒声和嗡嗡的说话声。罗切斯特先生、英格拉姆小姐、两位埃希顿小姐和她们的倾慕者正忙着玩那游戏呢。要去打搅这批兴致勃勃的人是需要有勇气的,但我的事儿又不能拖延。于是我便向我主人走去,他站在英格拉姆小姐旁边。我一走近,她便回过头来盛气凌人地看着我,她的眼睛似乎在说:"那个迟迟疑疑的家伙现在要干什么?"当我轻轻地叫了声"罗切斯特先生"时,她移动了一下,仿佛按捺不住要命令我走开。我还记得她那时的样子——优雅而出众。她穿着一件天蓝的皱纱睡袍,头发上缠着一条青色薄纱头巾。她玩兴正浓,虽然触犯了自尊,但脸上骄矜之气未减。

"那人找你吗?"她问罗切斯特先生。罗切斯特先生回头看看"那人"是谁,做了个奇怪的鬼脸——一个异样而含糊的表情,扔下了球棒,随我走出了房门。

"怎么啦,简?"他关了书房门后,身子倚在门上说。

"对不起,先生,我想请一两周假。"

"干什么?——上哪儿去呀?"

"去看一位生了病的太太,是她派人来叫我的。"

"哪位生病的太太？——她住在哪儿？"

"在××郡的盖茨黑德府。"

"××郡？离这儿有一百英里呢！这么远叫人回去看她，这人可是谁呀？"

"她叫里德，先生——里德太太。"

"盖茨黑德的里德吗？盖茨黑德府是有一个叫里德的，是个地方法官。"

"我说的是他的寡妇，先生。"

"那你与她有什么关系？怎么认得她的呢？"

"里德先生是我的舅舅——我母亲的哥哥。"

"哎呀他是你舅舅！你从来没有跟我说起过他，你总是说你没有亲戚。"

"没有一个亲戚肯承认我，先生。里德先生去世了，他的夫人抛弃了我。"

"为什么？"

"因为我穷，是个包袱，她不喜欢我。"

"可是里德他留下了孩子？——你一定有表兄妹的了？昨天乔治·林恩爵士说起盖茨黑德府一个叫里德的人——他说这人是城里一个十足的无赖，而英格拉姆提到了同一个地方叫乔治亚娜·里德的，一两个社交季节之前，因为美貌，在伦敦大受倾慕。"

"约翰·里德也死了，先生，他毁了自己，也差不多毁了他的家，据说他是自杀的。噩耗传来，他母亲大为震惊，一下子中风了。"

"你能帮她什么忙？胡闹，简？我才不会想跑一百英里去看一个老太太呢，而她也许还没等你赶到就死了。更何况你说她把你抛弃了。"

"不错，先生，但那已是很久以前了，而且当时的情况不同。现在要是我无视她的心愿，我会不安心的。"

"你要呆多久？"

"尽量短些，先生。"

"答应我只呆一星期。"

"我还是不要许诺好，很可能我会不得不食言。"

"无论如何你要回来,在任何情况下都要经得住劝诱,不跟她一辈子住在一起。"

"啊,对!要是一切顺利,我当然会回来的。"

"谁同你一起走?可不能独个儿跑一百英里路呀!"

"不,先生,她派了一个赶车人来。"

"一个信得过的人吗?"

"是的,先生,他在那家已经住了十年。"

罗切斯特先生沉思了一会。"你希望什么时候走?"

"明天一早,先生。"

"好吧,你得带些钱在身边,出门可不能没有钱。我猜想你钱不多。我还没有付你工资呢。你一共还有多少钱,简?"他笑着问。

我取出钱包,里面瘪瘪的。"五先令,先生。"他伸手拿过钱包,把里面的钱全倒在手掌上,噗嗤一声笑了出来,仿佛钱少使他高兴似的。他立刻取出了自己的皮夹子,"拿着吧,"他说着递给我一张钞票:五十英镑,而他只欠我十五英镑。我告诉他我找不出。

"我不要你找,你知道的。拿着你的工资吧。"

我拒绝接受超过我应得的东西。他先是皱了皱眉,随后仿佛想起了什么似的说:

"行,行!现在还是不要全给你的好。要是你有五十镑,也许就会呆上三个月。十英镑,够吗?"

"够啦,先生,不过现在你欠我五英镑了。"

"那就回来拿吧,你有四十镑存在我这儿。"

"罗切斯特先生,我还是趁这个机会向你提一下另一桩事务吧。"

"事务?我听了很感到好奇。"

"你实际上已经通知我,先生,你很快就要结婚了。"

"是的,那又怎么样?"

"那样的话,先生,阿黛勒该去上学了,可以肯定你会觉察到这样做的必要性。"

"让她别挨着我的新娘,不然她会断然蔑视她。毫无疑问,你这建议有道理。像你说的,阿黛勒得上学,而你,当然,得直奔——魔鬼?"

"希望不是这样,先生。不过我得上什么地方另找个工作。"

"当然!"他大叫道,嗓门里带着鼻音,面部抽搐了一下,表情既古怪又可笑。他打量了我几分钟。

"你会去求老夫人里德,或者她的女儿,也就是那些小姐给你找个工作,我猜是吧?"

"不,先生,我同亲戚们没有那层可以请求帮忙的关系——不过我会登广告。"

"你还可以大步跨上埃及金字塔!"他咆哮着,"你登广告是冒险!但愿我刚才只给了你一镑,而不是十镑。把九镑还给我,简,我要派用处。"

"我也要派用处,先生,"我回嘴道,双手抓住钱包藏到了背后,"那钱我说什么也不放。"

"小气鬼!"他说,"问你要点儿钱你就拒绝!给我五镑,简。"

"连五先令也不给,先生,五便士也不给。"

"让我就瞧一瞧你的钱吧。"

"不,先生,我不能相信你。"

"简!"

"先生?"

"答应我一件事。"

"先生,凡是自己力所能及的,我都答应。"

"不要去登广告,你就把找工作的事交给我办吧,到时候我会给你找一个。"

"我很乐意这么做,先生。只要你反过来答应我,在新娘进屋之前我和阿黛勒都太太平平离开这所房子。"

"好呀!好呀!我答应。那你明天动身?"

"是的,先生,一大早。"

"晚饭后你下楼来客厅吗?"

"不来了,先生,我还得收拾行装呢。"

"那你我得暂时告别了?"

"我想是这样,先生。"

"一般人采用怎样的仪式来告别,简?教一教我吧,我不大在行。"

"他们说再见,或者其他喜欢的方式。"

"那就说吧。"

"再见,罗切斯特先生,暂时告别了。"

"我该说什么呢?"

"一样说法,要是你高兴,先生。"

"再见了,简·爱,暂时告别了。就是这些吗?"

"是的。"

"在我看来,你好像有点太吝啬,干巴巴,不友好。我还想要点别的,一点礼仪之外的东西。比如,握握手,不——那也不能使我满意。那你就只说'再见'了,简?"

"这就够了,先生,这两个亲切的字眼所表达的友好情意,跟许多字里一样多。"

"很可能是这样,但这既空洞又冷淡——'再见'。"

"他背靠着门会站多久呢?"我暗自问道,"我要开始收拾了。"晚餐铃响了,他猛地跑开,一句话也没有说。那天我没有再见到他,第二天早晨,他还没起床我就动身走了。

五月一日下午五点左右,我到了盖茨黑德府门房,上府宅之前我先进去瞧瞧。里面十分整洁,装饰窗上挂着小小的白色窗帘,地板一尘不染,炉栅和炉具都擦得锃亮,炉子里燃着明净的火苗。贝茜坐在火炉边上,喂着最小的一个孩子,罗伯特和妹妹在墙角不声不响地玩着。

"哎呀! ——我知道你会来的!"我进门时利文太太叫道。

"是呀,贝茜,"我吻了吻她说,"我相信来得还不至于太晚,里德太太怎么样了? ——我希望还活着。"

"不错,她还活着,而且更明白事理,更泰然了。医生说她会拖上一周两周,但认为她很难好得了。"

"她最近提到过我吗?"

"今天早上还说起过你呢,希望你能来。不过她现在睡着了,或者说十分钟之前我在楼上的时候,正睡着呢。整个下午她总是那么懒洋洋地躺着,六七点钟左右醒来。小姐,你在这儿歇个把小时,然后我跟你一起上去好吗?"

这时罗伯特进来了,贝茜把睡着的孩子放进摇篮,上去迎接他。随后她硬要我脱掉帽子,用些茶点,说我显得既苍白又疲惫。我很乐意接受她的殷勤招待,顺从地任她脱去了行装,就像儿时任她脱掉衣服一样。

我瞧着她忙活着,摆好茶盘,拿出最好的瓷器,切好面包和奶油,烤好茶点吐司,不时还轻轻地拍一拍、推一推罗伯特或简,就像小时候对待我一样;于是旧时的记忆又立刻浮上心头。贝茜的性子依然那么急,手脚依然那么轻,容貌依然那么姣好。

茶点备好以后,我正要走近桌子,她却要我坐着别动,用的还是过去那种专断的口气。她说得让我坐着,在火炉旁招待我。她把一个圆圆的架子放在我面前,架子上摆了杯子和一盘吐司,完全就像她过去一样,把我安顿在育儿室的椅子上,让我吃一些暗地里偷来的精美食品。我像往昔一样微笑着依了她。

她想知道我在桑菲尔德府是不是愉快,女主人是怎样一个人。当我告诉她只有一个男主人时,她问我那位先生好不好,我是不是喜欢。我告诉她这人长得比较难看,却很有教养,待我很好,我很满意。随后我继续给她描绘那批最近呆在府上寻欢作乐的客人,贝茜对这些细节听得津津有味,她恰巧就爱听这些东西。

谈着谈着一小时很快就过去了,贝茜把帽子等还给我。我由她陪着出了门房上府宅去。差不多九年之前我也是由她这么陪着,从我此刻登上的小径走下来的。一月的某个灰暗阴冷、雾气弥漫的早晨,我带着绝望和痛苦的心情——一种被放逐和几乎是被抛弃的感觉,离开了这个仇视我的家,去寻找罗沃德阴冷的避风港,那个遥远而陌生的地方。此刻我面前又出现了同一个仇视我的家,我的前途未卜,我的心还隐隐作痛。我仍然觉得自己是世间的一个飘泊者,但已更加自信自强,少了一份无可奈何的压抑感。冤屈撕裂的伤口现在已经愈合,愤怒的火焰已经熄灭。

"你该先去餐室,"贝茜领我穿过府宅时说,"小姐们会在那儿的。"

眨眼之间我便进了那个套间。每件家具看上去同把我初次介绍给布罗克赫斯特先生的那个早上一模一样。他站过的那块地毯依然盖着壁炉的地面。往书架上一看,我还能认出比尤伊克的两卷本《英国鸟类史》,放在第三格的老地方,以及这部书正上方的《格列佛游记》和《天方夜谭》。无生命的东西依旧，有生命的东西已面目全非。

我面前站着两位年轻小姐，一位个子很高，与英格拉姆小姐相仿——同样很瘦，面色灰黄，表情严肃。她的神态中有着某种禁欲主义的色彩。极度朴实的穿着和打扮增强了这种色彩。她穿着黑色紧身呢裙，配着上过浆的亚麻领子，头发从两鬓往后梳，戴着修女似的饰物，一串乌木念珠和一个十字架。我觉得这人肯定是伊丽莎，尽管从她那张拉长了的没有血色的脸上，已经很难找到与她昔日模样相似的地方了。

另外一位肯定是乔治亚娜，不过已不是我记忆中身材苗条、仙女一般的十一岁姑娘乔治亚娜了。这是一位已经完全长成，十分丰满的年轻姑娘，有着白得像蜡制品的肤色、端正漂亮的五官、含情脉脉的蓝眼睛、黄色的鬈发。她的衣服一样是黑色的，但式样与她姐姐的大不相同——显得飘逸合身得多——看上去很时髦，如同另一位看上去像清教徒。

姐妹两人各自都保留了母亲的一个特征——都只有一个。瘦削苍白的姐姐有着她母亲的烟晶宝石色眸子，而娇艳奢华的妹妹却继承了母亲颊骨和下巴的轮廓——也许要柔和一点，但使她的面容透出一种难以描摹的冷峻，要不然这会是一个十分妖艳美丽的脸蛋。

我一走近她们，两位小姐都立起来迎接我，都用名字"爱小姐"称呼我。伊丽莎招呼我时，嗓音短暂而唐突，没有笑容。随后她又坐下，仿佛已把我忘了。乔治亚娜说了声"你好"，加了几句关于旅途和天气之类的寒暄，说话时慢声慢气，还不时侧眼看我，从头打量到脚——目光一会儿落在黄褐色美利奴毛皮外衣的褶缝上，一会停留在我乡间小帽的普通饰物上。年轻小姐们自有一套高明的办法，让你知道她认为你"可笑"而不必说出那两个字来。某种高傲的神态、冷淡的举止和漠然的声调，就充分表达了她们的情感，而不必借助十足粗鲁的言行。

然而无论是明嘲还是暗讽，对我已失去了一度有过的影响力。我坐在两位表姐妹中间，惊讶地发现自己对一位的完全怠慢、另一位半带嘲弄的殷勤处之泰然——伊丽莎伤不了我的感情，乔治亚娜也没有使我生气。事实上我有别的事情要想。最近几个月里，我内心被唤起的感情，比她们所能煽起的要强烈得多——所激起的痛苦和欢乐要比她们所能加予和馈赠的要尖锐和激烈得多，她们的神态好歹与我无关。

"里德太太怎么样了?"我立刻问道,镇静地瞧着乔治亚娜,而她认为我这样直呼其名是应当嗤之以鼻的,仿佛这是种出乎意料的冒昧行为。

"里德太太?啊!你的意思说妈妈。她的情况极其糟糕,我怀疑你今晚是否能见她。"

"如果,"我说,"你肯上楼去同她说一声我来了,我会非常感激的。"

乔治亚娜几乎惊跳了起来,一双蓝眼睛禁不住睁得大大的。"我知道她特别想看看我,"我补充了一句,"除非万不得已,我可不愿意迟迟不满足她的愿望。"

"妈妈不喜欢晚上打搅她。"伊丽莎说。我不待邀请便立即顾自站了起来,默默地脱去帽子和手套,说是要上贝茜那儿去——我猜想贝茜一定在厨房里,叫她问问明白里德太太今晚是否有意接待我。我去找到了贝茜,派她去干这件差事,并打算进一步采取措施。我向来有个习惯,一遇上别人高傲狂妄,自己便退缩不前。他们今天这么待我,要是在一年之前,我会决定明天早晨就离开盖茨黑德。而此刻,我顿时明白那是个愚蠢的念头。我长途跋涉一百英里来看舅妈,我得守着她,直到她好转,或者去世。至于她女儿的自傲或愚蠢,我应当置之度外,不受干扰。于是我同管家去打交道,让她找个房间,告诉她我要在这儿做客,可能呆上一周两周,让她把我的箱子搬到房间里去。我也跟着去那里,在楼梯口碰上了贝茜。

"夫人醒着呢,"她说,"我已经告诉她你来了。来,看看她还认不认得你。"

我不必由人领往那个熟识的房间,因为以前我总是被叫到那里挨骂和受罚。我赶在贝茜之前轻轻推开了门。桌子上点着一盏有罩的灯,天色已渐渐暗下来。像往昔一样,还是那张琥珀色帐幔罩着四根大床柱的床,还是那张梳妆台,那把安乐椅,那条脚凳。在这条脚凳上,我成百次地被罚跪,请求宽恕我并不存在的过错。我窥视了一下附近的墙角,多少希望看到曾使我胆战心惊的细长木条的影子,过去它总是潜伏在那儿,伺机像魔鬼一般蹿出来,鞭挞我颤抖的手掌或往后缩的脖子。我走近床榻,撩开帐幔,俯身向着高高叠起的枕头。

我清楚地记得里德太太的面容,所以急切要寻找那熟悉的形象。令人高兴的是,时光销蚀了复仇的念头,驱散了泛起的愤怒与厌恶之情。过去我带着苦涩与憎恨离开了这个女人,现在又回到了她身边,仅仅是出于对她极度痛苦的同情,出于不念旧恶、握手言和的强烈愿望。

那里是一张熟悉的面孔,依旧那样严厉和无情——难以打动的眼睛和微微扬起的专横独断的眉毛,曾有多少次俯视我,射来恫吓和仇视的目光!此刻重睹那冷酷的线条,我童年时恐怖与悲伤的记忆又统统复活了!然而我还是弯下身子,吻了吻她。她朝我看看。

"是简·爱吗?"她说。

"是的,里德舅妈。你好吗,舅妈?"

我曾发誓永远不再叫她舅妈。我想此刻忘却和违背自己的誓言并不是罪过。我紧握住她搁在被头外面的手。要是她和气地握一握我的手,此刻我会由衷地感到愉快,但是顽固的本性不是立刻就能感化的,天生的反感也并非轻易就能消除。里德太太抽出了手,转过脸去,说了声夜晚很暖和。她再次冷冰冰地凝视着我,我立刻感觉到她对我的看法——对我所怀的情感——没有改变,也是不可改变的。从她那温情透不过、眼泪溶不了,犹如石头一般的眼睛里,我知道她决心到死都认定我很坏,因为相信我是好人并不能给她带来很大的愉快,而只会是一种屈辱感。

我先是感到痛苦,随后感到恼火,最后便感到决心要制服她——不管她的本性和意志如何顽强,我要压倒她。像儿时一样,我的眼泪涌了上来,但我把它止住了。我将一把椅子挪到床头边,坐了下来,俯身向着枕头。

"你派人叫我来,"我说,"现在我来了,我想呆在这儿看看你的身体情况如何。"

"啊,当然!你看见我女儿了吗?"

"看到了。"

"好吧,那你可以告诉她们,我希望你呆着,直到我能谈谈一些我心里想着的事情。今天夜里已经太晚了,而且回忆起来有困难。不过有些事情我很想说——让我想想看——"

游移的目光和走了样的语调表明,她那一度精力旺盛的肌体已经元气大伤。她焦躁地翻着身,用被头将自己裹好,我的一只胳膊肘正好搁在被角上,把它压住了,她立刻非常恼火。

"坐直了!"她说,"别那么死压着被头让我生气——你是简·爱吗?"

"我是简·爱。"

"谁都不知道这个孩子给我造成了多大麻烦。这么大一个包袱落在我手里——她的性情让人摸不透,她的脾气说发就发,她还总是怪里怪气窥探别人的行动,这些每日每时都给我带来那么多烦恼!我说呀,有一次她同我说话,像是发了疯似的,或者活像一个魔鬼——没有哪个孩子会像她那样说话或看人。我很高兴把她从这里打发走了。在罗沃德他们是怎么对付她的呢?那里爆发了热病,很多孩子都死了。而她居然没有死。不过我说过她死了——但愿她已经死了!"

"一个奇怪的愿望,里德太太,你为什么竟会这么恨她呢?"

"我一直讨厌她母亲,因为她是我丈夫唯一的妹妹,很讨他喜欢。家里因为她下嫁而同她脱离了关系,他坚决反对。她的死讯传来时,他哭得像个傻瓜。他要把孩子领来,尽管我求他还是送出去让人喂养,付养育费好。我头一回见了便讨厌她——完全是个哭哭啼啼身体有病的东西!她会在摇篮里整夜哭个不停——不像别的孩子那样放开喉咙大哭,而是咿咿呀呀,哼哼唧唧。里德怜她,亲自喂她,仿佛自己孩子似的关心她。说实在的,自己的孩子那么大时他还没有那么花心思呢。他要我的孩子跟这个小讨饭友好相处,宝贝们受不了,露出对她的讨厌,里德为此非常生气。他病重的日子,还不住地叫人把她抱到他床边,而临终前一小时让我立誓抚养她。我情愿养育一个从济贫院里出来的小叫花子。可是他软弱,生性软弱。约翰一点不像他父亲,我为此感到高兴。约翰像我,像我的兄弟们——一个十足的吉卜森家的人。啊,但愿他不要老是写信讨钱来折磨我!我已经没有钱可以给他了。我们越来越穷了。我得打发掉一半的用人,关掉部分房子,或者租出去。我从来不忍心这么做——可是日子怎么过呢?我三分之二的收入都付了抵押的利息。约翰赌得厉害,又总是输——可怜的孩子!他陷进了赌棍窝里。约翰名誉扫地,完全堕落了——他的样子很可怕,我见到他就为他感到丢脸。"

她变得十分激动。"我想现在还是离开她好。"我对站在床另一边的贝茜说。

"也许是这样,小姐,不过晚上她老是这么说话的——早上比较镇静。"

我立起身来。"站住!"里德太太叫道,"还有件事我要同你说。他威胁我——不断地用他的死或我的死来威胁我。有时我梦见他正候着入殓,喉咙上一个大窟隆,或者一脸鼻青眼肿。我已经闯入了一个奇怪的关口,困难重重。该怎么办呢? 钱从哪儿来?"

此刻,贝茜竭力劝她服用镇静剂,费了好大劲才说服她。里德太太很快镇静下来了,陷入了昏睡状态,随后我便离开了她。

十多天过去了我才再次同她交谈。她依旧昏迷不醒或是恹恹无力。医生禁止一切会使她痛苦和激动的事情。同时,我尽力跟乔治亚娜和伊丽莎处好关系。说实在的她们起初十分冷淡。伊丽莎会老半天坐着,缝呀,读呀,写呀,对我或是她妹妹不吭一声。这时候乔治亚娜会对着她的金丝雀胡说一通,而不理睬我。但我决计不显出无所事事,或是不知如何消磨时光的样子。我带来了绘画工具,既使自己有事可做,又有了消遣。

我拿了画笔和画纸,远离她们,在一个靠窗的地方坐下,忙乎着画一些幻想的人头像,表现瞬息万变万花筒似的想象世界中刹那间出现的景象。例如,两块岩石之间的一片大海,初升的月亮,横穿月亮的一条船,一丛芦苇和菖蒲,一个仙女头戴荷花从中探出头来,一个小精灵坐在一圈山楂花下的篱雀窝里。

一天早晨,我开始画一张脸,至于一张什么样的脸,我既不在乎,也不知道。我取了一支黑色软铅笔,把笔尖留得粗粗的,画了起来。我立刻在纸上勾勒出了一个又宽又突的前额和下半个脸方方正正的轮廓。这个外形使我感到愉快,我的手指赶忙填上了五官。在额头下得画两道平直显眼的眉毛,下面自然是线条清晰的鼻子、笔直的鼻梁和大大的鼻孔,随后是看上去很灵活长得不小的嘴巴,再后是坚毅的下巴,中间有一个明显的裂痕。当然还缺黑黑的络腮胡,以及乌黑的头发,一簇簇长在两鬓和波浪似的生在前额。现在要画眼睛了,我把它们留到最后,因为最需要小心从事。我把眼睛画得很大,形状很好,长而浅黑的睫毛,大而发亮的眼珠。"行! 不过不完全如此,"我一边观察效果,一边思忖,"它们还缺乏力量和神采。"我把暗处加深,好让明亮处更加光芒闪烁——巧妙地抹上一两笔,便达到了这种效果。这样,在我的目光下就显出了一位朋友的面孔,那几位小姐对我不理睬又有什么关系呢? 我瞧着它,对着逼真的画面微笑,全神贯注,心满意足。

"那是你熟人的一幅肖像吗?"伊丽莎问,她已悄悄地走近了我。我回答说,这不过是凭空想象的一个头,一面赶忙把它塞到其他画纸底下。当然我扯了个谎,其实那是对罗切斯特先生的真实刻画。但那跟她,或是除我之外随便哪个人有什么关系呢?乔治亚娜也凑过来看看。她对别的画都很满意,却把那一幅说成是"一个丑陋的男人"。她们两个对我的技艺感到吃惊。我表示要为她们画肖像,两人轮流坐着让我打铅笔草图。随后乔治亚娜拿出了她的画册。我答应画一幅水彩画让她收进去,她听了情绪立刻好转,建议到庭院里去走走。出去还不到两个小时,我们便无话不谈了。她向我描述了两个社交季节之前在伦敦度过的辉煌的冬天——如何受到倾慕,如何引人注目,甚至暗示还征服了一些贵族。那天下午和晚上,她把这些暗示又加以扩充,转述各类情意绵绵的交谈,描绘了不少多愁善感的场面。总之那天她为我临时编造了一部时髦生活的小说。谈话一天天继续着,始终围绕着一个主题——她自己,她的爱情和苦恼。很奇怪,她一次也没有提到母亲的病和哥哥的死,也没有说起眼下一家的暗淡前景。她似乎满脑子都是对昔日欢乐的回忆和对未来放荡的向往,每天在她母亲的病榻前只呆上五分钟。

伊丽莎依然不大开口。显然她没有工夫说话,我从来没有见过一位像她看上去那么忙的人,可是很难说她在忙些什么,或者不如说很难发现她忙碌的结果。她有一个闹钟催她早起。我不知道早饭前她干些什么,但饭后她把自己的时间分成固定的部分,每个小时都有规定的任务。她一天三次研读一本小书,我仔细一看,原来是本祈祷书。一次我问她,书中最吸引人的是什么,她说"仪式指示"。三个小时用于缝纫,用金线给一块方形红布上边,这块布足有地毯那么大。我问起它的用途,她告诉我是盖在一个新教堂祭坛上的罩布,这个教堂新近建于盖茨黑德附近。两个小时用来写日记,两个小时在菜园子里劳动,一个小时用来算账。她似乎不需要人做伴,也不需要交谈。我相信她一定自得其乐,满足于这么按部就班地行事,而没有比那种偶发事件迫使她改变钟表般准确的规律性更使她恼火的了。

一天晚上,她比往常话要多些,告诉我约翰的行为和家庭濒临毁灭的威胁是她深感烦恼的根源。但她说现在已经静下心来,下定了决心。她已注意保住自己的财产,一旦她母亲去世——她冷静地说,母亲已不可能康复或者拖得很久——她将实现自己盘算已久的计划,寻找一个归隐之处,使自己一板一眼的习惯永远不受干扰，用一个安全的屏障把她和浮华的世界隔开。我问她，乔治亚娜是不是会陪伴她。

当然不会，乔治亚娜和她没有共同之处，从来没有过。无论如何她不能同她做伴，让自己受累。乔治亚娜应当走她的路，而她伊丽莎也会走自己的路。

乔治亚娜不向我吐露心声的时候大都躺在沙发上，为家里的乏味而发愁，一再希望吉卜森舅妈会寄来邀请信，请她上城里去。她说要是她能避开一两个月，等一切都过去，那是再好不过了。我并没有问她"一切都过去"的含义，但我猜想她指的是意料中母亲的死，以及阴沉的葬礼余波。伊丽莎对妹妹的懒散和怨言并不在意，仿佛她面前并不存在这个叽叽咕咕、无所事事的家伙。不过有一天，她放好账册，打开绣花活计时，突然责备起她来：

"乔治亚娜，在拖累着地球的动物中，没有比你更爱虚荣更荒唐的了。你没有权利生下来，因为你空耗了生命。你没有像一个有理智的人该做的那样，为自己生活，安分守己地生活，靠自己生活，而是仰仗别人的力量来支撑你的软弱。要是找不到谁愿意背这个肥胖、娇弱、自负、无用的包袱，你会大叫，说人家亏待了你，冷落了你，使你痛苦不堪。而且，在你看来，生活该是变化无穷、激动非凡的一幕，不然世界就是监狱。你要人家爱慕你，追求你，恭维你——你得有音乐、舞会和社交活动，要不你就神衰力竭，一天天憔悴。难道你就没有头脑想出一套办法来，不依赖别人的努力、别人的意志，而只靠你自己？以一天为例，你就把它分成几份，每份都规定好任务，全部时间都包括在内，不留一刻钟、十分钟、五分钟的零星空闲时间。干每一件事都应当井然有序，有条不紊。这样，一天的日子，你几乎没有觉察它开始，就已经结束了。你就不欠谁的情，帮你消磨片刻空闲。你就不必找人做伴和交谈，不必请求别人的同情和忍耐。总之，你像一个独立的人该生活的那样生活。听从我的劝告吧，我给你的第一个，也是最后一个忠告。那样，无论出什么事，你就不需要我，也不需要别人了。要是你置之不理——一意孤行，还是那样想入非非，嘀嘀咕咕，懒懒散散，你就得吞下你愚蠢行为的苦果，不管怎么糟糕，怎么难受。我要明白告诉你，你好好听着。尽管我不会再重复我要说的话，但我会坚定不移地去做。母亲一死，你的事我就撒手不管了。从她的棺材抬进盖茨黑德教堂墓地那天起，你我便彼此分手，仿佛从来就是陌路人。你不要以为我们碰巧搴着同一个爹娘,我会让你以丝毫站不住脚的理由拖累我。我可以告诉你——就是除了你我,整个人类毁灭了,独有我们两人站在地球上,我也会让你留在旧世界,自己奔往新世界去。"

她闭了嘴。

"你还是少费心思发表长篇大论吧,"乔治亚娜回答说,"谁都知道你是世上最自私、最狠心的家伙,我明白你对我有刻骨仇恨,我掌握真凭实据。你在埃德温·维尔勋爵的事情上对我要了花招。你不能容忍我爬得比你高,获得贵族爵位,被你连面都不敢露的社交圈子所接纳。因此你暗中监视,进行密告,永远毁了我的前程。"乔治亚娜掏出手帕,擤了一小时鼻子,伊丽莎冷冷地坐着,无动于衷,顾自忙着自己的活儿。

确实,宽厚的感情不被有些人所重视。而这儿的两种性格,却因为少了它,一种刻薄得叫人难以容忍,而另一种枯燥乏味得可鄙。没有理智的感情固然淡而无味,但缺乏感情的理智也太苦涩粗糙,叫人难以忍受。

一个风雨交加的下午,乔治亚娜看着一部小说,便倒在沙发上睡着了。伊丽莎已经去新教堂参加万圣节仪式——因为在宗教方面,她十分看重形式,风雨无阻,按时履行着心中虔诚的义务。不论天好天坏,每个星期日上教堂三次,平时如有祷告要做,也一样频繁。

我想起要上楼去,看看这个生命垂危的女人病情如何。她躺在那里,几乎没有人照料,用人们花的心思时多时少;雇佣来的护士,因为没有人看管,想溜就溜。贝茜固然忠心耿耿,但也有自己的家要照应,只能偶尔来一趟。不出所料,我发觉病室里没有人照看,护士不在。病人静静地躺着,似乎在昏睡,铅灰色的脸陷入了枕头,炉中的火将灭未灭。我添了燃料,重新收拾了床单,眼睛盯了她一会儿。这时,她已无法盯我了。随后我走开去到了窗前。

大雨敲窗,狂风呼啸。"那个躺在那儿的人,"我想,"会很快离开人世间风风雨雨的战场。此刻,灵魂正挣扎着脱离物质的躯壳,一旦解脱,将会到哪里去呢?"

在思索这番伟大的秘密时,我想起了海伦,回忆起她临终时说的话——她的信仰,她的关于游魂平等的信条。心里仍倾听着记忆犹新的声调——仍然描摹着她苍白而脱俗的容貌、消瘦的脸庞和崇高的目光。那时她平静地躺在临终的病榻上,低声地倾吐着要回到神圣的天父怀抱的渴望——正想着,我身后的床上响起了微弱的喃喃声:"是谁呀?"

我知道里德太太已经几天没有说话了,难道她醒过来了?我走到她跟前。

"是我,里德舅妈。"

"谁——我?"她回答,"你是谁?"她诧异地看着我,颇有些吃惊,但并没有失去控制。"我完全不认识你——贝茜呢?"

"她在门房,舅妈。"

"舅妈!"她重复了一声,"谁叫我舅妈来着?你不是吉卜森家的人,不过我知道你——那张面孔,那双眼睛和那个前额,我很熟悉。你像——唉,你像简·爱!"

我没有吭声,怕一说出我的身份会引起某种震惊。

"可是,"她说,"恐怕这是个错觉,我的想法欺骗了我。我很想看看简·爱,我想象出跟她相似的地方,但实际并不存在,况且八年当中她的变化一定很大。"这时我和气地让她放心,我就是她设想和希望的那个人。见她明白我的意思,头脑也还镇静,我便告诉她,贝茜如何派丈夫把我从桑菲尔德叫来。

"我的病很重,这我知道,"没有多久她说,"几分钟之前,我一直想翻身,却发觉四肢都动弹不得。也许我临死前该安下心来。我们健康时很少想到的事,在眼下这样的时刻,却成了我沉重的负担。护士在吗?房间里除了你,没有别人吗?"

我让她放心只有我们两个。

"唉,我两次做了对不起你的事,现在很懊悔。一次是违背了我向丈夫许下把你当做自己孩子抚养成人的诺言。另一次——"她停住了。"也许这毕竟无关紧要,"她喃喃地自言自语说,"那样我也许会好过些,但是,向她低声下气实在使我痛苦。"

她挣扎着要换一下位置,但没有成功。她的脸变了形。她似乎经历着某种内心的冲动——也许是最后一阵痛苦的先兆。

"唉,我得了却它。永恒就在前头,我还是告诉她好。走到我化妆盒跟前去,打开它,把你看到的一封信拿出来。"

我听从她的吩咐。"把信读一读。"她说。

这封信很短,内中写道:

> 夫人:
>
> 　　烦请惠寄我侄女简·爱的地址,并告知其近况。我欲立即去信,盼她来马德拉我处。皇天不负我之心血,令我温饱不愁。我未娶无后,甚望有生之年将她收为养女,并在死后将全部财产馈赠与她。顺致敬意。
>
> 　　　　　　　　　　约翰·爱谨启于马德拉

写信的时间是三年之前。

"为什么我从来没有听说过这回事?"我问。

"因为我对你的厌恶已经根深蒂固,因此不愿意帮助你发迹。我忘不了你对我的举动,简——你一度冲我发的火气;忘不了你说你在世上最讨厌我时的腔调;忘不了你声言一想起我就使你恶心,我待你很冷酷时丝毫不像孩子的神情与口气。我也忘不了你惊跳起来,把心头的一腔毒气喷吐出来时,我自己的感受。我觉得害怕,仿佛我打过推过的动物,用人一样的目光瞧着我,用人一样的嗓门儿诅咒我——拿些水来!唉,快点!"

"亲爱的里德太太,"我把她要的水端给她时说,"别再想这些了,你就忘了它吧,原谅我那些激烈的言词,当时我还是个孩子,现在八九年已经过去了。"

她对我说的话毫不理会。不过喝了水,透过气来后,她又继续说:

"我告诉你我忘不了这些,并且报复了。任你由叔叔领养,安安稳稳舒舒服服过日子,我是不能忍受的。我写信给他,说是很遗憾使他失望了,但简·爱已经去世,在罗沃德死于斑疹伤寒。现在随你怎么办吧,写封信否认我的说法——尽快揭露我的谎话。我想,你生来就是我的冤家。只剩一口气了,还让我叨念过去的事来折磨我,要不是因为你,我是不会经不住诱惑,去干那种事的。"

"但愿你能听从劝告,忘掉这些,舅妈,宽容慈祥地对待我——"

"你的脾气很糟,"她说,"这种性格我到今天都难以理解,九年中,不管怎样对待你,你都耐着性子,默默无声,而到了第十年,却突然发作,火气冲天,我永远无法理解。"

"我的脾性并不是像你想的那么坏,我易动感情,却没有报复心。小时候,有很多次,只要你允许,我很愿意爱你。现在我诚恳希望同你和好。亲亲我吧,舅妈。"

我把脸颊凑向她嘴唇。她不愿碰它,还说我倚在床上压着她了,而且再次要水喝。我让她躺下时——因为我扶起她,让她靠着我的胳膊喝水——把手放在她冷冰冰、湿腻腻的手上,她衰竭无力的手指缩了回去——迟滞的眼睛避开了我的目光。

"那么,爱我也好,恨我也好,随你便吧,"我最后说,"反正你已经彻底得到了我的宽恕。现在你去请求上帝的宽恕,安息吧。"

可怜而痛苦的女人!现在再要努力改变她惯有的想法,已经为时太晚了。活着的时候,她一直恨我——临终的时候,她一定依然恨我。

此刻,护士进来了,后面跟着贝茜。不过我又呆了半小时,希望看到某种和解的表情,但她没有任何显露。她很快进入昏迷状态,没有再清醒过来。当晚十二点她去世了。我没有在场替她合上眼睛,她的两个女儿也不在。第二天早上她们来告诉我,一切都过去了。那时她的遗体已等候入殓,伊丽莎和我都去瞻仰,乔治亚娜嚎啕大哭,说是不敢去看。那里躺着萨拉·里德的躯体,过去是那么强健而充满生机,如今却僵硬不动了。冰冷的眼皮遮没了她无情的眸子,额头和独特的面容仍带着她冷酷灵魂的印记。对我来说,那具尸体既奇怪而又庄严。我忧伤而痛苦地凝视着它,没有激起温柔、甜蜜、婉惜,或是希望、压抑的感觉,而只是一种为她的不幸——不是我的损失——而产生的揪心的痛苦,一种对这么可怕地死去的心灰意冷、欲哭无泪的沮丧。

伊丽莎镇定地打量着她母亲。沉默了几分钟后,她说:

"按她那样的体质,她本可以活到很老的年纪,烦恼缩短了她的寿命。"接着她的嘴抽搐了一下,过后,她转身离开了房间,我也走了。我们两人都没有流一滴眼泪。

　　罗切斯特先生只准许我离开一周,但我还没有离开盖茨黑德,一个月就已经过去了。我希望葬礼后立即动身,乔治亚娜却恳求我一直呆到她去伦敦,因为来这里张罗姐姐的葬礼和解决家庭事务的吉卜森舅舅,终于邀请她上那儿了。乔治亚娜害怕同伊丽莎单独相处,说是情绪低沉时得不到她的同情,胆怯时得不到她的支持,收拾行装时得不到她的帮助。所以乔治亚娜软弱无能、畏首畏尾、自私自利、怨天尤人,我都尽量忍受,并竭尽所能替她做针线活,收拾衣装。确实,我忙着时她会闲着不干事。我暗自思忖道:"要是你我注定要一直共同生活,表姐,我们要重新处事,与以往全然不同。我不该乖乖地成为忍受的一方,而该把你的一份活儿分派给你,迫使你去完成,要不然就让它留着不做。我还该坚持让你那慢条斯理、半真半假的诉苦咽到你肚子里去。正是因为我们之间的关系十分短暂,偏又遇上特殊的凭吊期间,所以我才甘愿忍耐和屈从。"

　　我终于送别了乔治亚娜,可是现在却轮到了伊丽莎要求我再呆一周了。她说她的计划需要她全力以赴,因为就要动身去某个未知的目的地了。她成天闩了门呆在房间里,装箱子,理抽屉,烧文件,同谁都不来往。她希望我替她看管房子,接待来客,回复唁函。

　　一天早晨她告诉我没有我的事了。"而且,"她补充道,"我感激你宝贵的帮助和周到的办事。跟你共处和跟乔治亚娜共处,有所不同。你在生活中尽自己的责任,而不成为别人的累赘。明天,"她继续说,"我要动身去大陆。我会在里斯尔①附近一个宗教场所找到栖身之地——你会称它为修道院。在那里我会安静度日,不受干扰。我会暂时致力于考察罗马天主教信条,和细心研究它体制的运转。我虽然半信半疑,但要是发现它最适宜于使一切事情办得公平合理、井井有条,那我会皈依罗马教,很可能还会去当修女。"

我既没有对她的决定表示惊奇,也没有要劝说她打消这个念头。"这一行对你再适合不过了,"我想,"但愿对你大有好处!"

我们分手时她说:"再见,简·爱表妹,祝你好运,你还是有些头脑的。"

我随后回答道:"你也不是没有头脑,伊丽莎表姐。但再过一年,我想你的禀赋会被活活地囚禁在法国修道院的围墙之内。不过这不是我的事儿,反正对你适合——我并不太在乎。"

"你说得很对。"她说。我们彼此说了这几句话后,便分道扬镳了。由于我没有机会再提起她或她妹妹了,我不妨在这儿说一下吧。乔治亚娜在婚事上得以高攀,嫁给了上流社会一个年老力衰的有钱男子。伊丽莎果真做了修女,度过了一段见习期后,现在做了修道院院长,并把全部财产赠给了修道院。

无论是短期还是长期外出回家的人是什么滋味,我并不知道,因为我从来没有这种感受。但我知道,小时候走了很远的路后回到盖茨黑德府,因为显得怕冷或情绪低沉而挨骂是什么滋味。后来,我也知道,从教堂里回到罗沃德,渴望一顿丰盛的饭菜和熊熊的炉火,结果却两者都落空时,又是什么滋味。那几次归途并不愉快,也不令人向往,因为没有一种磁力吸引我奔向目标,不是离得越近越具诱人的力量。这次返回桑菲尔德是什么滋味,还有待于体味。

旅途似乎有些乏味——很乏味。白天走五十英里,晚上投宿旅店。第二天又走五十英里。最初十二个小时,我想起了里德太太临终的时刻。我看见了她变了形象、没有血色的脸,听见了她出奇地走了样的声调。我默默地忆起了出丧的日子,还有棺材、灵车、黑黑的一队佃户和用人——亲戚参加的不多、张开的墓穴、寂静的教堂、庄严的仪式。随后我想起了伊丽莎和

———————————
① 里斯尔:法国北部城市,现改名为里尔。

乔治亚娜。我看见一个是舞场中的皇后,另一个是修道院陋室的居士。我继续思索着,分析了她们各自的个性和品格。傍晚时抵达某个大城镇,驱散了这些想法。夜间,我的思绪转了向。我躺在这远游者的床榻上,撇开回忆,开始了对未来的向往。

我正在回桑菲尔德的归途中。可是我会在那儿呆多久呢?我确信不会太久。在外期间,费尔法克斯太太写信告诉我,庄园的聚会已经散去,罗切斯特先生三周前动身上伦敦去了,不过预定两周后就返回。费尔法克斯太太推测,他此去是为张罗婚礼的,因为曾说起要购置一辆新马车。她还说,总觉得这不免有些蹊跷,罗切斯特先生尽想着要娶英格拉姆小姐。不过从大家说的和她亲眼见的来看,她不再怀疑婚礼很快就会举行。"要是连这也怀疑,那你真是疑心病重得出奇了,"我心里嘀咕着,"我并不怀疑。"

接踵而来的是这个问题:"我上哪儿去呢?"我彻夜梦见英格拉姆小姐,在活灵活现的晨梦中,我看见她当着我的面关上了桑菲尔德的大门,给我指了指另外一条路。罗切斯特先生袖手旁观——似乎对英格拉姆小姐和我冷笑着。

我没有通知费尔法克斯太太回家的确切日子,因为我不希望派普通马车或是高级马车到米尔科特来接我。我打算自己静静地走完这段路,很静很静。这样,六月的某个黄昏,六时左右,我把自己的箱子交给饲马倌后,溜出乔治旅店,踏上了通向桑菲尔德的老路,这条路直穿田野,如今已很少有人光顾。

这是一个晴朗温和却并不明亮灿烂的夏夜,干草工们沿路忙碌着。天空虽然远不是万里无云,却仍有好天气的兆头。天上的蓝色——在看得见蓝色的地方——柔和而稳定,云层又高又薄。西边也很暖和,没有湿润的微光来造就凉意——看上去仿佛点起了火,好似一个祭坛在大理石般雾气的屏障后面燃烧着,从缝隙中射出金色的红光。

面前的路越走越短,我心里非常高兴,高兴得有一次竟停下脚步问自己,这种喜悦的含义何在,并提醒理智,我不是回到自己家里,或是去一个永久的安身之处,或是到一个亲密的朋友们翘首等候我到达的地方。"可以肯定,费尔法克斯太太会平静地笑笑,表示欢迎,"我说,"而小阿黛勒会拍手叫好,一见我就跳起来,不过你心里很明白,你想的不是她们,而是另外一个人,而这个人却并不在想你。"

但是,有什么比青春更任性吗?有什么比幼稚更盲目呢?青春与幼稚认定,有幸能再次见到罗切斯特先生是够令人愉快的,不管他见不见我,并且补充说:"快些! 快些! 在还能做到的时候跟他在一起,只要再过几天,至多几星期,你就与他永别了!"随后我抑制住了新的痛苦——我无法说服自己承认和培育的畸形儿——并继续赶路了。

在桑菲尔德的草地上,农夫也在晒干草呢,或者更确切些,我到达的时刻,他们正好收工,肩上扛着草耙回家去。我只要再走一两块草地,就可以穿过大路,到达门口了。篱笆上长了那么多蔷薇花! 但我已顾不上去采摘,巴不得立即赶到府上。我经过一棵高大的蔷薇,叶茂花盛的枝桠横穿过小径。我看到了窄小的石头台阶,我还看到——罗切斯特先生坐在那里,手中拿着一本书和一支铅笔,他在写着。

是呀,他不是鬼,但我的每一根神经都紧张起来。一时我无法自制。那是怎么回事? 我未曾想到一见他就这么颤抖起来——或者在他面前目瞪口呆,或者动弹不得。一旦我能够动弹,我一定要折回去,因为没有必要让自己变成个大傻瓜,我知道通往庄园的另一条路。但是即使我认得二十条路也没有用了,因为他已经看到了我。

"你好!"他叫道,丢开了书和铅笔,"你来啦! 请过来。"

我猜想我确实往前走了,尽管不知道怎么走过去的。我几乎没有意识到自己的行动,而一味惦记着要显得镇定,尤其要控制活动的面部神经——而它却公然违抗我的意志,挣扎着要把我决心掩饰的东西表露出来。但我戴着面纱——这时已经拿下。我可以尽力做出镇定自若的样子。

"这可是简•爱? 你从米尔科特来,而且是走来的? 是呀——又是你的一个鬼点子,不叫一辆马车,像一个普通人一样咔嗒咔嗒穿过街道和大路,偏要在黄昏薄暮,偷偷来到你家附近,仿佛你是一个梦,是一个影子。真见鬼,上个月你干了些什么?"

"我与我舅妈在一起,先生,她去世了。"

"道地的简•爱式的回答! 但愿善良的天使保护我吧! 她是从另一个世界来的——从死人的住所来的,而且在黄昏碰见我一个人的时候这么告诉我。要是我有胆量,我会碰碰你,看你是实实在在的人,还是一个影子。

你这精灵呀！——可是我甘愿去沼泽地里捕捉蓝色的鬼火。逃兵！逃兵！"他停了片刻后又补充说，"离开我整整一个月，已经把我忘得一干二净，我敢担保！"

我知道，与主人重逢是一件乐事，尽管备受干扰，因为我担心他快要不再是我的主人，而且我也明白我对他无足轻重了。不过在罗切斯特先生身上（至少我认为）永远有着一种使人感染上愉快的巨大力量，只要尝一尝他撒给像我这样陌生的离群孤鸟的面包屑，就无异于饱餐一顿盛宴。他最后的几句话抚慰了我，似乎是说，他还挺在乎我有没有把他给忘了呢。而且他把桑菲尔德说成是我的家——但愿那是我的家！

他没有离开石阶，我很不情愿要求他让路。我立刻问他是不是去过伦敦了。

"去了，我想你用超人的视力看出来了。"

"费尔法克斯太太在一封信里告诉我了。"

"她告诉你我去干什么了吗？"

"啊，是的，先生！人人都知道你的伦敦之行。"

"你得看一看马车，简，告诉我是不是你认为它完全适合罗切斯特太太。她靠在紫色的软垫上，看上去像不像波狄西亚女王①。简，但愿我在外貌上同她更般配一点。你是个小精灵，那现在你就告诉我——能不能给我一种魔力，或者有魔力的药，或是某种类似的东西，使我变成一个英俊的男子？"

"这不是魔力所能为的，先生。"我心里又补充道，"一个满怀深情的眼神就是你所需要的魔力。在这样的眼神里，你已经够漂亮了，或者不如说，你严厉的神情具有一种超越美的力量。"

罗切斯特先生有时有一种我所无法理解的敏锐，能看透我没有表露的思想。眼下他没有理会我唐突的口头回答，却以他特有而少见的笑容，朝我笑笑。他似乎认为这种笑容太美妙，犯不着用于一般的目的。这确实是情感的阳光——此刻他将它撒遍我周身。

---

① 波狄西亚女王：公元一世纪不列颠部族的一个女王，作战勇敢，曾抗击罗马军，后战败自尽。

"走过去吧，珍妮特①，"他说着空出地方来让我跨过台阶，"回家去，在朋友的门槛里，歇歇你那双奔波不定、疲倦了的小脚吧。"

现在我该做的不过是默默地听从他罢了，没有必要再作口头交谈。我二话没说跨过石阶，打算平静地离开他。但是一种冲动攫住了我——一种力量使我回过头来。我说——或是内心的某种东西不由自主地替我说了：

"罗切斯特先生，谢谢你的关怀。再次回到你身边，我感到异常高兴，你在哪儿，哪儿就是我的家——我唯一的家。"

我走得那么快，甚至他要追赶也追赶不上。小阿黛勒一见我乐得差点儿疯了，费尔法克斯太太照例以一种朴实的友情接待了我。莉娅朝我笑笑，甚至连索菲娅也愉快地对我说了声 bonsoir②，这很令人愉快。你为自己的同类所爱，并感觉到自己的存在为他们增添了快慰时，你的幸福是无与伦比的。

那天晚上，我紧闭双眼，无视将来；我塞住耳朵，不去听"离别在即，忧伤将临"的频频警告。茶点过后，费尔法克斯太太开始了编织，我在她旁边找了个低矮的座位，阿黛勒跪在地毯上，紧偎着我。亲密无间的气氛，像一个宁静的金色圆圈围着我们。我默默地祈祷着，愿我们彼此不要分离得太远，也不要太早。但是，当我们如此坐着，罗切斯特先生不宣而至，打量着我们，似乎对一伙人如此融洽的景象感到愉快时——当他说，既然老太太又弄回自己的养女，想必她已安心，并补充说他看到阿黛勒是 prête à croquer sa petite maman Anglaise③ 时，我近乎冒昧地希望，即使在结婚以后，他也会把我们一起安置在某个地方，得到他的庇护，而不是远离他所辐射出的阳光。

我回到桑菲尔德府后的两周，是在令人生疑的平静中度过的。主人的婚事没有再提起，我也没有看到为这件大事在做准备。我几乎天天问费尔法克斯太太，是否听说已经做出了决定。她总是给予否定的回答。有一回她说，她事实上已经问过罗切斯特先生，什么时候把新娘接回家来，但他只开了个玩笑，做了个鬼脸，便算是回答了。她猜不透他的心思。

---

① 简的昵称。

② 法语：晚上好。

③ 法语：真恨不得把她的英国小妈妈一口吞了下去。

有一件事更让人感到奇怪,他没有来回奔波,造访英格拉姆庄园。说实在的,那地方位于本郡与另一个郡的交界之处,相隔仅二十英里,这点距离对一个热恋中的情人来说算得了什么?对于罗切斯特先生这样一位熟练而不知疲倦的骑手,那不过是一个上午的工夫。我开始萌生不该有的希望:婚事告吹,谣言不确,一方或双方都改变了主意。我常常观察我主人的脸,看看是不是有伤心或恼恨之情,但是在我的记忆中,他的面部从来没有像现在这样毫无愁容或怒色。在我与我的学生同他相处的时刻,要是我无精打采,并难免情绪消沉,他反倒乐不可支了。我从来没有像现在这么频繁地被他叫到跟前,到了那里他又待我这么亲切——而且,哎呀!我也从来没有如此爱过他。

第八章

　　仲夏明媚的阳光普照英格兰。当时那种一连几天日丽天清的天气甚至一天半天都难得惠顾我们这个波浪环绕的岛国。仿佛持续的意大利天气从南方飘移过来，像一群色彩斑斓的候鸟，落在英格兰的悬崖上歇脚。干草已经收好，桑菲尔德周围的田野已经收割干净，显出一片新绿。道路晒得白煞煞、硬邦邦的，林木葱郁，十分茂盛。树篱与林子都叶密色浓，与它们之间收割过的草地的金黄色形成了鲜明的对比。

　　施洗约翰节前夕①，阿黛勒在海镇小路上采了半天的野草莓，累坏了，太阳一落山就上床睡觉。我看着她入睡后，便离开她向花园走去。

　　此刻是二十四小时中最甜蜜的时刻——"白昼已耗尽了它的烈火，"清凉的露水落在喘息的平原和烤灼过的山顶上。在夕阳朴实地西沉——并不伴有华丽的云彩——的地方，铺展开了一抹庄重的紫色，在山峰尖顶的某处，燃烧着红宝石和炉火般的光焰，向高处和远处伸延，显得越来越柔和，占据了半个天空。东方也自有它湛蓝悦目的魅力，有它不事炫耀的宝石——一颗升起的孤星。它很快会以月亮而自豪，不过这时月亮还在地平线之下。

　　我在铺筑过的路面上散了一会儿步。但是一阵细微而熟悉的清香——雪茄的气味——悄悄地从某个窗子里钻了出来。我看见图书室的窗开了一手掌宽的缝隙。我知道可能有人会从那儿看我，因此我走开了，进了果园。庭院里没有比这更隐蔽，更像伊甸园的角落了。这里树木繁茂，花儿盛开，

———————————

　　① 六月二十四日。

一边有高墙同院子隔开;另一边一条长满山毛榉的路,像屏障一般,把它和草坪分开。底下是一道矮篱,是它与孤寂的田野唯一的分界。一条蜿蜒的小径通向篱笆。路边长着月桂树,路的尽头是一棵巨大无比的七叶树,树底下围着一排座椅。你可以在这儿漫步而不被人看到。在这种玉露徐降、悄无声息、夜色渐浓的时刻,我觉得仿佛会永远在这样的阴影里踯躅。但这时我被初升的月亮投向园中高处开阔地的光芒所吸引,穿过那里的花圃和果园,却停住了脚步——不是因为听到或是看到了什么,而是因为再次闻到了一种我所警觉的香味。

多花蔷薇、老人蒿、茉莉花、石竹花和玫瑰花早就在奉献着它们的晚香,刚刚飘过来的气味既不是来自灌木,也不是来自花朵,但我很熟悉,它来自罗切斯特先生的雪茄。我举目四顾,侧耳静听。我看到树上沉甸甸垂着即将成熟的果子,听到一只夜莺在半英里外的林子里鸣啭。我看不见移动的身影,听不到走近的脚步声,但是那香气却越来越浓了。我得赶紧走掉。我往通向灌木林的边门走去,却看见罗切斯特先生正跨进门来。我往旁边一闪,躲进了长满长春藤的幽深处。他不会久待,很快会顺原路返回,只要我坐着不动,他就绝不会看见我。

可是不行——薄暮对他来说也像对我一样可爱,古老的园子也一样诱人。他继续往前踱步,一会儿拎起醋栗树枝,看看梅子大小压着枝头的果子,一会儿从墙上采下一颗熟了的樱桃,一会儿又向着一簇花弯下身子,不是闻一闻香味,就是欣赏花瓣上的露珠。一只大飞蛾嗡嗡地从我身旁飞过,落在罗切斯特先生脚边的花枝上,他见了便俯下身去打量。

"现在,他背对着我,"我想,"而且全神贯注,也许要是我脚步儿轻些,我可以人不知鬼不觉地溜走。"

我踩在路边的草皮上,免得沙石路的咔嚓声把自己给暴露。他站在离我必经之地一两码的花坛中间,显然飞蛾吸引了他的注意力。"我会顺利通过。"我暗自思忖。月亮还没有升得很高,在园子里投下了罗切斯特先生长长的身影,我正要跨过这影子,他却头也不回就低声说:

"简,过来看看这家伙。"

我不曾发出声响,他背后也不长眼睛——难道他的影子会有感觉不成?我先是吓了一跳,随后便朝他走去。

"瞧它的翅膀,"他说,"它使我想起一只西印度的昆虫,在英国不常见到这么又大又艳丽的夜游虫。瞧!它飞走了。"

飞蛾飘忽着飞走了。我也局促不安地退去。可是罗切斯特先生跟着我,到了边门,他说:

"回来,这么可爱的夜晚,坐在屋子里多可惜。在日落与月出相逢的时刻,肯定是没有谁愿意去睡觉的。"

我有一个缺陷,那就是尽管我口齿伶俐,对答如流,但需要寻找借口的时候却往往一筹莫展。因此某些关键时刻,需要随口一句话,或者站得住脚的遁词来摆脱痛苦的窘境时,我便常常会出差错。我不愿在这个时候单独同罗切斯特先生漫步在阴影笼罩的果园里。但是我又找不出一个脱身的理由。我慢吞吞地跟在后头,一面在拼命动脑筋设法摆脱。可是他显得那么镇定,那么严肃,使我反而为自己的慌乱而感到羞愧了。如果说心中有鬼——不管是现在还是将来,那只能说我有。他心里十分平静,而且全然不觉。

"简。"他重又开腔了。我们正走进长满月桂的小径,缓步踱向矮篱笆和七叶树。"夏天,桑菲尔德是个可爱的地方,是吗?"

"是的,先生。"

"你一定有些依恋桑菲尔德府了——你有欣赏自然美的眼力,而且很有依恋之情。"

"说实在的,我依恋这个地方。"

"而且,尽管我不理解这究竟是怎么回事,但我觉察出来,你已开始关切阿黛勒这个小傻瓜,甚至还有朴实的老妇费尔法克斯。"

"是的,先生,尽管方式不同,我对她们两人都很喜爱。"

"而同她们分手会感到难过。"

"是的。"

"可惜呀!"他说,叹了口气又打住了。"世上的事情总是这样,"他马上又继续说,"你刚在一个愉快的栖身之处安顿下来,一个声音便会叫你起来往前赶路,因为已过了休息的时辰。"

"我得往前赶路吗,先生?"我问,"我得离开桑菲尔德吗?"

"我想你得走了,简,很抱歉,珍妮特,但我的确认为你该走了。"

这是一个打击,但我不让它击倒我。

"行呀,先生,要我走的命令一下,我便走。"

"现在命令来了——我今晚就得下。"

"那你要结婚了,先生?"

"确——实——如——此,对——极——了。凭你一贯的机敏,你已经一语中的。"

"快了吗,先生?"

"很快,我的——那就是,爱小姐,你还记得吧,简,我第一次,或者说谣言明白向你表示,我有意把自己老单身汉的脖子套上神圣的绳索,进入圣洁的婚姻状态——把英格拉姆小姐搂入我的怀抱,总之(她足足有一大抱,但那无关紧要——像我漂亮的布兰奇那样的宝贝,是谁都不会嫌大的),是呀,就像我刚才说的——听我说,简!你没有回头去寻找更多的飞蛾吧? 那不过是个瓢虫,孩子,'正飞回家去'。我想提醒你一下,正是你以我所敬佩的审慎,那种适合你责任重大、却并不独立的职业的远见、精明和谦卑,首先向我提出,万一我娶了英格拉姆小姐,你和小阿黛勒两个还是立刻就走好。我并不计较这一建议所隐含的对我意中人人格上的污辱。说实在的,一旦你们走得远远的,珍妮特,我会努力把它忘掉。我所注意到的只是其中的智慧,它那么高明,我已把它奉为行动的准则。阿黛勒必须上学,爱小姐,你得找一个新的工作。"

"是的,先生,我会马上去登广告,而同时我想——"我想说,"我想我可以呆在这里,直到我找到另外一个安身之处。"但我打住了,觉得不能冒险说一个长句,因为我的嗓门已经难以自制了。

"我希望大约一个月以后成为新郎,"罗切斯特先生继续说,"在这段期间,我会亲自为你留意找一个工作和落脚的地方。"

"谢谢你,先生,对不起给你——"

"啊——不必道歉! 我认为一个下人把工作做得跟你一样出色时,她就有权要求雇主给予一点容易办到的小小帮助。其实我从未来的岳母那儿听到一个适合你去的地方。就是爱尔兰康诺特的苦果旅馆,教迪奥尼修斯·奥加尔太太的五个女儿。我想你会喜欢爱尔兰的。他们说,那里的人都很热心。"

"离这儿很远呢,先生。"

"没有关系——像你这样一个有头脑的姑娘是不会反对航程或距离的。"

"不是航程,而是距离。还有大海相隔——"

"同什么地方相隔,简?"

"同英格兰和桑菲尔德,还有——"

"什么?"

"同你,先生。"

我几乎不知不觉中说了这话,眼泪禁不住夺眶而出。但我没有哭出声来,我也避免抽泣。一想起奥加尔太太和苦果旅馆,我的心就凉了半截;一想起在我与此刻同我并肩而行的主人之间,注定要翻腾着大海和波涛,我的心就更凉了;而一记起在我同我自然和必然所爱的东西之间,横亘着财富、阶层和习俗的辽阔海洋,我的心凉透了。

"跟这儿隔很远。"我又说了一句。

"确实如此。等你到了爱尔兰康诺特的苦果旅馆,我就永远见不到你了,肯定就是这么回事。我从来不去爱尔兰,因为自己并不太喜欢这个国家。我们一直是好朋友,简,你说是不是?"

"是的,先生。"

"朋友们在离别的前夕,往往喜欢亲密无间地度过余下的不多时光。来——星星们在那边天上闪烁着光芒时,我们用上半个小时左右,平静地谈谈航行和离别。这儿是一棵七叶树,这边是围着老树根的凳子。来,今晚我们就安安心心地坐在这儿,虽然我们今后注定再也不会坐在一起了。"他让我坐下,然后自己也坐了下来。

"这儿到爱尔兰很远,珍妮特,很抱歉,把我的小朋友送上这么令人厌倦的旅程。但要是没有更好的主意,那该怎么办呢?简,你认为你我之间有相近之处吗?"

这时我没敢回答,因为我内心很激动。

"因为,"他说,"有时我对你有一种奇怪的感觉——尤其是当你像现在这样靠近我的时候。仿佛我左面的肋骨有一根弦,跟你小小的身躯同一个部位相似的弦紧紧地维系着,难分难解。如果咆哮的海峡和二百英里左右的陆地,把我们远远分开,恐怕这根情感交流的弦会折断,于是我不安地想到,我的内心会流血。至于你——你会忘掉我。"

"那我**永远**不会,先生,你知道——"我说不下去了。

"简,听见夜莺在林中歌唱吗?——听呀!"

我听着听着便抽抽噎噎地哭泣起来,再也抑制不住强忍住的感情,不得不任其流露了。我痛苦万分地浑身颤栗着。到了终于开口时,我便只能表达一个冲动的愿望:但愿自己从来没有生下来,或者从未到过桑菲尔德。

"因为要离开而难过吗?"

悲与爱在我内心所煽起的强烈情绪,正占上风,并竭力要支配一切,压倒一切,战胜一切,要求生存、扩展和最终主宰一切,不错——还要求吐露出来。

"离开桑菲尔德很让我伤心,我爱桑菲尔德——我爱它是因为我在这里过着充实而愉快的生活——至少有一段时间。我没有遭人践踏,也没有弄得古板僵化,没有混迹于志向低下的人之中,也没有被排斥在同光明、健康、高尚的心灵交往的一切机会之外。我已面对面同我所敬重的,同我所喜欢的——同一个独特、活跃、博大的心灵交谈过。我已经熟悉你,罗切斯特先生,硬要让我永远同你分开,使我感到恐惧和痛苦。我看到非分别不可,就像看到非死不可一样。"

"在哪儿看到的呢?"他猛地问道。

"哪儿?你,先生,已经把这种必要性摆在我面前了。"

"什么样子的必要性?"

"就是英格拉姆小姐那模样,一个高尚而漂亮的女人——你的新娘。"

"我的新娘!什么新娘呀?我没有新娘!"

"但你会有的。"

"是的,我会!我会!"他咬紧牙齿。

"那我得走——你自己已经说了。"

"不,你非留下不可!我发誓——我信守誓言。"

"我告诉你我非走不可!"我回驳着,感情很有些冲动,"你难道认为,我会留下来甘愿做一个对你来说无足轻重的人?你以为我是一架机器?——一架没有感情的机器?能够容忍别人把一口面包从我嘴里抢走,把一滴生命之水从我杯子里泼掉？难道就因为我一贫如洗、默默无闻、长相平庸、个子瘦小，就没有灵魂，没有心肠了？——你不是想错了吗？我的心灵跟你一样丰富，我的心胸跟你一样充实！要是上帝赐予我一点姿色和充足的财富，我会使你同我现在一样难分难舍，我不是根据习俗、常规，甚至也不是血肉之躯同你说话，而是我的灵魂同你的灵魂在对话，就仿佛我们两人穿过坟墓，站在上帝脚下，彼此平等——本来就如此！"

"本来就如此！"罗切斯特先生重复道，"所以，"他补充道，一面用胳膊把我抱住，搂到怀里，把嘴唇贴到我的嘴唇上，"所以是这样，简？"

"是呀，所以是这样，先生，"我回答，"可是并没有这样。因为你已结了婚，或者说无异于结了婚，跟一个远不如你的人结婚——一个跟你并不意气相投的人。我才不相信你真的会爱她，因为我看到过，也听到过你讥笑她。对这样的结合我会表示不屑，所以我比你强——让我走！"

"上哪儿，简？去爱尔兰？"

"是的——去爱尔兰。我已经把心里话都说了，现在上哪儿都行了。"

"简，平静些，别那么挣扎着，像一只发疯的鸟儿，拼命撕掉自己的羽毛。"

"我不是鸟，也没有陷入罗网。我是一个具有独立意志的自由人，现在我要行使自己的意志，离开你。"

我再一挣扎便脱了身，在他跟前昂首而立。

"你的意志可以决定你的命运，"他说，"我把我的手、我的心和我的一份财产都献给你。"

"你在上演一出闹剧，我不过一笑置之。"

"我请求你在我身边度过余生——成为我的另一半，世上最好的伴侣。"

"那种命运，你已经做出了选择，那就应当坚持到底。"

"简，请你平静一会儿，你太激动了，我也会平静下来的。"

一阵风吹过月桂小径，穿过摇曳着的七叶树枝，飘走了——走了——到了天涯海角——消失了。夜莺的歌喉成了这时唯一的声响，听着它我再次哭了起来。罗切斯特先生静静地坐着，和蔼而严肃地瞧着我。过了好一会他才开口。最后他说：

"到我身边来,简,让我们解释一下,相互谅解吧。"

"我再也不会回到你身边了,我已经被拉走,不可能回头了。"

"不过,简,我唤你过来做我的妻子,只有你才是我要娶的。"

我没有吭声,心里想他在讥笑我。

"过来,简——到这边来。"

"你的新娘阻隔在我们之间。"

他站了起来,一个箭步到了我跟前。

"我的新娘在这儿,"他说着,再次把我往身边拉,"因为与我相配的人,跟我相像的人在这儿,简,你愿意嫁给我吗?"

我仍然没有回答,仍然要挣脱他,因为我仍然不相信。

"你怀疑我吗,简?"

"绝对怀疑。"

"你不相信我?"

"一点也不信。"

"你看我是个爱说谎的人吗?"他激动地问,"疑神疑鬼的小东西,我一定要使你信服。我对英格拉姆小姐有什么爱? 没有,那你是知道的。她对我有什么爱? 没有,我已经想方设法来证实。我放出了谣言,传到她耳朵里,说是我的财产还不到她们想象中的三分之一,然后我现身说法,亲自去看结果,她和她母亲对我都非常冷淡。我不愿意——也不可能——娶英格拉姆小姐。你——你这古怪的——你这近乎是精灵的家伙,我像爱我自己的肉体一样爱你。你——虽然一贫如洗、默默无闻、个子瘦小、相貌平庸,我请求你把我当做你的丈夫。"

"什么,我!"我猛地叫出声来。出于他的认真,尤其是粗鲁的言行,我开始相信他的诚意了。"我? 我这个人除了你,世上没有一个朋友——如果你是我朋友的话。除了你给我的钱,一个子儿也没有。"

"就是你,简。我得让你属于我——完全属于我。你愿意属于我吗? 快说'好'呀。"

"罗切斯特先生,让我瞧瞧你的脸。转到朝月光的一边去。"

"为什么?"

"因为我要细看你的面容,转呀!"

"那儿,你能看清的无非是皱巴巴胡涂乱抹的一页,往下看吧,只不过快些,因为我很不好受。"

他的脸焦急不安,涨得通红,五官在激烈抽动,眼睛射出奇怪的光。

"啊,简,你在折磨我!"他大嚷道,"你用那种犀利而慷慨可信的目光瞧着我,你在折磨我!"

"我怎么会呢? 如果你是真心的,你的求婚也是真的,那么我对你的感情只会是感激和忠心——那就不可能是折磨。"

"感激!"他脱口喊道,并且狂乱地补充道,"简,快接受我吧。说,爱德华——叫我的名字,爱德华,我愿意嫁给你。"

"你可当真? ——你真的爱我? 你真心希望我成为你的妻子?"

"我真的是这样。要是有必要发誓才能使你满意,那我就以此发誓。"

"那么,先生,我愿意嫁给你。"

"叫爱德华,我的小夫人。"

"亲爱的爱德华!"

"到我身边来——完完全全过来,"他说,把他的脸颊贴着我的脸颊,用深沉的语调对着我耳朵补充说,"使我幸福吧——我也会使你幸福。"

"上帝呀,宽恕我吧!"他不久又添了一句,"还有人呀,别干涉我,我得到了她,我要紧紧抓住她。"

"没有人会干涉,先生。我没有亲人来干预。"

"没有——那再好不过了。"他说。要是我不是那么爱他,我会认为他的腔调、他狂喜的表情有些粗野。但是我从离散的噩梦中醒来,被唤入聚合的天堂,坐在他身旁,光想着啜饮源源而来的幸福的清泉。他一再问:"你幸福吗,简?"而我一再回答:"是的。"随后他咕哝着:"会赎罪的,会赎罪的。我不是发现她没有朋友,得不到抚慰,受到冷落吗? 我不是会保护她,珍爱她,安慰她吗? 我心里不是有爱,我的决心不是始终不变吗? 那一切会在上帝的法庭上得到赎罪。我知道造物主会准许我的所做所为。至于世间的评判——我不去理睬。别人的意见——我断然拒绝。"

可是,夜晚发生什么变化了? 月亮还没有下沉,我们已全湮没在阴影之中了。虽然主人离我近在咫尺,但我几乎看不清他的脸。七叶树受了什么病痛的折磨? 它扭动着,呻吟着,狂风在月桂树小径咆哮,直向我们扑来。

"我们得进去了,"罗切斯特先生说,"天气变了。不然我可以同你坐到天明,简。"

"我也一样,"我想。也许我应该这么说出来,可是从我正仰望着的云层里,蹿出了一道铅灰色的闪电,随后是喀啦啦一声霹雳和近处的一阵隆隆声。我只想把自己发花的眼睛贴在罗切斯特先生的肩膀上。大雨倾盆而下,他催我踏上小径,穿过庭院,进屋子去。但是我们还没跨进门槛就已经湿淋淋的。在厅里他取下了我的披肩,把水滴从我散了的头发中摇下来,正在这时,费尔法克斯太太从她房间里出来了。起初我没有觉察,罗切斯特先生也没有。灯亮着,时钟正敲十二点。

"快把湿衣服脱掉,"他说,"临走之前,说一声晚安——晚安,我的宝贝!"

他吻了我,吻了又吻。我离开他怀抱抬起头来一看,只见那位寡妇站在那儿,脸色苍白,神情严肃而惊讶。我只朝她微微一笑,便跑上楼去了。"下次再解释也行。"我想。但是到了房间里,想起她一时会对看到的情况产生误解,心里便感到一阵痛楚。然而喜悦抹去了一切其他感情。尽管在两小时的暴风雨中,狂风呼呼大作,雷声又近又沉,闪电猛烈频繁,大雨如瀑布般狂泻,我并不害怕,并不畏惧。这中间罗切斯特先生三次上门,问我是否平安无事。这无论如何给了我安慰和力量。

早晨我还没起床,小阿黛勒就跑来告诉我,果园尽头的大七叶树夜里遭了雷击,被劈去了一半。

## 第九章

　　我穿衣起身,把发生的事想了一遍,怀疑是不是一场梦。我要再次看见罗切斯特先生,听到他重复那番情话和诺言之后,才能确定那是不是真实的。

　　我在梳头时朝镜子里打量了一下自己的脸,感到它不再平庸了。面容透出了希望,脸色有了活力,眼睛仿佛看到了果实的源泉,从光彩夺目的涟漪中借来了光芒。我向来不愿去看我主人,因为我怕我的目光会使他不愉快。但是现在我肯定可以扬起脸来看他的脸了,我的表情不会使他的爱心冷却。我从抽屉里拿了件朴实干净的薄夏装,穿在身上。似乎从来没有一件衣服像这件那么合身,因为没有一件是在这种狂喜的情绪中穿上的。

　　我跑下楼去,进了大厅,只见阳光灿烂的六月早晨已经取代了暴风雨之夜。透过开着的玻璃门,我感受到了清新芬芳的微风,但我并不觉得惊奇。当我欣喜万分的时候,大自然也一定非常高兴。一个要饭的女人和她的小男孩——两个脸色苍白、衣衫褴褛的活物——顺着小径走上来,我跑下去,倾我所有给了他们——大约三四个先令。好歹他们都得分享我的欢乐。白嘴鸦呱呱叫着,还有更活泼一点的鸟儿在啁啾,但是我心儿的欢唱比谁都美妙动听。

　　使我吃惊的是,费尔法克斯太太神色忧伤地望着窗外,十分严肃地说:"爱小姐,请来用早餐好吗?"吃饭时她冷冷地一声不吭。但那时我无法替她解开疑团。我得等我主人来解释,所以她也只好等待了。我勉强吃了一点,便匆匆上了楼,碰见阿黛勒正离开读书室。

"你上哪儿去呀？上课的时间到了。"

"罗切斯特先生已经打发我到育儿室去了。"

"他在哪儿？"

"在那儿呢。"她指了指她刚离开的房间。我走进那里，原来他就站在里面。

"来，对我说声早安。"他说。我愉快地走上前。这回我所遇到的，不光是一句冷冰冰的话，或者是握一握手而已，而是拥抱和接吻。他那么爱我，抚慰我，显得既亲切又自然。

"简，你容光焕发，笑容满面，漂亮极了，"他说，"今天早晨真的很漂亮。这就是我苍白的小精灵吗？这不是我的小芥子①吗？不就是这个脸带笑靥，嘴唇鲜红，头发栗色光滑如缎，眼睛淡褐光芒四射，满面喜色的小姑娘吗？"（读者，我的眼睛是青色的，但是你得原谅他的错误，对他来说我的眼睛染上了新的颜色。）

"我是简·爱，先生。"

"很快就要叫做简·罗切斯特了，"他补充说，"再过四周，珍妮特，一天也不多，你听到了吗？"

我听到了，但我并不理解，它使我头昏目眩。他的宣布在我心头所引起的感觉，是不同于喜悦的更强烈的东西——是一种给人打击、使你发呆的东西。我想这近乎是恐惧。

"你刚才还脸红，现在脸色发白了，简。那是为什么？"

"因为你给了我一个新名字——简·罗切斯特，而且听来很奇怪。"

"是的，罗切斯特夫人，"他说，"年轻的罗切斯特夫人——费尔法克斯·罗切斯特的少女新娘。"

"那永远不会，先生，听起来不大可能。在这个世界上，人类永远不能享受绝对幸福。我并不是生来与我的同类有不同的命运。只有在童话里，在白日梦里，才会想象这样的命运降临到我头上。"

"我能够而且也要实现这样的梦想，我要从今天开始。今天早上我已写信给伦敦的银行代理人，让他送些托他保管的珠宝来——桑菲尔德女士们

---

① 小芥子：莎士比亚戏剧《仲夏夜之梦》中的小神仙。

的传家宝。我希望一两天后涌进你的衣兜,我给予一个贵族姑娘——如果我要娶她的话——的一切特权和关注,都将属于你。"

"啊,先生!别提珠宝了!我不喜欢说起珠宝。对简·爱来说,珠宝听来既不自然又很古怪,我宁可不要。"

"我会亲自把钻石项链套在你脖子上,把发箍戴在你额头——看上去会非常相配,因为大自然至少已把自己特有的高尚烙在这个额头上了,简。而且我会把手镯套在纤细的手腕上,把戒指戴在仙女般的手指上。"

"不,不,先生!想想别的话题,讲讲别的事情,换种口气谈谈吧。不要当我美人似的同我说话,我不过是你普普通通、像贵格会教徒一样的家庭教师。"

"在我眼里,你是个美人。一位心向往之的美人——娇美而空灵。"

"你的意思是瘦小而无足轻重吧。你在做梦呢,先生——不然就是有意取笑。看在老天面上,别挖苦人了!"

"我还要全世界都承认,你是个美人,"他继续说,而我确实对他说话的口气感到不安,觉得他要不是自欺欺人,就是存心骗我,"我要让我的简·爱穿上缎子和花边衣服,头发上插玫瑰花,我还要在我最喜爱的头上罩上无价的面纱。"

"那你就不认识我了,先生,我不再是你的简·爱,而是穿了丑角衣装的猴子——一只披了别人羽毛的八哥。那样倒不如看你罗切斯特先生,一身戏装打扮,而我自己则穿上宫廷贵妇的长袍。先生,我并没有说你漂亮,尽管我非常爱你,太爱你了,所以不愿吹捧你。你就别捧我了。"

然而他不顾我反对,抓住这个话题不放。"今天我就要坐着马车带你上米尔科特,你得为自己挑选些衣服。我同你说过了,四个星期后我们就结婚。婚礼将不事张扬,在下面那个教堂里举行。然后,我就立刻一阵风把你送到城里。短暂逗留后,我将带我的宝贝去阳光明媚的地方,到法国的葡萄园和意大利的平原去。古往今来凡有记载的名胜,她都得看看;城市风光,也该品尝。还得同别人公平地比较比较,让她知道自己的身价。"

"我要去旅行?——同你吗,先生?"

"你要住在巴黎、罗马和那不勒斯,还有佛罗伦萨、威尼斯和维也纳。凡是我漫游过的地方,你都得重新去走走;凡我马蹄所至,你这位精灵也该涉足。十年之前，我几乎疯了似的跑遍了欧洲，只有厌恶、憎恨和愤怒同我做伴。如今我将旧地重游，痼疾已经痊愈，心灵已被涤荡，还有一位真正的天使给我安慰，与我同游。"

我笑他这么说话。"我不是天使，"我断言，"就是到死也不会是。我是我自己。罗切斯特先生，你不该在我身上指望或强求天上才有的东西。你不会得到的，就像我无法从你那儿得到一样，而且我是一点也不指望的。"

"那你指望我什么呢？"

"在短期内，你也许会同现在一样——很短的时期，随后你会冷静下来，你会反复无常，又会严厉起来，而我得费尽心机，使你高兴，不过等你完全同我习惯了，你也许又会喜欢我——我说**喜欢**我，而不是**爱**。我猜想六个月后，或者更短一些，你的爱情就会化为泡影。在由男人撰写的书中，我注意到，那是一个丈夫的热情所能保持的最长时期。不过毕竟作为朋友和伙伴，我希望决不要太讨我亲爱的主人的嫌。"

"讨嫌！又会喜欢你！我想我会一而再，再而三地喜欢你。我会让你承认，我不仅**喜欢**你，而且**爱**你——真挚、热情、始终如一。"

"你不再反反复复了，先生？"

"对那些光靠容貌吸引我的女人，一旦我发现她们既没有灵魂也没有良心——一旦她们向我展示乏味、浅薄，也许还有愚蠢、粗俗和暴躁，我便成了真正的魔鬼。但是对眼明口快的，对心灵如火的，对既柔顺而又稳重、既驯服而又坚强、可弯而不可折的性格——我会永远温柔和真诚。"

"你遇到过这样的性格吗，先生？你爱上过这样的性格吗？"

"我现在爱它了。"

"在我以前呢，假如我真的在各方面都符合你那苛刻的标准？"

"我从来没有遇到过可以跟你相提并论的人，简，你使我愉快，使我倾倒——你似乎很顺从，而我喜欢你给人的能屈能伸的感觉。我把一束柔软的丝线，绕过手指时，一阵颤栗，从我的胳膊涌向我心里。我受到了感染——我被征服了。这种感染之甜蜜，不是我所能表达，这种被征服感的魅力，远胜于我赢得的任何胜利。你为什么笑了，简？你那令人费解、不可思议的表情变化，有什么含义？"

"我在想，先生（你会原谅我这个想法，油然而生的想法），我想起了赫拉克勒斯①、参孙②和使他们着迷的美女。"

"你就这么想，你这小精灵——"

"唏，先生！就像那些先生的举动并不聪明一样，你刚才说的话也并不聪明。不过，要是他们当初结了婚，毫无疑问，他们会一本正经地摆出夫君面孔，不再像求婚的时候那样柔情如水，我担心你也会一样。要是一年以后我请你做一件你不方便或者不乐意的事，不知你会怎样答复我。"

"你现在就说一件事吧，简——哪怕是件小事，我渴望你求我——"

"真的，我会的，先生。我已做好请求的准备。"

"说出来吧！不过你要是以那种神情抬头含笑，我会不知道你要求什么就满口答应，那就会使我上当。"

"绝对不会，先生。我只有一个要求，就是不要叫人送珠宝，不要让我头上戴满玫瑰花，你还不如把你那块普普通通的手帕镶上一条金边吧。"

"我还不如'给纯金镶上金子'。我知道了，那么你的请求，我同意了——现在就这样。我会撤回送给银行代理人的订单。不过你还没有向我要什么呢，你只要求我收回礼物。再试一下吧。"

"那么，好呀，先生。请你满足我在某一个问题上大大激起的好奇心。"

他显得不安了。"什么？什么？"他忙不迭地问，"好奇心是一位危险的请求者：幸亏我没有发誓同意你的每个要求——"

"但是答应这个要求并没有什么危险，先生。"

"说吧，简。不过但愿这不只是打听——也许打听一个秘密，而是希望得到我的一半家产。"

"哎呀，亚哈随鲁王！③ 我要你一半的家产干什么？你难道以为我是犹太高利贷者，要在土地上好好投资一番。我宁愿能同你推心置腹，要是你已答应向我敞开心扉，那你就不会不让我知道你的隐秘吧。"

---

① 赫拉克勒斯：希腊罗马神话中的大力士，立了十二项大功。曾穿上女人衣服，为吕底亚女王翁法勒当了三年奴隶。

② 《圣经》中的大力士，曾把力量所在的秘密泄露给情人达利拉，被她剪去头发，失掉神力。

③ 亚哈随鲁王：波斯王。他曾答应王后以斯帖说："你要什么，你求什么，就是国的一半，也必赐给你。"（见《旧约·以斯帖记》第五章第三节）

"凡是一切值得知道的隐秘,简,都欢迎你知道。不过看在上帝面上,不要追求无用的负担!不要向往毒药——不要变成由我照顾的十十足足的夏娃!"

"干嘛不呢,先生?你刚才还告诉我,你多么高兴被我征服,多么喜欢被我强行说服,你难道不认为,我不妨可利用一下你的表白,开始哄呀,求呀——必要时甚至还可哭哭闹闹,板起面孔,只不过为了尝试一下我的力量?"

"看你敢不敢做这样的试验。步步进犯,肆无忌惮,那就一切都完了。"

"是吗,先生?你很快就变卦了。这会儿你的表情多么严厉!你的眉头已皱得跟我的手指一般粗,你的前额像某些惊人诗篇所描写的那样犹如'乌云重叠的雷霆'。我想那就是你结婚以后的神气了,先生?"

"如果你结婚后是那副样子,像我这样的基督徒,会立刻打消同无非是个小妖精或者水蛇厮混的念头。不过你该要什么呢,伙计?说出来吧。"

"瞧,这会儿连礼貌也不讲了,我喜欢鲁莽,远胜于奉承。我宁愿做个伙计,也不愿做天使。我该问的就是——你为什么煞费苦心要我相信,你希望娶英格拉姆小姐?"

"就是这些吗?谢天谢地,不算太糟!"此时他松开了浓黑的眉头,低头朝我笑笑,还抚摩着我的头发,仿佛看到躲过了危险,十分庆幸似的。"我想还是坦率地说好,"他继续说,"尽管我会让你生点儿气,简——我看到了你一旦发怒,会变成怎样一位火妖。昨晚清凉的月光下,当你反抗命运,声言同我平等时,你的面容灼灼生光。珍妮特,顺便提一句,是你自己向我提出了那样的建议。"

"当然是我,但是请你不要王顾左右了,先生——英格拉姆小姐?"

"好吧,我假意向英格拉姆小姐求婚,因为我希望使你发疯似的同我相爱,就像我那么爱你一样,我明白,嫉妒是为达到目的所能召唤的最好同盟军。"

"好极了!现在你很渺小——丝毫不比我的小手指尖大。简直是奇耻大辱,这种做法可耻透顶,难道你一点也不想想英格拉姆小姐的感情吗,先生?"

"她的感情集于一点——自负。那就需要把她的气焰压下去。你妒忌

了吗,简?"

"别管了,罗切斯特先生。你是不在乎知道这个的。再次老实回答我,你不认为你不光彩的调情会使英格拉姆小姐感到痛苦吗?难道她不会有被遗弃的感觉吗?"

"不可能!——我曾同你说过,相反是她抛弃了我,一想到我无力还债,她的热情顿时一落千丈,化为乌有。"

"你有一个奇怪而工于心计的头脑,罗切斯特先生。恐怕你在某些方面的人生准则有违常理。"

"我的准则从来没有受过调教,简。由于缺乏照应,难免会出差错。"

"再严肃问一遍,我可以享受向我担保的巨大幸福,而不必担心别人也像我刚才一样蒙受剧痛吗?"

"你可以,我的好小姑娘。世上没有第二个人对我怀着同你一样纯洁的爱——因为我把那愉快的油膏,也就是对你的爱的信任,贴到了我的心坎上。"①

我把嘴唇转过去,吻了吻搭在我肩上的手。我深深地爱着他——深得连我自己也难以相信能说得清楚,深得非语言所能表达。

"再提些要求吧,"他立刻说,"我很乐意被请求并做出让步。"

我再次准备好了请求。"把你的意图同费尔法克斯太太谈谈吧,昨晚她看见我同你呆在厅里,大吃一惊。我见她之前,你给她解释一下吧。让这样好的女人误解总使我痛苦。"

"上你自己的房间去,戴上你的帽子,"他回答,"早上我想让你陪我上米尔科特去一趟。你准备上车的时候,我会让这位老妇人开开窍。难道她认为,珍妮特,你为了爱而付出了一切,完全是得不偿失?"

"我相信她认为我忘了自己的地位,还有你的地位,先生。"

"地位! 地位! 现在,或者从今以后,你的地位在我的心里,紧卡着那些想要污辱你的人的脖子——走!"

我很快就穿好衣服,一听到罗切斯特先生离开费尔法克斯太太的起居室,便匆匆下楼赶到那里。这位老太太在读她早晨该读的一段《圣经》——

---

① 见莎士比亚戏剧《哈姆莱特》第三幕第四场。

那天的功课。面前摆着打开的《圣经》,《圣经》上放着一副眼镜。她忙着的事儿被罗切斯特先生的宣布打断后,此刻似乎已全然忘记。她的眼睛呆呆地瞧着对面空无一物的墙上,流露出了一个平静头脑被罕见的消息所激起的惊讶。见了我,她才回过神来,勉强笑了笑,凑了几句祝贺的话。但她的笑容收敛了,她的话讲了一半止住了。她戴上眼镜,合上《圣经》,把椅子从桌旁推开。

"我感到那么惊奇,"她开始说,"我真不知道对你说什么好,爱小姐。我肯定不是在做梦吧,是不是? 有时候我独个儿坐着便曚曚眬眬地睡过去了,梦见了从来没有发生过的事情。在打盹的时候,我似乎不止一次看见我那位十五年前去世的亲爱的丈夫,走进屋里,在我身边坐下。我甚至听他像以往一样叫唤我的名字艾丽斯。好吧,你能不能告诉我,罗切斯特先生真的已经向你求婚了吗? 别笑话我,不过我真的认为他五分钟之前才进来对我说,一个月以后你就是他的妻子了。"

"他同我说了同样的话。"我回答。

"他说啦! 你相信他吗? 你接受了吗?"

"是的。"

她大惑不解地看着我。

"绝对想不到这点。他是一个很高傲的人。罗切斯特家族的人都很高傲,至少他的父亲很看重金钱,他也常被说成很谨慎。他的意思是要娶你吗?"

"他这么告诉我的。"

她把我从头到脚打量了一番,从她的目光中我知道,她这双眼睛并没有在我身上发现足以解开这个谜的魅力。

"简直让我难以理解!"她继续说,"不过既然你这样说了,毫无疑问是真的了。以后的结局如何,我也说不上来。我真的不知道。在这类事情上,地位和财产方面彼此平等往往是明智的。何况你们两人的年龄相差二十岁,他差不多可以做你的父亲。"

"不,真的,费尔法克斯太太!"我恼火地大叫说,"他丝毫不像我父亲!谁看见我们在一起,都绝不会有这种想法。罗切斯特先生依然显得很年轻,跟有些二十五岁的人一样。"

"难道他真的是因为爱你而娶你的?"她问。

她的冷漠和怀疑使我心里非常难受,眼泪涌上了我的眼眶。

"对不起让你伤心了,"寡妇继续谈下去,"可是你那么年轻,跟男人接触又那么少,我希望让你存些戒心,老话说,'闪光的不一定都是金子',而在这件事情上,我担心会出现你我所料想不到的事。"

"为什么? 难道我是个妖怪?"我说,"难道罗切斯特先生不可能真心爱我?"

"不,你很好,而且近来大有长进。我想罗切斯特先生很喜欢你。我一直注意到,你好像深得他的宠爱。有时候为你着想,我对他明显的偏爱感到不安,而且希望你提防着点。但我甚至不想暗示会有出事的可能,我知道这种想法会使你吃惊,也许还会得罪你。你那么审慎,那么谦逊,那么通情达理,我希望可以信赖你保护自己。昨天晚上,我找遍了整幢房子,既没有见到你,也没有见到主人,而后来十二点钟时瞧见你同他一起进来,这时我的痛苦实在难以言传。"

"好吧,现在就别去管它了,"我不耐烦地打断了她,"一切都很好,那就够了。"

"但愿能善始善终,"她说,"不过,请相信我,你还是小心为是。设法与罗切斯特先生保持一定距离,既不要太自信,也不要相信他。像他那样有地位的绅士是不习惯于娶家庭教师的。"

我真的要光火了,幸亏阿黛勒跑了进来。

"让我去——让我也去米尔科特!"她嚷嚷道,"罗切斯特先生不肯让我去,新马车里明明很空。求他让我去吧,小姐。"

"我会的,阿黛勒。"我急急忙忙同她一起走开了,很乐意逃离这位丧气的监视者。马车已经准备停当,这时正拐到前门,我的主人在石子路上踱步,派洛特忽前忽后跟着他。

"阿黛勒可以跟我们一起去吗,先生?"

"我告诉过她了不行,我不要小丫头——我只要你。"

"请无论如何让她去,罗切斯特先生,那样会更好些。"

"不行,她会碍事。"

他声色俱厉。我想起了费尔法克斯太太令人寒心的警告和让我扫兴的疑虑,内心的希望便蒙上了一层虚幻渺茫的阴影。我自认能左右他的感觉失掉了一半。我正要机械地服从他,而不再规劝时,他扶我进了马车,瞅了瞅我的脸。

"怎么啦?"他回答,"阳光全不见了,你真的希望这孩子去吗? 要是把她落下了,你会不高兴吗?"

"我很情愿她去,先生。"

"那就去戴上你的帽子,像闪电一样快赶回来!"他朝阿黛勒喊道。

她以最快的速度按他的吩咐去办了。

"打搅一个早上毕竟无伤大雅,"他说,"反正我马上就要得到你了——你的思想、你的谈话和你的陪伴,永生永世。"

阿黛勒一被拎进车子,便开始吻起我来,以表示对我替她说情的感激。她很快被藏到了靠他一边的角落里。她随后偷偷地朝我坐的地方扫视了一下,那么严肃的一位邻座使她很拘束。他眼下性情浮躁,所以她即使看到了什么,也不敢悄声说话,就是想要知道什么,也不敢问他。

"让她到我这边来,"我恳求道,"或许她会碍着你,先生,我这边很空呢。"

他把她像递一只膝头上的狗那样递了过来。"我要送她上学去。"他说,不过这会儿脸上浮着笑容。

阿黛勒听了就问他是不是上学校 sans mademoiselle?①

"是的,"他回答,"完全 sans mademoiselle,因为我要带小姐到月亮上去,我要在火山顶上一个白色的山谷中找个山洞,小姐要同我住在那里,只同我一个人。"

"她会没有东西吃,你会把她饿坏的。"阿黛勒说。

"我会日夜采集吗哪②给她,月亮上的平原和山边白茫茫一片都是吗哪,阿黛勒。"

"她得暖和暖和身子,用什么生火呢?"

"火会从月亮山上喷出来。她冷了,我会把她带到山巅,让她躺在火山

———

① 法语:不和小姐在一起。
② 吗哪:《圣经》故事中所说,古以色列人经过荒野时所得的天赐食物,呈白色。

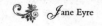 

口的边上。"

"Oh, qu'elle y sera mal-peu confortable!① 还有她的衣服呢,都会穿坏的,哪儿去弄新的呢?"

罗切斯特先生承认自己也搞不清楚了。"哼!"他说,"你会怎么办呢,阿黛勒?动动脑筋,想个应付的办法。一片白云,或者一片粉红色的云做件长袍,你觉得怎么样?一抹彩虹做条围巾绰绰有余。"

"那她现在这样要好得多,"阿黛勒沉思片刻后断言道,"另外,在月亮上只跟你生活在一起,她会觉得厌烦的。要我是小姐,就决不会同意跟你去。"

"她已经同意了,还许下了诺言。"

"但是你不可能把她弄到那儿,没有道路通月亮,全都是空气。而且你与她都不会飞。"

"阿黛勒,瞧那边的田野。"这会儿我们已经出了桑菲尔德大门,沿着通往米尔科特平坦的道路,平稳而轻快地行驶着。暴风雨已经把尘土洗涤干净,路两旁低矮的树篱和挺拔的大树,雨后吐翠,分外新鲜。

"在那边田野上,阿黛勒,两星期前的一个晚上,我溜达得晚了——就是你帮我在果园草地里晒干草的那天晚上。我把着干草,不觉累了,便在一个草堆上躺下来休息一会。当时我取出一个小本子和一支铅笔,开始写起很久以前落到我头上的不幸,和对未来幸福日子的向往。我写得很快,但日光从树叶上渐渐隐去,这时一个东西顺着小径走来,在离我两码远的地方停了下来。我看了看它,原来是个头上罩了薄纱的东西。我招呼它走近我,它很快就站到了我的膝头上,我没有同它说话,它也没有同我说话,我理解它的眼神,它也理解我的眼神。我们之间无声的谈话大致是这样:

"它是个小精灵,从精灵仙境来的,它说。它的差使是使我幸福,我必须同它一起离开凡间,到一个人迹罕至的地方——譬如月亮上。它朝干草山上升起的月牙儿点了点头。它告诉我,我们可以住在石膏山洞和银色的溪谷里。我说我想去,但我就像你刚才提醒的那样,提醒它我没有翅膀,不会飞。

---

① 法语:她在那儿多糟——多不舒服!

'啊,'那精灵回答说,'这没有关系!这里有个护身符,可以排除一切障碍。'她递过来一枚漂亮的金戒指。'戴上它吧,戴在我左手第四个手指上,我就属于你,你就属于我了。我们将离开地球,到那边建立自己的天地。'她再次朝月亮点了点头。阿黛勒,这枚戒指就在我裤子袋袋里,化做了一金镑硬币,不过我要它很快又变成戒指。"

"可是那与小姐有什么关系呢?我才不在乎精灵呢,你不是说过你要带到月亮去的是小姐吗?"

"小姐是个精灵。"他神秘地耳语说。因此我告诉她别去管他的玩笑了。而她却显示了丰富道地的法国式怀疑主义,把罗切斯特先生称做 un vrai menteur①,向他明确表示她毫不在乎他的 Contes de fée②,还说 du reste, il n'y avait pas de fées, et quand même il y en avait③,她敢肯定,她们也决不会出现在他面前,也不会给他戒指,或者建议同他一起住在月亮上。

在米尔科特度过的一小时对我来说是一种折磨。罗切斯特先生硬要我到一家丝绸货栈去,到了那里命令我挑选六件衣服。我讨厌这事儿,请求推迟一下。不行——现在就得办妥。经我拼命在他耳边恳求,才由六件减为两件。然而他发誓要亲自挑选些衣服。我焦急地瞧着他的目光在五颜六色的店铺中游弋,最后落在一块色泽鲜艳、富丽堂皇的紫晶色丝绸上和一块粉红色高级缎子上。我重又一阵子耳语,告诉他还不如马上给我买件金袍子和一顶银帽子。我当然决不会冒昧地去穿他选择的衣服。费了九牛二虎之力(因为他像顽石一般固执),我才说服他换一块素净的黑色缎子和珠灰色的丝绸。"暂时可以凑合了。"他说。但他要让我看上去像花圃一样耀眼。

我庆幸自己总算让他出了丝绸货栈,随后又离开了一家珠宝店。他给我买的东西越多,我的脸颊也因为恼恨和堕落感而更加烧灼得厉害了。我再次进了马车,往后一靠坐了下来,心里热辣辣的,身子疲惫不堪。这时我想起来了,随着光明和暗淡的岁月的流逝,我已完全忘却了我叔叔约翰·爱写给里德太太的信,忘了他要收养我让我成为他遗产继承人的打算。"如果

———

① 法语:一个道地的说谎者。
② 法语:神仙故事。
③ 法语:而且,根本没有仙女,就是有的话。

我有那么一点儿独立财产的话,"我想,"说实在的我会心安理得的。我绝不能忍受罗切斯特先生把我打扮成像玩偶一样,或者像第二个达那厄①那样坐着,每天让金雨洒遍全身。我一到家就要写信到马德里,告诉我叔叔约翰,我要结婚了及跟谁结婚。如果我能期望有一天给罗切斯特先生带来一笔新增的财产,那我可以更好地忍受现在由他养起来了。"这么一想,心里便感到有些宽慰(这个想法那天没有实现),我再次大胆地与我主人兼恋人的目光相遇。尽管我避开他的面容和目光,他的目光却执拗地搜寻着我的。他微微一笑。我想他的微笑是一个苏丹②在欣喜和多情的时刻,赐予他刚给了金银财宝的奴隶的。他的于—直在找寻我的手,我使劲握了它一下,把那只被满腔激情握红了的手甩了回去。

"你不必摆出那副面孔来,"我说,"要是你这样,我就始终什么也不穿,光穿我那身罗沃德学校的旧外套。结婚的时候我穿那套淡紫方格布衣服——你自己尽可以用珠灰色丝绸做一件睡袍,用黑色的缎子做无数件背心。"

他扑哧笑了起来,一面搓着手。"呵,看她那样子,听她说话真有趣!"他大声叫了起来,"她不是很独特吗?她不是很泼辣吗?我可不愿用这个英国小姑娘去换取土耳其王后宫的全部妃嫔,即便她们有羚羊般的眼睛,女神一般的形体!"

这个东方的比喻又一次刺痛了我。"我丝毫比不上你后宫中的妃嫔,"我说,"所以你就别把我同她们相提并论,要是你喜欢这类东西,那你就走吧,先生,立刻就到伊斯坦布尔的市场上去,把你不知道如何开开心心在这儿花掉的部分现金,投入到大宗奴隶购买上去。"

"珍妮特,我在为无数吨肉和各类黑色眼睛讨价还价时,你会干什么呢?"

"我会收拾行装,出去当个传教士,向那些被奴役的人——你的三宫六院们,宣扬自由。我会进入后宫,鼓动造反。纵然你是三尾帕夏③,转眼之

① 达那厄:希腊女神,主神宙斯化做金雨,同她相会。
② 旧时土耳其君王。
③ 土耳其的最高级军衔,以三根马尾作标志。

间,你会被我们的人戴上镣铐,除非你签署一个宪章,有史以来的专制君王所签发的最宽容的宪章,不然至少我是不会同意砸烂镣铐的。"

"我同意听你摆布,盼你开恩,简。"

"要是你用那种目光来恳求,罗切斯特先生,那我不会开恩。我敢肯定,只要你摆出那副面孔,无论你在被迫的情况下同意哪种宪章,你获释后要干的第一件事,便是破坏宪章的条件。"

"嗨,简,你需要什么呢?恐怕除了圣坛前的结婚仪式之外,你一定要我私下再举行一次婚礼吧。看得出来,你会规定一些特殊的条件——是些什么条件呢?"

"我只求内心的安宁,先生,而不被应接不暇的恩惠压得透不过气来。你还记得你是怎么说塞莉纳·瓦伦的吗?——说起你送给她的钻石和毛料?我不会做你英国的塞莉纳·瓦伦。我会继续当阿黛勒的家庭教师,挣得我的食宿,以及三十镑的年薪,我会用这笔钱购置自己的衣装,你什么都不必给我,除了……"

"噢,除了什么呀?"

"你的尊重。而我也报之以我的尊重,这样这笔债就两清了。"

"嘿,就冷漠无礼的天性和过分自尊的痼疾而言,你简直无与伦比。"他说。这时我们驶近了桑菲尔德。"你乐意今天同我一起吃饭吗?"我们再次驶进大门时,他问。

"不,谢谢你,先生。"

"干嘛'不,谢谢你呢',要是我可以问的话?"

"我从来没有同你一起吃过饭,先生,也看不出有什么理由现在要这样做,直等到——"

"直等到什么呀?你喜欢吞吞吐吐。"

"直等到我万不得已的时候。"

"你设想我吃起来像吃人的魔王、食尸的鬼魂,所以你害怕陪我吃饭?"

"关于这点,我没有任何设想,先生,但是我想再过上一个月往常的日子。"

"你应该马上放弃家庭教师这苦差使。"

"真的!请原谅,先生,我不放弃。我还是像往常一样过日子,照例整天

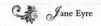

不同你见面,晚上你想见我了,便可以派人来叫我,我会来的,但别的时候不行。"

"在这种情况下,简,我想吸一支烟,或者一撮鼻烟,安慰安慰自己,像阿黛勒会说的 pour me donner une contenance①。但要命的是,我既没有带雪茄烟盒,也没有带鼻烟壶。不过听着——悄悄同你说,现在你春风得意,小暴君,不过我很快就会时来运转。有朝一日牢牢抓住了你,我就会——打个比方——把你像这样拴在一根链条上(摸了摸他的表链),紧紧捆住不放。是的,美丽的小不点儿,我要把你揣在怀里,免得丢掉了我的宝贝。"

他一边说一边扶我走下了马车,当他随后去抱阿黛勒下来时,我乘机进了屋,溜到了楼上。

傍晚时他按时把我叫了去。我早已准备了事儿让他干,因为我决不想整个晚上跟他这么促膝谈心。我记得他的嗓子很漂亮,还知道他喜欢唱歌——好歌手一般都这样。我自己不会唱歌,而且按他那种苛刻的标准,我也不懂音乐。但我喜欢听出色的演唱。黄昏薄暮的浪漫时刻,刚把星光闪烁的蓝色旗帜降到窗格上,我便立起身来,打开钢琴,求他一定得给我唱个歌。他说我是个捉摸不透的女巫,他还是其他时候唱好,但我口口声声说没有比现在更合适了。

他问我:喜欢他的嗓子吗?

"很喜欢。"我并不乐意纵容他敏感的虚荣心,但只那么一次,又出于一时需要,我甚至会迎合和怂恿这样的虚荣心。

"那么,简,你得伴奏。"

"很好,先生,我可以试试。"

我的确试了试,但立即被赶下了琴凳,而且被称做"笨手笨脚的小东西"。他把我无礼地推到了一边——这正中我下怀——抢占了位置,开始为自己伴奏起来,因为他既能唱又能弹。我赶紧走向窗子的壁龛,坐在那里,眺望着沉寂的树木和昏暗的草地,听他以醇厚的嗓音,和着优美的旋律,唱起了下面的歌:

———————

① 法语:让我定一定神。

270

从燃烧着的心窝，
感受到了最真诚的爱，
把生命的潮流，
欢快地注进每根血管。

每天，她的来临是我的希望，
她的别离是我的痛苦。
她脚步的偶尔延宕，
使我的每根血管成了冰窟。

我梦想，我爱别人，别人爱我，
是一种莫名的幸福。
朝着这个目标我往前疾走，
心情急切，又十分盲目。

谁知在我们两个生命之间，
横亘着无路的广漠。
白茫茫湍急而又危险，
犹如翻江倒海的绿波。

犹如盗贼出没的小路，
穿过山林和荒漠。
强权和公理，忧伤和愤怒，
使我们的心灵两相隔膜。

艰难险阻，我毫不畏惧，
种种凶兆，我敢于蔑视。
一切骚扰、警告和威胁，
我都漠然处置。

我的彩虹如闪电般疾驰，
我在梦中飞翔。
光焰横空出世，
我眼前是阵雨和骄阳。

那温柔庄严的欢欣，
仍照耀着灰暗苦难的云雾。
尽管阴森险恶的灾难已经逼近，
这会儿我已毫不在乎。

在这甜蜜的时刻我已无所顾忌，
虽然我曾冲破的一切险阻，
再度展翅迅猛袭击，
宣布要无情地报复。

尽管高傲的憎恨会把我击倒，
公理不容我上前分辩。
残暴的强权怒火中烧，
发誓永与我不共戴天。

我的心上人带着崇高的信赖，
把她的小手放在我的手里。
宣誓让婚姻的神圣纽带，
把我们两人紧系在一起。

我的心上人用永不变心的一吻，
发誓与我生死同舟。
我终于得到了莫名的幸福，
我爱别人——别人也爱我。

他立起身,向我走来。我见他满脸都燃烧着热情的火焰,圆圆的鹰眼闪闪发光,脸上充溢着温柔与激情。我一时有些畏缩——但随后便振作起来了。柔情蜜意的场面,大胆露骨的表示,我都不希望发生。但两种危险我都面临着。我必须准备好防范的武器——我磨尖了舌头,待他一走近我,便厉声问道,他现在要跟谁结婚呢?

"我的宝贝简提出了这么个怪问题。"

"真的!我以为这是个很自然很必要的问题,他已经谈起未来的妻子同他一起死,他这个异教徒念头是什么意思?**我**可不想与他一起死——他尽可放心。"

"啊,他所向往,他所祈祷的是你与他一块儿活!死亡不是属于像你这样的人。"

"自然也是属于我的,我跟他一样,时候一到,照样有权去死。但我要等到寿终正寝,而不是自焚殉夫,匆匆了此一生。"

"你能宽恕他这种自私的想法,给他一个吻,表示原谅与和解吗?"

"不,我宁可免了。"

这时我听见他称我为"心如铁石的小东西",并且又加了一句"换了别的女人,听了这样的赞歌,心早就化了"。

我明确告诉他,我生就了硬心肠——硬如铁石,他会发现我经常如此。何况我决计在今后的四周中,让他看看我性格中倔强的一面。他应当完全明白,他订的是怎样的婚约,趁现在还来得及的时候把它取消。

"你愿意平心静气,合情合理说话吗?"

"要是你高兴,我会平心静气的,至于说话合情合理,那我不是自吹,我现在就是这么做的。"

他很恼火,嘴里呸呀啐的。"很好,"我想,"你高兴光火就光火,烦躁就烦躁吧,但我相信,这是对付你的最好办法。尽管我对你的喜欢,非言语所能表达,但我不愿落入多情善感的流俗,我要用这巧辩的锋芒,让你悬崖勒马。除此之外,话中带刺,有助于保持我们之间对彼此都很有利的距离。"

我得寸进尺,惹得他很恼火,随后趁他怒悻悻地退到屋子另一头的时候,站起来像往常那样自自然然、恭恭敬敬地说了声"祝你晚安,先生",便溜出边门走掉了。

这方式开了一个头,我便在整个观察期坚持下来了,而且大获成功。当然他悻悻然有些发火,但总的说来,我见他心情挺不错。而绵羊般的顺从、斑鸠似的多情,倒反而既会助长他的专横,又不能像现在这样更取悦他的理智,满足他的常识,甚至投合他的趣味。

　　别人在场的时候,我照例显得恭敬文雅,其他举动都没有必要。只有在晚上交谈时,才那么冲撞他,折磨他。他仍然那么钟一敲七点便准时把我叫去,不过在他跟前时,他不再满嘴"亲爱的"、"宝贝儿"那样的甜蜜称呼了。用在我身上最好的字眼是"令人恼火的木偶"、"恶毒的精灵"、"小妖精"、"小傻瓜"等等。如今我得到的不是抚慰,而是鬼脸;不是紧紧握手,而是拧一下胳膊;不是吻一下脸颊,而是使劲拉拉耳朵。这倒不错。眼下我确实更喜欢这种粗野的宠爱,而不喜欢什么温柔的表露。我发现费尔法克斯太太也赞成,而且已不再为我担忧了,因此我确信自己做得很对。与此同时,罗切斯特先生却口口声声说我把他折磨得皮包骨头了,并威胁在即将到来的某个时期,对我现在的行为狠狠报复。他的恫吓,我暗自觉得好笑。"现在我可以让你受到合乎情理的约束,"我思忖道,"我并不怀疑今后还能这么做,要是一种办法失效了,那就得另外再想出一种来。"

　　然而,我的担子毕竟并不轻松,我总是情愿讨他喜欢而不是捉弄他。我的未婚夫正成为我的整个世界,不仅是整个世界,而且几乎成了我进入天堂的希望。他把我和一切宗教观念隔开,犹如日蚀把人类和太阳隔开一样。在那些日子里,我把上帝的造物当做了偶像,并因为他,而看不见上帝了。

## 第十章

一个月的求婚期过去了，只剩下了最后几个小时。结婚的日子已经临近，不会推迟。一切准备工作也已就绪，至少我手头没有别的事儿要干了。我的箱子已收拾停当，锁好，捆好，沿小房间的墙根一字摆开，明天这个时候，这些东西会早已登上去伦敦的旅程，还有我（如蒙上帝恩允）——或者不如说，不是我而是一位我目前尚不认识的，叫做简·罗切斯特的人。只有地址标签还没贴上，那四个小方块仍躺在抽屉里。罗切斯特先生亲自在每个标签上书写了"伦敦××旅馆罗切斯特太太"这几个字。我无法让自己或者别人把它们贴上去。罗切斯特太太！她并不存在，要到明天八点钟后的某个时候才降生。我得等到完全相信她已经活生生地来到这个世界时，才把那份财产划归她。在我梳妆台对面的衣柜里，一些据说是她的衣物，已经取代了她罗沃德的黑呢上衣和草帽。这已经是足够的了，因为那套婚礼服，以及垂挂在临时占用的钩子上的珠白色长袍和薄雾似的面纱，本不属于她的。我关上了衣柜，隐去了里面幽灵似的奇装异服。在晚间九点这个时辰，这些衣着在我房间的暗影里，发出了阴森森的微光。"我要让你独个儿留着，白色的梦幻，"我说，"我兴奋难耐，我听见风在劲吹，我要出门去感受一下。"

使我兴奋的不仅是匆忙的结婚准备，也不仅是因为对巨大的变化、明天开始的新生活所怀的希望。毫无疑问，两者都起了作用，使我兴奋不安，这么晚了还匆匆来到越来越黑的庭院。但是第三个原因对我的心理影响更大。

　　我内心深处埋藏着一种古怪而焦急的念头。这儿发生了一件我无法理解的事情，而且除了我，既无人知道，也无人见过。那是在前一天晚上发生的。罗切斯特先生出门去了，还没有回来。他因为有事上三十英里外的两三个农场的小块田产去了——这些事务需要他在计划离开英国之前亲自去办理。此刻我等着他回来，急于卸去心头的包袱，请他解开困惑着我的谜团。我要呆到他回来，读者，我一向他倾诉我的秘密，你们也就分享了内中的隐情。

　　我朝果园走去了。风把我驱赶到了隐蔽的角落。强劲的南风刮了整整一天，却没有带来一滴雨。入夜，风势非但没有减弱，反而越来越强，咆哮声越来越响。树木被一个劲儿地往一边吹着，从不改向，一个小时里，树枝几乎一次都没有朝反方向倒去，树梢一直紧绷着往北弯着。云块从一头飘到另一头，接踵而来，层层叠叠，七月的这一天看不到一丝蓝天。

　　我被风推着往前奔跑，把心头的烦恼付诸呼啸而过、无穷无尽的气流，倒也不失为一种狂乱的喜悦。我走下月桂小径，面前是横遭洗劫的七叶树，黑乎乎的已被撕裂，却依然站立着，树干正中一劈为二，可怕地张着大口。但裂开的两半并没有完全脱开，因为坚实的树墩和强壮的树根使底部仍然连接着。尽管生命的整体遭到了破坏——树汁已不再流动，两边的大树枝都已枯死，明年冬天的暴风雨一定会把裂开的一片或者两片都刮到地上，但它们可以说合起来是一棵树——虽已倒地，却完整无缺。

　　"你们这样彼此紧贴着做得很对，"我说，仿佛裂开的大树是有生命的东西，听得见我的话，"我想，尽管你看上去遍体鳞伤，焦黑一片，但你身上一定还有细微的生命，从朴实忠诚的树根的黏合处冒出来。你们再也不会吐出绿叶，再也看不到鸟儿在枝头筑巢，唱起悠闲的歌。你们欢乐和相爱时刻已经逝去，但你们不会感到孤寂，在朽败中你们彼此都有同病相怜的伙伴。"我抬头仰望树干，只见月亮瞬间出现在树干裂缝中的那一小片天空，血红的月轮被遮去了一半。她似乎向我投来困惑、忧郁的一瞥，随后又躲进了厚厚的云层。刹那之间，桑菲尔德一带的风势减弱了。但远处的树林里和水面上，却响起了狂野凄厉的哀号，听起来叫人伤心，于是我便跑开了。

　　我漫步穿过果园，把树根周围厚厚的青草底下的苹果捡起来，随后忙着把成熟了的苹果和其他苹果分开，带回屋里，放进储藏室。接着我上图书室去看看有没有生上火炉。因为虽是夏天,但我知道,在这样一个阴沉的夜晚,罗切斯特先生喜欢一进门就看到令人愉快的炉火。不错,火生起来已经有一会儿了,烧得很旺。我把他的安乐椅放在炉角,把桌子推近它。我放下窗帘,让人送来蜡烛,以备点灯。这一切都安排好以后,我很有些坐立不安,甚至连屋子里也呆不住了。房间里的小钟和厅里的老钟同时敲响了十点。

"这么晚了!"我自言自语地说,"我要跑下楼到大门口去。借着时隐时现的月光,我能看清楚很远的路。也许这会儿他就要来了,出去迎接他可以使我少担几分钟心。"

风在遮掩着大门的巨树中呼啸着。但我眼力所及,路的左右两旁都孤寂无声,只有云的阴影不时掠过。月亮探出头来时,也不过是苍白的一长条,单调得连一个移动的斑点都没有。

我仰望天空,一滴幼稚的眼泪蒙住了眼睛,那是失望和焦急之泪。我为此感到羞涩,赶紧把它抹去,但迟迟没有举步。月亮把自己整个儿关进了闺房,并拉上了厚实的云的窗帘。夜变得黑沉沉了,大风刮来了骤雨。

"但愿他会来!但愿他会来!"我大嚷着,心里产生了要发作疑病症的预感。茶点之前我就盼望他到了,而此刻天已经全黑。什么事儿耽搁了他呢?难道出了事故?我不由得想起了昨晚的一幕。我把它理解成是灾祸的预兆。我担心自己的希望过于光明而不可能实现,最近我享了那么多福,自己不免想到我的运气已过了顶点,如今势必要渐渐地不走运了。

"是呀,我不能回屋去,"我思忖道,"我不能安坐在火炉边,而他却风风雨雨在外面闯荡。与其忧心如焚,不如脚头劳累一些,我要走上前去迎接他。"

我出发了,走得很快,但并不很远。还没到四分之一英里,我便听见了一阵马蹄声。一位骑手疾驰而来,旁边蹿着一条狗。不祥的预感一扫而光!这正是他,骑着梅斯罗来了,身后跟着派洛特。他看见了我,因为月亮在空中开辟了一条蓝色的光带,在光带中飘移,晶莹透亮。他摘下帽子,在头顶挥动,我迎着他跑上去。

"瞧!"他大声叫道,一面伸出双手,从马鞍上弯下腰来,"显然你少了我不行。踩在我靴子尖上,把两只手都给我,上!"

我照他说的做了。心里一高兴身子也灵活了,我跳上马坐到他前面。

他使劲吻我,表示对我的欢迎,随后又自鸣得意地吹了一番,我尽量一股脑儿都相信。得意之中他刹住话题问我:"怎么回事?珍妮特,你居然这个时候来接我?出了什么事了?"

"没有。不过我以为你永远不会回来了。我实在耐不住等在屋子里,尤其是雨下得那么大,风刮得那么紧。"

"确实是雨大风狂!是呀,看你像美人鱼一样滴着水。把我的斗篷拉过去盖住你。不过我想你有些发烧,简。你的脸颊和手都烫得厉害。我再问一句,出了什么事了吗?"

"现在没有。我既不害怕,也不难受。"

"那样的话,你刚才害怕过,难受过?"

"有一些,不过慢慢地我会告诉你的,先生。我猜想你只会讥笑我自寻烦恼。"

"明天一过,我要痛痛快快地笑你,但现在可不敢。我的宝贝还不一定到手。上个月你就像鳗鱼一样滑溜,像野蔷薇一样多刺,什么地方手指一碰就挨了刺。现在我好像已经把迷途的羔羊揣在怀里了,你溜出了羊栏来找你的牧羊人啦,简?"

"我需要你。可是别吹了,我们已经到了桑菲尔德,让我下去吧。"

他把我放到了石子路上。约翰牵走了马。他跟在我后头进了大厅,告诉我赶快换上干衣服,然后回到图书室他身边。我正向楼梯走去,他截住我,硬要我答应不要久待。我确实没有待多久。五分钟后便回到了他身边,这时他正在用晚饭。

"坐下来陪我,简,要是上帝保佑,在很长一段时间内,这是你在桑菲尔德府吃的倒数第二顿饭了。"

我在他旁边坐下,但告诉他我吃不下了。

"难道是因为牵挂着面前的旅程,简?是不是因为想着去伦敦便弄得没有胃口了?"

"今晚我看不清自己的前景,先生。而且我几乎不知道脑子里想些什么。生活中的一切似乎都是虚幻的。"

"除了我。我是够实实在在的了——碰我一下吧。"

"你,先生,是最像幻影了,你只不过是个梦。"

他伸出手,大笑起来。"这也是个梦?"他把手放到紧挨我眼睛的地方说。他的手肌肉发达、强劲有力、十分匀称,他的胳膊又长又壮实。

"不错,我碰了它,但它是个梦,"我把他的手从面前按下说,"先生,你用完晚饭了吗?"

"吃好了,简。"

我打了铃,吩咐把托盘拿走。再次只剩下我们两人时,我拨了拨火,在我主人膝边找了个低矮的位置坐下。

"将近半夜了。"我说。

"不错,但记住,简,你答应过,在婚礼前夜同我一起守夜。"

"我的确答应过,而且我会信守诺言,至少陪你一两个小时,我不想睡觉。"

"你都收拾好了吗?"

"都好了,先生。"

"我也好了,"他说,"我什么都处理好了,明天从教堂里一回来,半小时之内我们就离开桑菲尔德。"

"很好,先生。"

"你说'很好'两个字的时候,笑得真有些反常呀,简!你每边脸颊上的一小块多亮!你眼睛里的闪光多怪呀!你身体好吗?"

"我相信很好。"

"相信!怎么回事?告诉我你觉得怎么样。"

"我没法告诉你,先生。我的感觉不是语言所能表达的。我真希望时光永远停留在此时此刻,谁知道下一个钟头的命运会怎样呢?"

"这是一种多疑症,简。这阵子你太激动了,要不太劳累了。"

"你觉得平静而快乐吗,先生?"

"平静? 不,但很快乐——乐到了心窝里。"

我抬头望着他,想看看他脸上幸福的表情,那是一张热情勃发、涨得通红的脸。

"把心里话告诉我吧,简,"他说,"同我说说你内心的重压,宽宽心吧。你担心什么呢? ——怕我不是个好丈夫?"

"这与我的想法风马牛不相及。"

"你对自己要踏入的新天地感到担忧？也就是你就要过的新生活？"

"不。"

"你可把我弄糊涂了，简。你那忧伤而大胆的目光和语气，使我困惑，也使我痛苦。我要求你解释一下。"

"那么，先生——听着。昨夜你不是不在家吗？"

"是呀，这我知道。刚才你还提起我不在的时候发生的事情——很可能无关紧要，但总而言之扰乱了你的心境。讲给我听听吧。也许是费尔法克斯太太说了什么？要不你听到用人说闲话了？你那敏感的自尊心受到了伤害？"

"没有，先生。"这时正敲十二点——我等到小钟响过清脆和谐的声音，大钟停止沙哑的震荡才继续说下去。

"昨天我忙了一整天，在无休止的忙碌中，我非常愉快。因为不像你似乎设想的那样，我并没为新天地之类的忧虑而烦恼。我认为有希望同你一起生活是令人高兴的，因为我爱你。不，先生，现在别来抚摩我——不要打扰我，让我说下去。昨天我笃信上苍，相信对你我来说是天助人愿。你总还记得，那是个晴朗的日子，天空那么宁静，让人毋须为你路途的平安和舒适担忧。用完茶以后，我在石子路上走了一会，思念着你。在想象中，我看见你离我很近，几乎就在我跟前。我思忖着展现在我面前的生活——你的生活，先生——比我的更奢华，更激动人心，就像容纳了江河的大海深处，同海峡的浅滩相比，有天壤之别。我觉得奇怪，为什么道德学家称这个世界为凄凉的荒漠，对我来说，它好像盛开的玫瑰。就在夕阳西下的时候，气温转冷，天空布满阴云，我便走进屋去了。索菲娅叫我上楼去看看刚买的婚礼服，在婚礼服底下的盒子里，我看见了你的礼物——是你以王子般的阔绰，叫人从伦敦送来的面纱，我猜想你是因为我不愿要珠宝，而决计哄我接受某种昂贵的东西。我打开面纱，会心地笑了笑，算计着我怎样来嘲弄你的贵族派头，取笑你费尽心机要给你的平民新娘戴上贵族的假面。我设想自己如何把那块早已准备好遮盖自己出身卑微的脑袋，没有绣花的花边方丝巾拿下来，问问你，对一个既无法给她的丈夫提供财富、美色，也无法给他带来社会关系的女人，是不是够好的了。我清清楚楚地看到了你的表情，听到了你激烈而开明的回答，听到你高傲地否认有必要仰仗同钱袋与桂冠结亲，来增加自己的财富,或者提高自己的地位。"

"你把我看得真透,你这女巫!"罗切斯特先生插嘴道,"但除了刺绣之外,你还在面纱里发现了什么? 你是见了毒药,还是匕首,弄得现在这么神色悲哀?"

"没有,没有,先生。除了织品的精致和华丽,以及费尔法克斯·罗切斯特的傲慢,我什么也没有看到。她的傲慢可吓不倒我,因为我已见惯了魔鬼。可是,先生,天越来越黑,风也越来越大了。昨天的风不像现在的这样刮得强劲肆虐,而是响着'沉闷的低吟声'①,显得分外古怪。我真希望你还在家里。我走进这个房间,一见到空空荡荡的椅子和没有生火的炉子,心便凉了半截。上床以后,我因为激动不安、忧心忡忡而久久不能入睡。风势仍在增强,在我听来,它似乎裹挟着一阵低声的哀鸣。这声音来自屋内还是户外,起初我无法辨认,但后来重又响了起来,每次间歇听上去模糊而悲哀。最后我终于弄清楚那一定是远处的狗叫声。后来叫声停了,我非常高兴。但一睡着,又继续梦见月黑风高的夜晚,继续盼着同你在一起,并且奇怪而遗憾地意识到,某种障碍把我们隔开了。刚睡着的时候,我沿着一条弯弯曲曲的陌生的路走着,四周一片模糊,雨点打在我身上,我抱着一个孩子,不堪重负。一个小不点儿,年纪太小身体又弱,不能走路,在我冰冷的怀抱里颤抖,在我耳旁哀哀地哭泣。我想,先生,你远远地走在我前面,我使出浑身劲儿要赶上你,一次次奋力叫着你的名字,央求你停下来——但我的行动被束缚着,我的嗓音渐渐地沉下去,变得模糊不清,而你,我觉得分分秒秒离我越来越远了。"

"难道现在我在你跟前了,简,这些梦还使你心情沉重吗? 神经质的小东西! 忘掉梦幻中的灾祸,单想现实中的幸福吧! 你说你爱我,珍妮特,不错——那我不会忘记,你也不能否认。**这些**话并没有在你嘴边模糊不清地消失。我听来既清晰而又温柔。也许这个想法过于严肃了一些,但却像音乐一样甜蜜:'我想有希望同你生活在一起是令人愉快的,爱德华,因为我爱你。'你爱我吗,简? 再说一遍。"

---

① 引自英国诗人、小说家司各特(一七七一——一八三二)的诗歌《最后一个吟游诗人的诗歌》。

"我爱你,先生——我爱你,全身心爱你。"

"行啦,"他沉默片刻后说,"真奇怪,那句话刺痛了我的胸膛。为什么呢?我想是因为你说得那么真诚,那么虔敬,那么富有活力,因为此刻你抬眼看我时,目光里透出了极度的信赖、真诚和忠心。那太难受了,仿佛在我身边的是某个精灵。摆出凶相来吧,简,你很明白该怎么摆。装出任性、腼腆、使人恼火的笑容来,告诉我你恨我——戏弄我,惹怒我吧,什么都行,就是别打动我。我宁愿发疯而不愿哀伤。"

"等我把故事讲完,我会让你心满意足地戏弄你,惹怒你,听我讲完吧。"

"我想,简,你已经全都告诉我啦,我认为我已经发现你的忧郁全因为一个梦!"

我摇了摇头。"什么! 还有别的? 但我不相信是什么了不起的事情。有话在先,我表示怀疑。讲下去吧。"

他神态不安,举止有些忧虑焦躁,我感到很惊奇,但我继续说下去了。

"我还做了另外一个梦,先生。梦见桑菲尔德府已是一处凄凉的废墟,成了蝙蝠和猫头鹰出没的地方。我想,那气派非凡的正壁已荡然无存,只剩下了一道贝壳般的墙,看上去很高也很单薄。在一个月光皎洁的夜晚,我漫步穿过里面杂草丛生的围场。一会儿这里绊着了大理石火炉,一会儿那里碰到了倒地的断梁。我披着头巾,仍然抱着那个不知名的孩子。尽管我的胳膊很吃力,我却不能把它随便放下——尽管孩子的重量阻碍着我前进的步伐,但我必须带着他。我听见了远处路上一匹马的奔驰声。可以肯定那是你,而你正要离去多年,去一个遥远的国家。我疯也似的不顾危险匆匆爬上那道薄薄的墙,急于从顶上看你一眼。石头从我的脚下滚落,我抓住的枝藤松开了,那孩子恐惧地紧抱住我的脖子,几乎使我窒息。最后我爬到了墙顶。我看见你在白色的路上像一个小点点,越来越小,越来越小。风刮得那么猛,我简直站都站不住。我坐在狭窄的壁架上,使膝头这个神圣婴儿安静下来。你在路上拐了一个弯,我俯下身子去看最后一眼。墙倒塌了,我抖动了一下,孩子从我膝头滚下,我失去平衡,跌了下来,醒过来了。"

"现在,简,讲完了吧。"

"序幕完了,先生,故事还没有开场呢。醒来时一道强光弄得我眼睛发花。我想——啊,那是日光!可是我搞错了,那不过是烛光。我猜想索菲娅已经进屋了。梳妆台上有一盏灯,而藏衣室门大开着,睡觉前我曾把我的婚礼服和面纱挂在橱里。我听见了一阵窸窸窣窣的声音。我问:'索菲娅,你在干嘛?'没有人回答。但是一个人影从藏衣室出来。它端着蜡烛,举得高高的,并且仔细端详着从手提箱上垂下来的衣服。'索菲娅!索菲娅!'我又叫了起来,但它依然默不作声。我已在床上坐了起来,俯身向前。我先是感到吃惊,继而迷惑不解。我血管里的血也冷了。罗切斯特先生,这不是索菲娅,不是莉娅,也不是费尔法克斯太太。它不是——不,我当时很肯定,现在也很肯定,甚至也不是那个奇怪的女人格雷斯·普尔。"

"一定是她们中间的一个。"主人打断了我的话。

"不,先生,我庄严地向你保证,跟你说的恰恰相反。站在我面前的人影,以前我从来没有在桑菲尔德府地区见过。那身高和外形对我来说都是陌生的。"

"描绘一下吧,简。"

"先生,那似乎是个女人,又高又大,背上垂着粗黑的长发,我不知道她穿了什么衣服,反正又白又整齐。但究竟是袍子、被单,还是裹尸布,我说不上来。"

"你看见她的脸了吗?"

"起先没有。但她立刻把我的面纱从原来的地方取下来,拿起来呆呆地看了很久,随后往自己头上一盖,转身朝着镜子。这一刹那,在暗淡的鸭蛋形镜子里,我清清楚楚地看到了她面容与五官的影像。"

"看上去怎么样?"

"我觉得像鬼一样吓人——啊,先生,我从来没有见过这样的面孔!没有血色,一副凶相。但愿我忘掉那双骨碌碌转的红眼睛,那张黑乎乎肿胀可怕的脸!"

"鬼魂总是苍白的,简。"

"先生,它却是紫色的。嘴唇又黑又肿,额头沟壑纵横,乌黑的眉毛怒竖着,两眼充满血丝,要我告诉你我想起了什么吗?"

"可以。"

"想起了可恶的德国幽灵——吸血鬼。"

"啊！——它干了什么啦?"

"先生,它从瘦削的头上取下面纱,撕成两半,扔在地上,踩了起来。"

"后来呢?"

"它拉开窗帘,往外张望。也许它看到已近拂晓,便拿着蜡烛朝房门退去。正好路过我床边时,鬼影停了下来。火一般的目光向我射来,她把蜡烛举起来靠近我的脸,在我眼皮底下把它吹灭了。我感到她白煞煞的脸朝我闪着光,我昏了过去。平生第二次——只不过第二次——我吓昏了。"

"你醒过来时谁跟你在一起?"

"除了大白天,先生,谁也没有。我起身用水冲了头和脸,喝了一大口水,觉得身子虽然虚弱,却并没有生病,便决定除了你,对谁都不说这噩梦的事儿。好吧,先生,告诉我这女人是谁,干什么的?"

"无疑,那是头脑过于兴奋的产物。对你得小心翼翼,我的宝贝,像你这样的神经,生来就经不住粗暴对待的。"

"先生,毫无疑问,我的神经没有毛病,那东西是真的,事情确实发生了。"

"那么你以前的梦呢,都是真的吗? 难道桑菲尔德府已化成一片废墟? 难道你我被不可逾越的障碍隔开了? 难道我离开了你,没有流一滴泪,没有吻一吻,没有说一句话?"

"不,没有。"

"难道我就要这么干? 嘿,把我们融合在一起的日子已经到来,我们一旦结合,这种心理恐惧就再也不会发生,我敢保证。"

"心理恐惧! 但愿我能相信不过如此而已! 而既然连你都无法解释可怕的来访者之谜,现在我更希望只是心理恐惧了。"

"既然我无法解释,简,那就一定不会是真的。"

"不过,先生,我今天早晨起来,这么自言自语说着,在房间里东张西望,想从光天化日下每件眼熟的东西悦目的外表上,找到点勇气和慰藉——瞧,就在地毯上,我看到了一件东西,完全否定了我原来的设想——那块从上到下被撕成两半的面纱!"

我觉得罗切斯特先生大吃一惊,打了个寒颤,急急忙忙搂住我脖子。"谢天谢地!"他嚷道,"幸好昨晚你所遇到的险情,不过就是毁了面纱——

哎呀,只要想一想还会出什么别的事呢!"

他喘着粗气,紧紧地搂住我,差点让我透不过气来。沉默片刻之后,他兴致十足地说下去:

"好吧,简,我来把这件事全给你讲清楚。这一半是梦,一半是真。我并不怀疑确实有个女人进了你的房间,那女人就是——准是——格雷斯·普尔。你自己把她叫做怪人,就你所知,你有理由这么叫她——瞧她怎么对待我的?怎么对待梅森?在似睡非睡的状态下,你注意到她进了房间,看到了她的行动,但由于你兴奋得几乎发狂,你把她看成了不同于她本来面貌的鬼相:散乱的长发、黑黑的肿脸、夸大了的身材是你的臆想,噩梦的产物。恶狠狠撕毁面纱倒是真的,很像她干的事。我知道你会问,干嘛在屋里养着这样一个女人。等我们结婚一周年时,我会告诉你,而不是现在。你满意了吗,简?你同意对这个谜的解释吗?"

我想了一想,对我来说实在也只能这么解释了,说满意倒未必,但为了使他高兴,我尽力装出这副样子来——说感到宽慰却是真的,于是我对他报之以满意的微笑。这时早过了一点钟,我准备向他告辞了。

"索菲娅不是同阿黛勒一起睡在育儿室吗?"我点起蜡烛时他问。

"是的,先生。"

"阿黛勒的小床还能睡得下你的,今晚得跟她一起睡,简。你说的事情会使你神经紧张,那也毫不奇怪。我倒情愿你不要单独睡,答应我到育儿室去。"

"我很乐意这样做,先生。"

"从里面把门闩牢。上楼的时候把索菲娅叫醒,推说请她明天及时把你叫醒,因为你得在八点前穿好衣服,吃好早饭。现在别再那么忧心忡忡了。抛开沉闷的烦恼,珍妮特。你难道没有听见轻风的细语?雨点不再敲打窗户,瞧这儿(他撩起窗帘)——多么可爱的夜晚!"

确实如此。半个天空都明净如水。此刻,风已改由西面吹来,轻云在风前疾驰,朝东排列成长长的银色圆柱,月亮洒下了宁静的光辉。

"好吧,"罗切斯特先生说,一边带着探询的目光窥视我的眼睛,"这会儿我的珍妮特怎么样了?"

"夜晚非常平静,先生,我也一样。"

　　"今晚你不会梦见分离和悲伤了,而只会梦见欢乐的爱情和幸福的结合了。"

　　这一预见只实现了一半。我的确没有梦见忧伤,但也没有梦见欢乐,因为我根本就没有睡着。我搂着阿黛勒,瞧着孩子沉沉睡去——那么平静,那么安宁,那么天真——等待着来日,我的整个生命没有入睡,在我躯体内躁动着。太阳一出,我便起来了。我记得离开阿黛勒时她紧紧搂住我,我记得把她的小手从我脖子上松开的时候,我吻了吻她。我怀着一种莫名的情感对着她哭了起来,赶紧离开了她,生怕哭泣声会惊动她的酣睡。她似乎就是我往昔生活的标志,而他,我此刻梳妆打扮前去会面的人,是既可怕而又亲切,却一无所知的未来的标志。

# 第十一章

索菲娅七点钟来替我打扮,确实费了好久才大功告成。那么久,我想罗切斯特先生对我的拖延有些不耐烦了,派人来问,我为什么还没有到。索菲娅正用一枚饰针把面纱(毕竟只是一块淡色的普通方巾)系到我头发上,一待完毕,我便急急忙忙从她手下钻了出去。

"慢着!"她用法语叫道,"往镜子里瞧一瞧你自己,你连一眼都还没看呢。"

于是我在门边转过身来,看到了一个穿了袍子、戴了面纱的人,一点都不像我往常的样子,就仿佛是一位陌生人的影像。"简!"一个声音嚷道,我赶紧走下楼去。罗切斯特先生在楼梯脚下迎着我。

"磨磨蹭蹭的家伙,"他说,"我的脑袋急得直冒火星,你太拖拉了!"

他带我进了餐室,急切地把我从头到脚打量了一遍,声称我"像百合花那么美丽,不仅是他生活中的骄傲,而且也让他大饱眼福"。随后他告诉我只给我十分钟吃早饭,并按了按铃。他新近雇用的一个仆人,一位管家应召而来。

"约翰把马车准备好了吗?"

"好了,先生。"

"行李拿下去了吗?"

"他们现在正往下拿呢,先生。"

"上教堂去一下,看看沃德先生(牧师)和执事在不在那里。回来告诉我。"

读者知道，大门那边就是教堂，所以管家很快就回来了。

"沃德先生在法衣室里，先生，正忙着穿法衣呢。"

"马车呢？"

"马匹正在上挽具。"

"我们上教堂不用马车，但回来时得准备停当。所有的箱子和行李都要装好捆好，车夫要在自己位置上坐好。"

"是，先生。"

"简，你准备好了吗？"

我站了起来，没有男傧相和女傧相，也没有亲戚等候或引领。除了罗切斯特先生和我，没有别人。我们经过大厅时，费尔法克斯太太站在那里。我本想同她说话，但我的手被铁钳似的捏住了，让我几乎跟不住的脚步把我匆匆推向前去。一看罗切斯特先生的脸我就觉得，不管什么原因，再拖一秒钟他都不能忍耐了。我不知道其他新郎看上去是不是像他这副样子——那么专注于一个目的，那么毅然决然；或者有谁在那对稳重的眉毛下露出过那么火辣辣、光闪闪的眼睛。

我不知道那天天气是好还是不好，走下车道时，我既没观天也没看地，我的心灵跟随着目光，两者似乎都钻进了罗切斯特先生的躯体。我边走边要看看他好像恶狠狠盯着的无形东西，要感受那些他似乎在对抗和抵御的念头。

我们在教堂院子边门停了下来，他发现我喘不过气来了。"我爱得有点残酷吗？"他问，"歇一会儿，靠着我，简。"

如今，我能回忆起当时的情景：灰色的老教堂宁静地耸立在我面前；一只白嘴鸦在教堂尖顶盘旋；远处的晨空通红通红。我还隐约记得绿色的坟墩；也并没有忘记两个陌生的人影，在低矮的小丘之间徘徊，一边读着刻在几块长满青苔的墓石上的铭文。这两个人引起了我的注意，因为一见到我们，他们便转到教堂背后去了。无疑他们要从侧廊的门进去，观看婚礼仪式。罗切斯特先生并没有注意到这两个人，他热切地瞧着我的脸，我想我的脸一时毫无血色，因为我觉得我额头汗涔涔，两颊和嘴唇冰凉。但我不久便定下神来，同他一起沿着小径缓步走向门廊。

我们进了幽静而朴实的教堂，牧师身穿白色的法衣，在低矮的圣坛等候,旁边站着执事。一切都十分平静,那两个影子在远远的角落里走动。我的猜测没有错,这两个陌生人在我们之前溜了进来,此刻背朝着我们,站立在罗切斯特家族的墓穴旁边,透过栅栏,瞧着带有时间印迹的古老大理石坟墓,这里一位下跪的天使守卫着内战中死于马斯顿荒原①的戴默尔·德·罗切斯特和他的妻子伊丽莎白的遗骸。

我们在圣坛栏杆前站好。我听见身后响起了小心翼翼的脚步声,便回头看了一眼,只见陌生人中的一位——显然是位绅士——正走向圣坛。仪式开始了,牧师对婚姻的意义做了解释,随后往前走了一步,微微俯身向着罗切斯特先生,又继续了。

"我要求并告诫你们两人(因为在可怕的最后审判日,所有人内心的秘密都要袒露无遗时,你们也将做出回答),如果你们中的任何一位知道有什么障碍使你们不能合法地联姻,那就现在供认吧。因为你们要确信,凡是众多没有得到上帝允许而结合的人,都不是上帝结成的夫妇,他们的婚姻是非法的。"

他按照习惯顿了一下。那句话之后的停顿,什么时候曾被回答所打破呢?不,也许一百年也没有一次。所以牧师依然盯着书,并没有抬眼,静默片刻之后又说了下去。他的手已伸向罗切斯特先生,一边张嘴问道:"你愿意娶这个女人为结发妻子吗?"就在这当儿,近处一个清晰的声音响了起来:

"婚礼不能继续下去了,我宣布存在着一个障碍。"

牧师抬头看了一下说话人,默默地站在那里,执事也一样。罗切斯特先生仿佛觉得地震滚过他脚下,稍稍移动了一下,随之便站稳了脚跟,既没有回头,也没有抬眼,便说:"继续下去。"

他用深沉的语调说这句话后,全场一片寂静。沃德先生立即说:

"不先对刚才宣布的事调查一下,证明它是真是假,我是无法继续的。"

"婚礼已经中止了,"我们背后的嗓音补充道,"我能够证实刚才的断言,这桩婚事存在着难以克服的障碍。"

罗切斯特先生听了置之不理。他顽固而僵直地站着,一动不动,但握住

---

① 马斯顿荒原:位于英国约克郡附近,一六四四年英王查理一世同议会的军队在此地交战,并被击败。

了我的手。他握得多紧！他的手多灼人！他那苍白、坚定、宽阔的前额这时多么像开采下来的大理石！他的眼睛多么有光彩！表面平静警觉，底下却犹如翻江倒海！

沃德先生似乎不知所措。"是哪一类性质的障碍？"他问，"说不定可以排除——能够解释清楚呢？"

"几乎不可能，"那人回答，"我称它难以克服，是经过深思熟虑后才说的。"

说话人走到前面，倚在栏杆上。他往下说，每个字都说得那么清楚，那么镇定，那么稳重，但声音并不高。

"障碍完全在于一次以前的婚姻，罗切斯特先生有一个妻子还活着。"

这几个字轻轻道来，但对我神经所引起的震动却甚于雷霆——对我血液的细微侵蚀远甚于风霜水火。但我又镇定下来了，没有晕倒的危险。我看了看罗切斯特先生，让他看着我。他的整张脸成了一块苍白的岩石。他的眼睛直冒火星，却又坚如燧石。他一点也没有否认，似乎要无视一切。他没有说话，没有微笑，也似乎没有把我看做一个人，而只是胳膊紧紧搂住我的腰，把我紧贴在他身边。

"你是谁？"他问那个半路里杀出来的人。

"我的名字叫布里格斯——伦敦××街的一个律师。"

"你要把一个妻子强加于我吗？"

"我要提醒你，你有一个太太，先生，就是你不承认，法律也是承认的。"

"请替我描述一下她的情况——她的名字，她的父母，她的住处。"

"当然。"布里格斯先生镇定自若地从口袋里取出了一份文件，用一种一本正经的鼻音读了起来：

"我断言并证实，公元××年十月二十日（十五年前的一个日子），英国××郡桑菲尔德府及××郡芬丁庄园的爱德华·费尔法克斯·罗切斯特同我的姐姐，商人乔纳斯·梅森及妻子克里奥尔人安托万内特的女儿，伯莎·安托万内特·梅森，在牙买加的西班牙镇××教堂成婚。婚礼的记录可见于教堂的登记簿——其中一份现在我手中。理查德·梅森签字。"

"如果这份文件是真的，那也只能证明我结过婚，却不能证明里面作为我妻子而提到的女人还活着。"

"三个月之前她还活着。"律师反驳说。

"你怎么知道?"

"我有一位这件事情的证人,他的证词,先生,连你也难以反驳。"

"把他叫来吧——不然见鬼去。"

"我先把他叫来——他在现场。梅森先生,请你到前面来。"

罗切斯特先生一听这个名字便咬紧了牙齿,同时抽搐似的剧烈颤抖起来,我离他很近,感觉得到他周身愤怒和绝望地痉挛起来。这时候一直躲在幕后的第二个陌生人,走了过来。律师的肩头上露出了一张苍白的脸来——不错,这是梅森本人。罗切斯特先生回头瞪着他。我常说他眼睛是黑的,而此刻因为愁上心头,便有了一种黄褐色,乃至带血丝的光。他的脸涨红了——橄榄色的脸颊和没有血色的额头,也由于心火不断上升和扩大而闪闪发亮。他动了动,举起了强壮的胳膊——完全可以痛打梅森,把他击倒在地板上,无情地把他揍得断气,但梅森退缩了一下,低声叫了起来:"天哪!"一种冷冷的蔑视在罗切斯特先生心中油然而生。就仿佛蛀虫使植物枯萎一样,他的怒气消了,只不过问了一句:"你有什么要说的?"

梅森苍白的唇间吐出了几乎听不见的回答。

"要是你回答不清,那就见鬼去吧,我再次要求,你有什么要说的?"

"先生——先生——"牧师插话了,"别忘了你在一个神圣的地方。"随后他转向梅森,和颜悦色地说:"你知道吗,先生,这位先生的妻子是不是还活着?"

"胆子大些,"律师怂恿着,"说出来。"

"她现在住在桑菲尔德府,"梅森用更为清晰的声调说,"四月份我还见过她。我是她弟弟。"

"在桑菲尔德府!"牧师失声叫道,"不可能!我是这一带的老住客,先生,从来没有听到桑菲尔德府有一个叫罗切斯特太太的人。"

我看见一阵狞笑扭曲了罗切斯特先生的嘴唇,他咕哝道:

"不——天哪!我十分小心,不让人知道有这么回事——或者知道她叫那个名字。"他沉思起来,琢磨了十来分钟,于是打定主意宣布道:

"够啦,全都说出来得了,就像子弹出了枪膛。沃德,合上你的书本,脱下你的法衣吧,约翰·格林(面向执事),离开教堂吧。今天不举行婚礼

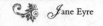 

了。"这人照办了。

罗切斯特先生厚着脸皮毫不在乎地说下去:"重婚是一个丑陋的字眼!然而我有意重婚,但命运却战胜了我,或者上天制止了我——也许是后者。此刻我并不比魔鬼好多少。就像我那位牧师会告诉我的那样,必定会受到上帝最严正的审判——甚至该受不灭的火和不死的虫的折磨①。先生们,我的计划被打破了!——这位律师和他顾客所说的话是真的。我结过婚,同我结婚的女人还活着!你说你在府上那一带,从来没有听到过一位叫罗切斯特太太的人,沃德。不过我猜想有很多次你想竖起耳朵,听听关于一个神秘的疯子被看管着的流言。有人已经向你耳语,说她是我同父异母的私生姐姐,有人说她是被我抛弃的情妇——现在我告诉你们,她是我妻子——十五年前我同她结的婚,名字叫伯莎·梅森,这位铁石心肠的人的姐姐。此刻他四肢打颤,脸色发白,向你们表示男子汉们的心是多么刚强。提起劲来,迪克!——别怕我!我几乎宁愿揍一个女人而不揍你。伯莎·梅森是疯子,而且出身于一个疯人家庭——一连三代的白痴和疯子!她的母亲,那个克里奥尔人既是个疯女人,又是个酒鬼!我是同她的女儿结婚后才发现的,因为以前他们对家庭的秘密守口如瓶。伯莎像是一个孝顺的孩子,在这两方面承袭了她母亲。我曾有过一位迷人的伴侣——纯洁、聪明、谦逊。你可能想象我是一个幸福的男人——我经历了多么丰富的场面!啊!我的阅历真有趣,要是你们知道就好了!不过我没有必要进一步解释了。布里格斯、沃德、梅森——我邀请你们都上我家去,拜访一下普尔太太的病人,**我的妻子**!——你们会看到我受骗上当所娶的是怎样一个人,评判一下我是不是有权撕毁协议,寻求至少是符合人性的同情。"这位姑娘,"他瞧着我往下说,"沃德,她对令人讨厌的秘密,并不比你们知道得更多。她认为一切既公平又合法,从来没有想到自己会落入骗婚的圈套,同一个受了骗的可怜虫结亲,这个可怜虫早已跟一个恶劣、疯狂、没有人性的伴侣结合!来吧,你们都跟我来!"

----

① 见《旧约·以赛亚书》第六十六章第二十三节至第二十四节:"每逢月朔、安息日,凡有血气的必来在我面前下拜。这是耶和华说的。他们必出去观看那些违背我人的尸首,因为他们的虫是不死的,他们的火是不灭的。"

他依然紧握着我的手,离开了教堂。三位先生跟在后面。我们发现马车停在大厅的前门口。

"把它送回马车房去,约翰,"罗切斯特先生冷冷地说,"今天不需要它了。"

我们进门时,费尔法克斯太太、阿黛勒、索菲娅、莉娅都走上前来迎接我们。

"统统都向后转,"主人喊道,"收起你们的祝贺吧! 谁需要呢? ——我可不要! 晚来了十五年!"

他继续往前走,登上楼梯,一面仍紧握着我的手,一面招呼先生们跟着他,他们照办了。我们走上第一道楼梯,经过门廊,继续上了三楼。罗切斯特先生的万能钥匙打开了这扇又矮又黑的门,让我们进了铺有花毯的房间,房内有一张大床和一个饰有图案的柜子。

"你知道这个地方,梅森,"我们的向导说,"她在这里咬了你,刺了你。"

他撩起墙上的帷幔,露出了第二扇门,又把它打开。在一间没有窗户的房间里,燃着一堆火,外面围着一个又高又坚固的火炉围栏,从天花板上垂下的铁链子上悬挂着一盏灯。格雷斯·普尔俯身向着火,似乎在平底锅里烧着什么东西。在房间另一头的暗影里,一个人影在前后跑动,那究竟是什么,是动物还是人,粗粗一看难以辨认。它好像四肢着地趴着,又是抓又是叫,活像某种奇异的野生动物,只不过有衣服蔽体罢了。一头黑白相间、乱如鬃毛的头发遮去了她的头和脸。

"早上好,普尔太太。"罗切斯特先生说,"你好吗? 你照管的人今天怎么样?"

"马马虎虎,先生,谢谢你,"格雷斯一面回答,一面小心地把烧滚了的乱七八糟的东西放在炉旁架子上,"有些急躁,但没有动武。"

一阵凶恶的叫声似乎揭穿了她报喜不报忧的禀告。这条穿了衣服的野狗直起身来,高高地站立在后腿上。

"哎呀,先生,她看见了你,"格雷斯嚷道,"你还是别呆在这儿。"

"只呆一会儿,格雷斯。你得让我呆一会儿。"

"那么当心点,先生! ——看在上帝面上,当心!"

这疯子咆哮着,把她乱蓬蓬的头发从脸上撩开,凶狠地盯着来访者。我完全记得那发紫的脸膛,肿胀的五官。普尔太太走上前来。

"走开,"罗切斯特先生说着把她推到了一边,"我想她现在手里没有刀吧?而且我防备着。"

"谁也不知道她手里有什么,先生,她那么狡猾,人再小心也斗不过她的诡计。"

"我们还是离开她吧。"梅森悄声说。

"见鬼去吧!"这便是他姐夫的建议。

"小心!"格雷斯大喝一声。三位先生不约而同地往后退缩,罗切斯特先生把我推到他背后。疯子猛扑过来,凶恶地卡住他喉咙,往脸上就咬。他们搏斗着。她是大个子女人,身材几乎与她丈夫不相上下,而且还长得胖,厮打时显露出男性的力量。尽管罗切斯特先生有着运动员的体质,但不止一次险些儿被她闷死。他完全可以狠狠一拳将她制服,但他不愿出手,宁愿扭斗。最后他终于按住了她的一双胳膊。格雷斯递给他一根绳子,他将她的手反绑起来,又用身边的一根绳子将她绑在一把椅子上。这一连串动作是在凶神恶煞般的叫喊和猛烈的反扑中完成的。随后罗切斯特先生转向旁观者,带着讥嘲、刻毒而凄楚的笑看着他们。

"这就是**我的妻子**,"他说,"这就是我平生唯一一次尝到的夫妇间拥抱的滋味——这就是我闲暇时所能得到的爱抚与慰藉!而这是我希望拥有的(他把他的手放在我肩上)。这位年轻姑娘,那么严肃,那么平静地站在地狱门口,镇定自若地观看着一个魔鬼的游戏。我要她,是希望在那道呛人的菜之后换换口味。沃德和布里格斯,瞧瞧两者何等不同!把这双明净的眼睛同那边红红的眼珠比较一下吧,把这张脸跟那副鬼相、这副身材与那个庞然大物比较一下吧,然后再来审判我。布道的牧师和护法的律师,都请记住,你们怎么来审判我,将来也会受到怎么样的审判。现在你们走吧,我得要把我的宝贝藏起来了。"

我们都退了出来。罗切斯特先生留后一步,对格雷斯·普尔再做了交代。我们下楼时律师对我说:

"你,小姐,"他说,"证明完全是无辜的,等梅森先生返回马德拉后,你的叔叔听说是这么回事会很高兴——真的,要是他还活着。"

"我的叔叔!他怎么样?你认识他吗?"

"梅森先生认识他,几年来爱先生一直与他沙韦尔①的家保持通讯联系。你的叔叔接到你的信,得悉你与罗切斯特先生有意结合时,梅森先生正好也在,他是回牙买加的路上,逗留在马德拉群岛疗养的。爱先生提起了这个消息,因为他知道我的一个顾客同一位名叫罗切斯特先生的相熟。你可以想象,梅森先生既惊讶又难受,便披露了事情的真相。很遗憾。你的叔叔现在卧病在床,考虑到疾病的性质——肺病——以及疾病的程度,他很可能会一病不起。他不可能亲自赶到英国,把你从掉入的陷阱中解救出来,但他恳求梅森先生立即采取措施,阻止这桩诈骗婚姻。他让我帮他的忙。我使用了一切公文快信,谢天谢地,总算并不太晚,无疑你也必定有同感。要不是我确信你还没赶到马德拉群岛,你的叔叔就会去世,我会建议你同梅森先生结伴而行。但事情既然如此,你还是留在英国,等你接到他的信或者听到关于他的消息后再说。我们还有什么别的事需要呆着吗?"他问梅森先生。

"不,没有了——我们走吧。"听者急不可耐地回答。他们没有等得及向罗切斯特先生告别,便从大厅门出去了。牧师呆着同他高傲的教区居民交换了几句劝导或是责备的话,尽了这番责任,也离去了。

我听见他走了,这时我已回到自己的房间里,正站在半掩着的门旁边。人去楼空,我把自己关进房间,闩上门,免得别人闯进来,然后开始——不是哭泣,不是悲伤,我很镇静,不会这样,而是——机械地脱下婚礼服,换上昨天我以为最后一次穿戴的呢袍。随后我坐了下来,感到浑身疲软。我用胳膊支着桌子,将头靠在手上。现在我开始思考了。在此之前,我只是听,只是看,只是动——由别人领着或拖着,跟上跟下,观看事情一件件发生,秘密一桩桩揭开。而**现在,我开始思考了**。

早上是够平静的——除了与疯子交手的短暂场面,一切都平平静静。教堂里的一幕也并没有高声大气。没有喷发怒火,没有大声吵闹,没有争辩,没有对抗或挑衅,没有眼泪,没有哭泣。几句话一说,平静地宣布对婚姻提出异议,罗切斯特先生问了几个严厉而简短的问题,对方做了回答和解释,援引了证据,我主人公开承认了事实,随后看了活的证据,闯入者走了,一切都过去了。

---

① 马德拉群岛首府。

我像往常那样呆在我的房间里——只有我自己，没有明显的变化。我没有受到折磨、损伤或者残害。然而昨天的简·爱又在哪儿呢？她的生命在哪儿？她的前程在哪儿？

简·爱，她曾是一个热情洋溢、充满期待的女人——差一点做了新娘，再度成了冷漠、孤独的姑娘。她的生命很苍白，她的前程很凄凉。圣诞的霜冻在仲夏就降临；十二月的白色风暴六月里便刮得天旋地转；冰霜替成熟的苹果上了釉彩；积雪摧毁了怒放的玫瑰；干草田和麦田里覆盖着一层冰冻的寿衣；昨夜还姹紫嫣红的小巷，今日无人踩踏的积雪已经封住了道路；十二小时之前还树叶婆娑、香气扑鼻犹如热带树丛的森林，现在已经白茫茫一片荒芜，犹如冬日挪威的松林。我的希望全都熄灭了——受到了微妙致命的一击，就像埃及的长子一夜之间所受到的一样。① 我观察了自己所抱的希望，昨天还是那么繁茂，那么光彩照人，现在却变得光秃秃、寒颤颤、铅灰色了——成了永远无法复活的尸体。我审视着我的爱情，我主人的那种感情——他所造成的感情，在我心里打着寒颤，像冰冷摇篮里的一个病孩，病痛已经缠身，却又难以回到罗切斯特先生的怀抱——无法从他的胸膛得到温暖。啊，永远也回不到他那儿去了，因为信念已被扼杀，信任感已被摧毁！对我来说，罗切斯特先生不是过去的他了，因为他已不像我所想象的那样。我不会把恶行加于他，我不会说他背叛了我，但我心目中那种洁白无暇的诚实品质，已与他无缘了，我必须离他而去，**这点**我看得非常清楚。什么时候走，怎样走，上哪儿去，我还吃不准。但我相信他自己会急于把我从桑菲尔德撵走。他似乎已不可能对我怀有真情，而只有忽冷忽热的激情，而且受到了压抑。他不再需要我了，现在我甚至竟害怕与他狭路相逢，他一见我准会感到厌恶。啊，我的眼睛多瞎！我的行动多么软弱！

我的眼睛被蒙住了，而且闭了起来。旋涡似的黑暗飘浮着似乎包围了我，思绪滚滚而来犹如黑色的浊流。我自暴自弃，浑身松弛，百无聊赖，仿佛躺在一条大河干枯的河床上。我听见洪水从远山奔泻而来，感觉到激流逼近了。爬起来吧，我没有意志，逃走吧，我又没有力气。我昏昏沉沉地躺着，

---

① 见《旧约·出埃及记》第十二章第二十九节："到了半夜，耶和华把埃及地所有的长子……尽都杀了。"

渴望死去。有一个念头仍像生命那样在我内心搏动——对上帝的怀念,并由此而产生了无言的祈祷。这些话在我没有阳光的内心往复徘徊,仿佛某些话该悄声倾吐出来,却又无力去表达它们。

"求你不要远离我,因为急难临近了,没有人帮助我。"①

急难确实近了,而我并没有请求上天消灾灭祸——我既没有合上双手,没有屈膝,也没有张嘴,急难降临了,洪流滚滚而来把我吞没。我意识到我的生活十分孤单,我的爱情已经失去,我的希望已被浇灭,我的信心受了致命的一击。这整个想法犹如一个色彩单调的块状物,巨大无比地全压在我头上。这痛苦的时刻不堪描述。真是"众水要淹没我。我陷在深淤泥中,没有立脚之地,我到了深水中,大水漫过我身"。②

---

① 见《旧约·诗篇》第二十二篇第十一节。
② 见《旧约·诗篇》第六十九篇第一、二节。

卷 三

# 第一章

下午某个时候,我抬起头来,向四周瞧了瞧,看见西沉的太阳正在墙上涂上金色的落日印记,我问道:"我该怎么办?"

我心灵的回答——"立即离开桑菲尔德"——是那么及时,又那么可怕,我立即捂住了耳朵。我说,这些话我现在可受不了。"我不当爱德华·罗切斯特先生的新娘,是我痛苦中最小的一部分,"我断言,"我从一场美梦中醒来,发现全是竹篮打水一场空,这种恐惧我既能忍受,也能克服。不过要我义无反顾地立即永远离他而去却让我受不了,我不能这么做。"

但是,我内心的另一个声音却认为我能这样做,而且预言我应当这么做。我斟酌着这个决定,希望自己软弱些,以躲避已经为我铺下的可怕的痛苦道路。而良心已变成暴君,抓住激情的喉咙,嘲弄地告诉她,她才不过把美丽的脚浸了泥淖,他发誓要用铁臂把她推入深不可测的痛苦深渊。

"那么把我拉走吧!"我嚷道,"让别人来帮助我!"

"不,你得自己挣脱,没有人帮助你。你自己得剜出你的右眼;砍下你的右手,把你的心作为祭品而且要由你这位祭司把它刺穿。"[①]

我蓦地站了起来,被如此无情的法官所铸就的孤独,被充斥着如此可怕声音的寂静吓坏了。我站直时只觉得脑袋发晕。我明白自己由于激动和缺

---

① 见《新约·马太福音》第五章第二十七—三十二节:"凡看见妇女就动淫念的,这人心里已经与她犯奸淫了。若是你的右眼叫你跌倒,就剜出来丢掉……若是右手叫你跌倒,就砍下来丢掉。"

乏营养而感到不舒服。那天我没有吃早饭,肉和饮料都没有进过嘴。带着一种莫名的痛苦,我忽然想起来,尽管我已在这里关了很久,但没有人带口信来问问我怎么样了,或者邀请我下楼去,甚至连阿黛勒也没有来敲我的门,费尔法克斯太太也没有来找我。"朋友们总是忘记那些被命运所抛弃的人。"我咕哝着,一面拉开门闩,走了出去。我在一个什么东西上绊了一下。因为我依然头脑发晕,视觉模糊,四肢无力,所以无法立刻控制住自己。我跌倒了,但没有倒在地上,一只伸出的手抓住了我。我抬起头来。——罗切斯特先生扶着我,他坐在我房门口的一把椅子上。

"你终于出来了,"他说,"是呀,我已经等了你很久了,而且细听着,但既没有听到一点动静,也没有听到一声哭泣,再过五分钟那么死一般的沉寂,我可要像盗贼那样破门而入了。看来,你避开我?——你把自己关起来,独自伤心?我倒情愿你厉声责备我。你易动感情,因此我估计会大闹一场。我准备你热泪如雨,只不过希望它落在我胸膛上,而现在,没有知觉的地板,或是你湿透了的手帕,接受了你的眼泪。可是我错了,你根本没有哭!我看到了苍白的脸颊、暗淡的眼睛,却没有泪痕。那么我猜想,你的心一定哭泣着在流血?

听着,简,没有一句责备的话吗?没有尖刻、辛辣的言词?没有挫伤感情或者惹人恼火的字眼?你静静地坐在我让你坐的地方,无精打采地看着我。

简,我决不想这么伤害你,要是某人有一头亲如女儿的小母羊,吃他的面包,饮他杯子里的水,躺在他怀抱里,而由于某种疏忽,在屠场里宰了它,他对血的错误的悔恨决不会超过我现在的悔恨,你能宽恕我吗?"

读者!我当时当地就宽恕了他。他的目光隐含着那么深沉的忏悔;语调里透出这样真诚的遗憾;举止中富有如此男子气的活力。此外,他的整个神态和风度中流露出那么矢志不移的爱情——我全都宽恕了他,不过没有诉诸语言,没有表露出来,而只是掩藏在心底里。

"你知道我是个恶棍吗,简?"不久他若有所思地问——我想是对我继续缄默无神而感到纳闷,其实我那种心情是软弱的表现,而不是刻意为之的。

"是的,先生。"

"那就直截了当、毫不留情地告诉我吧——别姑息我。"

"我不能,我既疲倦又不舒服。我想喝点儿水。"他颤抖着叹了口气,把我抱在怀里下楼去了。起初我不知道他要把我抱到哪个房间去,在我呆滞的目光中一切都朦朦胧胧。很快我觉得一团温暖的火又回到了我身上,因为虽然时令正是夏天,我在自己的房间里早已浑身冰凉。他把酒送到我嘴里,我尝了一尝,缓过了神来。随后我吃了些他拿来的东西,于是很快便恢复过来了。我在图书室里——坐在他的椅子上,他就在我旁边。"要是我现在能毫无痛苦地结束生命,那倒是再好没有了,"我想,"那样我就不必狠心绷断自己的心弦,以中止同罗切斯特先生心灵上的联系。看来我得离开他。我不想离开他——我不能离开他。"

"你现在好吗,简?"

"好多了,先生。很快就会好的。"

"再尝一下酒,简。"

我照他的话做了。随后他把酒杯放在桌上,站到我面前,专注地看着我。突然他转过身来,充满激情含糊不清地叫了一声,快步走过房间,又折回来,朝我弯下身子,像是要吻我,但我记起现在已不允许抚爱了。我转过头去,推开了他的脸。

"什么?——这是怎么回事?"他急忙嚷道,"啊,我知道!你不想吻伯莎·梅森的丈夫?你认为我的怀里已经有人,我的怀抱已被占有?"

"无论怎么说,已没有我的份和我的容身之地了,先生。"

"为什么,简?我来免去你多费口舌的麻烦,让我替你回答——因为我已经有了一个妻子,你会回答。我猜得对吗?"

"是的。"

"要是你这样想,你准对我抱有成见了,你一定认为我是一个诡计多端的浪子——低俗下贱的恶棍,煽起没有真情的爱,把你拉进预先设置好的圈套,毁掉你的名誉,夺去你的自尊。你对这还能说什么呢?我看你无话可说,首先你身子依然虚弱,还得花好些工夫才能喘过气来;其次,你还不习惯于指控我,辱骂我;此外眼泪的闸门大开着,要是你说得太多,泪水会奔涌而出,你没有心思来劝说,来责备,来大闹一场。你在思索着怎样来行动——你认为空谈无济于事。我知道你——我戒备着。"

"先生,我不想与你作对。"我说,我那发抖的嗓音警告我要把话缩短。

"不按**你**理解的字义而按**我**理解的字义来说,你正谋划着毁灭我。你等于已经说,我是一个已婚男子——正因为这样,你躲着我,避开我。刚才你已拒绝吻我,你想跟我完全成为陌路人,只不过作为阿黛勒的家庭教师住在这座房子里。要是我对你说了句友好的话,要是一种友好的感情使你再次向着我,你会说'那个人差点让我成了他的情妇,我必须对他冷若冰霜',于是你便真的冷若冰霜了。"

我清了清喉咙稳住了嗓子回答他:"我周围的一切都改变了,先生。我也必须改变——这是毫无疑问的,为了避免感情的波动,免得不断抵制回忆和联想,那就只有一个办法——阿黛勒得另请家庭教师,先生。"

"噢,阿黛勒要上学去——我已做了安排。我也无意拿桑菲尔德府可怕的联想和回忆来折磨你——这是个可诅咒的地方,这个亚干的营帐①,这个傲慢的墓穴,对着明亮开阔的天空,显现出生不如死的鬼相——这个狭窄的石头地狱,一个真正的魔鬼,抵得上我们想象中的一大批。简,你不要呆在这儿,我也不呆。我明知道桑菲尔德府鬼影憧憧,却把你带到这儿来,这是我的过错。我还没有见你就已责令他们把这个地方的祸害都瞒着你,只是因为我怕你一知道与谁同住在一个屋檐下,阿黛勒就找不到肯呆在这里的女教师了。而我的计划又不允许我把这疯子迁往别的地方——尽管我拥有一个比这里更幽静、更隐蔽的老房子,叫做芬丁庄园。要不是考虑到那里地处森林中心,环境有害健康,我良心上羞于做这样的安排,我是很可以让她安安稳稳地住在那儿的。那里潮湿的墙壁可能会很快从我肩上卸下她这个包袱。不过恶棍种种,恶行各有不同,我的并不在于间接谋杀,即便是对付我恨之入骨的人。

"然而,把与你为邻的疯女人瞒着你,不过是像用斗篷把一个孩子盖起来,把它放在一棵箭毒树②旁边,那魔鬼把四周都毒化了,而且毒气不散。不过我将关闭桑菲尔德府,我要用钉子封住前门,用板条盖没矮窗。我要给

---

① 见《旧约·约书亚记》第七章第二十一节:犹大的支派亚干,在以色列人破城后,违背上帝意志,将所夺金银财宝藏入自己的帐篷,因此而激怒上帝,被奉上帝之命的以色列人打死。

② 一种爪哇产的树,据说剧毒,能毁灭方圆几里的生命,英国浪漫主义文学,如拜伦的作品中,常使用这一比喻。

普尔太太二百英镑一年,让她同我的妻子——你称之为可怕的女巫,一起生活。只要给钱,格雷斯会很卖力,而且她可以让她在格里姆斯比收容所看门的儿子来做伴,我的妻子发作的时候,譬如受妖精的启发要把人家夜晚烧死在床上,用刀刺他们,从骨头上把肉咬下来的时候,格雷斯身边好歹也有个帮手。"

"先生,"我打断他说,"对那个不幸的女人,你实在冷酷无情。你一谈起她就恨恨的——势不两立。那很残酷——她发疯也是身不由己的。"

"简,我的小宝贝(我会这么叫你,因为你确实是这样),你不了解你谈的事儿,你又错怪我了。我恨她并不是因为她发了疯。要是你疯了,你想我会恨你吗?"

"我确实想你会的,先生。"

"那你错了。你一点也不了解我,一点也不了解我会怎样地爱。你身上每一丁点皮肉如同我自己身上的一样,对我来说都非常宝贵,病痛之时也一样如此。你的脑袋是我的宝贝,要是出了毛病,也照样是我的宝贝。要是你呓语连篇,我的胳膊会围住你,而不是紧身马甲——即使在动怒的时候你乱抓乱拉,对我说来也是迷人的。要是你像今天早上的那个女人那样疯狂地向我扑来,我会用拥抱接受你,至少既起到制止的作用,又显出抚爱来。我不会像厌恶地避开她一样避开你。在你安静的时刻,你身边没有监护人,没有护士,只有我。我会带着不倦的温柔体贴,在你身边走动,尽管你不会对我报之以微笑。我会永不厌腻地盯着你的眼睛,尽管那双眼睛已不再射出一缕确认我的光芒。但是我干嘛要顺着那样的思路去想呢?我刚谈着让你离开桑菲尔德。你知道,一切都准备好了,让你立刻离开这里,明天你就走。我只不过求你在这间屋子里再忍受一个晚上,简,随后就向它的痛苦和恐怖诀别!我自有地方可去,那会是个安全的避难所,躲开可憎的回忆、不受欢迎的干扰,甚至还有欺诈和诽谤。"

"带着阿黛勒走吧,先生,"我插嘴说,"你也有她可以做伴了。"

"你这是什么意思,简?我已经告诉你,我要送阿黛勒去上学,我何必要一个孩子做伴?何况又不是我的孩子——一个法国舞女的杂种。你干嘛把我跟她缠在一起?我说,你为什么把阿黛勒派给我做伴?"

"你谈起了隐退,先生,而隐退和独处是乏味的,对你来说太乏味了。"

"独处！独处！"他焦躁地重复了一遍，"我看我得做个解释。我不知道你的脸上正露出什么令人费解的表情。你要分享我的独处，你知道吗？"

我摇了摇头。在他那么激动起来的时候，即使是冒险做个表示异议的手势，也需要有点勇气。他在房间里飞快地走动着，随后停了下来，仿佛猛地在原地生了根似的，狠狠地打量了我半天。我把目光从他身上移开，聚集在火炉上，而且竭力摆出安宁、镇静的姿态。

"至于简性格上的障碍，"他终于说，比他的神态所让我期望的要镇定，"到现在为止，这团丝线还是转得够顺利的，但我向来知道，会出现结头和谜团，现在就是。此刻面对的是烦恼、气怒和无休无止的麻烦！上帝呀！我真想动用参孙的一分力量，快刀斩乱麻！"

他又开始走动，但很快停了下来，这回正好停在我面前。

"简！你愿意听我说理吗？（他弯下腰来，凑近我耳朵）因为要是你不听，我就要使用暴力了。"他的声音嘶哑，他的神态像是要冲破不可忍受的束缚，不顾一切地大胆放肆了。我在另一个场合见过这种情形，要是再增一分狂乱的冲动，我就对他无能为力了。此刻，唯有在一瞬间将他控制住，不然，一个表示厌恶、逃避和胆怯的动作将置我自己——还有他——于死地。然而我并不害怕，丝毫没有。我感到一种内在的力量，一种气势在支持着我。危急关头往往险象环生，但也不乏魅力，就像印第安人乘着皮筏穿过激流所感觉到的那样。我握住他捏得紧紧的手，松开他扭曲的手指，抚慰地对他说：

"坐下吧，你爱谈多久我就同你谈多久，你想说什么，不管有理无理，都听你说。"

他坐了下来，但我并没有让他马上就开口，我已经强忍住眼泪多时，竭力不让它流下来，因为我知道他不喜欢看到我哭。但现在我认为还是让眼泪任意流淌好，爱淌多久就淌多久。要是一腔泪水使他生了气，那就更好。于是我放任自己，哭了个痛快。

不久我就听他真诚地求我镇静下来，我说他那么怒火冲天，我可无法镇静下来。

"可是我没有生气，简。我只是太爱你了。你那苍白的小脸像铁板一样，神色坚定而冷漠，我可受不了。别哭，噢，把眼泪擦掉。"

他口气软了下来,说明他已经克制住了。因此我也随之镇静下来。这时他试着要把他的头靠在我肩上,但我不允许,随后他要一把将我拉过去。不行!

"简!简!"他说,声调那么伤心,我的每根神经都颤栗起来了,"那么你不爱我了?你看重的只是我的地位以及作为我妻子的身份?现在你认为我不配做你的丈夫,你就害怕我碰你一碰了,好像我是什么癞蛤蟆或者猿猴似的。"

这些话使我感到难受,可是我能做什么,说什么呢?也许我应当什么也别做,什么也别说。但是我被悔恨折磨着,因为我伤了他的感情,我无法抑制自己的愿望在我制造的伤口上贴上膏药。

"我**确实**爱你,"我说,"从来没有这么爱过。但我决不能表露或纵容这种感情。这是我最后一次表达了。"

"最后一次,简!什么!你认为可以跟我住在一起,天天看到我,而同时要是仍爱我,却又经常保持冷漠和疏远吗?"

"不,先生,我肯定不行,因此我认为只有一个办法,但要是我说出来,你准会发火。"

"噢,说吧!我就是大发雷霆,你也有哭哭啼啼的本事。"

"罗切斯特先生,我得离开你。"

"离开多久,简?几分钟工夫吧,梳理一下你有些蓬乱的头发,洗一下你看上去有些发烧的脸吗?"

"我得离开阿黛勒和桑菲尔德。我得永生永世离开你。我得在陌生的面孔和陌生的环境中开始新的生活。"

"当然。我同你说过你应当这样。我不理睬你一味要走的疯话。你的意思是你得成为我的一部分。至于新的生活,那很好,但你得成为我的妻子。我没有结过婚。你得成为罗切斯特太太——应当名实相符。只要你我还活着,我只会守着你。你得到我在法国南部拥有的一个地方,地中海沿岸一座墙壁雪白的别墅。在那里有人守护着你,你准会过着无忧无虑的幸福生活。决不要担心我会引诱你上当——让你成为我的情妇。你为什么摇头?简,你得通情达理,要不然我真的会再发狂的。"

他的嗓子和手都颤抖着,他大大的鼻孔扇动着,他的眼睛冒着火光,但我依然敢说——

"先生,你的妻子还活着,这是早上你自己承认的事实。要是按你的希望同你一起生活,我岂不成了你的情妇? 别的说法都是诡辩——是欺骗。"

"简,我不是一个脾气温和的人——你忘了这点。我忍不了很久。我并不冷静,也不是一个不动感情的人,可怜可怜我和你自己吧,把你的手指按在我脉搏上,感觉一下它怎样跳动吧,而且当心——"

他露出手腕,伸向我。他的脸颊和嘴唇因为失血而变得苍白。我左右为难,十分苦恼。用他所厌恶的拒绝把他煽动起来吧,那是残酷的;要让步呢,又不可能。我做了一件走投无路的人出于本能会做的事——求助于高于凡人的神明。"上帝帮助我!"这句话从我嘴里脱口而出。

"我真傻!"罗切斯特先生突然说,"我老是告诉她我没有结过婚,却没有解释为什么。我忘了她一点也不知道那个女人的性格,不知道我同她地狱一般结合的背景。啊,我可以肯定,一旦简知道了我所知道的一切,她准会同意我的看法。把你的手放在我的手里,珍妮特——这样我有接触和目光为依据,证明你在我旁边,我会用寥寥几句话,告诉你事情的真相。你能听我讲吗?"

"是的,先生。听你几小时都行。"

"我只要求几分钟。简,你是否听到过,或者知道我在家里不是老大,我还有一个年龄比我大的哥哥?"

"我记得费尔法克斯太太有一次告诉过我。"

"你听说过我的父亲是个贪得无厌的人吗?"

"我大致了解一些。"

"好吧,简,出于贪婪,我父亲决心把他的财产合在一起,而不能容忍把它分割,留给我相当一部分。他决定一切都归我哥哥罗兰,然而也不忍心一个儿子成为穷光蛋,他还得通过一桩富有的婚事解决我的生计。不久他替我找了个伴侣。他有一个叫梅森先生的老相识,是西印度的种植园主和商人。他做了调查,肯定梅森先生家业殷实巨大。他发现梅森先生有一双儿女,还知道梅森先生能够,也愿意给他的女儿三万英镑的财产,那已经足够了。我一离开大学就被送往牙买加,跟一个已经替我求了爱的新娘成婚。我的父亲只字不提她的钱,却告诉我在西班牙城梅森小姐有倾城之貌,这倒不假。她是个美人,有布兰奇·英格拉姆的派头,身材高大,皮肤黝黑,雍容华贵。她家里也希望把我弄到手,因为我身世不错,和她一样。他们把她带到聚会上给我看,打扮得花枝招展。我难得单独见她,也很少同她私下交谈。她恭维我,还故意卖弄姿色和才艺来取悦我。她圈子里的男人似乎都被她所倾倒,同时也羡慕我,我被弄得眼花缭乱,激动不已。我的感官被刺激起来了,由于幼稚无知,没有经验,以为自己爱上了她。社交场中的愚蠢角逐,年轻人的好色、鲁莽和盲目,会使人什么糊里糊涂的蠢事都干得出来。她的亲戚们怂恿我;情敌们激怒我;她来勾引我。于是我还几乎不知道是怎么回事儿,婚事就定了。啊,一想起这种行为我便失去了自尊!——我被内心一种自我鄙视的痛苦所压倒。我从来没有爱过她,敬重过她,甚至也不了解她。她天性中有没有一种美德我都没有把握。在她的内心或举止中,我既没有看到谦逊和仁慈,也没有看到坦诚和高雅。而我娶了她——我是多么粗俗,多么没有骨气!真是个有眼无珠的大傻瓜!要是我没有那么大的过失,也许我早就——不过还是让我记住我在同谁说话。

　　新娘的母亲我从来没有见过,我以为她死了。但蜜月一过,我便发现自己搞错了。她不过是疯了,被关在疯人院里。我妻子还有个弟弟,是个不会说话的白痴。你所见到的大弟(尽管我讨厌他所有的亲人,却并不恨他,因为在他软弱的灵魂中,还有许多爱心,表现在他对可怜的姐姐一直很关心,以及对我一度显出狗一般的依恋)有一天很可能也会落到这个地步。我父亲和我哥哥罗兰对这些情况都知道,但他们只想到三万英镑,并且狼狈为奸坑害我。

　　"这都是些丑恶的发现,但是,除了隐瞒实情的欺诈行为,我不应当把这些都怪罪于我的妻子。尽管我发现她的个性与我格格不入,她的趣味使我感到厌恶,她的气质平庸、低下、狭隘,完全不可能向更高处引导,向更广处发展;我发现无法同她舒舒畅畅地度过一个晚上,甚至白天一个小时。我们之间没有真诚的对话,因为一谈任何话题,马上会得到她既粗俗又陈腐、既怪僻又愚蠢的回应——我发觉自己决不会有一个清静安定的家,因为没有一个仆人能忍受她不断发作暴烈无理的脾性,能忍受她荒唐、矛盾和苛刻的命令所带来的烦恼——即使那样,我也克制住了。我避免责备,减少规劝,悄悄地吞下了自己的悔恨和厌恶。我抑制住了自己极度的反感。

简,我不想用讨厌的细节来打扰你了,我要说的话可以用几句激烈的话来表达。我跟那个女人在楼上住了四年,在那之前她折磨得我够呛。她的性格成熟了,并可怕地急剧发展;她的劣迹层出不穷,而且那么严重,只有使用残暴的手段才能加以制止,而我又不忍心;她的智力那么弱——而她的冲动又何等之强啊!那些冲动给我造成了多么可怕的灾祸!伯莎·梅森——一个声名狼藉的母亲的真正的女儿——把我拉进了堕落骇人的痛苦深渊。一个男人同一个既放纵又鄙俗的妻子结合,这必定是在劫难逃的。

在这期间我的哥哥死了,四年之后我父亲又去世。从此我够富有的了——同时又穷得可怕。我所见过的最粗俗、最肮脏、最下贱的属性同我联系在一起,被法律和社会称做我的一部分。而我无法通过任何法律程序加以摆脱,因为这时医生们发觉我的妻子疯了——她的放肆已经使发疯的种子早熟。简,你不喜欢我的叙述,你看上去几乎很厌恶——其余的话是不是改日再谈?"

"不,先生,现在就讲完它。我怜悯你——我真诚地怜悯你。"

"怜悯,这个词出自某些人之口时,简,是讨厌而带有污辱性的,完全有理由把它奉还给说出来的人。不过那是内心自私无情的人的怜悯,是听到灾祸以后所产生的以自我为中心的痛苦,混杂着对受害者的盲目鄙视。但这不是你的怜悯,简,此刻你满脸透出的不是这种感情。此刻你眼睛里洋溢着的,你内心搏动着的,使你的手颤抖的是另一种感情。我的宝贝,你的怜悯是爱的痛苦母亲,它的痛苦是神圣的热恋出世时的阵痛。我接受了,简!让那女儿自由地降生吧——我的怀抱已等待着接纳她了。"

"好,先生,说下去,你发现她疯了以后怎么办呢?"

"简——我到了绝望的边缘,能把我和深渊隔开的就只剩自尊了。在世人的眼里,无疑我已是名誉扫地,但我决心在自己眼里保持清白——我坚决不受她的罪孽的感染,挣脱了同她神经缺陷的联系。但社会依然把我的名字、我本人和她捆在一起,我仍旧天天看到她,听到她。她呼吸的一部分(呸!)混杂在我呼吸的空气中。此外,我还记得我曾是她的丈夫——对我来说这种联想过去和现在都有说不出的憎恶。而且我知道,只要她还活着,我就永远不能成为另一个更好的妻子的丈夫。尽管她比我大五岁(她的家庭和她的父亲甚至在她年龄细节上也骗了我),她很可能跟我活得一样长,因为她虽然头脑衰弱,但体魄强健。于是在二十六岁的年纪上,我便全然无望了。

一天夜里我被她的叫喊惊醒了(自从医生宣布她疯了以后,她当然是被关起来了)——那是西印度群岛火燎似的夜晚,这种天气常常是飓风到来的前奏。我难以入睡,便爬起来开了窗。空气像含硫的蒸汽——到处都让人提不起神来。蚊子嗡嗡地飞进来,阴沉地在房间里打转。在那儿我能听到大海之声,像地震一般沉闷地隆隆响着。黑云在大海上空集结,月亮又大又红,沉落在波浪上,像一个滚烫的炮弹——向颤抖着正酝酿风暴的世界,投去血色的目光。我确实深受这种气氛和景色的感染,而我的耳朵却充斥着疯子尖叫着的咒骂声。咒骂中夹杂着我的名字,语调里那么充满仇恨,语言又那么肮脏!——没有一个以卖淫为业的妓女会使用比她更污秽的字眼,尽管隔了两个房间,我每个字都听得清清楚楚——西印度群岛薄薄的隔板丝毫挡不住她狼一般的嚎叫。

'这种生活,'我终于说,'是地狱!这就是无底深渊里的空气和声音!要是我能够,我有权解脱自己。人世的痛苦连同拖累我灵魂的沉重肉体会离我而去。对狂热者信奉的地狱之火,我并不害怕。来世的状况不会比现在的更糟——让我摆脱,回到上帝那儿去吧!'

我一面说,一面蹲在一只箱子旁边,把锁打开,箱子里放着一对上了子弹的手枪。我想开枪自杀。但这一念头只转了一会儿,由于我没有发疯,那种激起自杀念头和谋划并使我万念俱灰的危机,刹那间过去了。

刚刚来自欧洲的风吹过洋面,穿过开着的窗户。暴风雨到来了,大雨倾泻,雷鸣电闪,空气变得清新了。随后我设想并下定了决心。我在湿漉漉的园子里水珠滴答的橘子树下,在湿透的石榴和菠萝树中间漫步,周围燃起了灿烂的热带黎明——于是我思考着,简——噢,听着,在那一时刻真正的智慧抚慰了我,向我指明了正确的道路。

从欧洲吹来的甜甜的风,仍在格外清新的树叶间耳语,大西洋自由自在地咆哮着。我那颗早已干枯和焦灼的心,对着那声音舒张开来,注满了活的血液——我的身躯向往新生,我的心灵渴望甘露。我看见希望复活了,感到重生有了可能。我从花园顶端拱形花棚下眺望着大海——它比天空更加蔚蓝。旧世界已经远去,清晰的前景展现在面前,于是:

　　'走吧，'希望说，'再到欧洲去生活吧，在那里你那被玷污的名字不为人所知，也没有人知道你背负着龌龊的重荷。你可以把疯子带往英国，关在桑菲尔德，给予应有的照料和戒备。然后到随便哪个地方去旅游，结识你喜欢的新关系。那个女人恣意让你如此长期受苦，如此败坏你的名声，如此侵犯你的荣誉，如此毁灭你的青春，她不是你妻子，你也不是她丈夫。注意让她按病情需要得到照应，那你就已做了上帝和人类要求你的一切。让她的身份、她同你的关系永远被忘却，你决不要把这些告诉任何活人。把她安置在一个安全舒适的地方，悄悄地把她的堕落掩藏起来，离开她吧。'

　　我完全按这个建议去做。我的父亲和哥哥没有把我婚姻的底细透给他们的旧识，因为在我写给他们的第一封信里，我就向他们通报了我的婚配——已经开始感受到它极其讨厌的后果，而且从那一家人的性格和体质中，看到了我所面临的可怕前景——我附带又敦促他们严守秘密。不久，我父亲替我选中的妻子的丑行已经到了这个地步，使他也羞于认她为媳了。对这一关系他远不想大事声张，却像我一样急于把它掩盖起来。

　　随后我把她送到了英格兰，同这么个怪物呆在船上，经历了一次可怕的航行。我非常高兴，最后终于把她送到了桑菲尔德，看她平安地住在三楼房间里。房间的内密室，十年来已被她弄成了野兽的巢穴——妖怪的密室。我费了一番周折找人服侍她。有必要选择一位忠实可靠的人，因为她的呓语必然会泄露我的秘密。此外，她还有神志清醒的日子——有时几周——这种时候她整日价骂我。最后我从格里姆斯比收容所雇来了格雷斯·普尔。她和外科医生卡特(梅森被刺并心事重重的那个夜晚，是他给梅森包扎了伤口)，只有这两个人，我让他们知道我内心的秘密。费尔法克斯太太其实也许有些怀疑，但无法确切了解有关事实。总的来说，格雷斯证明是个好看守。但多半是因为伴随这折磨人的差事而来，而又因无可救药的自身缺陷，她不止一次放松警戒，出了事情。这个疯子既狡猾又恶毒，决不放过机会，利用看护人暂时的疏忽。有一次她偷偷拿刀捅了她弟弟，有两次搞到了她小房间的钥匙，并且夜间从那里走了出来。在以上第一个场合，她蓄意把我烧死在床上；第二次，她找到你门上来了。我感谢上帝守护你。随后她把火发在你的婚装上，那也许使她朦胧地记起了自己当新娘的日子，至于还可能发生什么，我不忍心再回想了。当我想起早上扑向我喉咙的东西，想起它把又黑又红的脸凑向我宝贝的窝里时,我的血凝结了——"

"那么,先生,"趁他顿住时我问,"你把她安顿在这里后,自己干了什么呢? 你上哪儿去了?"

"我干了什么吗,简? 我让自己变成了一个形踪不定的人。我上哪儿去了? 我像沼泽地的精灵那样东游西荡,去了欧洲大陆,飘忽不定,走遍了那里所有的国家。我打定主意找一个我可以爱她的出色聪明的女人,与我留在桑菲尔德的泼妇恰成对比——"

"但你不能结婚,先生。"

"我决心而且深信我能够结婚,也应该结婚。我虽然已经骗了你,但欺骗不是我的初衷。我打算将自己的事坦诚相告,公开求婚。我应当被认为有爱和被爱的自由,在我看来这是绝对合理的。我从不怀疑能找到某个女人,愿意并理解我的处境,接纳我,尽管我背着该诅咒的包袱。"

"那么,先生?"

"当你刨根究底时,简,你常常使我发笑。你像一只急切的小鸟那样张开眼睛,时而局促不安地动来动去,仿佛口头回答的语速太慢,你还想读一读人家心上的铭文。我往下说之前,告诉我你的'那么,先生?'是什么意思。这个小小的短语你经常挂在嘴边,很多次是它把我导入无休止的交谈,连我自己也不十分清楚究竟为什么。"

"我的意思是——随后发生了什么? 你怎么继续下去? 这件事情后来怎样了?"

"完全如此。现在你希望知道什么呢?"

"你是否发现了一个你喜欢的人,是否求她嫁给你,她说了些什么。"

"我可以告诉你是否找到了自己喜欢的人,是否向她求婚,但是她怎么说却要记录在'命运'的书本里。十年中我四处飘泊,先住在一个国家的首都,后来又到了另外一个。有时在圣彼得堡,更多的时候在巴黎,偶尔在罗马、那不勒斯和佛罗伦萨。因为身边有的是钱,又有祖辈的威名做通行证,我可以选择自己的社交领域,没有哪个圈子会拒绝我。我寻找着我理想中的女人,在英国的女士中间、法国的伯爵夫人中间、意大利的 signoras[①] 中间

---

① 意大利语:夫人们。

和德国的 Gräfinner① 中间。我找不到她。有时刹那之间我以为抓住了一个眼神,听到了一种腔调,看到了一种体形,宣告我的梦想就要实现,但我又马上醒悟了。你别以为我无论在心灵还是肉体上渴求完美。我只是盼望有适合我的人——与克里奥尔人形成对比,而我徒劳地企望着。即使我完全自由——我常常回想起不和谐的婚姻的危险、可怕和可憎——在她们所有的人中间,我也找不到一个可以向她求婚的人。失望使我变得轻率起来。我尝试了放荡——但从来没有纵欲。过去和现在我都厌恶纵欲,那恰是我的那位西印度荡妇的特点,我对她和她的淫荡深恶痛绝,所以即使在作乐时也有所约束。一切近乎淫荡的享受,会使我同她和她的罪恶靠拢,于是我尽力避免。

但是我无法单独生活,所以我尝试找情妇来做伴。我第一个选中的是塞莉纳·瓦伦——我所走的另一步,使人一想起来就会唾弃自己。你已经知道她是怎么个人,我们之间的私通是如何结束的。她之后有两个后继者,一个是意大利人嘉辛塔;另一个是德国人克莱拉,两人都被认为美貌绝伦。但是几周之后我觉得她们的美貌对我又有什么意思?嘉辛塔肆无忌惮,性格暴烈,过了三个月我就讨厌了;克莱拉诚实文静,但反应迟钝,没有头脑,很不敏感,一点也不对我口味。我很高兴给了她相当一笔钱,替她找到了一个很好的行当,体面地把她撵走了。可是简,从你的脸上可以看出,刚才你对我的印象并不很好,你认为我是一个冷酷无情、放荡不羁的流氓,是吗?”

“说实在的我并不像有时那么喜欢你,先生。你难道一点也不觉得这种一会儿这个情妇,一会儿那个情妇的生活方式不对吗?你谈起来仿佛这是理所当然的。”

“我是曾有这个想法,但我并不喜欢这么做。那是一种苟且偷生的生活,我决不想返回到那种生活中去。雇一个情妇之坏仅次于买一个奴隶,两者就本性和地位而言都是低劣的,同低劣的人厮混是堕落,现在我讨厌回忆同塞莉纳、嘉辛塔和克莱拉一起的日子。”

我觉得这番话很真实,并从中做出了推断:要是我忘了自己,忘了向来所受的教导,在任何借口、任何理由和任何诱惑之下重蹈这些可怜姑娘的覆

---

① 德语:伯爵夫人。

辙,有朝一日,他会以此刻回忆起来时亵渎她们的同样心情来对待我。我并没有把这个想法说出来,感受到了也就够了。我把它印在心坎里,让它在考验的时刻对我有所帮助。

"噢,简,你干嘛不说'那么,先生'?我还没有说完呢。你神情严肃,看得出来不同意我的看法。不过让我直说吧。去年一月,我打发走了所有的情妇——当时的心情既冷酷又苦恼,那是毫无意义、飘忽不定的孤独生活的苦果,我心灰意冷,便悻悻地反对一切男性,尤其是反对一切女性(因为,我开始认为理智、忠实、可爱的女人不过是一种梦想),因为事务需要,我回到了英格兰。

一个有霜冻的冬日下午,我骑在马上看见了桑菲尔德府。多么骇人的地方!在那里我预料没有安宁,没有欢乐。在去海镇的石阶上我看到一个斯斯文文的小东西独个儿坐着。我不经意地在她旁边走过,就像路过对面截去树梢的柳树一样。这小东西与我会有什么关系,我没有预感,也没有内心的感应暗示我,我生活的仲裁人——好歹也是我的守护神——穿着一身很不起眼的衣服坐在那儿。甚至我的梅斯罗马出了事故,这小东西一本正经上来帮忙时,我也还不知道她呢!一个稚气十足、纤弱苗条的家伙,仿佛一只红雀跳到我脚边,提议用它细小的翅膀背负我。我有些粗暴。但这东西就是不走,站在我旁边,固执得出奇,一副不容违抗的神态和口气。我得有人帮忙,而且是由那双手来帮,结果我是得到了帮助。

我一压那娇柔的肩膀,某种新的东西——新鲜的活力和感受——悄悄地流进了我的躯体。好在我已知道这个小精灵得回到我身边——它住在底下我的房子里。要不然我若感到它从我的手底下溜走,消失在暗淡的树篱中,我会感到非常遗憾。那天晚上我听到你回家来,简,尽管你未必知道我思念你,守候着你。第二天你与阿黛勒在走廊上玩的时候,我观察了你半个小时(没有暴露我自己)。我记得这是个下雪天,你们不能到户外去。我呆在自己的房间里,半开着门。我可以听,也可以看。一时阿黛勒占据了你外在的注意力,但我想象你的心思在别的地方。但你对她非常耐心,我的小简。你同她交谈,逗了她很久。最后她离开你时,你又立刻陷入了沉思。你开始在走廊上慢慢地踱起步来,不时经过窗前,你往外眺望着纷纷扬扬的雪,倾听着如泣如诉的风,你又再次轻轻地走着,沉入了遐想。我想你的白日梦幻并不阴暗,你的眼睛里时而映现出一种愉悦的光,面容里露出柔和的兴奋,表明这不是一种痛苦、暴躁、疑病症式的沉思。你的目光中透出一种青春的甜蜜思索,心灵甘愿展翅,追逐着希望的踪影,不断登高,飞向理想的天国。费尔法克斯太太在大厅里同仆人说话的声音把你惊醒了,而你奇怪地独自笑着,也笑你自己,珍妮特。你的微笑意味深长,十分机灵,也似乎是不在乎你自己走了神,它仿佛说:'我所看到的美好景象尽管不错,但我决不能忘记这是绝对虚假的。在我的脑海里,有一个玫瑰色天空,一个红花绿草的伊甸园;但在外面,我完全意识到,脚下有一条坎坷的路要走,有着渐渐聚拢的黑色风暴要面对。'你跑到了楼下,向费尔法克斯太太要些事儿干干,我想是清算一周的家庭账目之类的。你跑出了我的视野,我对你很生气。

我急不可耐地等着晚间的到来,这样可以把你召到我面前。我猜想,你有一种不同寻常的性格,对我来说,一种全新的性格。我很想对它进行深层的探索,了解得更透彻。你进了房间,目光与神态既腼腆又很有主见。你穿着古怪——很像你现在这个样子。我使你开了腔,不久我就发现你身上充满了奇怪的反差。你的服装和举止受着清规戒律的约束;你的神态往往很羞涩,完全是那种天性高雅绝不适应社交的人,很害怕自己因为某种失礼和错误而出丑。但一旦同你交谈,你向对方的脸庞投去锐利、大胆、闪亮的目光。你的每个眼神里都有一种穿透力。问你思路严密的问题,你应对如流。你似乎很快对我习惯了——我相信你觉得在你与你的严厉、暴躁的主人之间,有引起共鸣的地方,因为我惊异地看到,一种愉快的自在感,立刻使你的举止变得平静了。尽管我暴跳如雷,你并没有对我的乖僻露出惊奇、胆怯、苦恼或不快。你观察着我,不时朝我笑笑,那笑容中带着一种难以形容的朴实和聪明伶俐的神态。我立刻对我所目睹的感到满意和兴奋。我喜欢已见到的,而且希望见得更多。然而很长一段时间我跟你很疏远,很少找你做伴。我是一个精神享乐主义者,希望与这位活泼的新朋友相识而带来的喜悦能经久不衰。此外,我一时为一种拂之不去的忧虑所困扰,担心要是我随意摆弄这花朵,它就会凋谢——新鲜诱人的魅力便会消失。那时我并不知道,这不是一朵朝开夕落的花朵,而更像是一种雕刻出来的灿烂绚丽不可摧毁的宝石花。此外,我想看一看,要是我躲着你,你是否会来找我——但你没有,你呆在书房里,像你的桌子和画板那样纹丝不动。要是我偶尔碰到你,你会很快走过,只不过出于礼貌稍稍打个招呼。简,在那些日子里,若有所思的神态是你习惯的表情:不是低沉沮丧,因为你没有病态;但也不是轻松活泼,因为你没有什么希望和真正的快乐。我不知道你是怎么想我的——或者从来是否想过。为了弄清楚,我继续注意你。你交谈时眼神中透出某种快意,举止中隐含着亲切。我看到你内心是喜欢与人交往的,但清静的教室——乏味的生活弄得你情绪低落。我很乐意和气待你,而善意很快激起了情绪,你的面部表情变得温柔,你的声调变得亲切。我很喜欢我的名字从你的嘴里吐出来,带着感激和快乐的声调。那时候我常常喜欢在不经意中碰到你,简,而你显出奇怪的犹豫不决的样子。你略带困惑看了我一眼,那是一种徘徊不去的疑虑。你不知道我的反复无常为何意——究竟会摆出主人的架子,一面孔的威严,还是会做个朋友,慈祥和蔼。这时我已经太喜欢你了,不忍激起第一种念头。我真诚地伸出手时,清新、明亮、幸福的表情浮现在你年轻而充满渴望的脸上,我便总得费好大劲才没有当场就把你拉进怀抱。"

"别再谈那些日子了,先生。"我打断了他,偷偷地抹去了几滴眼泪。他的话对我无异于折磨,因为我知道自己该做什么——并且马上做,所有这一切回忆和他情感的袒露只会使我更加为难。

"不,简,"他回答说,"当现在已那么肯定——未来又那么光明的时候,谈论过去又有什么必要呢?"

我一听这番神魂颠倒的话,打了个寒噤。

"你明白是怎么回事——是不是?"他继续说,"在一半是难以言传的痛苦和一半是意气消沉的孤独中,度过了我的少年和成年时期后,我第一次发现我可以真正爱的东西——我找到了**你**。你是我的共鸣体——我的更好的一半,我的好天使,我与你紧紧地依恋着。我认为你很出色,有天分,很可爱,一种热烈而庄严的激情隐藏在我内心。这种激情向你涌去,把你引向我生命的中心和源泉,使我的生命紧紧围绕着你。并且燃起纯洁、猛烈的火焰,把你我融合在一起。

正是因为我感觉到而且明白这一点,我决计娶你。说我已有一个妻子,那是毫无意义的嘲弄。现在你知道我只有一个可怕的魔鬼。我想欺骗你,这是我的不是。但我担心你性格中执拗的癖性。我担心早就种下的偏见,我想在稳操胜券以后,再冒险吐露真情。这其实是怯懦,我应当像现在这样,先求助于你的高尚和大度——直截了当地向你倾吐生活中的苦恼,向你描述我对更高级和更有价值的生活的渴求,不是向你表示决心(这字眼太弱了),而是不可抵御的爱意,也即在被别人忠贞不贰地深爱着的时候,我也那么去爱别人。随后我应当要求你接受我忠贞的誓言,也要求你发誓:简——现在就对我说吧。"

一阵静默。

"你干嘛不吱声,简?"

我经历着一次煎熬。一双铁铸火燎的手,紧紧抓住了我的命脉。一个可怕的时刻:充满着搏击、黑暗和燃烧!人世间再也没有人能期望像我这样被爱了。他那么爱我,而我又那么倾慕他,我必须摒弃爱情和偶像。一个凄凉的字眼就表达了我不可忍受的责任——"走"!

"简,你明白我要求你干什么,就只要这么答应一下:'我将属于你,罗切斯特先生。'"

"罗切斯特先生,我不愿属于你。"

又一次长时间的沉默。

"简!"他又开口了,嗓音里透出的温存使我难过得心碎,也使我怀着不祥的恐怖,变得石头般冰冷——因为这种平静的声音是狮子起来时的喘息——"简,你的意思是,在世上你走你的路,我走我的路?"

"我是这个意思。"

"简,(俯下身子拥抱我)你这会儿还是这个意思吗?"

"是的。"

"现在还这样?"他轻轻地吻了吻我的额头和脸颊。

"是的。"我飞快地彻底挣脱了他的束缚。

"啊,简,这太狠心了!这——这很不道德,但爱我并不算不道德。"

"照你的话办会不道德。"

一个狂野的神色使他双眉直竖——那神色掠过他的脸庞。他站了起来,但又忍下了。我用手抓住椅背撑住自己,我颤抖,我害怕,但我下定了决心。

"等一下,简。你走之前,再看一眼我那可怕的生活。你一走,一切幸福也随你而被夺走。然后留下了什么呢？作为妻子，我只有一个疯子在楼上，你还不如把我同墓地里的死尸扯在一起。我该怎么办，简？哪儿去找伙伴，哪儿还能寻觅希望？"

"像我一样办吧，相信上帝和你自己，相信上天，希望在那儿再次见到你。"

"那你不让步了？"

"不。"

"那你判我活着受罪，死了挨骂吗？"他提高了嗓门。

"我劝你活得清白，希望你死得安宁。"

"那你就把爱情和纯洁从我这里夺走了？你把我推回老路，拿肉欲当爱情——以作恶为职业？"

"罗切斯特先生，我没有把这种命运强加给你，就像我自己不会把它当做我的命运一样。我们生来就是苦斗和忍受的，你我都一样，就这么去做吧。我还没有忘掉你，你就会先忘掉我。"

"你说这样的话是要把我当成一个骗子：你败坏了我的名誉。我宣布我不会变心，而你却当着我的面说我很快就会变心。你的行为证明，你的判断存在着多大的歪曲！你的观念又是何等的反常！难道仅仅违背人类的一个法律不是比把你的同类推向绝望更好吗？——谁都不会因为违背这一法律而受到伤害，因为你既无亲戚又无熟人，不必害怕由于同我生活而得罪他们。"

这倒是真的。他说话时我的良心和理智都背叛了我，指控我同他对抗是犯罪。两者似乎像感情一样大叫大嚷。感情疯狂地叫喊着。"啊，同意吧！"它说，"想想他的痛苦，考虑考虑他的危险——看看他一个人被丢下时的样子吧，记住他轻率冒险的本性，想一想伴随绝望而来的鲁莽吧，安慰他，拯救他，爱他。告诉他你爱他，而且是属于他的。世上有谁来关心你？你的所作所为会伤着谁呢？"

但是那回答依然是不可改变的——"我关心我自己，愈是孤单，愈是没有朋友，愈是无助，那我就愈是自尊。我会遵守上帝创造、由人批准的法规，我会坚持我清醒时，而不是像现在这样发疯时服从的准则。法规和准则不光是为了没有诱惑的时刻，而是针对现在这样，肉体和灵魂起来抗拒它的严厉和苛刻的时候。它们再严厉也是不可破坏的。要是出于我个人的方便而加以违背,那它们还有什么价值? 它们是有价值的——我向来是这么相信的。如果此刻不信,那是因为我疯了——疯得可厉害啦,我的血管里燃烧着火,我的心跳快得难以计数。此刻我所能依靠的是原有的想法和以往的决心:我要岿然不动地站在那里。”

我这么做了,罗切斯特先生观察着我的脸色,看出我已经这么办了。他的怒气被激到了极点。不管会产生什么后果,他都得发作一会儿。他从房间一头走过来,抓住我胳膊,把我的腰紧紧抱住。他眼睛那么冒火,仿佛要把我吞下去似的。肉体上,这时我无能为力,就像扔在炉子里的强风和烈火中的草根;精神上,我的心灵保持着镇定,正因为这样,我对最终的安全很有把握。幸亏灵魂有一个诠释者——常常是位无意识的,却仍是忠实的诠释者,那就是眼睛。我与他目光相对,一面瞪着他那副凶相,一面不由自主地叹了口气。他那么紧握着使我很痛,我由于过分用力而筋疲力尽了。

“从来没有,”他咬牙切齿地说,“从来没有任何东西既那么脆弱,又那么顽强。在我手里她摸上去只不过像根芦苇(他紧握着的手使劲摇我)! 我可以不费吹灰之力把它弄弯曲,但要是我把它弄弯了,拔起来,碾碎它,那又有什么用? 想想那双眼睛,想想从中射出的坚定、狂野、自在的目光,蔑视我,内中隐含的不止是勇气,而是严峻的胜利感。不管我怎么摆弄这笼子,我够不着它——这野蛮、漂亮的家伙! 要是我撕坏或者打破这小小的牢笼,我的暴行只会放走囚徒。我也许可以成为这所房子的征服者,但我还来不及称自己为泥屋的拥有人,里边的居住者早就飞到天上去了。而我要的正是你的心灵——富有意志、活力、德行和纯洁,而不单是你脆弱的躯体。如果你愿意,你自己可以轻轻地飞来,偎依着我的心坎,而要是违背你的意愿死死抓住你,你会像一阵香气那样在我手掌中溜走——我还没有闻到你就消失了。啊! 来吧,简,来吧!”

他一面说,一面松开了紧握的手,只是看着我。这眼神远比发疯似的紧抱更难以抗拒。然而现在只有傻瓜才会屈服。我已面对他的怒火,把它挫败了。我得避开他的忧愁,便向门边走去。

“你走了,简?”

“我走了,先生。”

"你离开我了?"

"是的。"

"你不来了? 你不愿来抚慰我,拯救我? ——我深沉的爱,凄楚的悲苦,疯狂的祈求,你都无动于衷?"

他的嗓音里带着一种多么难以言表的悲哀! 要毅然决然重复"我走了"这句话有多难!

"简!"

"罗切斯特先生。"

"那么你就离开吧——我同意,但记住,你撇下我在这儿痛苦不堪。上你自己的房间去,细细想想我说过的话,而且,简,看上一眼我的痛苦吧——想想我吧。"

他走开了,一脸扎进了沙发。"啊,简! 我的希望,我的爱,我的生命!"他痛苦地脱口而出,随后响起了深沉而强烈的哭泣声。

我已经走到了门边,可是读者呀,我走了回来——像我退出时一样坚决地走了回来。我跪倒在他旁边,把他的脸从沙发垫转向我,吻了吻他的脸颊,用手把他的头发捋服帖。

"上帝祝福你,我亲爱的主人,"我说,"上帝会保护你免受伤害,免做错事——指引你,安慰你,好好地报答你过去对我的好意。"

"小简的爱将是我最好的酬报,"他回答说,"没有它,我会心碎。但简会把她的爱给我,是的——既高尚又慷慨。"

血一下子涌到了他脸上,他的眼睛射出了火光。他猛地一跳,站直了身子,伸出双臂。但我躲开了拥抱,立刻走出了房间。

"别了。"我离开他时我的心儿在叫喊。绝望又使我加了一句话:"永别了。"

\* \* \* \*

那天晚上我绝没有想到要睡,但我一躺到床上便睡着了。我在想象中又回到了孩提时代。我梦见自己躺在盖茨黑德的红房子里,夜很黑,我的脑子里印着奇奇怪怪的恐惧。很久以前弄得我昏厥的光,又出现在这情景中,似乎溜上了墙,抖动着停在模糊的天花板中间。我抬头去看,只见屋顶已化解成了云彩,又高又暗。那光线像月亮冲破雾气时照在浓雾上的光。我看着月亮过来——带着奇怪的期待注视着,仿佛某种判决词将要刻写在她圆圆的脸上。她从云层中冲了出来,从来没有什么月亮像她那么穿云破雾的。一只手伸进了她黑色的皱褶,把它挥走。随后碧空中出现了一个白色的人影,而不是月亮了,那人光芒四射的额头倾向东方,盯着我看了又看,并对我的灵魂说起话来,声音既远在天边,又近在咫尺,在我耳朵里悄声说:

"我的女儿,逃离诱惑吧!"

"母亲,我会的。"

从恍恍惚惚的睡梦中醒来后我做出了回答。时候依然还是夜间,但七月的夜很短,午夜过后不久,黎明便要到来。"我怎么着手该做的工作都不会嫌早的。"我想。我从床上爬起来,身上穿着衣服,因为除了鞋子我什么也没脱。我知道该在抽屉的哪个角落找到内衣、一个挂件和一只戒指。在找寻这些东西时,我碰到了罗切斯特先生几天前硬要我收下的一串珍珠项链。我把它留在那儿,这不是我的,却属于那位已幻化的梦境中的新娘。我把其余的东西打进一个包裹里。我的钱包,包里还有二十先令(我的全部家产),我把它放进了口袋。我系好草帽,别上披肩,拿了包裹和那双不想穿上的拖鞋,悄悄地出了房间。

"再见了,善良的费尔法克斯太太!"我溜过她门口时悄声说。"再见了,我可爱的阿黛勒!"我向育儿室瞥了一眼说。已不允许我有进去拥抱她一下的念头了。我得骗过那双很尖的耳朵,她也许此刻正在侧耳细听呢。

我本打算停也不停就走过罗切斯特先生的房间,但到了他门口,我的心便暂时停止了跳动,我的脚也被迫止步了。那里没有睡意,房中人不安地在墙内打转,我听见他一次又一次叹息着。要是我愿意,房间里有一个我的天堂——暂时的天堂,我只要跨进门去说:

"罗切斯特先生,我会生生死死爱你,同你相伴。"喜悦的泉水会涌向我嘴边,我想到了这情景。

那位善良的主人,此刻难以成眠,不耐烦地等待着天明。他会在早上把我叫去,我却已经走了,他会派人找我,而白费工夫。他会觉得自己被抛弃,爱被拒绝了,他会痛苦,也许会变得绝望。我也想到了这一层。我的手伸向门锁,但又缩了回来,仍旧悄悄地往前走去。

我忧郁地走下弯弯曲曲的楼梯,知道该做什么,并机械地去做了。我找到了厨房边门的钥匙,还找了一小瓶油和一根羽毛,把钥匙和锁都抹上油。我也弄到了一点水和一些面包,因为也许得长途跋涉,我的体力最近已大伤元气,但千万不能倒下。我没有一丝声响做完了这一切,开了门,走了出去,轻轻地把它关上。黎明在院子里洒下了暗淡的光。大门紧闭着上了锁,但一扇边门只上了门闩。我从这扇门走了出去,随手又把它关上,现在我出了桑菲尔德。

一英里外田野的那边有一条路,伸向与米尔科特相反的方向。这条路我尽管常常看到,但从来没有走过,不知道它通向哪里。我信步朝那个方向走去。此刻不允许深思熟虑了:不能顾后,甚至也不能瞻前。不能回想过去,也不能展望将来。过去是一页书,那么无比美妙——又是那么极度悲哀,读上一行就会打消我的勇气,摧毁我的精力。而未来是一个可怕的空白,仿佛洪水退去后的世界。

我沿着田野、篱笆和小路走着,直到太阳升起。我想那是个可爱的夏日清晨,我知道离家时穿的鞋子已很快被露水打湿。但我既没看初升的太阳、微笑的天空,也没看苏醒的大自然。被带往断头台、路见漂亮景色的人,不会有心思去想路上朝他微笑的花朵,而只是想到行刑时的木砧和斧头的利刃,想到身首的分离,想到最终张着大口的墓穴。我想到了令人丧气的逃跑和无家可归的流浪——啊,想起我留下的一切多么令人痛苦!而我又无可奈何。此刻我想起了他——在他的房间里——看着日出,希望我马上会去说,我愿意与他呆着,愿意属于他。我渴望属于他,渴望回去,现在还不算太晚。我能免除他失去我的剧痛。而且可以肯定,我的逃跑还没有被发现。我可以回去,成为他的安慰者——他的骄傲,他的拯救者,免除他的悲苦,也许还有毁灭。啊,我担心他的自暴自弃——远比对自己的更担心,这多么强烈地刺激着我!这是插入我胸膛带倒钩的箭头,我想把它拔出来,它却撕裂着我,而记忆进一步将它往里推去,我疼痛难忍。小鸟在矮树丛和灌木林中开始歌唱。鸟儿忠于它们的伙伴,是爱的标志。而我又是什么呢?在内心的疼痛和狂热地恪守原则的过程中,我讨厌我自己。我没有从自责中找到安慰,甚至从自尊中也找不到它。我已经损害——伤害——离开了我的主人。在我自个儿眼中我也是可憎的。但我不能回去,甚至后退一步。上帝得继续领我向前。至于我自己的意志或良心,充满激情的忧伤已经把一个扼杀,使另一个窒息。我一面在路上孤独地走着,一面嚎啕大哭,越走越快,就像发了狂。一种虚弱从内心开始扩向四肢,攫住了我,我摔了一跤。我在地上躺了一会,把脸埋在潮湿的草地上,我有些担心——或者说是希望——我会死在这儿。但我马上就起来了,先往前爬了一阵,随后再次站了起来——像以往那样急切和坚决地走到了大路上。

到了那里,我不得不坐到树篱下歇口气。正坐着,我听见了车轮声,看到一辆公共马车向我驶来。我站起来招了招手,车子停了下来。我问车子开往哪里,赶车人说了一个离这儿很远的地名,我确信罗切斯特先生在那里没有亲友。我问出多少钱才肯把我送往那里,他说三十先令。我回答只有二十。他说好吧,勉强算数了。因为车是空的,他又允许我坐在里边。我走进去,关上门,车子便滚滚向前了。

好心的读者呀,但愿你永远不会感受到过我当时的心情!但愿你两眼永远不会像我那样泪如雨下,淌了那么多灼热揪心的眼泪。愿你永远不必像我当时那么倾吐绝望而痛苦的祈祷,向上天求助。愿你永远不必像我这样担心会给你全身心爱着的人带来灾祸。

## 第二章

　　两天过去了。夏天的一个傍晚,马车夫让我在一个叫做惠特克劳斯的地方下了车,凭我给的那点钱他已无法再把我往前拉,而在这个世上,我连一个先令也拿不出来了。此刻,马车已驶出一英里,撇下我孤单一人。这时我才发现忘了从马车贮物箱里把包裹拿出来了,我把它放在那儿原本是为了安全,不想就那么留下了,准是留在那儿,而我已经一名不文了。

　　惠特克劳斯不是一个镇,连乡村也不是。它不过是一根石柱,竖在四条路会合的地方:粉刷得很白,想必是为了在远处和黑夜显得更醒目。柱顶上伸出四个指路标,按上面的标识看,所指的最近的城镇相距十英里,离最远的超过二十英里。从这些熟悉的镇名来判断,我明白我在什么郡下了车。这是中部偏北的一个郡,看得出来荒野幽暗,山峦层叠。我身后和左右是大荒原,我脚下深谷的一头,远处是一片起伏的山林。这里人口必定稀少,因为路上不见行人。一条条道路伸向东南西北——灰白、宽敞、孤零,全都穿过荒原,路边长着茂密的欧石南。但偶尔也有路人经过,现在我却不希望有人看见我那样在路标下徘徊得毫无目的、不知所措,陌生人会不知道我在干什么。我也许会受到盘问,除了说些听来不可信和令人生疑的话之外,会无言以对。这一时刻我与人类社会完全失去了联系——没有一丝魅力或希望把我召唤到我的同类那里——没有谁见到我会表示一丝善意或良好的祝愿。我没有亲人,只有万物之母大自然。我会投向她的怀抱,寻求安息。

　　我径直走进欧石南丛,看见棕色的荒原边上有一条深陷的沟壑,便一直沿着它往前走去,穿行在没膝的青色树丛中,顺着一个个弯道拐了弯,在一个隐蔽的角落找到了一块布满青苔的花岗岩,在底下坐了下来。我周围是荒原高高的边沿,头上有岩石保护着,岩石上面是天空。

即使在这儿,我也过了好一会才平静下来。我隐约担心附近会有野兽,或是某个狩猎人或偷猎者会发现我。要是一阵风刮过荒原,我就会抬起头来,生怕是一头野牛冲将过来。要是一只鸻鸟叫了一下,我会想象是一个人的声音。然而我发现自己的担忧不过是捕风捉影,此外黄昏过后夜幕降临时深沉的寂静,使我镇定了下来,我便有了信心。但在这之前我没有思考过,只不过细听着,观察着,担心着。而现在我又恢复了思索的能力。

我该怎么办?往哪儿去?啊,当我无法可想、无处可去的时候,那些问题多么难以忍受呀!我得用疲乏颤抖的双腿走完很长的路,才能抵达有人烟的地方——我要恳求发点冷冷的慈悲,才能找到一个投宿之处;我要强求勉为其难的同情,而且多半还会遭人嫌弃,才能使人听听我的经历,满足我的一个需要。

我碰了碰欧石南,只觉得它很干燥,还带着夏日热力的微温。我看了看天空,只见它清明纯净,一颗星星在山凹上空和蔼地眨眼。露水降下来了,带着慈爱的温柔。没有微风在低语。大自然似乎对我慈祥而和善,虽然我成了流浪者,但我想她很爱我。我从人那儿只能期待怀疑、嫌弃和侮辱,我要像子女般深情地依恋大自然。至少今晚我可以在她那儿做客了——因为我是她的孩子,我的母亲会收留我,不要钱,不要付出代价。我还有一口吃剩的面包,那面包是我用一便士零钱——我最后的一枚硬币,从下午路过的小镇买来的。我看到了成熟的越橘——像欧石南丛中的煤玉那样,随处闪着光。我采集了一把,就着面包吃。我刚才还饥肠辘辘,但隐士的食品虽然吃不饱,却足以充饥了。吃完饭我做了夜祷告,随后便择榻就寝了。

岩石旁边,欧石南长得很高。我一躺下,双脚便陷了进去,两边的石南高高竖起,只留下很窄的一块地方要受夜气侵袭。我把披肩一摺为二,铺在身上做盖被,一个长满青苔的低矮小墩当了枕头。我就这么住下了,至少在夜刚来临时,是不觉得冷的。

我的安息本来也许是够幸福的,可惜让一颗悲伤的心破坏了。它泣诉着自己张开的伤口、流血的心扉、折断的心弦。它为罗切斯特先生和他的厄运而颤抖,深感痛惜而为他恸哭。它带着无休止的渴望召唤他,尽管它像断了双翅的小鸟那样无能为力,却仍旧抖动着断翅,徒劳地找寻着他。

我被这种念头折磨得疲乏不堪,于是便起来跪着。夜已来临,星星已经升起,这是一个平安宁静的夜,平静得与恐怖无缘。我们知道上帝无处不在,但当他的劳作以最宏大的规模展现在我们面前时,无疑我们才最感觉到他的存在。在万里无云的夜空中,在他的宇宙无声地滚滚向前的地方,我们清楚地看到了他的无边无涯、他的万能、他的无处不在。我已起来跪着为罗切斯特先生祈祷。抬起头来,我泪眼朦胧地看到了浩瀚的银河。一想起银河是什么——那里有无数的星系像一道微光那样扫过太空,我便感到了上帝的巨大力量。我确信他有能力拯救他的创造物,更相信无论是地球,还是它所珍爱的一个灵魂,都不会毁灭。我把祈祷的内容改为感恩。生命的源泉也是灵魂的救星。罗切斯特先生会安然无恙。他属于上帝,上帝会保护他。我再次投入小山的怀抱,不久,在沉睡中便忘掉了忧愁。

但第二天,苍白赤裸的匮乏,来到我身边。小鸟早已离开它们的巢穴,晨露未干蜜蜂便早已在一天的黄金时刻飞到欧石南丛中采蜜,早晨长长的影子缩短了,阳光遍洒大地和天空——我才起身,朝四周看了看。

一个多么宁静、炎热的好天!一望无际的荒原多像一片金灿灿的沙漠!处处都是阳光。我真希望自己能住在这里,并以此为生。我看见一条蜥蜴爬过岩石,一只蜜蜂在甜蜜的越橘中间忙碌。此刻我愿做蜜蜂或蜥蜴,能在这里找到合适的养料和永久的住处。但我是人,有着人的需求,我可不能留在一个无法满足这种需求的地方。我站了起来,回头看了一眼我留下的床铺。我感到前途无望,但愿造物主认为有必要在夜里我熟睡时把我的灵魂要去;但愿我这疲乏的身躯能因为死亡而摆脱同命运的进一步搏斗;但愿它此刻无声无息地腐败,平静地同这荒原的泥土融为一体。然而,我还有生命,还有生命的一切需要、痛苦和责任。包袱还得背着;需要还得满足;痛苦还得忍受;责任还是要尽。于是我出发了。

我再次来到惠特克劳斯,这时骄阳高照。我选了一条背阳的路,我已无心根据其他情况来做出选择了。我走了很久,以为自己差不多走得够了,可以心安理得地向几乎把我压垮的疲劳屈服——可以放松一下这种强迫的活动了,于是在我附近看到的一块石头上坐了下来,听任心脏和四肢感到麻木。就在这时我听见钟声响了——教堂的钟声。

我转向声音传来的方向。在那里，我一小时之前就已不去注意其变幻和外观的富有浪漫色彩的山峦之间，我看到了一个村庄和尖顶。我右侧的山谷满眼都是牧地、麦田和树林。一条闪光的小溪弯弯曲曲地流过深浅各异的绿阴，流过正在成熟的稻谷、暗淡的树林、明净而充满阳光的草地。前面路上传来了隆隆的车轮声，我回过神来，看见一辆重载的大车，吃力地爬上了小山。不远的地方有两头牛和一个牧人。附近就有人在生活和劳作，我得挣扎下去，像别人那样努力去生活和操劳。

约摸下午两点，我进了村庄。一条街的尽头开着一片小店，橱窗里放着一些面包。我对一块面包很眼馋。有那样一块点心，我也许还能恢复一点力气，要是没有，再往前走就困难了。一回到我的同类之间，心头便又升起了要恢复精力的愿望。我觉得昏倒在一个小村的大路上很丢脸。难道我身上就连换取一块面包的东西都没有了吗？我想了一想。我有一小块丝绸围巾围在脖子上，还有一双手套。我不大明白贫困潦倒中的男女是怎么做的。我不知道这两件东西是否会被人接受。可能他们不会要，但我得试一试。

我走进了店里，里面有一个女人。她见是一位穿着体面的人，猜想是位贵妇，于是便很有礼貌地走上前来。她怎么来照应我呢？我羞愧难当。我的舌头不愿吐出早已想好的要求。我不敢拿出旧了的手套，皱巴巴的围巾。另外，我还觉得这很荒唐。我只求她让我坐一会儿，因为我累了。她没有盼到一位顾客，很是失望，冷冷地答应了我的要求。她指了指一个座位，我一屁股坐了下来。我很想哭，但意识到那种表现会不合情理，便忍住了。我立刻问她："村子里有没有裁缝或者做做一般针线活的女人？"

"有，有两三个。按活计算也就够多的了。"

我沉思了一下。现在我不得不直说了。我已经面临困境，落到了没有食物，没有朋友，没有一文钱的地步。我得想点办法。什么办法呢？我得上什么地方去求助。上哪个地方呢？

"你知道附近有谁需要用人吗？"

"不，我说不上来。"

"这个地方的主要行业是什么？大多数人是干什么活儿的？"

"有些是农场工，很多人在奥利弗先生的缝纫厂和翻砂厂工作。"

"奥利弗先生雇用女人吗？"

"不,那是男人的工作。"

"那么女人干什么呢?"

"我说不上来,"对方回答,"有的干这,有的干那,穷人总得想方设法把日子过下去呀。"

她似乎对我的问话不耐烦了,其实我有何权利强人所难呢?这时进来了一两位邻居,很明显我的椅子要另作他用,我起身告辞了。

我沿街走去,一面走一面左顾右盼,打量着所有的房子,但找不到进门的借口或动机。我这么漫无目的地绕着村庄走了一个多小时,有时走远了一些,于是又折回来。我筋疲力尽,又没有东西下肚,难受极了,于是折进一条小巷,在树篱下坐了下来。可是没过几分钟我又站起来,再去找些什么——一种对策,或者至少是一个指点迷津的人。小巷的尽头有一间漂亮的小房子,房子前有一个精致整洁、繁花盛开的花园。我在花园旁边停了下来。我有什么理由走近白色的门,去敲响闪光的门环呢?房主人又怎么会有兴趣来照应我呢?但我还是走近去敲了门。一位和颜悦色穿着干净的年轻女子开了门。我用一个内心绝望、身体虚弱的人想必会有的那种可怜低沉、吞吞吐吐的音调,问她是不是要一个用人。

"不要,"她说,"我们不雇用人。"

"你能不能告诉我,哪儿能找到工作吗?"我继续问,"这个地方我很陌生,没有熟人,想找个工作,什么样的都行。"

但为我想一个,或者找一个工作不是她的事儿,更何况在她看来,我的为人、我的状况和我说的原委一定显得很可疑。她摇了摇头:"很遗憾我没法给你提供消息。"白色的门尽管轻轻地、很有礼貌地合上了,但毕竟把我关出了门外。要是她让门再开一会儿,我相信准会向她讨点面包,因为现在我已落到十分下贱的地步了。

我不忍再返回龌龊的庄子,况且那儿也没有希望得到帮助。我本想绕道去一个看得见的不远的林子,那里浓荫盖地,似乎有可能提供诱人的落脚地方。但是我那么虚弱,那么为天性的渴求所折磨,本能使我只绕着有机会得到食品的住处转。当饥饿像猛禽一样嘴爪俱下抓住我时,孤独也不成其孤独,歇息也谈不上歇息了。

我走近了住家。走开了又回来,回来了又走开。总是被一种意识所击退,觉得没有理由提出要求,没有权利期望别人对我孤独的命运发生兴趣。我像一条迷路的饿狗那么转来转去,一直到了下午。我穿过田野的时候,看到了前面的教堂尖顶,便急步朝它走去。靠近教堂院子和一个花园的中间,有一所虽然不大但建造得很好的房子,我确信那是牧师的住所。我想起来,陌生人到了一个无亲无故的地方,想找个工作,有时会去找牧师引荐和帮助。给那些希望自立的人帮忙——至少出主意是牧师分内的事儿。我似乎有某种权利上那儿去找主意。于是我鼓起勇气,集中起一点点残存的力气,奋力往前走去。我到了房子跟前,敲了敲厨房的门。一位老妇开了门,我问她这是不是牧师的住所。

"是的。"

"牧师在吗?"

"不在。"

"很快会回来吗?"

"不,他离开家了。"

"去很远的地方?"

"不太远——三英里。他因为父亲突然去世被叫走了,眼下住在沼泽居,很可能还要再呆上两周。"

"家里有哪位小姐在吗?"

"没有,除了我没有别人,而我是管家。"读者呀,我不忍求她救济,尽管我已近乎要倒毙,我不能乞讨,于是我再次费力地慢慢走开了。

我又取下了围巾——又想起了小店的面包。啊,就是一片面包屑也好!只要有一口就能减轻饥饿的痛苦!我本能地又把脸转向了村庄,我又看见了那片店,走了进去。尽管除了那女人里面还有其他人,我冒昧地提出了请求:"你肯让我用这块围巾换一个面包卷吗?"

她显然满腹狐疑地看着我。"不,我从来不那么做买卖。"

在几乎走投无路之中,我央求她换半个,她再次拒绝了。"我怎么知道你从什么地方弄来的围巾?"她说。

"你肯收这双手套吗?"

"不行,我要它干什么?"

读者呀,叙述这些细节是不愉快的。有人说,回首痛苦的往事是一种享受。但就是在今天，我也不忍回顾我提到的那些时日，道德的堕落掺和着肉体的煎熬，构成了我不愿重提的痛苦回忆。我不责备任何一个冷眼待我的人，觉得这尽在意料之中，也是无可避免的。一个普通的乞丐往往是怀疑的对象，而一个穿着体面的乞丐，就必定是这样了。当然，我只恳求工作，但给我活干又是谁的事儿呢？当然不是那些初次见我，对我的为人一无所知的人的事。至于那个女人不肯让我用围巾换面包，那也是难怪的，要是我的提议在她看来居心叵测，或是这桩交换无利可图，那她的做法也是不错的。让我长话短说吧，我讨厌这个话题。

天快黑的时候，我走过一家农户。农夫坐在敞开着的门口，正用面包和奶酪做晚餐。我站住说：

"能给我一片面包吗？因为我实在饿得慌。"他惊异地看了我一眼，但二话没说，便切了一厚片面包给我。我估计他并不认为我是个乞丐，而只是一位怪僻的贵妇，看中了他的黑面包了。我一走到望不见他屋子的地方，便坐下吃了起来。

既然我无法期望在屋檐下借宿，那就到前面提及的林子里去过夜了。但是那晚很糟糕，休息断断续续，地面很潮湿，空气十分寒冷，此外，不止一次地有外人路过，弄得我一次次换地方，没有安全感，也得不到清静。临近早晨天下雨了，第二天下了一整天。读者呀，别要我把那天的情况说个仔细。我像以前一样寻找工作，像以前一样遭到拒绝，像以前一样挨饿。不过有一回食物倒是进了嘴。在一间小茅屋门口，我看见一个小女孩正要把糊糊糊的冷粥倒进猪槽里。"可以把它给我吗？"我问。

她瞪着我。"妈妈！"她嚷道，"有个女的要我把粥给她。"

"行啊，孩子，"里边的一个声音回答，"要是她是个乞丐，那就给了她吧，猪也不会要吃的。"

这女孩把结了块的粥倒在我手上，我狼吞虎咽地吃掉了。

湿润的黄昏越来越浓时，我在一条偏僻的马道上走了一个多小时后停了下来。

"我体力不行了，"我自言自语地说，"自己觉得走不了多远了。难道今晚又没有地方投宿？雨下得那么大，难道我又得把头靠在阴冷湿透的地面上吗？我担心自己别无选择了。谁肯接纳我呢？但是带着这种饥饿、昏眩、寒冷、凄楚的感觉——一种绝望的心情,那着实可怕。不过很可能我挨不到早上就会死去。那么我为什么不能心甘情愿地死掉呢?为什么我还要挣扎来维持没有价值的生命?因为我知道,或是相信,罗切斯特先生还活着,另外,死于饥寒是天性所不能默认的命运。啊,上天呀!再支撑我一会儿!帮助我——指引我吧!"

我那呆滞的眼睛徘徊在暗沉沉、雾蒙蒙的景色之间。我发现自己已远离村庄,因为它已在我视线中消失,村子周围的耕地也不见了。我已经穿小径,抄近路再次靠近了一大片荒原。此刻,在我与黑糊糊的小山之间,只有几小片田野,几乎没有很好地开垦,和原来的欧石南差不多一样的荒芜和贫瘠。

"是呀,与其倒毙街头或死在人来人往的路上,倒不如死到那边去,"我沉思着,"让乌鸦和渡鸦——要是那些地区有渡鸦的话——啄我骨头上的肉比装在贫民院的棺材里和穷光蛋的墓穴中要强。"

随后我折向那座小山,并到了那里。现在就只剩找个凹处能躺下来就行了,即使并不安全,至少也是隐蔽的。可是荒原的表面看上去都一样平坦,除了色彩并无其他差别;灯心草和苔藓茂密生长的湿地呈青色;而只长欧石南的干土壤是黑色的。虽然夜越来越黑,但我仍能看清这些差别,尽管它不过是光影的交替,因为颜色已经随日光退尽了。

我的目光仍在暗淡的高地游弋,并沿着消失在最荒凉的景色中的荒原边缘巡行。这时,远在沼泽和山脊之中,一个模糊的点,一道光跃入我眼帘。"那是鬼火。"是我第一个想法,我估计它会立即消失。然而,那光继续亮着,显得很稳定,既不后退,也不前进。"难道是刚点燃的篝火?"我产生了疑问。我注视着,看它会不会扩散。但没有,它既不缩小,也不扩大。"这也许是一间房子里的烛光。"我随后揣想着,"即便那样,我也永远到不了那儿了。它离这儿太远,可就是离我一码远,又有什么用?我只会敲开门,又当着我面关上。"

我就在站立的地方颓然倒下,把头埋进地里,静静地躺了一会。夜风刮过小山,吹过我身上,呜咽着在远处消失。雨下得很大,重又把我浇透。要是这么冻成了冰块——毫无知觉、毫无痛苦地死去,雨点也许还会那么敲击着;而我毫无感觉。可是我依然活着的肉体,在寒气的侵袭下颤抖,不久我便站了起来。

那光仍在那边,在雨中显得朦胧而稳定。我试着再走,拖着疲乏的双腿慢慢地朝它走去。它引导我从斜刺里上了山,穿过一个宽阔的泥沼,要是在冬天,这个泥沼是没法通过的,就是眼下盛夏,也是泥浆四溅,一步一摇晃。我跌倒了两次,像以往一样两次都爬起来,振作起精神。那道光是我几乎无望的希望,我得赶到那里。

穿过沼泽我看到荒原上有一条白印子,我向它走去,见是一条大路或是小径,直通那道正从树丛中一个小土墩上射来的光。在昏暗中从树形和树叶能分辨出,那显然是杉木树丛。我一走近,我的星星便不见了,原来某些障碍把它和我隔开了。我伸出手在面前一团漆黑中摸索。我辨认出了一堵矮墙的粗糙石头——上面像是一道栅栏,里面是高而带刺的篱笆。我继续往前摸索。那白色东西又在我面前闪光了,原来是一扇门——一扇旋转门,我一碰便在铰链上转了起来。门两边各有一丛黑黑的灌木——是冬青或是紫杉。

进了门,走过灌木,眼前便现出了一所房子的剪影,又黑又矮却相当长。但是那道引路的光却消失了。一切都模模糊糊。难道屋里的人都安息了?我担心准是这样。我转了一个角度去找门,那里又闪起了友好的灯光,是从离地一英尺的一扇格子小窗的菱形玻璃上射出来的,那扇窗因为长青藤或是某种爬藤类植物显得更小了。那些藤叶茂密地长在开了窗的那堵墙上。留下的空隙那么小,又覆盖得那么好,窗帘和百叶窗似乎都没有必要了。我弯腰撩开窗户上浓密的小枝条,里面的一切便看得清清楚楚了。我能看得清一个房间,里面的沙质地板擦得干干净净。还有一个核桃木餐具柜,上面放着一排排锡盘,映出了燃烧着的泥炭火的红光。我能看得见一只钟、一张白色的松木桌和几把椅子。桌子上点着一根蜡烛,烛光一直是我的灯塔。一个看上去有些粗糙,但也像她周围的一切那样一尘不染的老妇人,借着烛光在编织袜子。

我只是粗略地看了看这些东西——内中并没有不同寻常的地方。令我更感兴趣的是火炉旁的一群人,在洋溢着的玫瑰色的宁静和暖意中默默地坐着。两个年轻高雅的女子——从各方面看都像贵妇人——坐着,一个坐在低低的摇椅里;另一个坐在一条更矮的凳子上。两人都穿戴了黑纱和毛葛的重丧服,暗沉沉的服饰格外烘托出她们白皙的脖子和面孔。一只大猎狗把它巨大无比的头靠在一个姑娘膝头——另一个姑娘的膝头则偎着一只黑猫。

这个简陋的厨房里居然呆着这样两个人,真是奇怪。她们会是谁呢?不可能是桌子旁边那个长者的女儿,因为她显得很土,而她们却完全是高雅而有教养。我没有在别处看到过这样的面容,然而我盯着她们看时,却似乎觉得熟悉每一个面部特征。她们说不上漂亮——过分苍白严肃了些,够不上这个词。两人都低头看书,显得若有所思,甚至还有些严厉。她们之间的架子上放着第二根蜡烛和两大卷书,两人不时地翻阅着,似乎还在与手中的小书做比较,像是在查阅词典,翻译什么一样。这一幕静得仿佛所有的人都成了影子,生了火的房间活像一幅画。这儿那么静谧,我能听到煤渣从炉栅上落下的声音、昏暗的角落时钟的嘀嗒声,我甚至想象我能分辨出那女人嚓嚓的编织声,因而当一个噪音终于打破奇怪的宁静时,我足以听得分明。

"听着,黛安娜,"两位专心致志的学生中的一位说,"费朗茨和老丹尼尔在一起过夜。费朗茨正说起一个梦,这个梦把他给吓醒了——听着!"她声音放得很低,读了什么东西,我连一个字也没听懂,因为这是一种完全陌生的语言——既不是法文,也不是拉丁文。至于是希腊文还是德文,我无法判断。

"那说得很有力,"她念完后说,"我很欣赏。"另一位抬头听着她妹妹的姑娘,一面凝视炉火,一面重复了刚才读过的一行。后来,我知道了那种语言和那本书,所以我要在这里加以引用,尽管我当初听来,仿佛是敲打发出响声的铜器一样——不传达任何意义:

"'Da trat hervor Einer, anzusehn wie die Sternen Nacht.'①妙!妙!"她大嚷着,乌黑深沉的眼睛闪着光芒,"你面前恰好站了一位模糊而伟大的天使!这一行胜过一百页浮华的文章。'Ich wäge die Gedanken in der Schale meines Zornes und die Werke mit dem Gewichte meines Grimms.'②我喜欢它!"

---

① 德语:这时走出来一个人,外貌犹如繁星满天的夜空。(引自席勒的名剧《强盗》,但与原作稍有出入。)

② 德语:我用愤怒的天平权衡我的思想,用怒气的砝码权衡我的行为。(同上)

两人又沉默了。

"有哪个国家的人是那么说话的?"那老妇人停下手头的编织,抬起头来问。

"有的,汉娜——一个比英国要大得多的国家,那里的人就只这么说。"

"噢,说真的,我不知道他们彼此怎么能明白,要是你们谁上那儿去,我想你们能懂他们说的话吧?"

"他们说的我们很可能只懂一些,不是全部都懂——因为我们不像你想象的那么聪明,汉娜。我们不会说德语,而且不借助词典还读不懂。"

"那这对你们有什么用?"

"某一天我们想教德语——或者像他们说的,至少教基础,然后我们会比现在赚更多的钱。"

"很可能的,不过今晚你们读得够多了,该停止了。"

"我想是够多了,至少我倦了,玛丽,你呢?"

"累极了。那么坚持不懈学一门语言,没有老师,只靠一部词典,毕竟是够苦的。"

"是呀,尤其是像德语这样艰涩而出色的语言。不知道圣·约翰什么时候会回家来。"

"他肯定不会太久了,才十点呢(她从腰带里掏出一只小小的金表来,看了一眼)。雨下得很大,汉娜。请你看一下客厅里的火炉好吗?"

那妇人站起来,开了门。从门外望进去,我依稀看到了一条过道。不一会我听她在内间拨着火。她马上又返回了。

"啊,孩子们!"她说,"这会儿进那边的房间真让我难受。椅子空空的,都靠后摆在角落里,看上去很冷清。"

她用围裙揩了揩眼睛,两位刚才神情严肃的姑娘这时也显得很伤心。

"不过他在一个更好的地方了,"汉娜继续说,"我们不该再盼他在这里。而且,谁也不会比他死得更安详了。"

"你说他从没提起过我们?"一位小姐问。

"他来不及提了,孩子,他一下子就去了——你们的父亲。像前一天一样,他一直有点痛,但不严重。圣·约翰先生问他,是否要派人去叫你们两个中的一个回来,他还直笑他呢。第二天他开始感到头有点沉重——那是两周以前,他睡过去了,再也没有醒来。你们哥哥进房间发现他的时候,他差不多已经僵硬了。啊,孩子! 那是最后一个老派人了——因为跟那些过世的人相比,你和圣·约翰先生像是另一类人,你母亲完全也像你们一样,差不多一样有学问。你活像她,玛丽,黛安娜像你们父亲。"

我认为她们彼此很像,看不出老仆人(这会儿我断定她是这种身份的人)所见的区别。两人都是皮肤白皙,身材苗条。两人的脸都绝顶聪明,很有特征。当然一位的头发比另一位要深些,发式也不一样。玛丽的浅褐色头发两边分开,梳成了光光的辫子,黛安娜的深色头发梳成粗厚的发卷,遮盖着脖子。时钟敲了十点。

"肯定你们想吃晚饭了,"汉娜说,"圣·约翰先生回来了也会一样。"

她忙着去准备晚饭了。两位小姐立起身来,似乎正要走开到客厅去。在这之前我一直目不转睛地看着她们,她们的外表和谈话引起了我强烈的兴趣,我竟把自己的痛苦处境差不多忘掉了。这会儿却重又想了起来,与她们一对比,我的境遇就更凄凉、更绝望了。要打动房子里的人让她们来关心我,相信我的需要和悲苦是真的——要说动她们为我的流浪提供一个歇息之处,是多么不可能呀! 我摸到门边,犹犹豫豫地敲了起来时,我觉得自己后一个念头不过是妄想。汉娜开了门。

"你有什么事?"她一面借着手中的烛光打量我,一面带着惊异的声调问。

"我可以同你的小姐们说说吗?"我说。

"你还是告诉我你有什么话要同她们讲吧,你是从哪儿来的?"

"我是个异乡人。"

"这时候上这里来干什么?"

"我想在外间或者什么地方搭宿一个晚上,还要一口面包吃。"

汉娜脸上出现了我所担心的那种怀疑的表情。"我给你一片面包,"她顿了一下说,"但我们不收流浪者过夜。那不妥当。"

"无论如何让我同小姐们说说。"

"不行,我不让。她们能替你做什么呢? 这会儿你不该游荡了,天气看来很不好。"

"但要是你把我赶走,我能上哪儿呢? 我怎么办呢?"

"啊,我保证你知道该上哪儿去,该干什么。当心别干坏事就行啦。这儿是一个便士,现在你走吧——"

"一便士不能填饱我肚皮,而我没有力气往前赶路了。别关门!——啊,别,看在上帝分上!"

"我得关掉,否则雨要打进来了——"

"告诉年轻姑娘们吧,让我见见她们——"

"说真的我不让。你不守本分,要不你不会这么吵吵嚷嚷的。走吧!"

"要是把我赶走,我准会死掉的。"

"你才不会呢。我担心你们打着什么坏主意,所以才那么深更半夜到人家房子里来,要是你有什么同伙——强入住宅打劫的一类人——就在近旁,你可以告诉他们,房子里不光是我们这几个,我们有一位先生,还有狗和枪。"说到这儿,这位诚实却执拗的用人关了门,在里面上了闩。

这下子可是倒霉透顶了。一阵剧痛——彻底绝望的痛苦——充溢着,并撕裂了我的心。其实我已经衰弱不堪,就是再往前跨一步的力气都没有了。我颓然倒在潮湿的门前台阶上。我呻吟着,绞着手,极度痛苦地哭了起来。啊,死亡的幽灵!啊,这最后的一刻来得那么恐怖!哎呀,这种孤独——那样从自己同类中被攫走!不要说希望之锚消失了,就连刚强精神的立足之地也不见了——至少有一会儿是这样,但后一点,我马上又努力恢复了。

"我只能死了,"我说,"而我相信上帝,让我试着默默地等待他的意志吧。"

这些话我不仅脑子里想了,而且还说出了口,我把一切痛苦又驱回心里,竭力强迫其留在那里——安安静静地不出声。

"人总是要死的,"离我很近的一个声音说道,"但并不是所有的人都注定要像你这样,慢悠悠受尽折磨而早死的,要是你就这么死于饥渴的话。"

"是谁,或者什么东西在说话?"我问道,一时被突如其来的声音吓了一跳。此刻我不会对发生的任何事情寄予得救的希望。一个影子移近了——究竟什么影子,漆黑的夜和衰弱的视力使我难以分辨。这位新来者在门上重重地长时间敲了起来。

"是你吗,圣·约翰先生?"汉娜叫道。

"是呀——是呀,快开门。"

"哎呀,那么个狂风暴雨的夜晚,你准是又湿又冷了! 进来吧——你的妹妹们为你很担心,而且我相信附近有坏人。有一个女讨饭的——我说她还没有走呢? 躺在那里。快起来! 真害臊! 我说你走吧!"

"嘘,汉娜! 我来对这女人说句话,你已经尽了责把她关在门外,这会儿让我来尽我的责把她放进来。刚才我就在旁边,听了你也听了她说的。我想这情况特殊——我至少得查问一下。年轻的女人,起来吧,从我面前进屋去。"

我困难地照他的话办了,不久我就站在干净明亮的厨房里了——就在炉子跟前——浑身发抖,病得厉害,知道自己风吹雨打、精神狂乱,样子极其可怕。两位小姐,她们的哥哥圣·约翰先生和老仆人都呆呆地看着我。

"圣·约翰,这是谁呀?"我听见一个人问。

"我说不上来,发现她在门边。"那人回答。

"她脸色真苍白。"汉娜说。

"色如死灰,"对方回答,"她会倒下的,让她坐着吧。"

说真的我的脑袋昏昏沉沉的。我倒了下去,但一把椅子接住了我。尽管这会儿我说不了话,但神志依然是清醒的。

"也许喝点水会使她恢复过来。汉娜,去打点水来吧。不过她憔悴得不成样子了。那么瘦,一点血色也没有!"

"简直成了个影子!"

"她病了,或者光是饿坏了?"

"我想是饿坏了。汉娜,那可是牛奶? 给我吧,再给一片面包。"

黛安娜(我是在她朝我弯下身子,看到垂在我与火炉之间的长鬈发知道的)掰下了一些面包,在牛奶里浸了一浸,送进我嘴里。她的脸紧挨着我,在她脸上我看到了一种怜悯的表情,从她急促的呼吸中感受到了她的同情。她用朴素的话说出了满腔温情:"尽量吃一点吧。"

"是呀——尽量吃一点。"玛丽和气地重复着,从我头上摘去了湿透的草帽,把我的头托起来。我尝了尝他们给我的东西,先是恢恢地,但马上便急不可耐了。

"先别让她吃得太多——控制一下,"哥哥说,"她已经吃够了。"于是他端走了那杯牛奶和那盘面包。

"再让她吃一点点吧,圣·约翰——瞧她眼睛里的贪馋相。"

"暂时不要了,妹妹。要是她现在能说话,那就试着——问问她的名字吧。"

我觉得自己能说了,而且回答——"我的名字叫简·爱略特",因为仍急于避免被人发现,我早就决定用别名了。

"你住在什么地方? 你的朋友在哪里?"

我没有吭声。

"我们可以把你认识的人去叫来吗?"

我摇了摇头。

"你能说说你自己的事儿吗?"

不知怎的,我一跨进门槛,一被带到这家主人面前,就不再觉得自己无家可归,到处流浪,被广阔的世界所抛弃了。我就敢于扔掉行乞的行当——恢复我本来的举止和个性。我再次开始认识自己。圣·约翰要我谈一下自己的事时——眼下我体质太弱没法儿讲,我稍稍顿了一顿后说——

"先生,今晚我没法给你细讲了。"

"不过,"他说,"那么你希望我们为你做些什么呢?"

"没有。"我回答。我的力气只够我做这样简要的回答。黛安娜接过了话。

"你的意思是,"她问,"我们既然已给了你所需要的帮助,那就可以把你打发到荒原和雨夜中去了?"

我看了看她。我想她的脸很出众,流溢着力量和善意。我蓦地鼓起勇气,对她满是同情的目光报之以微笑。我说:"我会相信你们。假如我是一条迷路的无主狗,我知道你们今天晚上不会把我从火炉旁撵走。其实,我真的并不害怕。随你们怎么对待我照应我吧,但请原谅我不能讲得太多——我的气很短,一讲话就痉挛。"三个人都仔细打量我,三个人都不说话。

"汉娜,"圣·约翰先生终于说,"这会儿就让她坐在那里吧,别问她问题了。十分钟后把剩下的牛奶和面包给她。玛丽和黛安娜,我们到客厅去,仔细谈谈这件事吧。"

他们出去了。很快一位小姐回来了——我分不出是哪一位。我坐在暖

融融的火炉边时，一种神思恍惚的快感悄悄地流遍我全身。她低声吩咐了汉娜。没有多久，在用人的帮助下，我挣扎着登上楼梯，脱去了湿淋淋的衣服，很快躺倒在一张温暖干燥的床上。我感谢上帝——在难以言说的疲惫中感受到了一丝感激的喜悦，便睡着了。

这以后的三天三夜,我脑子里的记忆很模糊。我能回忆起那段时间一鳞半爪的感觉,但形不成什么想法,无法付诸行动。我知道自己在一个小房间里,躺在狭窄的床上,我与那张床似乎已难舍难分。我躺着一动不动,像块石头。把我从那儿拖开,几乎等于要我的命。我并不在乎时间的流逝——不在乎上午转为下午,下午转为晚上的变化。我观察别人进出房间,甚至还能分辨出他们是谁,能听懂别人在我身旁所说的话,但回答不上来。动嘴唇与动手脚都不行。用人汉娜来得最多,她一来就使我感到不安。我有一种感觉,她希望我走。她不了解我和我的处境,对我怀有偏见。黛安娜和玛丽每天到房间来一两回。她们会在我床边悄声说着这一类话:

"幸好我们把她收留下来了。"

"是呀,要是她整夜给关在房子外面,第二天早晨准会死在门口。不知道她吃了什么苦头。"

"我想象是少见的苦头吧——消瘦、苍白、可怜的流浪者!"

"从她说话的神态看,我认为她不是一个没有受过教育的人,她的口音很纯。她脱下的衣服虽然湿淋淋溅了泥,但不旧,而且很精致。"

"她的脸很奇特,尽管皮包骨头又很憔悴,但我比较喜欢。可以想见她健康而有生气时,面孔一定很可爱。"

在她们的交谈中,我从来没有听到她们说过一句话,对自己的好客表示懊悔,或者对我表示怀疑或厌恶。我得到了安慰。

圣·约翰先生只来过一次,他瞧着我,说我昏睡不醒是长期疲劳过度的反应,认为不必去叫医生,确信最好的办法是顺其自然。他说我每根神经都紧张过度,所以整个机体得有一段沉睡麻木的时期,而并不是什么病。他想象我的身体一旦开始恢复,会好得很快。他用几句话表示了这些意见,语调平静而低沉。他顿了一下之后又加了一句,用的是一个不习惯于长篇大论的人的语调:"一张不同一般的脸,确实倒没有庸俗下贱之相。"

"恰恰相反,"黛安娜回答,"说实话,圣·约翰,我内心对这可怜的小幽灵产生了好感。但愿我们永远能够帮助她。"

"这不大可能,"对方回答,"你会发现她是某个年轻小姐,与自己朋友产生了误会,可能轻率地一走了之。要是她不固执,我们也许可以把她送回去。但是我注意到了她脸上很有力的线条,这使我怀疑她脾气很倔强。"他站着端详了我一会,随后补充说:"她看上去很聪明,但一点也不漂亮。"

"她病得那么重,圣·约翰。"

"不管身体好不好,反正长得很一般。那些五官缺少美的雅致与和谐。"

到了第三天我好些了,第四天我已能说话,动弹,从床上坐起来,转动身子。我想大约晚饭时间,汉娜端来一些粥和烤面包。我吃得津津有味,觉得这些东西很好吃——不像前几天吃什么都没有味道的发烧时的滋味。她离开我时,我觉得已有些力气,恢复了元气。不久,我对休息感到厌腻,很想起来动动,想从床上爬起来。但是穿什么好呢?只有溅了泥的湿衣服,我就是那么穿着睡在地上,倒在沼泽地里的。我羞于以这身打扮出现在我的恩人们面前。不过我免掉了这种羞辱。

我床边的椅子上摆着我所有的衣物,又干净又干燥。我的黑丝上衣挂在墙上。泥沼的印迹已经洗去,潮湿留下的皱褶已经熨平,看上去很不错了。我的鞋子和袜子已洗得干干净净,很是像样了。房子里有梳洗的工具,有一把梳子和一把刷子可把头发梳理整齐。我疲乏地挣扎了一番,每隔五分钟休息一下,终于穿好了衣服。因为消瘦,衣服穿在身上很宽松。不过我用披肩掩盖了这个不足。于是我再一次清清爽爽、体体面面了——没有一丝我最讨厌并似乎很降低我身份的尘土和凌乱。我扶着栏杆,爬下石头楼梯,到了一条低矮窄小的过道,立刻进了厨房。

厨房里弥漫着新鲜面包的香气和熊熊炉火的暖意。汉娜正在烤面包。

众所周知,偏见很难从没有用教育松过土施过肥的心田里根除。它像野草钻出石缝那样顽强地在那儿生长。说实在的,起初汉娜冷淡生硬,近来开始和气一点了,而这回见我衣冠楚楚进门,竟笑了起来。

"什么,你已经起来了?"她说,"那么你好些了。要是你愿意,你可以坐在炉边我的椅子上。"

她指了指那把摇椅。我坐了下来。她忙碌着,不时从眼角瞟我。她一边从烤炉里取出面包,一边转向我生硬地问道:

"你到这个地方来之前也讨过饭吗?"

我一时很生气,但想起发火是不行的,何况在她看来我曾像个乞丐,于是便平心静气地回答了她,不过仍带着明显的强硬口气:

"你错把我当成乞丐了,跟你自己或者你的小姐们一样,我不是什么乞丐。"

她顿了一下后说:"那我就不大明白了,你像是既没有房子,也没有铜子儿?"

"没有房子或铜子儿(我猜你指的是钱)并不就成了你说的那个意思上的乞丐。"

"你读过书吗?"她立刻问。

"是的,读过不少书。"

"不过你从来没有进过寄宿学校吧?"

"我在寄宿学校呆了八年。"

她眼睛睁得大大的。"那你为什么还养不活自己呢?"

"我养活了自己,而且我相信以后还能养活自己。拿这些鹅莓干什么呀?"她拎出一篮子鹅莓时我问。

"做饼。"

"给我吧,我来拣。"

"不,我什么也不要你干。"

"但我总得干点什么。还是让我来吧。"

她同意了,甚至还拿来一块干净的毛巾铺在我衣服上,一面还说:"怕你把衣服弄脏了。"

"你不是干惯用人活的,从你的手上看得出来,"她说,"也许是个裁

343

缝吧?"

"不是,你猜错啦,现在别管我以前是干什么的。不要为我再去伤你的脑筋,不过告诉我你们这所房子叫什么名字。"

"有人叫它沼泽居,有人叫它沼泽宅。"

"住在这儿的那位先生叫圣·约翰先生?"

"不,他不住在这儿,只不过暂时呆一下。他的家在自己的教区莫尔顿。"

"离这儿几英里的那个村子?"

"是呀。"

"他干什么的。"

"是个牧师。"

我还记得我要求见牧师时那所住宅里老管家的回答。"那么这里是他父亲的居所了?"

"不错。老里弗斯先生在这儿住过,还有他父亲、他祖父、他曾祖父。"

"那么,那位先生的名字是圣·约翰·里弗斯先生了。"

"是呀,圣·约翰是他受洗礼时的名字。"

"他的妹妹名叫黛安娜和玛丽·里弗斯?"

"是的。"

"他们的父亲去世了?"

"三个星期前中风死的。"

"他们没有母亲吗?"

"太太去世已经多年了。"

"你同这家人生活得很久了吗?"

"我住在这里三十年了,三个人都是我带大的。"

"那说明你准是个忠厚的仆人。尽管你那么没有礼貌地把我当做要饭的,我还是愿意那么说你的好话。"

她再次诧异地打量着我。"我相信,"她说,"我完全把你看错了,不过这里来往的骗子很多,你得原谅我。"

"而且,"我往下说,口气颇有些严厉,"尽管你要在一个连条狗都不该撵走的夜晚,把我赶出门外。"

"嗯,是有点狠心。可是叫人怎么办呢?我想得更多的是孩子们而不是我自己,他们也怪可怜的,除了我没人照应。我总该当心些。"

我沉着脸几分钟没有吱声。

"你别把我想得太坏。"她又说。

"不过我确实把你想得很坏,"我说,"而且我告诉你为什么——倒不是因为你不许我投宿,或者把我看成了骗子,而是因为你刚才把我没'铜子儿'没房子当成了一种耻辱。有些世上最好的人像我一样穷得一个子儿也没有。如果你是个基督徒,你就不该把贫困看做罪过。"

"以后不该这样了,"她说,"圣·约翰先生也是这么同我说的。我知道自己错了——但是,我现在对你的看法跟以前明显不同了。你看来完全是个体面的小家伙。"

"那行了——我现在原谅你了,握握手吧。"

她把沾了面粉布满老茧的手塞进我手里,粗糙的脸上闪起了一个更亲切的笑容,从那时起我们便成了朋友。

汉娜显然很健谈。我拣果子她捏面团做饼时,她继续细谈着过世的主人和女主人,以及她称做"孩子们"的年轻人。

她说老里弗斯先生是个极为朴实的人,但是位绅士,出身于一个十分古老的家庭。沼泽居自建成以后就一直属于里弗斯先生。她还肯定,这座房子"已有两百年左右历史了——尽管它看上去不过是个不起眼的小地方,丝毫比不上奥利弗先生在莫尔顿谷的豪宅,但我还记得比尔·奥利弗的父亲是个制缝衣针的工匠。而里弗斯家族在过去亨利时代都是贵族,看看莫尔顿教堂法衣室记事簿,就谁都知道。"不过她仍认为,"老主人像别人一样——并不太出众,完全迷恋于打猎种田等等。女主人可不同。她爱读书,而且学问很渊博。""孩子们"像她。这一带没有人跟他们一样的,以往也没有。三个人都喜欢学习,差不多从能说话的时候起就这样了。他们自己一直"另有一套"。圣·约翰先生长大了就进大学,做起牧师来,而姑娘们一离开学校就去找家庭教师的活。他们告诉她,他们的父亲,几年前由于信托人破产而丧失了一大笔钱。他现在已不富裕,没法给他们财产,他们就得自谋生计了。好久以来他们已很少住在家里了,这会儿是因为父亲去世才来这里住几周的。不过他们确实也喜欢沼泽居和莫尔顿,以及附近所有的荒原和小山。他们到过伦敦和其他很多大城市,但总是说什么地方也比不上家里。另外,他们彼此又是那么融洽——从来不争不吵。她不知道哪里还找得到这样一个和睦的家庭。

我拣完了鹅莓后问她,两位小姐和她们的哥哥上哪儿去了。

"散步上莫尔顿去了,半小时内会回来吃茶点。"

他们在汉娜规定的时间内回来了,是从厨房门进来的。圣·约翰先生见了我不过点了点头就走过了。两位小姐停了下来。玛丽心平气和地说了几句话,表示很高兴见我已经好到能下楼了。黛安娜握住我的手,对我摇摇头。

"你该等我允许后才好下楼,"她说,"你脸色还是很苍白——又那么瘦!可怜的孩子!——可怜的姑娘!"

黛安娜的声调在我听来像鸽子的咕咕声。她有一双我很乐意接触它目光的眼睛。她的整张脸似乎都充满魅力。玛丽的面容一样聪明——她的五官一样漂亮,但她的表情更加矜持,她的仪态虽然文雅却更显得隔膜。黛安娜的神态和说话的样子都有一种权威派头,显然很有主意。我生性喜欢服从像她那样可依靠的权威,在我的良心和自尊允许范围内,向富有活力的意志低头。

"你在这儿干什么?"她继续说,"这不是你呆的地方。玛丽和我有时在厨房里坐坐,是因为在家里我们爱随便些,甚至有些放肆——但你是客人,得到客厅去。"

"我在这儿很舒服。"

"一点也不——汉娜这样忙这忙那,会把面粉沾在你身上。"

"另外,火炉对你也有些太热。"玛丽插嘴说。

"没有错,"她姐姐补充说,"来吧,你得听话。"她一面握着我的手,一面拉我起来,领进内室。

"那儿坐着吧,"她说着把我安顿在沙发上,"我们来脱掉衣服,准备好茶点。在沼泽居小家庭中享受的另一个特权,是自己准备饭菜。那往往是我们想要这么干,或者汉娜忙着烘烤、沏茶、洗衣或者烫衣的时候。"

她关了门,留下我与圣·约翰先生单独呆着。他坐在我对面,手里捧着一本书或一张报纸。我先是打量了一下客厅,随后再看看厅主人。

客厅不大,陈设也很朴实,但十分舒服,因为干净整洁的老式椅子油光锃亮,那张胡桃木桌子像面穿衣镜。斑驳的墙上装饰着几张过去时代奇怪而古老的男女画像。在一个装有玻璃门的橱里,放着几本书和一套古瓷器。除了放在书桌上的一对针线盒和青龙木女用书台,房间里没有多余的装饰品——没有一件现代家具。包括地毯和窗帘在内的一切,看上去既陈旧而又保养得很好。

圣·约翰先生一动不动地坐着,犹如墙上色彩暗淡的画,眼睛盯着他细读着的那页书,嘴唇默默地闭着——很容易让我细看个究竟。他要是装成塑像,而不是人,那是再容易不过了。他很年轻——二十八至三十岁光景,高挑个子,身材颀长。他的脸引人注目,像一张希腊人的脸,轮廓完美,长着一个笔直的古典式鼻子,一张十足雅典人的嘴和下巴。说实在的,英国人的脸很少像他那样如此酷似古典脸型的。他自己的五官那么匀称,也许对我的不匀称便有点儿吃惊了。他的眼睛又大又蓝,长着棕色的睫毛,高高的额头跟象牙一般苍白,额头上不经意披下了几绺金色的头发。

这是一幅线条柔和的写生,是不是,读者? 然而画中的人给人的印象却并不属于那种温和忍让、容易打动,甚至十分平静的个性。虽然他此刻默默地坐着,但我觉察到,他的鼻孔、嘴巴、额头有着某种东西,表现出内心的不安、冷酷或急切。他的妹妹们回来之前,他还没有同我说过一个字,或者朝我看过一眼。黛安娜走进走出,准备着茶点,给我带来了一块在炉顶上烤着的小饼。

“这会儿就把它吃掉吧,”她说,“你准饿了。汉娜说从早饭到现在,你只喝了点粥,什么也没吃。”

我没有谢绝,我的胃口恢复了,而且很好。这时里弗斯先生合上书,走到桌子旁边。他就座时,那双画一般的蓝眼睛紧盯着我,目光里有一种不拘礼节的直率,一种锐利、明确的坚定,说明他一直避开陌生人不是出于腼腆,而是故意的。

“你很饿。”他说。

“是的,先生。”这是我的习惯——向来的习惯,完全出于直觉——简问简答,直问直说。

“幸好三天来的低烧迫使你禁食,要是一开始便放开肚子吃就危险了。

现在你可以吃了,不过还是得节制。"

"我相信不会花你的钱吃得很久的,先生。"这是我笨嘴笨舌、粗里粗气的回答。

"不,"他冷冷地说,"等你把朋友的住址告诉我们后,我们可以写信给他们,你就又可以回家了。"

"我得直率地告诉你们,我没有能力这么做,因为我既没有家,也没有朋友。"

三位都看着我,但并非不信任。我觉得他们的眼神里没有怀疑的表情,而更多的是好奇。我尤其指小姐们。圣·约翰的眼睛表面看来相当明净,但实际上深不可测。他似乎要把它用做探测别人思想的工具,而不是暴露自己内心的窗口。眼神里热情与冷漠的交融,很大程度上不是为了鼓励别人,而是要使人感到窘迫。

"你的意思是说,"他问,"你孤孤单单,没有一个亲朋?"

"是的。没有一根纽带把我同哪位活着的人维系在一起,我也没有任何权利走进英国的任何人家里。"

"像你这样年纪,这种状况是绝无仅有的。"

说到这里我看到他的目光扫到了我手上,这时我双手交叉,放在面前的桌子上。我不知道他在找什么。但他的话立刻解释了那种探寻。

"你没有结婚? 是个单身女人?"

黛安娜大笑起来。"嗨,她不会超过十七八岁,圣·约翰。"她说。

"我快十九了,不过没有结婚,没有。"

我只觉得脸上一阵热辣辣的火烧,一提起结婚又勾起了我痛苦和兴奋的回忆。他们都看出了我的发窘和激动。黛安娜和玛丽把目光从我涨得通红的脸上转向别处,以便使我得到宽慰,但是她们那位有些冷漠和严厉的哥哥却继续盯着我,直至他引起的麻烦弄得我既流泪又变脸。

"你来这以前住在什么地方?"他此刻又问了。

"你也太爱打听了,圣·约翰。"玛丽低声咕哝着。但他又带着透人肺腑的坚定目光,将身子俯过桌子,要求得到回答。

"我住在哪儿,跟谁住在一起,这是我的秘密。"我回答得很简略。

"在我看来,要是你高兴,不管是圣·约翰还是其他人的提问,你都有权不说。"黛安娜回答说。

"不过要是我不了解你和你的身世,我无法帮助你,"他说,"而你是需要帮助的,是不是?"

"到现在为止我需要帮助,也寻求帮助,先生——希望某个真正的慈善家会让我有一份力所能及的工作,以及让我把日子过下去的报酬,就是能满足生活的必需也好。"

"我不知道自己是不是位真正的慈善家,不过我愿意真诚地竭尽全力帮助你。那么首先你得告诉我,你习惯于干什么,你能干什么。"

这会儿我已经吞下了茶点。饮料使我犹如喝了酒的巨人,精神大为振作,它给我衰弱的神经注入了新的活力,使我能够不慌不忙同这位目光敏锐的年轻法官说话。

"里弗斯先生,"我说着转向了他,像他看我那样,堂而皇之毫无羞色地看着他,"你和你的妹妹们已经帮了我很大的忙——一个最伟大的人,能为他的同类所做的。你以你高尚的款待,从死亡中拯救了我。你所施予的恩惠,使你绝对有权要求我感激你,并且某种程度上要求知道我的秘密。我会在不损害我心境的平静、自身及他人道德和人身安全的前提下,尽量把你们所庇护的流浪者的身世说个明白。

"我是一个孤儿,一个牧师的女儿。我还不能记事父母就去世了。我靠人抚养长大,在一个慈善机构受了教育。我甚至可以告诉你这个机构的名字,在那里我做了六年学生、两年教师——××郡罗沃德孤儿院,你可能听到过它,里弗斯先生?——罗伯特·布罗克赫斯特牧师是司库。"

"我听说过布罗克赫斯特先生,也见过这学校。"

"差不多一年前我离开了罗沃德,去当私人家庭教师。我得到了一份很好的工作,也很愉快。来这里的四天前,我不得不离开那个地方。离开的原因我不能也不该解释,就是解释也没有用——会招来危险,听起来也难以令人置信。我没有责任,像你们三位中的任何一位那样是无罪的。我很难过,以后一段时间还得这样。因为把我从我看做天堂的房子里驱赶出来的灾祸,奇怪而可怕。在计划逃离时我注意到了两点——速度和秘密。为了做到这两点,我不得不把我的所有统统留下,只拿了一个包裹。就是这个小包裹,我也在匆忙和烦恼中,忘了从把我带到惠特克劳斯的马车上拿下来了。

于是我囊空如洗地来到这附近。我在露天宿了两夜,游荡了两天,没有跨进过一条门槛,在这段时间只有两回吃过东西。正当我由于饥饿、疲乏和绝望到了几乎只剩最后一口气时,你里弗斯先生,不让我饿死在家门口,把我收留进你们的房子。我知道从那时起你妹妹们为我所做的一切——因为在我外表上麻木迟钝的那些日子里,我并不是没有感觉的。我对你们自然、真诚、亲切的怜悯,如同对你合乎福音的慈善,欠下了一笔很大的债。"

"这会儿别要她再谈下去了,圣·约翰,"我停下来时黛安娜说,"显然她不宜激动。上沙发这儿来,坐下吧,爱略特小姐。"

一听这个别名,我不由自主地微微一惊。我已忘了我新起的名字。但什么都逃不过他眼睛的里弗斯先生,立刻注意到了。

"你说你的名字叫简·爱略特是吗?"他说。

"我是这么说过的,这个名字,我想是作为权宜之计暂时用用的,但不是我的真名,所以初一听有些陌生。"

"你不愿讲你的真名?"

"不愿。我尤其担心被人发现。凡是要导致这种后果的事,我都要避开。"

"我敢肯定你做得很对,"黛安娜说,"现在,哥哥,一定得让她安宁一会儿了。"

但是,圣·约翰静默了一会儿后,又开腔了,还是像刚才那样目光敏锐,不慌不忙。

"你不愿长期依赖我们的好客吧——我看你会希望尽快摆脱我妹妹们的怜悯,尤其是我的慈善(我对他强调的区别很敏感,但也不生气——因为那是正当的),你希望不依赖我们吗?"

"是的。我已经这么说过了。告诉我怎么干活,或者怎么找活干,这就是我现在所要求的,然后让我走,即使是到最简陋的草屋去——但在那之前,请让我呆在这儿,我害怕再去品尝无家可归、饥寒交迫的恐怖。"

"说实在的你应当留在这儿。"黛安娜把她白皙的手搭在我头上说。"你应当这样。"玛丽重复说,口气里透出了含蓄的真诚,这在她似乎是自然的流露。

"你瞧,我的妹妹们很乐意收留你,"圣·约翰先生说,"就像乐意收留和抚育一只被寒风驱赶到了窗里、快要冻僵的鸟一样。我更倾向于让你自己养活自己,而且要努力这样做。但是请注意,我的活动范围很窄,我不过是个贫苦乡村教区的牧师。我的帮助肯定是最微不足道的。要是你不屑于干日常琐事,那就去寻找比我所能提供的更有效的帮助吧。"

"她已经说过,凡是力所能及的正当活儿,她都愿意干。"黛安娜替我做了回答。"而且你知道,圣·约翰,她无法挑谁来帮忙,连你这种犟脾气的人,她也不得不忍受。"

"我可以当个裁缝,我可以当个普通女工。要是干不了更好的活,我可以当个仆人,做个护理女。"我回答。

"行,"圣·约翰先生十分冷淡地说,"如果你有这志气,我就答应帮你忙了,用我自己的时间,按我自己的方式。"

这时他又继续看他那本茶点之前就已埋头在看的书了。我立刻退了出去,因为就眼下体力所及,我已经谈得够多,坐得够长了。

# 第四章

　　我越了解沼泽居的人就越是喜欢他们。不到几天工夫,我的身体便很快地恢复,已经可以整天坐着,有时还能出去走走。我已能参加黛安娜和玛丽的一切活动,她们爱谈多久就谈多久,什么时候,什么地方,只要她们允许,就去帮忙。在这样的交往中,有一种令人振奋的愉悦——在我还是第一次体会到,这种愉悦产生于趣味、情调和原则的融洽。

　　我爱读她们喜欢读的书,她们所欣赏的使我感到愉快,她们所赞同的我也尊重。她们喜欢这个与世隔绝的家,我也在灰色、古老、小巧的建筑中找到了巨大而永久的魅力。这里有低矮的屋顶、带格子的窗户、销蚀的墙壁和古杉夹道的大路——强劲的山风使这些古杉都已倾斜。还有长着紫杉和冬青而呈黑色的花园——这里除了顽强的花种,什么花都不开放。她们眷恋住宅后面和周围紫色的荒原,眷恋凹陷的溪谷。一条鹅卵石筑成的马道,从大门口由高而低通向那里,先在蕨树丛生的两岸之间蜿蜒着,随后又经过与欧石南荒原交界的几个最荒芜的小牧场。一群灰色的荒原羊和苔藓般面孔的羊羔,都靠这些牧场来维持生命——嗨,她们热情满怀地眷恋着这番景色。我能理解她们的感情,同她们一样感受这个地方的力量与真谛。我看到了这一带诱人的魅力,体会到它所奉献的孤寂。我的双眼尽情地享受着起伏的地形,享受着青苔、灰色欧石南、小花点点的草地、鲜艳夺目的欧洲蕨和颜色柔和的花岗岩给山脊和谷地染上的荒野色彩。这些点滴景物之于我如同之于她们——都是无数纯洁可爱的快乐源泉。猛烈的狂风和柔和的微风,凄风苦雨的天气和平平静静的日子,日出时分和日落时刻,月光皎洁的夜晚和乌云密布的黑夜,都使我同她们一样深为这个地区所吸引,都对我如同对她们一样,产生了一种镇住我官能的魔力。

在家里我们一样相处得很融洽。她们比我更有造诣,读的书也更多。但是我急切地走着她们在我前面踩踏出来的知识之路。我狼吞虎咽地读着她们借给我的书,而夜晚与她们切磋我白天读过的书是一种极大的满足。我们想法一致,观点相合,总之大家意气相投。

如果我们三人中有一位更出色者和领袖,那就是黛安娜。体态上她远胜于我,漂亮而精力过人,活泼而有生气,流动着一种使我为之惊异又难以理解的丰富的生命力。夜晚的最初时刻,我还能谈一会儿,但第一阵子轻松自如的谈话之后,我便只好坐在黛安娜脚边的矮凳上,把头靠在她膝头上,轮流听着她和玛丽深谈着我只触及了皮毛的话题。黛安娜愿意教我德语,我喜欢跟她学。我发觉教师的角色很适合她,使她高兴,而同样学生的角色也适合我,使我高兴。我们的个性十分吻合,结果彼此之间感情非常深厚。她们知道我能作画,就立刻把铅笔和颜料盒供我使用。这项唯一胜过她们的技能,使她们感到惊奇,也让她们着了迷。我绘画时玛丽会坐着看我作画,随后也学了起来,而且是位聪明、听话、用功的学生。就这样忙这忙那,彼此都得到了乐趣,一周的日子像一天,一天的时间像一小时那么过去了。

至于圣·约翰先生,我与他妹妹之间自然而迅速形成的亲密无间的感情,与他无缘。我们之间显得疏远的一个原因,是他难得在家,一大部分时间都奔忙于他教区分散的居民之间,走访病人和穷人。

任何天气似乎都阻挡不住牧师的短途行程。不管晴天还是雨天,每天早晨的学习时间一结束,他会戴上帽子,带着他父亲的老猎狗卡罗,出门开始了出于爱好或是职责的使命——我几乎不知道他怎样看待它。天气很糟的时候妹妹们会劝他别去,但他脸上浮起了庄严甚于愉快的奇怪笑容说:

"要是一阵风和几滴雨就弄得我放弃这些轻而易举的工作,这样懒懒散散,又怎么能为我设想的未来做准备呢?"

黛安娜和玛丽对这个问题的回答,往往是一声叹息和几分钟明显伤心的沉默。

但是除了因为他频繁外出之外,还有另一大障碍使我无法与他建立友情。他似乎是个生性寡言少语、心不在焉、沉思默想的人。尽管他对牧师工作非常热情,生活和习惯上也无可指摘,但他好像并没有享受到每个虔诚的基督徒和脚踏实地的慈善家应得的酬报:内心的宁静和满足。晚上,他常常坐在窗前,对着面前的书桌和纸张会停止阅读和写作,手托着下巴,任自己的思绪不知向什么方向飘忽,从他眼睛频繁的闪烁和变幻莫测的张合中,可以看到激动与不安。

此外,我认为大自然对于他并不像对于他妹妹那样是快乐的源泉。我听到过一次,也只有一次,他表示自己被崎岖的小山深深地迷住了,同时对被他称之为自己家的黑色屋顶和灰白的墙壁,怀着一种天生的眷恋之情。但是在表达这种情感的音调和语言中,隐含的忧郁甚于愉快。而且他从来没有因为要感受一下荒原舒心的宁静而在那里漫步——从来没有去发现或谈及荒原给人千百种平静的乐趣。

由于他不爱说话,我过了一些时候才有机会探究他的心思。我听了他在莫尔顿自己的教堂讲道后,对他的能力有了初步的了解。我希望能描绘一下他那次讲道,但无能为力,我甚至无法确切表达它给我的印象。

开头很平静——其实,以讲演的风格和语调而言,那是自始至终很平静的。一种发自肺腑而严加控制的热情,很快注进了清晰的语调,激发起了生动的语言。话渐渐地变得有力起来——简练、浓缩而有分寸。牧师的力量使内心为之震颤,头脑为之惊异,但两者都没有被感化。他的讲演自始至终有着一种奇怪的痛苦,缺乏一种抚慰人的温柔。他不断严厉地提到加尔文主义——上帝的选拔、命定和天罚,每次的提醒听起来仿佛是在宣布末日的审判。布道结束以后,我不是受到他讲演的启发,感觉更好更平静了,而是体会到了一种难以言喻的哀伤,因为我似乎觉得——我不知道别人是不是有同样感觉——我所倾听的雄辩,出自于充满混浊的失望沉渣的心灵深处——那里恼人地躁动着无法满足的愿望和不安的憧憬。我确信圣·约翰·里弗斯尽管生活单纯,又真诚热情,却并没有找到不可理解的上帝的安宁。我想他与我一样,都没有找到。我是因为打碎了偶像,失去了天堂而产生了隐蔽而焦躁不安的悔恨——这些悔恨我虽然最近已避而不谈,但仍无情地纠缠着、威压着我。

与此同时,一个月过去了。黛安娜和玛丽不久就要离开沼泽居,回到等待着的截然不同的生活环境中去,在英国南部一个时髦的大城市当家庭教师。她们各自在别人家里谋职,被富有而高傲的家庭成员们视为低下的附庸。这些人既不了解也不去发现她们内在的美德,而只赏识她们已经获得的技艺,如同赏识他们厨师的手艺和侍女的情趣。圣·约翰先生一字不提答应帮我找的工作,而对我来说谋个职业已是迫在眉睫的事了。一天早晨,我与他单独在客厅里呆了几分钟,我冒昧地走近窗子的凹陷处——他的桌子、椅子和书桌已使这里成了一个书房。我正要开口,尽管还不十分明白该用怎样的措词把问题提出来——因为无论何时要打破包裹着他这种性格的拘谨外壳,都是十分困难的,他省了我的麻烦,先开口了。

我走近时他抬起头来。"你有问题要问我吗?"他说。

"是的,我想知道你是否听到过什么我能够做的工作。"

"三个星期前我找到了或是替你设计了某个工作,但你在这里似乎既很有用处,自己又很愉快——我的妹妹们显然同你形影不离,有你做伴她们格外开心——我觉得妨碍你们彼此所感到的快慰是不适宜的,还是等她们快要离开沼泽居因而你也有必要离开时再说。"

"那她们不是三天后就要走了吗?"我说。

"是呀,她们一走我就要回到莫尔顿的牧师住所去,汉娜随我走,这所老房子要关闭。"

我等了一会儿,以为他会继续他首次提出的话题,但他似乎已另有所思。他明显走了神,忘了我和我的事儿。我不得不把他拉回出于需要已成为我最迫切最关心的话题。

"你当时想到了什么工作,里弗斯先生?我希望这次拖延不至于增加谋职的难度。"

"啊,不会,因为这项工作只要我来提供,你来接受就行了。"

他又不吱声了,仿佛不愿再继续说下去。我有些耐不住了,一两个不安的动作以及一个急切而严厉的眼神落在他脸上,向他表达了同语言一样有效,但省却了不少麻烦的情感。

"你不必急于听到,"他说,"坦率告诉你吧,我没有什么合适的或是挣钱的工作可以建议。我解释之前,请回忆一下,我明明白白地向你打过招呼,要是我帮你,那得是瞎子帮助跛子。我很穷,因为我发现偿付了父亲的债务后,父亲留给我的全部遗产就只有这个摇摇欲坠的田庄,庄后一排枯萎的杉树,一片前面长着紫杉和冬青灌木的荒土。我出身卑微,里弗斯是个古老的姓氏。但这个族的三个仅存的后裔,两个在陌生人中间依赖他人为生,第三个认为自己是远离故土的异乡人——活着和死了都是如此。是的,他认为,必然认为这样的命运是他的光荣,他盼望有朝一日摆脱尘世束缚的十字架会放在他肩上,那位自己也是最卑微一员的教会斗士的首领会传下号令:'起来,跟着我!'"

圣·约翰像布道一样说着这些话,语调平静而深沉,脸不发红,目光炯炯。他继续说:

"既然我自己也贫穷卑微,我只能向你提供贫穷卑微的工作。你甚至可能认为这很低俗——因为我现在知道你的举止属于世人所说的高雅;你的情趣倾向于理想化;你所交往的至少是受过教育的人,但我认为凡是有益于人类进步的工作都不能说是低俗。我认为越是贫瘠和没有开垦的土地,基督教劳工被派去开垦的土地越是贫瘠荒凉——他的劳动所挣得的报酬越少,他的荣誉就越高。在这种情况下,他的命运就是先驱者的命运,传播福音的第一批先驱者就是使徒们——他们的首领就是耶稣,他本人就是救世主。"

"嗯?"他再次停下时我说,"说下去。"

他还没有说下去便又瞧了瞧我,似乎悠闲地读着我的面孔,仿佛它的五官和线条是一页书上的人物。他仔细打量后所得出的结论,部分地表露在后来的谈话中。

"我相信你会接受我提供的职位,"他说,"而且会干一会儿,尽管不会永久干下去,就像我不会永久担任英国乡村牧师这狭隘,使人越来越狭隘——平静而神秘的职位。因为你的性格也像我的一样,有一种不安分的东西,尽管性质上有所区别。"

"请务必解释一下。"他再次停下来时我催促道。

"一定。你会听到这工作多么可怜,多么琐碎,多么束缚人。我父亲已去世,我自己可以做主了,所以我不会在莫尔顿久待,很可能在一年之内离开这个地方。但我还在时,我要尽力使它有所改进。两年前我来到时,莫尔顿没有学校。穷人的孩子都被排除在一切渴求上进的希望之外。我为男孩子们建立了一所学校。现在我有意为女孩子开设第二所学校。我已租了一幢楼用于这个目的,附带两间披屋作为女教师的住房。她的工资为三十镑一年。她的房子已安上家具,虽然简陋,但已够用。那是奥利弗小姐做的好事,她是我教区内唯一的一位富人奥利弗先生的独生女。奥利弗先生是山谷中制针厂和铁铸厂的业主。这位女士还为一个从济贫院来的孤儿付教育费和服装费,条件是这位孤儿得协助教师,干些跟她住所和学校有关的琐碎事务,因为教学工作不允许女教师亲自来过问这些事。你愿意做这样一位教师吗?”

他的问题问得有些匆忙。他似乎估计这个建议多半会遭到愤怒的,或者至少轻蔑的拒绝。他虽然可以做些猜测,但不完全了解我的思想和感情,无法判断我会怎样看待自己的命运。说实在的,这工作很低下,但提供了住所,而我需要一个安全的避难所。这工作沉闷乏味,但比之富人家庭的女教师,它却是无拘无束的。而替陌生人操劳的恐惧像铁钳一样夹住了我的心。这个工作并不丢脸——并不卑贱,精神上也并不低劣,我下定了决心。

“谢谢你的建议,里弗斯先生。我欣然接受这份工作。”

“可是你理解我的意思吗?”他说,“这是一所乡村学校。你的学生都只是穷苦女孩——茅屋里的孩子,至多是农夫的女儿。编织、缝纫和读、写、算你都得教。你自己的技艺派什么用处呢?你大部分的思想——感情——情趣又有什么用呢?”

“留着它们等有用时再说。它们可以保存下来。”

“那你知道你要干的事了。”

“我知道。”

这时他笑了,不是苦笑,也不是伤心的笑,而是十分满意并深为感激的笑容。

“你什么时候开始履行职务?”

“我明天就到自己的房子去,要是你高兴,下周就开学。”

“很好,就这样吧。”

他立起身来,穿过房间,一动不动地站着再次看着我。他摇了摇头。

“你有什么不赞成呢,里弗斯先生?”我问。

“你不会在莫尔顿呆得很久,不,不会的!”

“为什么?你这么说的理由是什么?”

"我从你的眼睛里看到了。不是那种预示着要安度一生的表情。"

"我没有雄心。"

他听了"雄心"两个字吃了一惊,便重复说:"不,你怎么会想到雄心?谁雄心勃勃呢?我知道自己是这样。但你怎么发现的?"

"我在说我自己。"

"嗯,要是你并不雄心勃勃,那你是——"他打住了。

"是什么呢?"

"我正要说多情,但也许你会误解这个字,而会不高兴。我的意思是,人类的爱心和同情心在你的身上表现得很强烈。我确信你不会长期满足于在孤寂中度过闲暇,把你的工作时间用于一项完全没有刺激的单调劳动,"他又强调着补充说,"就像我不会满足于住在这里,埋没在沼泽地里,封闭在大山之中——上帝赐予我的天性与此格格不入,上天所赋予的才能会被断送——被弄得一无用处。这会儿你听见了我如何自相矛盾了吧。我自己讲道时说要安于自己卑贱的命运,只要为上帝效劳,即使当砍柴工和汲水人也心甘情愿——而我,上帝所任命的牧师,几乎是焦躁不安地咆哮着。哎呀,爱好与原则总得想个办法统一起来。"

他走出了房间。短短的一小时之内,我对他的了解胜过以前的一个月。不过他仍令我费解。

随着同哥哥和家园告别的日子越来越近,黛安娜和玛丽·里弗斯也越来越伤心,越来越沉默了。她们都想装得同往常一样,但是她们所要驱除的忧愁是无法完全克制或是掩饰的。黛安娜说,这次离别与以往所经历的完全不同。就圣·约翰来说,那可能是一去几年,也可能是一辈子。

"他会为他长期形成的决定而牺牲一切,"她说,"但天性的爱恋与感情却更加强烈。圣·约翰看上去文文静静,简,但是他的躯体里隐藏着一种热情。你可能认为他很温顺,但在某些事情上,他可以像死一般冷酷。最糟糕的是,我的良心几乎不容我说服他放弃自己苛刻的决定。当然我也绝不能为此而责备他。这是正当、高尚、符合基督教精神的,但使我心碎。"说完,眼泪一下子涌上了她漂亮的眼睛。玛丽低着头干着自己的活儿。

"如今我们已没有父亲,很快就要没有家,没有哥哥了。"她喃喃地说。

这时候发生了一个小小的插曲,仿佛也是天意,要证实"祸不单行"的格言，伤心之中因眼看到手的东西又失掉而更添恼怒。圣·约翰走过窗前，读着一封信，他走进房间。

"我们的约翰舅舅去世了。"他说。

两位姐妹都似乎一怔，既不感到震惊也不表示惊讶。在她们的眼睛里这消息显得很重要，但并不令人痛苦。

"死了？"黛安娜重复说。

"是的。"

她带着搜索的目光紧盯着她哥哥的脸庞。"那又怎样呢？"她低声问。

"那又怎样，死了？"他回答，面部像大理石一样毫无表情，"那又怎样？哎呀——没有怎样。自己看吧。"

他把信扔到她膝头。她眼睛粗略地扫了一下，把它交给了玛丽。玛丽默默地细读着，后来又把信还给了她哥哥。三人彼此你看我，我看你，都笑了起来——那是一种凄凉、忧郁的笑容。

"阿门！我们还能活着。"黛安娜终于说。

"不管怎么说，这并没有弄得我们比以前更糟。"玛丽说。

"只不过它迫使我们想起本来可能会出现的情况，"里弗斯先生说，"而同实际情况形成有些过分鲜明的对照。"

他折好信，锁进抽屉，又走了出去。

几分钟内没有人开腔。黛安娜转向我。

"简，你会对我们和我们的秘密感到奇怪，"她说，"而且会认为我们心肠太狠，居然像舅舅这样一位近亲去世了却并不那么动情。但是我们从来没有见过他，也不知道他。他是我们母亲的兄弟。很久以前我父亲和他曾有过争吵。听从他的建议，我们父亲把大部分资产冒险投入一桩后来毁了他的买卖。彼此都责备对方。他们怒气冲冲地分别了，从此没有和好。我舅舅后来又投资了几家使他财运亨通的企业。他似乎积攒了两万英镑的财产。他一直单身，除了我们也没有近亲，另外还有一个人，关系并不比我们更亲近。我的父亲一直希望他会把遗产留给我们，以弥补他的过失。这封信通知我们，他已把每个子儿都给了另外一位亲戚，只留下三十畿尼，由圣·约翰、黛安娜和玛丽·里弗斯三人平分，用来购置三枚丧戒。当然他有权按他高兴的去做，但是收到这样的消息一时总使我们有些扫兴。玛丽和

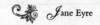

我都会认为各得一千英镑是很富的了,而这样一笔钱对圣·约翰所要做的好事也是很可贵的。"

这番解释以后,这个话题也就扔到了一边,里弗斯先生和他的妹妹也没有再提起。第二天我离开沼泽居去莫尔顿。第三天黛安娜和玛丽告别这里去遥远的 B 城。一周后里弗斯先生和汉娜去了牧师住宅,于是这古老的田庄就被废弃了。

　　我的家呀——我终于找到了一个家——是一间小屋。小房间里墙壁已粉刷过,地面是用沙铺成的。房间内有四把漆过的椅子,一张桌子,一个钟,一个碗橱。橱里有两三个盘子和碟子,还有一套荷兰白釉蓝彩陶器茶具。楼上有一个面积跟厨房一般大小的房间,里面有一个松木床架和一个衣柜,虽然很小,盛放我为数不多的衣物绰绰有余,尽管我的和蔼可亲、慷慨大方的朋友已经为我适当增添了一些必要的衣服。

　　这会儿正是傍晚时分,我给了当我女仆的小孤女一个橘子,算是工钱,打发她走了。我独自坐在火炉旁。今天早上,村校开学了。我有二十个学生,但只有三个能读,没有人会写会算,有几个能编织,少数几个会一点缝纫。她们说起话来地方口音很重。眼下我和她们彼此难以听懂对方的语言。其中有几个没有礼貌,十分粗野,难以驾驭,同时又很无知。但其余的却容易管教,愿意学习,显露出一种令人愉快的气质。我决不能忘记,这些衣衫粗陋的小农民,像最高贵血统的后裔一样是有血有肉的;跟出身最好的人一样,天生的美德、优雅、智慧、善良的情感,都可能在她们的心坎里发芽。我的职责是帮助这些萌芽成长。当然在尽责时我能获得某种愉快。但我并不期望从展现在我面前的生活中尝到多大乐趣。不过无疑要是我调节自己的心态,尽力去做,它也会给我以足够的一天天赖以为生的酬报。

　　今天上午和下午我在那边四壁空空、简陋不堪的教室里度过了几小时,难道自己就快乐、安心、知足吗?为了不自欺欺人,我得回答——没有。我觉得有些孤寂。我感到——是呀,自己真愚蠢——我感到有失身份。我怀疑我所跨出的一步不是提高而是降低了自己的社会地位。我对周围见到和听到的无知、贫穷和粗俗略微有点失望。但别让我因为这些情感而痛恨和蔑视自己。我知道这些情感是不对的——这是一大进步。我要努力驱除这些情感。我相信明天我将部分地战胜它们；几周之后或许会完全征服它们；几个月后，我可能会高兴地看到进步，看到学生们大有进展，于是满意就会取代厌恶了。

同时，也让我问自己一个问题——何者为好？经不住诱惑，听凭欲念摆布，不作痛苦的努力——没有搏斗，落入温柔的陷阱，在覆盖着陷阱的花丛中沉沉睡去；还是在南方的气候中一觉醒来，置身于游乐别墅的奢华之中，原来已住在法国，做了罗切斯特先生的情妇，一半的时间因为他的爱而发狂——因为他会，啊，不错，他暂时会很爱我？他确实爱我——再也没有谁会这么爱我了。我永远也看不到有谁会对美丽、青春、优雅如此虔敬了——因为我不会对任何其他人产生这样的魅力。他非常喜欢我，为我感到自豪——而其他人是谁也做不到的。可是我扯到哪儿去了呀？我在说什么呀？尤其是我有什么感觉呢？我问，在马赛愚人的天堂做一个奴隶——一会儿开心得浑身发烧，头脑发昏；一会儿因为羞愧和悔恨而痛哭流涕——是这样好呢，还是在健康的英国中部一个山风吹拂的角落，做一个无忧无虑老老实实的乡村女教师好呢？

是的，我现在感到，自己坚持原则和法规，蔑视和压制狂乱时刻缺乏理智的冲动是对的。上帝指引我做了正确的选择，我感谢上苍的指导！

薄暮时分，我想到这里便站了起来，走向门边，看看收获日子的夕阳，看看小屋前面静悄悄的田野，田野与学校离村庄有半英里。鸟儿们正唱着它们最后的一曲。

> 微风和煦，露水芬芳。①

我这么瞧着感到很愉快，而且惊异地发觉自己不久哭起来了——为什么？因为厄运硬是把两情依依的我与主人拆开；因为我再也见不到他了；因

----

① 引自英国诗人司各特《最后一个吟游诗人的诗歌》。

为绝望的忧伤和极度的愤怒——我离开的后果。这些也许正拉着他远离正道,失去了最后改邪归正的希望。一想到这里我从黄昏可爱的天空和莫尔顿孤独的溪谷转过脸来——我说孤独,那是因为在山弯里,除了掩映在树丛中的教堂和牧师住宅,以及另一边尽头住着有钱的奥利弗先生和他的女儿的溪谷庄园的屋顶,再也看不见其他建筑了。我蒙住眼睛,把头靠在房子的石门框上。但不久那扇把我的小花园与外边草地分开的小门附近,传来了轻轻的响动,我便抬起头来。一条狗——不一会儿我看到是里弗斯先生的猎狗老卡罗——正用鼻子推着门。圣·约翰自己抱臂靠在门上,他眉头紧锁,严肃得近乎不快的目光盯着我,我把他请进了门。

"不,我不能久呆,我不过给你捎来了一个小包裹,是我妹妹们留给你的。我想里面有一个颜料盒,一些铅笔和纸张。"

我走过去收了下来,这是一件值得欢迎的礼物。我走近他时,我想他用严厉的目光审视着我。毫无疑问,我脸上明显有泪痕。

"你发觉第一天的工作比你预料的要难吗?"他问。

"啊,没有!相反,我想到时候我会跟学生们处得很好。"

"可是也许你的居住条件——你的房子,你的家具——使你大失所望?说真的是够寒碜的,不过——"我打断了他:

"我的小屋很干净,也经得住风雨。我的家具很充足,使用起来也方便。我所看到的只能使我感到幸运,而不是沮丧。我绝不是这样一个傻瓜和享乐主义者,居然对缺少地毯、沙发、银盘而懊悔不已。更何况五周前我一无所有——我当时是一个弃儿、一个乞丐、一个流浪者。现在我有了熟人,有了家,有了工作。我惊异于上帝的仁慈,朋友的慷慨,命运的恩惠。我并不感到苦恼。"

"可是你不觉得孤独是一种压抑吗?你身后的小房子黑咕隆咚、空空荡荡。"

"我几乎还没有时间来欣赏一种宁静感,更没有时间为孤独感而显得不耐烦了。"

"很好。我希望你体会到了你自己所说的满足,不管怎么说,你健全的理智会告诉你，像罗得的妻子①那样犹犹豫豫、畏首畏尾，还为时过早。我见到你之前你遇到了什么，我无从知道，但我劝你要坚决抵制回头看的诱惑，坚守你现在的事业，至少干它几个月。"

"那正是我想做的。"我回答。圣·约翰继续说：

"要控制意愿，改变天性并不容易，但从经验来看我知道是可以做到的。上帝一定程度上给了我们力量来创造自己的命运。我们的精力需要补充而又难以如愿的时候，我们的意志一意孤行，要走不该走的路的时候，我们不必饿得虚乏而死，或者因为绝望而止步。我们只要为心灵寻找另一种养料，它像渴望一尝的禁果那样滋养，也许还更为清醇。要为敢于冒险的双脚开辟出一条路来，虽然更加坎坷，却同命运将我们堵塞的路一样直，一样宽。

一年之前，我也极其痛苦，觉得当牧师是一大错误。它千篇一律的职责乏味得要死。我热烈向往世间更活跃的生活——向往文学那样更激动人心的劳作——向往艺术家、作家、演说家的命运，只要不当牧师，随便当什么都可以。是的，一个政治家、一个士兵、一个光荣事业的献身者、一个沽名钓誉者、一个权力欲很强的人的一颗心，在牧师的法衣下跳动。我认为我的生活是悲惨的，必须加以改变，否则我会死去。经过一段黑暗和挣扎的时期，光明到来，宽慰降临。我那原先狭窄的生活，突然间扩展到一望无垠的平原——我的能力听到了上天的召唤，起来，全力以赴，张开翅膀，任意飞翔。上帝赐予我一项使命，要做到底做得好。技巧和力量，勇气和雄辩等士兵、政治家、演说家的最好品质都是必不可少的，因为一个出色的传教士都集这些于一身。

我决心当个传教士。从那一刻起我的心态起了变化，镣铐熔化了，纷纷脱离我的官能，留下的不是羁绊而是擦伤的疼痛——那只有时间才能治愈。其实我父亲反对我的决定，但自他去世以后，我已没有合法的障碍需要排除。一些事务已经妥善处理，莫尔顿的后继者也已经找到。一两桩感情纠葛已经冲破或者割断——这是与人类弱点的最后斗争，我知道我能克服，因

---

① 见《旧约·创世记》第十九章第十三至二十六节：上帝要毁灭作恶多端的所多玛城，令善良的罗得带领妻女避祸，事先逃出，但不可犹豫回头。但"罗得的妻子在后边回头一看，就变成了一根盐柱"。

为我发誓一定要克服它,我离开欧洲去东方。"

他说这话的时候用的是奇怪、克制却又强调的口吻,说完了抬起头来,不是看我,而是看着落日。我也看了起来。他和我都背朝着从田野通向小门的小径。在杂草丛生的小径上,我们没有听到脚步声,此时此刻此情此景中,唯一让人陶醉的声音是潺潺的溪流声。因此当一个银铃似的欢快甜蜜的嗓音叫起来时,我们很吃了一惊:

"晚上好,里弗斯先生,晚上好,老卡罗。你的狗比你先认出了你的朋友来呢,我还在底下田野上,它已经竖起耳朵,摇起尾巴来了,而你到现在还把背向着我。"

确实如此。尽管里弗斯先生刚听到音乐般的声调时吃了一惊,仿佛一个霹雳在他头上撕裂了云层似的。但就是对方把话说完了,他还是站着,保持着说话人惊吓了他时的姿势,胳膊靠在门上,脸朝西。最后他刻意从容地转过头来。我似乎觉得他旁边出现了一个幻影。离他三尺的地方,有一个穿着纯白衣服的形体——年轻而优美的形体,丰满而线条很美。这人弯下腰去抚摸卡罗时,抬起了头,把长长的面纱扔到后头,于是一张美妙绝伦的面孔花也似的绽开在他眼前。美妙绝伦是说重了一点,但我不愿收回这个词,或者另加修饰。英格兰温和的气候所能塑造的最可爱的面容,英格兰湿润的风和雾蒙蒙的天空所能催生、所能庇护的最纯正的玫瑰色和百合色,在眼前这个例子中证明这个说法是恰到好处的。不缺一丝妩媚,不见任何缺陷。这位年轻姑娘面部匀称娇嫩,眼睛的形状和颜色就跟我们在可爱的图画上看到的无异,又大又黑又圆,眼睫毛又长又浓,以一种柔和的魅力围着一对美丽的眼睛。画过的眉毛异常清晰。白皙光滑的额头给明快的色泽与光彩美增添了一种宁静。鹅蛋脸鲜嫩而滑润。嘴唇也一样鲜嫩,红通通十分健康,长得非常可爱。整齐而闪光的牙齿,没有缺点,小小下巴上有一个酒窝。头发浓密,成了一个很好的修饰。总之,合在一起构成理想美的一切优点都是属于她的。我瞧着这个漂亮的家伙,不胜惊讶,对她一心赞叹不已。大自然显然出于偏爱创造了她,忘记给予她通常吝啬的后母会给的小礼,而授予了她这位宝贝外祖母会给的慷慨恩赐。

圣·约翰·里弗斯对这位人间天使有什么想法呢?我看见他向她转过脸去并瞧着她时,自然而然地提出了这个问题,我也一样自然地从他的面部表情上寻找这个问题的答案。他已把目光从这位仙女身上移开,正瞧着长在门边的一簇不起眼的雏菊。

"是个可爱的夜晚,不过你一个人外出就有些太晚了。"他一面说,一面用脚把没有开的雪白的花头踩烂了。

"啊,我下午刚从 S 市回来(她提了一下相距大约二十英里的一个大城市)。爸爸告诉我你已经开办了一所学校,新的女教师已经来了,所以我用完茶就戴上草帽跑到山谷来看她了。就是她吗?"她指着我。

"是的。"圣·约翰说。

"你觉得会喜欢莫尔顿吗?"她问我,语调和举止里带着一种直率而幼稚的单纯,虽然有些孩子气,但讨人喜欢。

"我希望我会这样。我很想这么做。"

"你发现学生像你预料的那么专心么?"

"相当专心。"

"你喜欢你的房子吗?"

"很喜欢。"

"我布置得好吗?"

"确实很好。"

"而且选了爱丽丝·伍德来服侍你,不错吧?"

"确实这样。她可以管教,也很派用处。(那么我想这位就是继承人奥利弗小姐了。她似乎既在家产上又在那些天生丽质上得到了偏爱!我不知道她的出生碰上了什么行星的幸运组合呢!)"

"有时我会上来帮你教书,"她补充说,"这样时时来看看你,对我也可以换换口味,而我喜欢换口味。里弗斯先生,我呆在 S 市的时候非常愉快。昨天晚上,或者说今天早晨,我跳舞一直跳到两点。那,那个——自从骚乱以后,那个团一直驻扎在那里,而军官们是世上最讨人喜欢的人,他们使我们所有年轻的磨刀制剪商相形见绌。"

我好像觉得圣·约翰先生的下唇突了出来,上唇卷起了一会儿。这位哈哈笑着的姑娘告诉他这些情况时,他的嘴看上去确实紧抿着,下半个脸异乎寻常地严肃和古板。他还从雏菊那儿抬起眼来凝视着她。这是一种没有笑容、搜索探寻、意味深长的目光。她再次一笑,算是对他的回答。笑声跟她的青春年华,她那玫瑰色的面容,她的酒窝,她那晶莹的眸子很般配。

圣·约翰默不作声十分严肃地站着时,她又开始抚摸起卡罗来。"可怜的卡罗喜欢我,"她说,"它对朋友不严肃,不疏远。而且要是它能说话,它是不会不吭声的。"

她以天生的优美姿态,在年轻而严峻的狗主人面前弯下腰,拍拍狗头时,我看见主人的脸上升起了红晕,看见他严肃的目光,已被突如其来的火花所熔化,闪烁着难以克制的激情。他的脸烧得通红,作为一个男子,他看上去几乎像她作为一个女人那么漂亮。他的胸部一度起伏着,仿佛那颗巨大的心对专横的约束感到厌倦,已经违背意志扩展起来,强劲有力地跳动了一下,希望获得自由。但我想他把它控制住了,就像一位坚定的骑手勒住了腾起的马一样。对她那种饱含温情的友好表示,他既没用语言也没通过动作来回答。

"爸爸说你现在从不来看我们了,"奥利弗小姐抬起头来继续说,"你简直成了溪谷庄园的陌生人了。今天晚上他只有一个人,而且不大舒服。你愿意同我一起回去看看他吗?"

"现在这个时候去打扰奥利弗先生是不合时宜的。"圣·约翰回答。

"不合时宜!但我宣布现在恰是时候,这是爸爸最需要有人陪伴的时刻。工厂一关,他便没事可干了。好吧,里弗斯先生,你可一定得来。你干嘛这么怕羞,这么忧郁?"她自己做了回答,填补了他的沉默所留下的空隙。

"我倒忘了,"她大叫起来,摇着美丽的、头发鬈曲的脑袋,仿佛对自己感到震惊,"我实在是昏头昏脑,太粗心大意了!一定得原谅。我倒是忘了你有充分理由不愿跟我闲聊。黛安娜和玛丽已经离开了你,沼泽居已经关闭,你那么孤独。我确实很同情你,一定要来看看爸爸呀。"

"今晚不去了,罗莎蒙德小姐,今晚不去了。"

圣·约翰先生几乎像一台机器那样说着话。只有他自己知道要拒绝对方所要付出的努力。

"好吧,要是你那么固执,我就离开你了,可不敢再呆下去了,露水已开始落下来了,晚安!"

她伸出手来。他只碰了一碰。"晚安!"他重复道,音调低沉而空洞,像是回声似的。她转过身去,但过了一会儿又回过身来。

"你身体好吗?"她问。难怪她会提出这个问题来,因为他的脸色像她的衣服那么苍白。

"很好。"他宣称,随后点了点头离开了大门。她走一条路,他走的是另一条路。她像仙女一样轻快地走下田野时,两次回头盯着他;而他坚定地大步走过,从没回头。

别人受苦和做出牺牲的情景,使我不再只耽于对自己的受苦和牺牲的沉思了。黛安娜·里弗斯曾说她的哥哥"像死一般无情",她并没有夸张。

## 第六章

　　我继续忠实积极地在乡村学校操劳。起初工作确实艰难。我使出浑身解数,过了一段时间才了解我的学生和她们的天性。她们完全没有受过教育,官能都很迟钝,使我觉得这些人笨得无可救药。粗粗一看,个个都是呆头呆脑的,但不久我便发现自己错了。就像受过教育的人之间是有区别的一样,她们之间也有区别。我了解她们,她们也了解我之后,这种区别很快便不知不觉地扩大了。一旦她们对我的语言、习惯和生活方式不再感到惊讶,我便发现一些神态迟钝、目瞪口呆的乡巴佬,蜕变成了头脑机灵的姑娘。很多人亲切可爱很有礼貌。我发现她们中间不少人天性就懂礼貌,十分自尊,很有能力,赢得了我的好感和敬佩。这些人不久便很乐意把工作做好,保持自身整洁,按时做功课,养成斯斯文文有条有理的习惯。在某些方面,她们进步之快甚至令人吃惊,我真诚愉快地为此感到骄傲。另外,我本人也开始喜欢上几位最好的姑娘,她们也喜欢我。学生中有几个农夫的女儿,差不多已经长成了少女。她们已经会读,会写,会缝纫,于是我就教她们语法、地理和历史的基本知识,以及更精细的针线活。我还在她们中间发现了几位可贵的人物——这些人渴求知识,希望上进——我在她们家里一起度过了不少愉快的夜晚。而她们的父母(农夫和妻子)对我很殷勤。我乐于接受他们纯朴的善意,并以审慎地尊重他们的情感作为回报——对此他们不一定会总是都感到习惯,但这既让他们高兴,也对他们有益,因为他们眼看自己提高了地位,并渴望无愧于所受到的厚待。

　　我觉得自己成了附近地区的宠儿。无论什么时候出门,我都会处处听到亲切的招呼，受到满脸笑容的欢迎。生活在众人的关心之下，即便是劳动者的关心，也如同"坐在阳光下，既宁静又舒心"。内心的恬静感觉开始萌芽，并在阳光下开放出花朵。在这段时间的生活中，更多的时候我的心涌起感激之情，而不是颓唐沮丧。可是，读者呀，让我全都告诉你吧，在平静而充实的生活——白天为学生做出了高尚的努力，晚上心满意足地独自作画和读书——之后我常常匆忙地进入了夜间奇异的梦境，多姿多彩的梦，有骚动不安的、充满理想的、激动人心的，也有急风骤雨式的——这些梦有着千奇百怪的场景，充满冒险的经历，揪心的险情和浪漫的机遇。梦中我依旧一次次遇见罗切斯特先生，往往是在激动人心的关键时刻。随后我感到投入了他的怀抱，听见了他的声音，遇见了他的目光，碰到了他的手和脸颊，爱他而又被他所爱，于是重又燃起在他身边度过一生的希望，像当初那么强烈，那么火热。随后我醒了过来。于是我想起了自己身在何处，处境如何。接着我颤颤巍巍地从没有帐幔的床上爬起来。沉沉黑夜目睹了我绝望的痉挛，听见了我怒火的爆发。到了第二天早上九点，我按时开学，平心静气地为一天的例行公事做好准备。

罗莎蒙德·奥利弗守信来看我。她一般是在早上遛马时到学校里来的，骑着她的小马慢跑到门口，后面跟了一位骑马的随从。她穿了一套紫色的骑装，一顶亚马逊式黑丝绒帽，很有风度地戴在拂着脸颊披到肩头的鬈发上，很难想象世上还有比她的外貌更标致的东西了。于是她会走进土里土气的房子，穿过被弄得眼花缭乱的乡村孩子的队伍。她总是在里弗斯先生上每日教义问答课时赶到。我猜想这位女来访者的目光锐利地穿透了年轻牧师的心。一种直觉似乎向他提醒她已经进来了，即使他没有看到，或者视线正好从门口转开时也是如此。而要是她出现在门口，他的脸会灼灼生光，他那大理石一般的五官尽管拒不松弛，但难以形容地变了形，恬静中流露出一种受压抑的热情，要比肌肉的活动和目光的顾盼所显现的强烈得多。

当然她知道自己的魅力。其实他倒没有在她面前掩饰自己所感受到的魅力，因为他无法掩饰。虽然他信奉基督教禁欲主义，但她走近他，同他说话，对着他兴高采烈、满含鼓励乃至多情地笑起来时，他的手会颤抖起来，他的眼睛会燃烧起来。他似乎不是用嘴巴，而是用哀伤而坚定的目光在说："我爱你，我知道你也喜欢我。我不是因为毫无成功的希望而保持缄默。要是我献出这颗心来,我相信你会接受它,但是这颗心已经摆到了神圣的祭坛上了,周围燃起了火,很快会成为耗尽的供品。"

而随后她会像失望的孩子那样板着脸,一片阴沉的乌云会掩去她光芒四射的活力。她会急忙从他那里抽出手来,一时使着性子,从他既像英雄又像殉道者的面孔转开。她离开他时,圣·约翰无疑本愿意不顾一切地跟随着,叫唤她,留她下来,但是他不愿放弃进入天国的机会,也不愿为了她爱情的一片乐土,而放弃踏进真正的、永久的天堂的希望。此外,他无法把他的全部天性——游子、追求者、诗人和牧师,束缚于一种激情。他不可能——也不会——放弃布道的荒凉战场,而要溪谷庄的客厅和宁静。尽管他守口如瓶,但我有一次还是大胆地闯进他内心的密室,因此从他本人那儿了解到了如许秘密。

奥利弗小姐经常造访我的小屋,使我不胜荣幸。我已了解她的全部性格,它既无秘密,也没有遮掩。她爱卖弄风情,但并不冷酷;她苛刻,但并非自私卑鄙;她从小受到宠爱,但并没有被完全惯坏;她性子急,但脾气好;爱慕虚荣(在她也难怪,镜子里随便瞟一眼都照出了她的可爱),但并不装腔作势;她出手大方,却并不因为有钱而自鸣得意;她头脑机灵,相当聪明,快乐活泼而不用心思。总之她很迷人,即使是对像我这样同性别的冷眼旁观者,也是如此。但她并不能使人深感兴趣,或者留下难以磨灭的印象。譬如同圣·约翰的妹妹们相比,属于一种截然不同的头脑。但我仍像喜欢我的学生阿黛勒那样喜欢她,所不同的是,我们会对自己看护和教育的孩子产生一种比对同样可爱的成年朋友更亲近的感情。

她心血来潮,对我产生了好感。她说我像里弗斯先生(当然只不过她宣布"没有他的十分之一漂亮,尽管你是个整洁可爱的小个子,但他是个天使")。然而我像他那样为人很好,聪明、冷静、坚定。她断言,作为一个乡村女教师,我天性是个怪人。她确信,要是我以前的历史给透露出来,一定会成为一部有趣的传奇。

一天晚上,她照例以孩子一样的好动,粗心却并不讨厌的好奇,翻着我小厨房里的碗橱和桌子的抽屉。她先是看到了两本法文书、一卷席勒的作品、一本德文语法和词典。随后又看到了我的绘画材料、几张速写,其中包括用铅笔画的一个小天使般的小姑娘、我的一个学生的头像和取自莫尔顿溪谷及周围荒原的不同自然景色。她先是惊讶得发呆,随后是高兴得激动不已。

"是你画的吗?你懂法文和德文?你真可爱——真是个奇迹!你比 S 城第一流学校我的老师画得还好。你愿意为我画一张让我爸爸看看吗?"

"很乐意。"我回答。一想到要照着这样一个如此完美、如此容光焕发的模特儿画,我便感到了艺术家喜悦的颤栗。那时她穿了深蓝色的丝绸衣服;裸露着胳膊和脖子,唯一的装饰是她栗色的头发,以一种天然鬈曲所有的不加修饰的雅致,波浪似的从肩上披下来。我拿了一张精致的卡纸,仔细地画了轮廓,并打算享受将它上彩的乐趣。由于当时天色已晚,我告诉她得改天再坐下来让我画了。

她把我的情况如此这般向她父亲做了禀报,结果第二天晚上奥利弗先生居然亲自陪着她来了。他高个子,五官粗大,中年,头发灰白。身边那位可爱的女儿看上去像一座古塔旁的一朵鲜花。他似乎是个沉默寡言,或许还很自负的人,但对我很客气。罗莎蒙德的那张速写画很使他高兴。他嘱我千万要把它完成,还坚持要我第二天去溪谷庄园度过一个夜晚。

我去了,发现这是一所宽敞漂亮的住宅,充分显出主人的富有。我呆在那里时罗莎蒙德一直非常欢快。她父亲和蔼可亲,茶点以后开始同我交谈时,用很强烈的字眼,对我在莫尔顿学校所做的表示十分满意。还说就他所见所闻,他担心我在这个地方大材小用,会很快离去干一项更合适的工作。

"真的!"罗莎蒙德嚷道,"她那么聪明,做一个名门家庭的女教师绰绰有余,爸爸。"

我想——与其到国内哪个名门家庭,远不如呆在这里。奥利弗先生说起了里弗斯先生——说起了里弗斯的家庭——肃然起敬。他说在附近地区,这是一个古老的姓氏,这家的祖宗都很有钱,整个莫尔顿一度属于他们。甚至现在,他认为这家的代表要是乐意,满可以同最好的家庭联姻。他觉得这么好、这么有才能的一个年轻人竟然决定出家当传教士,实在可惜。那等于抛弃了一种很有价值的生活。那么看来罗莎蒙德的父亲不会在她与圣·约翰结合的道路上设置任何障碍。奥利弗先生显然认为青年牧师的良好出身、古老的姓氏和神圣的职业是对他缺乏家财的足够补偿。

* * * *

那天是十一月五日,一个假日。我的小用人帮我清扫了房子后走掉了,对一个便士的酬劳十分满意。我周围雪亮雪亮的,一尘不染——擦洗过的地板,磨得锃亮的炉格和擦得干干净净的椅子。我把自己也弄得整整齐齐,这会儿整个下午就随我度过了。

翻译几页德文占去了我一个小时。随后我拿了画板和画笔,开始了更为容易因而也更加惬意的工作,完成罗莎蒙德·奥利弗的小画像。头部已经画好,剩下的只是给背景着色,给服饰画上阴影,再在成熟的嘴唇上添一抹胭脂红——头发这儿那儿再画上一点柔软的鬈发——把天蓝的眼睑下睫毛的阴影加深一些。我正全神贯注地画着这些有趣的细节,一声急促的敲门声响了起来,我那扇门开了,圣·约翰·里弗斯先生走了进来。

"我来看看你怎么过假日,"他说,"但愿没有动什么脑筋?没有,那很好,你一画画就不感到寂寞了。你瞧,我还是不大相信,尽管你到目前为止还是很好地挺过来了,我给你带来了一本书供你晚上消遣。"他把一本新出版的书放在桌上———部诗:是那个时代——现代文学的黄金时代常常赐予幸运公众的一本货真价实的出版物。哎呀!我们这个时代的读者却没有那份福气。不过拿出勇气来!我不会停下来控诉或者抱怨。我知道诗歌并没有死亡,天才并未销声匿迹,财神爷也没有把两者征服,把他们捆绑起来或者杀掉。总有一天两者都再会表明自己的存在、风采、自由和力量。强大的天使,稳坐在天堂!当肮脏的灵魂获得胜利,弱者为自己的毁灭恸哭时,她们微笑着。诗歌被毁灭了吗?天才遭到了驱逐吗?没有!中等资质的人们,不,别让嫉妒激起你这种想法。不,他们不仅还活着,而且统治着,拯救着。没有他们无处不在的神圣影响,你会进地狱——你自己的卑微所造成的地狱。

我急不可耐地浏览着《玛米昂》①辉煌的篇章(因为确实是《玛米昂》)时,圣·约翰俯身细看起我的画来。他蓦地惊跳起来,又伸直了高高的身子。他什么也没有说。我抬头看他,他避开了我的目光。我很明白他的想

---

① 《玛米昂》系英国小说家和诗人司各特发表于一八〇八年的长诗。

法,能直截了当地看出他的心思来。这时候我觉得比他镇定和冷静。那时我暂时占了上风,产生了在可能情况下帮他做些好事的意愿。

"他那么坚定不移和一味自我控制,"我想,"实在太苛刻自己了。他把每种情感和痛苦都锁在内心——什么也不表白,不流露,不告诉。我深信,谈一点他认为不应当娶的可爱的罗莎蒙德,会对他有好处。我要使他开口。"

我先是说:"坐一下,里弗斯先生。"可是他照例又回答说,不能逗留。"很好,"我心里回答,"要是你高兴,你就站着吧,但你还不能走,我的决心已下。寂寞对你和对我至少是一样不好,我倒要试试,看我能不能发现你内心的秘密源泉,在你大理石般的胸膛找到一个小孔,从那里我可以灌进一滴同情的止痛药。"

"这幅画像不像?"我直截了当地问。

"像!像谁呀?我没有细看。"

"你看了。里弗斯先生。"

他被我突然和古怪的直率弄得几乎跳了起来,惊异地看着我。"啊,那还算不了什么,"我心里嘀咕着,"我不想因为你一点点生硬态度而罢休。我准备作出巨大的努力。"我继续想道:"你看得很仔细很清楚,但我不反对你再看一遍。"我站起来把画放到他手里。

"一张画得很好的画,"他说,"色彩柔和清晰,是一张很优美、很恰当的画。"

"是呀,是呀,这我都知道。不过像不像呢?这像谁?"

他打消了某种犹豫,回答说:"我想是奥利弗小姐。"

"当然。而现在,先生,为了奖励你猜得准,我答应给你创作一幅精细准确的复制品,要是你答应这个礼物是可以接受的。我不想把时间和精力花在一件你认为毫无价值的东西上。"

他继续凝视着这张画。他看得越久就把画捧得越紧,同时也似乎越想看它。"是很像!"他喃喃地说,"眼睛画得很好。颜色、光线、表情都很完美。它在微笑!"

"有一张复制品会使你感到安慰呢,还是会伤你的心?请你告诉我。当你在马达加斯加,或者好望角,或者印度,在你的行囊中有这样的纪念品,对你是一种安慰呢,还是一看见就激起你令人丧气和难受的回忆?"

这时他偷偷地抬起眼来。他犹犹豫豫、忐忑不安地看了我一眼,再次细看起这幅画来。

"我是肯定要的,不过这样做是不是审慎或明智,那就是另外一回事了。"

既然我已弄明白罗莎蒙德真的喜欢他,她的父亲也不大可能反对这门亲事,我——我的观点并不像圣·约翰那样乐观——心里完全倾向于主张他们的结合。我觉得要是他能获得奥利弗先生的大宗财产,他可以用这笔钱做很多好事,强似在热带的太阳下让才能枯竭,让力气白费。此刻我用这样的论点回答说:

"依我看来,立刻把画中的本人要走,倒是更明智和更有见识的。"

这时候他已坐了下来,把画放在面前的桌子上,双手支撑着额头,多情地反复看着这张画。我发觉他对我的大胆放肆既不发火也不感到震惊。我甚至还看到,那么坦率地谈论一个他认为不可触碰的话题——听这个话题任意处理——开始使他感到是一种新的乐趣——一种出乎意外的宽慰。沉默寡言的人常常要比性格爽朗的人更需要直率地讨论他们的感情和不幸,看似最严酷的禁欲主义者毕竟也是人。大胆和好心"闯入"他们灵魂的"沉寂大海",常常等于是赋予他们最好的恩惠。

"她喜欢你,我敢肯定,"我站在他椅子背后说,"她的父亲尊重你。此外,她是个可爱的姑娘——不大有想法。但你会有够你们两个人用的想法。你应当娶她。"

"难道她喜欢我?"他问。

"当然,胜过喜欢其他任何人。她不断谈起你,没有比这个更使她喜欢,或者触及得更多的话题了。"

"很高兴听你这样说,"他说,"很高兴,再谈一刻钟吧。"他真的取出手表,放在桌上掌握时间。

"可是继续谈有什么用?"我问,"既然你也许正在浇铸反驳的铁拳,或者锻造新的链条把自己的心束缚起来。"

"别想这些严酷无情的东西了。要想象我让步了,被感化了,就像我正在做的那样。人类的爱像新开辟的喷泉那样在我心里涌起,甜蜜的洪水四溢,流淌到了我仔细而辛劳地开垦出来的所有田野——这里辛勤地播种着善意和自我克制的种子。现在这里泛滥着甜美的洪水——稚嫩的萌芽已被淹没,可口的毒药腐蚀着它们。此刻我看到自己躺在溪谷庄园休息室的睡榻上,在我的新娘罗莎蒙德·奥利弗的脚跟前。她用那甜甜的嗓音同我在说话——用被你灵巧的手画得那么逼真的眼睛俯视着我,用那珊瑚色的嘴唇朝我微笑。她是我的——我是她的——眼前的生活和过眼烟云般的世界对我已经足够了。嘘!别张嘴! ——我欣喜万分,我神魂颠倒——让我平静地度过我所规定的时间。"

我迁就了他。手表嘀嗒嘀嗒响着,他的呼吸时紧时慢,我默默地站着。在一片静谧中一刻钟过去了。他拿起手表,放下画,立起来,站在壁炉边。

"行啦,"他说,"在那一小段时间中我已沉溺于痴心妄想了。我把脑袋靠在诱惑的胸口,心甘情愿地把脖子伸向她花一般的枷锁。我尝了她的酒杯,枕头还燃着火,花环里有一条毒蛇,酒有苦味,她的允诺是空的——建议是假的。这一切我都明白。"

我惊诧不已地瞪着他。

"事情也怪,"他说下去,"我那么狂热地爱着罗莎蒙德·奥利弗——说真的怀着初恋的全部热情,而恋上的对象绝对漂亮、优雅、迷人,与此同时我又有一种宁静而不偏不倚的感悟,觉得她不会当个好妻子,不适合做我的伴侣,婚后一年之内我便会发现。十二个月销魂似的日子之后,接踵而来的是终身遗憾。这我知道。"

"奇怪,真奇怪!"我禁不住叫了起来。

"我内心的某一方面,"他说下去,"对她的魅力极为敏感,但另一方面对她的缺陷,印象也很深。那就是她无法对我所追求的产生共鸣——不能为我所做的事业携手合作。难道罗莎蒙德是一个吃得起苦的人、一个劳作者、一个女使徒吗?难道罗莎蒙德是一个传教士的妻子? 不!"

"不过你不必当传教士? 你可以放弃那个打算。"

"放弃! 什么——我的职业? 我的伟大的工作? 我为天堂里的大厦在世间所打的基础? 我要归入那群人的希望? 这群人把自己的一切雄心壮志同那桩光荣的事业合而为一, 那就是提高他们的种族,把知识传播到无知的领域,用和平代替战争,用自由代替束缚,宗教代替迷信,上天堂的愿望代替入地狱的恐惧。难道连这也得放弃？它比我血管里流的血还可贵。这正是我所向往的，是我活着的目的。"

他沉默了好长一会儿后我说："那么奥利弗小姐呢？难道你就不关心她的失望和哀伤了？"

"奥利弗小姐向来有一大群求婚者和献殷勤的人围着她转。不到一个月，我的形影会从她心坎里抹去。她会忘掉我，很可能会跟一个比我更能使她幸福的人结婚。"

"你说得倒够冷静的，不过你内心很矛盾，很痛苦。你日见消瘦。"

"不，要是我有点儿瘦，那是我为悬而未决的前景担忧的缘故——我的离别日期一拖再拖。就是今天早上我还接到了消息，我一直盼着的后继者，三个月之内无法接替我，也许这三个月又会延长到六个月。"

"无论什么时候，奥利弗小姐一走进教室你就颤抖起来，脸涨得通红。"

他脸上再次浮起惊讶的表情。他想象不到一个女人居然敢于这么同一个男人说话。至于我，这一类交谈我非常习惯。我与很有头脑、言语谨慎、富有教养的人交际的时候，不管是男人还是女人，我非要绕过传统的缄默防卫工事，踏进奥秘的门槛，在心坎的火炉边上找到一个位置才肯罢休。

"你确实见解独到，"他说，"胆子也不小。你的心灵有一种勇气，你的眼睛有一种穿透力。可是请允许我向你保证，你部分误解了我的情感。你把这些情感想象得比实际的要深沉，要强烈。你给了我甚于我正当要求的同情。我在奥利弗小姐面前脸红、颤抖时，我不是怜悯自己，而是蔑视我的弱点。我知道这并不光彩，它不过是肉体的狂热，我宣布，不是灵魂的抽搐。那灵魂坚如磐石，牢牢扎在骚动不安的大海深处。你知道我是怎么个人——一个冷酷无情的人。"

我怀疑地笑了笑。

"你用突然袭击的办法掏出了我的心里话，"他继续说，"现在就听任你摆布了。剥去那件漂净了血污、用基督教义来掩盖人性缺陷的法衣，我本是个冷酷无情、野心勃勃的人。在所有的感情中，只有生性的爱好才会对我产生永久的力量。我的向导是理智而并非情感，我的野心没有止境，我要比别人爬得高干得多的欲望永不能满足。我尊崇忍耐、坚持、勤勉和才能，因为这是人要干大事业，出大名的必要条件。我兴趣十足地观察了你的经历，因为我认为你是勤勤恳恳、有条有理、精力充沛的女人的典范,倒并不是因为我对你所经历的或正在受的苦深表同情。"

"你会把自己描绘成不过是位异教徒哲学家的。"我说。

"不,我与自然神论的哲学家之间是有区别的:我有信仰,我信奉福音。你用错了修饰语。我不是异教徒哲学家,而是基督教哲学家——一个耶稣教派的信徒。作为他的信徒,我信仰他纯洁、宽厚、仁慈的教义。我主张这样的教义,发誓要将它传播。我年轻时就信仰宗教,于是宗教培养了我最初的品格——它已从小小的幼芽,自然的情感,长成浓荫蔽日的大树,变成了慈善主义。从人类真诚品质的粗糙野生的根了上,相应长出了神圣的公正感。把我为可怜的自我谋求权力和名声的野心,变成扩大主的天国、为十字架旗帜获得胜利的大志。宗教已为我做了很多,把原始的天性变成最好的品质,修剪和培育了天性。但是宗教无法根除天性,天性也不可能根除,直到'这必死的,总要变成不死的'①时候。"

说完,他拿起放在桌上我画板旁的帽子,再一次看了看画像。

"她的确可爱,"他喃喃地说,"她不愧为世界上最好的玫瑰②,真的。"

"我可不可以画一张像这样的给你呢?"

"干嘛? 不必了。"

他拉过一张薄薄的纸盖在画上,这张纸是我平常作画时怕弄脏纸板常作为垫手用的。他突然在这张空白纸上究竟看到了什么,我无法判断。但某种东西引起了他的注意。他猛地捡起来,看了看纸边,随后瞟了我一眼,那目光奇怪得难以形容,而且不可理解,似乎摄取并记下了我的体态、面容和服饰的每个细节。那目光一扫而过,犹如闪电般迅速和锐利。他张开嘴唇,似乎想说话,但把到了嘴边的什么话咽了下去。

"怎么回事?"我问。

"什么事也没有。"对方回答,一面又把纸放下。我见他利索地从边上撕下一小条,放进了手套,匆匆忙忙点了点头:"下午好。"就消失得无影无踪了。

---

① 见《新约·哥林多前书》第十五章第五十三节。
② 罗莎蒙德(Rosamond)这一英文名源于拉丁文 rosa mundi(世上的玫瑰)。

"嗨!"我用那个地区的一个短语嚷道,"这可绝了!"

我呢,仔细看了看那张纸,但除了试画笔色泽所留下的几滴暗淡的污渍,什么也没有看到。我把这个谜琢磨了一两分钟,但无法解开。我相信这也无关紧要,便不再去想它,不久也就忘了。

<br>

第七章

　　圣·约翰先生走掉后,天开始下雪了。刮得天旋地转的暴风雪下了整整一夜。第二天刺骨的风又带来茫茫大雪,到了黄昏,雪积山谷,道路几乎不通。我关了窗,把一个垫子放在门口,免得雪从门底下吹进来。我整了整火,在炉边坐了近一个小时,倾听着暴风雪低沉的怒吼。随后我点了根蜡烛,取来了《玛米昂》,开始读了起来——

> 残阳照着诺汉那建着城堡的峭壁,
> 美丽的特威德河啊又宽又深,
> 契维奥特山孑然独立;
> 气势雄伟的塔楼和城堡的主垒,
> 两侧那绵延不绝的围墙,
> 都在落日余晖中闪动着金光。

　　我立刻沉浸在音韵之中,忘掉了暴风雪。
　　我听见了一声响动,心想一定是风摇动着门吧。不,是圣·约翰·里弗斯先生,从天寒地冻的暴风雪中,从怒吼着的黑暗中走出来,拉开门闩,站在我面前。遮盖着他高高身躯的斗篷,像冰川一样一片雪白。我几乎有些惊慌了,在这样的夜晚我不曾料到会有穿过积雪封冻的山谷,前来造访的客人。
　　"有什么坏消息吗?"我问,"出了什么事吗?"

"没有。你那么容易受惊!"他回答,一边脱下斗篷,挂在门上,朝门边冷静地推了推进来时被他弄歪了的垫子,跺了跺脚,把靴子上的雪抖掉。

"我会把你干净的地板弄脏的,"他说,"不过你得原谅我一回。"随后他走近火炉。"说真的,我好不容易到了这儿,"他一面在火焰上烘着手,一面说,"有一堆积雪让我陷到了腰部,幸亏雪还很软。"

"可是你干嘛要来呢?"我忍不住说。

"这么问客人是不大客气的。不过既然你问了,我就回答,纯粹是想要同你聊一会儿。不会出声的书,空空荡荡的房间,我都厌倦了。此外,从昨天起我便有些激动不安,像是一个人听了半截故事,急不可耐地要听下去一样。"

他坐了下来。我回想起他昨天奇怪的举动,真的开始担心他的神经失常了。然而要是他真的疯了,那他的疯还是比较冷静和镇定的。当他把被雪弄湿的头发从额头捋到旁边,让火光任意照在苍白的额角和一样苍白的脸颊上时,我从来没有看到过他那漂亮的面容,像现在这样酷似大理石雕像了。我悲哀地发现这张脸上清晰地刻下了辛劳和忧伤的凹痕。我等待着,盼着他会说一些我至少能够理解的事,但这会儿他的手托着下巴,手指放在嘴唇上,他在思索。我的印象是,他的手跟他的脸一样消瘦。我心里涌起了也许是不必要的怜悯之情,感动得说话了:

"但愿黛安娜或玛丽会来跟你住在一起,你那么孤零零一个人,实在太糟糕了,而你对自己的健康又那么草率。"

"一点也没有,"他说,"必要时我会照顾自己的,我现在很好。你看见我什么地方不好啦?"

他说这话的时候十分随意,心不在焉,神情漠然,表明我的关切,至少在他看来是多余的。我闭上了嘴。

他的手指依然慢悠悠地摸着上嘴唇,依然那么睡眼矇眬地看着闪烁的炉格,像是有什么要紧的事儿要说。我立刻问他是不是感到有一阵冷风从他背后的门吹来。

"没有,没有。"他有些恼火,回答得很简捷。

"好吧,"我沉思起来,"要是你不愿谈,你可以保持沉默,我就不打扰你了,我看我的书去。"

于是我剪了烛芯,继续细读起《玛米昂》来。不久他开始动弹了,我的眼睛立刻被他的动作所吸引。他只不过取出了一个山羊鞣皮面皮夹子,从里面拿出一封信来,默默地看着,又把它折起来,放回原处,再次陷入了沉思。面前站着这么一个不可思议、一动不动的活物,想要看书也看不进去。而在这种不耐烦的时刻,我也不愿当哑巴。他要是不高兴,尽可拒绝我,但我要同他交谈。

"最近接到过黛安娜和玛丽的信吗?"

"自从一周前我给你看的那封信后,没有收到过。"

"你自己的安排没有什么更动吧? 该不会叫你比你估计的更早离开英国吧?"

"说实在的恐怕不会。这样的机会太好了,不会落到我头上。"我至此毫无进展,于是便掉转枪头——决定谈学校和学生了。

"玛丽·加勒特的母亲好些了,玛丽今天早上回到学校了,下星期我有四个从铸造场来的新同学——要不是这场雪今天该到了。"

"真的?"

"奥利弗先生支付其中两个的学费。"

"是吗?"

"他打算在圣诞节请全校的客。"

"我知道了。"

"是你的建议吗?"

"不是。"

"那么是谁的?"

"他女儿的,我想。"

"是像她建议的,她心地善良。"

"是呀。"

谈话停顿了下来,再次出现了空隙。时钟敲了八下。钟声把他惊醒了,他分开交叉的腿,站直了身子,转向我。

"把你的书放一会儿吧,过来靠近点火炉。"他说。

我有些纳闷,而且是无止境地纳闷,但还是答应了。

"半小时之前,"他接着说,"我曾说起急于听一个故事的续篇。后来想了一下,还是让我扮演叙述者的角色,让你转化为听众比较好办。开场之前,我有言在先,这个故事在你的耳朵听来恐怕有些陈腐,但是过时的细节从另一张嘴里吐出来,常常又会获得某种程度的新鲜感。至于别的就不管了,陈腐也好,新鲜也好,反正很短。

　　二十年前,一个穷苦的牧师——这会儿且不去管他叫什么名字——与一个有钱人的女儿相爱。她爱上了他,而且不听她所有朋友的劝告,嫁给了他。结果婚礼一结束他们就同她断绝了关系。两年未到,这一对草率的夫妇双双故去,静静地躺在同一块石板底下(我见过他们的坟墓,它在××郡的一个人口稠密的工业城市,那里有一个煤烟一般黑、面目狰狞的老教堂,四周被一大片墓地包围着,那两人的坟墓已成了墓地人行道的一部分)。他们留下了一个女儿,她一生下来就落入了慈善事业的膝头——那膝头像我今晚陷进去几乎不能自拔的积雪一样冰冷。慈善把这个没有朋友的小东西,送到母亲的一位有钱亲戚那里,被孩子的舅妈,一个叫做(这会儿我要提名字了)盖茨黑德的里德太太收养着——你吓了一跳,听见什么响动了?我猜想不过是一个老鼠,爬过毗邻着的教室的大梁。这里原先是个谷仓,后来我整修改建了一下,谷仓向来是老鼠出没的地方。说下去吧。里德太太把这个孤儿养了十年。她跟这孩子处得愉快还是不愉快,我说不上,因为从来没听人谈起过。不过十年之后,她把孩子转送到了一个你知道的地方——恰恰就是罗沃德学校,那儿你自己也住了很久。她在那儿的经历似乎很光荣,像你一样,从学生变成了教师——说实在的我总觉得你的身世和她的很有相似之处——她离开那里去当家庭教师,在那里,你们的命运又再次靠拢,她担当起教育某个罗切斯特先生的被监护人的职责。"

　　"里弗斯先生!"

　　"我能猜得出你的情感,"他说,"但是克制一会儿吧,我差不多要结束了。听我把话讲完吧。关于罗切斯特先生的为人,除了一件事情,我一无所知。那就是他宣布要同这位年轻姑娘体面地结成夫妇。就在圣坛上她发觉他有一个妻子,虽然疯了,但还活着。他以后的举动和建议纯粹只能凭想象了。后来有一件事必得问问这位家庭女教师时,才发现她已经走了——谁也不知道什么时候走的,去了什么地方,怎么去的。她是夜间从桑菲尔德出走的。她可能会走的每一条路都去查看过了,但一无所获。左邻四乡到处都搜索过,但没有得到一丁点她的消息。可是要把她找到已成了刻不容缓的大事,各报都登了广告,连我自己也从一个名叫布里格斯先生的律师那儿收到了一封信,通报了我刚才说的这些细节,难道这不是一个希奇古怪的故事吗?"

"你就是告诉我这点吧,"我说,"既然你知道得那么多,你当然能够告诉我——罗切斯特先生的情况如何?他怎样了?他在哪儿?在干什么?他好吗?"

"我对罗切斯特先生一无所知,这封信除了说起我所提及的诈骗和非法的意图,从没有谈到他。你还是该问一问那个家庭女教师的名字——问问非她到场不可的那件事本身属于什么性质。"

"那么没有人去过桑菲尔德府吗?难道没有人见过罗切斯特先生?"

"我想没有。"

"可是他们给他写过信吗?"

"那当然。"

"他说什么啦?谁有他的信?"

"布里格斯先生说,他的请求不是由罗切斯特先生,而是由一位女士回复的,上面签着'艾丽斯·费尔法克斯'。"

我觉得一时心灰意冷,最怕发生的事很可能已成事实。他完全可能已经离开英国,走投无路之中,轻率地冲到欧洲大陆上以前常去的地方。他能为他巨大的痛苦找到什么麻醉剂呢?为他强烈的激情找到什么发泄对象呢?我不敢回答这个问题。啊,我可怜的主人——曾经差一点成为我的丈夫,我经常称他"我亲爱的爱德华"!

"他准是个坏人。"里弗斯先生说。

"你不了解他——别对他说三道四。"我激动地说。

"行啊,"他平心静气地答道,"其实我心里想的倒不是他。我要结束我的故事。既然你不愿问起家庭女教师的名字,那我得自己说了——慢着,我记在这儿——注意把要紧的事儿记下,完全付诸白纸黑字,往往会更使人满意。"

他再次不慌不忙地拿出那个皮夹子,把它打开,仔细翻寻起来,从一个夹层抽出一张原先匆忙撕下的破破烂烂的纸条。我从纸条的质地和蓝一块、青一块、红一块的污渍认出来,这是被他撕下,原先盖在画上的那张纸的边沿。他站起来,把纸头凑到我眼面前,我看到了自己用黑墨水写下的"简·爱"两字——无疑那是一时不经意中留下的笔迹。

"布里格斯写信给我,提起了一个叫简·爱的人,"他说,"广告上要找一个叫简·爱的。而我认得的一个人叫简·爱略特——我承认,我产生了怀疑,直到昨天下午,疑团顿时解开,我才有了把握。你承认真名,放弃别名吗?"

"是的——是的,不过布里格斯先生在哪儿?他也许比你更了解罗切斯特先生的情况。"

"布里格斯在伦敦。我怀疑他甚至是否认识罗切斯特先生。他感兴趣的不是罗切斯特先生。同时,你捡了芝麻忘了西瓜,没有问问布里格斯先生为什么要找到你——他找你干什么。"

"嗯,他需要什么?"

"不过是要告诉你,你的叔父,住在马德拉群岛的爱先生去世了。他已把全部财产留给你,现在你富了——如此而已,没有别的。"

"我?富了吗?"

"不错,你富了——一个十足的女继承人。"

随之是一阵静默。

"当然你得证实你的身份,"圣·约翰马上接着说,"这一步不会有什么困难。随后你可以立即获得所有权,你的财产投资在英国公债上,布里格斯掌管着遗嘱和必要的文件。"

这里偏偏又翻出一张新牌来了!读者呀,刹那之间从贫困升迁到富裕,总归是件好事——好是很好,但不是一下子就能理解,或者因此就能欣赏的。此外,生活中还有比这更惊心动魄,更让人欣喜难耐的东西。现在这件事很实在,很具体,丝毫没有理想的成分。它所产生的联想实而清醒,引起的反响也是如此。你一听到自己得到一笔财产,不会一跃而起,高呼万岁!而是开始考虑自己的责任,谋划正经事儿。称心满意之余倒生出某种重重的心事来了——我们克制自己,皱起眉头为幸福陷入了沉思。

此外,遗产、遗赠这类字眼伴随着死亡、葬礼一类词。我听到我的叔父,我唯一的一位亲戚故去了。打从知道他存在的一天起,我便怀着有朝一日要见他的希望,而现在,是永远别想见他了。而且这笔钱只留给我。不是给我和一个高高兴兴的家庭,而是我孤孤单单的本人。当然这笔钱很有用,而且独立自主是件大好事——是的,我已经感觉到了,那种想法涌上了我心头。

"你终于抬起头来了,"里弗斯先生说,"我以为美杜莎①已经瞧过你,而你正变成石头——也许这会儿你会问你的身价有多少?"

"我的身价多少?"

"啊,小得可怜!当然不值一提——我想他们说两万英镑,但那又怎么样?"

"两万英镑!"

又是一件惊人的事情——我原来估计四五千。这个消息让我目瞪口呆了好一会儿。我从没有听到过圣·约翰先生大笑过,这时他却大笑起来。

"嗯,"他说,"就是你杀了人,而我告诉你你的罪行已经被发现了,也不会比你刚才更惊呆了。"

"这是一笔很大的款子——你不会弄错了吧?"

"一点也没有弄错。"

"也许你把数字看错了——可能是两千?"

"它不是用数字,而是用字母写的——两万。"

我再次感觉到颇像一个中等胃口的人,独自坐在可供一百个人吃的盛宴面前。这会儿里弗斯先生站起来,披上了斗篷。

"要不是这么个风雪弥漫的夜晚,"他说,"我会叫汉娜来同你做伴。你看上去太苦恼了,不能让你一个人呆着。不过汉娜这位可怜的女人,不像我这样善于走积雪的路,腿又不够长。因此我只好让你独自哀伤了。晚安。"

他提起门闩时,一个念头蓦地闪过我脑际。

"再呆一分钟!"我叫道。

"怎么?"

"我不明白为什么布里格斯先生会为我的事写信给你,或者他怎么知道你,或者设想你住在这么个偏僻的地方,会有能力帮助他找到我呢?"

---

① 美杜莎:希腊神话中的蛇发女怪,凡被她的目光所触及的人都会变成石头。

"啊,我是个牧师,"他说,"而奇奇怪怪的事往往求牧师解决。"门闩又一次格格响了起来。

"不,那不能使我满意!"我嚷道。其实他那么匆忙而不作解释的回答,不但没有消除,反而更激起了我的好奇心。

"这件事非常奇怪,"我补充说,"我得再了解一些。"

"改天再谈吧。"

"不行,今天晚上!——今天晚上!"他从门边转过身来时,我站到了他与门之间,弄得他有些尴尬。

"你不统统告诉我就别想走。"我说。

"现在我还是不讲为好。"

"你要讲!——一定得讲!"

"我情愿让黛安娜和玛丽告诉你。"

当然,他的反复拒绝把我的焦急之情推向了高潮:我必须得到满足,而且不容拖延。我把这告诉了他。

"不过我告诉过你,我是个铁石心肠的男人,"他说,"很难说服。"

"而我是个铁石心肠的女人——无法拖延。"

"那么,"他继续说,"我很冷漠,对任何热情都无动于衷。"

"而我脾气火爆,火要把冰融化。那边的火已经化掉了你斗篷上所有的雪,由于同样原因,雪水淌到了我地板上,弄得像踩踏过的街道。里弗斯先生,正因为你希望我宽恕你毁我砂石厨房的弥天大罪和不端行为,那你就把我想知道的告诉我。"

"那么好吧,"他说,"我让步了,要不是向你的真诚屈服,就是向你滴水穿石的恒心投降。另外,有一天你还得知道,早知晚知都一样。你的名字是叫简·爱吗?"

"当然,这个问题早已解决了。"

"你也许没有意识到我跟你同姓?我施洗礼时被命名为圣·约翰·爱·里弗斯。"

"确实没有!现在可记起来了,我曾在你不同时间借给我的书里,看到你签的名字缩写中有一个E,但我从来没有问过它代表什么。不过那又怎么样?当然——"

　　我打住了。我不能相信自己会产生这样的想法,更说不上加以表达。但是这想法闯入了我脑海——它开始具体化,顷刻之间,变成了确确实实可能的事情。种种情况凑合起来了,各就各位,变成了一个有条有理的整体,一根链条。以前一直是一堆不成形的链环,现在被一节节拉直了——每一个链都完好无缺,链与链之间的联结也很完整。圣·约翰还没有再开口,我凭直觉就已经知道是怎么回事。不过我不能期望读者也有同样的直觉,因此我得重复一下他的说明。

　　"我母亲的名字叫爱,她有两个兄弟,一个是位牧师,他娶了盖茨黑德的简·里德小姐;另一个叫约翰·爱先生,生前在马德拉群岛的沙韦尔经商。布里格斯先生是爱先生的律师,去年八月写信通知我们舅父已经去世,说是已把他的财产留给那个当牧师的兄弟的孤女。由于我父亲同他之间一次永远无法宽恕的争吵,他忽视了我们。几周前,布里格斯又写信来,说是那位女继承人失踪了,问我是否知道她的情况。一个随意写在纸条上的名字使我把她找到了。其余的你都知道了。"他又要走,我将背顶住门。

　　"请务必让我也说一说,"我说,"让我喘口气,好好想一想。"我停住了——他站在我面前,手里拿着帽子,看上去够镇静的。我接着说:

　　"你的母亲是我父亲的姐妹?"

　　"是的。"

　　"那么是我的姑妈了?"

　　他点了点头。

　　"我的约翰叔父是你的约翰舅舅了? 你、黛安娜和玛丽是他姐妹的孩子,而我是他兄弟的孩子了?"

　　"确然无疑。"

　　"你们三位是我的表兄表姐了。我们身上一半的血都流自同一个源泉?"

　　"我们是表兄妹,不错。"

　　我细细打量着他。我似乎发现了一个哥哥,一个值得我骄傲的人,一个我可以爱的人。还有两个姐姐,她们的品质在即使同我不过是陌路人的时候,也激起了我的真情和羡慕。那天我跪在湿淋淋的地上,透过沼泽居低矮的格子窗,带着既感兴趣而又绝望的痛苦复杂的心情,凝视着这两位姑娘,原来她们竟是我的近亲。而这位发现我险些死在他门槛边的年轻庄重的绅士,就是我的血肉之亲。对孤苦伶仃的可怜人儿来说,这是个何等重大的发现! 其实这就是财富! ——心灵的财富! 一个纯洁温暖的爱的矿藏。这是一种幸福,光辉灿烂,生气勃勃,令人振奋! ——不像沉重的金礼物:其本身值钱而受人欢迎,但它的分量又让人感到压抑。这会儿我突然兴奋得拍起手来——我的脉搏急速跳动着,我的血管震颤了。

"啊,我真高兴——我真高兴!"我叫道。

圣·约翰笑了笑。"我不是说过你捡了芝麻丢了西瓜吗?"他问,"我告诉你有一笔财产时,你非常严肃,而现在,为了一件不重要的事,你却那么兴奋。"

"你这话究竟是什么意思呢? 对你可能无足轻重,你已经有妹妹,不在乎一个表妹。但我没有亲人,而这会儿三个亲戚——如果你不愿算在内,那就是两个——降生到我的世界来,已完全成年。我再说一遍,我很高兴!"

我快步穿过房间,又停了下来,被接二连三涌进脑子,快得我无法接受、理解和梳理的想法,弄得差点喘不过气来——那就是我可以做什么,能够做什么,会做什么和应当做什么,以及要赶快做。我瞧着空空的墙,它仿佛是天空,密布着升起的星星——每一颗都照耀着我奔向一个目标或者一种欢乐。那些救了我性命的人,直到如今我还毫无表示地爱着,现在我可以报答了。身披枷锁的,我可以使他们获得自由;东分西散的,我可以让他们欢聚一堂。我的独立和富裕也可以变成是他们的。我们不是一共四个吗? 两万英镑平分,每人可得五千——不但足够,而且还有余。公平对待,彼此也将得到幸福。此刻财富已不再是我的一种负担,不再只是钱币的遗赠——而是生命、希望和欢乐的遗产了。

我对这些想法着了迷时,我的神态如何,我无从知道。但我很快觉察到里弗斯先生已在我背后放了一把椅子,和和气气地要我坐下。他还建议我要镇静。我对暗示我束手无策、神经错乱的想法不屑一顾,把他的手推开,又开始走动起来。

"明天就写信给黛安娜和玛丽,"我说,"叫她们马上回家来,黛安娜说要是有一千英镑,她们俩就会认为自己有钱了,那么有了五千英镑,就很有钱了。"

"告诉我哪儿可以给你弄杯水来,"圣·约翰说,"你真的得努力一下,使你的情绪平静下来。"

"胡说!这笔遗赠对你会有什么影响呢?会使你留在英国,诱使你娶奥利弗小姐,像一个普通人那样安顿下来吗?"

"你神经错乱,头脑糊涂了。我把这个消息告诉得太突然,让你兴奋得失去了自制。"

"里弗斯先生!你弄得我很有些不耐烦了。我十分清醒。而正是你误解了我的意思,或者不如说假装误解我的意思。"

"也许要是你解释得再详细一点,我就更明白了。"

"解释!有什么需要解释?你不会不知道,两万英镑,也就是提到的这笔钱,在一个外甥、两个外甥女和一个侄女之间平分,各得五千!我所要求的是,你应当写信给你的妹妹们,告诉她们所得的财产。"

"你的意思是你所得的财产。"

"我已经谈了我对这件事的想法,我不可能有别的想法。我不是一个极端自私、昏聩不公和完全忘恩负义的人。此外,我决心有一个家,有亲戚。我喜欢沼泽居,想住在沼泽居。我喜欢黛安娜和玛丽,要与她们相依为命。五千英镑已对我有用,也使我高兴;两万英镑会折磨我,压抑我,何况尽管在法律上可能属于我,在道义上决不该属于我。那么我就把完全多余的东西留给你们。不要再反对,再讨论了,让我们彼此同意,立刻把它决定下来吧。"

"这种做法是出于一时的冲动,你得花几天考虑这样的事情,你的话才可算数。"

"啊,要是你怀疑我的诚意,那很容易,你看这样的处理公平不公平?"

"我确实看到了某种公平,但这违背惯例。此外,整笔财产的权利属于你。我舅舅花了心血挣得这份财产,他爱留给谁就可以留给谁,他留给了你。公道毕竟允许你留着,你可以心安理得地认为它完全属于你自己。"

"对我来说,"我说,"这既是一个十足的良心问题,也是个情感问题。我得迁就我的情感。我难得有机会这么做。即使你争辩、反对、惹恼我一年,我也不能放弃已经见了一眼的无上欢乐——那就是部分报答大恩大德,为我自己赢得终身的朋友。"

"你现在是这样想的，"圣·约翰回答，"因为你不知道拥有财富或者因此而享受财富是什么滋味；你还不能想象两万英镑会使你怎样变得举足轻重，会使你在社会上获得怎样高的地位，以及会为你开辟怎样广阔的前景。你不能——"

"而你，"我打断了他，"绝对无法想象我多么渴望兄弟姐妹之情。我从来没有家，从来没有兄弟或姐妹。我现在必须，也一定要有。你不会不愿接受我承认我，是吗？"

"简，我会成为你的哥哥——我的妹妹会成为你的姐姐——而不必把牺牲自己的正当权利作为条件。"

"哥哥？不错，相距千里之遥！姐姐们？不错，为陌生人当牛做马！我，家财万贯——装满了我从未挣过，也不配有的金子。而你们，身无分文！这就是赫赫有名的平等和友爱！多么紧密的团聚！何等亲切的依恋！"

"可是，简，你渴望的亲属关系和家庭幸福，可以不通过你所设想的方法来实现。你可以嫁人。"

"又胡说八道啦！嫁人？！我不想嫁人，永远不嫁。"

"那说得有些过分了，这种鲁莽的断言证实了你正处于兴奋之中。"

"我说得并不过分，我知道自己的心情，知道结婚这种事儿我连想都不愿去想。没有人会出于爱而娶我，我又不愿意被人只当做金钱买卖来考虑。我不要陌路人——与我没有共同语言，格格不入，截然不同。我需要亲情，那些我对他们怀有充分的同胞之情的人。再说一遍你愿做我的哥哥。你一说这话，我就很满意很高兴，你重复一下，要是你能够真诚地重复的话。"

"我想我能够。我明白我总是爱着我的妹妹们，我也明白我的爱是建立在什么基础上的——对她们价值的尊重，对她们才能的钦佩。你也有原则和思想。你的趣味和习惯同黛安娜与玛丽的相近。有你在场我总感到很愉快。在与你交谈中，我早已感觉到了一种有益的安慰。我觉得可以自然而轻易地在我心里留出位置给你，把你看做我的第三个和最小一个妹妹。"

"谢谢你，这使我今晚很满意。现在你还是走吧，因为要是你再呆下去，你也许会用某种不信任的顾虑再惹我生气。"

"那么学校呢，爱小姐？现在我想得关掉了吧。"

"不。我会一直保留女教师的职位，直到你找到接替的人。"

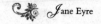

他满意地笑了笑。我们握了手,他告辞了。

我不必再细述为了按我的意愿解决遗产问题所做的斗争和进行的争辩。我的任务很艰巨。但是因为我下定了决心——我的表兄妹们最后看到,我要公道地平分财产的想法已经真的不可改变地定下来了——还因为他们在内心一定感到这种想法是公平的,此外,也一定本能地意识到他们如处在我的地位,也一样会做我希望做的事,最后他们让步了,同意把事情交付公断。被选中的仲裁人是奥利弗先生和一位能干的律师。两位都与我的意见不谋而合。我实现了自己的主张,转让的文书也已草成:圣·约翰、黛安娜、玛丽和我,各得一份足以过温饱生活的财产。

　　一切都办妥的时候已临近圣诞节了,普天同庆的假日季节就要到来。于是我关闭了莫尔顿学校,并注意自己不空着手告别。交上好运不但使人心境愉快,而且出手也格外大方了。我们把大宗所得分些给别人,是为自己不平常的激动之情提供一个宣泄的机会。我早就愉快地感到,我的很多农村学生都喜欢我。离别时,这种感觉得到了证实。她们把自己的爱表露得既直率又强烈。我发现自己确实已在她们纯朴的心灵中占据了一个位置,我深为满意。我答应以后每周都去看她们,在学校里给她们上一小时课。

　　里弗斯先生来了——看到现在这些班级的六十个学生,在我前面鱼贯而出,看我锁上了门。这时我手拿钥匙站着,跟五六个最好的学生,特意交换几句告别的话。这些年轻姑娘之正派、可敬、谦逊和有见识,堪与英国农民阶层中的任何人媲美。这话很有分量,因为英国农民同欧洲的任何农民相比较,毕竟是最有教养、最有礼貌、最为自尊的。打从那时以来,我见过一些 paysannes 和 Bäuerinnen①,比之莫尔顿的姑娘,就是最出色的也显得无知、粗俗和糊涂。

　　"你认为自己这一时期的努力已经得到报偿了吗?"她们走掉后里弗斯先生问,"你觉得在自己风华正茂的岁月和时代,做些真正的好事是一种愉快吗?"

　　"毫无疑问。"

　　———————————

　　① 法语和德语:农妇。

"而你还只辛苦了几个月,如果你的一生致力于提高自己的民族岂不是很值得吗?"

"是呀,"我说,"但我不能永远这么干下去。我不但要培养别人的能力,而且也要发挥自己的能力。现在就得发挥。别让我再把身心都投进学校,我已经摆脱,一心只想度假了。"

他神情很严肃。"怎么啦? 你突然显得那么急切,这是什么意思? 你打算干什么呢?"

"要活跃起来,要尽我所能活跃起来。首先我得求你让汉娜走,另找别人服侍你。"

"你要她吗?"

"是的。让她同我一起去沼泽居。黛安娜和玛丽一周之后就回家,我要把一切都拾掇得整整齐齐,迎接她们到来。"

"我理解。我还以为你要去远游呢。不过这样更好,汉娜跟你走。"

"那么通知她明天以前做好准备。这是教室钥匙。明天早上我会把小屋的钥匙交给你。"

他拿了钥匙。"你高高兴兴地歇手了,"他说,"我并不十分理解你轻松的心情,因为我不知道你放弃这项工作后,要找什么工作来代替。现在你生活中的目标、意图和雄心是什么?"

"我的第一个目标是清理(你理解这个词的全部意义吗?),把沼泽居从房间到地窖清理一遍;第二个目标是用蜂蜡、油和数不清的布头把房子擦得锃亮;第三个目标是按数学的精密度来安排每一张椅子、桌子、床和地毯,再后我要差不多让你破产地用煤和泥炭把每个房间都生起熊熊的炉火来。最后,你妹妹们预计到达之前的两天,汉娜和我要大打鸡蛋,细拣葡萄干,研磨调料,做圣诞饼,剁肉馅饼料子,隆重操持其他烹饪仪式。对你这样的门外汉,连语言也难以充分表达这番忙碌。总之,我的意图是下星期四黛安娜和玛丽到家之前,使一切都安排得妥妥帖帖。我的雄心就是她们到时给予最理想的欢迎。"

圣·约翰微微一笑,仍不满意。

"眼下说来这虽然不错,"他说,"不过认真地说,我相信第一阵快活的冲动过后,你的眼界会稍高于家人的亲热和家庭的欢乐。"

"人世间最好的东西。"我打断了他说。

"不,简,这个世界不是享乐的天地,别打算把它变成这样,或者变成休憩的乐园,不要懈怠懒惰。"

"恰恰相反,我的意思是要大忙一番。"

"简,我暂时谅解你,给你两个月的宽限,充分享受你新处境的乐趣,也为最近找到亲戚而陶醉一番。但**以后**,我希望你开始把眼光放远些,不要光盯着沼泽居和莫尔顿,盯着姐妹圈子,盯着一己的宁静,盯着文明富裕所带来的肉体享受。我希望到那时你的充沛精力会再次让你不安。"

我惊讶地看着他。"圣·约翰,"我说,"我认为你这样说是近乎恶毒了。我本希望像女王那样称心如意,而你却要弄得我不得安宁!你安的什么心?"

"我的用心是要使上帝赋予你的才能有所收益,有一天上帝肯定会要你严格交账的。简,我会密切而焦急地注意你——我提醒你——要竭力抑制你对庸俗的家庭乐趣所过分流露的热情。不要那么苦苦依恋肉体的关系,把你的坚毅和热诚留给一项适当的事业,不要将它浪费在平凡而短暂的事情上。听见了吗,简?"

"听见了,就仿佛你在说希腊文。我觉得我有充分理由感到愉快,我一定会愉快的。再见!"

我在沼泽居很愉快,也干得很起劲。汉娜也一样,她看着我在一片混乱的房子里会忙得乐不可支,看着我会那么扫呀、掸呀、清理呀、烧呀,忙个不停,简直看得入了迷。真的,过了那么一两天最乱的日子后,我们很高兴地从自己所制造的混乱中逐步恢复了秩序。在此之前我上了S城,购买了一些新家具,我的表兄表姐们全权委托我,随我高兴对房间的布置做什么改动,并且拿出一笔钱来派这个用处。普通的起居室和寝室我大体保持原样,因为我知道,黛安娜和玛丽又一次看到朴实的桌子、椅子和床,会比看到最时髦的整修更愉快。不过赋予某些新意还是必要的,使她们回家的时候有一种我所希望的生气。添上黑色漂亮的新地毯、新窗帘,布置几件经过精心挑选的、古色古香的瓷器和铜器摆设,还有新床罩、镜子和化妆台上的化妆盒等等,便达到了这一目的。它们看上去鲜艳而不耀眼。一间空余的客厅和寝室,用旧红木家具和大红套子彻底重新布置了一下。我在过道上铺了帆布,楼梯上铺了地毯。一切都完成以后,我想在这个季节里沼泽居既是室内光亮而相当舒适的典范,又是室外寒冬荒凉沉郁的标本。

不平凡的星期四终于到来了。估计她们约摸天黑时到。黄昏前楼上楼下都生了火,厨房里清清爽爽。汉娜和我都穿戴好了,一切都已准备停当。

圣·约翰先到。我求他等全都布置好了再进房子。说真的,光想想四壁之内又肮脏又琐碎、乱哄哄的样子,足以吓得他躲得远远的。他看见我在厨房里,照管着正在烘烤的茶点用饼,便走近炉子问道:"你是不是终于对女仆的活儿感到满意了?"作为回答,我邀请他陪我总体看一下我劳动的成果。我好不容易说动他到房子里去走一走,他也不过是往我替他打开的门里瞧了一瞧。他楼上楼下转了一圈后说,准是费了很大一番劳累和麻烦,才能在那么短时间内带来如此可观的变化。但他只字未提住处面貌改变后给他带来了什么愉快。

他的沉默很使我扫兴。我想也许这些更动扰乱了他所珍惜的某些往事的联想。我问他是不是这么回事,当然语气有点儿灰心丧气。

"一点也没有。相反,我认为你悉心考虑了每种联想。说真的,我担心你在这上面花的心思太多了,不值得。譬如说吧,你花了多少时间来考虑布置这间房间?——随便问一下,你知道那本书在哪儿吗?"

我把书架上的那本书指给他看。他取了下来,躲到呆惯了的窗子凹陷处,读了起来。

此刻,我不大喜欢这种举动,读者。圣·约翰是个好人,但我开始觉得他说自己冷酷无情时,他说的是真话。人情和礼仪他都不感兴趣——宁静的享受对他也不具魅力。他活着纯粹是为了向往——当然是向往优秀伟大的东西。但他永远不会休息,也不赞成周围的人休息。当我瞧着他白石一般苍白平静的高耸额头——瞧着他陷入沉思的漂亮面容时,我立刻明白他很难成为一个好丈夫,做他的妻子是件够折磨人的事。我恍然领悟到他对奥利弗小姐之爱的实质是什么。我同意他的看法,这不过是一种感官的爱。我理解他怎么会因为这种爱给他带来的狂热影响而鄙视自己,怎么会希望扼杀和毁灭它,而不相信爱会永远有助于他或她的幸福。我明白他是一块大自然可以从中雕刻出英雄来的材料——雕出基督教徒和异教徒英雄,法典制定者、政治家、征服者。他是可以寄托巨大利益的坚强堡垒,但是在火炉旁边,却总是一根冰冷笨重的柱子,阴郁沉闷,格格不入。

"这间客厅不是他的天地,"我沉思道,"喜马拉雅山脉或者南非丛林,甚至瘟疫流行的几内亚海岸的沼泽,才是他用武之地。他满可以放弃宁静的家庭生活。家庭不是他活动的环境,在这里他的官能会变得迟钝,难以施展或显露。在充满斗争和危险的场合——显示勇气,发挥能力,考验韧性的地方——他才会像一个首领和长官那样说话和行动。而在火炉边,一个快乐的孩子也会比他强。他选择传教士的经历是正确的——现在我明白了。"

"她们来啦!她们来啦!"汉娜砰地打开客厅门嚷道。与此同时,老卡罗高兴地吠叫起来。我跑了出去,此刻天已经黑了,但听得见嘎嘎的车轮声。汉娜立刻点上了提灯。车子在小门边停了下来,车夫开了门,一位熟悉的身躯走了出来,接着又出来了另一位。刹那之间我的面孔便埋进了她的帽子底下,先是触碰了玛丽柔软的脸,随后是黛安娜飘洒的鬈发。她们大笑着——吻了吻我,随后吻了汉娜,拍了拍卡罗,卡罗乐得差点发了疯。她们急着问是否一切都好,得到肯定的回答后,便匆匆进了屋。

她们从惠特克劳斯长途颠簸而来,弄得四肢僵硬,还被夜间的寒气冻坏了。但是见了令人振奋的火光便绽开了愉快的笑靥。车夫和汉娜忙着把箱子拿进屋的时候,她们问起了圣·约翰。这时圣·约翰从客厅里走了出来。她们俩立刻搂住了他的脖子。他静静地给了各人一个吻,低声地说了几句欢迎的话,站了一会儿让她们同他交谈,随后说想来她们很快会同他在客厅会面,便像躲进避难所一样钻进了客厅。

我点了蜡烛好让她们上楼去,但黛安娜得先关照要招待好车夫,随后两人在我后面跟着。她们对房间的整修和装饰,对新的帷幔、新的地毯和色泽鲜艳的瓷花瓶都很满意,慷慨地表示了感激。我感到很高兴,我的安排完全符合她们的愿望,我所做的为她们愉快的家园之行增添了生动的魅力。

那是个可爱的夜晚。兴高采烈的表姐们,又是叙述又是议论,滔滔不绝,她们的畅谈掩盖了圣·约翰的沉默。看到妹妹们,他由衷地感到高兴,但是她们闪烁的热情、无尽的喜悦都无法引起他的共鸣。那天的大事——那就是黛安娜和玛丽的归来——使他感到很愉快,但伴随而来的快乐的喧哗、喋喋不休、欣喜万分的接待,使他感到厌倦。我明白他希望宁静的第二天快点到来。用完茶点后一个小时,那晚的欢乐到达了高潮,这时却响起了一阵敲门声。汉娜进来报告说:"一个可怜的少年来得真不是时候,要请里弗斯先生去看看她的母亲,她快要死了。"

"她住在哪儿,汉娜?"

"一直要到惠特克劳斯坡呢,差不多有四英里路,一路都是沼泽和青苔。"

"告诉他我就去。"

"先生,我想你还是别去好。天黑以后走这样的路是最糟糕的,整个沼泽地都没有路,而且又碰上了天气这么恶劣的晚上——风从来没有刮得那么大。你还是传个话,先生,明天上那儿去。"

但他已经在过道上了,披上了斗篷,没有反对,没有怨言,便出发了,那时候已经九点。他到了半夜才回来,尽管四肢冻僵,身子也够疲乏的,却显得比出发时还愉快。他完成了一项职责,做了一次努力,感到自己有克己献身的魄力,自我感觉好了不少。

我担心接下来的一整周使他很不耐烦。那是圣诞周,我们不干正经事儿,却沉浸在家庭的欢闹之中。荒原的空气、家里自由自在的气氛、生活富裕的曙光,对黛安娜和玛丽的心灵,犹如起死回生的长生不老药。从上午到下午,从下午到晚上,她们都寻欢作乐。她们总能谈个不休,她们的交谈机智、精辟、富有独创,对我的吸引力很大。我喜欢倾听,喜欢参与,甚过于一切别的事情。圣·约翰对我们的说笑并无非议,但避之不迭。他很少在家,他的教区大,人口分散,访问不同地区的贫病人家,便成了每天的例行公事。

一天早晨吃早饭的时候黛安娜闷闷不乐了一阵子后问道:"你的计划没有改变吗?"

"没有改变,也不可改变。"便是对方的回答。他接着告诉我们,他离开英国的时间确定在明年。

"那么罗莎蒙德·奥利弗呢?"玛丽问。这句话似乎是脱口而出的,因为她说完不久便做了个手势,仿佛要把它收回去。圣·约翰手里捧着一本书——吃饭时看书是他不合群的习惯,他合上书,抬起头来。

"罗莎蒙德·奥利弗,"他说,"要跟格兰比先生结婚了。他是弗雷德里克·格兰比爵士的孙子和继承人,是S城家庭背景最好、最受尊敬的居民之一。我是昨天从他父亲那儿得到这个消息的。"

他的妹妹们相互看看,又看了看我。我们三个人都看着他,他像一块玻璃那样安详。

"这门婚事准是定得很匆忙,"黛安娜说,"他们彼此不可能认识很久的。"

"但有两个月了。他们十月份在 S 城的一个郡舞会上见的面。可是,眼下这种情况,从各方面看来这门亲事都是称心如意的,没有什么障碍,也就没必要拖延了。一等弗雷德里克爵士出让给他们的 S 城那个地方整修好,可以让他们住进去了,他们就结婚。"

这次谈话后我第一回见圣·约翰独自呆着的时候,很想问问他,这件事是不是很使他伤心。但他似乎不需要什么同情,因此,我不但没有冒昧地再有所表示,反而想起自己以前的冒失而感到羞愧。此外,我已疏于同他交谈,他的冷漠态度再次结冻,我的坦率便在底下凝固了。他并没有信守诺言,对我以妹妹相待,而是不断地显出那种小小的令人寒心的区别,丝毫没有要慢慢亲热起来的意思。总之,自从我被认做他的亲人,并同在一个屋檐下后,我觉得我们间的距离远比当初我不过是乡村女教师时大得多。当我记起我曾被他视为知己时,我很难理解他现在的冷淡态度。

在这种情况下,他突然从趴着的书桌上抬起头来说话时,我不免很有些惊讶了。

"你瞧,简,仗已经打过了,而且获得了胜利。"

我被这样的说话方式吓了一跳,没有立即回答,但犹豫了一阵子后,说道:

"可是你确信自己不是那种为胜利付出了太大代价的征服者吗?如果再来这样一仗岂不会把你毁掉?"

"我想不会。要是会,也并没有多大关系。我永远也不会应召去参加另一次这样的争斗了。争斗的结局是决定性的,现在我的道路已经扫清,我为此而感谢上帝!"说完,他回到了自己的文件和沉默中去了。

我们彼此间的欢乐(即黛安娜的、玛丽和我的)渐渐地趋于安静了。我们恢复了平时的习惯和正常的学习,圣·约翰呆在家里的时间更多了,与我们一起坐在同一个房间里,有时一坐几小时。这时候玛丽绘画;黛安娜继续她的《百科全书》阅读课程(使我不胜惊讶和敬畏);我苦读德文;他则思索着自己神秘的学问，就是某种东方语言，他认为要实现自己的计划很有必要把它掌握。

他似乎就这么忙着，坐在自己的角落里，安静而投入。不过他的蓝眼睛惯于离开看上去希奇古怪的语法，转来转去，有时会出奇地紧盯着我们这些同学，一与别人的目光相遇就会立即收敛，但不时又回过来搜索我们的桌子。我感到纳闷，不明白内中的含义。我也觉得奇怪，虽然在我看来每周一次上莫尔顿学校是件小事，但他每次必定要不失时机地表示满意。更使我不解的是，要是某一天天气不好，落雪下雨，或者风很大，她的妹妹们会劝我不要去，而他必定会无视她们的关心，鼓动我不顾恶劣天气去完成使命。

"简可不是那种你们要把她说成的弱者，"他会说，"她会顶着山风、暴雨，或是几片飞雪，比我们谁都不差。她体格健康富有适应性——比很多身强力壮的人更能忍受天气的变化。"

我回到家里，虽然有时风吹雨淋，疲惫不堪，但从不敢抱怨，因为我明白一嘀咕就会惹他生气。无论何时，你坚忍不拔，他会为之高兴，反之，则特别恼火。

一天下午，我告假呆在家里，因为我确实感冒了。他妹妹们代我去了莫尔顿，我坐着读起席勒的作品来。他在破译鸡爪一样的东方涡卷形字体。我换成练习翻译时，碰巧朝他的方向看了一下，发觉自己正处于那双蓝眼睛的监视之下。它彻彻底底，一遍遍地扫视了多久，我无从知道。他的目光锐利而冷漠。刹那之间我有些迷信了——仿佛同某种不可思议的东西坐在一个屋子里。

"简，你在干嘛?"

"学习德语。"

"我要你放弃德语，改学印度斯坦语。"

"你不是当真的吧?"

"完全当真，我会告诉你为什么。"

随后他继续解释说，印度斯坦语是他眼下正在学习的语言，学了后面容易忘记前面。要是有个学生，对他会有很大帮助，他可以向他一遍遍重复那些基本知识，以便牢记在自己的脑子里。究竟选我还是他的妹妹们，他犹豫了好久。但选中了我，因为他看到我比任何一位都能坐得住。我愿意帮他忙吗？也许我不必做太久的牺牲，因为离他远行的日子只有三个月了。

圣·约翰这个人不是轻易就能拒绝的。他让你觉得，他的每个想法，不管是痛苦的，还是愉快的，都是刻骨铭心、永不磨灭的。我同意了。黛安娜和玛丽回到家里，前一位发现自己的学生转到了她哥哥那里，便大笑不已。她和玛丽都认为，圣·约翰绝对说服不了她们走这一步。他平静地答道：

"我知道。"

我发现他是位耐心、克制而又很严格的老师。他期望我做得很多，而一旦我满足了他的期望，他又会以自己的方式充分表示赞许。渐渐地他产生了某种左右我的力量，使我的头脑失去了自由。他的赞扬和注意比他的冷淡更有抑制作用。只要他在，我就再也不能谈笑自如了，因为一种讨厌的纠缠不休的直觉，提醒我他厌恶轻松活泼（至少表现在我身上时）。我完全意识到只有态度严肃，干着一本正经的事儿才合他的心意，因此凡他在场的时候，就不可能有别的想头了。我觉得自己被置于一种使人冻结的魔力之下。他说"去"，我就去；他说"来"，我就来；他说"干这个"，我就去干。但是我不喜欢受奴役，很多次都希望他像以前那样忽视我。

一天夜里，到了就寝时间，他的妹妹和我都围他而立，同他说声晚安。他照例吻了吻两个妹妹，又照例把手伸给我。黛安娜正好在开玩笑的兴头上（她并没有痛苦地被他的意志控制着，因为从另一个意义上说她的意志力也很强），便大叫道：

"圣·约翰！你过去总把简叫做你的第三个妹妹，不过你并没有这么待她，你应当也吻她。"

她把我推向他。我想黛安娜也是够惹人恼火的，一时心里乱糟糟的很不舒服。我正这么心有所想并有所感时，圣·约翰低下了头，他那希腊式的面孔，同我的摆到了一个平面上，他的眼睛穿心透肺般地探究着我的眼睛——他吻了我。世上没有大理石吻或冰吻一类的东西，不然我应当说，我的牧师表哥的致意，属于这种性质。可是也许有实验性的吻，他的就是这样一种吻。他吻了我后，还打量了我一下，看看有什么结果。结果并不明显，我肯定没有脸红，也许有点儿苍白，因为我觉得这个吻仿佛是贴在镣铐上的封条。从此以后他再也没有忽略这一礼节，每次我都严肃庄重、默默无言地忍受着，在他看来似乎又为这吻增加了魅力。

至于我，每天都更希望讨他喜欢。但是这么一来，我越来越觉得我必须抛却一半的个性，窒息一半的官能，强行改变原有的情趣，强迫去从事自己缺乏禀性来完成的事业。他要把我提携到我永远无法企及的高度。每时每刻我都为渴求达到他的标准而受着折磨。这是不可能付诸实现的，就像要把我那不规则的面容，塑造成他标准的古典模式，也像要把他的海蓝色泽和庄重的光彩，放进我那变化不定的青色眼睛里。

然而，使我目前动弹不得的不全是他的支配意识。最近我很容易显出伤心来，一个腐朽的恶魔端坐在我的心坎上，吸干了我幸福的甘泉——这就是忧心恶魔。

读者，你也许以为在地点和命运的变迁中，我已经忘掉了罗切斯特先生。一刻都没有忘记。我仍旧思念着他，因为这不是阳光就能驱散的雾气，也不是风暴便可吹没的沙造人像。这是刻在碑文上的一个名字，注定要像刻着它的大理石那样长存。无论我走到哪里，我都渴望知道他的情况。在莫尔顿的时候，我每晚一踏进那间小屋便惦记起他来；这会儿在沼泽居，每夜一走进自己的卧室，便陷入了对他的沉思默想。

为了遗嘱的事我不得不写信给布里格斯先生时，问他是不是知道罗切斯特先生目前的地址和健康状况。但就像圣·约翰猜想的那样，他对他的情况一无所知。我随后写信给费尔法克斯太太，求她谈谈有关情况。我原以为这一步肯定能达到我的目的，确信会早早地得到她的回音。两个星期过去了，还是没有收到回信，我万分惊讶。而两个月逝去，日复一日邮件到来，却没有我的信，我便深为忧虑了。

我再次写了信，因为第一封有可能是丢失的。新的希望伴随着新的努力而来，像上次一样闪了几周的光，随后也一样摇曳着淡去了。我没有收到一行字，一句话。在徒劳的企盼中半年已经过去，我的希望幻灭了，随后便觉得真的堕入了黑暗。

明媚的春光照耀着四周，我却无意消受。夏天就要到了，黛安娜竭力要使我振作起来，说我脸有病容，希望陪我上海边去。圣·约翰表示反对，他说我并不需要散漫，却缺些事儿干干。我眼下的生活太无所用心，需要有个目标。我想大概是为了弥补这样的缺陷，他进一步延长了我的印度斯坦语课，并更迫切地要我去完成。我像一个傻瓜，从来没有想到要反抗——我无法反抗他。

一天，我开始了我的功课，情绪比往常要低落。我的无精打采是一种强烈感受到的失望所引起的。早上汉娜告诉我有我的一封信，我下楼去取的时候，心里几乎十拿九稳，该是久盼的消息终于来了。但我发现不过是一封无关紧要的短简，是布里格斯先生的公务信。我痛苦地克制自己，但眼泪夺眶而出。而我坐着细读印度文字难辨的字母和华丽的比喻时，泪水又涌了上来。

圣·约翰把我叫到他旁边去读书，但我的嗓子不争气，要读的词语被啜泣淹没了。客厅里只有他和我两人，黛安娜在客厅练习弹唱，玛丽在整园子——这是个晴朗的五月天，天清气爽，阳光明丽，微风阵阵。我的同伴对我这种情绪并未表示惊奇，也没有问我是什么缘故，他只是说：

"我们停几分钟吧，简，等你镇静下来再说。"我赶紧忍住不再发作，而他镇定而耐心地坐着，靠在书桌上，看上去像个医生，用科学的眼光，观察着病人的险情，这种险情既在意料之中又是再明白不过的。我止住了哽咽，擦去了眼泪，嘟哝着说是早上身体不好，又继续我的功课，并且终于完成了。圣·约翰把我的书和他的书放在一边，锁了书桌，说：

"好吧，简，你得去散散步，同我一起去。"

"我来叫黛安娜和玛丽。"

"不，今天早上我只要一个人陪伴，一定得是你。穿上衣服，从厨房门出去，顺着通往沼泽谷源头的路走，我马上来。"

我不知道有适中的办法。在与同我自己的性格相左的那种自信冷酷的个性打交道时，我不知道在绝对屈服和坚决反抗之间，生活中还有什么中间道路。我往往忠实执行一种方法，有时终于到了似火山喷涌、一触即发的地步，接着便转变成执行另一种方法了。既然眼前的情况并没有构成反抗的理由，而我此刻的心境又无意反抗，我便审慎地服从了圣·约翰的指令。十分钟后，我与他并肩踩在幽谷的野径上了。

微风从西面吹来，飘过山峦，带来了欧石南和灯心草的芳香。天空湛蓝湛蓝，小溪因为下过春雨而上涨，溪水流下山谷，一路奔泻，充盈清澈，从太阳那儿借得了金光，从天空中吸取了蓝宝石的色泽。我们往前走着离开了小径，踏上了一块细如苔藓、青如绿宝石的柔软草地，草地上精细地点缀着

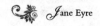

白色的小花,并闪耀着一种星星似的黄花。山峦包围着我们,因为溪谷在靠近源头的地方蜿蜒伸到了山峦之中。

"让我们在这儿歇一下吧。"圣·约翰说,这时我们已来到了一个岩石群的第一批散乱的石头跟前。这个岩石群守卫着隘口,一条小溪从那儿飞流直下,形成了瀑布。再远一点的地方,山峦抖落了身上的草地和花朵,只剩下欧石南蔽体,岩石做珠宝——在这里山把荒凉夸大成了蛮荒,用愁眉苦脸来代替精神饱满。在这里,山为孤寂守护着渺茫的希望,为静穆守护着最后的避难所。

我坐了下来,圣·约翰坐在我旁边。他抬头仰望山隘,又低头俯视空谷。他的目光随着溪流飘移,随后又回过来扫过给溪流上了彩的明净的天空。他脱去帽子,让微风吹动头发,吻他的额头。他似乎在与这个他常到之处的守护神在交流,他的眼睛在向某种东西告别。

"我会再看到它的,"他大声说,"在梦中,当我睡在恒河旁边的时候。再有,在更遥远的时刻——当我又一次沉沉睡去的时候,在一条更暗淡的小溪的岸边。"

离奇的话表达了一种离奇的爱!一个严峻的爱国者对自己祖国的激情!他坐了下来,我们足足有半小时没有说话,他没有开口,我也没有吱声。这段沉默之后,他开始说了:

"简,六周以后我要走了,我已在'东印度人'号船里订好了舱位,六月二十日开航。"

"上帝一定会保护你,因为你做着他的工作。"我回答。

"不错,"他说,"那是我的光荣,也是我的欢乐。我是永不出错的主的一个奴仆。我出门远游不是在凡人的指引之下,不受有缺陷的法规的制约,不受软弱无力的同类可怜虫的错误控制。我的国王,我的立法者,我的首领是至善至美的主。我觉得奇怪,我周围的人为什么不渴望投到同一面旗帜下来——参加同一项事业。"

"并不是所有的人都具有你那样的毅力。弱者希望同强者并驾齐驱是愚蠢的。"

"我说的不是弱者,想到的也不是他们。我只是针对那些配得上那工作,并能胜任的人而言。"

"那些人为数不多,而且很难发现。"

"你说得很对,但一经发现,就要把他们鼓动起来——敦促和激励他们去做出努力,告诉他们自己的才能何在,又是怎么被赋予的——向他们的耳朵传递上天的信息——直接代表上帝,在选民的队伍中给他们一个位置。"

"要是他们确实能胜任那工作,那么他们的心灵岂不第一个得到感应?"

我仿佛觉得一种可怕的魔力在我周围和头顶积聚起来。我颤栗着,唯恐听到说出某句致命的话来,立刻昭示和吸引魔力。

"那么**你的**心怎么说呀?"圣·约翰问。

"我的心没有说——我的心没有说。"我回答,直吓得毛骨悚然。

"那我得替它说了,"他继续说,语调深沉冷酷,"简,跟我一起去印度吧,做个伴侣和同事。"

溪谷和天空顿时旋转起来,群山也翻腾起伏!我仿佛听到了上天的召唤——仿佛像马其顿那样的一位幻觉使者①已经宣布:"过来帮助我们!"但我不是使徒——我看不见那位使者,我接受不到他的召唤。

"啊,圣·约翰!"我叫道,"怜悯怜悯吧!"

我在向一个自以为在履行职责,不知道怜悯和后悔的人请求。他继续说:

"上帝和大自然要你做一个传教士的妻子,他们给予你的不是肉体上的能力,而是精神上的禀赋。你生来是为了操劳,而不是为了爱情。你得做传教士的妻子——一定得做。你将属于我,我要你——不是为了取乐,而是为了对主的奉献。"

"我不适合,我没有意志力。"我说。

他估计到一开始我会反对,所以并没有被我的话所激怒。说真的他倚在背后的一块岩石上,双臂抱着放在胸前,脸色镇定沉着。我明白他早已准备好对付长久恼人的反抗,而且蓄足了耐心坚持到底——决心以他对别人的征服而告终。

---

① 见《新约·使徒行传》第十六章第九节:"在夜间有异象现与保罗,有一个马其顿人,站着求他说,请你过到马其顿来帮助我们。"

"谦卑,简,"他说,"是基督美德的基础。你说得很对,你不适合这一工作。可谁适合呢？或者,那些真正受召唤的人,谁相信自己是配受召唤的呢？以我来说,不过是尘灰草芥而已,跟圣·保罗相比,我承认自己是最大的罪人。但我不允许这种个人的罪恶感使自己畏缩不前。我知道我的领路人。他公正而伟大,在选择一个脆弱的工具来成就一项大事业时,他会借助上帝无穷的贮藏,来弥补实现目标所需的手段的不足。像我一样去想吧,简——像我一样去相信吧。我要你倚靠的是永久的磐石①,不要怀疑,它会承受住你人性缺陷的负荷。"

"我不了解传教士生活,从来没有研究过传教士的劳动。"

"听着,尽管我也很卑微,但我可以给予你所需要的帮助,可以把工作一小时一小时布置给你,常常支持你,时时帮助你。开始的时候我可以这么做,不久之后(因为我知道你的能力)你会像我一样强,一样合适,不需要我的帮助。"

"可是我的能力呢——要承担这一工作的能力,又从何谈起？我感觉不到这些能力。你说话的时候,我心里无动于衷,没有呼应。我感觉不到灯火在燃起,感觉不到生命在加剧搏动,感觉不到有个声音在劝诫和鼓励我。啊,但愿我能让你看到,这会儿我的心像一个没有光线的牢房,它的角落里铐着一种畏畏缩缩的忧虑——那就是担心自己被你说服,去做我无法完成的事情！"

"我给你找到了一个答案——你听着。自从同你初次接触以后,我就已经在注意你了。我已经研究了你十个月。那时我对你作了种种考验,我看到了什么,得出了什么启示呢？在乡村学校里,我发现你按时而诚实地完成了不合你习惯和心意的工作。我看到你能发挥自己的能力和机智去完成它。你能自控时,就能取胜。你知道自己突然发了财时非常镇静,从这里我看到了一个毫无底马②罪过的心灵——钱财对你并没有过分的吸引力。你十分坚定地愿把财富分成四份,自己只留一份,把其余的让给了空有公道理

① 永久的磐石:指耶稣基督。
② 见《新约·提摩太后书》第四章第九至十节:使徒保罗的门徒离弃了保罗。("你要赶紧地到我这里来。因为底马贪爱现今的世界,就离弃我往帖散罗尼迦去了。")

由的其他三个人。从这里，我看到了一个为牺牲而狂喜不已的心灵。从你出于我的愿望放弃自己感兴趣的学习，而重新捡起我所感兴趣的东西那种驯服性格中，从你一直坚持的孜孜不倦刻苦勤奋的精神中，从你对待困难那永不衰竭的活力和不可动摇的个性中，我看到了你具备我所寻求的一切品格。简，你温顺、勤奋、无私、忠心、坚定、勇敢。你很文雅而又很英勇。别再不信任你自己了——我可以毫无保留地信任你。你可以掌管印度学校，帮助印度女人，你的协助对我是无价之宝。"

罩在我头上的铁幕紧缩了起来。说服在稳健地步步进逼。尽管我闭上了眼睛，最后的几句话终于扫清了原先似乎已堵塞的道路。我所做的工作本来只是那么模模糊糊、零零碎碎，经他一说便显得简明扼要，经他亲手塑造便变得形态毕现了。他等候着回答。我要求在我再次冒昧地答复他之前，给我一刻钟思考。

"非常愿意。"他回答道，一边站了起来，快步朝隘口走了一小段路，猛地躺倒在一块隆起的欧石南地上，静静地躺着。

"我不得不看到并承认，我可以做他要我做的事，"我沉思起来，"如果能让我活命的话。但我觉得，在印度的太阳照射下，我活不了太久——那又怎么样呢？他又不在乎。我的死期来临时，他会平静而神圣地把我交付给创造了我的上帝。我面前的情况非常明白。离开英国，就是离开一块亲切而空荡的土地——罗切斯特先生不在这里。而即使他在，那，那同我又有什么关系呢？现在我就是要没有他而活下去。没有比这么日复一日地苟延残喘更荒唐更软弱了，仿佛我在等待不可能发生的变化，从而把我和他连结在一起。当然（如圣·约翰曾说过的那样）我得在生活中寻找新的兴趣，来替代已经失去的。而他现在所建议的工作，岂不正是人所能接受、上帝所能赐予的最好的工作？从其高尚的目的和崇高的结果来看，岂不是最适合来填补撕裂的情感和摧毁的希望所留下的空白？我相信我必须说，是的——然而我发抖了。哎呀！要是我跟着他，我就抛弃了我的一半。我去印度就是走向过早的死亡。而离开英国到印度和离开印度到坟墓之间的空隙，又是如何填补呢？呵，我很明白。那在我眼前也很清楚。为了使圣·约翰满意，我**会**忙个不停，直弄得肌肉酸痛。我会使他满意——做得丝毫不辜负他的希望。要是我**真的**跟他去了——要是我**真的**做出他所怂恿的牺牲，那我会

407

做得很彻底。我会把一切，心灵和肉体——都扔到圣坛上，做出全部牺牲。他决不会爱我，但他会赞许我的做法。我会向他显示他尚未见过的能力，显示他从不表示怀疑的才智。不错，我会像他那样奋力工作，像他那样毫无怨言。

那么有可能同意他的要求了，除了一条，可怕的一条。也就是他要我做他的妻子，而他那颗为丈夫的心，并不比那边峡谷中小溪泛起泡沫流过的阴沉的巨岩强多少。他珍视我就像士兵珍视一件好的武器，仅此而已。不同他结婚，这决不会使我担忧。可是我能使他如愿以偿——冷静地将计划付诸实践，举行婚礼吗？我能从他那儿得到婚戒，受到爱的一切礼遇（我不怀疑他会审慎地做到），而心里却明白完全缺乏心灵的交流？我能忍受他所给予的每份爱是对原则的一次牺牲这种想法吗？不，这样的殉道太可怕了，我决不能承受。我可以作为他的妹妹，而不是他的妻子来陪伴他，我一定要这么告诉他。"

我朝土墩望去，他躺在那里，一动不动，像根倒地的柱子。他的脸朝着我，眼睛闪着警觉锐利的光芒。他猛地立起向我走来。

"我准备去印度，要是我可以自由自在地去。"

"你的回答需要解释一下，"他说，"不清楚。"

"你至今一直是我的义兄，而我是你的义妹。让我们这么过下去吧，你我还是不要结婚好。"

他摇了摇头。"在这种情况下义兄义妹是行不通的。如果你是我的亲妹妹，那便是另外一回事了，我会带着你，而不另找妻子。而现在的情况是，我们的结合要么非得以婚姻来奉献和保证，要么这种结合就不能存在。现实的障碍不允许有其他打算。你难道没有看到这一点吗，简？考虑一下吧——你的坚强的理智会引导你。"

我的确考虑了。我的理智虽然平庸，却替我指出了这样的事实：我们并没有像夫妻那么彼此相爱，因而断言我们不应当结婚。于是我这么说了。"圣·约翰，"我回答，"我把你当做哥哥——你把我当做妹妹，就让我们这么继续下去吧。"

"我们不行——我们不行，"他毅然决然地回答，"这不行。你已经说过要同我一起去印度。记住——你说过这话。"

"有条件的。"

"行啊——行啊。在关键的问题上——同我一起离开英国,在未来的工作中同我合作——你没有反对。你已经等于把你的手放在犁轭下了①,你说话算数,不会缩回去。你面前只有一个目标——如何把你的工作出色地做好,把你复杂的兴趣、情感、想法、愿望、目标弄得更单纯一点吧,把一切考虑汇成一个目的:全力以赴,有效地完成伟大的主的使命。要这么做,你得有个帮手——不是一个兄长,那样的关系太松散,而是一个丈夫。我也不需要一个妹妹。妹妹任何时候都可以从我身边被带走。我要的是妻子,生活中我能施予有效影响的唯一伴侣,一直维持到死亡。"

他说话的时候我颤抖着。我感觉到他的影响透入我骨髓——他捆住了我的手脚。

"别在我身上动脑筋了,到别的地方找一个吧,圣·约翰。找一个适合你的。"

"你的意思是一个适合我目标的——适合我天职的。我再次告诉你,我不是作为微不足道的个人——一个带着自私自利观念的男人——而希望结婚的,却是作为一个传教士。"

"我会把我的精力献给传教士——他所需要的就是这个——而不是我本人。我对于他来说,无非等于是把果壳加到果仁上,而他并不需要果壳一类的东西:我要把它们保留着。"

"你不能——也不应该。你想上帝会对半心半意的献身表示满意吗?他会接受部分的牺牲吗?我所拥护的是上帝的事业,我是把你招募到他的旗帜下的。我不能代表上帝接受三心二意的忠诚,非得死心塌地不可。"

"啊!我会把我的心交给上帝,"我说,"你并不需要它。"

读者啊,我不能保证我说这句话的语气和伴随着的感情里,有没有一种克制的嘲弄。我向来默默地惧怕圣·约翰,因为我不了解他。他使我感到敬畏,因为总能让我吃不准。他身上有多少属于圣人,有多少属于凡人,我一直难以分辨。但这次谈话却给了我启示,在我眼皮底下展开着对他本性

① 见《新约·路加福音》第九章第六十二节:"耶稣说,手扶着犁向后看的,不配进上帝的国。"

的剖析。我看到了他的错误,并有所理解。我明白,我坐在欧石南岸边那个漂亮的身躯对面时,我是坐在一个同我一样有错的男人跟前。面罩从他冷酷和专横的面孔上落下。我一旦觉得他身上存在着这些品质,便感到他并非完美无缺了,因而也就鼓起了勇气。我与一位同等的人在一起——我可以与他争辩,如果认为妥当,还可以抗拒。

我说了最后一句话后,他沉默了。我立刻大胆地抬头去看他的面容。他的目光对着我,既表示了惊讶,又露出了急切的探询的表情。"她可在嘲弄?是嘲弄我吗?"这目光仿佛说,"那是什么意思呢?"

"别让我们忘记这是一件严肃的事情,"过了一会儿,他说,"这是一件我们无论轻率地想,还是轻率地谈都不免有罪的事。简,我相信你说把心交给上帝的时候,你是真诚的。我需要的就是这样。一旦你把心从人那儿掏出来,交给了上帝,那么在世上推进上帝的精神王国会成为你主要的乐趣和事业。凡能推动这一目标的一切,你都准备立即去做。你就会看到我们肉体和精神上的结合,将会对你我的努力有多大的促进!只有这种结合才能给人类的命运和设想以一种永恒的特性。而且只要你摆脱一切琐细的任性——克服感情上的一切细小障碍和娇气,放弃考虑个人爱好的程度、种类、力量或是柔情,你就会急于要立刻达成这种结合。"

"我会吗?"我简短地说了一句。我瞧着他的五官,它们匀称得漂亮,但呆板严肃得出奇地可怕;我瞧着他的额头,它威严却并不舒展;我瞧着他的眼睛,它们明亮、深沉、锐利,却从不温柔;我瞧着他那高高的、威严的身子,设想我自己是**他的妻子**!啊!这绝对不行!做他的副牧师、他的同事,那一切都没有问题。我要以那样的身份同他一起漂洋过海;以那样的职责与他一起在亚洲的沙漠,在东方的日头下劳作;钦佩和仿效他的勇气、忠诚和活力;默默地听任他的控制;泰然地笑他根深蒂固的雄心;区别基督教徒和一般人,对其中一个深为敬重,对另一个随意宽恕。毫无疑问,仅以这样的身份依附他,我常常会感到痛苦。我的肉体将会置于紧紧的枷锁之中,不过我的心灵和思想却是自由的。

我仍然可以求助于未被摧残的自我,也就是那未受奴役的自然的感情,在孤独的时刻我还可以与这种感情交流。在我的心田里有着一个只属于我的角落,他永远到不了那里,情感在那里滋长,清新而又有保障。他的严酷无法使它枯竭,他那勇士般的整齐步伐,也无法将它踏倒。但是做他的妻子,永远在他身边,永远受到束缚,永远需要克制——不得不将天性之火压得很小,迫使它只在内心燃烧,永远不喊出声来,尽管被禁锢的火焰销蚀了一个又一个器官——这简直难以忍受。

"圣·约翰!"想到这里我叫了出来。

"嗯?"他冷冷地回答。

"我重复一遍,我欣然同意跟你去,但作为传教士的伙伴,而不作为你的妻子。我不能嫁你,成为你的一部分。"

"你必须成为我的一部分,"他沉着地回答,"不然整个事儿只是一句空话。除非你跟我结婚,要不我这样一个不到三十岁的男人怎么能带一个十九岁的姑娘去印度呢?我们怎么能没有结婚却始终呆在一起呢——有时两人独处,有时与野蛮种族在一起?"

"很好,"我唐突地说,"既然这样,那还不如把我当成你的亲妹妹,或者像你一样一个男人、一个牧师。"

"谁都知道你不是我的妹妹。我不能把你以那样的身份介绍给别人,不然会给我们两人招来嫌疑和中伤。至于其他,尽管你有着男子活跃的头脑,却有一颗女人的心——这就不行了。"

"这行,"我有些不屑地肯定说,"完全行。我有一颗女人的心,但这颗心与你说的无关。对你,我只抱着同伴的坚贞,兄弟战士的坦率、忠诚和友情,如果你愿意,还有新教士对圣师的尊敬和服从。没有别的了——请放心。"

"这就是我所需要的,"他自言自语地说,"我正需要这个。而道路上障碍重重,必须一一排除。简,跟我结婚你不会后悔的。肯定是这样,我们一定得结婚。我再说一句,没有别的路可走了。毫无疑问,结婚以后,爱情会随之而生,足以使这样的婚姻在你看来也是正确的。"

"我瞧不起你的爱情观,"我不由自主地说,一面立起来,背靠岩石站在他面前,"我瞧不起你所献的虚情假意,是的,圣·约翰,你那么做的时候,我就瞧不起你了。"

他眼睛盯着我,一面紧抿着有棱角的嘴唇。他究竟是被激怒了,还是感到吃惊,或是其他等等,很不容易判断。他完全能驾驭自己的面部表情。

"我几乎没有料到会从你那儿听到这样的话，"他说，"我认为我并没有做过和说过让你瞧不起的事情。"

我被他温和的语调所打动，也被他傲慢镇定的神态所震慑。

"原谅我说了这样的话，圣·约翰。不过这是你自己的过错，把我激得说话毫无顾忌了。你谈起了一个我们两个水火不容的话题——一个我们决不应该讨论的话题。爱情这两个字本身就会挑起我们之间的争端——要是从实际出发，我们该怎么办呢？我们该怎么感觉？我的亲爱的表兄，放弃你那套结婚计划吧——忘掉它。"

"不，"他说，"这是一个久经酝酿的计划，而且是唯一能使我实现我伟大目标的计划。不过现在我不想再劝你了。明天我要离家去剑桥，那里我有很多朋友，我想同他们告别一下。我要外出两周——利用这段时间考虑一下我的建议吧。别忘了，要是你拒绝，你舍弃的不是我，而是上帝。通过我，上帝为你提供了高尚的职业，而只有做我的妻子，你才能从事这项职业。拒绝做我的妻子，你就永远把自己局限在自私闲适、一无所获、默默无闻的小道上。你簌簌发抖，担心自己被归入放弃信仰、比异教徒还糟糕的一类人！"他说完从我那儿走开，再次——

眺望小溪，眺望山坡。①

但这时候他把自己的感情全都闷在心里。我不配听它宣泄。我在他身边和他一起往家走的时候，从他铁板一样的沉默中，清楚地知道他对我的态度。那是一种严厉、专制的个性，在预料对方能俯首帖耳的情形下，遭到了反抗——对一种冷静和不可改变的裁决表示了异议之后，以及在另一个人身上发现了自己无力打动的情感与观点之后所感到的失望。总之，作为一个男人，他本希望逼迫我就范。而只是因为他是一个虔诚的基督教徒，才这么耐心地忍住了我的执拗，给我那么长时间思考和忏悔。

那天晚上，他吻了妹妹们以后，认为忘掉同我握手比较妥当，便默默地离开了房间。我尽管对他没有爱情，却有深厚的友谊，被他这种明显的冷落

---

① 引自英国诗人司各特的诗《最后一位吟游诗人的诗歌》。

刺伤了心,我心里难受得连泪水都涌上了眼睛。

"我看得出来,你们在荒原上散步时,你和圣·约翰吵过了,简,"黛安娜说,"可是,跟上他吧,他在过道里走来走去,盼着你呢——他会和好的。"

这种情况下我没有多大的自尊。与其保持尊严,总还不如保持心境愉快,我跟在他后面跑过去——他在楼梯跟前站住了。

"晚安,圣·约翰。"我说。

"晚安,简。"他镇定地回答。

"那么握握手吧。"我加了一句。

他的手触碰我的手指时是多么冷漠,多么松弛呀!他对那天发生的事情很不高兴。热诚已无法使他温暖,眼泪也不能打动他了。同他已不可能达成愉快的和解——他没有激励人的笑容,也没有慷慨大度的话语。可是这位基督徒依然耐心而平静。我问他是否原谅我时,他说没有记恨的习惯,也没有什么需要原谅,因为压根儿就没有被冒犯过。

他那么回答了以后,便离开了我。我宁愿被他打倒在地。

第二天他并没有像他说的那样去剑桥。他把动身的日子推迟了整整一周。在这段时间内,他让我感觉到了一个善良却苛刻、真诚却不宽容的人,能给予得罪了他的人多么严厉的惩罚。他没有公开的敌视行为,没有一句责备的话,却使我能立刻相信,我已得不到他的欢心。

不是说圣·约翰怀着跟基督教不相容的报复心,也不是要是他有这份能耐,就会伤着我一根头发怎么的。以本性和原则而言,他超越了满足于卑鄙的报复。他原谅我说了蔑视他和他的爱情的话,但他并没有忘记这些话本身。只要他和我还活着,他就永远不会忘掉。我从他转向我时的神态中看到,这些话总是写在我与他之间的空气中,无论什么时候我一开口,在他听来,我的嗓音里总有着这些话的味道,他给我的每个回答也回响着这些话的余音。

他并没有避免同我交谈,甚至还像往常那样每天早晨把我叫到书桌旁。我担心他心中的堕落者有一种秘而不宣,也不为纯洁的基督徒所欣赏的乐趣,表明他能多么巧妙地在一如既往的言谈举止中,从每个行动和每句话里,抽掉某种关心和赞许的神情,这神情曾使他的言语和风度产生朴素的魅力。对我来说,他实际上已不再是有血有肉的活体,而是一块大理石。他的眼睛是一块又冷又亮的蓝宝石,他的舌头是说话的工具——如此而已。

这一切对我是一种折磨——细细的慢悠悠的折磨。它不断激起微弱的怒火和令人颤抖的烦恼,弄得我心烦意乱,神衰力竭。假如我是他的妻子,我觉得这位纯洁如没有阳光的深渊的好人,不必从我的血管里抽取一滴血,也不会在清白的良心上留下一丝罪恶的痕迹,就能很快杀死我。我想抚慰他时尤其感到这点,我的同情得不到呼应。他并不因为疏远而感到痛苦——他没有和解的愿望。尽管我一串串落下的眼泪在我们一起埋头阅读的书页上泛起了水泡,他丝毫不为所动,仿佛他的心确实是一块石头或金属。与此同时,他对妹妹们似乎比平常更好了,唯恐单单冷淡还不足以使我相信我已那么彻底被逐出教门,他又加上了反差的力量。我确信他这么做不是因为恶意,而是出于对原则的维护。

他离家前夕,我偶然见他日落时在园子里散步。瞧着他的身影,我想起这个眼下虽然与我有些隔膜的人,曾经救过我的性命,又是我的近亲,心里便感动得打算做最后一次努力,来恢复友谊。我出了门,向他走去,他倚着小门站着,我立刻开门见山地说:

"圣·约翰,我不大高兴,因为你还在生我的气,让我们成为朋友吧。"

"但愿我们是朋友。"他一面无动于衷地回答,一面仍然仰望着冉冉上升的月亮,我走近他时他就早已那么凝视着了。

"不,圣·约翰。我们并不像过去那样是朋友了。这你知道。"

"难道我们不是吗?这话可错了。就我来说,我并没希望你倒霉,而是愿你一切都好。"

"我相信你,圣·约翰,因为我深信你不会希望别人倒霉,不过既然我是你的亲戚,我就希望多得到一分爱,超过你施予一般陌路人的博爱。"

"当然,"他说,"你的愿望是合理的,我决没有把你当做陌路人。"

这话说得沉着镇静,但也是够折磨人令人丧气的。要是我迁就自尊和恼怒的苗头,我会立刻走掉。但是我内心有某种比那些感情更强烈的东西在活动。我十分敬佩我表兄的才能和为人,他的友谊对我来说很宝贵,失掉它会使我心里非常难受。我不会那么快就放弃重新征服的念头。

"难道我们就得这样分别了吗,圣·约翰?你就这么离开我去印度,不说一句更好听的话吗?"

他这会儿已完全不看月亮,把面孔转向了我。

"我去印度就是离开你吗,简?什么!你不去印度?"

"你说我不能去,除非嫁给你。"

"那你不嫁给我?你坚持那个决定?"

读者呀,你可像我一样知道,这些冷酷的人能赋予他们冰一般的问题什么样的恐怖吗?知道他们一动怒多么像雪崩吗?一不高兴多么像冰山爆裂吗?

"不,圣·约翰,我不嫁你,并坚持自己的决定。"

崩裂的冰雪抖动着往前滑了一下,但还没有塌下来。

"再说一遍,为什么拒绝?"他问。

"以前我回答过了,因为你不爱我。现在我回答:因为你差不多恨我;要是我跟你结婚,你会要我的命,现在就要我的命了。"

他的嘴唇和脸颊顿时刷白——很白很白。

**"我会要你的命——我现在就在要你的命?你这些话很凶也不真实,不像女人说的。你根本就不应该这么说。这些话暴露了心灵的一种不幸状态,应当严受责备,而且是不可宽恕的。但是人的职责是宽恕他的同胞,即使是宽恕他七十七次。"**

这下可完蛋了。我原是希望从他的脑海里抹去以前的伤痕,却不料在它坚韧的表面上打上了更深的印记,我已经把它烙到里面去了。

"现在你真的恨我了,"我说,"再要同你和解也没有用了。我知道我已把你变成了永久的敌人。"

这些话好似雪上加霜,还因为触及事实而更加伤人。他那没有血色的嘴唇抖动着一下子抽搐起来。我知道我已煽起了钢刀一般的愤怒。我心里痛苦不堪。

"你完全误解了我的话,"我立刻抓住他的手说,"我无意让你难受或痛苦——真的,我没有这个意思。"

他苦笑着——非常坚决地把手抽了回去。"我想,现在你收回了你的允诺,根本不去印度了,是吗?"一阵相当长的静默之后他说。

"不,我要去的,当你的助手。"我回答。

接着是一阵很长的沉默。在这间隙,天性与情理之间究竟如何搏斗着,我说不上来,他的眼睛闪着奇异的光芒,奇怪的阴影掠过他的面孔。他终于开口了。

"我以前曾向你证明,像你这般年纪的单身女人,陪伴像我这样的男人是荒唐的。我已把话说到这样的地步,我想你不会再提起这个打算了。很遗憾你居然还是提了——为你感到遗憾。"

我打断了他。类似这种具体的责备反而立刻给了我勇气。"你要通情理,圣·约翰,你近乎胡言乱语了。你假装对我所说的感到震惊,其实你并没有,因为像你这样出色的脑袋,不可能那么迟钝,或者自负,以至于误解我的意思。我再说一次,要是你高兴,我可以当你的副牧师,而不是你妻子。"

他再次脸色刷白,但像以前一样还是完全控制住了自己的感情。他的回答很有力却也很镇静:

"一个不做我妻子的女副牧师,对我绝不合适。那么看来,你是不能同我去了。但要是你的建议很诚心,那我去镇上的时候可以同一个已婚的教士说说,他的妻子需要一个助手。你有自己的财产,不必依赖教会的赞助,这样,你就不会因为失信和毁约而感到耻辱。"

读者们明白,我从来没有做过一本正经的许诺,也没有跟谁订下过约定。在这种场合,他的话说得太狠,太专横了。我回答:

"在这件事上,并无耻辱可言,也不存在失信和毁约。我丝毫没有去印度的义务,尤其是同陌生人。同你,我愿意冒很大的险,因为我佩服你,信任你。作为一个妹妹,我爱你。但我相信,不管什么时候去,跟谁去,在那种气候条件下我是活不长的。"

"啊,你怕你自己。"他噘起嘴唇说。

"我是害怕。上帝给了我生命不是让我虚掷的,而按你的意愿去做,我想无异于自杀。况且,我在决心离开英国之前,还要确实弄明白,留在这儿是不是比离开更有价值。"

"你这是什么意思?"

"解释也是徒劳的,在有一点上我长期忍受着痛苦的疑虑,不通过某种办法来解除疑团,我什么地方也不能去。"

"我知道你的心向着哪里,依恋着什么。你所怀的兴趣是非法的,不神圣的。你早该将它抛弃了。这会儿你应当为提起它来而感到害臊。你是不是想着罗切斯特先生?"

确实如此,我默认了。

"你要去找罗切斯特先生吗?"

"我得弄清楚他怎么样了。"

"那么，"他说，"就让我在祷告中记住你，真诚地祈求上帝不让你真的成为弃儿。我本以为你是主的选民了。不过上帝的眼光跟人的不一样，**他的才真正起作用。**"

他打开栅门走了出去，溜达着下了峡谷，很快就不见了。

我再次进入客厅的时候，发觉黛安娜伫立窗边，看上去若有所思。她个子比我高很多。她把手搭在我肩上，俯身端详起我的脸来。

"简，"她说，"现在你总是脸色苍白，焦躁不安。肯定是出了什么事了。告诉我，圣·约翰同你在闹什么别扭。我从这扇窗看了半个小时了。你得原谅我那样暗中监视你，但过了好久我还不知道是怎么回事。圣·约翰是个怪人——"

她顿了一下——我没有吱声，她立刻接着说：

"我这位哥哥对你有着特别的看法，我敢肯定。他早就对你特别注意和关心了，对别人可从来没有这样——什么目的呢？但愿他爱上了你——他爱你吗，简？"

我把她冷冰冰的手放在我发烫的额头上："不，黛，没有那回事儿。"

"那他干嘛眼睛老盯着你——老是要你同他单独在一起，而且一直把你留在他身边？玛丽和我都断定他希望你嫁给他。"

"他确实是这样——他求我做他的妻子。"

黛安娜拍手叫好。"这正是我们的愿望和想法呢！你会嫁给他的，简，是吗？那样他就会留在英国了。"

"他才不会呢，黛安娜。他向我求婚只有一个意思，那就是为他在印度的苦役找个合适的伙伴。"

"什么！他希望你去印度？"

"不错。"

"简直疯了！"她嚷道，"我敢肯定，你在那里住不满三个月。你决不能去，你没有同意，是吧，简？"

"我已经拒绝嫁给他——"

"结果使他不高兴了？"她提醒说。

"很不高兴，我担心他永远不会原谅我。不过我提出作为他的妹妹陪他去。"

"那真是傻到极点了,简。想一想你要干的事吧——累个没完的,身强力壮的人都会给累死,更何况你又那么弱。圣·约翰——你知道他——会怂恿你去干做不到的事情。你要是跟着他,就是大热天也不让歇口气。可惜就我所见,凡是他强求你做的,你都逼着自己去完成。你倒是有勇气拒绝他的求婚,我真感到惊讶,那么你是不爱他了,简?"

"不是把他当做丈夫来爱。"

"不过他是个漂亮的家伙。"

"而我又长得那么平庸,你知道,黛。我们决不般配。"

"平庸!你?绝对不是。你太漂亮,也太好了,不值得那么活活地放到加尔各答去烤。"她再次真诚地恳求我放弃同她兄长一起出国的一切念头。

"说真的我得这样,"我说,"因为刚才我再次提出愿意做他的副牧师时,他对我的不恭表示惊奇。他好像认为提议不结婚陪他去是有失体统,仿佛我一开始就不希望把他当成兄长,而且一直这么看他似的。"

"你怎么会说他不爱你呢,简?"

"你应该听听他自己谈谈对这个问题的看法。他口口声声解释说他要结婚,不是为了他自己,而是为了他的圣职。他还告诉我,我生来就是为了劳作,而不是为了爱情。无疑这话也有道理。但在我看来,如果我生来不是为了爱情,那么随之而来,也生来不是为了婚配。这岂不是咄咄怪事,黛,一生跟一个男人拴在一起,而他只把我当做一样有用的工具?"

"不能容忍——不通人情——办不到的!"

"还有,"我继续说,"虽然我现在对他有兄妹之情,但要是我被迫做了他妻子,我能想象,我对他的爱很可能会无可奈何,奇怪反常,备受折磨。因为他那么有才能,神态、举动和谈吐无不透出一种英雄气概。那样,我的命运就会变得悲惨得难以形容。他会不要我爱他,要是我依然有所表露,他会让我感到,那是多余的,他既不需要,对我也不合适。我知道他会这样。"

"而圣·约翰是个好人。"黛安娜说。

"他是个好人,也是个伟人。可惜他在追求大目标时,忘掉了小人物的情感和要求。因此,微不足道的人还是离他远点好,免得他在前进时把他们踩倒。他来了!我得走了,黛安娜。"我见他进了园子,便匆匆上楼去了。

但是吃晚饭时我不得不再次与他相遇。用餐时他完全像平常那样显得很平静。我本以为他不会同我说话了,而且确信他已经放弃了自己的婚姻计划。但后来的情况表明,在这两点上我都错了。他完全以平常的态度,或者说最近习以为常的态度同我说话:审慎的客气态度。无疑他求助于圣灵来克制我在他心里所激起的愤怒,现在他相信已再次宽恕了我。

祷告前的晚读,他选了《启示录》的第二十一章。倾听《圣经》中的话从他嘴里吐出来始终是一种享受。他在发表上帝的圣谕时,他优美的嗓音是最洪亮又最动听的,他的态度之高尚纯朴也最令人难忘。而今天晚上,他的语调更加严肃——他的态度更富有令人震颤的含义——他坐在围成一圈的家人中间(五月的月亮透过没有拉上窗帘的窗子,泻进室内,使桌上的烛光显得几乎是多余的了)。他坐在那里,低头看着伟大而古老的《圣经》,描绘着书页中的新天堂和新世界的幻境——告诉大家上帝如何会来到世间与人同住,如何会抹去人们的眼泪,并允诺不会再有死亡,也不会有忧愁或者哭泣,不会有痛苦,因为这些往事都已一去不复返了。

接着的一番话,他讲得让我出奇地激动不已,尤其是从他声音的难以描述的细小变化中,我感觉到,他在说这些话的时候,目光已经转向了我。

"得胜的,必承受这些为业,我要做他的上帝,他要做我的儿子。"这段话读得又慢又清楚,"唯有胆怯的,不信的……他们的分,就在烧着硫磺的火湖里,这是第二次的死。"①

从此,我知道圣·约翰担心什么命运会落在我头上。

他在朗读那一章最后几句壮丽的诗句时,露出一种平静而克制的得意之情,混杂着竭诚的渴望。这位朗读者相信,他的名字已经写在羔羊生命册上了②,他盼望着允许他进城的时刻,地上的君王已将自己的荣耀归与那城,这里不需要太阳或月亮的照耀,因有上帝的荣耀光照,又有羔羊为城的灯。

在这章之后的祈祷中,他调动了全身的活力——他那一本正经的热情

---

①　见《新约·启示录》第二十一章第七至八节。
②　此句及本段的后几句话均取自《新约·启示录》第二十一章第二十三至二十七节:"那城内又不用日月光照,因为有上帝的荣耀光照,又有羔羊为城的灯。列国要在城的光里行走,地上的君王必将自己的荣耀归与那城……凡不洁净的……总不得进那城,只有名字写在羔羊生命册上的才得进去。"

又复苏了,他虔诚地向上帝祈祷,决心要取胜。他祈求给心灵软弱者以力量;给脱离羊栏的迷路人以方向;让那些受世俗生活和情欲诱惑而离开正道者,关键时刻迷途知返。他请求,他敦促,他要求上天开恩,让他们免于火烙。真诚永远是深沉庄严的。开始,我听着祈祷的时候,对他的真诚心存疑惑;接着,祈祷继续进行并声音越来越响时,我被它所打动,最后终于不胜敬畏了。他真诚地感到他目的之伟大和高尚;那些听他为此祈祷的人也不能不产生同感。

祈祷之后,我们向他告别,因为第二天一早他就要出门。黛安娜和玛丽吻了他以后离开了房间,想必是听从他的悄声暗示的缘故。我伸出手去,祝他旅途愉快。

“谢谢你,简。我说过,两周后我会从剑桥返回。那么这段时间留着供你思考。要是我听从人的尊严,我应当不再说起你同我结婚的事儿,但我听从职责,一直注视着我的第一个目标——为上帝的荣誉而竭尽全力。我的主长期受苦受难,我也会这样。我不能让你永堕地狱,变成受上天谴责的人。趁你还来得及的时候忏悔吧——下决心吧。记住,我们受到吩咐,要趁白天工作①。我们还受到警告,‘黑夜将到,就没有人能作工了。’记住那些在世时享福的财主的命运。上帝使你有力量选择好的福分,这福分是不能从你那儿夺走的。②”

他说最后几个字时把手放在我头上,话说得很诚恳,也很委婉。说真的,他用的不是一个情人看心上人的眼神,而是牧师召回迷途羔羊的目光——或者更恰当些,是一个守护神注视着他所监护的灵魂的目光。一切有才能的人,无论有无感情,无论是狂热者,还是追求者,抑或暴君——只要是诚恳的,在征服和统治期间都有令人崇敬的时刻。我崇敬圣·约翰——那么五体投地,结果所产生的冲击力一下子把我推到了我久久回避的那一点上。我很想停止同他搏斗,冲进他意志的洪流,急速注入他生活的海峡,在那里把我的生活淹没。现在我被他所困扰,几乎就像当初我受到另一个

---

① 见《新约·约翰福音》第九章第四节:“趁着白日,我们必须作那差我来者的工。黑夜将到,就没有人能作工了。”
② 见《新约·路加福音》第十章第四十二节:“……选择那上好的福分,是不能夺去的。”

人的不同方式的困扰一样。两次我都做了傻瓜。那一次让步会是原则上的错误;而现在让步就会犯判断的错误。所以此时此刻我想,当我透过时间的平静中介,回头去看那危机时,当初我并没有意识到自己的愚蠢。

我一动不动地站着,受着我的圣师的触摸。我忘却了拒绝,克服了恐惧,停止了搏斗。不可能的事——也就是我与圣·约翰的婚姻——很快要成为可能了。猛地一阵风过,全都变了样。宗教在呼唤——天使在招手——上帝在指挥——生命被卷起,好像书卷①——死亡之门打开了,露出了彼岸的永恒。看来,为了那里的安全和幸福,顷刻之间这里什么都可以牺牲。阴暗的房间里充满了幻象。

"你现在就能决定吗?"传教士问。这问话的语调很温柔,他同样温柔地把我拉向他。啊,那样一种温柔! 它比强迫要有力得多! 我能抵御圣·约翰的愤怒,但面对他的和善,我便像芦苇一般柔顺了。但我始终很清楚,要是我现在让步,有一天我照样会对我以前的叛逆感到懊悔。他的本性并不因为一小时的庄严祈祷而改变,只不过升华了而已。

"只要有把握,我就能决定,"我回答,"只要能说服我嫁给你确实是上帝的意志,那我此时此刻就可以发誓嫁给你——不管以后会发生什么!"

"我的祈祷应验了!"圣·约翰失声叫道。他的手在我头上压得更紧了,仿佛他已经把我要去了。他用胳膊搂住我,**几乎像是爱着我**(我说"**几乎**"——我知道这中间的差别——因为我曾感受过被爱的滋味。但是像他一样,我已把爱置之度外,想的只是职守了)。我在疑云翻滚的内心同不明朗的态度斗争着。我诚恳地、深深地、热切地期望去做对的事情,也只做对的事情。"给我指点一下——给我指点一下道路吧!"我祈求上苍。我从来没有像现在那么激动过。至于后来发生的事情是不是激动的结果,读者自可判断。

整座房子寂静无声。因为我相信,除了圣·约翰和我自己,所有的人都安息了。那一根蜡烛幽幽将灭,室内洒满了月光。我的心怦怦乱跳,我听见了它的搏动声。突然一种难以言表的感觉使我的心为之震颤,并立即涌向我的头脑和四肢,我的心随之停止了跳动。这种感觉不像一阵电击,但它一

---

① 见《旧约·以赛亚书》第三十四章第四节:"天被卷起,好像书卷。"

样的尖锐,一样的古怪,一样的惊人。它作用于我的感官,仿佛它们在这之前的最活跃时刻也只不过处于麻木状态。而现在它们受到了召唤,被强迫弄醒。感官苏醒了,充满了期待,眼睛和耳朵等候着,而肌肉在骨头上哆嗦。

"你听到了什么啦?你看见什么了吗?"圣·约翰问。我什么也没有看到,可是我听见一个声音在什么地方叫唤着——

"简!简!简!"随后什么也听不到了。

"啊,上帝呀!那是什么声音?"我喘息着。

我本该说"这声音是从哪里来的",因为它似乎不在房间里——也不在屋子里——也不在花园里。它不是来自空中——也不是来自地下——也不是来自头顶。我已经听到了这声音——从何而来,或者为何而来,那是永远无法知道的!而这是人的声音——一个熟悉、亲切、记忆犹新的声音,爱德华·费尔法克斯·罗切斯特的声音。这声音痛苦而悲哀——显得狂乱、怪异和急切。

"我来了!"我叫道,"等我一下!啊,我一定来!"我飞也似的走到门边,朝走廊里窥视着,那里一片漆黑,我冲进花园,里边空空如也。

"你在哪儿?"我喊道。

沼泽谷那一边的山峦隐隐约约地把回答传了过来——"你在哪儿?"我倾听着。风在冷杉中低吟着,一切只有荒原的孤独和午夜的沉寂。

"去你的迷信!"那幽灵黑魆魆地在门外紫杉木旁边出现时我说道,"这不是你的骗局,也不是你的巫术,而是大自然的功劳。她苏醒了,虽然没有创造奇迹,却尽了最大的努力。"

我挣脱了跟着我并想留住我的圣·约翰。该轮到我处于支配地位了。我的力量在起作用,在发挥威力了。我告诉他不要再提问题,或是再发议论了。我希望他离开我。我必须而且也宁愿一个人呆着。他立刻听从了。只要有魄力下命令,别人总是听话的。我上楼回卧室,把自己锁在房里,跪了下来,以我的方式祈祷着——不同于圣·约翰的方式,但自有其效果。我似乎已深入并接近了一颗伟大的心灵,我的灵魂感激地冲出去来到他脚边。我从感恩中站起来——下了决心,随后躺了下来,并不觉得害怕,却受到了启发——急切地盼着白昼的来临。

## 第十章

　　白昼来临，拂晓时我便起身了。我忙了一两个小时，根据短期外出的需要，把房间、抽屉和衣橱里的东西做了安排。与此同时，我听到圣·约翰离开了房间，在我房门外停了一下，我担心他会敲门——不，他没有敲，却从门底下塞进来一张纸条，我拿起来一看，只见上面写着：

　　"昨晚你离开我太突然了。要是你再呆一会儿，你就会得到基督的十字架和天使的皇冠了。两周后的今天我回来时盼你已做出明确的决定。同时，你要留心并祈祷，愿自己不受诱惑。我相信，灵是愿意的；但我也看到，肉是软弱的。我会时时为你祈祷——你的，圣·约翰。"

　　"我的灵，"我心里回答，"乐意做一切对的事情，我希望我的肉也很坚强，一旦明确上帝的意旨，便有力量去实现它。无论如何，我的肉体是够坚强的，让我可以去探求、询问、摸索出路，驱散疑云，找到确然无疑的晴空。"

　　这是六月一日。早晨，满天阴云，凉气袭人，骤雨敲窗。我听见前门开了，圣·约翰走了出去。透过窗子，我看到他走过花园，踏上雾蒙蒙的荒原，朝惠特克劳斯方向走去。那儿他将搭上马车。

　　"几小时之后我会循着你的足迹，表兄，"我想，"我也要去惠特克劳斯搭乘马车。在永远告别英国之前，我也有人要探望和问候。"

　　离早餐还有两个小时。这段时间我在房间里轻轻地走来走去，思忖着促成我眼前这番计划的奇事。我回忆着我所经历的内在感觉，我能回想起它以及那种难以言说的怪异。我回想着我听到的声音，再次像以前那样徒劳地问，它究竟从何而来。这声音似乎来自**我内心**——而不是外部世界。

我问道,难道这不过是一种神经质的印象——一种幻觉?我既无法想象,也并不相信。它更像是神灵的启示。这种情感的惊人震感来势猛似地震,摇撼了保罗和西拉所在的监狱的地基①,它打开了心灵的牢门,松开了锁链——把心灵从沉睡中唤醒,它呆呆地颤栗着,倾听着。随后一个尖叫声震动了三次,冲击着我受惊的耳朵,沉入我震颤的心田,穿透了我心灵。心灵既不害怕,也没有震惊,而是欢喜雀跃,仿佛因为有幸不受沉重的躯体支配,做了一次成功的努力而十分高兴似的。

"不要很多天,"我从沉思中回过神来后说,"我会了解到他的一些情况,昨晚他的声音已经召唤过我。信函问询已证明毫无结果——我要代之以亲自探访。"

早餐时,我向黛安娜和玛丽宣布,我要出门去,至少离开四天。

"一个人去吗,简?"她们问。

"是的,去看看,或者打听一下一个朋友的消息,我已为他担心了好久了。"

正如我明白她们在想的那样,她们本可以说,一直以为除了她们,我没有别的朋友,其实我也总是这么讲的。但出于天生真诚的体贴,她们没有发表任何议论,除了黛安娜问我身体是否确实不错,是否适宜旅行。她说我脸色苍白。我回答说没有什么不适,只不过内心有些不安,但相信不久就会好的。

于是接下来的安排就容易了,因为我不必为刨根问底和东猜西想而烦恼。我一向她们解释,现在还不能明确宣布我的计划,她们便聪明而善解人意地默许我悄然进行,给了我在同样情况下也会给予她们的自由行动的特权。

下午三点我离开了沼泽居,四点后不久,我便已站在惠特克劳斯的路牌下,等待着马车把我带到遥远的桑菲尔德去。在荒山野路的寂静之中,我很远就听到了马车靠近了。一年前的一个夏夜,我就是从这辆马车上走下来,

---

① 见《新约·使徒行传》第十六章第二十五至二十六节:保罗和西拉在马其顿传道被打入监狱,"约在半夜,保罗和西拉祷告唱诗赞美上帝,众囚犯也侧耳而听。忽然地大震动,甚至监牢的地基都摇动了。监门立刻全开,众囚犯的锁链也都松开了"。

就在这个地方——那么凄凉,那么无望,那么毫无目的!我一招手马车便停了下来。我上了车——现在已不必为一个座位而倾我所有了。我再次踏上去桑菲尔德的路途,真有信鸽飞回家园之感。

这是一段三十六小时的旅程。星期二下午从惠特克劳斯出发,星期四一早,马车在路边的一家旅店停下,让马饮水。旅店坐落在绿色的树篱、宽阔的田野和低矮的放牧小山之中(与中北部莫尔顿严峻的荒原相比,这里的地形多么柔和,颜色何等苍翠!),这番景色映入我眼帘,犹如一位一度熟悉的人的面容。不错,我了解这里景物的特点,我确信已接近目的地了。

"桑菲尔德离这儿有多远?"我问旅店侍马人。

"穿过田野走两英里就到了,小姐。"

"我的旅程结束了。"我暗自思忖。我跳下马车,把身边的一个箱子交给侍马人保管,回头再来提取。付了车钱,给足了马夫,便启程上路了。黎明的曙光照在旅店的招牌上,我看到了镀金的字母"罗切斯特纹章",心便怦怦乱跳,原来我已来到我主人的地界。但转念一想,又心如止水了:

"也许你的主人在英吉利海峡彼岸。况且,就是他在你匆匆前往的桑菲尔德府,除了他还有谁也在那里呢?还有他发了疯的妻子,而你与他毫不相干。你不敢同他说话,或者前去找他。你劳而无功——你还是别再往前走吧,"冥冥中的监视者敦促道,"从旅店里的人那里探听一下消息吧,他们会提供你寻觅的一切情况,立刻解开你的疑团,走到那个人跟前去,问问罗切斯特先生在不在家。"

这个建议很明智,但我无法迫使自己去实施。我害怕得到一个让我绝望的回答。延长疑虑就是延长希望。我也许能在希望的星光照耀下再见一见府第。我面前还是那道石阶——还是那片田野,那天早晨我逃离桑菲尔德,急急忙忙穿过这片田野,不顾一切,漫无目的,心烦意乱,被一种复仇的愤怒跟踪着,痛苦地折磨着。啊,我还没决定走哪条路,就已置身于这片田野之中了。我走得好快呀!有时候我那么奔跑着!我多么希望一眼就看到熟悉的林子啊!我是带着怎样的感情来欢迎我所熟悉的一棵棵树木,以及树与树之间的草地和小山啊!

树林终于出现在眼前,白嘴鸦黑压压一片,呱呱的响亮叫声打破了清晨的寂静。一种奇怪的喜悦激励着我,使我急煎煎往前赶路,穿过另一片田野——走过一条小径——看到了院墙,但后屋的下房、府楼本身,以及白嘴鸦的巢穴,依然隐而不见。

"我第一眼看到的应是府第的正面。"我心里很有把握。"那里雄伟醒目的城垛会立刻扑入眼帘;那里我能认出我主人的那扇窗子,也许他会伫立窗前——他起得很早。也许他这会儿正漫步在果园里,或者前面铺筑过的路上。要是我能见见他该多好!——就是一会儿也好!当然要是那样,我总不该发狂到向他直冲过去吧?我说不上来——我不敢肯定。要是我冲上去了——那又怎么样?上帝祝福他!那又怎么样?让我回味一下他的目光所给予我的生命,又会伤害了谁呢?——我在呓语。也许此刻他在比利牛斯山或者南部风平浪静的海面上观赏着日出呢。"

我信步朝果园的矮墙走去,在拐角处转了弯。这里有一扇门,开向草地,门两边有两根石柱,顶上有两个石球。从一根石柱后面我可以悄然四顾,看到府宅的全部正面。我小心地探出头去,很希望看个明白,是不是有的窗帘已经卷起。从这个隐蔽的地方望去,城垛、窗子和府楼长长的正面,尽收眼底。

我这么观察着的时候,在头顶滑翔的乌鸦们也许正俯视着我。我不知道它们在想什么,它们一定以为起初我十分小心和胆怯,但渐渐地我变得大胆而鲁莽了。我先是窥视一下,随后久久盯着,再后是离开我躲藏的角落,不经意走进了草地,突然在府宅正面停下脚步,久久地死盯着它。"起初为什么装模作样羞羞答答?"乌鸦们也许会问,"而这会儿又为什么傻里傻气、不顾一切了?"

读者呀,且听我解释。

一位情人发现他的爱人睡在长满青苔的河岸上,他希望看一眼她漂亮的面孔而不惊醒她。他悄悄地踏上草地,注意不发出一点声响,他停下脚步——想象她翻了个身。他往后退去,无论如何不让她看到。四周毫无动静。他再次往前走去,向她低下头去。她的脸上盖着一块轻纱。他揭开面纱,身子弯得更低了。这会儿他的眼睛期待着看到这个美人儿——安睡中显得热情、艳丽和可爱。那第一眼多么急不可耐!但她两眼发呆!他多么吃惊!他又何等突然、何等激烈地紧紧抱住不久之前连碰都不敢碰的这个躯体,用手指去碰它!他大声呼叫着一个名字,放下了抱着的身躯,狂乱地直愣愣瞧着它。他于是紧抱着，呼叫着，凝视着，因为他不再担心他发出的任何声音，所做的任何动作会把她惊醒。他以为他的爱人睡得很甜。但此刻发现她完全死了。

我带着怯生生的喜悦朝堂皇的府第看去。我看到了一片焦黑的废墟。

没有必要躲在门柱后面畏缩不前了，真的！没有必要偷偷地眺望房间的格子窗，而担心窗后已有动静！没有必要倾听打开房门的声音，想象铺筑过的路和砂石小径上的脚步声了。草地、庭院已踏得稀烂，一片荒芜。入口的门空张着。府第的正门像我一次梦中所见的那样，剩下了贝壳似的一堵墙，高高耸立，却岌岌可危，布满了没有玻璃的窗孔。没有屋顶，没有城垛，没有烟囱——全都倒塌了。

这里笼罩着死一般的沉寂和旷野的凄凉。怪不得给这儿的人写信，仿佛是送信给教堂过道上的墓穴，从来得不到答复。黑森森的石头诉说着府宅遭了什么厄运——火灾。但又是怎么烧起来的呢？这场灾难的经过如何？除了灰浆、大理石和木制品，还有什么其他损失呢？生命是不是像财产一样遭到了毁灭？如果是，谁丧失了生命？这个可怕的问题，眼前没有谁来回答——甚至连默默的迹象、无言的标记都无法回答。

我徘徊在颓垣断壁之间，穿行于残破的府宅内层之中，获得了迹象，表明这场灾难不是最近发生的。我想，冬雪曾经飘入空空的拱门，冬雨打在没有玻璃的窗户上。在一堆堆湿透了的垃圾中，春意催发了草木，乱石堆中和断梁之间，处处长出了野草。啊！这片废墟的不幸主人又在哪里？他在哪个国度？在谁的保护之下？我的目光不由自主地飘向了大门边灰色的教堂塔楼，我问道："难道他已随戴默尔·德·罗切斯特而去，共住在狭窄的大理石房子里？"

这些问题都得找到答案。而除了旅店，别处是找不到的。于是不久我便返回那里。老板亲自把早餐端到客厅里来，我请他关了门，坐下来。我有些问题要问他，但待他答应之后，我却不知道从何开始了。我对可能得到的回答怀着一种恐惧感。然而刚才看到的那番荒凉景象，为一个悲惨的故事做好了一定的准备。老板看上去是位体面的中年人。

"你当然知道桑菲尔德府了？"我终于启齿了。

"是的，小姐，我以前在那里住过。"

"是吗?"不是我在的时候,我想。我觉得他很陌生。

"我是已故的罗切斯特先生的管家。"他补充道。

已故的! 我觉得我避之不迭的打击重重地落到我头上了。

"已故的!"我透不过气来了。"他死了?"

"我说的是现在的老爷,爱德华先生的父亲。"他解释说。我又喘过气来了,我的血液也继续流动。他的这番话使我确信,爱德华先生——我的罗切斯特先生(无论他在何方,愿上帝祝福他!)至少还活着,总之还是"现在的老爷",(多让人高兴的话!)我似乎觉得,不管他会透露什么消息,我会比较平静地去倾听。我想,既然他没有进坟墓,就是知道他在新西兰和澳大利亚,我都能忍受。

"罗切斯特先生如今还住在桑菲尔德府吗?"我问,当然知道他会怎样回答,但并不想马上就直截了当地问起他的确实住处。

"不,小姐——啊,不! 那儿已没有人住了。我想你对附近地方很陌生,不然你会听到过去年秋天发生的事情。桑菲尔德府已经全毁了。大约秋收的时候烧掉的——一场可怕的灾难! 那么多值钱的财产都毁掉了,几乎没有一件家具幸免。火灾是深夜发生的,从米尔科特来的救火车还没有开到,府宅已经是一片熊熊大火。这景象真可怕,我是亲眼见到的。"

"深夜!"我咕哝着。是呀,在桑菲尔德府那是致命的时刻。"发现是怎么引起的吗?"我问。

"他们猜想,小姐,他们是这么猜想的。其实,我该说那是确然无疑的。你也许不知道吧,"他往下说,把椅子往桌子稍稍挪了挪,声音放得很低,"有一位夫人——一个——一个疯子,关在屋子里?"

"我隐隐约约听到过。"

"她被严加看管着,小姐。好几年了,外人都不能完全确定有她这么个人在。没有人见过她。他们只不过凭谣传知道,府里有这样一个人。她究竟是谁,干什么的,却很难想象。他们说是爱德华先生从国外把她带回来的。有人相信,曾是他的情妇。但一年前发生了一件奇怪的事情——一件非常奇怪的事情。"

我担心这会儿要听我自己的故事了。我竭力把他拉回到正题上。

"这位太太呢?"

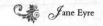 

"这位太太,小姐,"他回答,"原来就是罗切斯特先生的妻子!发现的方式也是再奇怪不过的。府上有一位年轻小姐,是位家庭教师,罗切斯特先生与她相爱了——"

"可是火灾呢?"我提醒。

"我就要谈到了,小姐——爱德华先生爱上了。用人们说,他们从来没有见到有谁像他那么倾心过。他死死追求她。他们总是注意着他——你知道用人们会这样的,小姐——他把她看得比什么都重。所有的人,除了他,没有人认为她很漂亮。他们说,她是个小不点儿,几乎像个孩子。我从来没有见过她,不过听女仆莉娅说起过。莉娅也是够喜欢她的。罗切斯特先生大约四十岁,这个家庭女教师还不到二十岁。你瞧,他这种年纪的男人爱上了姑娘们,往往像是神魂颠倒似的。是呀,他要娶她。"

"这部分故事改日再谈吧,"我说,"而现在我特别想要听听你说说大火的事儿。是不是怀疑这个疯子,罗切斯特太太参与其中?"

"你说对了,小姐。肯定是她,除了她,没有谁会放火的。她有一个女人照应,名叫普尔太太——干那一行是很能干的,也很可靠。但有一个毛病——那些看护和主妇的通病,**她私自留着一瓶杜松子酒**,而且常常多喝那么一口。那也是可以原谅的,因为她活得太辛苦了。不过那很危险,酒和水一下肚,普尔太太睡得烂熟,那位像巫婆一般狡猾的疯女人,便会从她口袋里掏出钥匙,开了门溜出房间,在府宅游荡,心血来潮便什么荒唐的事都干得出来。他们说,有一回差一点把她的丈夫烧死在床上。不过我不知道那回事。但是,那天晚上,她先是放火点燃了隔壁房间的帷幔,随后下了一层楼,走到原来那位家庭女教师的房间(不知怎么搞的,她似乎知道事情的进展,而且对她怀恨在心)——给她的床放了把火,幸亏没有人睡在里面。两个月前,那个家庭女教师就出走了。尽管罗切斯特先生拼命找她,仿佛她是稀世珍宝,但她还是杳无音讯。他变得越来越粗暴了——因为失望而非常粗暴。他从来就不是一个性情温和的人,而失去她以后,简直就危险了。他还喜欢孤身独处,把管家费尔法克斯太太送到她远方的朋友那儿去了。不过他做得很慷慨,付给她一笔终身年金,而她也是受之无愧的——她是一个很好的女人。他把他监护的阿黛勒小姐送进了学校,自己便与所有的绅士们断绝了往来,像隐士那样住在府上,闭门不出。"

"什么！他没有离开英国？"

"离开英国？哎哟，没有！他连门槛都不跨出去。除了夜里，他会像一个幽灵那样在庭院和果园里游荡——仿佛神经错乱似的——依我看是这么回事。在那位小个子女教师叛卖他之前，小姐，你从来没见过哪位先生像他那么活跃、那么大胆、那么勇敢。他不是像有些人那样热衷于饮酒、玩牌和赛马，他也不怎么漂亮，但他有着男人特有的勇气和意志力。你瞧，他还是一个孩子的时候我就认识他了。至于我，我倒常常希望那位爱小姐还没到桑菲尔德府就给沉到海底去了。"

"那么起火时罗切斯特先生是在家里了？"

"不错，他确实在家。上上下下都烧起来的时候，他上了阁楼，把仆人们从床上叫醒，亲自帮他们下楼来，随后又返回去，要把发疯的妻子弄出房间。那时他们喊他，说她在屋顶。她站在城堞上，挥动着胳膊，大喊大叫，一英里外都听得见。我亲眼见了她，亲耳听到了她的声音。她个儿很大，头发又长又黑，站着时我们看到她的头发映着火光在飘动。我亲眼看到，还有好几个人也看到了罗切斯特先生穿过天窗爬上了屋顶。我们听他叫了声'佩莎！'我们见他朝她走去，随后，小姐，她大叫一声，纵身跳了下去，刹那之间，她已躺在路上，粉身碎骨了。"

"死了？"

"死了！啊，完全断气了，在石头上脑浆迸裂，鲜血四溅。"

"天哪！"

"你完全可以这么说，小姐，真吓人哪！"

他打了个寒颤。

"那么后来呢？"我催促着。

"哎呀，小姐，后来整座房子都夷为平地了，眼下只有几截子墙还立着。"

"还死了其他人吗？"

"没有——要是有倒也许还好些。"

"你这话是什么意思？"

"可怜的爱德华！"他失声叫道，"我从来没有想到会见到这样的事情！有人说那不过是对他隐瞒第一次婚姻，妻子活着还想再娶的报应。但对我来说，我是怜悯他的。"

"你说了他还活着？"我叫道。

"是呀，是呀，他还活着。但很多人认为他还是死了的好。"

"为什么？怎么会呢？"我的血又冰冷了。

"他在哪儿？"我问，"在英国吗？"

"啊——啊——他是在英国，他没有办法走出英国，我想——现在他是寸步难行了。"

那是什么病痛呀？这人似乎决意吞吞吐吐。

"他全瞎了，"他终于说，"是呀，他全瞎了——爱德华先生。"

我曾担心更坏的结局，担心他疯了。我鼓足勇气问他造成灾难的原因。

"全是因为他的胆量，你也可以说，因为他的善良，小姐。他要等所有的人在他之前逃出来才肯离开房子。罗切斯特夫人跳下城垛后，他终于走下了那个大楼梯，就在这时，轰隆一声，全都塌了下来。他从废墟底下被拖了出来，虽然还活着，但伤势严重。一根大梁掉了下来，正好护住了他一些。不过他的一只眼睛被砸了出来，一只手被压烂了，因此医生卡特不得不将它立刻截了下来。另一只眼睛发炎了，也失去了视力。如今他又瞎又残，实在是束手无策了。"

"他在哪儿？他现在住在什么地方？"

"在芬丁，他的一个庄园里，离这里三十英里，是个很荒凉的地方。"

"谁跟他在一起？"

"老约翰和他的妻子。别人他都不要。他们说，他身体全垮了。"

"你有什么车辆吗？"

"我们有一辆轻便马车，小姐，很好看的一辆车。"

"马上把车准备好。要是你那位驿车送信人肯在天黑前把我送到芬丁，我会付给你和他相当于平常双倍的价钱。"

## 第十一章

芬丁庄园掩藏在林木之中，是一幢相当古老的大楼，面积中等，建筑朴实。我以前就听说过。罗切斯特先生常常谈起它，有时还上那儿去。他的父亲为了狩猎购下了这份产业。他本想把它租出去，却因为地点不好，不利于健康，而找不到租户。结果除了两三间房子装修了一下，供这位乡绅狩猎季节住宿用，整个庄园空关着，也没有布置。

天刚黑之前，我来到了这座庄园。那是个阴霾满天、冷风呼呼、连绵细雨浸润的黄昏。我守信付了双倍的价钱，打发走了马车和马车夫，步行了最后一英里路。庄园周围阴森的树林枝繁叶茂，郁郁葱葱，即使走得很近，也不见庄园的踪影。两根花岗石柱之间的铁门，才使我明白该从什么地方进去。进门之后，我便立即置身于密林的晦暗之中。有一条杂草丛生的野径，沿着林阴小道而下，两旁是灰白多节的树干，顶上是枝桠交叉的拱门。我顺着这条路走去，以为很快就会到达住宅。谁知它不断往前延伸，逶迤盘桓，看不见住宅或庭院的痕迹。

我想自己搞错了方向，迷了路。夜色和密林的灰暗同时笼罩着我，我环顾左右，想另找出路，但没有找到。这里只有纵横交织的树枝、圆柱形的树干和夏季浓密的树叶——没有哪儿有出口。

我继续往前走去。这条路终于有了出口，树林也稀疏些了。我立刻看到了一排栏杆，随后是房子——在暗洞洞的光线中，依稀能把它与树木分开。颓败的墙壁阴湿碧绿。我进了一扇只不过上了闩的门，站在围墙之内的一片空地上，那里的树木呈半圆形展开。没有花草，没有苗圃，只有一条宽阔的砂石路绕着一小片草地,深藏于茂密的森林之中。房子的正面有两堵突出的山墙。窗子很窄,装有格子,正门也很窄小,一步就到了门口。正如"罗切斯特纹章"的老板所说,整个庄园显得"十分荒凉",静得像周日的教堂。落在树叶上的嗒嗒雨声是附近入耳的唯一声音。

"这儿会有生命吗?"我暗自问道。

不错,是存在着某种生命,因为我听见了响动——狭窄的正门打开了,田庄里就要出现某个人影了。

门慢慢地开了。薄暮中一个人影走出来,站在台阶上。一个没有戴帽子的男人。他伸出手仿佛要感觉一下是不是在下雨。尽管已是黄昏,我还是认出他来了——那不是别人,恰恰就是我的主人,爱德华·费尔法克斯·罗切斯特。

我停住脚步,几乎屏住了呼吸,站立着看他——仔细打量他,而不让他看见,啊,他看不见我。这次突然相遇,巨大的喜悦已被痛苦所制约。我毫不费力地压住了我的嗓音,免得喊出声来,控制了我的脚步,免得急乎乎冲上前去。

他的外形依然像往昔那么健壮,腰背依然笔直,头发依然乌黑。他的面容没有改变或者消瘦。任何哀伤都不可能在一年之内销蚀他强劲的力量,或是摧毁他蓬勃的青春。但在他的面部表情上,我看到了变化。他看上去绝望而深沉——令我想起受到虐待和身陷囹圄的野兽或鸟类,在恼怒痛苦之时,走近它是很危险的。一只笼中的鹰,被残酷地剜去了金色的双眼,看上去也许就像这位失明的参孙。

读者呀,你们认为,他那么又瞎又凶,我会怕他吗?——要是你认为我怕,那你太不了解我了。伴随着哀痛,我心头浮起了温存的希望,那就是很快要胆大包天,吻一吻他岩石般的额头和额头下冷峻地封闭着的眼睑。但时机未到,我还不想招呼他呢。

他下了那一级台阶,一路摸索着慢慢地朝那块草地走去。他原先大步流星的样子如今哪儿去了?随后他停了下来,仿佛不知道该走哪条路。他抬起头来,张开了眼睑,吃力地、空空地凝视着天空和树荫。你看得出来,对他来说一切都是黑洞洞的虚空。他伸出了右手(截了肢的左臂藏在胸前),似乎想通过触摸知道周围的东西。但他碰到的依然是虚空,因为树木离他站着的地方有几码远。他歇手了,抱着胳膊,静默地站在雨中,这会儿下大了的雨打在他无遮无盖的头上。正在这时,约翰不知从哪里出来,走近了他。

"拉住我的胳膊好吗,先生?"他说,"一阵大雨就要下来了,进屋好吗?"

"别打搅我。"他回答。

约翰走开了,没有瞧见我。这时罗切斯特先生试着想走动走动,却徒劳无功——对周围的一切太没有把握了。他摸回自己的屋子,进去后关了门。

这会儿我走上前去,敲起门来。约翰的妻子开了门。"玛丽,"我说,"你好!"

她吓了一大跳,仿佛见了一个鬼似的。我让她镇静了下来。她急忙问道:"当真是你吗,小姐,这么晚了还到这么偏僻的地方来?"我握着她的手回答了她。随后跟着她走进了厨房,这会儿约翰正坐在熊熊的炉火边。我三言两语向他们做了解释,告诉他们,我离开桑菲尔德后所发生的一切我都已经听说了,这回是来看望罗切斯特先生的。还请约翰到我打发了马车的大路上的房子去一趟,把留在那儿的箱子取回来。随后我一面脱去帽子和披肩,一面问玛丽能不能在庄园里过夜。后来我知道虽然不容易安排,但还能办到,便告诉她我打算留宿。正在这时客厅的门铃响了。

"你进去的时候,"我说,"告诉你主人,有人想同他谈谈。不过别提我的名字。"

"我想他不会见你,"她回答,"他谁都拒绝。"

她回来时,我问他说了什么。

"你得通报姓名,说明来意。"她回答。接着她去倒了一杯水,拿了几根蜡烛,都放进托盘。

"他就为这个按铃?"我问。

"是的,虽然他眼睛看不见,但天黑后总是让人把蜡烛拿进去。"

"把托盘给我吧,我来拿进去。"

我从她手里接过托盘,她向我指了指客厅门。我手中的盘子抖动了一下,水从杯子里溢了出来,我的心撞击着肋骨,又急又响。玛丽替我开了门,并随手关上。

客厅显得很阴暗。一小堆乏人照看的火在炉中微微燃着。房间里的瞎眼主人,头靠高高的老式壁炉架,俯身向着火炉。他的那条老狗派洛特躺在一边,离得远远的,蜷曲着身子,仿佛担心被人不经意踩着似的。我一进门,派洛特便竖起了耳朵,随后汪汪、呜呜呜叫了一通,跳将起来,蹿向了我,差一点掀翻我手中的托盘。我把盘子放在桌上,拍了拍它,柔声地说:"躺下!"罗切斯特先生机械地转过身来,想看看那骚动是怎么回事,但他什么也没看见,于是便回过头去,叹了口气。

"把水给我,玛丽。"他说。

我端着现在只剩了半杯的水,走近他。派洛特跟着我,依然兴奋不已。

"怎么回事?"他问。

"躺下,派洛特!"我又说。他没有把水端到嘴边就停了下来,似乎在细听着。他喝了水,放下杯子。

"是你吗,玛丽,是不是?"

"玛丽在厨房里。"我回答。

他伸出手,很快挥动了一下,可是看不见我站在哪儿,没有碰到我。"谁呀?谁呀?"他问,似乎要用那双失明的眼睛来**看**——无效而痛苦的尝试!"回答我——再说一遍!"他专横地大声命令道。

"你还要喝一点吗,先生?杯子里的水让我泼掉了一半。"我说。

"**谁?什么?谁在说话?**"

"派洛特认得我,约翰和玛丽知道我在这里,我今天晚上才来。"我回答。

"天哪!——我是在痴心梦想吗?什么甜蜜的疯狂迷住了我?"

"不是痴心梦想——不是疯狂。先生,你的头脑非常健康,不会陷入痴心梦想;你的身体十分强壮,不会发狂。"

"这位说话人在哪儿?难道只是个声音?啊!我看不见,不过我得摸一摸,不然我的心会停止跳动,我的脑袋要炸裂了。不管是什么——不管你是谁——要让我摸得着,不然我活不下去了!"

他摸了起来。我逮住了他那只摸来摸去的手,紧紧攥在自己的双手中。

"就是她的手指!"他叫道,"她纤细的手指!要是这样,一定还有其他部分。"

这只强壮的手从我握着的手里挣脱了。我的胳膊被抓住,还有我的肩膀——脖子——腰——我被搂住了,紧贴着他。

"是简吗?这是**什么**?她的体形——她的个子——"

"还有她的声音,"我补充说,"她整个儿在这里了,还有她的心。上帝祝福你,先生!我很高兴离你又那么近了。"

"简·爱!简·爱!"他光这么叫着。

"我亲爱的主人,"我回答,"我是简·爱。我找到了你——我回到你身边来了。"

"真的?是她本人?我活蹦乱跳的简·爱?"

"你搂着我,先生——你搂着我,搂得紧紧的。我并不是像尸体一样冷,像空气一般空,是不是?"

"我活蹦乱跳的宝贝!当然这些是她的四肢,那些是她的五官了。不过那番痛苦之后我可没有这福分了。这是一个梦。我夜里常常梦见我又像现在这样,再一次贴心搂着她,吻她——觉得她爱我,相信她不会离开我。"

"从今天起,先生,我永远不会离开你了。"

"永远不会,这个影子是这么说的吗?可我一醒来,总发觉原来是白受嘲弄一场空。我凄凉孤独——我的生活黑暗、寂寞、无望,我的灵魂干枯,却不许喝水;我的心儿挨饿,却不给喂食。温存轻柔的梦呀,这会儿你依偎在我的怀里,但你也会飞走的,像你们之前逃之夭夭的姐妹们一样。可是,吻一下我再走吧——拥抱我一下吧,简。"

"那儿,先生——还有那儿呢!"

我把嘴唇紧贴着当初目光炯炯如今已黯然无光的眼睛上——我拨开了他额上的头发,也吻了一下。他似乎突然醒悟,顿时相信这一切都是事实了。

"是你——是简吗?那么你回到我这儿来啦?"

"是的。"

"你没有死在沟里,淹死在溪水底下吗?你没有憔悴不堪,流落在异乡人中间吗?"

"没有,先生。我现在完全独立了。"

"独立!这话怎么讲,简?"

"我马德拉的叔叔去世了,留给了我五千英镑。"

"啊,这可是实在的——是真的!"他喊道,"我决不会做这样的梦。而且,还有她独特的嗓音,那么活泼、调皮,又那么温柔,复活了我那颗枯竭的心,给了它生命。什么,简!你成了独立的女人了?有钱的女人了?"

"很有钱了,先生。要是你不让我同你一起生活,我可以紧靠你的门建造一幢房子,晚上你要人做伴的时候,你可以过来,坐在我的客厅里。"

"可是你有钱了,简。不用说,如今你有朋友会照顾你,不会容许你忠实于一个像我这样的瞎眼废人?"

"我同你说过我独立了,先生,而且很有钱,我自己可以做主。"

"那你愿意同我呆在一起?"

"当然——除非你反对。我愿当你的邻居,你的护士,你的管家。我发觉你很孤独,我愿陪伴你——读书给你听,同你一起散步,同你坐在一起,伺候你,成为你的眼睛和双手。别再那么郁郁寡欢了,我的亲爱的主人,只要我还活着,你就不会孤寂了。"

他没有回答,似乎很严肃——却散神了。他叹了口气,半张开嘴,仿佛想说话,但又闭上了。我觉得有点儿窘。也许我提议陪伴他,帮助他是自作多情;也许我太轻率了,超越了习俗。而他像圣·约翰一样,从我的粗疏中看到了我说话不得体。其实,我的建议是从这样的念头出发的,就是他希望,也会求我做他的妻子。一种虽然并没有说出口,却十分肯定的期待支持着我,认为他会立刻要求我成为他的人。但是他并没有吐出这一类暗示,他的面部表情越来越阴沉了。我猛地想到,也许自己全搞错了,或许无意中充当了傻瓜。我开始轻轻地从他的怀抱中抽出身来——但是他焦急地把我抓得更紧了。

"不——不——简。你一定不能走。不——我已触摸到你,听你说话,感受到了你在场对我的安慰——你甜蜜的抚慰。我不能放弃这些快乐,因为我身上已所剩无多——我得拥有你。世人会笑话我——会说我荒唐、自私,但这无伤大雅。我的心灵企求你,希望得到满足,不然它会对躯体进行致命的报复。"

"好吧,先生,我愿意与你呆在一起,我已经这么说了。"

"不错——不过,你理解的同我呆在一起是一回事,我理解的是另一回事。也许你可以下决心呆在我手边和椅子旁——像一个好心的小护士那样伺候我(你有一颗热诚的心,慷慨大度的灵魂,让你能为那些你所怜悯的人做出牺牲),对我来说,无疑那应当已经够了。我想我现在只能对你怀着父亲般的感情了,你是这么想的吗?来——告诉我吧。"

"你愿意我怎么想就怎么想吧,先生。我愿意只做你的护士,如果你认为这样更好的话。"

"可你不能老是做我的护士,珍妮特。你还年轻——将来你得结婚。"

"我不在乎结婚不结婚。"

"你应当在乎,珍妮特。如果我还是过去那个样子的话,我会努力使你在乎——可是——一个失去视力的赘物!"

他又沉下脸来闷闷不乐了。相反,我倒是更高兴了,一下子来了勇气。最后几个字使我窥见了此事的困难所在。因为困难不在我这边,所以我完全摆脱了刚才的窘态,更加活跃地同他交谈了起来。

"现在该是有人让你重新变成人的时候了,"我说着,扒开了他又粗又长没有理过的头发,"因为我知道你正蜕变成一头狮子,或是狮子一类的东西。你 faux air① 田野中的尼布甲尼撒②。肯定是这样。你的头发使我想起了鹰的羽毛,不过你的手指甲是不是长得像鸟爪了,我可还没有注意到。"

"这只胳膊,既没有手也没有指甲,"他说着,从自己的胸前抽回截了肢的手,伸给我看,"只有那么一截了——看上去真可怕!你说是不是,简?"

"见了这真为你惋惜,见了你的眼睛也一样——还有额上火烫的伤疤。最糟糕的是,就因为这些,便有让人爱抚过分,照料过头把你惯坏的危险。"

"我以为,简,你看到我的胳膊和疤痕累累的面孔时会觉得恶心的。"

"你这样想的吗?别同我说这话——不然我会对你的判断说出不恭的话来。好吧,让我走开一会儿,去把火生得旺些,把壁炉清扫一下。火旺的时候,你能辨得出来吗?"

"能,右眼能看到红光——一阵红红的烟雾。"

"你看得见蜡烛光吗?"

---

① 法文:有几分像。
② 见《旧约·但以理书》第四章第三十三节:"当时这话就应验在尼布甲尼撒的身上,他被赶出离开世人,吃草如牛,身被天露滴湿,头发长长好像鹰毛,指甲长长,如同鸟爪。"

"非常模糊——每根蜡烛只是一团发亮的雾。"

"你能看见我吗?"

"不行,我的天使。能够听见你,摸到你已经是够幸运了。"

"你什么时候吃晚饭?"

"我从来不吃晚饭。"

"不过今晚你得吃一点。我饿了,我想你也一样,不过是忘了罢了。"

我把玛丽叫了进来,让她很快把房间收拾得更加整洁舒心,同时也为他准备了一顿惬意的美餐。我的心情也激动起来,晚餐时及晚餐后同他谈了很久,觉得很愉快,也很随意。跟他在一起,不存在那种折磨人的自我克制,不需要把欢快活跃的情绪压下去。同他相处,我无拘无束,因为我知道自己很中他的意。我的一切言行似乎都抚慰着他,给他以新的生命。多么愉快的感觉呀!它唤醒了我全部的天性,使它熠熠生辉。在他面前我才尽情地生活着,同样,在我面前,他才尽情地生活着。尽管他眼睛瞎了,脸上还是浮起了笑容,额头映出了欢乐,面部表情温柔而激动。

晚饭后他开始问我很多问题,我上哪儿去了呀,在干些什么呀,怎么找到他的呀。不过我回答得很简略,那夜已经太晚,无法细谈了。此外,我不想去拨动那剧烈震颤的心弦——不想在他的心田开掘情感的新泉。我眼下的唯一目的是使他高兴。而如我所说他已很高兴,但反复无常。要是说话间沉默了一会儿,他会坐立不安,碰碰我,随后说:"简。"

"你十十足足是个人吗,简? 你肯定是这样的吗?"

"我凭良心认为是这样,罗切斯特先生。"

"可是,在这样一个悲哀的黑夜,你怎么会突然出现在我冷落的炉边呢?我伸手从一个用人那儿取一杯水,结果却是你端上来的。我问了个问题,期待着约翰的妻子回答我,耳边却响起了你的声音。"

"因为我替玛丽端着盘子进来了。"

"我现在与你一起度过的时刻,让人心驰神迷。谁能料到几个月来我挨过了黑暗、凄凉、无望的生活? 什么也不干,什么也不盼,白天和黑夜不分。炉火熄了便感到冷;忘记吃饭便觉得饿。随后是无穷无尽的哀伤,有时就痴心妄想,希望再见见我的简。不错,我渴望再得到她,远胜过渴望恢复失去的视力。而简跟我呆着,还说爱我,这怎么可能呢? 她会不会突然地来,突然地走呢？我担心明天再也看不到她了。"

在他这样的心境中，给他一个普普通通、实实在在的回答，同他烦乱的思绪毫无联系，是再好不过了，也最能让他放下心来。我用手指摸了摸他的眉毛，并说眉毛已被烧焦了，我可以敷上点什么，使它长得跟以往的一样粗、一样黑。

"随你怎么做好事对我有什么用处呢，慈善的精灵？反正在关键时刻，你又会抛弃我——像影子一般消失，上哪儿去而又怎么去，我一无所知，而且从此之后，我就再也找不到你了。"

"你身边有小梳子吗，先生？"

"干嘛，简？"

"把乱蓬蓬的黑鬃毛梳理一下。我凑近你细细打量时，发觉你有些可怕。你说我是个精灵，而我相信，你更像一个棕仙①。"

"我可怕吗，简？"

"很可怕，先生。你知道，你向来如此。"

"哼！不管你上哪儿呆过一阵子，你还是改不掉那淘气的样子。"

"可是我同很好的人呆过，比你好得多，要好一百倍。这些人的想法和见解，你平生从来没有过。他们比你更文雅，更高尚。"

"你究竟跟谁呆过？"

"要是你那么扭动的话，你会弄得我把你的头发拔下来，那样我想你再也不会怀疑我是实实在在的人了吧。"

"你跟谁呆过一阵子？"

"今天晚上别想从我嘴里把话掏出来了，先生。你得等到明天。你知道，我把故事只讲一半，会保证我出现在你的早餐桌旁把其余的讲完。顺便说一句，我得留意别只端一杯水来到你火炉边，至少得端进一个蛋，不用讲油煎火腿了。"

"你这个爱嘲弄人的丑仙童——算你是仙女生，凡人养的！你让我尝到了一年来从未有过的滋味。要是扫罗能让你当他的大卫，那么不需要弹琴

———————

① 传说中夜间替人做家务和其他工作的仙童。

就能把恶魔赶走了。"①

"瞧,先生,可把你收拾得整整齐齐,像个样子了。这会儿我得离开你了。最近三天我一直在旅途奔波,想来也够累的。晚安!"

"就说一句话,简,你前一阵子呆的地方光有女士吗?"

我大笑着抽身走掉了,跑上楼梯还笑个不停。"好主意!"我快活地想道,"我看以后的日子我有办法让他急得忘掉忧郁了。"

第二天一早,我听见他起来走动了,从一个房间摸到另一个房间。玛丽一下楼,我就听见他问:"爱小姐在这儿吗?"接着又问:"你把她安排在哪一间?里面干燥吗?她起来了吗?去问问是不是需要什么,什么时候下来。"

我一想到还有一顿早餐,便下楼去了。我轻手轻脚进了房间,他还没有发现我,我就已瞧见他了。说实在的,目睹那么虎虎有生气的精神受制于软弱的肉体,真让人心酸。他坐在椅子上——虽然一动不动,却并不安分,显然在企盼着。如今,习惯性的愁容,已镌刻在他富有特色的脸庞上。他的面容令人想起一盏熄灭了的灯,等待着再度点亮——唉!现在他自己已无力点燃那生动的表情之光了,不得不依赖他人来完成。我本想显得高高兴兴、无忧无虑,但是这个强者那么无能为力的样子使我心碎了。不过我还是尽可能轻松愉快地跟他打了招呼:

"是个明亮晴朗的早晨呢,先生,"我说,"雨过天晴,你很快可以去走走了。"

我已唤醒了那道亮光,他顿时容光焕发了。

"啊,你真的还在,我的云雀!上我这儿来。你没有走,没有飞得无影无踪呀?一小时之前,我听见你的一个同类在高高的树林里歌唱,可是对我来说,它的歌声没有音乐,就像初升的太阳没有光芒。凡我能听到的世间美妙的音乐,都集中在简的舌头上(我很高兴它不是生来默然的),凡我能感受到的阳光,都聚在她身上。"

听完他表示对别人的依赖,我不禁热泪盈眶。他仿佛是被链条锁在栖

---

① 见《旧约·撒母耳记上》第十六章第二十三节:以色列王扫罗受到恶魔扰乱,特请牧童大卫侍立面前,"从上帝那里来的恶魔临到扫罗身上的时候,大卫就拿琴用手而弹,扫罗便舒畅爽快,恶魔离了他"。

木上的一头巨鹰,竟不得不企求一只麻雀为它觅食。不过,我不喜欢哭哭啼啼。抹掉带咸味的眼泪,我便忙着去准备早餐了。

大半个早上是在户外度过的。我领着他走出潮湿荒凉的林子,到了令人心旷神怡的田野。我向他描绘田野多么苍翠耀眼,花朵和树篱多么生气盎然,天空又多么湛蓝闪亮。我在一个隐蔽可爱的地方,替他找了个坐位,那是一个干枯的树桩。坐定以后,我没有拒绝他把我放到他膝头上。既然他和我都觉得紧挨着比分开更愉快,那我又何必要拒绝呢?派洛特躺在我们旁边,四周一片寂静。他正把我紧紧地搂在怀里时突然嚷道:

“狠心呀,狠心的逃跑者!啊,简,我发现你出走桑菲尔德,而又到处找不着你,细看了你的房间,断定你没有带钱,或者当钱派用处的东西,我心里是多么难受呀!我送你的一根珍珠项链,原封不动地留在小盒子里。你的箱子捆好了上了锁,像原先准备结婚旅行时一样。我自问,我的宝贝成了穷光蛋,身边一个子儿也没有,她该怎么办呢?她干了些什么呀?现在讲给我听听吧。”

于是在他的敦促之下,我开始叙述去年的经历了。我大大淡化了三天的流浪和挨饿的情景,因为把什么都告诉他,只会增加他不必要的痛苦。但是我确实告诉他的一丁点儿,也撕碎了他那颗忠实的心,其严重程度超出了我的预料。

他说,我不应该两手空空地离开他,我应该把我的想法跟他说说。我应当同他推心置腹,他决不会强迫我做他的情妇。尽管他绝望时性情暴烈,但事实上,他爱我至深至亲,绝不会变成我的暴君。与其让我把自己举目无亲地抛向茫茫人世,他宁愿送我一半财产,而连吻一下作为回报的要求都不提。他确信,我所忍受的比我说给他听的要严重得多。

“嗯,我受的苦再多,时间也不长。”我回答。随后我告诉他如何被接纳进沼泽居;如何得到教师的职位,以及获得财产,发现亲戚等,按时间顺序,一一叙述。当然随着故事的进展,圣·约翰·里弗斯的名字频频出现。我一讲完自己的经历,这个名字便立即被提出来了。

“那么,这位圣·约翰是你的表兄了?”

“是的。”

“你常常提到他,你喜欢他吗?”

"他是个大好人,先生,我不能不喜欢他。"

"一个好人? 那意思是不是一个体面而品行好的五十岁男人? 不然那是什么意思?"

"圣·约翰只有二十九岁,先生。"

"Jeune encore,①就像法国人说的,他是个矮小、冷淡、平庸的人吗? 是不是那种长处在于没有过错,而不是德行出众的人?"

"他十分活跃,不知疲倦。他活着就是要成就伟大崇高的事业。"

"但他的头脑呢? 大概比较软弱吧? 他本意很好,但听他谈话你会耸肩?"

"他说话不多,先生。但一开口总是一语中的。我想他的头脑是一流的,不易打动,却十分活跃。"

"那么他很能干了?"

"确实很能干。"

"一个受过良好教育的人?"

"圣·约翰是一个造诣很深、学识渊博的学者。"

"他的风度,我想你说过,不合你的口味? ——一本正经,一副牧师腔调。"

"我从来没有提起过他的风度。但除非我的口味很差,不然是很合意的。他的风度优雅、沉着,一副绅士派头。"

"他的外表——我忘了你是怎么样描述他的外表的了,那种没有经验的副牧师,扎着白领巾,弄得气都透不过来;穿着厚底高帮靴,顶得像踩高跷似的,是吧?"

"圣·约翰衣冠楚楚,是个漂亮的男子,高个子,白皮肤,蓝眼睛,鼻梁笔挺。"

(旁白)"见他的鬼!"——(转向我)"你喜欢他吗,简?"

"是的,罗切斯特先生,我喜欢他。不过你以前问过我了。"

当然,我觉察出了说话人的用意。妒忌已经攫住了他,刺痛着他。这是有益于身心的,让他暂时免受忧郁的咬啮。因此我不想立刻降服嫉妒这条

———

① 法语:还很年轻。

毒蛇。

"也许你不愿意在我膝头上坐下去了,爱小姐?"接着便是这有些出乎意料的话。

"为什么不愿意呢,罗切斯特先生?"

"你刚才所描绘的图画,暗示了一种过分强烈的对比。你的话已经巧妙地勾勒出了一个漂亮的阿波罗。他出现在你的想象之中——'高个子,白皮肤,蓝眼睛,笔挺的鼻梁'。而你眼下看到的是一个火神——一个道地的铁匠,褐色的皮肤,宽阔的肩膀,瞎了眼睛,又瘸了腿。"

"我以前可从来没有想到过这点,不过你确实像个火神,先生。"

"好吧——你可以离开我了,小姐。但你走之前(他把我搂得更紧了),请回答我一两个问题。"他顿了一下。

"什么问题,罗切斯特先生?"

接踵而来的便是这番盘问:

"圣·约翰还不知道你是他表妹,就让你做了莫尔顿学校的教师?"

"是的。"

"你常常见到他吗? 他有时候来学校看看吗?"

"每天如此。"

"他赞同你的计划吗,简? ——我知道这些计划很巧妙,因为你是一个有才干的家伙。"

"是的——他赞同了。"

"他会在你身上发现很多预料不到的东西,是吗? 你身上的某些才艺不同寻常。"

"这我不知道。"

"你说你的小屋靠近学校,他来看过你吗?"

"不时来。"

"晚上来吗?"

"来过一两次。"

他停顿了一下。

"你们彼此的表兄妹关系发现后,你同他和他妹妹们又住了多久?"

"五个月。"

"里弗斯同家里的女士们在一起的时候很多吗?"

"是的,后客厅既是他的书房,也是我们的书房。他坐在窗边,我们坐在桌旁。"

"他书读得很多吗?"

"很多。"

"读什么?"

"印度斯坦语。"

"那时候你干什么呢?"

"起初学德语。"

"他教你吗?"

"他不懂德语。"

"他什么也没有教你吗?"

"教了一点儿印度斯坦语。"

"里弗斯教你印度斯坦语?"

"是的,先生。"

"也教他妹妹们吗?"

"没有。"

"光教你?"

"光教我。"

"是你要求他教的吗?"

"没有。"

"他希望教你?"

"是的。"

他又停顿了一下。

"他为什么希望教你? 印度斯坦语对你会有什么用处?"

"他要我同他一起去印度。"

"啊! 这下我触到要害了。他要你嫁给他吗?"

"他求我嫁给他。"

"那是虚构的——胡编乱造来气气我。"

"请你原谅,这是千真万确的事实。他不止一次地求过我,而且在这点上像你一样寸步不让。"

"爱小姐,我再说一遍,你可以离开我了。这句话我说过多少次了?我已经通知你可以走了,为什么硬赖在我膝头上?"

"因为在这儿很舒服。"

"不,简,你在这儿不舒服,因为你的心不在我这里,而在你的这位表兄,圣·约翰那里了。啊,在这之前,我以为我的小简全属于我的,相信她就是离开了我也还是爱我的,这成了无尽的苦涩中的一丝甜味,尽管我们别了很久,尽管我因为别离而热泪涟涟,我从来没有料到,我为她悲悲泣泣的时候,她却爱着另外一个人!不过,心里难过也毫无用处。简,走吧,去嫁给里弗斯吧!"

"那么,甩掉我吧,先生——把我推开,因为我可不愿意自己离开你。"

"简,我一直喜欢你说话的声调,它仍然唤起新的希望,它听起来又那么真诚。我一听到它,便又回到了一年之前。我忘了你结识了新的关系。不过我不是傻瓜——走吧——"

"我得上哪儿去呢,先生?"

"随你自己便吧——上你看中的丈夫那儿去。"

"谁呀?"

"你知道——这个圣·约翰·里弗斯。"

"他不是我丈夫,也永远不会是,他不爱我,我也不爱他。他爱(他可以爱,跟你的爱不同)一个名叫罗莎蒙德的年轻漂亮小姐。他要娶我只是由于以为我配当一个传教士的妻子,而这她是做不到的。他不错,也很了不起,但十分冷峻,对我来说同冰山一般冷。他跟你不一样,先生。在他身边,接近他,或者同他在一起,我都不会愉快。他没有迷恋我——没有溺爱我。在我身上,他看不到吸引人的地方,连青春都看不到——他所看到的只不过是心灵上的几个有用之处罢了。那么,先生,我得离开你上他那儿去了?"

我不由自主地哆嗦了一下,本能地把我亲爱的瞎眼主人搂得更紧了。他微微一笑。

"什么,简!这是真的吗,这真是你与里弗斯之间的情况吗?"

"绝对如此,先生。啊,你不必嫉妒!我想逗你一下让你少伤心些。我认为愤怒比忧伤要好。不过要是你希望我爱你,你就只要瞧一瞧我确实多么爱你,你就会自豪和满足了。我的整个心是你的,先生,它属于你,即使命运让我身体的其余部分永远同你分离,我的心也会依然跟你在一起。"

他吻我的时候,痛苦的想法使他的脸又变得阴沉了。

"我烧毁了的视力!我伤残了的体力!"他遗憾地咕哝着。

我抚摸着他给他安慰。我知道他心里想些什么,并想替他说出来,但我又不敢。他的脸转开的一刹那,我看到一滴眼泪从封闭着的眼睑滑下来,流到了富有男子气的脸颊上。我的心起伏难平。

"我并不比桑菲尔德果园那棵遭雷击的老七叶树好多少,"没有过多久他说,"那些残枝,有什么权利吩咐一棵爆出新芽的忍冬以自己的鲜艳来掩盖它的腐朽呢?"

"你不是残枝,先生——不是遭雷击的树。你碧绿而茁壮。不管你求不求,花草会在你根子周围长出来,因为它们乐于躲在你慷慨的树荫下。长大了它们会偎依着你,缠绕着你,因为你的力量给了它们可靠的支撑。"

他再次笑了起来,我又给了他安慰。

"你说的是朋友吗,简?"他问。

"是的,是朋友。"我迟疑地回答。我知道我的意思超出了朋友,但无法判断要用什么字。他帮了我的忙。

"啊?简。可是我需要一个妻子。"

"是吗,先生?"

"是的,对你来说是桩新闻吗?"

"当然,你以前一字未提。"

"是桩不受欢迎的新闻吗?"

"那就要看情况了,先生——要看你的选择。"

"你替我选择吧,简。我会遵从你的决定。"

"先生,那就挑选**最爱你的人**。"

"我至少会选择我**最爱的人**。简。你肯嫁给我吗?"

"肯的,先生。"

"一个可怜的瞎子,你得牵着手领他走的人。"

"是的,先生。"

"一个比你大二十岁的瘸子,你得伺候他的人。"

"是的,先生。"

"当真,简?"

"完全当真,先生。"

"啊,我的宝贝?愿上帝祝福你,报答你!"

"罗切斯特先生,如果我平生做过什么好事,如果我有过什么好的想法,如果我做过什么真诚而没有过错的祷告,如果我曾有过什么正当的心愿,那么现在我得到了酬报。对我来说,做你的妻子是世上最大的幸福。"

"因为你乐意做出牺牲。"

"牺牲!我牺牲了什么啦?牺牲饥饿而得到食品,牺牲期待而得到满足。享受特权搂抱我珍重的人,亲吻我热爱的人,寄希望于我信赖的人。那能叫牺牲吗?如果说这是牺牲,那我当然乐于做出牺牲了。"

"还要忍受我的体弱,简,无视我的缺陷。"

"我毫不在乎,先生。现在我确实对你有所帮助了,所以比起当初你能自豪地独立自主,除了施主与保护人,把什么都不放在眼里时,要更爱你了。"

"我向来讨厌要人帮助——要人领着。但从今天起我觉得我不再讨厌了。我不喜欢把手放在雇工的手里,但让简的小小的指头挽着,却很愉快。我不喜欢用人不停地服侍我,而喜欢绝对孤独。但是简温柔体贴的照应却永远是一种享受。简合我意,而我合她的心意吗?"

"你与我的天性丝丝入扣,先生。"

"既然如此,就根本没有什么好等的了,我们得马上结婚。"

他的神态和说话都很急切,他焦躁的老脾气又发作了。

"我们必须毫不迟疑地化为一体,简。只剩下把证书拿到手,随后我们就结婚——"

"罗切斯特先生,我刚发现,日色西斜,太阳早过了子午线。派洛特实际上已经回家去吃饭了,让我看看你的手表。"

"把它别在你腰带上吧,珍妮特,今后你就留着,反正我用不上。"

"差不多下午四点了,先生。你不感到饿吗?"

"从今天算起第三天,该是我们举行婚礼的日子了,简。现在别去管豪华衣装和金银首饰了,这些东西都一钱不值。"

"太阳已经晒干了雨露,先生。微风止了,气候很热。"

"你知道吗,简,此刻在领带下面青铜色的脖子上,我戴着你小小的珍珠项链。自从失去仅有的宝贝那天起,我就戴上它了,作为对她的怀念。"

"我们穿过林子回家吧,这条路最阴凉。"

他顺着自己的思路去想,没有理会我。

"简!我想,你以为我是一条不敬神的狗吧,可是这会儿我对世间仁慈的上帝满怀感激之情。他看事物跟人不一样,但要清楚得多;他判断事物跟人不一样,而要明智得多。我当时做错了,很可能会玷污清白的花朵——把罪孽带给无辜,要不是全能的上帝把它从我这儿抢走的话。我倔强地对抗,险些儿咒骂天意,我不是俯首听命,而是全不放在眼里。神的审判照旧进行,大祸频频临头。我被迫走过死阴的幽谷。① 他的惩罚十分严厉,其中一次惩罚使我永远甘于谦卑。你知道我曾对自己的力量非常自豪,但如今它算得了什么呢?我不得不依靠他人的指引,就像孩子的孱弱一样。最近,简——只不过是最近,我在厄运中开始看到并承认上帝之手。我开始自责和忏悔,情愿听从造物主。有时我开始祈祷了,祷告很短,但很诚恳。

已经有几天了,不,我能说出数字来——四天。那是上星期一晚上,我产生了一种奇怪的心情:忧伤,也就是悲哀和阴沉代替了狂乱。我早就想,既然到处找不着你,那你一定已经死了。那天深夜——也许在十一二点之间,我闷闷不乐地去就寝之前,祈求上帝,要是他觉得这么做妥当的话,可以立刻把我从现世收去,准许我踏进未来的世界,那儿仍有希望与简相聚。

我在自己的房间,坐在敞开着的窗边,清香的夜风沁人心脾。尽管我看不见星星,只是凭着一团模糊发亮的雾气,才知道有月亮。我盼着你,珍妮特!啊,无论是肉体还是灵魂,我都盼着你。我既痛苦而又谦卑地问上帝,我那么凄凉、痛苦、备受折磨,是不是已经够久了,会不会很快就再能尝到幸福与平静。我承认我所忍受的一切是应该的——我恳求,我实在不堪忍受了。我内心的全部愿望不由自主地蹦出了我的嘴巴,化做这样几个字——'简!简!简!'"

"你大声说了这几个字吗?"

---

① 见《旧约·诗篇》第二十三篇第四节:"我虽然行过死阴的幽谷,也不怕遭害。"

"我说了,简。谁要是听见了,一定会以为我在发疯,我疯也似的使劲叫着那几个字。"

"而那是星期一晚上,半夜时分吗?"

"不错,时间倒并不重要,随后发生的事儿才怪呢。你会认为我相信迷信吧——从气质来看,我是有些迷信,而且一直如此。不过,这回倒是真的——我现在说的都是我听到的,至少这一点是真的。

我大叫着'简!简!简!'的时候,不知道哪儿传来了一个声音,但听得出是谁的,这个声音回答道:'我来了,请等一等我!'过了一会儿,清风送来了悄声细语——'你在哪儿呀?'

要是我能够,我会告诉你这些话在我的心灵中所展示的思想和画面,不过要表达自己的想法并不容易。你知道,芬丁庄园深藏在密林里,这儿的声音很沉闷,没有回荡便会消失。'你在哪儿呀?'这声音似乎来自于大山中间,因为我听到了山林的回声重复着这几个字。这时空气凉爽清新,风似乎也朝我额头吹来。我会认为我与简在荒僻的野景中相会。我相信,在精神上我们一定已经相会了。毫无疑问,当时你睡得很熟,说不定你的灵魂脱离了它的躯壳来抚慰我的灵魂。因为那正是你的口音——千真万确——是你的!"

读者呀,正是星期一晚上——将近午夜——我也接到了神秘的召唤,而那些也正是我回答的话。我倾听着罗切斯特先生的叙述,却并没有向他吐露什么。我觉得这种巧合太令人畏惧、令人费解了,因而既难以言传,也无法议论。要是我说出什么来,我的经历也必定会在聆听者的心灵中留下深刻的印象,而这饱受痛苦的心灵太容易忧伤了,不需要再笼罩更深沉的超自然阴影了。于是我把这些事情留在心里,反复思量。

"这会儿你不会奇怪了吧,"我主人继续说,"那天晚上你出乎意外地在我面前冒出来时,我难以相信你不只是一个声音和幻象,不只是某种会销声匿迹的东西,就像以前已经消失的夜半耳语和山间回声那样。现在我感谢上帝!我知道这回可不同了。是的,我感谢上帝!"

他把我从膝头上放下来,虔敬地从额头摘下帽子,向大地低下了没有视力的眼睛,虔诚地默默站立着,只有最后几句表示崇拜的话隐约可闻。

"我感谢造物主,在审判时还记着慈悲。我谦恭地恳求我的救世主赐与

我力量,让我从今以后过一种比以往更纯洁的生活!"

随后他伸出手让我领着,我握住了那只亲爱的手,在我的嘴唇上放了一会儿,随后让它挽住我肩膀。我个子比他矮得多,所以既做支撑,又当了向导。我们进了树林,朝家里走去。

## 第十二章

　　读者啊,我同他结了婚。婚礼不事声张,到场的只有他和我,牧师和教堂执事。我从教堂里回来,走进庄园的厨房时,玛丽在做饭,约翰在擦拭刀具,我说:

　　"玛丽,今儿早上我和罗切斯特先生结了婚。"管家和她的丈夫都是不大动感情的规矩人,你什么时候都可以放心地告诉他们惊人的消息,而你的耳朵不会有被一声尖叫刺痛的危险,你也不会随之被一阵好奇的唠叨弄得目瞪口呆。玛丽确实抬起了头来,也确实盯着我看。她用来给两只烤着的鸡涂油的勺子,在空中停了大约三分钟;约翰忘了擦拭,手中的刀具停了同样长的时间。但是玛丽又弯下腰,忙她的烤鸡去了,只不过说:

　　"是吗,小姐? 嗯,那毫无疑问!"

　　过了一会儿她接着说:"我看见你与主人出去,但我不知道你们是上教堂结婚的。"说完她又忙着给鸡涂油了。而约翰呢,我转向他的时候,他笑得合不拢嘴了。

　　"我告诉过玛丽,事情会怎么样,"他说,"我知道爱德华先生(约翰是个老用人,他的主人还是幼子的时候他就认识他了。因此他常常用教名称呼他)——我知道爱德华先生会怎么干。我肯定他不会等得很久,也许他做得很对。我祝你快乐,小姐!"他很有礼貌地拉了一下自己的前发。

　　"谢谢你,约翰。罗切斯特先生要我把这给你和玛丽。"我把一张五英镑的钞票塞进他手里。我没有再等他说什么便离开了厨房。不久之后我经过这间密室时,听见了这样的话:

"也许她比哪一个阔小姐都更配他呢,"接着又说,"虽然她算不上最漂亮,但也不丑,而且脾气又好。我见她长得还是比较好看的,谁都看得出来。"

我立即写信给沼泽居和剑桥,把我的情况告诉了他们,并详细解释了我为什么要这么干。黛安娜和玛丽毫无保留地对此表示赞同,黛安娜还说,让我过好蜜月就来看我。

"她还是别等到那个时候吧,简,"罗切斯特先生听我读了她的信后说,"要不然她会太晚了,因为我们的蜜月的清辉会照耀我们一生,它的光芒只有在你我进入坟墓时才会淡去。"

圣·约翰对这个消息的反响如何,我一无所知。我透露消息的那封信,他从来没有回复。但六个月后,他写信给我,却没有提及罗切斯特先生的名字,也没有说起我的婚事。他的信平静而友好,但很严肃。从那以后,他虽不经常来信,却按时写给我,祝我快乐,并相信我不会是那种活在世上,只顾俗事而忘了上帝的人。

你没有完全忘记小阿黛勒吧,是不是呀,读者?我并没有忘记。我向罗切斯特先生提出,并得到了他的许可,上他安顿小阿黛勒的学校去看看她。她一见我便欣喜若狂的情景,着实令我感动。她看上去苍白消瘦,还说不愉快。我发现对她这样年龄的孩子来说,这个学校的规章太严格,课程太紧张了。我把她带回了家。我本想再当她的家庭教师,但不久却发现不切实际。现在我的时间与精力给了另一个人——我的丈夫全都需要它。因此我选了一个校规比较宽容的学校,而且又近家,让我常常可去探望她,有时还可以把她带回家来。我还留意让她过得舒舒服服,什么都不缺。她很快在新的居所安顿下来了,在那儿过得很愉快,学习上也取得了长足的进步。她长大以后,健全的英国教育很大程度上纠正了她的法国式缺陷。她离开学校时,我发觉她已是一个讨人喜欢、懂礼貌的伙伴,和气,听话,很讲原则。她出于感激,对我和我家人的照应,早已报答了我在力所能及的情况下给予她的微小帮助。

我的故事已近尾声,再说一两句关于我婚后的生活情况,粗略地看一看那些名字在我叙述中反复出现的人的命运,我也就把故事讲完了。

如今我结婚已经十年了。我明白一心跟世上我最喜爱的人生活,为他而生活是怎么回事。我认为自己无比幸福——幸福得难以言传，因为我完全是丈夫的生命，他也完全是我的生命。没有女人比我跟丈夫更为亲近了，比我更绝对地是他的骨中之骨，肉中之肉了。我与爱德华相处，永远不知疲倦，他同我相处也是如此，就像我们对搏动在各自胸腔里的心跳不会厌倦一样。结果，我们永远相守。对我们来说，在一起既像独处时一样自由，又像相聚时一样欢乐。我想我们整天交谈着，相互交谈不过是一种听得见、更活跃的思索罢了。他同我推心置腹，我同他无话不谈。我们的性格完全投合，结果彼此心心相印。

我们结合后的头两年，罗切斯特先生依然失明，也许正是这种状况使我们彼此更加密切——靠得很紧，因为当时我成了他的眼睛，就像现在我依然是他的右手一样。我确实是他的眼珠（他常常这样称呼我）。他通过我看大自然，看书。我从不厌倦地替他观察，用语言来描述田野、树林、城镇、河流、云彩、阳光和面前的景色的效果，描述我们周围的天气——用声音使他的耳朵得到光线无法再使他的眼睛得到的印象。我从不厌倦地读书给他听，领他去想去的地方，替他干他想干的事。我乐此不疲，尽管有些伤心，却享受充分而独特的愉快——因为他要求我帮忙时没有痛苦地感到羞愧，也没有沮丧地觉得屈辱。他真诚地爱着我，从不勉为其难地受我照料。他觉得我爱他如此之深，受我照料就是满足我最愉快的希望。

第二年年末的一个早晨，我正由他口授，写一封信的时候，他走过来朝我低下头说：

"简，你脖子上有一件闪光的饰品吗？"

我挂着一根金项链，于是回答说："是呀。"

"你还穿了件淡蓝色衣服吗？"

我确实穿了。随后他告诉我，已经有一段时间，他设想遮蔽着一只眼的云翳已渐渐变薄，现在确信如此了。

他和我去了一趟伦敦，看了一位著名的眼科医生，最终恢复了那一只眼睛的视力。如今他虽不能看得清清楚楚，也不能久读多写，但可以不必让人牵着手就能走路，对他来说天空不再空空荡荡，大地不再是一片虚空。当他的第一个孩子放在他怀里时，他能看得清这男孩继承了他本来的那双眼睛——又大，又亮，又黑。在那一时刻，他又一次甘愿承认，上帝仁慈地减轻

了对他的惩罚。

于是我的爱德华和我都很幸福，尤使我们感到幸福的是，我们最爱的人也一样很幸福。黛安娜和玛丽·里弗斯都结了婚。我们双方轮流，一年一度，不是他们来看我们，就是我们去看他们。黛安娜的丈夫是个海军上校，一位英武的军官，一个好人。玛丽的丈夫是位牧师，她哥哥大学里的朋友，无论从造诣还是品行来看，这门亲事都很般配。菲茨詹姆斯上校和沃顿先生同自己的妻子彼此相爱。

至于圣·约翰·里弗斯，他离开英国到了印度，踏上了自己所规划的道路，依然这么走下去。他奋斗于岩石和危险之中，再也没有比他更坚定不移、不知疲倦的先驱者了。他坚决、忠实、虔诚。他精力充沛、热情真诚地为自己的同类含辛茹苦，他为他们开辟艰辛的前进之路，像巨人一般砍掉拦在路上的信条和等级的偏见。他也许很严厉，也许很苛刻，也许还雄心勃勃，但他的严厉是武士大心①一类的严厉，大心保卫他所护送的香客，免受亚玻伦人②的袭击。他的苛刻是使徒那种苛刻，他代表上帝说："若有人要跟从我，就当舍己，背起他的十字架来跟从我。"③他的雄心是高尚的主的精神之雄心，目的是要名列尘世得救者的前茅——这些人毫无过错地站在上帝的宝座前面，分享耶稣最后的伟大胜利。他们被召唤，被选中，都是些忠贞不贰的人。

圣·约翰没有结婚，现在再也不会了。他独自一人足以胜任辛劳，他的劳作已快结束。他那光辉的太阳急匆匆下沉。他给我的最后一封信，催下了我世俗的眼泪，也使我心中充满了神圣的欢乐。他提前得到了必定得到的酬报，那不朽的桂冠。我知道一只陌生的手随之会写信给我，说这位善良而忠实的仆人最后已被召去享受主的欢乐了。为什么要为此而哭泣呢？不会有死的恐惧使圣·约翰的临终时刻暗淡无光。他的头脑会十分明晰；他的心灵会无所畏惧；他的希望会十分可靠；他的信念不可动摇。他自己的话就是一个很好的保证：

---

① 大心：班扬的小说《天路历程》第二部中保护克里斯蒂安娜及其伙伴进天城的人。

② 亚玻伦：《天路历程》中基督教徒不得不与之斗争的"无底坑的天使"，后来被战败，退至死阴谷。

③ 见《新约·马可福音》第八章第三十四节。

456

　　"我的主,"他说,"已经预先警告过我。日复一日他都更加明确地宣告,'是了,我必快来,'我每时每刻更加急切地回答,'阿门,主耶稣啊,我愿你来!'"①

---

① 见《新约·启示录》第二十二章第二十节。

# 译　后　记

　　译林出版社约我重译《简·爱》，我明知《简·爱》已有几个译本，但还是欣然应命了。

　　细细想来，这似乎有两个原因。一是出于对《简·爱》的偏爱。还在求学时代，我就被原作深厚的内涵和优美的语言所吸引，从而将它视为英语学习的范本，反复细读，还详细做了笔记。跨出校门走向社会，随着岁月的流逝，虽然经验与学识俱增，视野也日渐开阔，进入壮年更觉得颇有"曾经沧海"之感，但重览《简·爱》，仍发现其魅力不减当年，因而便想到，重新迻译这部作品不啻又是一次艺术上的享受。第二个原因是，我认为一部世界文学名著有几个译本不但不足为奇，而且是十分必要的。翻译说到底是对原作风格和内涵的阐释。一部文学巨著犹如一个丰富无比的矿藏，并非通过一次性的阐释就能穷极对它的开掘。多个译本就是多次的开掘，译者只要认真负责，学养又不落水准，每次都一定会有新的发现，新的收获。正是通过这样一次一次的阐释，人们才接近完成对一部传世之作的认识。此外，一部作品就其文本本身而言，自诞生之日起就已经凝固，但是译者的审美观点、审美趣味、价值取向，以及他所把握的要传达原作思想的语言，却是随时代的变迁而不断变化着的，因而不同时代也就非常需要有适应这种变化的不同译本了。

　　《简·爱》易读不易译。这是一部充满诗意的小说，尤其是男女主人公之间坦露心迹的对话和描绘，不但在内容上富有诗的意蕴，而且在形式上也不乏诗的韵律，要重现这种诗意，是颇费踌躇的。这又是一部激情四溢的作品，人物之间情感的交流和撞击，往往表现为情绪的岩浆如火山般喷发，其雄伟、其壮丽、其多姿多彩，常常可以意会，却难以言传。另外，这部小说的语言又是那样高雅脱俗、流畅优美，要把它转达成相应的中文决非易事。此次重译，我在这些方面都做了努力，唯愿能表现原作的这些特点于万一。

在完成这部译作的时候，我要感谢译林出版社，尤其是李景端社长，为我提供了重译此书的机会。我也要感谢上海作家协会和奉化雪窦山宾馆，正是他们所组织并创造了物质条件的作家冬令营，使我加快了翻译本书的步伐。

**黄源深**

一九九三年四月二十三日

上海华东师大一村寓所

# 第二版后记

《简·爱》中文版(译林社版)发行近十年了,趁再版之际,我校订了全书,对某些文句作了适当润色,使其更符合原文的风格,同时也纠正了疏漏和谬误。我希望现在呈现给读者的,是一个更好的译本。

翻译在时下不少人眼里似乎是再容易不过的,只要会点外语,手头有一支笔、一本词典就行了。所以便有很多赤手空拳的勇夫,大胆闯入这一领域,快速炮制译述,迎合了商家之需,也构成了目前业内人士惊呼的翻译质量普遍下降的一个重要原因。

其实翻译,尤其是文学翻译,是一种艺术。译者虽有原文可以依恃,不必像作家那样需要"无中生有",但要用一种语言传达原作者用另一种语言所表达的思想和风格,而且要做到恰到好处,却离不开艺术创造,一种在原文的束缚下的创造。在这里,原文为创造提供了方便,但同时也是创造的桎梏。译者面对作家(原作者)用语言所能创造的广阔世界,必须用另一种语言忠实而灵活地再现这个世界。所以要达到翻译的高境界,就需要充分把握两种语言,并具有运用的娴熟技巧,需要深厚的文化底蕴,需要广博的知识。与此同时,还需要灵气,否则译者充其量不过是个出色的匠人。

所谓灵气,说到底是一种创造力,就翻译而言,是一种在不逾矩的前提下,灵活到了极致的表达能力,即在对原文透辟的理解和对原作风格的充分把握的基础上,灵活地传达原作的精、气、神,力求形神兼备,保持原有的信息。译文所表达的,不是熟练的匠人刻意求工的结果,而是从高明的译家笔底自然地流淌出来的智慧的结晶,是生动而鲜活的。

"灵活性"和"准确性"常常是一对困扰译者的矛盾。一追求"灵活"便容易走样,离开原文;一追求"准确"便容易死板,言语不畅。我认为"准确"是前提,"灵活"是目标。"准确"是首要的,离开了对原文的准确传达就谈不上翻译,变成了自由创作。译者对某一句(段)生动灵活的译文感到得意时,尤其要警惕原文的信息在译文中是否有流失。但灵活生动又是必不可少的,因为翻译毕竟是一种艺术。在吃透了原文以后,译者不遗余力地去追求灵活的表达,那就是进入了一种高境界了。

译文的"归化"和"异化"是当今译界争论不休的问题。"归化论者"认为译文应当是地道的中文,越地道越好,因为阅读对象毕竟是中国人;"异化论者"认为译文还是保持相当的外国味比较好,太"中国化"了,没有了"异味",就不像外国小说了。我认为"归化"也好,"异化"也好,关键是一个掌握"度"的问题,"归化"有一个"度"的问题,"异化"也有一个"度"的问题,超过了"度"都会走向反面,达不到原先期望的目的。当然,这个"度"却并不是那么好掌握的。

要实践上述诸点,不但决定于学识、能力和才分,而且还决定于经验。年轻的时候往往"初生之犊不畏虎",什么都敢译,从不以翻译为难事。但随着年岁渐长,译的东西渐多,反觉得翻译难了,这也是这次校订《简·爱》的体会。

黄源深

二〇〇二年八月二十二日

于紫藤斋

# 经典译林

## Yilin Classics

| 书名 | 单价 | ISBN 号 |
|---|---|---|
| 钢铁是怎样炼成的 | 39.00 元 | 9787544774635 |
| 鲁滨孙飘流记 | 35.00 元 | 9787544774680 |
| 基督山伯爵 | 68.00 元 | 9787544777490 |
| 简·爱 | 39.00 元 | 9787544774666 |
| 傲慢与偏见 | 36.00 元 | 9787544774697 |
| 飘(上、下) | 88.00 元 | 9787544777407 |
| 少年维特的烦恼 | 18.00 元 | 9787544762502 |
| 羊脂球 | 38.00 元 | 9787544775878 |
| 麦田里的守望者 | 38.00 元 | 9787544775106 |
| 希腊古典神话 | 49.00 元 | 9787544777391 |
| 格列佛游记 | 35.00 元 | 9787544774642 |
| 海底两万里 | 38.00 元 | 9787544775717 |
| 小王子 | 29.00 元 | 9787544774628 |
| 老人与海 | 32.00 元 | 9787544774789 |
| 名人传 | 39.00 元 | 9787544774673 |
| 昆虫记 | 39.00 元 | 9787544775830 |
| 伊索寓言全集 | 35.00 元 | 9787544775762 |
| 童年·在人间·我的大学 | 49.00 元 | 9787544775786 |
| 汤姆·索亚历险记 | 32.00 元 | 9787544774659 |
| 巴黎圣母院 | 42.00 元 | 9787544775748 |
| 纪伯伦散文诗经典 | 42.00 元 | 9787544777438 |
| 美丽新世界 | 35.00 元 | 9787544777254 |
| 猎人笔记 | 38.00 元 | 9787544775809 |
| 被侮辱与被损害的人 | 39.00 元 | 9787544777261 |
| 飞鸟集 | 25.00 元 | 9787544761031 |

| 书名 | 价格 | ISBN |
| --- | --- | --- |
| 一九八四 | 36.00 元 | 9787544777216 |
| 天方夜谭 | 42.00 元 | 9787544775816 |
| 变形记 城堡 | 38.00 元 | 9787544777292 |
| 尤利西斯 | 58.00 元 | 9787544712736 |
| 荆棘鸟 | 45.00 元 | 9787544768818 |
| 莎士比亚喜剧悲剧集 | 49.00 元 | 9787544777322 |
| 呼啸山庄 | 39.00 元 | 9787544775779 |
| 耻 | 20.00 元 | 9787544713771 |
| 苔丝 | 39.00 元 | 9787544777179 |
| 爱的教育 | 32.00 元 | 9787544768580 |
| 最后一课 | 36.00 元 | 9787544777377 |
| 静静的顿河 | 128.00 元 | 9787544777513 |
| 地心游记 | 32.00 元 | 9787544775847 |
| 安徒生童话选集 | 42.00 元 | 9787544775731 |
| 雾都孤儿 | 35.00 元 | 9787544768696 |
| 罗马神话 | 16.80 元 | 9787544711722 |
| 契诃夫短篇小说选 | 39.00 元 | 9787544777421 |
| 安娜·卡列尼娜 | 49.00 元 | 9787544740883 |
| 格林童话全集 | 49.00 元 | 9787544777285 |
| 绿山墙的安妮 | 36.00 元 | 9787544775755 |
| 十日谈 | 38.00 元 | 9787544714280 |
| 罗生门 | 39.00 元 | 9787544777193 |
| 汤姆叔叔的小屋 | 45.00 元 | 9787544775793 |
| 悲惨世界(上、下) | 98.00 元 | 9787544777346 |
| 约翰·克利斯朵夫(上、下) | 98.00 元 | 9787544777476 |
| 战争与和平(上、下) | 108.00 元 | 9787544777445 |
| 我是猫 | 39.00 元 | 9787544777186 |
| 红与黑 | 49.00 元 | 9787544777315 |
| 欧·亨利短篇小说选 | 36.00 元 | 9787544775823 |
| 圣经故事 | 35.00 元 | 9787544768825 |
| 八十天环游地球 | 32.00 元 | 9787544775861 |

| 神曲 (共三册) | 128.00 元 | 9787544777414 |
| 茶花女 | 35.00 元 | 9787544777384 |
| 百万英镑 | 35.00 元 | 9787544777360 |
| 堂吉诃德 | 62.00 元 | 9787544714877 |
| 瓦尔登湖 | 28.00 元 | 9787544768764 |
| 培根随笔全集 | 28.00 元 | 9787544768788 |
| 古希腊悲剧喜剧集 (上、下) | 69.80 元 | 9787544711708 |
| 大卫·科波菲尔 (上、下) | 65.00 元 | 9787544769068 |
| 牛虻 | 38.00 元 | 9787544777339 |
| 假如给我三天光明 | 25.00 元 | 9787544768511 |
| 高老头 | 29.80 元 | 9787544768856 |
| 三个火枪手 | 59.00 元 | 9787544777278 |
| 复活 | 42.00 元 | 9787544777308 |
| 呐喊 | 23.00 元 | 9787544768528 |
| 朝花夕拾 | 22.00 元 | 9787544768535 |
| 城南旧事 | 23.00 元 | 9787544768801 |
| 背影 | 28.00 元 | 9787544777483 |
| 菊与刀 | 24.00 元 | 9787544750707 |
| 富兰克林自传 | 25.00 元 | 9787544750691 |
| 理想国 | 29.00 元 | 9787544750684 |
| 热爱生命·海狼 | 38.00 元 | 9787544777469 |
| 繁星·春水 | 18.00 元 | 9787544757409 |
| 边城 | 25.00 元 | 9787544757416 |
| 包法利夫人 | 38.00 元 | 9787544777353 |
| 沉思录 | 22.00 元 | 9787544759649 |
| 林肯传 | 28.00 元 | 9787544759960 |
| 人性的弱点 | 28.00 元 | 9787544759977 |
| 宽容 | 32.00 元 | 9787544760492 |
| 查拉图斯特拉如是说 | 38.00 元 | 9787544759793 |
| 拿破仑传 | 38.00 元 | 9787544759809 |
| 物种起源 | 42.00 元 | 9787544765022 |

| | | |
|---|---|---|
| 欧也妮·葛朗台 | 32.00 元 | 9787544775854 |
| 小妇人 | 45.00 元 | 9787544766784 |
| 人类群星闪耀时 | 29.80 元 | 9787544766906 |
| 骆驼祥子 | 32.00 元 | 9787544775724 |
| 镜花缘 | 39.00 元 | 9787544771603 |
| 谈美 | 26.00 元 | 9787544772013 |
| 谈美书简 | 28.00 元 | 9787544772006 |
| 白洋淀纪事 | 32.00 元 | 9787544772617 |
| 童年 | 38.00 元 | 9787544762168 |
| 中国哲学简史 | 48.00 元 | 9787544771580 |
| 寂静的春天 | 35.00 元 | 9787544773430 |
| 月亮和六便士 | 45.00 元 | 9787544773805 |
| 茶馆 | 32.00 元 | 9787544773539 |
| 给青年的十二封信 | 29.00 元 | 9787544774321 |
| 福尔摩斯探案集 | 58.00 元 | 9787544775373 |
| 沙乡年鉴 | 42.00 元 | 9787544775441 |
| 红楼梦 | 55.00 元 | 9787544774604 |
| 三国演义 | 45.00 元 | 9787544774598 |
| 水浒传 | 55.00 元 | 9787544774581 |
| 西游记 | 48.00 元 | 9787544774611 |